晚清风云录

李克定 著

河南文艺出版社
·郑州·

主要人物表

康有为　　　号长素，广东南海人，工部主事，戊戌变法发起人

光绪帝　　　名载湉，慈禧外甥，入继为帝，戊戌变法主持者

慈禧太后　　叶赫那拉氏，咸丰帝妃，同治、光绪两朝实际统治者

翁同龢　　　号叔平，协办大学士、户部尚书、军机、总理衙门大臣

孙家鼐　　　字燮臣，协办大学士，吏部尚书，管理学堂事务大臣

廖寿恒　　　字仲山，江苏嘉定人，刑部尚书，军机、总理衙门大臣

刚毅　　　　字子良，满洲镶蓝旗人，协办大学士，军机大臣

荣禄　　　　字仲华，满洲正白旗人，大学士，直隶总督，军机大臣

李鸿章　　　大学士，总理衙门大臣，出为两广总督

世铎　　　　礼亲王，军机处领班

奕劻　　　　庆亲王，总理衙门领班

珍妃　　　　他他拉氏，满洲镶红旗人，光绪帝妃

许应骙　　　字筠庵，广东番禺人，礼部尚书，总理衙门大臣

张荫桓　　　号樵野，广东南海人，户部侍郎，总理衙门大臣

黄遵宪　　　字公度，广东嘉应人，署理湖南按察使

梁启超　　　字卓如，广东新会人，康有为大弟子

康广仁　　　名有溥，广东南海人，康有为之弟

杨深秀　　　字漪村，山西闻喜人，监察御史

杨锐　　　　字钝叔，四川绵竹人，内阁中书

刘光第　　　字裴村，四川富顺人，刑部主事

谭嗣同　　　字复生，湖南浏阳人，湖北巡抚谭继洵之子

林旭　　　字暾谷，福建候官人，内阁中书

张之洞　　号香涛，直隶南皮人，湖广总督

陈宝箴　　字右铭，江西义宁人，湖南巡抚

袁世凯　　字慰廷，河南项城人，新建陆军督办，山东巡抚

盛宣怀　　字杏荪，江苏武进人，大理寺少卿，督办铁路大臣

裕禄　　　字寿泉，满洲正白旗人，军机大臣，直隶总督

文悌　　　字仲恭，满洲正黄旗人，监察御史

李盛铎　　号木斋，江西德化人，监察御史，驻日公使

王照　　　字小航，直隶宁河人，刑部主事

陈炽　　　字次亮，江西瑞金人，军机章京

许景澄　　字竹筼，浙江嘉兴人，驻德公使，总理衙门大臣

陈夔龙　　字筱石，贵州贵阳人，侍读学士，署理顺天府尹

侗五　　　名溥侗，宗室，别署"红豆馆主"

刘鹗　　　号铁云，江苏镇江人，小说《老残游记》作者

赫德　　　字鹭宾，英国北爱尔兰人，中国海关总税务司

瓦德西　　德国元帅，侵华八国联军统帅

赵三多　　直隶威县人，义和拳首领

朱红灯　　寄居山东长清县大李庄，义和团首领

王正谊　　诨名大刀王五，直隶沧州人，镖行一杰

一米道人　反清复明之神秘人物

赛金花　　京城名妓

目　录

第一章　康师回京 …………………………………… 1

一、德国强占胶州湾 ………………………………… 1

二、光绪谋见康有为 ………………………………… 13

三、总署问话陈大计 ………………………………… 24

四、集会登坛发狮吼 ………………………………… 35

第二章　诏定国是 …………………………………… 47

一、盘根错节　新旧角力 …………………………… 47

二、皇上颁诏　太后布局 …………………………… 57

三、中枢剧变　斥逐帝师 …………………………… 68

四、园廷召对　京门离别 …………………………… 80

第三章　废除八股 …………………………………… 93

一、抒胸臆　兄弟游山 ……………………………… 93

二、忧生计士人呈冤 ………………………………… 104

三、假传旨　刚毅问案 ……………………………… 115

四、求恩准皇帝吟诗 ………………………………… 126

第四章　反戈攻劾 ………………………………………… 138

一、庸众围攻　重臣反击 ………………………………… 138

二、贵妇进谗　宗室交心 ………………………………… 148

三、挚友发难　两宫相争 ………………………………… 159

四、刚毅暗劾　光绪生疑 ………………………………… 169

第五章　张督劝学 ………………………………………… 180

一、张总督曲折献书 ……………………………………… 180

二、豪侠士隐姓救难 ……………………………………… 191

三、谭公子慷慨陈词 ……………………………………… 203

四、陈中丞坚忍护才 ……………………………………… 213

第六章　京师大学堂 ……………………………………… 225

一、大纲康定　章程梁拟 ………………………………… 225

二、孙相峻拒　陈公严参 ………………………………… 236

三、君主赏银　洋人设骗 ………………………………… 248

四、道士隐语　赫德现身 ………………………………… 259

第七章　制度局之争 ……………………………………… 271

一、光绪怒斥庆亲王 ……………………………………… 271

二、公卿羁绊康圣人 ……………………………………… 283

三、两署合淹制度局 ……………………………………… 295

四、多方争夺《时务报》 ………………………………… 306

第八章　六堂同罢 …………………………………… 319

一、强拒帝师　巧递密折 …………………………… 319

二、荒野厮杀　京城聚义 …………………………… 329

三、敲打疆吏　耸动慈闱 …………………………… 341

四、力抗上命　大振乾纲 …………………………… 352

第一章　康师回京

一、德国强占胶州湾

　　光绪二十三年,按中国传统干支纪年,第二年是戊戌年。此时天津城已是十月,北风渐紧,草木凋零,气象萧森。康有为身穿夹棉长袍,仍然抵御不住街上的寒气,直想回到旅馆加穿衣物,却生怕引起贴身家仆李唐的窃笑——出门前,李唐曾经提醒过他。康有为加快步子走出巷口,踏上通向镇台衙门的大街。他想打听袁世凯的行踪。袁世凯在天津小站练兵,康有为想与他晤面一谈。谈什么? 不知道。袁某人愿不愿跟他热络? 也不知道。此次回京前程如何? 更不知道。离开上海乘船北上,他就像一匹落荒野马,不知投向何处。

　　茫然张望,四周不见人迹。七八年前,此处是一处繁华地段,贩夫走卒,奔忙劳碌,呼买叫卖,市声喧哗。连年天灾再加上人祸,京津尚且难逃败落,生灵涂炭岂可幸免? 忽听传来叮当脆响,像有人在打铁,又像兵器撞击。果然发现前边一间铁匠铺,几个男人正在赶造一样东西——竟是一口白茬棺材!

康有为摇头走开。迎面吹来一股劲风，卷起一地枯枝败叶，有一团草纸混杂其中，依稀看见纸上有字。他略一示意，李唐赶紧捡起奉上。纸上黑字七歪八扭，念诵起来倒也顺口："不下雨，地焦干，都是教堂遮住天。洋人眼珠全发蓝，黄毛乱须起狼烟。勤习武，快练拳，不叫鬼子……"下头字迹残缺不清，应是"闹中原"三字。"不叫鬼子闹中原"，说来也算忠肝义胆，然而何人有此本领？编写揭帖，制造流言，除了添乱，一无用处。

康有为将纸抛开，前行登上一座石桥。有两个人从对面过来，一边快走一边争论。两人是山东口音，正在商量寻找神父。天津不愧是洋务总汇，与洋人有关的是是非非，走几步路便可碰到。没有想到，这俩人很快又折返回来，引领着一位外国神父，后跟一群高大随从。神父高鼻蓝眼，活像个肥胖的酒馆老板。山东人手指东北方向，看来是向他告状。见这些人形迹可疑，康有为便跟在后面。沿着岔道走了一阵，又听见叮当声，夹杂着"嗨嗨"的声音。眼前现出一座庙宇，庙前偌大场地上，闲人们在围观汉子比武。比武者一老一少，都将辫子盘在头顶，红布扎腰，赤膊露腹，在清冷天气里很是惹眼。两人使的都是长刀，劈砍削剁，闪展腾挪，招得看客啧啧叫好。

"大刀会！山东大刀会！"

那两个山东人叫声惊悚，有人鄙夷地打量他们，小声咒骂洋人洋狗。康有为暗自揣测，这是两个山东教民，在天津街头发现了对头，搬请靠山前来寻仇。至于两名刀客，分明像江湖艺人，因为脚下摊开的白布上，摆满了奇奇怪怪的药材。药摊不远处立着一排男人，人虽瘦削却甚精壮，一副桀骜不驯的架势。两个教民动手推搡，给洋神父开出一条路。

神父在药摊前站定，对比武者大声吼叫："停下！停下！"谁知这话好似火上浇油，打斗愈益激烈，刀光似银蛇飞舞，眨眼间逼近神父，吓得他踉跄退避。随从中有几名洋人，抽刀吆喝同伙围攻。

两口刀收势，花白头发的那位发问："大路朝天，各行各路，你怎么疯狗咬人？"

矮个子教民的声音却更响："杀人犯刘老七,你给我交出来!""哪来的杀人犯?""山东曹州府!""可俺是直隶人,威县沙柳寨。""刘老七逃到山东冠县梨园屯,距沙柳寨只有八里路!"花白头发者冷冷一哼："你既然知道沙柳寨的名头,就该缩起你那乌龟头,免被大刀削掉鼻子!"

神父一边听他们斗口,一边顾盼形势,发现援兵到来,立刻发令下手。高个子教民抢先蹿了过去,抓住一个黑脸汉子。汉子反腕一拧,将他扯翻在地。神父指挥手下:"逮捕逃犯刘老七!"刘老七破口大骂:"薛田资,你这个德国禽兽,诱人入教,强奸妇女,无恶不作!教民李老九抢割我的麦子,你反诬我欺压教民,强迫官府拿我下监……"骂声被打斗打断。两股人马蜂拥而上,跟刘老七一方拼起刀枪。

康有为冷眼旁观,真正动手的,是天津防营的一批官兵。他们的带兵官,陪同一位洋人来见薛田资,这位洋人气派更大,也许是德国驻津领事。不一会儿,那伙耍刀人全被拿下,押往巡捕衙门接受审讯。官兵开始驱散闲人。这时候,停在外围的一辆马车缓缓启动,车中坐着一位官员,头上戴的是青蓝水晶顶子。车子比官兵早到一刻,康有为原先以为,这是本地长官亲来弹压骚乱。那车驶过康有为身边,他不经意间瞟了一眼,与一双眼睛碰个正着。他不由惊叫出声:"叔衡仁兄!"那人也很意外,举起手来招呼,车子却未停顿,飞驰而去。当众受到如此轻慢,康有为很是羞恼。

车上坐着的,正是丁立钧,字叔衡。他是江苏丹徒人,久任翰林编修,为"南清流"中有名人物,曾在甲午战争中领衔弹劾李鸿章,博得极高声誉。两年前为了救亡,康有为在京发起强学会,内得帝师翁同龢扶持,外有封疆大吏张之洞、刘坤一资助,陈炽、杨锐、袁世凯等忧国人士热心奔走,丁立钧也是主事者之一。同事诸君呼吁变法,不料遭到重重一击:御史杨崇伊上疏抨击其结党营私,请求严禁。会中人大多闻风丧胆,丁立钧当众落泪,要将书籍、仪器交还同文馆,希图求得上头宽恕。如此虎头蛇尾,还能干成甚事!康有为愤而离京,赶到上海时,上海强学会也被张之洞下令解散。他只好辗转粤桂两地,讲学授徒,以期再举。此次回京,一路行来,疮痍满目,而大官小吏依然木然不觉。碰巧遇上的头一位知交,看来官职升了几

级，对于曾经尊之如师的"康圣人"，竟然已经视同陌路了！

忽听有人请安，定睛看见一张笑脸，正对他哈腰施礼。李唐在旁禀告，这是丁大人派来送口信的。丁大人急于上督衙禀见，未能下车与老友叙旧。他请康公示以寓名，以便丁大人前去拜会。康有为说出客栈字号，落寞地回到寓所。他不愿再到袁世凯那里碰钉子了，趴在桌上打了一阵盹，便吩咐李唐去火车站打点，准备下午离津进京。日光近午，听见脚步声响，进门的却是一名堂倌，挑着一副食盒担子。

康有为刚要询问来历，发现一位贵客立在门口，正是丁立钧。他已换穿便装，笑吟吟地拱手作揖："康师回京来了！此乃士林之幸。"近年来，京城士大夫中流传"康师"之称，崇敬中包含着戏谑意味。康有为向来好为人师，便对此称直认不辞。二人揖让一番，入座互诉别后经历。得知丁立钧外放为山东沂州知府，此次是去上任。编修为清贵之职，知府乃治事之官，叔衡兄兼而有之，宦途之顺令人羡慕。丁立钧微微一笑："先生岂是言宦之人？弃主事若敝屣，视富贵如浮云，足见长者气概，确为常人所无。"

康有为的回答十分平实："康某年近四十，方才考中进士，做一小小主事。我朝官多缺少，每一缺分都有数十人眼巴巴地候补。依照年辈，我最快十年才能补上缺，届时将及天命之年矣。所以我不是不言宦，而是不能宦。"丁立钧诚恳应对："长素先生大才卓识，哪肯屈就一部曹俗吏？著书以救世，讲学以待时，正合圣人兼济天下之道。"

康有为摇头笑笑，转问京中诸友情况。丁立钧告诉他，强学会被封禁后，经翁同龢与李鸿章转圜，朝廷将其改为官书局，专门译刻各国书籍，不准议论时政，搅乱人心。原先的会友多被排斥，最令人惋惜的是陈炽，此人由于饱受挤压，近日变得精神失常。有先见者痛心疾首，无远虑者弹冠相庆，京中事已不可问，离远些看得更清。康有为不禁追问："天津离京城不远，叔衡兄看到了什么？"丁立钧认真道："洋人恣肆，官吏畏缩，百姓愤激。老兄想必记得，正是因为有天津教案，才引发英法联军北犯京师，导致此后国事形势江河直下！"康有为闻言，若有所思："这么说，今日又见教案苗头了？"丁立钧目视康有为："先生不也亲眼所见吗？刚才，庙前。"

康有为被他点醒："我正想不通，那场纷争是何缘由？"丁立钧道："说来话长，要耽误我与先生餐叙了。"

他道出了一宗长年纠葛：刘老七是曹州府巨野县人，跟本地教民寻仇结怨，薛田资胁迫县令捉拿。他逃到梨园屯亲戚家，那梨园屯也不是个清净地方，为了争夺庙产，教民与村民常年争讼。村民处于下风，不得已求助于沙柳寨的赵三多。赵三多是梅花拳的首领，在直隶南部威名素著。他们亮拳示威，过堂呼冤，今天竟将场子摆到天津。薛田资过津回鲁，请德国领事要挟官府，缉捕不轨。此次拿获的花白头发者，是赵三多的师兄姚洛奇，正是他怂恿赵三多出头闹事。以上情况，乃防营统领上衙禀告，由于关涉直鲁两省，总督王文韶特允丁立钧一同听取。

饭尽酒罢，沉重的话题还在继续。甲午战后局势动荡，民不聊生，山东西南部兴起大刀会，德国舰队游弋渤海，薛田资披着教士袍服兴妖作祟，不定哪天便会招来炮火。

康有为连连叹息："因有感于国之将亡，我接连四次上书，希望能上达天听。可惜'帝阍沉沉叩不开'，直待'渔阳鼙鼓动地来'。孔子云：'道不行，乘桴浮于海'——"丁立钧一激灵："仁兄想要出洋远走？"康有为立起身，从行囊中寻出一张黄皮纸，平摊在茶几上。纸上写有一段奇文，抓住了丁立钧的眼睛：

大巴西国总统通告议院知悉：照得本国地广人稀，急需农力。遍查万国，唯有华人最为勤劳，而且安分易治。大清国于光绪六年与我国订立商约，此时自可照约行事，召请华人前来耕种。鉴此告谕，大巴西国特设兴农大公司，凑集本银八百万镑，买得土地二万余顷，派遣专员来澳门招工，议定每人每月工银十元，一号至三号出粮，伙食每人每日米二磅，猪肉、牛肉或鲜鱼一磅。咖啡、茶叶、食糖以及住屋，一概由公司供应。每日出工十点钟为额。每年每人均派衫裤四件，帽一顶，鞋一对。凡勤力之人，按照合同做满五年，便能回国。若有意者，请到澳门代理人处报名，地在水手街华利栈东间，办事人陈东。

丁立钧看罢茫然，回头打量康有为，见他一副成竹在胸的样子。丁立钧疑问道："先生要招工？"康有为摆摆手："我是要移民。中国人满为患，谋生之艰，治政之难，其实都根源于此。加之国家将亡——"丁立钧连忙制止："老兄，这话怎好出口？"康有为不以为意："贤人之间，有何避讳？国亡则必灭种，欲存中华之种，需要未雨绸缪。环球唯巴西与中国经纬度相近，亚马孙河纵贯，肥土沃野千里，而人民仅有八百万，此天设美境以殖吾民者！若能大举殖民，势将转移气运，可以做新中国，可以光炎黄业。实不相瞒，割台以后我即张罗操办，限于财力，又遇母病，暂时作罢。今又祸在眉睫——"丁立钧忍不住抢话："贤者应赴国难，而不是避祸高飞！你这是招工，美其名曰移民。老兄要发财也可以，就不要扯什么新中国了。"见他拍着那张纸，康有为珍重地将纸收起："这是澳门街头的招贴，我顺手拿来做样子的。澳门豪商何穗田对我讲，办理之初以招工为名，几年之后规模扩大，便可切实移民。目前的难处是，总理衙门禁止华民出口，以免重蹈受虐覆辙。为此何穗田托我北上，希望当局通融解禁。"

丁立钧瞠视着康有为，忽然失声大笑："好一个康圣人！先生以孔子再世自命，不为帝王傅，便作天下师。连先生都另寻生路，还有谁可以指望？丁某守土有责，甘愿与吾民共存亡，至于生死成败，只有付之天命了。"康有为起立拱手："大哉斯言！丁叔衡不做胆小鬼，康长素也非失魄人。今立君子之约：丁兄维持旧国，康某开辟新国，他日殊途同归，再见朗朗世界。请带回这张招贴，在府属各县一试。山东大汉身强力壮，最宜前往巴西开拓。"

丁立钧敷衍着接过招贴，到了街上，便将它撕碎抛开。

康有为乘火车进京，在马家堡站下车，雇了一辆骡车，经过陶然亭，穿过南横街，一路行来，睹物思故。宣武门南这片地方，乃是人文荟萃之区，从清流名士聚会的嵩云会馆，到强学会所在的后孙公园胡同，多少志士在此议论风生！康有为寓居的南海会馆，便位于宣武门南的米市胡同。他住在会馆北部一所小院里，院中有老树巨石，小室如舟，他将其命名为"汗漫舫"，取书史"汗漫荡轻舟"之意。

康有为回到寓所,安顿下来。次日起身用罢早点,康有为思量出去拜客,却有客人上门来拜。这就是陈炽,江西瑞金人,官居军机章京、户部郎中。

对于京师官场中人,康有为一向心存鄙夷,唯独对陈炽另眼相看。因为他关心天下利弊,钻研西洋学问,甲午战前写成一部《庸书》,推崇欧美的议院、报馆。此书获得翁同龢的赏识,翁同龢将其进呈御览。战后陈炽又在万言长疏中痛呼:"哀哉!堂堂中国,受制小夷,轻侮欺凌,至于此极。此后如尚不发奋自强,将永在倭奴掌握中耳。"他被公推为强学会提调后,曾拒绝李鸿章捐银入会,并且致函翁同龢,责备他胆小因循,贻误国事。

康有为仔细打量,但见陈炽两眼深眍,胡须蓬乱,举止倒还镇定如常。他告诉康有为,他虽被排挤出官书局,仍有人经常追查旧账。他不甘辞官归隐,只有坐以待毙。康有为跟他不讲客套:"我不相信,陈次亮岂是束手之人?"陈炽目光阴冷,道:"连康先生都要去开辟新国,我不束手又能怎的?"康有为曾向他函达此意,此时耐心解释:"开辟不是退缩,移步可达进境。巴西之地广大无边——"

陈炽不客气道:"它广到天上与我何干?招工移民自有商人去干,先生何必自污如此?天生大才是要医国的!"康有为不由苦笑:"我上书受阻,结会遭禁,所著《新学伪经考》,也被奏劾为非圣无法,旨令毁版。奔走至今,报国无门——"陈炽沉着地说:"有门。翁师傅升为协办大学士了。"康有为难掩不屑:"他?你老兄也曾嫌他谨小慎微。"陈炽道:"帝师风范,难免迂缓。眼见外患日亟,他老人家迈不成八字步了。"康有为心有所动:"莫非老兄秉承师意,有所指示?"

陈炽边说边摸索,从胸前掏出一卷破纸,递了过去。康有为看见纸上写有四行字:"不光不兴,不西不中,不明不清,高照红灯。"康有为怔怔地看着陈炽。陈炽轻哼一声:"妖言,如今满街张贴着妖言。亡国之音啊,我只不明白,为何是红灯不是青灯?青灯方合丧葬之仪。"

陈炽说罢起身一揖,摇摇摆摆出门而去。到底露出疯相来了。康有为叹息着出门,却又被一位朋友截了回来。接连几天,访客不断,既有汪曾桐、杨深秀、林旭等志同道合人士,又有张权、岑春煊、张仲炘等观风望色人物。张权是张之洞的儿

子,现任户部主事,曾奉父命参与强学会,张之洞变脸后,他跟康门师徒渐行渐远。

令康有为感到欣喜的,是与宋伯鲁同来的满人文悌。文悌字仲恭,早年在户部做笔帖式。光绪八年,康有为以荫监生身份参加顺天乡试,借居于国子监祭酒盛昱家,那时便与文悌结识。笔帖式是不入流的小书吏,但在十余年间,文悌升主事,升员外,升郎中,又外放河南任开封知府,今年回京改任御史。康有为一向注意结交台谏,耸动舆论,与此人重逢,自然要好好热络一番。除了迎来送往,他也通过总署章京张元济,接洽礼部员外郎于式枚,以便试探李鸿章的口风。李鸿章在北洋大臣任上时,经办南美洲的华工交涉,要求总署颁发出口禁令。现以大学士兼总署大臣,会不会成为拦路的一道坎?过了几天,于式枚捎讯过来,告知事情可以通融。这一天,康有为应约前往。踏进总署大门,他感到气氛有些异样,进出人员神情紧张,电报房显得分外繁忙。莫非发生了意外事件?

康有为跟张元济有约定,却找不到张元济的影子。碰了几次壁后,才有一位司员跑来对他说,张元济临时奉派外出,转托司员代为接引。李中堂正跟大臣们议事,能否接见还说不定。康有为打听发生了什么,司员们口风铁紧,康有为转悠半晌,只听清了"德国"二字。回想回京途中,海上的德国军舰,城中的德国神父,确乎触目惊心。

眼看时近中午,议事堂中却有了动静。领班王爷奕劻率先走出,李鸿章跟在后面,他与奕劻边走边说,翁同龢、张荫桓等默默跟着。走过大半个院子,李鸿章忽然站住,令随从找到那个司员,将康有为引入一间办事房。李鸿章坐在太师椅上,示意康有为入座。

这是二人第三次晤面,前两次都在大庭广众之中,并未真正交谈。对于这位"名相",康有为情绪复杂,说不清是鄙薄还是敬畏。早在进京初年,他曾想向李鸿章上书,希望借助他的力量推行变法。转瞬时局大变,新派人物蜂起,皆以攻李博得声誉。然而究其实际,李鸿章仍未被扳倒,犹如山岳,在云雾中若隐若现。现在他安然端坐,听康有为讲说条陈。听罢沉默一阵,李鸿章平淡道:"为小民谋求生路,康主事言之成理。只不过要看时机,这件事且放一放。"康有为哪里甘心:"说到

时机，卑职以为百业凋零，已到危急当口。此次路过天津，所见令人心寒。"李鸿章仔细倾听天津景况，目光透过窗棂，射向虚远的天空。他一声叹息："京畿民生之病，不能到万里之外寻解药。即使东南之民，生路也不在海外。康主事可曾去过巴西？"

康有为一时语塞。李鸿章缓缓道："容闳去过，唐廷枢也去过。为了开辟南美航线，唐廷枢于光绪九年去巴西，与该国政府商定，用三条轮船专走巴西，兼运华工，巴西每年补贴招商局十万美金。后来巴西悔约，航线也便作罢。光绪十七年，巴西由王国变成合众国，咖啡种植园急需劳工，又派专使来华谈判。商约还没谈定，就有人在澳门私招华工，总署因此出示严禁。康主事要揽此事，应明晰来龙去脉，以免把好事办歪。"看起来事无巨细，都装在李鸿章心里。

康有为又是佩服，又有些不服气："我曾派门生去巴西，国王亲口许诺，拨给四百里土地，让华人居住营生。有此前因，我才跟澳门豪商拟定计划，组成百万殖民公司，先期租船四艘，每年运三万二千人赴巴西——"李鸿章笑了一笑："国王已被总统取代，四百里土地从何谈起？华工受虐，前车可鉴，苦海茫茫，何方是岸？"

见他把路堵得死死的，康有为只好告辞。

李鸿章扬起一只手："巴西谈判专使辣达略，于今年春天到香港，夏天转日本，现又回港逗留，可见主意未定。我跟总署诸君议定，要等巴西使者来求，方可允许开禁。"康有为松了一口气，却见两道目光盯过来："康长素如此大名，却要去做生意，岂非明珠暗投？"这是数落也是赞扬，康有为颇为得意——康某声名所及，连李鸿章都不能不为所动了。

这天，忽然从张元济那里传来的消息，使他一下子转移了心思。一桩教案突发于山东巨野，大刀会杀了德国神父。一听到这个地名，康有为马上想道：杀掉的是不是薛田资？果不其然，村民正是要杀这头洋驴！偏这小子命大，大刀会要下手的那一晚，有两名德国教友前来借宿，薛田资让出宿舍，自己住在守门房内。刀客摸黑杀掉两个替死鬼，给朝廷闯下一场祸。这是因为，德国自干涉还辽后，便以恩人

自居，要求中国回报。李鸿章访欧时，德国当局便要在华获取海军基地，遭到李鸿章拒绝。德国不依不饶，公使海靖多次提出，租借胶州军港五十年，总署均予驳回。值此关系紧张当口，两名神父被杀，正如火上浇油。为了免除祸殃，朝廷令山东按察使毓贤速往巨野，捕获凶犯九名。海靖不依，天天大闹总署，闹满十天后，他突然不来了。总理大臣们耳根得以清净，心却高高吊起。

果然，登州镇总兵章高元的一份急电，由山东巡抚李秉衡转报进京："二十日早，德国提督率领德兵纷纷上岸，分布各山头，送来照会：胶州湾一地，限三点钟将驻防兵勇全行退出女谷口、崂山以外，只允带火枪一车，其余军火炮位，概不准带，以四十八点钟退清为限，过此即当敌军办理。现在砍断电线，意在挟威霸据。此事变起仓促，我军兵单，又未奉到本国公文，究应如何办理？"

这一棍打蒙了总署，大臣们慌忙找海靖交涉，希望从老虎口中掏出肉来。胶州湾那边，章高元却已落入虎口。他原是刘铭传部先锋，对淮军甲午年的惨败，一直引为鉴戒。胶州湾在他手中失守，他恐将难逃刑戮！为与噩运抗争，章高元带上几名亲兵，前往青岛炮台，宣称职责攸关，仍要留驻此地。德军司令不听章高元饶舌，竟下令将这位中国将军软禁。德国欺人太甚，中国无力开战，李鸿章主张援引中俄密约，邀俄出兵代索胶澳。

这叫前门拒虎，后门迎狼，翁同龢极力反对。这位状元帝师，以户部尚书兼任军机大臣、总理衙门大臣，真正位高权重。他跟总署同僚张荫桓认为，德国开出的六项条件，并未明言占领胶澳，看来尚有商量余地。这时海靖也来迎合，愿意跟翁、张对谈。光绪禀明慈禧，责成二臣专办此案。

翁、张议定策略，将教案与德占胶澳分案处理：第一，同意惩办官员、赔偿损失，给予德国在山东开办铁路、矿山优先权；第二，要求德军撤出胶州湾，同意将其开放通商，德国可在此设立租界，储煤泊舰。海靖在谈判中称，德军暂时留驻胶澳，是为让中方履行条件。为了尽早送鬼出门，翁、张跟海靖反复磋磨，一点一点地添加诱饵。海靖一步一步地上了钩，眼看双方协议就要达成，李鸿章却在一边放起凉腔。他说德军不会乖乖撤出，必须从旁施以压力。当俄国公使来总署打探时，李鸿章竟

想请俄国帮助。如此横生枝节，翁同龢又气又恨，他想迅速结案，以免外人插手。他与张荫桓亲赴德国使馆，致送照会稿件。

耗费大半天唇舌，步出德国使馆时，翁同龢已累得气虚脚软，心却放下大半。他将问答节略上呈光绪："海靖逐条声说，大致与臣衙门照会尚无出入。唯偿恤被杀教士略有加增，第六条费用一节颇费磋磨。以上六款大致已具，臣等即促令胶澳退兵，海靖竟欲久踞不退。另指一岛抵换，再三恳商后，彼始允将登岸之兵全撤下船。"所谓另指一岛，是朝廷议定的最后办法：在南方选一小岛让德军驻兵。案子办到这一步，可算不幸中之大幸了。连慈禧听到皇帝报告后，都夸奖说："办理甚妥。"使翁同龢很是感激。

然而事情并未就此了结，言官们跃跃欲试，都要弹劾翁、张。康有为审时度势，认为这是登高一呼、应者云集的大好时机。这才是他喜欢干的事情，与之相比，殖民巴西，何值一提！康有为马上写就《外衅危迫宜及时发愤革旧图新呈》，请工部代递。

工部收到呈文后，右侍郎看罢递给左侍郎，左侍郎看罢递给汉尚书，最后递到满尚书松溎手上。激于义愤上书言事，本是臣子应尽之责，然康某阐发出格之论，总让人逆耳又窝心。"伏愿皇上因胶警之变，下发愤之诏，先罪己以励人心，次明耻以激士气，集群才咨问以广圣听，求天下上书以通下情，明定国是，自兹国事付国会议行。"何为国会？那是西方乱党打架的议事堂，他竟要皇上效此恶法。如果皇上不肯采纳，他就搬出恶言吓唬："臣恐自此之后，皇上与诸臣，虽欲苟安旦夕，歌舞湖山而不可得，且恐皇上与诸臣，求为长安布衣而不可得矣。"松溎看罢怒不可遏："如此悖谬，应遭火焚！"

康有为预料到工部不肯代递，早将此书透露出去，流传甚广，以至于翁同龢都看到了。他对康有为开出的上、中、下三策，有些动心，那三策是：择法、俄、日以定国是；大集群才而谋变政；听任疆臣各自变法。

直着不行绕着走，康有为写就几份奏折，请托多人，分头奏上。王鹏运和高燮曾，两位御史代奏两折。康有为想运动更大的人物，比如翰林学士徐致靖，仓场侍

郎李端棻,都是他能够搭上话的。还可借用满族官员文悌之口,遂以文悌之子订婚为由头,备礼上门,大套近乎。文悌也很凑趣,康有为趁机取出一份奏稿,文悌看一句赞一句,读罢起身踱步吟哦,咀嚼回味其中佳句。难得谈得如此投机,康有为便直言请其代奏。

文悌笑着入座捋须:"能以此稿冠我名下,文悌可谓三生有幸。只是——"见他沉吟,康有为忙问:"兄台有什么不方便处?"文悌将手一挥:"我是言官,话轻话重都敢说。只是空言何济于事,朝廷缺枪炮不缺文辞,奏稿是吓不退德国人的!"康有为道:"兄言极是,可这只是一面理。请问枪炮何处来?那得有财。善用枪炮的人从何处来?那得有法。此稿吁请朝廷变法,正是从根本上裕国强兵,怎言无济?"

文悌托起文稿试试轻重,又小心放下:"大文煌煌,谁敢轻忽?可惜朝局混沌不清,不是轻易拨得亮的。先生莫怪我说,你托人上的几份稿,都如细雨落沧江,何曾死水起涟漪?我这里再添一份,你说有何意思?"

康有为很是失望,正考虑如何辩说,却见文悌折起文稿,往康有为这边一送道:"要响破鼓,须用重锤。文悌愿以一死报国,意欲约请众多京僚,赴乾清门外伏阙痛哭,捐躯拒德。痛哭上奏的那一段文,还要烦请先生大笔。"康有为精神一振:"兄台胸怀,常人莫及,有为当以笔砚从之!"两家话说到一处,茶酒间互吐情愫。

临分手时,文悌话头一转:"先生可否听一句忠言?先生不同于文悌,文悌凡躯可以轻掷,先生乃是救世之人,惜乎锋芒毕露,易于招人疑忌。据我所知,有人阴谋对你下手。总之,眼下京中满路荆棘——"康有为神色不变:"兄台想让我避往京外?既来之,则安之,吉、凶、祸、福,早已置之度外了。不管如何,我必铭记吾兄良言。"

他一边猜度着文悌的用意,一边又去别处经营。这天黄昏才回寓所,见一名笔帖式在汗漫舫外等候。此人传达工部堂官的口谕,要求康有为到部学习。这是什么意思?康有为一时难以判定,颇费踌躇。

二、光绪谋见康有为

原来康有为本是广东南海县人，父、祖两代皆为小官，他的科举之路也不顺利。但他深钻经术，兼习西学，在广州开堂讲学数年，创下"南海圣人"的声名。三年前入京会试，正值《马关条约》签订，康有为义愤填膺，发起公车上书，力请拒和救国。此举未能保住台湾，康有为在悲愤中，获悉他已金榜题名：康有为考中二甲第四十六名进士，分发工部做学习主事。按照制度，学习一段后方可候补。工部有候补主事一百七十五人，补缺遥遥无期。

康有为以母老归养为由，并不赴部报到，而去粤、沪等地活动。他孜孜以求的是，培植徒党，形成气候，觅到一条终南捷径，直达君前主政变法。而工部僧多粥少，他不掺和其间钻营员额，上司乐得省心，今日为何反来管他？看来是上书惹恼了主官，用候补这条绳索束缚康某，要把他缠磨至死。盘算清楚后，康有为对笔帖式说，近日沾染时疫，打算回南海就医，请向堂尊禀报。

康有为应付过这一步，第二天便去徐致靖府上。这位白发学士素性宽和，其子徐仁铸任湖南学政，与巡抚陈宝箴共邀梁启超赴湘，主持湖南时务学堂。由于儿子的关系，他跟康、梁一派颇为亲近。徐致靖看过康拟奏稿，斟酌了几段文句，同意待机上奏。康有为愉快地出了徐府，打算乘兴去找李端棻。正张罗雇用骡车，两名公差来到面前，口称奉工部尚书松溎命令，前来传唤康主事。闻听"传唤"二字，康有为大为窝火，也有一点心虚。坐在工部的马车上，思考着应对之策，直到跨进部院，他也没有想出名堂。

工部堂上不仅坐着满尚书松溎，还坐着汉尚书许应骙。许应骙是广东番禺人，与康同乡却不同气，曾斥责康有为"有才无德"。有此人在座，康有为更不自在。行过堂参之礼，松溎没有赏坐，硬撅撅地问话："我令笔帖式传话，你好像没有听见？"

见他气势汹汹,康有为倒定下心来:"大人的话听见了,笔帖式转禀的下情,大人想必知道了。"松溎气哼哼地说:"你声称患有时疫,可你红光满面,一副有为之相,怎么看都像装病。"康有为话中有话:"脸红是发烧所致,相貌乃父母所生。康有为身处下僚,却想发奋有为,不愿做有位无为者,白吃国家钱粮。"

两位堂官互看一眼,松溎不由失笑:"康先生教学常作狮子吼,今日得聆声威,的确不同凡响。不过你不能睁眼说瞎话,在号称生病期间,你造访的京官多达二十七人,出席八次诗会,吃过五次花酒,此等行径说不上有为吧?"

松溎对自己的底细摸得这么清,康有为只好小心周旋:"君国有难,莫说病痛,杀身成仁也义不容辞。为救胶澳奔走呼号,堂尊定会助以鼎力。"松溎道:"忠义不是说出来的,悖谬都是做出来的。你造作邪说,非圣无法,形同少正卯,著书遭毁版,依然不知悔改,在沪发行《强学报》,竟敢用'孔子卒后二千三百七十三年'纪年,这不是叛逆是什么!张香涛制军封闭报馆,没有将你拿办,算他法外施仁。可你跑到京师又在干什么?"

康有为故作恭顺:"禀告堂翁,前些天我在总署奔走,想为小民谋求生路。突闻胶澳被人占据,便知在京无法苟安,呕心沥血写下呈文。在上者如果不愿代上,那真连白纸黑字都枉搭了!"

许应骙在椅上动了一下,让人想起他也在场。他用同乡的语气责备道:"寿泉堂翁仁至义尽,长素不要误会长者之心。皇上朱笔圈你到部学习,你应珍惜国家名器,不可在外逍遥自适。"松溎被他提醒:"就是,你今日就去虞衡司报到。"康有为有些慌乱:"学生——"想想改口:"卑职确实有病……家母老病病重,我不敢长做游子,正打点请假回南海。"许应骙面露难色:"不是身病,就是母病,堂翁你看如何?"松溎冷笑道:"若都这样躲清闲,我们部里成空门了!虞衡司正缺人手,你现在就去顶上。"

康有为头皮一硬,正要顶撞,见一道眼风扫来,便用眼接住。只见许应骙的目光阴冷如冰,令康有为心头一凛,忙道:"确实万不得已,请求堂上鉴谅。"许应骙面向松溎:"长素既然为难,我替老乡讨情,容许他告假回里吧。"松溎不肯卖这个人

情："此人一向口是心非，谁担保他真会归里？"许应骙道："说的也是，口说无凭，条子为证。"笔砚纸张送到面前，康有为无可推托，挥笔写下告假缘由。两位长官作张作致，不过是要迫他出京，做下属的若不凑趣圆场，怕会招来更大麻烦。

　　康有为回寓便打点行装，第二天又去各处辞行。康君南归的消息传扬开来，有人惋惜，有人高兴，有一个人得知后心有所动，不知该喜还是该忧。这就是翁同龢。康某学识广博，惜乎学术不纯；胆魄过人，惜乎心术不明。翁同龢今生的最大抱负，便是辅佐光绪皇帝，使之成为中兴英主。而今四面楚歌，不变法不足图存。然而环顾京朝，恭亲王老矣，日薄西山；李鸿章败矣，月沉东海。举朝碌碌，皆是争权夺利之徒，谁人可以托付大事？唯有康某头角峥嵘，此人就是一服毒药，或者也可以毒攻毒，消除沉积百年的痼疾。

　　以他的身份，翁只能不动声色行事。翁同龢曾任工部尚书，松湉是他一手提拔起来的。他去到松湉家，想劝松湉代递康折。松湉竭尽旧属之礼，对他的示意却假装不懂。他想往访康有为，却又明知此举孟浪，将使朝中陡起风波。况且胶案已至成败关头，他委实无暇分身。德国人毫无信义，一味强讨恶要，翁同龢想终止谈判。

　　张荫桓劝他宽心，德国人不断抬价，是想做成生意。他们最在意的是海军加煤站，指明一个岛子，他们就会松口。张荫桓选定浙江三门湾一个无名岛，这虽然也算割肉，但是远离京师，可免心腹之患。果然不出所料，双方又争吵了一天，即将不欢而散时，张荫桓说出那个小岛。德使海靖两眼一亮，接受了这个妥协办法，同意以三门换胶澳。

　　第二天翁、张上朝，将协议上奏皇帝。光绪听罢问了一声："三门湾？难道那不是我朝土地？"翁同龢忙道："是，然而不得不割肉饲虎——"光绪面色一沉，将一个"哼"字压在心底，只是下谕去西苑见慈圣。

　　慈禧从颐和园回城，住在西苑仪鸾殿。光绪率一班臣子进殿，但见一位老臣早到一步，正是李鸿章。这是摆的什么阵仗？翁同龢心中嘀咕，向慈禧奏明协议。慈禧开口便说："这是指明割让地点了。"翁同龢奏道："回太后，这是租，不是割。"慈禧

面沉如水："这时候还来咬文嚼字？中国民的钱粮，德国兵的租子，你说我想要哪个？据李鸿章说，这一关可不易度过啊。"翁同龢对李鸿章满腹怨气："李鸿章要邀俄践约，所以独持异议。臣倒以为，俄人插手才是大患，追溯既往，割走我大块土地的是俄国！"

慈禧问道："李鸿章，你怎么说？"李鸿章胸有成竹："德国人觊觎多时，到口的肉怎肯吐出？只有俄兵进迫，胶澳才能回归。"慈禧也不信服："你召俄国兵来，他赖着不走怎么办？"李鸿章实话实说："以夷制夷，自有风险。自强御敌，才有出路。此一共识，臣与翁师傅并不抵牾。"慈禧恨恨地道："自强了三四十年，究竟强了哪个？名堂翻来倒去，众臣工就会说嘴！罢了，我也不是怨谁，心强命不强，人扶天不扶，就是当下的光景。皇帝，德国这般凶横，你还要接见蛮王？"这是指德皇之弟亨利亲王，他将奉命赴华，朝廷正在商议接待。

光绪恭谨作答："孩儿想，以礼感化其心，或可软化其行。"慈禧"哼"了一声："洋人越吃胃口越大，先前上头上脸，而今挖肉吮骨！我国要借洋债，他们争当债主，都快打起来了。现有多本奏折，指称经手大臣贪占洋贿，有这事没有？"

谈判借款的，除了李鸿章，就是翁同龢。李鸿章闻言面色不改，翁同龢却不自在了："回太后话，臣每次参议借款，均有多人在场；每一言每一字，臣都记录在案。臣若贪黩银两，自誓甘伏冥诛——"慈禧接过话来："冥诛？那还不如在阳间痛快。是这样，翁师傅，你的君子之心，我无丝毫怀疑。但君子可欺以其方，有时被人卖了，恐怕还帮着数钱呢。"慈禧越说越生气："德国海军盘踞青岛，俄国兵船开到旅顺，这都是你们办的！解绳还找拴绳的，你们拿出主意吧。"

翁同龢夌起胆提醒："上次进呈的问答节略，载明另指一岛。臣等此次移北就南，乃两害相权取其轻——"点出"上次"，是在挑眼，慈禧大为不悦："上次没办好，这次更糟糕！你用朝三去换暮四，猴子哪能不闹天宫？"

翁同龢面软脸薄，哪里挂得住这个？偷偷溜了一眼，见他的皇帝学生将头俯得更低，他一心鼓振的"乾纲"，断绳般抖落一地。翁同龢心中暗火奔突，咬牙忍耐，认罪言不知为何变作泄愤语："太后圣明，臣以菲才，获委重任，战战兢兢，不敢稍

懈。但有指派,虽知庸愚不足成事,竭尽心力以求有补。德人将生米做成熟饭,臣等虎口夺食,如能以血肉换回寸土,誓必捐躯以偿夙志。可恨强盗难以理喻,口舌折冲,怎能胜过炮火喷发?臣请治臣之罪,更请圣明主持,两宫和衷,速定大计,以拯国难。"

这一段话乍听平常,细品难听,大臣个个木虎着脸,静观上头如何发作。慈禧心中生出悔意,她原本没想找碴儿,却为何一见王公大臣,她就把不住自己?仔细想来,是因园中独住的时日久,生杀予夺的权力弱。说来说去是她老了,不甘心不死心,造成了遇事不走心。想到这里,慈禧挤出一个笑脸:"办理甚妥,我说过的我没忘。但是如何才算妥?失地不算,失威不算,失过多权益也不算。照此办去,不论办到哪一步,我和皇帝都认账。"

翁同龢得了个空心汤圆,蒙着头退下,辨不出东南西北。坐上车子回家,望见门头了,他却不想进去,吩咐马车掉头往南。由西四到西单,过长安街,出宣武门,便到了一片熟悉的区域。他常来琉璃厂寻购字画,还跟张之洞有过一次邂逅。然而对于名士聚会之所,他是避嫌不去的。

这回他的马车绕来绕去,竟在一处院落外停住。这是南海会馆,康有为借寓之处。莫非他要来拜访?以他的帝师之尊?翁同龢想叫马夫再次掉头,但是他已无路可走,国家也无路可走。从甲午、乙亥、丙申、丁酉,到戊戌就是五个年头,车轮一步步朝下滑落,深陷泥淖不可自拔。身为皇帝师傅,他不下地狱谁下地狱?

翁同龢平静地来到门前,吩咐从人传报进去。康有为得报后愣了一下,忙叫李唐整好行装,借以表达离京的决心。他摆出一副行色匆匆的样子,迎到跨院门外,看见翁同龢,作势要下拜。翁同龢一伸手,他便立定打躬作揖。翁同龢随和地笑着,进入康先生的客寓。

让座敬茶,客套寒暄。在狭小的汗漫舫中,最触目的就是打好的行装。翁同龢先从这里入话:"听人传言,长素要回南海?"康有为道:"是,老母倚闾,游子不孝,亟赋归去。"翁同龢道:"椿萱在堂,乃为子者大幸。'薄宦梗犹泛,故园芜已平',这是李商隐的惆怅,可见康长素的心情。故园犹可思,故国不可追。不使故园化为故

国，正是今日志士之责，怎忍径赋归去？"

此言正中下怀，康有为紧紧跟上："有为虽然鄙陋，素怀报国之心，惜无进献之由。五次上书，七次办报，无数次结社、集会、开讲，仅有一书上达御前。前天工部五堂会审，把我的条陈判了个驳回，而且强令告假，不走恐有不测。"翁同龢皱起眉头："不测？堂官难道会加害司员？国家如累卵之危，长素你说实话，有没有救急之法？"

见他这般诚恳，康有为颇受感动："中堂不耻下问，卑职不敢不尽言。胶澳确实危急，然京师何尝不危，宗社何尝不急？所以救急须救根本，根本之计，唯有朝廷知耻后勇，革弃旧章以定国是。俄国大彼得，日本明治皇，皆以少主崛起弱国，雄视寰宇。于此可见，由弱变强并非万难，乃在君上转念间。"

康有为说得容易，不过画饼而已。翁同龢只问眼前祸患："胶澳正在胶着，可有解救之策？"康有为竖起两个指头："远联英国，近结日本，势成掎角可却强敌。近有日本陆军大佐，赴汉口谒见张之洞，自言奉有彼国密旨，愿助中国联英拒德。日本并不索谢，因为中国朝败，日本夕亡，保中方可存日。"

这与李鸿章的联俄同样虚妄。翁同龢悔作此行，脸上却不流露："此乌云压顶之日，正国士报君之时。长素有知洋之名，务请随时留心，多翻西书供朝廷采择。"知洋？翻书？难道此来不是访贤，邀至帝边以备顾问？康有为大失所望，话便说得直白："下情不能上达，是国事沉沦主因。纸上翻书何如口中宣讲，我若能在皇上面前畅所欲言，死也值了。"翁同龢却说得不着边际："长素正值盛年，如何说到死字？倒是老夫衰迈，应当知所依归。"

他一言搪塞了过去，使康有为热心变凉。但这一出"萧何月下追韩信"，足够搬来利用了。

翁同龢到访次日，高燮曾又上一折："请密与德国订立盟约以定大计"。题目有些荒唐，尽快与德议结，却合翁同龢之意。附片推荐康有为，声言西洋有弭兵会，大旨为排纷解难、修好息争。"臣见工部主事康有为学问淹长，才气豪迈，熟谙西法，

具有肝胆,若令相机入弭兵会中,遇事维持,于将来中外交涉为难处不无裨益。"他请皇上特予召见,任为游历使,速作西洋行。奏折明发后,引起众官议论,纷纷打听,弭兵会是何名头?

光绪向翁同龢询问,翁同龢只好转询康有为。康有为这才明说,此会由西洋人发起,专为消弭兵端,实为世界和会。中国急需与德国谈和,派一个工部主事出国,也算另辟蹊径。翁同龢表示赞成。光绪将此片发交总署议复。总理衙门迟迟未复,倒让许应骙捷足先登。他奉命移任礼部,在御前奏对交卸时,指责康有为拒不到部,而在外面招摇撞骗。

对这等小官小事,上头向来听过便罢,这回光绪却没有放过:"此人如何招摇?"许应骙朗朗回奏:"康有为呈文告假后,逗留京师汲汲奔走。多名官员听他说过,他将奉旨出使瑞士。张之洞的幕僚梁鼎芬,在致总署章京丁某的信中说:康有为好捏造谕旨,倡言愿入外国弭兵会,以保海口,其事已极可笑;而竟发电至粤至沪,称已奉旨加五品卿衔前往西洋,闻者骇异,其实并无此事。"

许应骙也是总理衙门大臣,光绪因此追问:"交片谕旨下发多日,为何不见总署复奏?"许应骙不慌不忙:"弭兵会究为何物,总署向驻欧各使电询,尚无确讯。遣使乃要事,遣与否,遣何人,都需细细研究。臣以为康某并非善类,出洋恐会贻笑外人。"光绪眉梢挑起:"说他不善,应有确证?"许应骙证据多多:"且不说'新学伪经'之谬,'孔子纪年'之非。他平生讲学以圣人自居,学生也假借七十二贤名义,以'超回''逸赐'为号。孔圣及今二千三百载,何尝见此狂诞之徒!"

对于康有为其人,赞之者不吝奖誉,詈之者不断诅咒,在当世人物中实不多见。这引起光绪的好奇,他想见见此人。恭王以仪制为由劝阻召见。近日恭王卧病,光绪陪奉慈禧去王府探视,他还谆谆谏诫,不可亲近小人。

光绪当面唯唯,回宫后向师傅问计,师傅回说时机未到。何为时机? 光绪颇为焦躁,翁同龢有口难言。他当然知道时不我待,然而若不能伺机而作,则未有举动必先倾覆。前车之鉴,数不胜数:对日战败引起激烈党争,帝党与后党,新党与旧党,纠群结伙乱作一团。其实这都是徒具名目,编造者意在排除异己。比如,翁同

龢被称作帝党首领，便是明显的攻击。翁某屡受封赏，皆拜太后之赐，如果硬要分党，他应是地道的后党。光绪亲政后，他便以辅佐皇帝、调和两宫为己任。所谓调和，就是要使太后与皇帝母子和谐。说到底，这是对太后最大的尽忠。可惜太后并不领情，随着帝权的上升，摩擦与日俱增。一个人若获皇帝重用，必然遭到太后猜忌，认为他会教唆皇帝，疏远太后。以此为由，短短数年间，就有文廷式、汪鸣銮、长麟、志锐、志钧被太后斥逐，罪名都是"信口妄言，迹近离间"。

翁同龢近来更是栗栗自危，太后数次冷言敲打，有人上疏责其擅权，擅权的根据是"毓庆宫独对"。毓庆宫乃皇帝书房，翁同龢在独自授读时，常对朝政有所陈奏。这招来亲贵的忌恨，连恭王都侧目而视。太后下旨撤销书房，对师傅明加限制。值此危疑时刻，他若再引荐"小人"，岂非自寻死路？

光绪体谅师傅的难处，可有谁体谅光绪的难处？上次战败而失台湾，此次不战而失胶澳，下一次、再下次呢？土地在他名下丧失，亡国之君是他，而不是在上的太后。他等不来合适的时机，他得有所作为，即使做不成真正的皇帝，也要有皇帝的样子！

光绪亲自拟旨，令总署全班进见。此旨很不寻常，因总署大臣多为兼职，罕有全部到齐的例子。目前共有十位堂官，除恭、庆两王外，按入署顺序排列为：廖寿恒、张荫桓、荣禄、翁同龢、敬信、李鸿章、崇礼、许应骙。按照光绪的设想，恭王养病自然缺席，庆王以下九人全来，必将对浑噩政局有所震动。坐在养心殿中，他等过了八点钟，九点钟，尚无人递牌子求见。又熬过半个钟点，太监递进三块牌子：恭亲王奕䜣、庆亲王奕劻、协办大学士翁同龢。光绪没有想到奕䜣会来，赶忙传见。

两王一臣依次进殿。光绪端详着奕䜣的脸色："叔王病未痊愈，怎么进宫来了？"奕䜣面容憔悴，说起话来依然硬朗："御医李德立开的药，臣服用后痰喘见轻。皇上令全班进见，臣正好有话要回，先一步求见皇上。"这有告罪的意思。这位爷体尊名高，连慈禧都谦让三分，光绪哪敢跟他争理？还得解释："德、俄恃强侵夺，交涉舌敝唇焦。外洋兴议弭兵，我国或可借力。总署迄未复奏，因此召见奕劻等人，不承想惊动了叔王。"

奕䜣颇显随和："臣对外洋略知一二,此会从未听闻。令人多方探询,总算摸清了底细。大约四十年前,英国一名教士,欲设和会消弭战争。这只是私人议论,各国当政者不予理睬。到了西历1880年,才在法国巴黎初次开会,以后又在意大利罗马开会,均无官方与会。今年要在瑞士召开,想来仍是清谈,无关国家痛痒。此等奇闻逸事,西方民众都不甚了了,高燮曾如何得知?据查消息载于《万国公报》,公报乃英国教士李提摩太所办。而康有为与该报结缘,始于甲午恩科会试后。该报开出五个题目:一、开筑铁路、鼓铸银钱、整顿邮政为振兴中国之大纲论;二、维持丝茶议;三、江海新关考;四、禁烟橄;五、中西敦睦策。康有为应征作文,获得四两奖银。康耳食于西人,高又拾其余唾。此亦康有为交结言官、买折行私铁证。"

恭王言之凿凿,翁同龢则灰眉塌眼的样子,一声不吭。光绪恍然大悟——他这位师傅是被拉来"陪绑"的。奕䜣被反康京官视为主心骨,光绪无力跟他对抗,但若退避三舍,振作从何谈起?光绪回归御座,劝说恭王回府安歇,遭婉拒后便开口又道:"即使康某言行有疵,只要他献出兴邦之策,我们也可择善而从。"奕䜣面和心冷:"皇上宽宏大量,做臣子的更应谨言慎行。康有为竟敢以伪学授徒,以微员干政,如对其寄予厚望,恐怕邦国更没有指望。"

光绪瞪视奕䜣良久,加重语气道:"朝廷从不依靠微员,我指望的是重臣,是王公。可我指望到了什么?若真别无所指,江山社稷终将无望了!"真是蔫人出豹子!奕䜣举目望去,看到侄儿的那张脸,真正娟秀如处子。比比自己那个不肖子,还有同治那位荒唐帝,七弟奕譞的这个儿子,高出何止一大截。奕䜣心中酥酥一软,久违的慈爱情愫油然而生。他确曾寄望于好学的幼帝,祈祷他能冲破宿命。然而可惜,罩在头顶的那把铁伞,天王菩萨也拨拂不开。他只能暗中设法维护,以免两宫风波骤起,只得道:"贻忧于君上,奕䜣罪不容辞。臣当引咎告退,唯愿臣去之后,皇帝师傅更加尽心,不为浮言所惑,不为妄人所诱,正色立朝以辟邪祟。"

恭王对帝师向来客气,此番正话反说,是讥讽他不尽心,无正色,字字刺中翁同龢的痛处。翁同龢七分羞恼二分畏惧,瞅了恭王一眼,将一分不满传达过去。这位爷是同治朝的主心骨,作为洋务首领,曾经誉满中外。因长期手握政柄,而受慈禧

所忌。在中法战争期间，慈禧借前方兵败，罢免了恭王的职权。甲午年恭王复出后，已不复当年气概。

面对外侮，翁同龢愿从内政根本变起，恭亲王则想以不变应万变，这就是二人的分歧所在。翁同龢严守君臣之分，所以只能隐忍不言。仅此一端，也许就该引进"妄人"，妄人不会拘于情面，顾全体统，或能搅动一潭死水。

翁同龢强忍愤懑，说道："奉旨觐见后，庆王爷令臣知照全班。除敬信告假、崇礼出京外，其余全部到署集议。对于皇上召见康有为的意旨，寿恒、荫桓与臣赞同，庆王、荣禄、许应骙反对，李鸿章未置可否。恭王爷带病莅署，仅邀庆王入宫，见臣持有异议，特赐同龢陪同。"奕䜣锐利地看一眼翁同龢，道："师傅和盘托出，奕䜣无处藏掖了。不过直说无妨，六大臣三三对开，李少荃不肯明言，需要我来回奏，弭兵会既属无稽，召见康应毋庸议。"

话已说到明处，翁同龢不能不辩："臣亲访英、美公使，他们都称赞弭兵的好处，并说各国政府渐予重视，必有所成。"奕䜣咄咄逼问："渐予？ 不是已予？ 仍没画圆的饼，就急着派人去吃，不知师傅为何独厚康有为？"

见王爷挑起字眼，翁同龢脑中又闪过"拂衣"二字，但他咬牙忍住："康有为与臣毫无瓜葛，臣对其学说也不认同。然而朝廷不因人废言，康中进士之后，即由都察院代递'为安危大计乞及时变法呈'，军机公阅后当即上奏。皇上览奏称善，令将原件呈送太后，并与另外八份奏折一同下发各省，限文到一月内分析复奏。"

奕䜣瞟了他一眼："关于此次上书，还有更动听的故事呢：康文呈到军机处，各大臣边阅边赞，恭王阅至论矿物一条，不由自主伸手画圈，大呼妙论。这故事是康有为杜撰的，闹得人人皆知，只有我最近才听说。"翁同龢不再接茬儿，只按自己的思路讲："这是战后首发自强上谕，各省皆拟有切实办法。可惜说归说，做归做，连八字都没画成一撇——"

"妙论！妙论！"奕䜣高声截住，竖起的手指狠狠一划，"他说画圈，你画八字，还说不认康的学说！翁师傅，我跟你说——"他声嘶喉噎，剧烈咳嗽起来。御前大臣领受示意，将恭王搀坐在一张杌子上，好大一阵，喘息方定。光绪令送恭王回府。

奕䜣噙着两眼泪道:"恳请皇上容臣再说几句,奕䜣的时日不多了。"

光绪十分不安:"请叔王珍摄身体,以慰天下臣民之心。"

奕䜣强抑喘息:"皇上宗社,天下臣民,奕䜣时时在心,不敢须臾忘怀。英、法犯京之役,臣奉帝命收拾残局,便已立下不渝誓言,自强自立,孜孜以求,求至甲午尽付一梦。经此死去活来,唯有一念尚存:不使书生误国。书生之祸大矣哉,讲经书生,清议书生,许许多多懵懂书生,再拉进一班剽窃洋学的书生,臣恐国难将更惨于甲午!"

翁同龢是当朝最大的书生,奕䜣此言令他心冷。光绪看看翁同龢,又看看奕䜣,一时不知如何是好。奕䜣挣起身子跪下,碰头在地:"臣想起文祥①临去的时辰了。文祥以残躯做遗表,是要死保李鸿章,死保洋务。洋务不错,翁师傅和康某人所要的变法也不错,但若时势不宜,担负其任的人员不当,就成了误食虎狼药。文祥冒死上言'请勿疑忌','疑忌'二字,臣请皇上牢记于心。"

光绪一阵寒噤,手扶御案起立,面对奕䜣的泪脸,恍若看到薨逝的父亲。往事历历在目,父亲对于慈圣,一直诚惶诚恐,可谓生于宠幸,死于煎熬。他体谅叔王的苦心,可有谁体谅他的苦心? 说句诛心的话,老一辈行将就木,而他来日方长,他前面的折磨比别人多得多,他怎能不预作挣扎? 却见奕䜣转对翁同龢:"翁师傅,对不起了,我不是泥古之徒,却来做顽梗之事,其中缘故唯你可以玩味。读书深不如谋事深,此吾愚言,亦请三思。"

听来极像遗嘱,翁同龢心中一酸,不禁流下泪来。君臣相对挥涕,此等景象近年常见,这不是亡国之兆是什么! 奕䜣艰难地站起身:"都想试一试,那就见一见他罢。皇帝照例不见四品以下官,可由臣衙门向康有为问话,视其言论是否可行,再请御裁可否召见。"

闹得死去活来,到此一块石头落地,却无人感到高兴。然而总算进了一步,翁同龢出宫后踽踽独行,家仆远远地跟着,像一条下垂的尾巴。不知为何,他有了丧

---

① 文祥,字博川,号文山,盛京正红旗人,晚清洋务派大臣,自强运动的重要领导人。

家之犬的感觉,这让他想起了老家,江苏常熟虞山脚下那个寂静的院落。他想抽身须早,"田园将芜胡不归",陶渊明千年前的警言,他读出深一层的含意。他默默地打着腹稿,要上表乞休。

正酝词酿句,耳旁有人招呼,只见一人高高的个子,笑笑的脸庞,迎着他拱手作揖。不是康有为是谁? 翁同龢不由愣住,满肚子的话,一时不知从何说起。

三、总署问话陈大计

此人突然冒出,就像专意窥伺似的。这又勾起翁同龢的反感。

康有为却无所察觉,依然快人快语,讲说由他发起的粤学会。此会设于南海会馆,已有二十余名粤籍京官参加,宗旨是研究西学,开阔两广士人的眼界,由一省、数省扩及全国,此由远及近之法也。

眼下他敷衍了几句,便跟康有为分手。

康有为注视着远去的马车,心里一哼:这就是宰相,这就是栋梁!围绕在皇帝身边的,尽是这等旧棉套般的人物。康有为想要挤进去,还得向他们祈求援引! 他只能将屈辱埋在心底,奔走于京城的冰风雪霰中。他不由联想到,两千多年前,孔夫子就是这样匆匆来去的。而今他要推行"孔子改制",追求"大同世界",应比孔子更加辛苦,也比孔子更加方便。因为他有报纸可用,学会可结,有众多徒党交相呼应。模仿粤学会的办法,林旭办起闽学会,杨锐办起蜀学会,宋伯鲁、李岳瑞办起关学会。

这几天,康有为正在联络御史李盛铎,鼓动他筹办赣学会。赶到预约的江西菜馆,康有为订好雅座,选好看品,掏出怀表看看时间,估计客人快来了,便到门口张望。

谁知左等不到,右等不见,眼看十二点过了一刻,那从不误时的李盛铎还无踪

影。却见街对过的关帝庙里，拥出一群男女，一边走一边比画议论。这是常见的散戏情景，北京人酷爱看戏，康有为视之为游手好闲。眼看闲人快走光了，康有为打发两起人去找。刚刚回来的李唐眼尖，手指对面请主人快看。

但见一干人簇拥着一个人，这人相貌堂堂，正如古小说中描绘的，面如满月，目似朗星，浓密的胡须十分惹眼，外套一件貂皮长袍，七八个人提包携囊跟着他。在右手掠边的那一位，可不正是李盛铎！李盛铎扛着一把长家伙，是关老爷的青龙偃月刀。康有为琢磨那人的身份，打量他是当红的京戏名角。名角甚至比名宦更受宠，此亦京城怪状之一也。

一行人走过菜馆门口，李盛铎对那穿长袍者说了一句，那人往这边投了一瞥，径自前行。李盛铎把家伙交代给另一跟班，讪讪地走回来，向康有为打躬致歉。康有为道："听你称他'童五爷'，恕我隔行如隔山，我只听说过谭鑫培谭老板，盖叫天盖老板，没听说过姓童的。"李盛铎笑道："岂不闻真人不露相？此位'童爷'，比那谭呐盖呀更像爷。"

二人笑谈着，相偕登楼，把酒对酌，指天说地。酒食征逐乃文人惯技，康有为在京运用娴熟，将火候把握得恰到好处。李盛铎附和主人的话意，从广兴学堂说到废弃八股。他代奏康拟的《时务需才请开馆译书以宏造就折》，御览后已获明发。今日交易的是《请明赏罚以行实政折》，明赏罚似陈词滥调，行实政为新方洋药，明修栈道暗度陈仓，行文之妙令李盛铎击节。他答应代递此折，同时指示门径，要康兄不止热乎翁同龢，还要通融孙家鼐。孙家鼐也是状元帝师，虽不如翁之深获帝心，然其洞明练达，不比翁同龢的拘执迂腐。提到帝师，康有为便心中气馁，因为在他的心目中，他才是天下最大的师，可惜，偏偏……

康有为收起正题，开始谈风论月，直到酒阑兴尽，方才出门道别。李盛铎走出几步又回过身，笑吟吟说道："吾兄大用之后，如何提携小弟？"又是一个大用，康有为心里咚地一跳，竟然无言以对。

回到客寓，室小如斗，树瘦如竹，衬托得周遭梦境般寂寥。想起明天就是岁尾，远在广州的高堂老母，正室夫人张云珠，新纳小妾梁随觉，定然眼巴巴地北望京师，

希望能追寻到他的目光。他很少这样儿女情长，也许他老了，日渐没用了。在怀念中度过丁酉除夕。

戊戌元旦，又熬过一个慢慢长昼，康有为拜罢客回会馆，门房交给他一封公函，说是一名总署章京送来的。拆阅信文，原来是定于初三下午三点钟，王公大臣共同约见康主事，函末署名为总办章京童德璋。康有为起初以为是一个玩笑，可又知道无人敢开这样的玩笑，手中的公函千真万确，他的"大用"也将千真万确！

一阵激动鼓荡全身，康有为强自忍住，在断断续续的美梦中度过一宿，又由麦孟华等弟子伺候着，准备问话预案。

午后两点半，他乘坐骡车出发，到崇文门下车，在东条子胡同附近踅了一阵，准时赶到总理衙门。司员将他引入西花厅对面的厢房里，这是来客候见的地方。"王公大臣共同"意为全班，那该何等隆重礼遇才是！康有为暗自掂掇着，觑见穿堂中走出几位红顶子，李鸿章、翁同龢居前，廖寿恒随后跟进。三个人入厅后立即请见，不见二位王爷，这就有些草草了。康有为踏进花厅，见三大臣立在东首，将他让到西首的客座。这是待以宾礼了。

康有为嘀咕着，听见脚步声，荣禄大摇大摆地进来了，细篾子眼乜斜着这边。康有为起立作揖，荣禄敷衍着还了一揖，大步跨向自己的座位。四巨公面对一小吏，康有为被笼罩在群山阴影下，却依然泰然自若。

厅中沉默了一刻，李鸿章瞅瞅翁同龢，翁同龢朝他拱手。李鸿章明白他不方便开口，先讲开场白："皇上忧勤国事，宵衣旰食，致力自强。图强必须广开言路，择善而从。主事康君研习西方学问，颇有独到之处，早已博得时誉。恭王殿下特令我等延见，探讨应时之策，寻求补益之法。"这几句言大而空，可见他有意压抑。

康有为便在话中包含骨头："古语云，主忧臣辱，主辱臣死。君国之忧始于甲午，余殃流毒及于今日，胶、旅双双沦入虎口。为臣子者包惭忍羞，皆当以余生为雪耻之谋，否则何如死了干净？"

康有为出语惊人，其矛头所向也很清楚，偏偏李鸿章肚大能容："这话好，道出

李某心中所想。"

　　荣禄偏不能容忍以下犯上："我不这样想。论事需分因果，国耻主因在遭遇强暴，该死的是外国强盗，怎能让人打掉牙齿，还要咽回自己肚里？"在座的就属此人根子硬，可也数他学无根底。康有为哪能怕他："人必自侮而后人侮之，若是本体强健，何惧外邪侵袭？自助者立，自胜者强。何为自胜？肘腋痈疖则刈之，腠理疾患则祛之，四肢不举则促之，中枢不振则革之。以国喻人，亦同此理。国势不振，唯有变法——"

　　他故意说得文绉绉，荣禄越听越腻歪："祖宗之法不能变！我朝自从圣祖立法，近三百载法统不改，轻言变法者其心可诛。"这话大义凛然，并不是专对小小主事说的。康有为却针锋相对："祖宗之法，治的是祖宗之地。今祖宗之地不能守，祖宗之法怎么守？即如今日祖宗莅临，问到胶澳偌大地方，尔等将以何法守之，各位大人如何回答？再如此处为外交之署，便非祖宗之法所有，莫非也是背祖之举？"

　　荣禄备有一肚子话，却找不出一句有力的，顾盼间看见张荫桓走进来，急忙招呼："樵野迟到，没听见贵同乡舌战群儒呢。广东地方专出怪才，这位堪称怪中之怪。"张荫桓为双方解嘲："见怪不怪，其怪自败。我说长素，你若把出众变成合群，就找对变法的门径了。"这句趣言大有意味，李鸿章不由点头。他已看透了康有为，仍是躁进轻狂一路。对于天下大势，他早就判断当属"三千年之变局"，可惜变来变去，如今他被变出局去，成了旁观的角色。

　　那张荫桓打着圆场，一阵让烟续水，气氛缓和下来。翁同龢瞅一眼荣禄，荣禄对他笑笑，换换姿势又坐稳了。这对结拜兄弟，近来面和心不和，翁同龢深以为苦。对于这场问话，皇上殷切期望。他生怕荣禄把事搅黄，可又不想显露偏向。

　　廖寿恒是个好好先生，这时愿意帮他发问："如果实行变法，应以何事为先？"康有为回答："应变法律，官制为先。"李鸿章满怀疑虑："难道六部尽撤，律例尽弃？"

　　康有为侃侃而谈："今为列国并立之时，非复一统天下之世。我朝法律上承宋、明，远袭秦、汉，两千年因循，上百代叠加，陈腐不堪，积重难返。法律既不妥善，官

制怎能适宜？六部①设置历经千百世代，换汤不换药，求禄不求功，以至于兵部不管兵，工部不做工，吏部不治吏，部部空对空。此等劣法庸官，即一时不能尽去，也当斟酌改定，新政方可推行。"

座上诸公不是掌部的就是管部的，听他一棍子打死六部堂，不由面面相觑。李鸿章很早提议改官制，但他的改只是小修补，何尝有此大气魄？他对翁同龢眯着眼，会心一笑："这下好了，你这户部尚书赋了闲，可以觅到更多书了。"

康的张狂令人不安，翁同龢尽量将话扯开："当一天和尚撞一天钟，眼下我得急着筹款，去填对日赔款这个无底洞。请问有何良策？"康有为谆谆道："只有借洋债一法可使，这叫饮鸩止渴。止渴之后就得止饿，国贫财荒，皆由税制废弛所致。以敝乡南海县为例，每年税收二十四万两，到达国库仅有二万两，其余全部流失了。如能堵塞漏洞，国家收入将成倍增加。外国的理财善法，如印度的田税征收法、法国的印花税法、日本的银行纸币，我国都可仿行。增税须先生财，要大开铁路，广开矿山，多开公司……"

"起茧了，起茧了！"荣禄叫着起身，一手指着自己的耳朵，声称有事需要早行一步。对面各位也已倦怠。

康有为仍然大讲特讲。他从英国的铁路，说到美国的矿山，再说到日本的路局："我国也有洋务等局，可惜有名无实。外国开一局兴一业，凡属本业范围内事，皆有实权发令行政。最重要的是制度局——"

李鸿章抢先问："何为制度局？"

康有为道："开立制度，总领新政，议定宪法。选天下通才入值局中，皇帝亲临顾问国事，朝廷随时咨询意见，大臣贤愚服从公论，如此则风气可转，国运可回。"

李鸿章转问翁同龢："真正高论！叔丈中堂以为如何？"康有为竟要撤销六部，以制度局取而代之，如此大胆设想，令翁同龢闻之惊心。他想赶快结束问话："正在走神，相国惊醒梦中人。此番议论，可否请相国择要上闻？"李鸿章哪肯装他的幌

---

① 六部，指吏部、户部、礼部、兵部、刑部、工部。

子:"好是好,不过隔日上头就要赐寿,鸿章不好僭越了。"

后天是李鸿章的生日,两宫都会赏物赐福,李鸿章乐得躲在后边。翁同龢无可推托,从文案处取来问答簿,回家途中顺访张謇。张謇丧父回乡守孝,刚刚回京销假。这位得意门生,被翁同龢倚为左右手,可他才望虽高,权力却小,在翰林院担任专为状元而设的修撰一职,也就是修文撰稿而已,委屈死霸才了!翁赞张为霸才,这有事实依据,张謇丁忧期间创办了南通大生纱厂,确有办事才能。对于康有为的主张,张謇有赞成也有反对。他提议"略前详后",对撤部设局之说,以寥寥数语上报,办学办厂之策则可详述。

翁同龢依计行事,将问话节略上奏光绪。光绪想趁机见康。翁同龢劝说道,众臣代帝垂询,似宜稍迟接见,以免再起争议。康有为译纂的日本、俄国变法书籍,可令其上呈御览;如对时事提出新见,臣等亦可上报。光绪听罢无语,算是默许。

翁同龢以总署名义发出指令,康有为大为振奋。直接向皇帝进呈著作,这是独辟蹊径的一道策论,他要使用自家酒杯,去浇国家块垒。

康有为令弟子分头赶抄,先将《俄彼得变政说》结撰成书,率先上呈。《日本变政考》已完稿,他重读后感到缺陷甚多,而他是力主模仿明治维新的,所以要大幅改作。写书迂回曲折,最简捷的还是条陈所见。康有为却精心构思"上皇帝第六书",此书集前五书之大成,仅起首语就改了三遍,最终定稿为:"具呈。工部主事康有为为外衅危迫,分割洊至,急宜及时发愤,大誓群工,开制度新政局,革旧图新,以存国祚,呈请代奏事。"开制度新政局仍为条陈核心,制度局之下分设十二局:一、法律局;二、税计局;三、学校局;四、农商局;五、工务局;六、矿政局;七、铁路局;八、邮政局;九、造币局;十、游历局;十一、社会局;十二、武备局。由中央推及地方,每道设一新政局督办,每县设一民政局,由督办派员会同地方绅士公议新政。

此项大纲孕育多年,今已瓜熟蒂落,何日水到渠成?短则三年,长则十年,大事必然成就,康有为深信不疑。行文至于此境,怎不顿生豪情!呈文送到总署,迟迟不见下文。命弟子在总署打听,没能见到大臣,四名总办没有一句囫囵话。康有为又放不下架子,他已经"奉旨问话",怎好反过来问这样的话?

熬耐不过时，他坐着骡车在翁府附近转，探知翁同龢回到府中，便投名刺进去。门上回话老爷不在，这叫拒见。翁同龢有爱士之名，这碗闭门羹叫康有为发了慌。急切间意欲转访张荫桓，想想又觉不妥，近日坊间飞短流长，斥骂粤奸变乱朝政，张被指为奸党的枢纽。

康有为的车子东拐西扭，在另一"粤奸"门前停下。这人名叫关以镛，在总理衙门做章京。关以镛将康有为迎入客厅，刚坐定便明说："樵堂令我转告先生，多言钱，少涉权。"张荫桓字樵野，堂则是属员对堂官的尊称。康有为闻言不悦："言不及义，这是大局败坏的根源。樵野怎也钻进钱眼里了？"关以镛笑道："踏破铁鞋无觅处，天下何人不思金？话说对日赔款——"

康有为迎头截住："又是对日赔款！款已赔得差不多，秉政者为何老拿这个说话？"

关以镛道："不错，我国先向俄、法，后向英、德各借银一亿两。第一期付赔五千万、赎辽费三千万，第二期付赔五千万，第三期付赔一千六百余万，至今还欠日本八千七百万。我得更正一下，咱们说借款，西方说是国家公债代理权，就是在西方国家发公债，人家赚的是折扣费。为此，各国争夺第二次借款权，俄、英两国几乎大打出手。不瞒你说，先生在总署聆询那天，俄、英公使咆哮公堂，闹得恭王爷当场晕倒。王爷愤而决定两不借，对外改用商业借贷，对内试行民间集股。"

康有为若有所悟："这就是黄状元所奏的由来？"黄状元名为黄思永，时任詹事府左春坊左中允。关以镛答道："是。黄状元奏请发行自强股票，其方法是：先按官之品级，缺之肥瘠，家道之厚薄，决定借款多少，查照官册分派，渐及民间。皇上令户部速议，五天后户部复奏：发行昭信股票一百万张，每股一百两，共值一亿两，年息五厘，二十年还清。准许互相转售，准抵地丁盐课，由王公督抚等官领票交银，用以倡导商民。"康有为大不耐烦："我又不买股票。昭信昭信，何曾有信？甲午年为了急筹军费，朝廷准各省仿借商款，张之洞在两江征借六十万，用办厂股票强换借据，闹得民怨沸腾。今又做此亡国之举，我必致书翁相劝阻。"关以镛道："这就怪了，你愿借外债，不借内债？"

康有为愤愤道:"内外差别恰在一个'信'字!以咱们的信用——"忽然发觉上当,他责问对方:"你好像有意把我岔开。"关以镛举手道:"非也非也,在上各位念兹在兹,在下奉命提醒而已。"康有为想了想:"那我就要问问了,外间纷传樵野贪贿无餍,是真是假?"关义镛反问:"外间纷传,证据何在?"

康有为斩钉截铁:"我不要证据,我只问内心。"关以镛嘿嘿笑:"若说内心,人人贪私,我有,你也有。"康有为反驳:"我没有。讲大义者皆无此心,比如翁叔平师傅。"关以镛扑哧一笑:"他?外间纷传翁、张平分贿赂。"

康有为声气激烈:"如此说再无干净人了!因相信世间尚存公道,我才甘于冒死犯难。碰壁无数次,不在乎同乡们安排的一个软钉子。"关以镛淡然道:"没有软钉子,只有六个字。"康有为手一挥:"我也还你六个字:多言钱,必丧权。"

康有为拂袖而去。关以镛送到门外,转身回来,张荫桓从侧门走到厅中,二人相对微笑。张荫桓连连摇头:"口不言钱者,只有大书呆子。我不是贪贿,那叫佣金,经手人合理取酬,都写在合同中。几十万的银子,分到我手里有几个?"关以镛比着手指:"连在下都分了几个。只有翁尚书不肯沾手,老人家有洁癖。"张荫桓不屑道:"他那叫胆小。明面的不收,化成礼物就受了。指望几两养廉银,他还想逛琉璃厂玩古董?"

关以镛顺溜地转了话题:"筠庵尚书令我转告,那件古董他喜欢。"筠庵是许应骙的字。许以守旧著称,张以通洋知名,然而乡党之间总有一线牵着。张荫桓点着头:"那个玩意值银上万,他不喜欢也不行。尚书还有别的意思?"关以镛道:"也是六个字:少言钱,多使钳。"张荫桓转身在厅中踱着:"他要我钳制康某,少生麻烦。康长素岂是吃素的?况且上头变法之心甚急,下头阻遏上书,良心上也过不去。"

"我一个纳赀知县,佐杂小吏,由署理道台到入值总署,再充出使美、日大臣。由于薄知洋务,获邀圣上殊恩,能不感激图报?我将康某人引荐给翁师傅,这就成了始作俑者。究其实际,屏绝了康有为,我国就能安稳了?"他没说明的是,他在皇帝面前保举康有为,这才把翁同龢推到了前台。张荫桓一点头:"罢罢罢,不说了,我得到总署卖国去。"

总署要卖的那块"国",早被西方强人嚼烂了。德国公使口头上答应以三门换胶澳,德国将领手头上忙着把青岛变汉堡。他将章高元驱逐出境,派兵分据要害,侵入县城威吓官员,张贴告示弹压居民。

德国人并非心血来潮,早在几年前,德国内阁就拟定一份绝密文件,列举夺取胶州的六大好处:一、有助于德国商贸活动的扩张;二、保持远东国际关系的均势;三、保护基督教在华的传教事业;四、为海军扩军计划开道;五、为德国在干涉还辽中的贡献获取报酬;六、在青岛建立一个模范殖民地。公使海靖跟总署大臣还在磨牙,青岛殖民政府已组建成功,开始实施德式统治。

翁同龢、张荫桓都被蒙在鼓里。在他们着力推销三门湾时,李鸿章催促俄使巴布罗福,要俄国兑现诺言。他也是蒙在鼓里打转转:巨野教案尚未发生,德皇便征询过俄皇的意见,俄皇对德占胶澳不提异议。俄皇有自己的盘算,李鸿章上门求助,正好把旅大填进俄国之口。德俄两家各得其所,翁、李交涉双双落空。

海靖到总署摊开底牌:租借胶州湾做军港。海靖侃侃陈述理由:"现在胶澳海口,均为德军占有,中国并无兵力夺回。即使我愿归还,贵方也无海军防守。有德国舰队驻守,也可防范英、日攫取。"

翁同龢先醒过来。自从进入总署,他是捏着鼻子与犬羊之辈打交道的,而今悲愤交加,哪还讲究礼数:"西方教义中所称的魔鬼,我算亲眼见到了!前天你还说,德皇电令体谅中国的难处,转眼变成这样,莫非德皇也是假的?"

海靖山一样冷静:"德皇已令皇弟亨利,率第二舰队出发,不日可达青岛。同时颁发严谕:一、中国如不允租,我军不但不退,且应尽兵力所至任意侵占;二、如果允许租用,可以不要中国赔款,否则使用武力索赔数百万;三、此事未定,各国银行观望退缩,债款难借,赔款违约,日本进逼,中国现政权势必解体。"

势已至此,要解此厄只有打仗,然而打仗无异于自杀。总署无奈奏请结案,光绪无奈朱批"依议"。对于教案本身,中方履行以下条件:山东巡抚李秉衡撤职,永不叙用;凶犯二名斩首;在济宁、曹州及巨野各建教堂一座,教士居所七处,负担建筑、赔偿费九万三千两;颁发上谕保护德国教士。

由李鸿章、翁同龢与海靖签订《胶澳租界条约》，将胶州湾及附属岛屿租给德国九十九年；胶州湾沿岸潮平一百里内划为自由区，德国官兵自由通行；德国有权在山东境内建造铁路，开采铁路沿线的矿产资源，中国在山东开办任何工程，所需的人员、资本、技术，都应与德国商办。

真是祸不单行，俄舰在清军欢迎下开进大连湾，再想送鬼出门，可就难如登天。驻俄公使许景澄，借离任之机觐见俄皇，催促俄军退出旅大。俄皇置之不理，反问："贵使何日回去？"俄外交部于次日通知许景澄："俄派巴布罗福为专使在北京谈判，中国须在三月初六（3 月 27 日）前接受所求，过期不复，俄即自行办理，不能顾全联盟交谊。"

李鸿章是联俄的主谋，自然脱不了干系。让他专办此事，朝廷又不放心，便令张荫桓同办交涉。张荫桓以亲日著称。此时权要中不乏亲日者，因为战国时期的"合纵连横"术，仍被他们奉为外交经典。在本国虚弱无力时，若不朝秦暮楚，怎能绝处逢生？朝臣如翁同龢、张荫桓，疆吏如张之洞、刘坤一，都主张联合英、日对抗俄、德。用一个"亲日派"牵制"亲俄派"，李鸿章便无法我行我素了。

其时英、俄争霸世界，当然也要逐鹿中国。英国强烈反对俄国的图谋，暗中却与俄国取得妥协：俄国承认长江流域为英国的势力范围，英国理解俄国在华北有特殊利益。如此这般划分领地后，英国转向中国寻求补偿，租借威海以保持对俄均势。

威海作为战争赔款的抵押物，仍处于日军占领下。日本要跟俄国争夺朝鲜，愿意慷他人之慨，它将威海许给英国后，又跟俄国讨价还价，在《东京议定书》中达成"满韩交换"：俄国承认日本在朝鲜的特殊地位，日本不反对俄国占据旅大。俄国摆平了两大对手，剩下的便是猫戏老鼠了。他们当然清楚，李鸿章不是亲俄，而是因战败急需外援，俄国的庞大体量，至少给了他心理安慰。留在旅大监视胶澳，并替"盟友"威慑其他强国，便成了说得出口的理由。

目前最苦的是李鸿章，他由于熟知洋务，所以相信世界公理；由于相信公理，所以推进中俄结盟。他不知道的是，即使在西方的文明准则中，俄国也是最野蛮的角

色。引狼入室于先，与虎谋皮于后，他除了急出满嘴燎泡，又有何计可施？

俄方通牒即将到期，巴布罗福担心中方拖延时间，要在天平上加码。码就是金钱，这是万国通行的"准则"。巴布罗福先从张荫桓入手，两人独处时，他暗示握有对方受贿的证据，接着许诺给予相应报酬。张荫桓镇定地反问，你知道反对租约的官员有多少？你能全部买通吗？巴布罗福做了肯定答复。张荫桓又问，李中堂也能买通吗？巴布罗福笑了笑："他？你以为中俄密约是白定的吗？"张荫桓做出醒悟的样子："原来是这样。不过，他是他，我是我。我只收回扣，那合常规，不是贿赂。"巴布罗福仿佛没听懂，临分手时，顺口提示，华俄道胜银行有二十五万两存银，由张侍郎在方便时支取。

第二天，张荫桓称病不出，轮到李鸿章来俄馆。谈判是官样文章，哀求是私人感情，两方面均告无效，李鸿章发了一通脾气。发作之后便要退让了，巴布罗福送李鸿章出去，看出李鸿章气虚力竭，便请他就近在园亭中小憩。啜了一阵热茶，李鸿章张开双目，仿佛从神游中归来，与对面的那双鹰眼碰个正着。他强支着想要站起，却没撑起身子。巴布罗福张罗着，替他点着一支洋烟，双手捧递过去。

李鸿章紧盯着发红的烟头，又乜视着那双蓝色的眼睛："这是献祭的烟火吗？我还没有死。"巴布罗福笑眯眯地说："我祝中堂长命百岁。"李鸿章缓缓道："我若老而不死，必将受诅终生。这是俄国人害的，你得给我陪葬。"巴布罗福做慨然状："我为中堂效劳，从天堂直到地下。"李鸿章向北一指："俄国霸了那么多地，地狱广布，何来天堂！"巴布罗福笑得开心："俄国人的天跟别国不一样，我愿伴游观光，请中堂一开眼界。"李鸿章投去犀利的一瞥："伴游，伴谁？有人先行一步，不知他观到了什么？"

这等事只可意会，巴布罗福踌躇未答。李鸿章又逼一步："那位红员贪名远播，你们怎忍用软刀子杀他？"巴布罗福想好了答词："为国服务的人员，应得到相应报酬。"李鸿章做出更正："我们叫为国操劳。联俄联到了魔鬼，李鸿章劳苦功高。"巴布罗福不怕挖苦："所以要有最高的奖赏，以对应卓著功勋。"

李鸿章哼了一声："最高是多高？五十万两白银？在商借俄款时，你们就硬推

给我这么多,它至今躺在账上,李鸿章分文未取。"

巴布罗福不再含糊:"可它在你名下,名叫李鸿章基金,由华俄天津分行经理璞科第经管,常年繁衍生息。服从中堂的意愿,它可用于救荒,这是慈善的储备。"

李鸿章似受刀刺:"好一个血染的仁慈! 李鸿章不肯收受,可是名字已被你们取走,硬安到基金头上。李鸿章干什么吃的? 老子少年起兵,壮年征战,老年封侯,杀死万千土贼,骂倒千万洋妖,就是缠不过你们这些非人非鬼! 老子稀罕银钱? 老子战败失势,交卸时留给后任八百万两银子。你俄国穷大方,拿得出八百万贿赂?"

李鸿章愤然起身,迈步出亭。巴布罗福紧紧跟上,提醒道:"中堂,通牒后天到期。"李鸿章干巴巴道:"明日召见,专议此案。"倏然回头喝叫:"滚开,你这乌龟王八羔子!"

四、集会登坛发狮吼

俄、德、英、日交相进迫,东南西北乱作一团,康有为所上的那份条陈,总署哪有工夫搭理? 一直拖了四十天,眼看旅大无可挽回,总署才把它呈进宫去。

康有为不是省油的灯,你不拨他自己放光,又上呈一份《为胁割旅大乞密联英日坚拒勿许呈》,也是要联英联日。他还替人撰写了好几道折。其中一折耸人听闻,就是文悌所上的《请拒俄联英折》。拒俄是老题目,法子却有新花样,文悌誓愿一死报国。康有为便替他设想,邀集御史伏阙痛哭。

康有为特意开列了一张名单,亲自邀约,并且出资,假座燕赵山庄,飞觞流觞以壮行色。席间群情激昂,或则慷慨悲歌,或则嬉笑怒骂,那文悌却一反常态,深沉不语。他是领衔之人,康有为生怕他临阵退却,想要劝勉,又怕惹动他的阴阳怪气,便瞄了身旁的宋伯鲁一眼。

宋伯鲁是山东道掌印御史,资格最老,出言豪迈:"风萧萧兮易水寒,壮士一去

兮不复还。我等虽是文士,却愿仗剑刺秦——"这果然引起了文悌的怪笑:"芝栋兄用错典故了。我等此去伏阙,面对的乃是皇上,你要仗剑,不想活了?"杨深秀忍不住了:"老兄想出尔反尔?"文悌曼声道:"出乎尔口,入于我耳,彼何人哉,嗾人送死?"

这是刺到身上了,康有为擎杯立起:"以我之口,邀集族人,不是送死,而要求生——"文悌反问:"请问所邀是谁的族人?"康有为眼睁睁看着文悌:"仲恭兄以为我顾惜身家? 康有为阖族一百余口,皆愿为救国孤注一掷。可是敝族人微言轻——"文悌接过话去:"那么敝族呢?"他所谓敝族,指的是满族,这触及清朝人最深的忌讳,大家一时噤住。康有为轻叹一声:"没有分清贵族和贱族,这是我的不是。仲恭兄,请把那折子还给我。"这一手文悌没有想到:"还给你? 为什么?"康有为道:"不劳动大驾了,由我亲率康门弟子伏阙上书。"一直未出声的高燮曾开了口:"我去。"杨、宋等人接上来:"我也去。"无数双眼刺向文悌,文悌却是粲然一笑:"好了,我劝你们都不要去。我故作跌宕,是要逼出康先生的真心。我的真心是,我朝严禁言官结党,所以此折由我独上。各位今日一聚,算为我擂鼓助阵。就此告别,文悌去也!"他要充英雄,还是打横炮? 众人心中窝火。杨深秀拦住要离席的文悌:"你怕结党,请把折子交给我,由我与众位同寅上递。"

文悌咧开嘴嬉笑:"你? 请你听听康先生拟的折子:'唯有叩恳我皇上暂缓割地,特派奴才持国书赴俄国,面见俄国君臣辩论此事。奴才当痛哭流涕,九日不食,竭诚相感。倘俄国固执不能解免,则奴才立即蹈海而死。'奴才是我,你懂吗?"奴才是满人对君主的自称,而汉人只能称臣。文悌反复纠缠此义,有何深意?

康有为思索着,却见文悌望着自己:"何去何从,请撰稿人评判。"康有为笑了笑:"老兄为国捐躯,我只是揣摩你的心声。文仲恭要当仁不让,我等衷心祝你成功。"康有为尽力说服众人,任由文悌赶往宫门,单独上奏。他担心的是,"结党"二字传扬开去,那就要乱大谋了。

这一次集会虎头蛇尾,并未打消康有为的兴头。因为今年是会试之期,举人云集京师,俄占旅大激起公愤,正是士气可用。康门弟子麦孟华、龙焕纶、况仕任,鼓

动各省士子一百余人，赴都察院上呈《力拒俄请合众公保呈》。康有为要的就是轰动，无论如何，他形成了一股隐形势力，多少人都想倾听他的声音。

此时他又得到有力臂助。大弟子梁启超，专门从湖南来到北京。梁启超才气纵横，甚至超迈乃师。黄遵宪、汪康年在上海创办《时务报》，请梁做主笔。梁氏文章气势磅礴，锋芒逼人，《变法通议》二十篇尤为精警，一文刊出，万人争传，新学士子无不折服。连文章老手张之洞都为之倾倒，亲笔致函曰："甚盼卓老中秋前后来鄂一游，有要事奉商。"

其时梁启超二十四岁，张竟以卓老称之，可见器重之至。梁启超难却盛情，乘便赴鄂拜谒。张之洞闻报大喜，竟要大开中门相迎。这是接见督抚之仪，属吏劝说"恐骇视听"，他才怏怏作罢。

那天张之洞娶侄媳，贺客盈门之际，张之洞撇开众宾宴请梁启超，可谓相见恨晚。他要聘梁做两湖时务院长，并在督署办事，年薪一千二百金。拳拳爱才之意，终因政见分歧，顷刻反目成仇。半年前，梁启超不愿再受窝囊气，应聘为湖南时务学堂总教习，同时仍兼《时务报》主笔，他在赴京会试前突然病倒。康有为的弟弟康广仁，一路陪伴梁启超进京。

按《水浒传》的说法，这叫梁山英雄大聚义了。梁启超细剖道，两广有革命党扰边，江南有哥老会蔓延，直、鲁、豫有乱民习拳，据说那是白莲教余孽，肘腋心腹祸患相连。此乃根基动摇之兆，而在上者浑噩如故，开通如张之洞，也不过借西学粉饰门面，见有异己即凶相毕露。《时务报》发刊之初，他令湖北全省官府学堂官费派阅，并请湘、浙等地协助销行。过不多久，他发现报章充斥"康党学说"，便处处留心挑刺：梁启超在《论学校》中，对张之洞创建的"自强军"有不敬言论，又将满洲人称为"彼族"，在《论科举》中斥责理学大师倭仁，反对西学，食古不化。张之洞便下令取消官费，授意汪康年给梁启超设绊子。

汪康年曾是张之洞孙儿的塾师，中进士后无意仕宦，立志办报。《时务报》声名鹊起，汪康年兴奋不已，亲自操毫擂鼓，在第四册上发表了《中国自强策》。他指出中国政治之所以无力，是因君主专制，导致权无所归。所以不变法则已，要变必须

从制度变起,设立议院以兴民权。这种说法比梁启超还要激进,张府幕僚们不由惊呼,汪穰卿变成康梁一党了!于是纷纷函电谴责:"民权文字亦不佳。""某御史要打民权一万板,民权屁股危矣哉!"

汪康年一见不妙,赶忙收篷扯帆,转而抵制康学。在报馆担任撰述的章太炎,因尊崇古文经学而厌康,也跟康门弟子时起冲突,有一回竟被对方饱以老拳。梁启超耐不住纠纷,应邀离沪赴湘,张之洞仍不罢休。他对梁撰《知耻学会叙》大为光火,将电报打到长沙:"阅者人人惊骇,恐招大祸。若有言官指摘,恐有不测,《时务报》从此绝矣。"

湖南是湖广总督的辖区,巡抚陈宝箴、署理按察使黄遵宪不能不听他的。其实陈宝箴比张之洞更识时务,前学政江标、现学政徐仁铸,都跟黄遵宪意气相投。此外还有巡抚公子陈三立,湖北巡抚的公子谭嗣同,醉心西学的唐才常,新锐之士各显其能,南学会、湘报相继开立,湖南新政名播全国。但其阻力也来自本省,岳麓书院院长王先谦,长沙进士叶德辉,斥新政不遗余力,如此看来,欲在一隅推行变法,并不比在京师容易少许。

康有为边听边踱步,他几次将脚迈出门槛,想要到湖南去看看。他感到,他去过的地方太少了,莫说东洋西欧,连屈原投江的故事都未效仿,何谈汗漫游,何补康子学!

他目光炯炯地看着弟子道:"虫草苏醒,竹木萌生,必有坚冰腐壤压其上。等到春气运发,但见新绿如锥,谁人能够封堵?张香涛巧宦伎俩,时人早有定评。他权督两江时,我为开上海强学会,专往南京做说客。他待我如大旱之望云霓,隔日一谈,每谈则必通天彻地,恨不同做变法宗师。实则此老另有隐情,一位幕宾酒后告诉我,香涛次子夜半赏月,在督署园池中失足溺亡。为了排遣悲痛,梁鼎芬短笺献计:长素健谈,可以终日相对。请于午后案牍少清,或早饭共食,使之发挥中西之学,以及近日士大夫之论。长素于世俗应酬全不理会,于讲谈则舌灿莲花,使人心开。卓如你看,他把我当成解闷酒了。此人忌惮康学,多次劝我慎言,又叫梁鼎芬前来说服。我回言决绝:孔子改制,大道也,岂为一总督供养易之哉!梁鼎芬也极

可笑，他原本对我推崇备至，赠我诗曰：牛女星文夜放光，樵山云气郁青苍。九流混混谁真派，万木森森一草堂。但有群伦尊北海，更无三顾起南阳。芰衣兰佩夫君笑，憔悴行吟太自伤。后见我不肯俯就张制军，他便对我恶言相加。去年我与他在沪相会，他又诱惑加威胁：以先生大才，若能恭谨逊顺，必成不朽事业。君子之间，当以义交。我姓梁的谨守六字'大清国，孔子教'。如有欲叛者，我必口诛笔伐之。"

康有为滔滔不绝，梁启超听得忧心："我在长沙听说，为了抵制康学，张香涛正在著书。"康有为一激灵："有这等事？"想想又道："有又如何，善于拾人牙慧者，还能说出子丑卯寅来？"梁启超劝谏道："在衮衮诸公中，张香涛堪称才人。他若专意刁难，恐于圣学有碍，老师可否曲与周旋——"

康有为最怕门生游移，尤恐眼前这位，忙用话拦住："我愿周旋，不愿屈从。还是那句话，此乃大道，岂为一总督供养易之哉。他们口口声声大清大清，实则其心污浊不堪，只要禄位得保，何管国之存亡。卓如当然明白，我说的这国是中国，并不限其是清是明，因为朝代可更替，中国当永存。为救四万万人，仍须就地生法，这才属意湖南。湘人材武冠世，各国瓜割日逼，湘中可图自立。因其南连两粤，可通海疆，即使中国割尽，留此一片热土，可存炎黄之种。此吾心底隐秘之思，尚未为外人道，外人谣诼甚嚣尘上，何足计较！"

此语极其沉痛，师生相对唏嘘。每一次康师开讲，梁启超都会感佩其胸襟恢宏。回想当初，梁启超乡试中举，主考官李端棻欣赏其才华，将堂妹许嫁给他。康有为仅是一名监生，正是通过一席长谈，使梁启超醍醐灌顶，才死心塌地投入门下。眼下老师似要否极泰来。

总署代递条陈后，光绪发下交片谕旨，总理各国事务王、大臣妥议具奏，这是第一次就康折交议。康有为当即上呈《日本变政考》《泰西新史揽要》等书，附片请在考试中废八股，改策论。光绪很快下谕，将康有为历次条陈以及呈书，一并恭呈太后慈览。如此优遇令人欣喜，可身为皇帝正被失地之痛煎熬，康有为就无法体会了。

那是在颐和园，召问李、张二臣。坐在仁寿殿南里间，光绪使出定力，才将气息

调匀。一看见李鸿章那蹒跚的步态，花白的发辫，他立时感觉胸口一紧，透不过气来。对这个股肱之臣，光绪曾以"国师"尊之。李也确如支撑大厦的栋梁之材，谁料他会一败涂地，连累得社稷摇摇欲坠！

光绪眯细了眼，瞅瞅御案前跪拜的位置，右边那个设有拜垫，左边那个空空如也。侍臣引领二臣趋前，分左右跪下，饶是李鸿章骨头硬，这冷天冷地也让他哆嗦了一下。张荫桓跪在厚厚的棉垫上，忍不住窃笑。他知道皇上借此示惩，也知李鸿章会装出恐惧，只可惜外国人不懂这些。

他听见皇上问话："讨还旅大，办得如何？"开口就说讨还，这茬不好接，李鸿章却答得顺溜："回皇上话，臣与张荫桓跟俄使谈判五次，俄使咬定，为了抗德、防英、御日、吓法，并为维持东方大局，保护中国安定，俄军不能撤出旅大。"

光绪的声音有些颤抖："你李鸿章，坚称俄国可以依靠，不顾败盟风险，不惜输以大利，与俄签订密约。今约期未半，不但不能阻止分割，俄国竟自背约索地，何谈盟友，何谈保护！你的密约如何定的？"

李鸿章两手高举，摸索着摘掉顶戴，碰头在地："臣心如割，臣罪当诛。于无可奈何之际，觅或可自保之路，此臣愚忠愚思，为此押上身家，性命不足计也。结盟乃借外力，自强须求内心，已与己约，谁人可侮？"

他似乎问住了皇帝。侧耳听听尖啸的风声，李鸿章再一次叩首："俄愿在新款中载明，只要允许租借，中俄密约如故。"如什么故？如故失信，如故窃取？

光绪沉默许久，只好转问："荫桓有办法吗？"张荫桓笼统回答："容臣等统筹妥当，请旨遵行。"光绪长吁一口气，又问李鸿章："你正月患有喉症？"李鸿章再叩头："大致痊愈，偶尔复发。"光绪紧盯着李、张："总理衙门事，责成你两人。"随命下去。李鸿章挣了两次没能立起，光绪令内侍扶掖，温声吩咐："站定再走，不要急切。"

光绪又召翁、张专议此事。此时情势洞若观火，翁同龢请皇上作海口已失的准备，并以此为发愤契机。《旅大租地条约》已经敲定，发愤的法子尚未找到。康有为的法子却层出不穷。他本来接到夫人来信，内称母病盼儿回家。踌躇再三，他才回函："国事艰难，未暇他及。四月开榜前吾必归，否则亦接家来京。视所上三封如

何,故不能定也。"他的条陈初获佳音,如果得到重用,他将奉母来京荣养。

他的心思,有心人自能领会,李盛铎主动来谈开会事。这会是保国会,康有为遍发英雄帖,定于三月二十七日下午一点,在粤东新馆开一大会,以伸国愤。在请柬上画到的达官不少,比较有名的到会者,仅有黄绍箕、于式枚、杨锐、李岳瑞、岑春煊等,倒是阔普通武、文焕、锡恒三位满员引人注目。新馆占地六亩,有房七十八间,庭院宽阔,适宜聚众。

在数次集会中隐身不到的康有为,这回早早立于门首,迎候众人。来客中也有未曾谋面者,但见康先生修躯长髯,大眼烁光,与人见面后长揖大笑,先叩姓名,次询郡邑,连人物出产都会谈及。遇上值得记录之事,他就摸出西洋铅笔,写毕储于夹袋中。这种做派有点格色,有人匿笑,更有人慕其豪爽可亲,愿与结交。

会众越来越多,康有为无暇一一应接,便在分散的人群间游走,他的几大弟子殷勤随从,使人望之肃然。临近开会时间,李盛铎还没露面。他是发起人之一,会不会失约不到?弟子们有些着急,康有为却很笃定,他摸透了这位仁兄的心思。李盛铎每做一事,都要瞻前顾后,抢先了怕招疑忌,躲开了又怕落空,他这是预留退步的做作。康有为跟黄绍箕商量,请他代为主持。此次会议有两大内容,一为发表演讲,二为议定章程。圈内人推举康有为主讲,与会大众哄然赞成,公推他准时上台。

春日暖阳下,后院戏楼被布置成讲坛。在康有为心目中,这可以比拟曲阜的杏坛。他的杏坛,从广东移到广西,一路北移京师,是康学上升为康教的历程,也是修成正果的见证。激动的情愫在胸中蒸腾,康有为的双颊渐现晕红,酝酿至于微醺境界。台下众目睽睽,满场鸦雀无声,三五品的官员,十八省的公车,还有充满好奇的各色人等,仰望洗耳以备恭听。

康有为扫视全场,然后提高了嗓音:"各位与会君子,各位同心同德同志同胞:今日我辈会议于此,为救国保国谋一出路。国为何物?国为一人一生之衣食,一家一户之田园,一乡一邑之城郭,一族一种之天地。吾国雄峙亚东,五千年于兹矣,为中央之国,为文明之邦,为列国仰望如日月。甚矣吾衰矣,由英国发其端,列强踵其后,四十年间侵夺杀伐,敲骨吸髓,今则联手企图瓜分,致我国事微弱,亡国灭种之

祸近在目前。凡有人心者,能不血脉贲张拔剑而起哉?然当枪炮之世,刀剑无用武之地,我辈之剑在心,在身,在追本求源之远见卓识。欲知我国之何以弱,当问泰西之何以强。泰西各国立国之本,重学校,讲保民、养民、教民之道,开议院以通下情,君虽贵而有约束,民虽贱而有权力,制器以利民,造富以利国,凡此种种,虽隔重洋,而与吾儒经义相合,故其致强自有原因。反观我国,兵、农、学校皆不修,上下不通,贵贱隔绝,既违经义,又背时宜,以致日渐败落,遂有胶州之难。本年二月以来,失地失权之事已二十件,来日方长,何以自存?缅甸、安南、印度、波兰沦亡,吾将为其续矣,可不痛哭哉!请观德、俄瓜分波兰事,胁其国主,辱其贵臣,残毒苛虐,触目惊心,此可为我之榜样,亦可为我之殷鉴,祸福分明,趋避由人。孟子曰:'国必自伐,而后人伐之。'故割地失权之事,非洋人之来割胁也,亦不敢责在上者致之也,实我辈甘心卖地,甘心输权。假使四万万人皆发愤,洋人岂敢正视乎?若依然太平歌舞,从容谈笑,尚纷纷求富贵,求保举,或则倒行而逆施之,却言非我安于没落,其谁信之!故鄙人不责在上而责在下,责我辈士大夫义愤不振,精神不新。故人人有亡天下之责,人人有救天下之权,人人有治天下之策。果能合四万万人之心之力,天下无事不可为,何况自救乎?"

讲到痛处,声泪俱下,言及责任,声色俱厉。台下人肃然,愕然,木然,愤然,小世界活现众生相,都被康有为收入眼底。

右边通道一侧,有一人坐在小靠椅上,歪着脑袋,当众假寐,发出鼾声。认出这是内阁中书杨锐,人们不禁交头接耳。

正议论间,有人笑嘻嘻地过来了,原来是迟到的李盛铎。他笑着拍了杨锐一下,杨锐坐直揉揉眼,一下子红了脸:"哦哦李兄,小弟丢丑了,昨晚没睡好。"李盛铎点着头,朝看他的人连连作揖,而后登台,向康、黄等人连连道歉,解释说因赶差事误了时刻。黄绍箕予以包容:"好了老兄,你也被公推主讲,正好赶上。"

李盛铎摆着手:"主讲?次讲也不敢当,赘言几句,权表歉意。"大步跨向前台鞠躬:"兄弟因事误期,特请众位原谅。康先生肺腑之言,我赶上听了一段。暮鼓晨钟,醒脑开心,虎啸龙吟,振聋发聩,堪作我辈警醒之号,振作之机,愿与诸君共勉

之!"李盛铎言简意赅,释了众人之疑,演讲圆满结束,会众纷纷散去。三十余人留了下来,大家共议章程。说是共议,实则康有为拟有草稿,由众人斟酌去取,最终订定《保国会章程》三十条,以下数条尤为重要:

一、本会以国地日割,国权日削,国民日困,思维持振救之,故开斯会以冀保全,名为保国会;

二、自京师、上海设立保国总会,各省各府各县皆设分会,以地名冠之;

三、会中公选总理、值理、常议员、备议员、董事某某人,以同会中人多推举者为之;

四、欲入会者,须会中人介之,告总理、值理,察其合者,予以入会凭票;

五、入会者人捐费二两,以备会中办事诸费。

保国会之名不胫而走,康有为大名更加响亮。"生不愿封万户侯,但愿一识韩荆州"者,纷至沓来,一时间门庭若市。康有为筹备再次开会,会议规模准定加倍。奇怪的是,李盛铎又不见了,他又赶什么差事了? 康有为觉得好笑,这且不去管他,少一个打顺风旗的,碍不住大路朝天。

会议筹措大致就绪,康有为松一口气,想去琉璃厂转一转。他的《广艺舟双楫》在书肆脱销,需要问问销路。收拾好要出门,门房送来一封短笺,他拆开看内容:"长素尊兄阁下, 昨走谒不值,甚怅。宗室侗五将军倾慕已久,嘱弟介绍,欲得瞻仰风采,乞于今午十一钟时,枉过敝寓一谈,伊在此专候也。幸示复不宣。弟盛铎顿首。"

这又是个意外,李盛铎好像总有新牌可打。由于地位悬殊,康有为对宗室不大在意,却对这位宗室名流略知一二。侗五将军名溥侗。其父名载治,系道光皇帝长子的嗣子。溥侗为载治次子,封辅国将军。将军专爱吹拉弹唱,在京戏票友中闯出一大名号,唤作红豆馆主。康有为不喜花天酒地,但饭是要吃的,场面上的应酬也是有用的。近支宗室愿与接近,是他宦情看涨的表征,他不能不识抬举。

　　康有为按时赶到李寓门外,李盛铎亲出相迎,陪着走向客厅。一位贵人立于客厅门口,以他的身份,这算特别礼遇了。康有为抬眼瞻仰,只见此人玉树临风,气度不凡,面相似乎有些熟悉。见康有为眨巴着眼,侗五将军抬手摸着光溜溜的下巴,微微一笑:"康先生在寻找胡子,是不是? 上次相遇我没有摘掉髯口,这回呢,我为唱周瑜剃光了胡子。不瞒你说,后天演太上老君,我还得挂上满部白胡须呢。"髯口是演戏用的胡须,康有为被他提醒:这就是他误听的"童"五爷,不由也笑起来。

　　侗五爷自称不读书,装了一肚子零七碎八这些事,都从戏上得来。然往深里追究,唱戏也非全为戏语,就说这个"戲"字,戲,虚戈也,既是冒充的戈,也是消失的戈。世上如果没有戈,岂不天下太平了? 这与康先生主张的弭兵相合,所以,戏,大道也。如此胡扯,康有为却不敢笑。

　　侗五将军却一针见血:"先生不要憋着,憋尿憋屎都不好,何况笑乎? 打嘴打嘴,说尿不好,应说流水。高山流水,千古佳话,琴中名曲也。琴乃雅事,连孔夫子都鼓琴。琴乃上古伏羲氏所创,伏羲见凤凰栖息梧桐,便知此树乃是神物。后见梧桐被天风曳倒,便将树干锯为八段,入江浸泡,上山风干,制作一物,名之为琴。琴者勤也,勤恳劳作,人之本也;琴者禁也,禁止逸乐,人之德也。琴长三尺六寸,按天有三百六十日,地有三百六十度,人有三百六十骨节,国有三百六十进士。琴头宽八寸,按天有八卦,地有八节,国有八则。琴尾宽六寸,按地有六道,人有六艺,国有六部。琴因之有五音六律,又因五音,琴有五弦。"

　　侗五爷一开讲就收不住,等他稍歇啜茶时,康有为才插上话:"五爷,恕在下无知,琴是七弦,怎么说五弦?"

　　侗五爷笑吟吟地说:"先生说得是,天有五行,人有五德,圣人造琴也有五弦。后有周文王喜琴,增一弦为文弦,周武王又添武弦,文弛武张,乃成七弦。七弦琴有七不弹——"康有为听得发呆,忽然想起一个词:对牛弹琴。李盛铎看透了他的狐疑,忙来解惑:"我曾对僚友说,当世两大辩才,就是南康北侗。五爷学问无所不包,今日江湖论剑,难怪他口若悬河——"

　　侗五爷笑道:"淌到哪里算哪里,我这毛病都知道。老佛爷闲暇要寻乐子,常唤

我去解闷。她老人家喜欢喜庆吉祥，那天我说罢《状元谱》，再唱《洛阳桥》，接下来要唱《水帘洞》，却不知搭错了哪根筋，舌头扭到《盘丝洞》了。唱了几句知道出错，心里打着小鼓，唱罢等着挨宰。碰巧老佛爷心情好，含笑斥我：'你这个胡八扯！'我就地打滚儿，唱了一段《十八扯》，不料意外讨彩，老佛爷当场写一'福'字赐我，比得胜回朝还受宠呢。"

侗五爷说得畅快，康有为心里却不舒服。侗五爷瞟他一眼，正容说道："老莱子娱亲称孝，侗五子娱君称忠，笑谈之中大道存焉。当然，真正的大道，在康先生讲演中。那天我路过南横街西头，立在场边听了一阵，真叫金声玉振，石破天惊。我当时心里说，我们票友的小玩意，怎么跟正经沾上边呢？今日幸会，我给先生来一段《击鼓骂曹》，您看如何？"

康有为还没反应过来，李盛铎高声叫好，连伺候的下人都面露喜色。他们一溜小跑布置厅堂，摆放桌椅，还在门窗上张挂帘子。李盛铎告诉康有为，这是按堂会铺排的，可以让女眷一饱耳福。一切齐备，侗五爷走向正面的书案，取起案上檀板，向康、李座席作了一揖，正襟危坐，取过三弦，轮指一拨，清越弦音迸发入耳。

侗五爷自弹自唱："三国争雄，屡动刀兵，名士祢衡，义愤填膺。奉王命进京朝见，汉献帝当殿加封。钦命与臣僚相会，见曹操欺压众卿，祢衡他才高气盛，用口舌排除不平，便指定丞相大骂出声——"

"黄带子"爷唱堂会，这是何等的福分？李家眷属趋进前院，一睹为快，啧啧称赞。

康有为坐在明处，感到多少双眼打在他背上，浑身不自在。好在侗五爷善解人意，匆匆终曲，即道"献丑"。李盛铎借机命人献酒，将无聊时光打发去。撤席移座后，闲聊一阵子，侗五爷朝靠椅上一歪，发出轻微鼾声。李盛铎竖指堵唇，示意噤声。那人荣禄竟然毫无表示。二人枯坐老等，不知过了许久，侗五爷打个呵欠，睁眼看看李、康，忙说得罪得罪。

见他起身告辞，李盛铎传呼伺候，一干人恭请五爷上轿，又将轿子送出老远。李盛铎车转身，对康有为拱手："吾兄代弟陪客，有劳尊驾了。"原本专诚邀请，怎么

变成了陪客？可又一想，"爷"字辈皆处于君位，你一个不是官的小官还想怎的？知道他说服了自己，李盛铎请康有为回屋，探讨开会事宜。李盛铎以康有为的主意为主意，凡事都好商量，这使康有为心情好转，觉得不虚此行。

送走康有为，李盛铎浑身散了架，回到内室，头一挨枕便沉入梦乡，梦中频见魑魅魍魉，把他惊醒，坐在床上怔忡一阵，连忙起身穿戴，呼叫下人套车。原本去找陈炽，走到半路又令回车，直去荣禄府上。陈炽是江西老乡，李盛铎跟康有为一同办事，也受陈炽的鼓动。

李盛铎与荣禄之间，却另有一番纠葛。荣禄阴鸷多智，不显山不露水，腹有剑口无蜜，临朝难得说话。但他一言可回圣心，这个圣是慈圣，此种宠遇无人可及。荣禄并不迂腐，在甲午之战紧张时，他在督办军务处协助恭王，力主编练新军。北洋三支劲旅，聂士成武毅军，董福祥甘军，袁世凯新建陆军，都是他拉起来的。正是在那时，荣禄奏荐李盛铎做军务处文案，对李有知遇之恩。李盛铎当然知道，在总署问话时，荣对康有不逊之语，但也深知，荣并未将这类文人放在心里，不会公然为敌。对于保国会事，李盛铎曾报告过，荣禄未置可否。这就是默许，李盛铎放心行事。平心而论，救国岂能有错，何况这首先是满洲人的国。可是谁跟你讲心？知人知面不知心呐！一路上他心里七上八下。

望得见荣府门楼了，再走近些，看见荣禄走出门楼，登上马车。荣禄的车迎面驶来，李盛铎的骡车避开大路，李盛铎下车在路边侍候。车到跟前了，李盛铎连忙报名施礼，没有听到荣禄应声，只看到车轮滚滚向前，还有车上的那张冷脸。李盛铎只觉心头一沉，冻僵一般杵在当地。

第二章　诏定国是

一、盘根错节　新旧角力

虽然有些丧气，李盛铎却未乱了方寸，依然进了荣府。他是这里的常客，有时不需要见主人，只跟底下人打交道。这回他寻见一位姓胡的幕友，帮着那人整理书画。荣禄不近文墨，但装幌还是要的，这也为李盛铎制造了事由。李家三代藏书，名盛江南，琉璃厂的书肆老板，都将他奉为行中圣手。

在荣府藏书楼上，今天两人边做事边闲聊，胡某总不接他抛出的话茬，李盛铎心里越发不安。胡某谈笑风生，由幕客吃花酒，说到达官宴宾朋，其中一则是，某军机章京外放臬司，设筵飨宾。陈炽因患心疾久不出门，这回被硬拉了来，席间默不作声，倒也未出差纰。酒酣耳热之际，下一道菜要上"鲤鱼跳龙门"。店家规矩，做鱼前要请食客过目。店伙计用绳贯鳃，拎出一条红尾朱鳍的大鲤鱼，在众人眼前炫耀。大家赞叹不已，店伙计得意地转身，忽被陈炽叫住。只见他手指那鱼，质问众人："没水跳什么龙门？"没有等到回答，陈炽大跨几步，在店伙计跟前站定，几把扯

开裤裆，掏出他那个家伙，朝鱼头哗哗撒尿，引得满堂哗然，他却岸然入座："好了，大伙可受用了。"

这事过于出格，李盛铎连说荒唐，说，陈次亮的疯病，大多是人们添油加醋。到三人成虎的时候，你不疯也得疯。胡某说你可以不信这个，他奉母来京，过不几天又赶母出京，总是真的吧？李盛铎叹气说，老母进京途中便即患病，到京后天天催促，她要叶落归根。老人家归里病故，京僚竟拿这做谈资，将心比心，厚道何存？这话分量甚重，胡某打着哈哈，把尴尬掩饰过去。

又一不速之客上了楼，其名唤陈夔龙。他是兵部尚书许庚身的侄婿，先任兵部主事。荣禄以大学士隐握兵权，在府第开幕纳贤，陈夔龙遨游其中，成为荣禄心腹，迅速升为兵部郎中。此人也属阴柔一路，李盛铎跟他谈得来。话题转到康有为身上，陈夔龙引述坊间议论：康有为自大狂，走一处显一方。他以圣人自居，去桂林收徒游山，将一块巉岩题名为"康岩"，暴露其不轨之心。尤有甚者，他在粤海新馆辟室会客，亲书门额"大同学会"。何为大同？按儒家今文学派有三世学说，将中国历史分为乱世、升平世、太平世。康有为借用《礼运》中的词汇，称升平世为小康，太平世为大同。他所致力的一切，就是要将小康变为大同。据此可知，他不仅要以孔子纪年改正朔，而且想用大同学说建国家，这不是窃国大盗是什么？

李盛铎听得心惊肉跳，陈夔龙瞅瞅他，转身跟胡某评说翁同龢的一副寿联，那是题赠荣禄的。由此说到张謇、黄思永，还有吏部尚书孙家鼐，连接成名噪一时的"状元班"，所书楹联堪称洛阳纸贵。

胡某笑道，我说个乳臭小儿吧。话说某月某日，某人去粤东新馆赶热灶。他特意带上自家小儿，让他景仰一下泰山北斗。康有为跟某人吹擂之时，小儿就在旁边玩耍，顺手拔起一根狗尾巴草。康有为嫌他没教养，唤过小儿说，你来对副对子吧。说罢手指院中大树出对："大材生南海，猗欤盛也。"小儿瞅瞅狗尾草接对："小草死北京，呜呼哀哉。"康有为倒噎气，骂道："何物小子！"小儿手指康有为说："此人大师。"康有为怒极大喝："滚！"小孩儿扭头啐道："呸！"

故事一点也不好笑。这是糟蹋康有为，还是敲打李盛铎？说起来，姓李的轮不

上他们敲,老子是光绪十五年的榜眼,跟状元只隔一张纸,翁和孙都不敢小瞧我。胡某仿佛窥破他的心思,拉长声对陈夔龙道:"说别的也许假,他要当教主可是真。康教在外地百无禁忌,浙江人章炳麟骂了一声邪教,被其弟子打得鼻青脸肿。听说浙人不肯罢休,恐将因之大起党争。唉,人弱百邪来侵,国弱呢?我等不在其位,不谋其事,荣中堂为国重臣,整天忧心忡忡。听身边人说,中堂阅兵午休,在睡梦中骂道:我等大臣俱在,国尚不要他保!"

这话非同小可,不管说没说过,其含意不可轻忽。李盛铎搭讪着告辞,待要驱车前行,不知驶向何处。坐在车里默思一阵,忽觉颊上生凉,伸手摸一摸,原来有泪水悄悄涌出。忠臣哭国,孝子哭家,节女哭夫,义士哭友,他哭什么呢?

抬头看看日光,便令直驶宣南。出了城门派人先行,探得康有为不在馆内,他便不再犹豫,进馆后找着管事的,吩咐把题名册拿来。在保国会名册前端,他寻到熟悉的三个字,执定墨笔狠狠一画,李盛铎就此除名。他随即扯笺疾书:"长素尊兄,此来不晤,函禀下忱:午前奉到紧急差事——"忽然想到落笔为证,忙又扯碎笺纸,让管事的转告康先生,无暇分身恐误会务,请会中君子务必鉴谅。管事的只是窃笑——对于风向转变,他已先一步知晓。

各省在京会馆,均听命于本省高官。当前粤籍最大的京官,是礼部尚书许应骙。他为人清高,不揽俗务,馆中有事,常向张荫桓请示。张荫桓明知无法瞒住许应骙,他心生一计,索性让康有为遣人致柬,邀请许大人亲临聚议,具名的是李盛铎、黄绍箕等名流。许应骙听说要议论时事,同时还邀请了庆王殿下,虽然生疑,却也不好提出异议,只推有事不肯参与。得知所开是所谓保国会,康有为登台大放厥词,许应骙发觉被人骗了,唤来管事的大骂一通,禁止在馆聚众闹事。康有为得到馆中通报,急忙另寻会址,最后定下贵州会馆。这又重发通知,经过此番周折,在请柬上写"到"者明显减少。头一次参会者,有不少为瞧热闹。谁知严复在天津办的《国闻报》,以《京城保国会题名记》为题,将名单揭载出来,为这些人始料不及。尤其是章程的刊出,引起大量非议,更使他们裹足不前。然人有不平之气,总要寻找出口,梁启超首登讲坛,以其英发之姿,催激汹涌之势,得到的听众呼应空前热烈。

紧接着在嵩云草堂,保国会又开一次。这一回就是终曲,因为风声险恶,有传言说,康有为邀约时仅称茶会,并未说明开会之旨。

刑部主事乔树楠,特意给梁启超写了一封信,被友人发表在《申报》上:"顷闻人言,国闻报上列有保国会题名,贱名与焉,鄙人大惑不解。鄙人与足下无平生之欢,与令师更无片语之接,何所取而把臂入林耶?将以茶会为据乎?则当时实未闻贤师弟道及保国会三字。将以门簿为据乎?则足下固言书明姓名爵里,以便令师往拜,卒之令师未来,仆亦未往。足下将诬告鄙人,更诬及数十百人耶?且保国二字,非在位贤能大臣,安能胜之!贤师弟乱列多名,居心狡诈,不但贻讥正士,并且见笑外人,勿谓十八行省之士气人心,可以诈伪动之也。"

乔树楠,四川人,他是张之洞门下士,所以跟康党时合时分。现在他要避祸,祸端果真发于浙江。浙江举人孙灏,两科都没考中进士,便留京另谋出路。恰在这时,朝廷采纳贵州学政严修奏议,拟开经济特科,取士内容为:周知天下利病,熟悉中外交涉,精通算学、译学、格物、制造,堪游历,工测绘;考取不限制名额,录用无资格限制,入试前须有保送。照康有为的说法,这叫"阴废八股",用特科渐代常科。严修是翁同龢取中的进士,翁同龢赞成此议。经总理衙门会同礼部议定章程后,光绪明旨批准,着三品以上京堂及各省督抚、学政,各举所知,一俟咨送人数达到一百,即可定期开考。

孙灏看出这是终南捷径,忙去求人保举。而他所求的达官贵人,大多憎恶特科,有人贬斥说,你去求康圣人推荐吧。孙灏从中发现了门径,便想用反康换取提携。他很快写出《驳保国会议》,逐条批驳《保国会章程》。比如讲保种为煽惑愚民,讲保教为非圣无法,讲变法为辩言乱政。遍设分会为广开乱源,继踪孙文,革命造反。公选总理为自比教皇,广结党羽,倡导民主。发给凭票,仿哥老会办法积聚匪伙。此驳痛快淋漓,但要直达御前,有上奏权者却要权衡利害。孙灏哪有耐性等待?他自掏腰包,将驳文刻印数千份,遍投朝贵,叫你不看也得看。"真君子怒斥假圣人",成为坊间一大节目,拥孙士人奔走相告,拍手称快。

有舆论做铺垫，言官便可拾级而上。御史潘庆澜上奏《请饬查禁保国会片》："臣闻近日京城内外有所谓保国会者，刊刻章程，邀集徒众。入会者先出银二两，数日一聚，訾议时事。闻系工部主事康有为为首，殊堪诧异。夫康有为以通籍出仕之员，意欲有所陈奏，即可由该部堂官代陈，何必为此立异之举？况结会敛钱，久干例禁，康有为身已在官，岂未之知而悍然不顾乎？拟请饬下顺天府，五城一体查禁，以免滋事。至工部主事康有为应如何惩处，出自圣裁。"

光绪览奏踌躇，一时拿不定主意。关于保国会事，他得报后曾经询问师傅，翁同龢简略说明，话语不带倾向。光绪据此判断，这大概是强学会的变种，师傅愿做背后靠山，而不想抛头露面。康有为敢作敢为，强学强的是国，保国保的是民，何罪而饬查之？然而，身当九五之尊，只能为民做主，岂能由民自主？邀集徒众，感戴皇天则可，别有洞天则非，此中界限不可不防。思来想去，无论如何，这页纸不敢让太后见到。他当即抽出此片，将另外一折二片发交有司。

潘片砸不出声响，黄桂鋆又补一砖。他从保滇会、保浙会抡起，一路打到保国会，罪名都是现成的。光绪未置可否。

李盛铎适时出奏。其正折为："党会日盛宜防流弊由"，附片指责，《国闻报》系水师学堂总办、道员严复合股所开，近由日本人接手，意在搅动舆论。现任官员与外人勾串，岂能置之不问？军机寄谕直隶总督王文韶，迅查复奏。《国闻报》确系严复创办，由于近在京畿，因而更难生存，不得不于近日全盘出售，托庇于日本人。王文韶明白此中隐曲，对严复这个人才，愿意尽力保护。王文韶复奏称："二十三年九月，天津紫竹林租界地面设有国闻报馆，闻系闽、广人所开。今年三月，见报端有日本明治年月，询知该馆因资本亏折，售于日人。因函致日本驻津领事郑永昌，旋据函复，前国闻报馆主李志成，福建人，因亏本歇业，出售于本国士人西村博接办。道员严复素日讲求西学，偶以论说登报则有之，合股之说，即或因此而起，实未闻有勾串情事。今该道被参各节，既查无其事，应仰恳天恩，免其置议。"

不利之事接二连三，最新的一项是：会试揭晓，梁启超落榜。原来这一科徐桐为正考官，启秀、李文田、唐景崇为副考官。李文田是广东人，时任礼部右侍郎。他

擅长西北舆地学，曾为《西游记》作注，因此在策论考题中引用书中语句。士人多未读过这种奇书，蒙了，只那梁启超博览群书，洋洋洒洒作一妙文。李文田阅卷激赏，因本人名下取额已满，便邀唐景崇同见徐桐，请用公额拔取。所谓公额，系每科预留名额若干，以补录几大考官赏拔的考生。徐桐曾做同治帝师，被尊为理学大师，平生谨守经义，厌恶梁卷阐发异端，瞋目以对："君做好人，我做恶人！我见此卷文字违背绳尺，可知此人必非佳士，老兄何苦强取？"

李文田慨然叹息，取笔在梁卷末尾批下两句：还君明珠双泪垂，恨不相逢未嫁时。这场争执曲折传出，有人揣摸出，梁启超是替其师顶罪。更大的举措正在酝酿，就是运动张之洞入京。此时恭王病势沉重，致使朝局充满变数。军机处六大臣，李鸿藻病故，钱应溥多病，只剩世铎、翁同龢、刚毅日常入职。世铎是好好先生，刚毅粗鲁无识，一旦恭王谢世，翁氏恐将一手遮天。环顾国中，唯有张之洞文武兼备，可以压翁一头。

情势为明眼人共识，杨锐锐目岂无所见？杨锐是四川绵竹人，张之洞督学四川时，识拔其才，他由此成为张门弟子。杨锐由举人报考中书，再到考中总理衙门章京，都得到张之洞的帮助。杨锐发现，张公辅政，此其时也，他赶忙撰写了一篇奏稿，找同乡刑部主事刘光第商酌。刘光第是徐桐取中的进士，在座师那里说得上话。

二人斟酌妥帖后，刘光第携稿求见徐桐。徐桐叫他留下稿子，放在家中压了几天，心中摇摆不定。事到临头，他又想起翁同龢的好处：为人正派，处世稳重，调和两宫，善待僚友，论学术更是纯正儒师；再想到张之洞的短处：为人尖巧，华而不实，侧身洋务，两面投机，写文章惯常剽东窃西。康有为在上海的不端行径，当初都是他资助的，见势不妙翻脸为敌，岂是丈夫所为！

正在这时，一位朋友来到京城。吉林人于荫霖，跟汉军旗人徐桐颇有交谊。于荫霖做过台湾布政使，因事革职，赋闲数年。他早年也属清流人物，张之洞不忘故人，上疏保荐，朝廷遂起用于荫霖为安徽布政使。

引见过后，在徐府相会时，徐桐透露了他的心思。于荫霖仍然葆有清流本色：

"引张抗翁，兼可制康，我公不要优柔寡断。"徐桐指着于荫霖笑："这叫同气相求，还叫同流合污？以举荐报荐主，张香涛颇不亏本。"于荫霖正色道："张若有负朝廷，我将以奏劾报之！举朝碌碌，独见一张卓尔不群，舍此不图，时局尚有救乎？"徐桐道："你但知其一，不知其二。翁叔平总算君子——"

于荫霖不客气地抢话："他是君子，有的人却是小人！我此次回京，听到最骇人的故事是，堂堂帝师竟对一杂途侍郎五体投地。在总署凡遇公事，他都要向侍郎请教，信中称呼除了'我兄'，还有'吾师'二字！侍郎招权纳贿，酷爱押宝赌钱，每晚饭罢召集幕友，自为囊主，让人下注。翁宅的公文包封，往往在此时送达赌局。侍郎扬手止住开宝人，就在案角拆封，文件杂沓或达数十份。一家人秉烛侍其左，一家人濡墨候其右，侍郎随阅随改，涂抹勾勒，有数千字而仅存百余字，也有添改数百字者。直如疾风扫叶，顷刻完毕，他把这劳什子往旁一推，急呼开宝。这种情景，丢的是朝廷脸，你说君子，亏也不亏？"

徐桐瞑目沉思，霍然起立，向于荫霖一揖："我也要谢吾师了！我意已决，请待后音。"徐桐迂回行事，先上"请将张荫桓严遣折"。没有等来上面的回音，他便将杨、刘拟折奏上："为时局日亟，请召洞悉洋情疆臣来京面询机宜，以襄危局，恭折仰祈圣鉴事。"此折只说召询，未言入值，但张若到京，军机处与总理衙门均可虚位以待，局面将有大变了。

光绪览奏，并未察出其矛头所向，只觉此时征召有点奇怪。咨询师傅，翁同龢哪能不明就里？木秀于林，风必摧之，他已受够架在炉火上的滋味了。话又不好说透："湖广督臣熟悉洋人情况，确如徐言，若令应询，必有献策。不过湖广地当要冲，英、法、美、日磨刀环伺，一旦撤离屏障，恐有卧榻之忧，这又不可不慎。"

光绪点头不语，但对此重臣重事，又不是他做得了主的。折子照例上呈太后，很快发下懿旨，再由廷旨电达武昌。

张之洞猝不及防，接电旨，不由心生疑虑。在方面大员中，张之洞经历特殊。他早年为清流名士，以言论博得时誉；外放做封疆大吏，又成为洋务领袖。现在他

有很多事要做，而京中风涛险恶，他怎能贸然涉足？张之洞给杨锐发电："此次入觐，两宫意若何？政府有何议论？速示。仆衰病不堪，所言必不能行，恐于时局毫无益处。"

电文刚发走，杨锐的密报就到了。张之洞越发不愿北上，拖了五六天，才向总署发电探风："电旨恭悉。奉旨陛见，亟应钦遵。惟湖北现奉新章，开办之事甚多，骤少一百数十万巨款，减营、筹饷两端，尤为棘手。必须与抚臣等筹酌大概办法，务求地方安帖。而洞自冬腊以来，即患咳喘，精神疲敝，唯有力疾赶办，十数日后即可起程。再洞愚昧，本无所知，朝廷既有垂询事件，如有急办而可宣示者，可否先为谕知一二条，以便预为筹拟上陈。"日程一推再推。

直到二十天后，张之洞才带着一帮随员，登上"楚材号"官轮船，鼓轮东下，驶往上海。张之洞身在江船上，一颗心却已驰往北京。那里有君，有友，更有新近崛起的劲敌，牵掣他的心力。他也是标新立异之人，并因此欣赏康有为，曾经帮助开会办报。但康某渐渐露出真相，若不与其绝交，将陷己于困境。没想到康某竟然大得君心，从京中报来的消息，常常使他妒火中烧，忧心如焚。记不得多少次，在湖北纺织厂的楼顶上，他召集幕僚商议对策。他披着月光来回踱步，口中念叨着："不得了！不得了！贼猖悍，可奈何？"梁鼎芬为群幕之首，说话悍气十足："逢贼则杀，叹有何用？"湖北议定的"杀贼"之法，便是写书与康某对抗。由张之洞立定主脑，几大幕僚分工，编撰好几个月，《劝学篇》初步完成。书篇主旨有二：一批康氏邪说，二批守旧迂说。也就是说，张之洞站在中间，以中学为体，以西学为用，可立于不败之地。利剑尚未出鞘，先在鄂湘两省当政者间传阅，等待合适时机，他要入京除贼。没想到召非其时，此行是福是祸，张之洞无法预料。

张之洞寻出几页笺纸，这是湖南寄来的。陈宝箴和黄遵宪，既算属官又是朋友，三个人可谓臭味相投。

康有为的孔子改制学说，是其变法的依据，也是张康之争的症结。在"惶恐"中来到上海，一份新旨在行辕等着他。军机奉旨电寄："前据张之洞电奏，此时计程当抵上海。现在湖北有沙市焚烧洋房之案，恐湘鄂匪徒勾结滋事。着张之洞即日折

回本任,俟办理此案完竣,再来京。"这真叫天照应,也可算鬼帮忙!

张之洞愉快遵旨,原路折返。他在江上寻思,京中准定有人"帮忙",那是谁呢?想想此去会妨碍哪位,便可断定。那位可是读书君子,不过自己不也是君子读书?玩味着这些哑谜,张之洞兀自微笑。

在京的翁同龢却没有笑,当召张廷旨发走后,他也在计算张之洞的日程,一边盘算自己的退路。此前翁同龢从不言退,因儒家讲究当仁不让,遇事退缩便为不忠。而今形移势易,执己不让等于争权。退缩之道有二,一为与张和谐共事,维持大局;二为抽身隐于局外,补缺拾遗。第二项于己无害,于国有伤。翁同龢坚持认为,他的忠诚无人可及,任何人都不会像他这样,在太后那里忍气吞声,在皇帝这里委曲求全。张之洞是巧宦而非能臣,在内里有骨这一点上,他甚至不如李鸿章。如果一味仰仗此人,局面恐将更加混乱。

不料一桩意外打乱了事情进程。荆州将军祥亨发来奏报:在江埠沙市招商局,更夫与湖南船帮发生冲突,船帮火焚海关,大火延烧至日本领事馆,殃及英、日商民房屋。军机处急议处置办法,参议者仍是世铎、翁同龢、刚毅三人。刚毅出身满洲正蓝旗,由笔帖式起家,议叙做刑部司员。翁同龢时任刑部尚书,将其保列一等。刚毅因而擢升郎中,外放道员,历任臬、藩、巡抚。甲午年调为户部侍郎,翁同龢恰恰是户部尚书兼任军机,他把主战的刚毅荐入军机处。刚毅能入翁同龢的法眼,应该说不是等闲之辈。他为官廉直,勇于做事,每到一地都切实整顿。

除做过两任学政外,翁同龢毫无地方经验,想拉刚毅作为臂助,没想到无意间树起一个敌手。刚毅性格粗豪,不善藏拙,常露出识字不多的短处。例如,他将"刚愎"读作"刚福",皋陶(音 yáo)读作"皋桃",又称大舜为舜王。实则舜为五帝之一,岂可称王?翁同龢每每予以指正,哪知刚毅暗怀羞愤。刚毅在市肆购得一本手抄兵书,书中出现多处"朕"字,看来是古代帝王所作。刚毅涂去"朕"字,冒充己作,刻印成书,遍赠权贵。翁同龢发现文辞仍是帝王口气,怕他招祸,又来提醒,这下真正惹翻了刚毅。

这回商办沙市警报,刚毅抢先出主意说,令荆州将军与湖北巡抚会同湖南巡抚

妥议办理。翁同龢明知出口就错，却不能不摆明理由：将军不理民事，湖北巡抚不擅外交，湖南巡抚隔省不好说话。刚毅反唇相讥："你好说话，你的意思还不明白？"翁同龢慢吞吞道："我知道不该说话，可我不说也是错，所以仍得说，张之洞既然离辖境不远，应当请他返任救急。"刚毅直着眼叫："好，好，好，这对你当然好。"翁同龢瞅着他："对我怎么好？对你怎么不好？"这话怎好明说，二人谁也说不服谁，便把官司打到御前。

第二天光绪召见军机，光绪问世铎的意见。世铎虽愿扮和事佬，却不是糊涂虫，他按照翁同龢的道理讲："现今列强如蝇逐膻，巴不得发现下嘴处。沙案当以扑火为上，以张之洞的能力，估计用不了多少时日。"光绪首肯后，还要慈禧点头。光绪赴颐和园专言此事，慈禧听罢投来一瞥："这是翁同龢的意思？"光绪老实回答："是。世铎也有此意。"慈禧撇一撇嘴："他？他也算个领班？罢了，反正要不了几天，就按你的意思。"转了一圈，又成了他的意思。光绪暗自叨咕着，令张之洞掉转船头。

翁同龢的船头却无法掉转，在多少次昏梦中，他的小船都飘飘摇摇，驶向巨大的旋涡。任重罪愆也重，他是深切体会到了。眼下他的急务是筹措接待贵宾，德皇之弟亨利亲王。此人率领第二支舰队，本为争夺胶澳而来，现已如愿以偿，便将施压变为示好。朝廷希望化敌为友，光绪考虑给予格外优礼。众臣还在礼仪上斤斤计较，光绪早被磨得不耐烦了。光绪提出设毓庆宫为觐见地，开前星门迎宾，在东配殿赐食，准其轿车入东华门。毓庆宫的地位仅次于养心殿。

翁同龢与刚毅站到了一起，在奏对时极力反对。翁同龢提出三条：一、毓庆宫东间供奉孝静皇后御容，中间不能辟为过道；二、配殿太小，无容席地；三、德方随员无容纳处，而德方坚持随员不减。光绪合着眼睛，在御座上不安地扭动。这已不合帝范，翁同龢本要劝谏，想想没敢再说。

刚毅却是个敢批龙鳞的，接着奏称：四、前星门百年未开，框木沉陷，赶修不及；五、乘轿入门不合礼制。还有，还有——觑觑皇帝脸色，他又火上浇油："德国欺人太甚，不宜优容过度，应当聊施惩戒。"光绪勃然大怒，涨红了脸道："这也不成，那也

不好,试问你的条陈都可行否?"

这桩大事,最终仍由慈禧决断:太后在颐和园乐寿堂召见亨利,仅为立见,并不赐座。皇帝再在玉澜堂召见,赏宴赐游。为了立或者坐,德国公使又与中国大臣争论不休。翁同龢为此舌敝唇焦,光绪听了回奏更为心焦,冒出一句:"争小节吃大亏,你们可以另议办法。"帝师咬紧牙关,竭力守住儒家礼教的篱笆。

直到亨利在津登上火车,庆王奕劻率李鸿章、张荫桓、敬信、崇礼,赶赴马家堡车站迎接,他们还向德使海靖探询结果。海靖仍要求赐坐,五大臣齐声反对。海靖不再跟他们对话,立正倾听火车抵达的鸣笛声。车头在站台上徐徐停住,车门开处,一个高大的白种人出现在扶梯口,摘下军帽向下挥舞。庆王领着同僚,扮出笑脸,迎向前去。

看到亨利亲王下车立定,海靖公使抢步向前,大声叫喊:"尊贵的亲王殿下,中方不欢迎我们,请您上车回津,换一种方式与他们对话!"

二、皇上颁诏　太后布局

大臣们听不懂这位公使的蛮语,都把目光投向荫昌。荫昌在德学习德语,连街巷俚语都很精通,此时他低声作了翻译。庆王和敬信、崇礼有些蒙了。张荫桓跟李鸿章交换一下眼神,摆出笑脸,用英语寒暄:"您好!欢迎殿下来到友好的中国。"他会几句英语,回国后怕挨骂,从未露过能,今天派上用场了。

起初亨利也被海靖闹蒙了,忽听这名中国官员口吐英语,颇感惊讶,便说:"我听到的第一句是不欢迎,第二句是欢迎,不知哪句是真的?"张荫桓机智,很快想出一大串话:"俗话说入境问俗。中国的风俗是,正剧之前有一个书帽,那是逗人笑乐的,真正有戏的在后面,所以我说的是真话。"

亨利还没想好答言,李鸿章接了上来。他须发斑白,老耄体态中不乏高贵气

度:"说到入境,我曾入贵国之境,受到政商各界的热情欢迎。德皇威廉陛下,首相何伦洛熙,前首相俾斯麦,均予以周到款待。我也有幸见到亨利殿下,您的英武之姿,永远留在我的相册上。联系前缘近情,一句欢迎岂能概括?"

亨利曾受德皇指派,护卫李鸿章的车队。他卖弄这段"前缘",令亨利没了脾气。况且此来北京,是为修补德中关系,怎能让一介公使干扰大局?亨利也便借坡下驴:"我来华前接受训令,陛下命我问候老朋友李首相,当然还有庆王殿下,各位大臣。听到古老的音乐,看到热烈的场面,我已感受到欢迎的含义了,谢谢各位。"

立坐之争尚未解决,海靖死不松口,大臣们只好怀着侥幸心理:反正"主权"在我,我不让座,你能怎的?果真不能怎的,戊戌年闰三月二十五日上午十时,慈禧太后在乐寿堂接见亨利。亨利站着,太后坐着,温和问答。太后的问话,先由张荫桓拟好,至时照本宣科,事后由宫档记录:"贵国皇太后、皇帝、皇后均好?""贵国派宗藩修好,邦交甚密,中外一家,共享太平。""贵亲王一路平安,走了几个月?到过几处口岸?沿途地方官接待周到不周到?""中外礼节不同,如有不周到之处诸所原谅。今有送贵国皇太后御笔字画各一件、珍珠宝星,皇后御笔画一件、锦缎九匹,以表两国亲睦之意。""贵亲王聪明福气,实深忻慰。给予御字画各一件、珍珠宝星、什物数件,及贵亲王妃御笔团扇二柄,锦缎九匹,留作修好记载。"

召见结束后,亨利又往玉澜堂觐见皇帝。亨利由宫内大臣引导入殿,免冠鞠躬,光绪皇帝站立受礼。这一站为仪制所无,使庆王奕劻心中一惊:为了这立不立,我等臣子费尽口舌,怎么皇上倒立起来了!

亨利立在暖阁中,陈明与中国友好的意愿,命随员呈上紫瓶一对,作为国礼。光绪命庆王引导亨利,走至御前,光绪伸臂与亨利握手。亨利在太后面前没有座,光绪可为他预设了座位,就是御座右侧的垫高凳子。亨利按指定座位坐下,光绪按稿口敕询问,亨利一一作答。至此礼成,光绪又与亨利握手送别。亨利退至南配殿北里间,膳房已备好饭一桌、果品一桌、奶食一桌。本来没有预备随员的座席,但海靖等人坚不肯退,只好添桌供其饮食。内务府大臣立山代坐主位,殷勤劝让。

时过二刻,光绪步行至南配殿慰劳,院中的德国兵列队致敬,三举枪,击铜鼓,

带队军官正步发令,声震屋瓦。光绪皇帝立阅宣谕,称赞兵皆精壮,勇武可观。在当晚的日记中,翁同龢记正步为"禹步"。所谓禹步,指的是大禹治水劳苦,落下了罗圈腿,由此形成特殊步法:古时道士作法时走的便是禹步。觐见时德国随员进入正殿,翁同龢等大臣立于檐下,身历目睹,心劳神疲。帝立、握手、座谈、亲临、阅兵,大都出自皇帝乾断,皆出众臣意想之外。果决可喜,独裁可忧,当师傅的不知该作何评价了。

这一天的折腾,使翁同龢饱尝度日如年的滋味。张荫桓却极愉快,他受命与庆王一起,陪同亨利游览颐和园。从龙王庙出来后,由庆王做东宴请亨利。宴用西洋菜点,由张荫桓的厨子操刀主办。听到亨利夸奖,庆王应和道,张大人家的西洋菜,全北京都是独一份儿。在款待亨利的过程中,张荫桓也成了独一份儿。这使他有些飘飘然,送亨利出京后,在总署议事时,他竟求翁同龢向皇上奏请,赏他一份宝星。翁同龢吃了一惊,做事为臣子本分,怎能邀功讨赏?可见人之聪明与否,固然出自天分,也要书典陶冶,少读书终究无根底。

翁同龢第二天面君,便将张侍郎请给宝星语上陈,声明只代奏,不敢代请。光绪想想笑了:"张某可赏一等第三宝星。"稍停又道:"李某亦可赏。"这是指李鸿章。见翁同龢没说话,光绪瞅瞅他:"师傅也可赏。"翁同龢磕头奏对:"臣无微劳,不敢领赏。况且此等事,臣也无颜以歉为功。"辞功是本分,下一句却是多余,明言歉字更为过分。

为争对外礼仪,翁同龢多次犯颜,有时甚至口角,光绪隐忍许久了。这回他默了一刻,从御座上挺起身:"师傅对与德结好不以为然?"翁同龢忙叩头:"结强援以固邦国,臣之夙愿也。然德国恃强凌弱,除割土外,近日又有德国士兵,在即墨县文庙毁灭圣像。不在礼仪上略示惩戒,彼族将更以我为可欺。"光绪皱起两道细眉:"礼仪上?有用吗?师傅最早请朕变法,他事不易做,礼仪好上手。若连这都顾虑重重,则所谓变法,说说而已。"

这话触及翁同龢的痛处。他天性拘谨,习惯守成,虽知不变不行,但临到变通之际,总感到割肉一般疼痛。翁同龢伏地呜咽:"皇上知臣之心,方能一语中的,臣

同龢羞愧感奋,唯有誓死报君！当此虎狼之世,不变无以自存,然而变数万千,哪一条可保稳妥？"

光绪声音低沉:"民为贵,君为轻,社稷次之,师傅在书房讲过两次。但能保国保民,何论君之安危？何况维新之意,朕在园几次上言,慈圣也表赞同。上月于荫霖上奏劾你,慈圣笑说于某太迂,连翁师傅都在变,他的书读得过帝师吗？"

原来,于荫霖到任后飞章参翁:"办理胶案之错,天下人皆归咎于翁同龢、张荫桓。臣窃谓张荫桓贪谄著名,无足深责。若翁同龢为已故大学士翁心存之子,受恩至深,凤负清望,乃外则徇德人之请,内惑于张荫桓之言,已一误矣……"责其一误再误,请召张之洞、陈宝箴等入都,要求翁同龢让贤。翁同龢感愧交并:"臣罪当诛——"光绪不让他说:"罪与非罪,朕最清楚。为今之计,当从能做处做起,有一个算一个,失败了也无妨。师傅看,康有为这人可用吗？"

这是御史接连奏参后,皇上第一次问起康有为。遭此痛创,翁同龢决心实话实说:"皇上明鉴,康有为之才过臣十倍,然其心叵测。"

光绪的目光瞬过来:"这话以前为何不说？"翁同龢再顿首:"恕臣失察,臣近日才见其《孔子改制考》,他说孔子托古改制,为神明教王,改制教主。当初少正卯非圣无法,康有为今要改圣做法,他将我圣君摆在何处？"

光绪闻之心骇,却又引发好奇,真想看一看,令师傅痛心的那本书,究竟胡说些什么。光绪顾左右而言他:"康有为上一次进书,慈圣尚未发回,你传旨令他再写一份。"翁同龢老大不情愿:"回皇上,臣与康有为不往来。"这话唐突又不周全,光绪开始不悦:"这是为何？"翁同龢油然想起,几天前康有为前来辞行,翁同龢顺水推舟,劝他及早南归。这话说出便是打嘴,翁同龢只好推托:"张荫桓与康同乡,可令张荫桓传知。"光绪冷笑一声:"这话差了,只有同乡能办事？况且他正受劾,高燮曾上《户部筹拨巨款增加海关经费大失政体折》,指责他勾结洋员,邀引外援,罪名不轻。"

近期英镑升值,以赫德为首的海关洋员工资,以银结算吃了亏,总署决定为其加薪。高燮曾的奏折明指张而暗攻翁,因为他是尚书,"失政体"哪里轮得上侍郎。

皇上为何专提此折？联想到请赏宝星时的情形，翁同龢若有所悟，皇上大概怀疑他有妒张之心。如此一想急火攻心，却听光绪发话说，师傅与张荫桓同署办公，可以推重力保，使其得以安于位，何必求全责备？这是说到明处了，翁同龢悲愤交加，辩说自己秉公办事，从不护犊，更不阿附，户部之长短任人评说，张某之优劣自有公论。他有点急不择言，光绪听得不耐烦，叫他下去。

翁同龢自我检点，此次进宫大失常态，莫说帝师身份，连做一乡间儒生也不配，愧悔何及。根由在于连受弹击，戳透了他天生的洁癖，两相对照，还是李鸿章式的赖皮脸更为耐久。可他哪能做李鸿章！宁为玉碎，不为瓦全。也许到了瓦裂时刻。

第二天进宫，议罢铁路、银行等事，光绪催要康有为的书。翁同龢想好了对言："上次的折片书籍均由总署代上，这回仍可照办。"光绪也有对策："那由师傅传知总署。"翁同龢道："臣传知庆王，请王爷传知康。"光绪道："你传知张荫桓，由张荫桓代转。"这位皇帝学生性子执拗，翁同龢教书时，并不放任他的性子，此时仍用教法导之："张某日日进见，皇上何不面谕？"居然在朝堂上反问皇帝，光绪顿时白面转青："翁同龢传知张荫桓，张荫桓传知康有为。"

翁同龢呆了一呆，赶紧叩头退下。出宫后失神了大半日，转眼看见张荫桓来到宫门，他忙上前传告。张荫桓扬手笑笑，跨门去往养心殿。那副志得意满之态，更令翁同龢失落。

福无双降，祸不单行，到了四月十日，朝廷传出恭王病危的消息。恰在这天，御史王鹏运上奏参翁，指斥翁、张偏执私见，遇事把持；一味退缩丧失胶澳，强教皇上俯从洋礼，致使夷兵窜入禁廷；借洋款时假公济私，在翁同龢私宅订立合同，翁、张分肥二百六十万两巨金。王折词锋凌厉，光绪大略一翻，暂且放到一边。想起困难不断，这等事不值一提了。

那是昨日，闻报皇叔恭王病危，皇帝陪太后赶往王府。坐在黄轿之中，慈禧眼神迷离。她今年六十三，奕䜣六十五，一个尚在盛年，一个行将就木，宫府争斗，烟云过眼，恩怨情仇，何须留心？看着熟悉又陌生的府院，一个倩影蓦然闪现，那就是

恭王福晋,是她的至亲妯娌。此人出身高贵,生得也有福相,俨然像一位"正宫娘娘"。这并非一句戏言,道光的两个儿子,老四奕詝和老六奕䜣,为父的更爱小的。当时储位未定,便有一个奕䜣的表亲,偷偷引来一个西域番僧,到大学士桂良府上去看相。观看结束后,表亲赶去向奕䜣报喜:"活佛遍观桂府,唯有我们那位贵不可言!""我们那位",是指许配给奕䜣的那位。奕䜣大惊失色,令人将表亲和番僧遣送远边安置。世上哪有不透风的墙?等到老四变成咸丰,宫中人间或拿这当笑话讲。慈禧有时看福晋,会对她的福相陡生妒意。

那年为了庆祝慈禧四十八岁寿诞,宫中派恭王福晋主理宗室女眷。福晋带病操劳,寿节前夕诸事就绪,她进宫去向太后回话。慈禧正在游园,令她到千秋亭相见。福晋奔波半晌,已有一些气喘,亭子所在的石山显得高不可攀。终于登上山顶,里边传话叫她进见。福晋踏进亭子,正要报名下拜,忽见面南而坐的,除了慈禧,还有慈禧的妹妹——醇王福晋。恭王福晋瞬间犹豫,怎可笼统跪见?醇王福晋也看见了她,忙要起身避座,不料慈禧扯住妹妹的衣袖,还用力拽了一下。动作虽然不大,却被恭王福晋瞧个正着。

她只觉心口窝一剜,差一点晕在那里。一股硬气顶上来,福晋双膝跪倒,朗声正气说道:"奴婢拜见太后!"倒弄得姊妹俩不自然,慈禧堆起笑慰劳了几句。那福晋回府后一病不起,奕䜣痛赋悼亡说她比窦娥还冤,此时她在阴间,是否还在怀恨?想着这阴沉的往事,慈禧冷笑一声。

光绪心中也有阴沉的往事,开头的那一段,他是听宫监传说的。同治帝不幸宾天,两位母后忍痛磋商,择人入承大统。慈安主张立溥字辈的,慈禧却要立载字辈的。二人争执半天,慈安为了弄清慈禧的心思,放缓语气问她:"妹妹,你看谁可嗣立?"慈禧也忙低声:"我正要跟姐姐商量。醇王长子载湉,可以入宫继立。"

慈安望着慈禧,一时说不出话来。醇王是慈禧的妹夫,论情分跟慈禧最亲。然而帝位至重,岂可用来满足一己私欲!慈安想说服慈禧:"载湉才四岁,怎能执掌国事?古人说立贤立长,又说国赖长君。"慈禧称一声姐姐:"选立皇帝,可靠才是第一。若立溥字辈的,咱成了太皇太后,若遇上一个黑了心的,咱就在劫难逃了。"慈

安长吁一口气："说一千道一万，你是不愿撒手。"慈禧直言不讳："我是皇太后，为何要撒手？"慈安道："我愿撒手，我受了十几年锉磨，不愿再来一次。"慈禧道："那你就撒一撒手，不要强按着我。我不怕吃苦，我要再调教出一个皇帝，对咸丰爷有所交代。"

慈安再也按捺不住："可你对同治无法交代！你让同治无后，对儿子何其残忍！"慈禧忽地站起，两眼迸出怒火："你总要压我一头，你对我何其残忍！皇儿去了，你再也没有倚仗——"只听哇的一声，慈安口吐鲜血，咕咚栽倒在地。慈安之心已死，只等待抬出大清门的日子。

慈禧难得安心，她不要慈安压着，却需要慈安镇着。说到根儿上，慈安是正牌皇后，有这块神主牌摆在当面，她这个陪坐才坐得踏实。她去钟粹宫①探病，慈安不搭理她，她就在榻旁呆立半晌，转身悄悄走开。直到这一天，慈安闻报西宫轿子前来，照旧卧床假寐，依稀听见有人称呼"皇上"。她心里动了动，还没做出反应，已有脚步来到榻前，接着响起慈禧的声音："皇帝，给母后皇太后请安。"一个稚嫩的声音紧紧跟上："儿子载湉给母后皇太后请安。"慈安慌忙坐起身，见一个幼小的人儿跪在榻前，她叫一声："皇帝起来！"挪到御榻边沿，伸脚要找鞋子。慈禧早捧起一只绣花鞋，蹲身套在慈安右脚上。慈安浑身一凛，想要避开，又一只鞋套在左脚上。慈禧顺势一跪，哀哀哭诉道："是我一时伤犯了姐姐，姐姐要打要骂，都由着你。只求姐姐看在三代皇帝分儿上，不要不理我，我和皇帝给姐姐念佛了。"

三代皇帝！光绪是三代皇帝的末一位，是外面寻来的第一位，是可以被视作僭位的。他应当感激"皇爸爸"，可不知为何，他记得最深的是"皇妈妈"。那是慈安，当时娘儿仨哭泣相拥，慈安怀抱的温暖度，远远高过姨妈慈禧。这样的温暖十分短暂，皇家的骨肉亲情，看来是世间最罕有的东西。

今天，又一个没做成的"皇帝"要走了。两宫带着苍凉的感慨，来到奕䜣的病榻前。岁月和苦难掏空了躯壳，经历和念想充实着心胸，奕䜣安详地等到了这一

---

① 钟粹宫，为紫禁城内廷东六宫之一。

刻。他想起不知谁作的一首诗："杏青篱畔千枚雨，柳碧河间一带风。春到浓时只在绿，骚人底事泣残红。"春到浓时，何须讳死？

他回答着慈禧的谆谆问候："臣奕䜣感戴皇太后深恩，皇上垂念，虽死之日，犹生之时。唯可追恨者，辜负太后、皇上重托，于政事洋务多有缺失，致使纪纲紊乱，国力衰竭，远族近邻乘虚而入。臣去之后，伏求两宫屏除弊端，根绝纷争，谐洽列强以杜觊觎，大兴实业以固根基，使我大清危而复振，则臣在九泉亦当忻祝。"他提着气说了这么多，仍执着于他那失败的洋务，使慈禧厌倦又感动。

慈禧娓娓劝慰："臣民盛称同光中兴，全靠六爷为国效劳。我和皇帝在佛前拈香，祈求上天赐福赐寿，让六爷快快好起来。"慈禧其实言不由衷，心里想快些离开。

光绪却不愿错过难得的机会，贸然开口："叔父教导得极是。我朝转机肇始于洋务，幸赖叔父主持于上，曾左李沈四大贤臣施之于外，中国有了机器、轮船、铁路、矿山，更有生钱的商局、银行——"

慈禧听不下去，叫声"皇帝"，光绪和奕䜣都一激灵。慈禧自知声高，转对奕䜣笑笑："六爷需要休息，说不得许多话。"奕䜣心中叹息，努力对光绪笑笑："母后是为皇上好，请皇上记住这句话。"这话很是突兀，说在此时此地，却教听的人心热。奕䜣两眼潮热："洋务之果确有一二，洋务之缺何止千百？最大失误在于用人不当，用一陆将统领海军，初战失利便一蹶不振，悔之何及！"

将洋务之败归咎到一人身上，光绪并不信服："人才得失关乎成败，侄儿牢牢记住。近观洋报议论：洋务改变成法，但只改了一半，另一半需要跟上，方能功德圆满。叔父看可有道理？"

奕䜣注视着慈禧："太后的意思是——？"慈禧脸上浮出浅笑："都以为我是顽石，我只能做擂臼捣蒜了。我的意思是，别管辣不辣嘴，只要它能治病，就可拿来使用。可不许掺了糖用，那会要命的，我岂能依？"光绪备受鼓舞："母后圣明，儿谨受命！我要变法维新——"

奕䜣暗叫不好，大事可做不可说，这个傻孩儿！果见慈禧脸色一阴，光绪的话卡在喉咙间，上不上下不下。可他终要吐出："用人为成事关键，侄儿请教叔父，当

前何人可当重任?"奕䜣声音暗哑:"当世人物,可办大事者只有李鸿章。可他手酿败绩,积毁销骨,难以复起。此外可用者,就数湖督张之洞、军帅裕禄了。"慈禧忍不住问:"荣禄如何?"奕䜣抬眼瞅她:"荣禄,有才毋庸置疑,可他喜欢隐于背后,背后怎么做事? 阴鸷害人也害己,隐是隐不住的。"慈禧后悔不该开口,做出起身的架势。

光绪赶忙追问:"叔父看翁同龢如何?"奕䜣的泪水模糊了双眼,不由哽噎:"古人说聚九州之铁不能铸此错,说的就是这种人啊! 他在甲午主战,以致一败之后,国事日非。翁叔平是真君子,正如倭艮峰乃大宗师,可其为害之烈过于常人,方知读书太多不如不读。因为碰到难题,专往书上找出路,小心眼儿都被书缝夹死了!"

光绪咂舌无言。慈禧平正着脸,吩咐侧福晋①和世子伺候好六爷,便与皇帝启驾而去。料这一去便成永诀。

经翁同龢等儒臣议定,太后懿旨批准,赐谥为恭忠亲王,这个忠是忠于慈禧。如此看来,读书还是有用,哪可一棍子打死?

慈禧冷笑着,从颐和园俯瞰紫禁城。新党和旧党的鼓噪,她都没放在心头。她自认脑筋不旧,不会像徐桐那样古板。要变法? 也可以,只要不变出个妖怪来,你可在画定的圈内放开跳。这个圈在她的手掌心,因此她只在乎一个人,这个人是皇帝。为了叫皇帝的权力不出圈,她先前警惕奕䜣,限制李鸿章,现在轮到了翁同龢。翁同龢是想调和两宫,他恰在这上头迷了一窍,不知我朝何来两宫? 只有一宫,就是西宫,慈禧的西宫!

光绪没有迷,他知道他的权力止于何处。他是个假皇帝,从恭王府出来后,这一点更加明确无疑。不过正因为假,也让他少一些顾虑,可以用借来的权力做想做的事。这时候,康有为赶抄的书籍折片送上来了,光绪昼夜批阅,感触良多。

借着这个由头,在颐和园侍奉慈禧游园时,他提起这两本书。慈禧淡淡地说,书她翻了几页,没有故事可读。说罢她瞅着光绪笑了笑:"听奕劻说,你想学着外国

---

① 侧福晋,清代亲王、郡王的侧室夫人。

人变法,还说什么不予我权,毋宁逊位?"

光绪着了慌:"孩儿哪敢如此悖逆!那是议办租地事宜时,儿子发誓说,德、俄强要割我地权,朕宁逊位,决不退让。"慈禧声气平和:"罢了罢了,也许是奕劻误会你意。你我娘儿俩不拘字眼,只要为国好,什么话不能说?变法也无妨碍,古代变成的例子多了,并非外国独优。我要交代的是,万事都有尺度,分寸如何把握,要你自己体会。"

不意间得到天大的好处,光绪热泪盈眶:"皇爸爸高天厚地之恩,儿必善体慈意,办成大事,将入侵强盗赶出我国。"

慈禧注意地朝他看看:"你有好些天没唤皇爸爸了。这没什么,爸爸,妈妈,甚或姨妈,都只是个称呼,关紧的还是内心。咱先办好自家的事,你六叔走后中枢空虚,须得调剂充实。我意荣禄补大学士,刚毅升协办大学士,崇礼接任刑部尚书,你回城就办。"

光绪心中一沉,身上的热乎劲渐渐冷却。这是亲政之始形成的权力格局,只能一一照办。好在慈谕放行,他可以公开推行维新大业了。光绪回城后立即召见翁同龢,令他拟写变法诏敕,做好这篇救世文章。

光绪二十四年,戊戌年农历四月二十三日,光绪皇帝召集军机全堂,颁布《明定国是诏》:

数年以来,中外臣工讲求时务,多主变法自强……惟是风气尚未大开,论说莫衷一是,或以为旧章必当墨守,新法必当摈除,众喙哓哓,空言无补。试问时局如此,国势如此,强弱相形,贫富悬绝,岂真能执梃以挞坚甲利兵乎?朕惟国是不定则号令不行,极其流弊必致门户纷争,于时政毫无裨益。即以中国大经大法而论,五帝三王,不相沿袭,譬之冬裘夏葛,势不两存。用特明白宣示,嗣后中外大小诸臣,自王公以及士庶,各宜努力向上,发愤为雄,以圣贤义理之学植其根本,又须博采西学之切于时务者,实力讲求,专心致志,总期化无用为

有用,以成通经济变之才。京师大学堂为各行省之倡,尤应首先举办。着军机大臣及总理各国事务王、大臣会同妥速议奏。所有翰林院编检、各部院司员、大门侍卫、候补候选道府州县以下官、大员子弟、八旗世职、各省武职后裔,均准入学肄习,不得敷衍因循,致负朝廷谆谆告诫之至意。

同时通谕各省:

> 方今各国交通,使才为当务之急。着各省督抚于平日所知品学端正、通达时务、不染习气者,无论官职大小,酌保数员,交总理各国事务衙门考验,带领引见,以备朝廷任使。

诏书通篇贯串一个"才"字,小心翼翼地不触及制度,仿佛此举专为求才。这是翁同龢反复思考后,征得光绪同意的。一来人为制政之本,自古求治,首在得人;二来出路为人人所需,给有志者增筑上升台阶,利于争取多数人的拥护;三来也是苦心迂回,力求不予人以攻击口实。万事开头难,等到上路后,其他的便可次第举办了。

康有为几大弟子代拟的章片,还有志同道合者自撰的折子,川流不息地上奏,在古老的宫城掀起波澜。宋伯鲁所上的康拟奏折,请改八股为策论,附片请将铁路专款岁息缴充学堂经费。

康党把手伸向铁路,远在上海的盛宣怀不高兴了。盛宣怀今非昔比,他在津海关道的位子上坐了七年,其间南闯北走,赢得洋务大拿的美誉。清廷决定赶修卢汉铁路,盛宣怀被朝廷任为督办,赏加太常寺少卿衔,赐予专折奏事权。盛宣怀将公所设于上海,为了抵制外国侵夺,他坚持宁借洋债不招洋股,为此不惜与"旧主"李鸿章撕破脸。李鸿章与张之洞有线路之争,此时支持容闳承办津镇路,以对抗张之洞的卢汉路。津镇路一时成了香饽饽,因为有多名官商声称集股数千万,争相承办工程。其中一人是候补知府刘鹗,他写的小说《老残游记》颇负时名。

　　盛宣怀正在忧心之际,宋伯鲁又来铁路上化缘,惹得盛宣怀向朝廷奏报细账:铁路官款三百万为南北洋预付,四百万为户部续拨。卢沟桥至保定、汉口至孝感、吴淞至上海三处开工,卢保原估工费四百万,实则铁价、运价均超预算,料钱已支十之七八;淞沪原估五十万,已用至七十余万;湖北铁厂订料拨银一百九十万。至此领款全部用完。至于路款未用时生息,仅有十三万零,尚不足抵还南洋官款本息。京僚若来釜底抽薪,必致功败垂成。他一怒之下要掼纱帽,礼王和庆王都有些发慌——连他们都不愿得罪这位财神爷。盛宣怀于去年奏请旨准,开办了中国通商银行。这是中国办的第一家银行,不少亲贵跟它有来往,享用了存款五厘年息,比当年的胡氏钱庄高多了。

　　盛宣怀不肯买账,是因为康党无权。康有为也要权,怎样才能得到? 古有毛遂自荐,今有康子运筹,他运的筹仍是奏折。这一天,他携稿来到上斜街徐学士宅,取出奏稿请徐学士指教。徐致靖乘兴观看,突然他看到这么一段:

　　　　臣窃见工部主事康有为,忠肝义胆,硕学通才,明历代因革之得失,知万国强弱之本原。其才略足以肩艰巨,其忠诚可以托重任,并世人才,实罕其比。若皇上置诸左右,以备顾问,与之讨论新政,必能有条不紊,切实可行,宏济时艰,易若反掌。

　　他看着看着放下纸,弓起拇指揉揉眼,神情颓唐,沉吟不语。

三、中枢剧变　斥逐帝师

　　此等词语出于康手,令人看了浑身起栗。此前代康上折,言事而不谈人,那算义理之行。这回出面举荐,成了益利之交,岂不有辱斯文? 见此老心中为难,康有

为请他且看下文。徐致靖架起老花镜往下读。文稿接着推举黄遵宪，此人是徐仁铸的湖南同事，徐致靖爱屋及乌，关于这样几句："若能进诸政府，参赞庶务，当于新政大有裨益"，他认为黄遵宪配得上如此评说。此外还荐有谭嗣同、张元济、梁启超，谭也是徐仁铸的长沙同人。这几个人，确实可以视为英贤，如果引进入朝，说不定真能打破一潭死水？

看出他心思活动，康有为显出移樽就教的诚恳："徐公阅尽经史，当然识得透今世何世！"徐致靖慨乎言之："危世，乱世，不忍言说之世！"

康有为不由击掌道："仁者之言，却也是忍者之言啊！身当此世，若想明哲保身，请问是隐好，逃好，还是改换姓名、削发为僧好？不瞒徐公，有为家有八十老母，十数次来函，三次来人，催唤还乡。家虽贫困，我还得以薄田糊口，舌耕营生，或与好友殖民巴西，拓土谋富。我为何反其道而行之，于风雨飘摇之际置身险境，有可能被旧派祭刀？徐公您说说，莫非我真要谋求升官发财？"

徐致靖茫然举目，望见康有为的那双眼，明明蓄满两泡泪，他不由脑子一热，忽然想起"忠肝热血"四字，便耸身站起，朝康有为作了一揖："学士做学生，致靖谨受教。"康有为弯腰抱住他那双手："先生，折杀康某了！"

徐致靖上呈的《谨保维新救时之才请特旨破格委任折》，光绪看后颇为心动。"非变法则不能自强，而非得其人亦不能变法。昔日本维新之始，特拔下僚及草茅之士，如木户孝允、伊藤博文、大久保利通等二十人，入直宪法局以备顾问。新法皆数人所定，用新政而具兴，臻于强盛。"施新法不能托旧人，道理说得很透彻。

光绪当即明发谕旨："工部主事康有为、刑部主事张元济，均着于本月二十八日预备召见。湖南盐法长宝道黄遵宪、江苏候补知府谭嗣同着该督抚送部引见。广东举人梁启超着总理各国事务衙门察看具奏。"

本来对于徐折，翁同龢建议按照惯例办，或交军机处记名，或送部引见。光绪不以为然，因为军机处记名者多达百人，而吏部引见的人数，每次都是一大群，君臣只是打一个照面，那与不见何异？皇帝与师傅近来常常犯拧，翁同龢深以为苦。他只有引咎自责，天性拘谨，加之胆小，确非经国之材。然而转看康有为，学无根底，

心无节操，行无准绳，这样便算通才了？徐折要皇上置诸左右，虚衷侧席，这是恭、醇二王都没有得到的，康某何德何能邀此特宠！

这确是特而不是常。翁同龢认为，要成大事必须守常，如此方能减少阻碍，使新政之出顺理成章。然诏旨已下，无可如何，况且朝廷并非只有新政，还有许多大政要政。他挂心的一是议礼，二是阅兵。接见亨利亲王后。光绪嫌仪节杂乱无章，缩手缩脚，命令议定成规。总理衙门遵办期间，恰值俄使要求觐见，光绪主动提出，在文华殿接见，可由俄使登上纳陛，亲交国电。文华殿乃是内宫，纳陛是御座前的台阶，体制何等尊严，岂可容纳洋人？翁同龢劝谏说，此次俄使并未格外请求，加礼反而让人小看。光绪驳回道，此等小节何妨先允，显示大邦气度？最终依着皇帝，让俄使上陛交阅，由庆王代宣答敕。

觐见的那天，一切按仪式进行，俄使将国电放于御案上后，光绪皇帝却亲口宣敕，说的是汉语。又一次逾越常礼。使臣下手忙脚乱，不得不酌定新章，使宫内觐见成为常礼。总署迎合上意，建议为国宾建立宫馆，请皇上酌拨王公闲府，依照西式装修陈设，以示优礼。光绪自然依议，派奕劻、李鸿章经办此事。经过一番挑选，认定已故镇国公荣毓府第较为合适，谕旨改作迎宾馆，由内务府另拨官房安置国公遗属。

至于阅兵一事，起因于李盛铎之奏。李盛铎原先谈文，这回偏来谈武，引起不少猜疑。他请皇帝亲奉太后，除阅视各京营外，还可调阅聂士成、袁世凯等北洋防练各军。折子转呈颐和园，慈禧览奏甚喜，光绪也要凑趣，陪同太后亲临外火器营校场，阅视京营操演。

在准备调阅北洋各军时，荣禄忽然上言，德、俄驻军异动，聂袁等部不宜离开防地，可否请两宫临津大阅？此奏合情合理，军机诸臣遵议两宫赴津事宜。

此时便有谣言传出：太后欲借阅兵之机，行废立之事。此说十分荒诞，却能深入人心。情势摆在这里，新旧交替，是非曲直，荣辱功罪，都到了考量取舍的时候；而太上和今上孰上孰下，更是迫近决断关头。对这些异端邪说，翁同龢哪能相信，他对两宫的了解超过任何人。皇上在太后面前，孝、敬之外还要加一惧字，无论时

局如何变迁，这一点不会改变。令人担忧的是，有人唯恐天下不乱，不闹得两宫决裂不肯罢休。翁同龢想要消弭祸端，又不知从何入手。

正巧有一个由头，三天后是他的六十九岁生日，亲友纷来送礼。这天下朝回家，竟与荣禄在巷口相遇——他也是来道贺的。两人早年定交，谊同兄弟。后来荣禄与军机大臣沈桂芬倾轧，翁同龢暗助沈桂芬，致使荣禄外放为西安将军，蹭蹬十年，恭王复出后才被召还。荣禄衔恨至深，表面上却与翁同龢亲热如故。

二人相偕而归，翁同龢屏绝宾客，与荣禄把酒言欢。翁同龢酒量甚宏，荣禄久饮不醉，酒至半酣后，越发开心见胆，说话无所藏掖。说的当然是书画，荣禄的礼物就是书圣碑帖。他竟然说了不少内行话，翁同龢夸他知识见长，荣禄大笑说："老哥是状元，我做小弟的也得从荫生学习成半个进士，才够上跟哥哥说话。"翁同龢摇头笑言："英雄不问出身，咱们还说书画，你那半瓶子醋，我听出是李盛铎给你灌的。"荣禄笑眯了眼。翁同龢看着他笑："我还听说，他给你掼了半架子书，那可都是珍本，要值不少钱的。"荣禄端起酒壶倒酒："那有什么？书是雅贿，这是跟你说，到别处我不认账。"

两人说笑了半晌，终于脑昏心热。翁同龢趁热发话："二弟，李木斋的折子为何而发？"荣禄毫不绕弯："你以为是我授意？你比我清楚，言官的揣摩功夫，比状元们的笔下功夫差不到哪里去。"翁同龢做出恍然大悟的样子："哦，你是说——？"

荣禄平平淡淡地说："我没说。想想真没意思，咱们官至一品，有时还像没品的小孩儿，蒙头蒙脑胡乱摸。不过话说回来，这折子不仅持论正大，而且与时契合。国家疲沓得够久了，再不抖擞抖擞，恐怕站不起来了。"翁同龢道："阅兵自是正事，然而到天津去——"

荣禄乜着眼看他："天津有何不妥？"翁同龢绕了一下："李木斋的折子，也只说调阅津营。"荣禄眼睛不眨："对，赴津是我建议。在京营校场阅操，跟坐台下看戏差不多。北洋驻军才叫兵营，是骡子是马不牵到那儿遛，那倒不如不阅。"

翁同龢直言不讳："去天津，也不错。不过劳动太后圣驾，是否与天子圣孝有所抵牾？"荣禄的细眼射出针尖般的光："你是说请皇上独自去？"翁同龢盯着他问："你

说呢?"荣禄避开他的眼光:"也不错。亲政以后,这本是皇上分内事。可你想过没有,皇上从不把大事瞒着太后——""瞒"字把翁同龢蜇疼了:"谁敢瞒着太后?为臣子者,谁不愿挖出心捧给太后看?可是仲华,我朝从无太后阅兵之典,你促成此事,虽可受赞于今日,恐将遗患于后世,荣禄之名难免要被青史挞伐了。"

荣禄悚然色变:"小弟见识短浅,多亏兄长提醒。只是此事已成定局,恐无转圜可能。就在今日上午,管理武胜新队的端郡王载漪接奉懿旨,着由外三营暨京内八旗挑选兵丁二千名,归入新队训练。老佛爷兴头正浓,咱们好不好泼冷水?"

太后直接发令给兵营,这又是亘古所无之事。看来太后不只是想观望,她还要亲自掌握兵权,而她为何要如此,翁同龢实在不明白。为自卫?为防外?为政变?字眼一个比一个险恶,都是读书人想都不敢想的。两串眼泪,不知不觉流出眼眶。荣禄看见了,心里一软,放低声道:"四哥,世道如此,忧国不如忧己,你我做臣子的,只要问心无愧,就可上对天日了。"

从翁家出来后,荣禄立刻骑马去颐和园。太后令奕劻拟写阅兵懿旨,他和刚毅要参与讨论,此外还要上报有关动向。荣禄赶到园子,这两位已在等着他。三人集齐前往乐寿堂,老佛爷出来后,诵读推敲罢简短的文稿,便转入动向汇报了。奕劻报洋务方面的,刚毅报政务方面的,荣禄报军务方面的。慈禧搬出紫禁城,却比在宫时消息灵通,她曾对荣禄感叹说,她的日子比垂帘时快活多了。

荣禄知道,慈圣是在给他加载。平心而论,他并不想专做太后的奴才,但他掂得清自己的分量。论学问不如翁同龢;办洋务不如李鸿章;若论练兵领军,怕还不如后生小子袁世凯,他不托庇太后的羽翼还能怎的?

今日刚毅的消息最多,因为变法诏下,新政通吃,朝政已被日本式的维新取代。"日本式"三字勾人注意,慈禧叫刚毅讲明白。刚毅精神大振:"昨日刑部代递一名主事的条陈,请求借用日本旧相,并与日本合为一国。"慈禧眼瞪大了:"有这等事?他怎么出这种馊主意?"刚毅道:"康有为到处买折,这主事贪几文钱罢了。凶恶的在后面:康有为跟日本公使矢野文雄串通卖国,在日本使馆、康有为住处、南粤酒楼

见面五次，两人拟开合邦大会议，订好了章程。康撺掇日使尽快逼迫总署答应，还要在各省召开分会。"

慈禧皱着眉看刚毅："你不是在编戏吧，我怎么越听越玄乎？"刚毅从褡裢中掏出一本小册子，双手呈上去："太后请看，这是日本人森木藤吉写的《大东合邦论》。书中主张，日本与朝鲜合并为大东国，然后与清朝合纵而成大东邦，以此对抗欧美列强。此书由康广仁的上海大同译书局翻刻，梁启超加写序言，宣称'改弦更张，必来取法'。康有为取法于此，才有上述举动。"

慈禧取书在手，翻了几页，哗地朝下一摔："逆书！康有为想卖国，只怕日本人不敢买，它有这么大肚肠吗？我生气的是你们，他从公车上书闹起，越来越蹬鼻子上脸，王法何在，你们看门守户的又何在？"

三人一齐跪倒。还是刚毅说话了："奴才该死，那伙人更该死！他们常吃日本人的饭食，日本油糊了心，他们也回请日本人。那回康有为、梁启超做主人，吆集严修、徐仁录等陪日本公使吃饭。商量的事体是，请皇上今夏游历日本。"慈禧以为听错了："什么？什么？你越说越离谱，这是真的？"

刚毅只是叩头。殿中一时寂静如渊，大树上的鸟鸣啁啾声声，叩窗而入，使慈禧的气恼和缓下来。她失神地喃喃自语："当然是真，只有想不到，没有做不到，不知要闹到何种地步。莫非皇帝识不透这些人？"刚毅塞了一句："皇上召见，往后就要重用了。"慈禧问："难道你们就不劝谏？"刚毅带上哭音："皇上天性，无人敢拦，奴才婉谏，屡遭斥责。皇上只听一个人的，在书房里君臣独对，哪个插得上嘴？"

慈禧白他一眼："书房早撤了，你不知道？"刚毅恃宠顶嘴："哎呀太后，大殿小宫，池畔路旁，哪里不能做书房？皇上眷顾无所不至，就在前几天，新科进士传胪唱名，状元为贵州夏同龢。皇上高兴得很，召见军机时向帝师道贺：'今科状元与师傅同名，诚为佳话，足见君臣一德，大业将兴。'夏同龢，华夏同和也，臣子怎么当得起天子之贺？"

慈禧沉思良久，倏地抬眼盯视荣禄："你有什么事讲？"荣禄声音低沉："奴才刚从翁宅出来。翁同龢对天津阅操深怀疑虑。"慈禧冷笑一声："他疑什么，怕我害皇

帝？我若不要他这个皇帝，一道懿旨便废了，值得巴巴地跑到天津？"三臣子的脑袋伏得更低。只听上头抛下话来："荣禄回城去见皇帝，罢了，还是奕劻说话合适。即便要讲友好，对日本人也得防着些，疮疤没好可忘了疼？他是三岁小孩吗？"

三人退出，结伴回城。奕劻领有差使，可他有自己的小九九，不愿意得罪皇上。他是专跟洋人打交道的，对那些联日结英的花哨说法，不像老顽固们那样在意。何况刚毅的指控，多是捕风捉影，一旦皇帝较真，有可能伤及自身。他要两面讨好，就得不留痕迹，所以他拐个弯去见翁同龢。

听他说明来意，翁同龢明知这位在要滑头，却也觉得这比一竿子捅到顶好，可避免两宫直接对立。只不过，自己又要代人受过了。好在虱多不痒，近来犯颜直谏的次数，连他自己都数不清，不知皇上是何感受。

翁同龢在感慨中度过一夜，次日早早上朝。光绪照例先见军机，照例只此三人：世铎、翁同龢、刚毅。这天事件特别多，当天值日的户部，奏昭信股票京中集股七十四万，各省七百余万；杨崇伊折，请停止铺捐，禁米出洋；郑思赞折，河南省城办小车道派捐扰民；张謇条陈，招商办江北花布，认捐减税，设立农务会；总署折，英国欲在威海内地筑炮台；黄鎏隆折，劾湖南南学会，梁启超、黄遵宪宣讲洋法；寄谕南洋，许通海小轮船航行崇明一带；寄谕山东，催沂州教案拿犯送署。

一切办完，时近中午，光绪令世铎、刚毅下去，翁同龢还须等孙家鼐进见，商办筹建大学堂事宜。这就是刚毅指称的"独对"。刚毅溜了翁同龢一眼。翁同龢奏请二臣稍留，他要公开转达慈谕，免得刚毅疑神疑鬼。听见那话从翁同龢口中讲出，刚毅才知奕劻打了折扣，不过这样也好，可使翁同龢越陷越深。

光绪听罢说了声"好"，那两人只好依前旨退去，留下君臣二人四目相对，光绪长长舒一口气。独对的时间非常宝贵，光绪急急问："慈圣是泛泛而言，还是别有深意？"翁同龢声音重浊："以臣愚见，太后对康有为等深怀警惕。"光绪茫然抬眼："可是变法谕旨经太后恩准，她还说'恨不早变'！"翁同龢道："变法太后同意，怎么变，由谁变，她老人家要走一步看一步。所以诏下并非万事大吉，因此希望所谓新派者，做事不要操切偏激，激则生变，将陷皇上于不利境地。"这几句话语气悲愤，论理

透彻，细品还有置身事外的意味。

光绪哪能让他抽身："师傅为新派之首，自能拿捏分寸，不使烈马脱缰。师傅看，召见康有为后，怎样安置他才好？"以翁同龢的本意，康有为根本不宜在要害处做官。然而皇上已有主见，翁同龢只好迁就："康有为熟悉外情，可做总理衙门章京。"

总署章京经常出头露面，多是四五品的官员，为各部司员追逐的差事。而康有为是尚未当差的主事，做章京应是破格任使。但这不合光绪的期望，光绪想了想道："也好。黄遵宪可不可在总署行走？梁启超可不可提调大学堂？"

这又过于躁急，翁同龢不忍频拂帝意，尽量将口气放缓："黄遵宪可先做总署总办，积有资格再升大臣。梁启超仅为举人，且其才干长于著述，最好令他主持译书，遇有机会另作重用。"

光绪望望自鸣钟，不好让孙家鼐等待太久，想要叫起，翁同龢见缝插针："臣请皇上慎思，于合适时机婉求太后，暂缓赴津阅兵。现今百废待举，畿辅也不安宁，一动不如一静。"光绪很少见到师傅这样急切，心知原因何在，不由感愤交并。他也坦白相告："朕尽力去做，你知道并不容易。"君臣都有些悲切，还要打起精神做事。当前的头等大事，便是召康问对。翁同龢的意见仍是偏重学术，从根本上说，康有为仅是经师。光绪当然要问政，师傅似乎看扁了康有为，这就叫文人相轻？或竟存有嫉妒之心，怕被新进者遮掩？光绪不愿这样揣测师傅，但他不能不看到，师傅年近七十，失却了健锐之气，其迂腐固执是无法避免的。因之油然想到，后天便是师傅六十九岁生日，民俗过九不过十，要给老人家好好贺一贺。

光绪精心编撰寿联，在乘轿赴园路上，仍在反复推敲。光绪亲政后，经常赴园请安。时当初夏，温凉宜人，青山含笑，碧波凝眸。皇帝侍奉太后在湖上荡舟，在柳间闻莺，登山望景时，慈禧脚步轻轻，笑语盈盈，显得十分惬意。光绪突然意识到，母后的头发茂密油黑，容颜竟是这般年轻，令他做儿子的很是诧异。这想法有大不敬的嫌疑，光绪赶忙趋前，扶持伺候。游玩之后便是进膳，见慈禧露出倦怠的样子，

光绪赔笑告退。当他走近殿槛，慈禧又把他唤住，示意皇帝坐下。

光绪正纳闷间，慈禧令女官捧出奏事匣子，她伸手抽出一份："皇帝，这折子怎么处置？"见是王鹏运的参折，光绪才知事情并未马虎过去，他很快想出说辞："儿已令有司严切查办。我国总共三次借债，前两次还算顺利，到了第三次，俄国与英国争着承揽，两国使臣多次大闹总署，恭亲王怒而决断：英、俄两不借。然后才由赫德牵线，由翁同龢、张荫桓经办，与英国汇丰银行、德国德华银行商借。这就是英德续借款，结果谈定借款一千六百万英镑，八三扣，四厘五息，二厘五佣金，四十五年还清。"

慈禧仔细听着，见光绪停下不说，她才攒着眉问："你说这些干什么？"

光绪没有发慌。"回母后，王鹏运说，李鸿章当初与洋人商定借款九四扣。那其实是第二次借款达成的折扣，王鹏运反诬翁、张不要九四而要八三扣。王鹏运说，张荫桓与赫德在翁同龢私宅订立合同。实则合同在总理衙门签订，由总署章京舒文、户部郎中那桐与英、德银行代表签字，李鸿章、翁同龢、张荫桓、赫德和英、德使馆官员出席监督。王鹏运说，外国报纸称，银行付佣金二百六十万于经手人。实则按照惯例，借出方要扣包销费用二厘，银行手续费和保险费五毫，共计二百六十余万两。外国银行要赚的就是这笔钱，一文钱都不会落入中国人口袋。"

慈禧眉梢挑起："咦，你还真能说，我问一句，你有一百句等着。参了你的心腹，你就急了？"

光绪惶恐站立，看到慈禧摆手，又小心翼翼地坐下。

慈禧脸色恹恹的："张荫桓能办事，朝廷不时拔擢，他该懂得分寸。哪有跑了几天腿，就伸手讨要宝星的？你也失了分寸，他能跟李鸿章比肩吗？"光绪连道："是是，张荫桓浮浅无识，儿曾多次训诫。有人议其可擢尚书，儿心中认定，他有跑腿办差之能，却无正色立朝之度。"

慈禧极其不屑："嗤，尚书？ 小人得志，仍是小人！ 罢罢，说他污了我口。翁同龢呢？"光绪越发小心："翁同龢心术志节，圣母早有明鉴。儿自幼聆受辅导，得其启沃之力。然而岁月不饶人，翁同龢到底老了，有些力不从心。这回接待德王，他就

时起龃龉。"慈禧似乎没听懂："什么龃龉?"光绪寻词解释："就是抵触,或者说顶撞。"慈禧立马抓住："他敢顶撞皇帝?"光绪忙说："不是顶撞我,是跟同事们争论。他也许不堪重负,所以遇事偏执,同僚间啧有烦言。"

慈禧若有所思："偏执? 执什么呢,是不是政柄? 这个在你手中,你可不要松放。你马上要见康有为了?"光绪只好应答："是。母后恩准了的。"慈禧说清道明："你下旨在先,我同意在后。我哪里会反对,先前的圣帝贤皇大都见过术士,这不又是一种术士吗?"光绪只有应是。

慈禧拿过王鹏运的折子,掂了掂又撂下,叹息一声："其实刨到老根儿,这些到皇家寻饭吃的主儿,都是术士,各有奇招。翁同龢道貌岸然,跟张荫桓并无差别。二百六十万,那还算小事。他敢顶撞你,还不贬了他?"

光绪大惊失色："母后!"

慈禧直视光绪："你别慌。我病重那一回,你都没有慌。皇帝对于臣子,如果有依赖之心,这个臣子就做到头了。这个不怪臣子,大势逼在那里,他不生心都不行。"

这么说是我害了师傅! 光绪悲愤至极："母后,即使有一百个生心的,儿敢保翁同龢不在其列!"

这话叫慈禧妒恨交加："你? 你连自己都不敢保。"光绪心如刀穿："儿不保自己,儿愿保大臣,忠心臣子都抛舍掉,何来皇家,何来社稷!"

慈禧勃然大怒："你大胆! 你敢把祖宗和臣子并置,你忤逆!"看看光绪悲痛欲绝的样子,慈禧将火气压了再压,放缓声哄他："大臣有过,应示薄惩。贬了可以起复,对其保身修德,都是有益无害。"

这便决定了翁同龢的去留。光绪心力交瘁,当晚头痛病发,第二天未能起床。慈禧并不着忙,日子还要照常过,臣子还要排班见。

这天慈禧单独叫起,翁同龢在户部公所待了一会儿,听说刚毅到了,出去会齐,同至朝房。在南配殿伫候见起,由戈什爱班带至后台,即听传叫军机入见。几个人

趋进乐寿堂，依次立定，刚毅做出体己的样子，小声告诉翁同龢，设垫则召见，不设垫只拜见。今日地上空空如也，咱们多磕头，少说话。翁同龢想了想，前日诸臣蒙皇太后赏纱葛、折扇，看来此见只为谢恩。

这时听见脚步声，宫监服侍老佛爷降临，面南坐定。众臣跪叩请安毕，立起身来，又一跪叩谢恩赏。慈禧慈祥地笑着颔首，又令侍女颁赐活计，这是太后亲手做的针线活儿。众臣叩谢毕，慈禧看定翁同龢，玉音慈和："师傅赶了这么远路，有没有进餐？"为何单挑他问？忽想起明天便是生日，上头定有恩赏，翁同龢叩头在地："感激太后垂问，臣尚未吃饭。"慈禧随谕："下去吃饭。"翁同龢等应是退出。群臣餐罢谢恩，就是朝空椅叩头了。

翁同龢回到值庐，由于连日劳乏，和衣上床倦卧。蒙眬间感觉仆人伺候宽衣，感觉友人引导郊游，行走不过数里，蓦见青山凸峰，山是虞山，峰是鹁鸪峰，为翁氏列祖归根之地。此时梦中望见，是否将赋归欤？他早应该归去，功名登巅，富贵造极，依依恋栈，须防颠踬。翁同龢在父亲墓前彳亍，脚下一绊，霍然惊醒，听见窗外飒飒雨声，不时便有檐溜潺潺，春夜喜雨，不！夏夜听霖，更合节令，真要喜而不寐了。

遥想当年，大考告捷，虽知今后仕途通顺，未敢梦想达此地步。圣清二百载，魁元何其多，沉沦下僚者，褛衣数饭颗。想到这里又是一惊，君子谋道不谋食，怎一头栽到锅里了！碌碌庸庸，鄙咨复生，他已多时不濡经书，终日与外国犬羊为伍，怎能葆圣贤忠贞之节？披衣而起，闭目端坐，专心致志，深思远筹。康、梁即将面君，维新从何做起？记得诏定国是后，皇上奉太后慈谕：今后宜专讲西学。翁同龢应声上奏：西学不可不讲，圣贤义理之学尤不可忘。这就叫不忘根本。康、梁根本在西学，翁某根本在义理。相辅相成，并行不悖，如此变法，可保平稳上路，通达长远了。

翁同龢清晨梳洗，向空叩头，感谢皇天后土，君上父母，这是生辰添加的礼仪。进入军机公所，同寅刚毅、钱应溥，还有新入军机的廖寿恒，一同办理公事。翁同龢首先看到朱谕两道：一、"着总理衙门议各国君后来时礼仪"；二、"嗣后在廷臣工，仰蒙慈禧端佑康颐昭豫庄诚寿恭钦献崇熙皇太后赏项，及补授文武一品暨满汉侍郎，

均着于具折后恭诣皇太后前谢恩。各省将军、都统、督、抚、提督等官,亦着一体具折奏谢。钦此"。前一道谕旨他预先知道,后一道很是突兀。自此以后,二品以上官皆在太后掌握中,皇帝还有多少行动余地? 也许是要制约康党,然康为微末之员,杀鸡何用牛刀? 想到"杀"字,翁同龢瞉觫了一下,感到旁侧有眼光射来,知道那是刚毅,便想动口探问。

大臣岂能如是! 翁同龢谴责着自己,努力正心诚意。叫起的时间到了。一行四人走出公所,赶到玉澜堂,传事中官从堂中走出。

四人鱼贯登阶,忽听中官宣旨:"翁同龢不须进见。"

翁同龢头顶一嗡,木头般待在当地,眼看着那三位上堂去了。翁同龢独坐看雨,但见混沌一片,分不清青红皂白,认不出东南西北。淅沥声渐渐远去,意识也虚无缥缈。这是死去的状态。翁同龢咬牙挺住。便见中官匆匆出殿,当阶宣读朱谕:

> 协办大学士、户部尚书翁同龢,近来办事多未允协,以致众论不服,屡经有人参奏。且每于召对时咨询事件,任意可否,喜怒见于辞色,渐露揽权狂悖情状,断难胜枢机之任。本应查明究办,予以重惩,姑念其在毓庆宫行走多年,不忍遽加严谴。翁同龢着即开缺回籍,以示保全。特谕。

翁同龢一字字地听着,魂灵儿飘飘出窍,冉冉升上半空,俯瞰自己的躯壳委蜕在地,叩头谢恩。不知过了多久,他从殿阶下爬起,踉踉跄跄回到住所,本想和衣倒卧,又想还得写折子谢恩。支撑着掭起笔,写了一行,错了三字。听见有人进屋,睁眼见是两名总署章京,翁同龢如见救星,请笔下流利的那位帮忙撰写了谢恩稿,自己又交南屋苏拉递上。

熬到近午,同寅方才散值,刚毅领着钱、廖疾步到来,一见面先作揖,刚毅连说几个"想不到"。见三人情意恳挚,翁同龢十分感动,回谢三位道:"当今圣明在上,翁某办差错谬,上负君恩,下愧同僚,自惭无以为报。"四人唏嘘分手。

翁同龢恨不得快些离开,礼数却不能缺少。他穿着全副衣冠,赴刚、钱、廖处回

谢。谢罢回头，张荫桓赶到园中。两人同住户部公所，见面后四目相对，竟是无从谈起。张荫桓自恃才干，有轻视翁同龢的时候，却自知与翁有天壤之别。翁师傅轰然倒塌，令他如闻山崩。正茫然间，抬眼看见有人踏进公所院门，他不由心中一跳。

四、园廷召对　京门离别

康有为进园"赶考"，一路上心情激荡，如旷野奔马难得消停。他跟张元济乘着骡车，驰至户部公所，便有办事人迎上来，将二人引入预定的房屋，这是张侍郎帮他们安排的。康有为一坐下便摊开书本，忙得不亦乐乎。倒是张元济清闲，走进康有为房间，靠在炕角发呆。

康有为无意间瞄他一眼，觉得异常："怎么了，菊生兄？"张元济揉一揉眼："有什么不对劲。人们鬼头鬼脑的，却都守口如瓶。"康有为不以为意："你多心了吧？这是公所，近在日边，不要被耀花眼。"张元济道："但愿无事才好。召见大典，先生身负众望，我陪太子读书——"康有为吃了一惊："嘘，菊生失言，这是什么地方！"

张元济缩缩脖颈，正要说话，却见张荫桓进了屋子，二人向他施礼，他朝屋里打量了几眼，没头没脑地说了一句："好，好，没事我就放心了。二位不要到处串。"说罢转身出去，留下两人大眼瞪小眼，心里越发没了底。

只见大门口一阵骚动，原来是李鸿章进了公所，由张荫桓陪同走向正厅。康有为合上书。其实何须预备，他早成竹在胸，只待隆中问对。耳听着檐雨滴答，琢磨着前程吉凶，两个应召见皇帝的人，忽然巴不得离开这里了。

傍晚云开雾散，夕阳辉光照射。张荫桓这才抽出身，来慰问他招请的客人。他本来要回城的，因为李鸿章也蒙太后赏赐，诣园谢恩，他特意留园款待。张荫桓抬眼瞥瞥窗外，说出中枢剧变讯息：罢斥翁同龢；召王文韶迅即入京，派荣禄暂署直督，调还在赴任路上的川督裕禄回京。

　　康有为如雷轰顶，直着眼看张荫桓。张元济轻呼道："天呐，这是为何？"张荫桓尚未答言，忽听啪地一响，康有为拂书于地，还要摔砸笔砚，被张元济摁住了手腕。他一时急怒如狂："圣上圣上，何圣之有！要罢便罢荣、刚之流，朝中仅有一个干净的，也被抹布一般抛掉了！"张荫桓压低声喝："这是什么地方？读书人性子若收不起，趁早收起入朝之心，免得惹祸！"

　　康有为收拾书本，似乎真要走开，那两人只看着，不拦他。康有为长吁一声："事尚可为乎，谁能告诉我？"张荫桓语气不变："明知不可为而为之，是康长素的长处，你若变长为短，也就一无所长了。"说罢引领二人，到李鸿章住房拜见，又一起步入餐间。

　　李鸿章老态已显，搛菜时掉了筷子，讪笑着自我解嘲："先时运筹于帷幄，而今落筹于地面。好在还不是衣冠扫地，尚非丢人到家。"听他似在奚落落难人，康有为心怀不平，从对面抛来一眼。李鸿章对他笑道："我这话不对别人，爬得高摔得重者，李鸿章堪称第一。"

　　康有为并不信服："中堂获颁厚赏，说摔恐不切合。"李鸿章咴地一笑："厚赏？两条咸鱼，一袋江米，所值几何？"见他这样大胆，那两人不禁骇然。张荫桓见怪不怪："傅相勋高懋赏，万两黄金也只等闲。"李鸿章怪腔怪调："勋臣老矣，黄金不如壮筋。况且若想挣钱，与其近趋御苑，何如远走巴西？"冷不防受这一刺，康有为有些生气。听那李鸿章又道："我不是讽刺，巴西移民，确需通达洋情者方能成事。待长素面圣以后，可会同总署切实议办。"

　　席散归屋，康有为思索明日之对，不知该说到哪一步。宫廷如此凶险，也许真该遁往巴西。直到天将破晓，他才打定主意，必须畅所欲言。此所以报答皇上，亦所以回应平生，更是对荐主翁师傅的追念。起床赶往园中，晨星还在天上眨眼，清朝诸帝之勤于此可见。

　　聚集在仁寿殿外朝房中，陆续赶来几位大员，后进来的是荣禄。在朝房无分高下，一律是皇家的奴才，荣禄随和多了。李鸿章对他道喜，荣禄努着嘴说，直隶那块地方，对傅相是福，对荣禄是苦。我若想交代过去，得多方招纳贤才，比方说长素先

生。李鸿章不由失笑："人有才也麻烦,这不荣中堂又来抢了。"康有为不能不接话:"多承中堂大人错爱,有为当尽力有为,以求不负当轴。"笑谈当以戏言应之,他却说得一本正经,与气氛不大融洽。张元济想有所补救:"古人求官有终南捷径,不知当今有直北通途。长素兄何不先登?"

"求官"二字大拂康意,虽知沉默是金,康有为偏要启齿如银:"京师之外,直隶为首善之区,荣中堂履新于此,自是冀民之幸。赖李傅相开其风气,洋务蔚成大观。可惜灾祸频繁,以致地方残破,华洋时起冲突。有为此次过津,亲睹刀匪与教士寻仇斗狠。日前沂州知府丁立钧来函称,曹、沂二府教案不断,他担心星火势成燎原。直隶、山东民风强悍,抚斯土者不但要铁腕,还要有远见。为中堂计,当以变成法为先,谋民生为要,安乡社为实。现在直省设有洋务局,局面过狭,最好扩设新政局,举凡学校、农工、商业、山林、渔产、道路、巡捕、卫生、济贫、宗教、正俗之政,皆督管而力行之。以上诸政,陈中丞在湖南办有成效。如能形成南北并举之势,天下人便要额手称庆了。"他一副训教的口气,把堂堂宰相当成了学生,令张元济浑身不自在。

荣禄装得很受用:"谨受教。长素先生教过本人,上殿就要教皇上了。"康有为道:"不敢当。皇上召小臣问变法,小臣应当知无不言。"荣禄道:"记得这话在总署说过。二百年之成法,请问怎么变?"康有为忽然想起,翁同龢就是这种人挤走的,便要以牙还牙:"这好办,罢二品以上阻挠新法大员数人,新法自然通行。"想不到他这般硬扎,荣禄咂咂嘴问:"罢? 不是杀?"康有为字字清晰:"不是杀。他若愿行新政,还可重新起用。"荣禄回顾李鸿章:"傅相你听,康先生好宽宏啊。"李鸿章抚须一笑,伸手指指外面:"上头叫起了。"

头一起叫荣禄。他是谢恩加请训,其实呢,恩是太后的,训也该太后训,在皇帝这里走个过场,再赶往乐寿堂。光绪神情落寞,强打精神训示荣禄,说的多是阅兵。就在昨天,赴津阅兵谕旨已发,定于九月初五,皇帝奉太后慈舆由西苑启銮,沿南苑、新宫、团河依次驻跸,阅视京营,而后乘火车赴天津。荣禄熟悉北洋军伍,将方案讲说得有条有理。光绪听罢无话,便要叫他下去。

觑觑皇帝瘦弱的身影,荣禄有一些轻蔑,也有一丝惭愧。从名分上说,他是皇帝的臣子。皇帝失却膀臂,也就没了威胁,他不想做得太过分。所以他要借机进言,寓规谏于迎合之中:"奴才在朝房候见时,听康有为说天津不靖,有乱民与洋人仇殴之事。山东、直隶交界处,大刀会、梅花拳蜂起反教,残害地方。此等乱源须及早根除,根除之法,一为整军,二为保甲。请参酌中外兵制,改定编练之法,擢用新人,广置枪炮,切实操演。保甲尤须严加整顿,以绅为首,以家为堡,以民为兵,将使邪祟无缝可钻。"

荣禄也谈变法,光绪不由对他刮目相看:"兵制确为改制之要务。你到任后,可与聂士成、袁世凯议定新章,奏准即办。"听荣禄应是,光绪趁机试探他的心思:"你与康有为交谈过,此人究竟如何?"荣禄应声回话:"学贯中西,舌辩过人。奴才斗胆请问,皇上以为此人如何?"光绪思虑着道:"尚未见到,只听人传,学问大概不用说。"荣禄奏言:"古今能臣,未闻以学问治事者。左宗棠、李鸿章都不曾著书立说,曾国藩算是特例,却也不去游方讲学,可见学与做是两回事。天下才人广有,但要辨其适用于何处。国家用人关系重大,偶一不慎,遗患必多。奴才妄谈,敬请恕罪。"这一段又是谏阻用康的。

光绪的心冷下来,请训就此结束。下一起便是康有为。看到中官引进的这个人,身材修长,眼光明亮,身上透出一股书卷气,与此地常见的官员迥然不同。康有为跪地报名毕,光绪询问年岁出身,康有为回答道:"臣四十一岁,出生于广东省广州府南海县江浦司银塘乡苏村。祖康赞修,曾任广东连州训导,父康达初,为江西候补知县。叔祖康国器,署理广西巡抚。"光绪隐含笑意:"康国器,朕知道。建功臣子相继凋谢,国家皆有褒恤之典。康有为积学,师从何人?"康有为回奏:"幼从简凤仪受经学,继从祖父习诗文。光绪二年十九岁时,执贽于同邑朱次琦之门。朱师号九江,其理学以程、朱为主,间采陆、王。从师三年,习经世济人之学。而后在乡授徒著书,阐发孔门今文学说。"

历述家世与师从,这也算是寒暄了。在娓娓回叙中解除了紧张,康有为等来了要紧一问:"你对时局有何见解?"康有为道:"臣以为,今日之局,乃是危局。四夷交

迫，操刀分割，国势暗弱，覆亡无日。"当着国君说亡国，此前从未经见过。

光绪想了想，只能将责任推给臣子："此皆守旧臣子所导致。"康有为即对："皇上圣明，洞悉病源。既明病源，药即在此。陈规旧法，招祸致败，若不尽变旧法，与之维新，何由自强？近年并非不言变法，然少变而不全变，举一而不改二，旋做旋停，必定无功。譬如一处殿宇，摇摇欲坠，需要重修。若仅将裂缝弥平，漏洞填堵，等到风狂雨骤，仍然柱折梁摧。所以必须改筑新基，地之广袤，墙之高低，砖石之多寡，门窗之宽窄，灰钉竹屑之琐细，皆须全局统算，步步落实，有一小缺即难收全功。"

翁同龢没有这样讲过书，光绪听来不无感叹："李鸿章等也讲变法自强，轮船铁路不为无功。朕焦虑的是，巨轮并未免于倾覆，这就是变少不变全之过？"

康有为精神一振："皇上一语中的。数十年来所谓变法者，全是变其枝节，并未筹划全体。所以此变只是变事，何谈变法？变法须从法律、制度变起，臣请皇上先开制度局，制章立规，谋篇布局，提纲挈领，慎思力行。臣曾辑考各国变革，择其可行于中国者，斟酌损益，条章备具。若皇上决意变法，可备采择。泰西讲求三百年而治，日本实施三十年而强，我国广土众民，变法三年，可以自立。此后则蒸蒸日上，富强可驾万国。以皇上之圣，图强在一转念间耳。"

光绪不禁慨叹："岂止一念百念，念兹在兹，何止三年！惜乎守旧者众，庸碌者顽，大臣多不肯留心外事，有人甚至以为欧美诸国并非实有，乃是骗子瞎编来诓钱的。"这是徐桐早年的观念。后来知道"蛮国"实有了，仍然坚持不接触外夷。说到这里，光绪将语气放缓一些："这不全怪大臣，官员迁转要循资格，攀至大位精力已衰，又多兼差，哪有余暇采习新识？"

康有为道："圣言切中膝理，亟须对症下药。资格之臣姑且留之，今军机、总署差使已满，但用京卿、御史两官，足以安置待用之臣。皇上变法唯有擢用小臣，予以召对，察其才识，破格使用。如此设计，可使新旧各安其位，当能减轻新政阻力。"

光绪想就此深谈，忽觉不妥，与小臣讲谈权要之事，应该有所避讳。何况用人大权，并不操于己手！他的热情开始冷却："求才不易，求知新之才尤其艰难。"

　　康有为哪能被难倒:"新才难以造就,归因于八股取士。学八股者不读秦汉以后书,连稻麦豆菽都分辨不清,钻研的多为无用之学。并不是国人偏爱高头讲章,只因从考取秀才、举人到中进士,做大官,只能从八股文中博取,士人舍此别无出路。唯有废除八股,才能转移趋向,促使士人钻研西学,如此可使人才辈出。"

　　请废八股的奏折读了不少,都不如这三言两语扼要易懂。光绪恍然悟出,奏章就是最堂皇的八股。一名幼童从入塾发蒙起,十年数十年读下来,巴结到专折上奏的地步,性命才分萃集于此,其价值尚不及几句白话,可悲也夫!

　　光绪转问必问不可的筹款,康有为尽其所知,大谈日本纸币,印度田税,更有欧美各国的公司银行。中国若筹款数万万,可在行省腹地遍筑铁路,练民兵百万,购铁舰百艘,广开郡县学堂、各种学会,由此将新政推广于社会,深入于人心。讲到高兴时,康有为竟然忘了置身何处,习惯性地伸手比画,惹得纠仪官大声喝止。光绪感觉有趣,扭头瞧瞧钟,大约问对一点半钟,便颔首道:"你下去歇歇。"想想又道:"你再有话讲,可具条陈来。"这是赐他专折上奏权了。

　　康有为心满意足地退下,光绪却坐在殿中发愣。回味着刚才的对话,他感到大有所获,一时又觉得大而无当,无从捉摸。不由想起了师傅,如果他在这里,一定会剥茧抽丝,理出可遵循的头绪来。

　　上午理政结束,光绪便去乐寿堂,向太后简述问对内容。慈禧听罢无语,她当下的心思不在这里。昨天点滴雨水,根本解不了旱情,老百姓没有饭吃,难道不比读书人没知识关紧? 听光绪告知,礼部会同钦天监议定,五月初二皇帝诣大高殿拈香祈雨,慈禧才高兴了些。

　　光绪侍皇太后进罢早膳,此次赴园诸事完成,正午二刻,御驾回城。驾至大宫门口,忽见御道右边,有一人跪伏磕头,白色的发辫,憔悴的面容,那不正是翁同龢吗? 光绪胸口一紧,胸中涌出的千言万语,似被一只手攥在那里,透不出一丝气息。在此一夕之间,经历沧桑巨变,翁同龢不复往日风范,完全是个耄耋老人了。君臣相顾无言,一时黯然如梦,光绪在梦魂中回到往昔。那时他是四岁孩童,与亲生父

母难得见面,对于师傅翁同龢,有深深的依赖和亲近。光绪自幼胆小,在雷电交加的时候,翁师傅会把他揽在怀里,给予百般呵护。光绪有时调皮,会去捋师傅的胡须,或者探手入怀,去摸师傅的胸乳。那感觉就像温暖的熨斗,抚平了小皇帝皱缩的心。斯时而对斯人,真正恍若隔世,不知分别以后,是否还有晤见之日!

然而不管怎样,翁同龢心愿已了,立刻驱车返京。回到熟悉的巷口,望见自家门外乌压压一片,停满了轿子车马。翁同龢有一些蒙,继而意识到这是前来慰问的,感动之余便是惶恐。他近来动辄得咎,仿佛招来了所有的指控和谴责,怎么一倒台,人们都跑到这里来了?恍惚间,脑中蹦出两个字:吊唁!笑意溢出眉宇,翁同龢两天来第一次轻松,早早下车,与迎上来的人们相对作揖。人数太多,能够进入翁宅的,仍是熟络的那几位。

翁同龢最在意的,是吏部尚书孙家鼐。二人经历相似,脾味相投,翁同龢走后,孙家鼐很可能升任协办,他是真能填补空缺的那个人。翁同龢对其他事情点到为止,着重说大学堂事宜,因为学堂章程是他跟张謇草拟的。孙家鼐问,有人告诉他,康有为有意于大学堂,可否让其经办学事?翁同龢担心的正是这一点,大学堂若落他手,他除了用西学漫灌学生,还要用野狐禅浸染学生,那可怎么得了!

送走孙家鼐后,翁同龢杜门谢客,大臣受黜理当如此。门刚关上,有人来叩,竟是南书房太监王吉祥。这是天使,此时到来,恐有凶讯,翁家上下一片惊慌。翁同龢沉得住气,走出正屋,迎至天使面前,便要下跪接旨。却见王吉祥笑嘻嘻地说:"翁师傅,奴才前来送节礼。"

节礼?翁同龢定定神,想起每年端午节,皇帝都要向军机大臣赏纱葛,他以为主事者尚未得到讯息,忙道:"臣罪获谴,不敢领赏。"王吉祥笑面不改:"一码是一码,奉旨仍赏。"这是什么意思?心里掂掇着,嘴上掂量着:"此须单折谢恩,恐怕不大方便。"王吉祥道:"应当具折,所以太监亲送,要不就派小苏拉了。"这就毫无疑义了,翁同龢放下心,请王吉祥上座饮茶,辞别时奉送纹银二两,并托他捎送几处各二两。这也是常规。

翁同龢日记中不乏此类细账,比如去年太后寿诞前,他如此记载大臣贡单:"先

拟交奏事处，由南书房太监将单送交李总管呈上。宫门首领四两，事上首领四两，司房首领四两。"王吉祥带来殊恩，按心情应该多送，但那便是逾分，于人于己都无好处。

送走这位天使，翁家人怀着否极泰来的喜悦，翁同龢却明白，这是因宫门拜辞未交一言，皇帝要追补此憾。翁同龢接着给廖寿恒写信，请几位同事代陈谢恩，这比单折更妥当。在忙乱中熬过这一天，由于疲劳过度，这一晚睡过了头。

日上三竿起床洗漱，对着碗筷发愣时，门上送进名刺。翁同龢一看便挥手，想了想又叫请。康有为脚步匆急，刚被引入客厅，冲着翁同龢便拱手："翁师傅，上头如此措置，岂不令天下人心寒！"翁同龢让座看茶，行过按部就班的礼节，方才客气答说："长素何出此言？朝廷免罪放还，正所谓生死人而肉白骨，翁同龢感恩无地。"

康有为听不进客套话："师傅何罪之有！若说罪，败军者有，割地者有，守旧者有。总是将有作无，终要弄得希望全无了。"此人全无中和之气，越看越不像居中持平的材料。但他已经召见，用不用，如何用，都与皇上的安危有关，翁同龢不能不关心："昨日问对，谈得如何？"康有为口气甚满："有为知无不言，皇上虚怀若谷，圣明真如光天化日！有为小有遗憾所谈面面俱到，制度局却着墨不多。其实这才是变法关键。"翁同龢问："我正有些疑惑，若设制度局，你把军机处放在哪里？"

这老头已不在位，康有为可以将他视为知己："军机奉旨寄旨，早已是个赘疣。制度局接掌全局，我还把它摆在那里，军机诸公安富尊荣，对新政应无置喙余地。"他的架势比实权宰相还大啦！翁同龢忍了几忍，仍要替皇帝敲打："长素尚未入部做事，对于中枢十分陌生。越往上越不好处，这个请你记住。何况皇上乾纲非可独断，即使无所牵涉，也不是说到便可行的。长素勇决之气，时人有目共睹。但是任事之难，尚须从头历练。对此愚言若能择纳，或可于新政有补。"

翁同龢又露出畏首畏尾的习性，康有为怎能苟同？但此来是要表达同情的，他便顺水推舟："师傅于我有恩，有为敢不心领。师傅堪称维新第一导师，不意颠踬至此，同人莫不心冷。有为也要追随南归，变法云云，付之东流了。"虽知他言不由衷，翁同龢却也不无感动："导师之称，翁某安敢！维新乃中华气运所关，任何人不得独

擅其长。长素既负时人厚望,惟望谨慎周密,不激不随,我在林下也当忻祝。"

二人分手后,翁同龢有送佛出门的忐忑,实难预卜维新吉凶。康有为肤浅轻狂,其做派足以坏事。但若没几分狂气,又能做得甚事?翁某一生便葬送于此,自今而后,只能在追念君恩中过活了。想到恩典,他回到正屋,仔细瞻仰御赐纱葛。忽然感觉纱卷比往常略厚,是不是皇上额外加赐了?自知荒唐,俯首移步,心里有一丝牵挂坠着,细细端详只见纱卷中霍然透出一片亮光。疾步走近案台,一层一层打开纱卷,最里边露出一个物件,那是一枚褐黄色铜环。

翁同龢怔怔地看着,蓦然记起,这是养心殿偏门的一枚门环,因年久失修而脱落,去年更换时,还是翁同龢经办的。翁同龢心头一热,老泪纵横,扑跪地上痛哭失声。古代君臣有赐环之典,典出《荀子·大略》篇:"绝人以玦,反绝为环。"意思是说,古时臣子有罪,在国之边境戴罪三年,国君若赐玉玦,臣子无回京之望,玦同绝;国君若赐玉环,便是赐其还朝,环同还。光绪借铜环示意,用心何其良苦,真正圣恩如春!这么说,还朝之机,随时都有。

然而不然,赐玦或者赐环,并不操于帝手,谁敢担保,另一只手不会赐鸩于你?如此想来,乌云瞬时弥漫胸间,挥之不去。

连日预备起行,不料收到一份怪礼,竟然是文悌赠诗嘲骂。唐人白居易写有一诗,考辨古人忠奸真伪:"周公恐惧流言日,王莽谦恭未篡时。向使当初身便死,一生真伪复谁知?"文悌化用此诗骂翁:

其一
翁公恐惧宣谕日,
帝子恢张斥革时。
假使斯时身不死,
戮棺痛否祖宗知。

其二

宗师眩惑公推日，

傅保钻营独对时。

穴溃城狐社鼠死，

捷音告与乃翁知。

其三

天风浩荡开新日，

地气幽微锁旧时。

如市臣门关未死，

公行贿赂鬼神知。

　　谤诗用语刻毒，辱及翁氏先祖，其中"独对"一词，正是翁同龢最招忌恨之处。文悌微员一个，他是替谁出气？实在估摸不透。翁同龢无奈地想，有些人脚踩两只船，头顶三角帽，你永远不知道他朝向何方。但是，文悌说他依然臣门若市，这可不能漠然置之！

　　他确实耽搁了太多时日，连张謇都劝他早行为妙。乃于六月十三日出都，早起盥洗，辞别祠堂，北向叩头，恭告君上。乘轿出前门，抵达马家堡车站时，门人黄绍箕、于式枚、张謇等百数十人，车马喧阗，挥泪相送。最奇者是湖南衡州的一名秀才，分开人群奔到面前，对着翁同龢号啕大哭，声嘶力竭地泣告众人："学生此哭是为天下，不为老师。"记得东晋名相谢安离朝时，引得名士倾城出送。翁某何人，敢比谢安？翁同龢惶恐地避往车厢，不忍作此生离死别。

　　高官显宦要避嫌，都提前一晚送了行，张荫桓也不例外。今天他出门后，先到户部点个卯，又往总署去办事。坐在开行的马车上，揣想着翁同龢行至何处，不由心生悲悯。他不是学而知之，而是生来的机灵，再加上从外洋得来的眼光。中国官读书读愚了！而读得最愚的那一个，不用说是名气最大的这一个。

　　他不否认翁同龢的高洁。可这有何用？世人皆醉你独醒，就得被挤出场外去。

他不这样傻,他以贪污著称,究其实际,他比那些王公贵族清廉多了,他只拿规例定下的,就这已使他堪称豪富了。他无法想象李鸿章等人,究竟富到何种地步。他只知道,贫富之别,并不能用作好坏之辨。他所推举的康有为,就是出身于贫贱,要来改变时局,使为富不仁者出一身冷汗的。张荫桓乐观其成,那么他也可充作仁者,在青史上留一名号。

张荫桓骂着自己玩世不恭,举目往前看,发现一匹奔马迎面驰来。他心里一动,已认出那是家仆张成,不祥之感使他僵住。车夫听命拐了一个弯,马车在几棵榆树下停住,等张成到来,张荫桓也下了车。

张成匆匆禀报:大人出门后,家宅附近突然来了一群兵丁,只在远处警戒,并不禁人出入。据说那是步军统领的人马,似在待命行动。张成急速赶往下处,果然有一小内侍来此报信,说是太后读到一份参折,发怒下令处治大人。下处,是张荫桓的一处外宅,秘事多在那里办理。参折,是御史胡孚宸前日所上,除了那二百六十万两赃银外,还参张荫桓私改合同,将九口划归税务司管理,并将赫德薪水增至每年一百二十万两。这都是炒剩饭,慈圣为何突然发作,也许与翁同龢并作一案了。

张荫桓当机立断,叫张成速回下处,许给内侍二十万两银子,这内侍是给李莲英跑腿的。步军统领处的关节操于谁手,这是急需了解的。张荫桓思虑着坐上车,驶出不远,他的侄子带来了明确讯息。关以镛从总署某大臣处探知,太后面谕英年,速将张荫桓抄家,并拿交刑部治罪。英年是工部侍郎,兼步军统领衙门左翼总兵。他领到懿旨后,应报给步军统领崇礼。张荫桓心急如焚,他该束手就擒,还是挣扎求生?

车子在街上游荡,瞥见一片蓝灰色的屋脊,那是六部所在。张荫桓心想赌一把吧,便派从人去工部打探。不一会儿听到回报,英年大人正在工部。张荫桓心一横,吩咐驶向工部院子,在车上给自己鼓气,船到桥头自然直,你就见鬼说鬼话好了。赶到英年的办事房外,屋里传出说话声,他侧着耳朵听了一会儿,学着唱戏的口吻喊:"大人在上,犯官带到!"里边声音停住,英年探出一颗滚圆的脑袋,一对眼

珠对着他一转,吞儿地笑了:"听说你送人回南了,怎么南辕北辙呀!"张荫桓笑对英年打拱:"没听说我这人找不着北?只有东奔西走了。"

两位侍郎插科打诨,礼让着进屋,却见屋里还有一个人。那人形貌古怪,鱼刺般的瘦身子上包裹着一件道袍,见人进来依然坐着,眼睛照妖镜般贼亮。张荫桓一缩脖子:"干什么,作法呀?"英年笑没了眼:"这话一出,你就惨了。这是先前的典故,作法自毙,跟外国有关。话说我这位道友——"

张荫桓口齿伶俐:"道友,吃肉不吃?"道人故弄玄虚:"吃,吃人不吐骨头。"这话叫人心中凛然。张荫桓强撑着架儿,大咧咧坐到主位旁边:"该言归正传了吧?"英年回归主位:"好,来人!"

这一声确像审犯。张荫桓张大眼,看着有人端着托盘上来,为两位大人摆放茶点;在道人面前的茶几上,放下一碗清水,一只瓷盘,盘上摆着一条人形状的块根,那是吉林老山参。英年是汉军正白旗人,他有此物不算稀罕。稀罕的是在官署款待道人,拿出人参作茶食。听得英年殷勤劝客,张荫桓拈着馃子嚼着,瞥见道人擎起人参,细看两眼,咧开嘴,咔嚓咔嚓咔嚓,三口吃下人参,瞅了张荫桓一眼,一副吃人无餍的样子。

张荫桓被他看得不自在,便没话找话:"吃的明明是人参,你怎么少说个参字?"道人面无表情:"官人就怕人参(音餐),少说个参字也罢。"张荫桓仔细回想,英年并未介绍过自己,道人对他应无所知,为何句句触他心事?听得道人咕咚咕咚灌水,他对英年说道:"布施僧道,自是积福。素知吾兄俭德过人,以人参飨道友,是不是豪奢得过了头?"英年笑道:"我这人喜好相术,你当然知道。可不知我学自何人,对了,就是道长传给我的。道长真人不露相,每隔三年五载,才会降临一次。别说是人参,我就献个人牲给他老人家,你能说过分吗?"

这话给张荫桓搭了梯子:"我这不速之客,就是找英大人求教的。我这人睡觉憨实,多少年不会做梦。偏偏昨晚多灌几杯老酒,一落枕就做梦。吓得直挺挺坐起,再睡时仍做同一个梦,你说怪不怪?梦境倒很简单,一个人手捧一件公文,背朝太阳走来,太阳光芒直射,照得我睁不开眼。那人背光面暗,根本看不清眉目。一

步一步走近，身材山一样高大，面部一团模糊，只看见一部雪白的大胡子。他将公文硬塞给我，我看看抬头，告诉他送错了。他摇头大叫：我不听，你欠我，给我吃！我只好递给他一双筷子。那人接过朝地上一插，筷子噌噌往上长，顷刻长成两根柱子。他又叫：你欠我，给我吃！我又给他一双筷子，他如法炮制，便又竖起两根柱子。四根柱子四角撑起，这人耸身跳起，飞鸟般飘至立柱顶端，四肢各搭一柱，白胡须悬垂如瀑布，仍对我叫嚷：你欠我，给我吃！我不由气急败坏，指着他大骂。他便嘶嚎一声：你欠我，我吃你！胡须挓挲开来，四根巨柱崩倒，朝我直压下来。胸口似有大山镇住，就此憋气而死。我叫唤着醒来，才知睡梦中魇住了。"

第三章　废除八股

一、抒胸臆　兄弟游山

　　这梦像是真的,听起来又极荒谬,那个吃字对应道人的吃字,细品味似有所指。三人静默片刻,英年伸一个懒腰:"你想叫我圆梦? 不才专攻相术,是俺老师十八般武艺的最末一艺。俗话说有老不显少,你叫他老人家吃吧。"

　　道人竖起右手食指:"吃,口乞也。吃字古音乞,开口乞,向谁乞? 向天乞,向地乞,向己乞,只有出家人才可向人乞。到了近世,吃才读'痴',就是痴人的那个痴。读书做官的不再反求诸己,开始安心吃人了。"英年跷起拇指对张荫桓晃晃:"怎么样? 我老师开口便直指人心。我劝老兄少赌钱,多领教,那时就可安心了。"

　　张荫桓苦着脸:"我安不了心,我的噩梦还未解,那个大胡子硬赖我欠他。"英年审问:"你欠没欠?"张荫桓满脸无辜:"我一向只送人,不欠人。"英年呵呵笑:"好啊,送人,怎么没送到我这儿来?"

　　张荫桓双手举起:"我这不整个送来了?"英年道:"好,你这叫投案,我得还你一

个安心。请老师解梦。"道人道："这梦好解，你没欠他。"张荫桓问："何以见得？"道人道："那人没有面目，只有胡子，他是胡说。但他没胡做，那番做作大有讲究。四筷化作四柱，这是一个'桓'字——"张荫桓哆嗦了一下。那道人视若无睹："'桓'字本义是邮亭的表征。古代邮亭立四木为柱，柱端覆板以蔽风雨。桓字又为宫室之瑞，因为宫室无柱不安。桓字又有桓表之称，就是华表，此皆高大尊贵之象。可惜那大胡子把它毁了，这表明你不欠他，却欠他人。这段恶孽不会了断于今日，因你不认南辕北辙，自愿东奔西走。大胡子背日而来，你必立于西方。按桓字又有桓水，就是古羌水，源出甘肃西南西倾山。尊官将来倾之于西，出语成谶，恐难免矣。"

这一段解得环环相扣，鞭辟入里，张荫桓又是惊悚又是佩服。道人从半真半假的梦中推详出'桓'字来，确是神乎其神的本领，说明他的断语可以信服。只要眼下免灾，何管来日遭殃？英年也暗自掂量：也许他这回栽不了。但懿旨是他亲自传的，见张荫桓要告辞，英年挽留说，今日幸会高人，岂可错过机缘？请老兄代陪吾师，兄弟张罗过公事，中午一醉方休。这是遭软禁了，张荫桓只好从命。

英年出门便去步军统领衙门，没有见到崇礼，却遇见内务府大臣立山。此人肉滚滚的，活像个笑面菩萨，对英年喜眯了眼："你来讨令箭？崇礼不会给你，这一灾被我解了。"英年不解道："被你？为什么？"立山大模大样："因为惺惺相惜。都说他有钱，我比他更有钱。有钱就有罪了？胡孚宸拾人牙慧。就说赫德增资吧，那是户部满汉两尚书定的，张荫桓办事员而已，办了他，还叫不叫人办事了？偏偏这罪就落在办事上，太后发怒要办时，军机诸臣替求情，廖寿恒叩头说，总署唯有张荫桓能办事。这更惹恼了太后：若照你说，张荫桓死了，总署就得关门？明看在劫难逃，我得设法救他。"

英年道："你还没说为什么。"立山摇头道："你们逮人的，就是死心眼。我会吃，张荫桓家厨子会做，这你明白了吧？我就这样办的，太后叫我传崇礼，我说太后，明天宫中招待十二国公使夫人，需要预做准备。抄张家时，是不是把他的厨子抄来，送到颐和园？太后一听就愣了。你想吧，这样一来，好像抄家就是为了抢人厨子，堂堂朝廷岂可如是？"

听他说得没心没肺，英年又不敢全然不信，白着眼道："好了好了，你就别吹牛了吧，我还得办事。"立山笑着走开："办不办的，你看着办。"

英年在堂上老等，等到崇礼从园中回来，他一看崇礼的脸色就有些明白："那事不办？"崇礼仍然摸不着头脑："尚无确讯。老三，你真没有听错？"英年手点着脑袋："我哪敢假传懿旨？太后发旨后交代，仍须候军机处旨意。"崇礼道："这你传给我了。我去太后处谢恩，希能亲耳聆旨，可太后仿佛忘了。退下后恰值军机散值，我问礼王有无交派事件，礼王说没有。再问廖仲山，仲山也摇头。我还怕不实不尽，令章京赴仲山寓所询问，答复如前。看来这事虚惊一场。"英年将立山的话转述一遍，崇礼很是不屑："他个模糊虫，还能挽转圣意？即使真做手脚，也仗孔方兄之力。不过话说回来，此时办张并不合适。翁师傅刚刚获罪，再断一个手指头，皇上还活不活了？"

皇帝的确不快活。中枢第二次大调整：王文韶为军机大臣、总理衙门大臣、户部尚书，孙家鼐补协办大学士，荣禄实授直隶总督兼北洋大臣，崇礼补授步军统领，派刚毅管理健锐营事务，怀塔布管理圆明园八旗。这些人中，皇帝真能借上力的，大概只有孙家鼐。为办这件大事，慈禧与光绪同见军机。就在议事中间，太后历数张荫桓罪状，说要拿办。光绪没敢说话，世铎替张荫桓说了几句，廖寿恒真心辩护，不料却像火上浇油，慈禧下令张荫桓明日递牌子，由皇帝召见处置。

光绪怄了一夜气，等到军机进见后，又召张荫桓上殿。张荫桓得了底气，听见光绪问他，是否看过胡折，便回答道："臣已看过。总是奉职无状，辜负朝廷，乞恩治罪。"光绪问道："胡孚宸参你一力承办，出卖权益，究竟怎样？"张荫桓奏："臣处下僚，从无独立办事之权。胶澳事奉派与翁同龢同办，旅大事奉派与李鸿章同办，借款事与敬信、翁同龢同办。"

光绪令张荫桓下去，询问军机诸臣："张某说得如何？"诸臣奏答属实。

光绪怒火陡起，瞪视廖寿恒："昨日在太后面前，说他一人经管，今日为何变了？你们什么事不管，问起来不知道，推给一个人挨骂！"廖寿恒尚是学习军机，也只配

"一个人挨骂"。光绪接着诘问:"昨儿在太后前说他行踪诡秘,到底如何诡秘?"廖寿恒只是叩头。这其实是刚毅说的,刚毅便仗义出来解围:"请皇上息怒,廖寿恒说话太呆。"光绪怒目如火:"你倒不呆,落井下石时,你的力气最大!"刚毅叩头谢罪,却并不服气。

光绪仍问廖寿恒:"昨日你们建议,调许景澄回来换张,今日为何不说?"廖寿恒上奏:"昨因太后盛怒,臣等如实奏明,张荫桓确能办事,所以恃才倨傲,与同僚时有意见不合处。至于调许入署,尚需领有明旨。"这番辩解合乎事实,廖寿恒顶缸也顶得不错,光绪气消了许多,转嘱领班的礼王世铎:"你传谕张荫桓不必忧虑,照旧切实做事。还有一事,康有为宜派何差,你们议得如何?"园廷召对以后,光绪即令军机大臣酌议,军机处迄无复奏。果然,世铎答曰:"臣等尚未议出结果。"

光绪竭力耐住性子:"为何如此艰难?"世铎道:"因为无有先例。康有为是尚未报到的学习主事,照例应先到部。依次候补、补缺、升官后,方可委派要差。但他已获召对,又不能以寻常待之,所以煞费权衡。"

光绪终于光火:"你们仍以寻常看待!既已诏定国是,便当打破常规,若仍按资排辈,有何变法可言?"世铎嗫嚅着"这个",求救星一般看看刚毅。刚毅巴不得说话:"回皇上,如果不按规例,不论事功,单凭口舌便委以重任,则此番变法等于专为康有为而设,何以服众官,何以服士人?"

一句话问住了光绪,刚毅虽然粗鲁,却也不是白吃干饭的。光绪其实也在为难,他想不出合适的位置,安放那个奇才。这个"奇"并非全褒,对于康有为的底细,他不可能探得很透,而此人是否可靠,更是无从捉摸。"叵测"这个怪词,还在时时作梗。如果翁同龢还在,对康便容易安置,无论高些低些,都有师傅掂量加减。如今局面大改,只有重用康有为,才能起到作用。可是想来想去,哪里有合适的官职?若依光绪的心思,他真想开设制度局,用康有为做顾问。但这是何等大事,不说太后不依,军机处不先吵翻天?

思来想去,光绪只好掂着重槌敲破锣:"这已成为惯例。只要与新政有关,交办以后,军机和总署磨磨蹭蹭,非三推四阻作不出成议。你们下去立刻磋商,明日叫

起面奏意见。否则朕不再等，径自下旨。"

这一下推不成磨了，几个人从养心殿回军机处，争来争去说不到一起。礼王说，康有为笔头子厉害，让他上翰林院吧，这是清贵之职，应能使他安静。刚毅说，将一只狼投入羊群，那还不搅炸了群？我意依其本分，令入工部，跳过候补一级，给他一个实缺。廖寿恒反对说，那你难以息事。此人以西学著名，还是去总署合适，让他做章京吧。刚毅反驳说，他若想当章京，得去工部报到，然后再去考试，哪能让他连跨几道门槛？

廖寿恒瞅瞅礼王，礼王世铎叹了口气："子良啊，你别跟仲山制气。没有翁师傅在里边中和，咱这位皇帝爷的性子，可是越来越拗了。他若真的下旨，着康有为入宫辅佐新政，你我怎么办？"刚毅拧着脖子："别说臣子，他若那样，置太后于何地？"世铎安抚着这位："子良你省点事吧，明日上奏，咱先拿章京顶账，如果被碰回来，你再暴跳也不迟。"

次日并没被碰回来。总署章京的差事，翁同龢曾提出过，现在看来，这个职位挺合适。光绪准军机之奏，随即发下交片谕旨："交总理各国事务衙门、工部。本日军机大臣面奉谕旨：'工部主事康有为，着在总理各国事务衙门章京上行走，钦此。'相应传知贵衙门、贵部钦遵可也。此交。"

工部接旨后，当即派遣一名司官，前往宣南传知康有为。因为报喜，算是美差，司员兴冲冲地叫了一辆车，赶到南海会馆门外。只见门口一片忙碌景象，有从马车上下来，询问门房的；有从院内走出，高声唤轿的。司官恰好看见一个熟人，下车招呼一声："周兄，幸会。"那人出了大门正在张望，闻声过来作揖："刘兄宦情这么好，还跑到这里烧热灶？"这话颇有意味，司官想了想问："烧热灶？馆内入住大官了？没听说哪位督抚进京嘛。"

那人大摇其头："督抚？小了些，这位可是在野宰相。此人未中进士前，接连闹出几件大事，创下好大名气。前日又获皇上问计，这还得了？明看是大用的光景，谁不想跑来沾沾光。本衙门也来了好几起，回去到处宣扬，如同见了天神。我今日

来见真神,你猜怎么样?在门上就被挡了驾,说是人太多,不让进。等我过五关斩六将,总算钻进小院了,好几个人来盘问,都是康门弟子,生怕我是敌营奸细。弄明白我是老实人后,我被引入一间雅舍,只见屋中堆满了书,康圣人伏在案上写字。听罢弟子禀报,他抬头打量我一眼,对我草草作了一揖:'鄙人奉旨编书,无暇奉陪说话。老兄来者有心,只要咸与维新,你我便为同志了。'我蒙头蒙脑退出,问那陪同的弟子:'怎么咸鱼维新,难道淡鱼不维新?'弟子直翻白眼:'看来你是捐官,识字无多。咸与,大家参与也。我老师引你为同志,你也得多读点书,以不负吾师厚望。'"听他说得有趣,司官半信半疑:"这么大排场,宰相也摆不出吧?"那人道:"老兄不信,亲试便知。"

司官与那人分手,走向会馆大门,门上果然过来问。听说慕名求见康圣人,守门人果然不让进。不得已亮出真身份,沿着指明的路径走,望见康居小院了,果有年轻人迎上来。那人倒很谦和,自称是有为之弟康有溥,字广仁。他说他哥译书辛苦,秉烛达旦,刚刚和衣小憩片刻,尊官有话请与在下讲。见他露出拒见的意思,司官忙说,我是工部来的,与康君幸为同事。康广仁便又作揖:"幸会幸会,小弟失敬。家兄睡着,就请大兄奉陪了。"说着引领进了小院。司官心里嘀咕,又是家兄又是大兄,他有多少个兄?

司官被引入一间屋,屋里摆设很简单,只有一床一桌,外加一个大立柜。迎见的人略显苍老,自称是先巡抚康国器的孙子,名有仪,字羽子。康广仁介绍说,由于父亲早故,他与长素兄自幼贫苦,若无大兄提携维护,恐怕难以读书成人。

康有仪随和地笑着,并不多言谦虚。在司官看来,这人像个账房先生。他的桌上确有一把算盘,还有几本账簿。他拿出一沓单据请司官过目:这是刑部郎中捐银三百,这是理藩院章京捐银二百五,还有捐书捐仪器的,请看这一张。见司官眨着眼,康广仁告诉他:"既然咸与维新,就要有力出力。为了广开民智,必须办报馆,开学会,译洋书,教学生,无钱怎么做得成?有志同人共襄盛举,有的捐资,有的入股——"司官问:"怎么还入股?"康广仁笑笑:"我在上海开大同书局。专译新书,近日股金募集了不少。"

听到向他要钱，司官笑了笑道："多谢二位抬举，本官此来奉办公事，不敢搭便行私。"二人问明原委，这才不再纠缠，将他带进康有为书房。康有为眼泡瘀着，看来熬夜是真，寒暄之后对他苦笑："这些天乱蜂蜇头，不得不叫人挡驾，还请原谅苦衷。兄弟没能到部，倒让堂官惦记，不知老兄此来有何吩咐？"司官还想试他一试："堂翁派兄弟来，一为慰问，二为请驾。"康有为一时弄混了："请假？兄弟是在假期。"康圣人竟然露短，司官很是快活："是请尊驾，非催销假。"

康有为不以为意："噢，汉字一音多义，于此可见其短。我奉旨译书，几位堂翁是清楚的。请老兄回复堂翁，有为将这几部书上呈后，当可赴部候见。"说罢转问侍从的弟子："上头催要的书，还有多少没抄完？"弟子回答："中卷七页，尚有下卷三十八页。"康有为抬眼望着司官："老兄你看，我抽得出身吗？"这是要赶他走了，司官打起官腔："康主事，本官奉尚书钧令，来传交片谕旨。"

听到一个"旨"字，康有为霍地立起。为等这道谕旨，他已不胜煎熬，终于盼到了！他回头吩咐弟子："快过来，摆香案！"司官吓了一跳："摆，摆什么？"康有为道："摆设香案，恭接圣旨。"司官将笑意憋回："交片谕旨由军机交部，由部派员知照本人，不需接旨。"康有为有些惘然："就请老兄宣读。"

司官道："无须宣读，总理衙门发来委札，交给老兄就是了。"说罢掏出一只信封，放在康有为的书桌上。康有为手有些抖，急忙拆阅那道札子，只见上面写道："本衙门奉到军机交片谕旨，委派工部主事康有为，在总理衙门章京上行走。"

康有为心中轰地一烧，一片羞红涌上双颊，他将委札往桌边一丢，坐在椅上一言不发。

司官觉得奇怪："怎么了，康主事？"康有为竭力按压着焦躁，干笑一声："请原谅，兄弟碍难接受札委。"司官很是吃惊："什么，你不接受？"康有为搪塞道："我要编书。"

司官不禁失笑："编书有多关紧？恕我冒昧，康主事，你不要以为章京是容易得的。当章京需要考试，二三年才考一次，由各部选拔年轻笔快的司员赴考。往往五不取一，考取者先只记名，章京出缺后才能顶补。饶是这般周折，人们仍趋之若鹜，

原因是总署章京,升迁较易,每年保举二分之一,运气好的,可以外放做海关道,那可是肥缺。老兄由谕旨钦点,更如凤毛麟角,几年后升总办,升大臣,不就成二三品的大员了?咱们同部为官,我才愿意多嘴,希望老兄不要自误才好。"

总理衙门大臣,倒也是吸引人的官职,但那得苦熬资格,何年何月才是头?何况他志不在此,这话又不好对这人说。康有为挤出一个笑脸:"承蒙老兄指点,有为心存感激。只因身沐皇恩,不敢以宦途为念,这副札子,只有仍劳尊驾交还了。"说着把委札朝对面一推。

这一幕司官可没料到,他火气直冒,又把委札推了回去:"要还你自去还,我这五品员外郎,不是给你六品主事跑腿的。"康有为这回真笑了:"好,使不动你这大官,我缮折直奏皇上。"

笑是笑了,他却从云端沉坠地上,这一回的失落堪称惨痛。依他的感觉,光绪皇帝非常满意他的答问,即使不能赐以显爵,至少也要召入宫中咨询新法。而今却是章京上行走,岂不可笑可哭!在懊恼中,他对"行走"一词也恨恨不已。"在军机大臣上行走""在总理衙门大臣上行走",本是堂堂正正的官职,偏要加以奴仆般的称呼,叫你从头到脚为朝廷奔走,此种居心凶恶特甚。朝廷断绝了康有为的希望,看来他真要落荒而走了。

对先生受到的屈辱,弟子们更加愤慨,大都撺掇他出京。梁启超也在致天津报人夏曾佑的信中称:"总署行走,可笑之至,决意即行矣。"

为了表示决意,康有为连日拜客辞行。这天下午,康有为外出路过贤良寺,心想何不去撞此老木钟?他进寺寓寻着于式枚,请他引见合肥相国。于式枚把劝诫之语咽回肚里,好脾气地在前带路。

进入李鸿章的客厅,李鸿章在太师椅上安坐不动,只用手指示座椅:"长素来啦?我要贺你高升。"倨傲中带着亲切,康有为也便显得洒脱:"恕我不懂,章京也算高升?"李鸿章笑笑:"章京原为满洲带兵官名,比如都统称固山章京。后来专指管文书的职员,是嫌小了些。不过长素乃皇上特简。"康有为哧的一声冷笑:"特简文

书？不说这了，在下此来为践先前之约，请办巴西移民。"李鸿章眨眨眼："哦，真要走了？也罢，国家不用你，你就闹他个富可敌国。不知你有没有此等财力？"

康有为口气很大："我没有，有人有。澳商何君租德船四艘，准备专运移民。"李鸿章转问于式枚："前些天广东的公文怎么说？"于式枚回答："驻香山海防同知魏恒禀称，有人在澳门张贴告示，招诱华工。已招新安县民四百余名，招贴开列待遇优厚，被招者遭受虐待，发觉上当，打闹数次。香山县禀知两广总督，总督移文澳门葡萄牙当局，责其私招'猪仔劳工'。该船闻讯提前出港，船名是德国的'地打杜士'号。"

这正是何君要租的船！康有为故作镇定，听见李鸿章发话了："华工受虐，血迹斑斑，长素大概对此从未想见。私招是不行的，长素真要干，你得先跟广东地方官讲好条件，让其同意。"康有为只好说："这一条我依从。"李鸿章道："还得求见拱北税务司贺璧理，请海关预先制订条例，届时验船放行。"康有为稍稍迟疑了一下，赶紧应了声好。

李鸿章道："另外，得跟我国驻美国、秘鲁公使电报联络，请其与巴西当局磋商，草定临时商约。"这样麻烦！康有为心里嘀咕，索性应承到底。李鸿章显出轻松的样子："好了，只剩最后一件小事。你现在就去总署，请美国股管股章京给你开凭票。"康有为惊得站起身："总署？章京？"李鸿章睖着眼看他："是啊，怎么了？"不管是真是假，这个玩笑开大了。康有为松松地作了个揖："感承中堂照应，有为告辞了。"李鸿章抬了抬手，康有为转身走出，听见屋里传出笑声。

康有为落荒而走，在寓所门口与文悌相遇。前天康有为往访不遇，见面后文悌先道歉，然后问起近日境况。听着康有为的诉说，文悌突然撇开正题，说了一句："翁师傅罢相时，我曾赠诗骂他，你知道不知道？"康有为吃惊不小："有这种事？为什么？"文悌义形于色："君子爱人以德，我视他为君子，才会求全责备。慈圣待他最厚，将两代皇帝托付给他，看他做得如何？先帝微行致疾，他能脱得干系？"

康有为不以为然："虽说春秋之义，责备贤者，你是不是过分了？君不能负臣责，臣岂可代君非？再说那时帝师还有李鸿藻，本朝帝师还有孙家鼐，这都是贤者

啊。"文悌道:"得君心者唯有翁。不说这了,先生真要离京?"

康有为以问为答:"仲恭兄,你看事还可为吗?"文悌道:"事不可为。不瞒你说,我是痛心至极才破口大骂的。"这人半阴半阳,总叫人感到摸不准。康有为实话实说:"我以为你不该如此认命。说句不该说的,国破了我们还可走,你往哪里走? 你是满人,与国家共休戚,如果非死不可,为何不为保国护族而死?"

文悌忽地立起,一揖到地:"承先生教,文悌知误了。不过先生真要走? 是不是嫌官小? 借用先生之言,既可为国死,何不可为国小?"

听他强词夺理,康有为嘴上认输:"好好,我服老兄铁口。我托你奏请改变科举,你总得施以臂助吧?"两人好说好散。

送罢文悌转身,康有为见弟弟走进屋子,看上去满面忧郁。康广仁性子阴郁,是康有为一直担心的。康广仁瞅瞅院中通道:"这个人,不地道。"康有为想问谁,忽然意识到是说文悌,点点头道:"我心中有数。"康广仁道:"他刚才去过那屋。我和大哥正算账,他蹑手蹑脚进了。大哥把账本搁起来,他竟夺过去翻看,还戏逗说有财同发。仗着他是满人官儿,我们两个不好板脸。"康有为略显忿意:"我不是会党结社,大可以公之于众,何惧鬼蜮伎俩! 他愿做君子,我可助他上天;他要当小人,我能摁他入地。满人可休矣。"

经过哥哥的开导,康广仁的心境豁朗起来。康有为一时兴起,决定带弟弟游西山。第二天请大哥康有仪留守,兄弟俩雇了一辆车,两名仆人骑骡跟随,出城西行。此时麦禾初熟,望去一片金黄,有地气旺盛的地块,农人试镰开割,嚓嚓声响悦耳醉心。望见青山一带,地势隆起,马蹄渐显沉重,二人下车来看,已至山半腰处。向上攀登一段,眼前豁然开朗,路北一片平地上,坐落着一座庙宇,那就是西山名刹碧云寺。顺道进寺随喜,前殿后院周遭所见,无非佛堂菩萨,信众香火。

康广仁对此了无兴趣,催着哥哥走出寺门,康有为还要去西边的卧佛寺。一径来到卧佛寺罗汉堂,但见烟气缭绕,顶礼膜拜的香客,似乎比八百罗汉还要多。康有为随俗投下香资,取来香表,在佛前拈了一炷香,然后拉着弟弟前行,在两尊罗汉像前驻足观瞻。

康广仁呆呆地跟着,直到出了罗汉堂,康有为才笑着对弟弟说:"你知道吗?那第二百九十五尊泥胎,法号为暗夜多罗汉,是康熙皇帝的化身。第三百六十尊泥胎,法号为直福德罗汉,则是乾隆皇帝的化身。"康广仁目光直瞪,分明吃惊不小。康有为深长感叹:"这不是他人捏造,而是两位皇爷自己宣称的。说到底,皇帝也是凡人,尽享人世间的洪福,还要享天堂中的香火,这可真叫寿数有限,人欲无穷啊。"

兄弟登临顶巅,俯视林壑,嫣红姹紫,排闼入眼,凸峰峭壁,列阵纳宾。向东眺望,风烟浩渺,帝都城郭依稀可见,令人顿生无限遐思。仆人铺开包单,摆上烙饼熟肉一类食物,请两位家主野餐。康有为叫他们也去自便,两名仆人走到几十步开外,进食歇息。兄弟二人饱餐一顿,睡意蒙眬,卧倒在绿茵上打鼾入梦。

这一觉睡得酣畅淋漓,康有为睁开眼时,见弟弟坐在作枕的石头上,含笑看着自己。康有为一挺而起,伸腰舒臂,说道:"好睡,把几个月的疲乏都解了。"康广仁附和:"古人说洞中方数日,世上一千年,山上的日月就是顶用。"康有为道:"顶用?这说法好。老二你要知道,作文的诀窍之一,就在用语新奇。"康广仁嘟着嘴:"我这木头脑子,哥哥不要变着法儿教我了。"

康有为诲人不倦:"没有学不好的东西,你只是不肯用心。我被称作圣人,也不是生而知之,所谓头悬梁,锥刺股,我下过那种功夫。咱家贫困无书,我十几岁时,常从西樵乡跑到广州西关梁庆桂家,在那里借读数日。我跟他是换帖兄弟,书缘超过了亲缘。"当哥的很少聊起往事,弟弟洗耳恭听。

"后来开课授徒,仍然教学相长。那年到广西讲学,发现桂林山水之佳,岩洞之奇,世罕其匹。因而分日寻幽,搜岩览胜,题一岩为康岩,名一洞为素洞。老二你要记着,世上万物,唯书与山水性气相通。以后我要注意抽出时间,带你领略此间况味。"

康广仁眼眶发湿:"哥哥,我今生已误,难有作为。倒是哥哥需要小心。"小心?康有为的兴致被他打断:"你的意思是?"康广仁一吐胸中积郁:"京中险恶,超乎想象,我虽无知,却有感觉。哥哥不要以自己的度量,不加防备地对待他人。"康有为思谋着:"这话有理。天下如我者有几人?我有权衡,你别担心。"康广仁道:"既说

要走,手头事情了结后,尽快上路。我有些想家。"康有为瞅他一眼:"你以为我不想家?母亲倚闾望子,这都是我不孝啊。要不你先回去?"康广仁固执道:"不,母亲嘱我与你同归。"

康有为一时黯然,转身仰看远方,猛然回头说道:"不行,我不能半途而废。譬如行至山腰,咱们原道折返,你说得到了什么?我也到了人生中途。家中除了高堂,还有一妻一妾,两个女儿。你也生有一女,我们要想尽孝,便该立马还乡,生子接续烟火。然一家烟火轻渺,一国烟火至大,我能松开手吗?陈胜说:王侯将相,宁有种乎!我所求比他更大,我要扭转兴亡气数,自当俯视皇朝帝君。我几天前吟成一绝:来向帝都询废兴,如山民气锁皇陵。君身未似千秋树,百万江山系一绳。这是写亡国上吊的明思宗。今天我要说,百万江山系一人,这人就是我!"

第一次听哥哥坦露胸怀,康广仁半是景仰,半是迷惘,久久无语。

康有为胸中似有火焰奔突,想要长啸,想要悲哭,强自抑压,凝眸沉吟,语音低沉:"人在世上走,总得留行迹。"他准备收拾下山,瞟瞟那边的仆从,忽然想起了什么:"老二,你昨天又罚了老赵?"康广仁恨恨道:"那东西太浑,刚丢失斧头,又打破盆子,我怀疑他成心使坏。"康有为道:"这是同乡荐过来的,怎会不可靠。对下人不可滥施威风,我早想嘱咐你。"这下康广仁不信服了:"哥哥过于宽宏,难道忘了那句:唯女子与小人为难养也?我也想劝哥哥,有弟子打你旗号,出去招摇撞骗,名字我就不说了。"康有为想了想道:"既知小人难养,就要包容,否则,说不定哪天就会吃亏。你我的提醒,都互相记住吧。"

二、忧生计士人呈冤

坐在回程马车上,康有为仍在回味那句话。他遵循孔子的教条,对弟子有教无类,凡是愿追随的,他都收入门墙。由于他一视同仁,因材施教,所以康门师徒融

洽,少有隔阂。他的几大弟子,陈千秋从师最早,不幸于三年前病故。徐勤被康有为派往日本,开办大同学校。王镜如、韩文举在澳门办《知新报》。麦孟华、何树龄、叶湘南,康有为的女婿麦仲华,还有大名鼎鼎的梁启超,此时都在京帮老师做事。资历较轻的弟子,先后赴京的更多。这些人自备川资,有时还要捐献财物,究竟为何而来?

康有为不是李鸿章,无力以利禄驱众,他用以感召年轻士子的,是义,是道,是变法救国的磅礴激情。当然,人有长短,才有高下,既要合群,就不可能一清如水。康有为回忆起,确有弟子求他写信,去某官那里通融事项。而有多少弟子怀揣功名进取、事业发达的梦想,康有为就说不清了。这不奇怪,连他自己的这番奔走,都是为了成就大功。他当老师应该做的,是千方百计谋求成功,使众弟子有扬眉吐气的那一天。

想通了这一层,康有为如释重负。回到寓所,他跟几个弟子商量,打算去宫门谢恩。恰巧张元济来看他,康有为向他询问礼仪。张元济颇为不解:"谢什么恩?"康有为道:"皇上特旨任为总署章京,做臣子的,岂能不谢?"张元济委婉说道:"章京是差使,不是官缺,先生似乎不必赴谢。"

康有为"哦"了一声,自我解嘲:"在官规上无所用心,几乎闹出笑话。菊生兄在我之后召见,谈了些什么,我还没有聆教。"张元济道:"我正要跟先生详说。皇上知道我设有通艺学堂,问我有多少学生,学何功课,又问有无铁路课程。建议将来的大学堂应开此课。皇上说,听说印度铁路已开至我国西藏边界。现在交涉事繁,从京至滇需二三个月,外交上怎能不吃亏? 我回话说,要开铁路需育人才,矿山、河渠、船厂、机器厂,各种技师都很紧缺。臣做总署章京,深知使、领人选须用新人,如仍用老套知识去应付,无异于拿短刀对洋枪。皇上显出忧虑说,八股试帖之无用,已是越看越清楚。然而部臣拘执,部议迂缓,几份请改八股的折子,礼部十几天都未议出名堂。我即奏请坚定立志,勿惑异说,延见群臣,以宣抑滞。总起来说,问对归重于学校和科举,皇上愿拿八股开刀,这是我以前没料到的。"

康有为掂量出,张元济的召问只限于学制,不像自己的关乎全局,便安下心,

道："皇上圣明，确实超乎想象。比如他亲口说，满人皆糊涂，哪是你我敢存心间的？皇上论法当因时而变，比方说冬天衣裘，夏天衣葛，裘葛不能同时穿用，这比我讲学还透彻。菊生啊，事有可为，你是不是心定了？"

张元济微笑道："是。不过我的为在学校，先生之为在大局，这我更加认定了。"

康有为手指一击桌面："不管大局还是学校，都得一步一步做去。最要紧的一步在重用小臣，我希望皇上早下擢拔之诏，菊生已是章京，帮办、总办当可速得。"张元济道："不，我的才分适于办学，其他非我所愿。"康有为有些怀疑，继而想到，有人的志向只有这么高，这是没办法的事。他将话题扯开："皇上跟你专谈八股，菊生何不上折力除此害？"张元济道："这也不合我的本分。过于唐突，我以为有如揠苗助长，对事情之成反而有害。"

康有为不以为忤："说得好，我有时确乎急于求成。然而情势如火，列强不会允许我们循序渐进。"张元济道："它不允许，我们也得保持定力，不可自乱章法。愚以为，用人非帝权所能及，那也会触发重臣的反拨，尤须待机而动。我还以为，先生的特长在著述。皇上求知若渴，近阅《时务报》，'诏总署按期呈进'；《官书局报》，朱批'平淡无奇'；同文馆所译新报，'嫌太少，令多译'；又令总署进电报、地图、各国条约。读了皇上的批语，不知先生做何感想，我是惭愧治学者没有尽到职。先生应该急君所急，造就一位英主，难道不比擢用几个新人重要？"康有为对他的说法虽不苟同，这时却不想争论："我已备好《孔子改制考》，即当进上。"

对于进呈《孔子改制考》，康有为煞费苦心。他知此书惊世骇俗，比《新学伪经考》有过之而无不及。《新学伪经考》书惨遭毁版，这本书的境遇，恐怕好不到哪里去。然其持论为变法依据，进呈既能阐扬康学，又能抵挡守旧派的非议，何乐而不为？不过不能原封不动，而要增删取舍，冲淡离经叛道之旨，消除违碍皇权之言，使人无法挑出刺来。因此，现成的刻印本不可用，他一边改写一边手抄，赶作工整的新版本。原书二十一卷，新书仅选九卷，原本头尾皆用孔子纪年，这个首先要改。原序多处宣讲大同之乐，皇帝都要独，哪会喜欢大同？

康有为大幅重写，围绕"以天统君，以君统民，正五伦，立三纲，而人人知君臣之义"立论，将序文的峥嵘头角，改扮成中庸貌相。两相对比，原书倡民权，新书主君权；原书讲大同，新书树孔教。这样做并非对君不诚，而是迎合君主之需，为振兴皇朝制造舆论。

书抄完后，他又撰写了《请商定教案法律厘正科举文体并呈孔子改制考折》。此折提出两项建策。一为创立孔教会，建议将儒学确立为宗教，以衍圣公为总理。中国历代为了尊孔，皆封孔子后裔为衍圣公。除总理外，孔教会可公举学行最高者为督办。而今之"学行最高者"，不用说非他莫属。创教的目的是以教制教。由于教案多发，外国借此强取豪夺，康有为希望利用孔教对付基督教，让孔教会派人驻扎梵蒂冈，再有教案，由儒宗与教皇对等处置。二为立改科举制度，他说四书亡于八股，儒学亡于八股，八股文实为亡国亡教之根由。他请皇上深思明断，勿受礼臣之阻，勿为旧例所限，特下明诏，立废八股，则天下数百万童生、数十万生员、数万举人，皆拜圣明勇决之赐，自此为始除旧布新。康有为先将谢恩折上呈，仍由总署代递。

光绪接阅后想，看来康有为有点急了。光绪何尝不急？诏定国是以后，各部推诿如故，各地蒙混依旧，递上来的折子，不是报喜不报忧，便是落空不落实。光绪有时恨得直骂，撤换，全部撤换！当然只是想想而已，且不说不能换，换过了又怎样？他所能见到的，仍是阴沉木一样的老家伙。光绪所能办到的，就是让康有为上奏快捷些。光绪召见军机时面谕："何必代递，此后康有为有折，令其直递来。"

光绪派廖寿恒向康有为传旨。廖寿恒为刑部尚书，兼任军机、总署，是为数不多的权臣之一，为人忠厚，少生是非，光绪对他还信得过。

康有为的寒酸寓所，降临一位真正的天使，直使蓬荜生辉。廖寿恒传皇帝的意旨，令将《孔子改制考》《波兰分灭记》《法国变政考》《德国变政考》《英国变政考》等书，立即抄写呈进。《孔子改制考》是现成的，还有废八股的折子，都请廖寿恒送进宫，同时附有一片："谨当昼夜编书，不能赴总署当差。"这句话，他特意跑到总署，对众大臣再说一遍。这是辞官不就，他现在奉旨编书，比宋朝柳永的奉旨填词荣耀

多了。柳永以词名世,词风先后三变,世号柳三变。

兴奋之余,编书之暇,康有为即兴吟诗:"风云自可从心起,花月何须奉旨填;百变屯田三变柳,轮回不改止山川。"这首诗让前来探访的于式枚看到了,于式枚大为叹赏,称赞康君大才,可以编书填词兼而有之。康有为开玩笑说,你的这道旨,把我钉死在书桌上了。

于式枚想了想:"是,伟才岂能以文事框之。这话也可反过来说,善文事者,多非伟才。"康有为心中一梗:"嗯?多非,总有一两个吧?"于式枚道:"有,不过我还没想出例子。赵普号称半部论语治天下,可他连书也很少读。"康有为忽一拍手:"王安石的书经和诗文,放在当时也可称魁,治事治国更不用说了。"于式枚轻轻点头:"不错,王荆公确是伟才。可他治国有略,治事无方,终于误了。"

康有为不禁沉思:"晦若分辨方略,委实发人深省。若依此说,合肥相国便是治事有方,治国无略了。"于式枚也拍手:"说得是! 以他办事之能,取位之高,满可对国家献益更多,惜乎性喜避实钻虚,终于误了。"康有为叹赏道:"这个钻字用得好。连他都钻,尚有直道而行者乎? 李门凋零,继其衣钵者仅有袁世凯,此人如何?"于式枚道:"张佩纶评其为小人之有才者,固然有理,却不能一句话把人说死。人是活的,成王败寇要看机缘。袁世凯是善于投机者,否则,他连现在的地位都爬不到。"

与智者对话益智怡神,两人谈得很愉快。由袁世凯谈到盛宣怀。此人之才,连康有为都是承认的。他办遍了中国的各种实业,令康有为看重的,是他创办的北洋大学堂。他是握有实货的人,跟文人玩不到一块儿。而袁世凯还愿投机,至今与维新诸贤眉来眼去,这就聊胜于无了。

康有为探听礼部对于八股有何议论。于式枚笑笑说,他今天来这里,其实也受堂官委托,摸摸康大主事的底细。杨深秀折子递上后,谕旨即令礼部议奏,礼部久拖不决。康折又敲了一记,皇上下旨礼部,催问前次事件。皇上没有把康折下发礼部,也算刁难了一下。礼部不动不行,又怕奏言说不到点子上,需要探探口风。

康有为毫不隐瞒,请于式枚阅读底稿。见于式枚取笔摘记,索性叫他带上底稿,顺利交差。

康有为真心希望,礼部的尚书侍郎们,能够被他感动,为国家留一条气脉。于式枚叹说这叫奢望,礼部之所以为部,乃是一场场考试支撑起来的。如果废了八股,礼部干什么,吃什么,尚书能去大学堂教书吗?每行一次兴废,要替那一行的吃饭人想想出路,不然的话,他会拼命把你堵住。这又是透彻的道理,然若依循此理,一切难题都不用去解,这又是论理和做事的分界了。康有为请捎话给礼部诸堂,礼部不是八股部,只看孔子不做八股,这个理便容易懂。这话说得刻薄,于式枚把话传回后,几位堂官一听就笑了。

这天恰值六堂同在,由于部院大臣兼差甚多,平时大家难得聚齐。礼部满尚书是怀塔布,由工部尚书任上调来,与汉尚书许应骙两次搭档,很有缘分,也很对脾气。他是前文华殿大学士瑞麟之子,出身高贵,口气也粗:"本部有八股,他康有为一股也没有,敢跟老子谈孔子?"许应骙跟他称兄道弟:"二哥有所不知,此人狂妄,世罕其匹。他少年时即以圣人自命,今日代孔子发话,你我不可不小心。"怀塔布气哼哼地道:"老子的老子做两广总督时,为何不灭了他的家,留此孽种造祸人间!"

听怀塔布怨及先父,曾广汉不由微笑。他老子的老子是功臣曾国荃,对于先世家声,曾家人是爱惜羽毛的。侍郎溥颐是宗室,他的先世更显赫。

留下两位尚书,互相发了一阵牢骚,还是得给上头一个交代。这交代其实等于是没有交代。二人商量,叫于式枚按此主旨拟定一折,应付应付。于式枚原是李鸿章的主稿,这样的文章哪屑于写,领命后退下堂,路上碰见一名候补主事。这人叫王照,比康有为早一年中进士,平日留意新学,算是懂得时务。于式枚便将此差转托于他。王照做事卖力,拿着鸡毛当令箭,熬了两个通宵,写了满满当当几大页。于式枚看也不看,原样奉上。

许应骙看了两页觉得不对,令人把王照叫来,拍着王照的文稿问:"'束缚于八股帖括之中,若唯恐其民之不愚也者,无异于自缚',这是什么话?"王照不慌不忙:"回堂翁,这是引用宋伯鲁的奏言。"许应骙皱着眉:"他主张废八股,你该避之如虎,怎么反倒引用?还有这句:'皓首穷经,千百士子不辨菽麦,歧路亡羊,亿万生民难

识之无',这又是什么话?"王照镇定自若:"这是实话。卑职在宁河家乡做过统计,全县有六十岁以上童生三百零七人,七十岁以上童生九十二人,八十岁以上童生有八人。这些人习八股一辈子,连个秀才也考不上,读书不事生产,缺衣少食,连累妻儿老小跟着受罪。为此酿成家庭惨祸者,每年都有几起。"

许应骙大睁着眼,仿佛认不出这个属员。他脑子急速转着,竭力压住怒气:"好,你是有心人,怎么想起算计这个?"王照道:"卑职与徐世昌合办八旗奉直第一号小学堂前,为了招生先做考察,便拿宁河县当样本。有此鉴戒,小学堂课程力求切实,算学、矿学、制造、英语,都是西学的主要门类。学生不习八股,文章写得却不差,不瞒堂翁,我拿几篇作文请张謇看过,连他都称赞呢。"

许应骙气笑了:"问一答十,好一张利口!你以张謇赞语为荣,他可是八股圣手。自打嘴巴,不以为羞!"王照眨巴着眼,说得头头是道:"张謇以八股取状元,他引以为豪的文章,却全是议论、记述和诗赋。以此类推,状元、进士们的试卷,没有一篇传世不朽的。可见八股作用仅在得官,而官员之本归结为空话,此悲乃是大悲,有心人不可不识。"

嗑瓜子嗑出一个臭虫来,许应骙自认倒霉。他把王照赶走,把于式枚找来埋怨了一通。于式枚趁机进言,科举制度存废,关乎礼部甚大,诸位堂尊应该审慎对待,何者当革,何者当兴,都要有个交代。许应骙深感头疼。

平心而论,他并非顽固不化,对于西学的抵触,他比翁同龢浅得多。他算不上正统儒师,名士李慈铭曾骂他:"素以不学名,语言甚鄙。"这至少说明,他没把学术视同性命,但八股却是礼部的性命,除了掌管国家礼仪外,抡才大典便为本职。部中从上到下,都是八股熟手,废了这劳什子,等于废了礼部的"武功"。近期的风吹草动,已引起部员恐慌,从书吏、主事以至员外、郎中,纷纷找堂官探询,好像马上就会失业。再推及普天下的生员,多少人终生营求的饭碗,莫非一棍子打破?

许应骙忽然想起,有几起直隶生员,前来礼部投诉,府县儒学廪银不足,生员疾苦,难安学业。便唤司员来问,司员禀报说,近日叫苦者更多,刚才还有一起,是来自大兴县的。

听说刚刚出部，许应骙派员急追，将那批人领上堂来。这群人共有十五名，为首者四十余岁，开言诉苦：县学有廪生二十名，增广生员十名，附生六名，大大超过额定人数。而膳食银仍照原额供应，等于三十六人吃二十人的饭。加上银价跌落，物价飞涨，生员困苦无法想象，不得已从县到府申请加银。

突然，门口传进一个大嗓门："还想加银？府学县学都将取消，大家没饭吃，也就省心了！"一群人都愣着，但见怀塔布大步进堂，昂然落座。生员们磕头拜见，对于取消一说，个个如闻惊雷。老生员斗胆问道："真要取消？"怀塔布审视着这一群："不是真要，是将要，是有人要。朝廷正在开议，不日就有结果。"

那群人呆若木鸡，忽听咕咚一声，一名生员栽倒在地上。同伴们忙乱一大阵子，那人苏醒过来，坐地号啕大哭。老生员代他诉说，这人家累最重，三代人十八口依靠他的廪费贴补。如果县学关门，岂不掐断一门生路？哭诉变成了愤怒，生员们七嘴八舌，请礼部为儒生做主。两位尚书抚慰了几句，令他们回去等候。生员们哪肯离开，退到司官堂中，撰写了一篇呈文，请求礼部代递。

几天后，这样的呈文共有七件，由礼部代递入宫。根据以往经验，此类吁求并不罕见，但放在今天来看，便觉别有用心。光绪很是愤懑——对于许应骙其人，他原本信任有加。从正月底到闰三月，他六次召见许某。除了询问总署事务，开经济特科这件大事，是许应骙和张荫桓牵头承办的。许应骙办事不如张荫桓，老成却有过之，如果再开展些，便是可倚重的能员了。可惜的是，这要紧的一步他没跨过去，使光绪大失所望。作为粤籍在京长者，本应对同乡新进多有照应，可他阻挠开会于先，压制上书于后，到处给康有为掣肘。那还可既往不咎，诏定国是以后，他对部议八股推三阻四，而今又往皇帝眼里揉沙，是可忍，孰不可忍！若依光绪的性子，此等行径当予罢斥，可他怎么做得到？这回礼部叫板，光绪不能一掩了之，便令户部与礼部妥议具奏。议是议了，妥却未妥。礼部要求议增廪膳银；户部说，你先把滥增的童生裁下来，再议银子增不增。

两部扯了几天皮，进京吁求的更多了，除了直隶的，还有山东的；除了读书士子，还有绅士民人；除了向礼部、户部，还向总署、都察院呈诉。局势动荡，民心不

稳,愤恨指向入侵的外兵,怨气发给苟且的朝廷。矛头集中到两件事:一为即墨德兵毁像事。此事发作于两个月前,山东举人一百零三人,向都察院呈文称:正月初一日有德兵多人,闯入即墨县文庙,将孔子圣像四体伤坏,将先贤子路双目挖去,任意作践,情理难容。康有为发现可以借机鼓动,便由梁启超执笔为文,广为散发,数天内签名者多达八百三十七人。

除此以外,还有林旭发动的三百六十九名福建举人,湘、鄂、川、晋等省的五百余名举人,翰林院编修李桂林、礼部主事王照等京官二百余人,联名上书,声势空前。朝廷岂能不闻不问,严令山东巡抚张汝梅查明奏复。张汝梅的回奏轻飘飘的:"即墨文庙并未被毁。"士子们当然不服,却又拿不出证据。今日旧事重提,是由新伤引发了隐痛:朝廷对外妥协,却不关心本国士人的死活。山东士人要求重查此案,惩办德兵与山东官员。

另一件事也是教案,说起来,康有为对其由头也曾耳闻。这就是有名的梨园屯教案,错综复杂的纠纷,始于二十年前。梨园屯隶属于山东冠县,地理位置十分奇特,处在冠县与直隶威县、清河县交叉的一块飞地上。飞地上共有二十四个小村庄,号称冠县十八村。梨园屯有绅户捐献的公田四十亩,上建义学和道教庙宇玉皇阁。村中三百户人家,有二十余户信奉天主教。在兵荒马乱中,义学和庙宇破败倒塌。由于无钱重修,村中头人相商决定,将全村公产均分为四,"汉教"一方得三,分到田地三十八亩;天主教一方得一,分到义学、庙宇宅地三亩。几年后,教民将破屋与地基转交给法国传教士,供其建立天主教堂。"汉教"村民心中不平,要索回土地建玉皇阁,双方因此争讼,官司打了几个回合。

随着时间推移,冲突愈演愈烈,天主教神父着手拆除旧庙,盖造教堂。村民这边准备对抗。以闫书勤为首的一伙壮汉,号称十八魁,平日练习红拳、梅花拳等武术。

为了争取支援,他们前往十里外的直隶威县沙柳寨,求见梅花拳首领赵三多。赵三多时年五十八岁,家境贫寒,以卖碗为生,喜好行侠仗义,加上拳术高明,被拳

众拥为魁首。梅花拳起源于明末清初,是糅和道教和民间秘密宗教的拳棒武术,当时具有反清性质。赵三多是第十四辈传人,追随学拳的徒众有两千多人。赵三多素来憎恶洋人洋教,因此收下十八魁为徒。梨园屯的教民得知此讯,担心建教堂受阻,抢先向县衙告状,声称有梅花拳队阻工造反,同时扬言官府马队即将开到。

这一下适得其反,赵三多岂肯示弱?他马上传单聚众,在梨园屯开了三天亮拳大会。所谓亮拳,是民间武术吸引徒众的一种手段,一般在乡间集市上举行。届时民众从邻村源源拥来,将一片旷地围得水泄不通。旷地中央辟开一个场子,场子上方一块红布,红布上写"义和拳"三个大字。原来,赵三多担心亮拳抗教,会给梅花拳惹来麻烦,便给亮拳改了个名号。梅花拳最初就叫义和拳。

由于梅花拳出自八卦的离卦教,离为火,赵三多身着红色衫裤,在临时设立的关公牌位前焚香诵咒,然后率领徒众磕头拜神。亮拳有单练、双练,还有分队厮杀,十八般武艺悉数登场,打斗场面紧张热烈。大会召集义和拳众三四千人,乘此威势,十八魁率村民拥向教堂,质问其投官诬告之罪。教民闭门登墙,居高临下投掷砖石,施放洋枪。十八魁大举反攻,打伤多人,砸毁教堂,将全屯二百余名教民驱逐出村。

事情越闹越大,东昌知府洪用舟领巡抚之命率兵镇压。秉承总理衙门持平办理的指示,他认定庙地为祸患根源,决定将其充公做义学,另替洋人找地建教堂,查拿犯人,赔偿京钱二千串。时当胶澳事变之后,法国为了不落后于德方,马天恩主教和法国公使提出强硬要求:将道、府、县三级官员撤职,土地、财物归还教会,另加赔偿。义和拳众闻而大愤,一夜之间啸聚万人,闯入孙庄、钟官营、麦子乌营等村镇,杀伤教民,抢掠财物,焚烧房屋。拳民起事不是抗官,教民恐吓说洋兵将到,才是引燃烈焰的火种。恐慌蔓延开来,致使附近州县村庄纷纷筑寨造垒,以求自保。

洪用舟侦知十八魁的行迹,乘夜突袭,杀死一人,闫书勤负伤逃走。接着,派勇役拆毁前年盖起的玉皇庙,将原基还给教会,给银四百两,令在外乡教堂避难的教民回到梨园屯。如何处置祸首赵三多?府县会商后禀明巡抚,只能对其恩威并施。冠县知县曹倜来到干集村,召集各村绅士及乡团团长,由这些头面人物作保,传唤

赵三多到场。曹倜开导，晓以利害，同时宣告赵三多等无罪，条件是立即遣散拳民。赵三多愿意接受，这场骚乱便大事化小。教会一方却要追究祸首，拳民也密谋再起。

当地生员和绅士，对此情状忧心忡忡，借着京控举发此事。梨园屯教案拖延数十年，淹没在数不清的教案中。绅民将状纸递到北京，冲破了地方官的层层蒙蔽，让光绪第一次两眼朝下，窥到了一点民间真相。尤其令光绪不安的是，大名府和东昌府出现无名揭帖："定于本月月圆之夜，万众揭竿，杀洋灭教，抗官安民。"这与元末大乱前夕，"八月十五杀鞑子"的谣言如出一辙！

光绪哪敢掉以轻心，这天召见军机，劈头便问梨园屯乱事。教案均由总理衙门经办，军机处不过照例传奏，大臣们都未留心这种例行公事。恰恰王文韶和廖寿恒有事请假，他们一是前直隶总督，一是总署大臣。少了两个当事人，三位大臣说不出子丑寅卯，光绪老大不高兴。想起刚毅是兵部尚书，他便专问刚毅，有哪支兵队参与弹压。刚毅只能说，兵队是府县派出的。

光绪不满意，追问大名镇有多少兵，济东镇有多少兵？刚毅哪里答得上来，心里憋着气，认为皇上故意给他难堪。光绪更不满意了："你平日勇于任事，怎么一问三不知？"勇于任事放在这里，明显含有揽权的意味。刚毅本当认错，可他任性负气，总想找补回来。脑子里忽地一闪，想起一桩事情，明知不对，话已说出："对于梨园屯的乱子，康有为曾有牵涉。"

康有为？梨园屯？一听就像诬攀。身为大臣竟如此下作！光绪眯起眼看他。刚毅却不慌了："奴才听兵部郎中奎元说过，他亲耳听康有为讲，康在天津观看大刀会演武，还跟德国教士攀谈过。此事有沂州知府丁立钧做证，绝非虚诬。康有为还告诉其他京官，他对拳众深有研究，并且为此写过书。"领班的世铎赶紧接上："康有为怎么回事，连这样的书都写？"刚毅上奏请示："写书还算文人本分，如果招惹外人，插手教案，其品行便可疑。请皇上示下，奴才是否找康有为问明此事？"

光绪断然截住："好了好了，说你任事，你就揽事！当前饥荒严重，民情汹汹，连近畿童生都在挨饿，以致申呈呼告，扰动京师。朕令军机召集礼部、户部会议，有何

成议?"世铎奏报:"遵旨会议三次,定议由府、州、县学裁减增广,核定员额,每生每年增拨京钱一串,由户部与该府、州、县均摊筹拨。裁掉的增广生,由地方酌给补贴,或支派官役以资营生。"此议将负担推给地方,能否落实尚难预料,也只好走一步说一步了。

当务之急是京城治安。读书人最安本分也最受优遇,以至北京人将朝廷称作读书人的朝廷。这里试举一例:京城内河淤塞严重,污水横流,臭名昭著。每到三年会试之期,管理沟渠大臣才督促旗丁,疏浚清淤,因此而有"臭沟开,举子来;闱墨出,臭沟塞"的民谣。闱墨指会试的卷子,考试一结束,臭沟马上堵塞了。现今读书人都造了反,闹得谣言满天飞,揭帖撕不及,竟有兵丁将大捆帖纸当柴烧的。三大臣奏报了几种弹压办法,没有明说的意思是,此次惊扰要追到康党头上——若无废除八股的动议,生员们还在老实读书。

君臣暗中斗心思,这叫光绪更烦恼,提前召见下一起臣子。这倒遂了刚毅的愿,下去后反复思忖:他奏请问康时,皇上本意是不允许,自己却没把话说明白,这一下就挡了回来。那么,问话放在哪里好,在内阁还是军机处? 他想还是定在兵部,"秀才遇上兵,有理说不清",这句俗话流行百年,应当叫它应应景了。

三、假传旨　刚毅问案

兵部差役突然到来,在南海会馆中引起震动。康有为客寓于此,已经几进几出,他是根据方便随意迁徙的。康圣人声光四射,粤馆跟着沾光,然而麻烦也与日俱增。近日确有几伙闹事的,那是直隶的读书人,来向"假圣人"叫阵,要跟他较量四书经文。兵部为何"发兵"? 看来这位有为者胡作非为,快要"长安居,大不易"了。康有为也感意外,兵部与他何干? 不过他没有慌张,仍拿编书抵挡,协办大学士加上兵部尚书,总没有皇帝大吧?

不料没扛过去,过了一天,差役又来,刚毅大人奉旨问话。奉旨?这就严重了。康有为和弟子们学通中西,却摸不清官场深浅,只好向徐致靖讨教。徐致靖受康有为之托,刚把《请废八股以育人才折》递上。他帮康有为分析说,刚毅若真奉有明旨,你拒绝一次,便须严办。但是刚毅也不像矫诏,假传圣旨乃是重罪,他敢明目张胆来催?奉旨在似是而非之间,先生可察言观色行事。要察就得见面,康有为并不怕去,既然躲不开,何不顶风上?

这天上午,康有为跟着差役来到兵部,被一径引到大堂厅口。见此官行此礼,康有为依规递手本,上列职衔和履历。上堂后再行庭参礼,报名求见加磕头。他在这里打了个折扣,撩袍弯腰屈下膝,刚毅抬手要做免礼姿势,康有为已顺势立起。刚毅并不跟他较真,赏一把椅子叫他坐下。这叫大人不见小人怪,地位悬殊的人碰到一起,耍威风先就有失身份。

彼此打量对方,康有为看到一个温和的巨公,刚毅见到一个稳当的先生。刚毅做过广东巡抚,是父母之邦的长官,有了这层机缘,便有了客套的余地。刚毅提起康国器的军功和事功,康有为说起刚中丞治吏和肃贪,这也不是奉承,老巡抚的桩桩治绩,至今仍为粤民传颂。经过一段铺垫,转折便很顺畅。刚毅说,民为邦本,无论作文还是用武,都要关心民间疾苦,杜绝内忧外患。可惜防不胜防,近有德、俄、英、法、日等外国强盗,占我海港。又有直、鲁、豫、苏、晋等内地刀匪,打家劫舍。他平铺直叙了一大篇,康有为静静听着,眼睛一眨不眨。

刚毅将话题转对着他:"康主事的眼光与众不同,对此时局有何看法?"康有为不闪不躲:"晚生以为,中堂所说的困境,正是变法的理由。"他不称卑职而称晚生,保持了半官半民的超脱身份。他那直截了当的回答,更使刚毅如鲠在喉:"真是三句话不离本行。康主事,你离开变法不说话吗?"

康有为依然直率:"恕我无礼,变法应是中堂们的本行。不在其位,不谋其政。反过来说,在其位不谋其政,就是尸位素餐,就是欺天负心。国土被割,国民受难,最该追究的应该是谁?反正不是我康有为。"犹如刀进血出,刚毅被刺得疼不可忍,却又有一种痛快淋漓的感觉。从秉性上说,他喜欢刚硬的做派。可又觉察出来,康

有为比他高明。他干笑几声道："我真后悔做粤抚时，没能把康先生纳入幕中。"这算是恭维，康有为承情地笑笑："若有幸做入幕之宾，我一定尽我所能帮助幕主变法。"刚毅不禁失笑，笑着笑着声音陡变："康有为，皇上叫我问你。"

康有为心里一震，便要下跪接旨。见那刚毅依然坐着，而天使奉旨问话，首先应当肃立为敬。康有为直视刚毅："康有为答皇上问。"刚毅瞑目回视："有人举发，康有为勾结洋人。"康有为反问："勾结何人？"刚毅道："你与日本有勾结。去年你跟日本将官神尾、宇都宫串通，向翁同龢进言称，日本自愿展缓赔款期限，要求中国与日本结盟。结果如何？日本连一天都不缓，还将烟台转卖给英国。你仍不知悔改，写诗向日本公使献媚，说什么'同文同种结心腹，共日共天依齿唇。看取合邦雄亚陆，美欧觳觫戴吾君'。我国与倭不共戴天，你偏要共日共天，心肝给狗吃了？"

他的话与事实显有出入，所以康有为并不畏惧："中堂，神尾和宇都宫先后来华，专赴武昌游说张香帅，力请中国派员赴日，学习军事技艺，谋求中日修好。康某一介文人，他们怎会见我？至于日本公使，我与之公来公往，也是为两国交谊。主张联日联英者，外有督抚诸大帅，内有中枢各大员，听说刚中堂对此也不反对，晚生附议，恐不能算错。"刚毅继续讨伐："你与英国有勾结。英国传教士李提摩太，多年刺探我朝秘密，你却甘心卖身投靠，连他的二两银子都愿收。"康有为笑了笑："二两银子，是一篇文章挣得的，能写出这种文章的人并不多。与李提摩太交往的，上有王公，下有学人。如果刺探秘密，他不会找上康有为。"

刚毅步步紧逼："你跟德国有勾结。在天津街头，你促使民教双方结怨寻仇，以致酿成梨园教案，直鲁交界动荡不安。"前两问还算事出有因，这一句却是荒诞无稽，康有为不禁问道："我？这是说我？我在津城，确实瞭了洋教士一眼，也看到舞刀弄枪的场面，当时我即担忧后患不可收拾。我怎么想得到，会有罪名安到我头上？"刚毅恢复了平常的语调："有人诉告，不能不问。说是你写了一本书？"康有为道："我写的书多了，指的哪一本？噢，是说拳会源流吧。那不是我，是吴桥县令劳乃宣所撰。"刚毅不动声色："你跟丁立钧常联络？"康有为不显戒心："间有书信。他属清流一系，立言得罪不少人。中堂对他不高兴？"

　　刚毅耸耸鼻子："无所谓高兴不高兴。清流书生，总是见解多见识少。你们往往奉书为神，就是学外国，也只从书上搬。其实外国之强，也是一镐一镂刨出来的，仅仅剽其皮毛，恐是邯郸学步啊。"这话倒有些意味，康有为不无赞赏："中堂灼见令人钦佩，晚生愿多领教。"刚毅摆一下手："不敢，你的变法方法太多。我以为百变不如一变，变学洋为学古，毕竟咱强大上千年。"康有为道："这个晚生不敢苟同。"刚毅哼一声："你怎么会同，你都得二两银子了！是不是洋银比土银好使？你要跟人合邦，日本变政考，你把先人考丢了。你要变乱国是——"康有为立起身子："中堂失言！皇上诏定国是，臣子若不遵依，当以非法处之。"刚毅腾身跳起："非法的是你，你敢里通外国！左右给我拿下。"

　　侍立的属员应声上前，扭住康有为的臂膀。康有为要挣开身，听见身后脚步急促，又一名部吏进到堂上，将一短柬呈交刚毅。刚毅扫视一眼，只见上写："皇上命催康书，子良兄万勿造次。仲山匆上。"仲山是廖寿恒的字。刚毅怒气陡熄，考虑如何下台。他嗯了一声："有这等事！"甩手大步奔出。属员们看他的眼色，将手狠狠一推，把康有为推回座椅。

　　刚毅奔至堂外，看见一张忍着笑的脸，便跟着来到无人处，二人相对呵呵而笑。廖寿恒伸伸舌尖："子良兄消遣圣人了？"刚毅哈哈一乐："怪你来得不巧，半肚皮恶气没消及。"廖寿恒直摇头："不可，不可，无论如何，他是皇上交代下来的。"刚毅也斜着眼："仲山兄真愿给他跑腿？"廖寿恒苦着脸："上头吩咐，我怎好推？变政考第八章，皇上催问两次了。"刚毅道："我替你解围好不好？有人投告，我审清问明，奏请转交刑部办理，你这刑部尚书可要接招啊。"廖寿恒吓了一跳："你是说笑话吧！子良兄，两宫之间，列强刀下，万千难题不好摆布，不宜再来添乱了。"

　　兵部堂上，康有为枯坐在硬椅上，揣不透前面是何吉凶。刚毅固然粗莽，却也不敢公然捏造，莫非皇上真的听信谗言？皇上年纪轻轻，自幼生长深宫，莫说外洋情形，对于世理人情，究能知道多少？如此说来，仅靠一个皇帝，想去推行新政，确比移山还难。想来令人愁煞，恍惚间身子一颏，竟然蒙眬入睡。梦境虚远寥廓，跨越万水千山，接通百代上古，什么都没有得到，却得到一根绳子，将他连背带腰，束

拴到坚硬的靠椅上。他被牢牢禁锢,永远不准离开。

浑身一惊,却是有人拍他一下,康有为睁开眼,见面前是一张陌生的脸。茫然四顾,不见刚毅,但见西窗透进日光,康有为便问:"中堂在哪里?"那人道:"不知道。你为什么在这里?"康有为怔怔看那人,仿佛还在做梦。那人指指他的座椅:"挪一挪,我要归置家什了。"

康有为离开椅,迟疑地走出几步,发现没人制止,便大步出堂。穿过院落,趋出衙门,紧走几步上了大街,身子一软靠在树上。听树鸟啁啾,马铃叮当,还有狂奔的脚步声。猛然回身,却见一群弟子呼叫着赶来。师徒相见不暇细说,康有为被扶上马车,十几匹马前呼后拥,护卫老师回到馆寓。啜茶歇息,详述经过,弟子们愤愤不平,康有为却在思索。自己能平安归来,说明刚毅是擅自行事。他要敲山震虎,我怎么办? 还以颜色,上山打虎!

康有为立刻展纸援笔,撰写奏折弹劾刚毅。刚毅便是阻挠新政者,是不是该"杀"的那一个? 不知从何时起,他在朝房对荣禄说的罢大员,被人们传说成杀大员。康有为心狠手辣,或者叫不知天高地厚,就成了不少人的共识。康有为愤懑地想,他的心是得更狠一些。正在挥毫如刀,弟子进来报说,廖中堂来了。

康有为放笔站起,刚要迎到门口,廖寿恒跨步进来。两人已很熟络,礼节也便从简。落座献茶以后,廖寿恒目视桌上的纸页:"长素赶写书稿,被我闯来打断了?"康有为道:"书稿正好写完,可以请中堂奉上。这是一份折稿。"廖寿恒故作不知:"要上奏折,条陈新政?"康有为笑了笑,将题目念给他听:"奏为刚毅横生枝节意图阻格请予罢斥事。"廖寿恒皱起眉:"刚毅? 怎么回事?"康有为从头到尾叙述一遍。廖寿恒沉吟着道:"刚毅粗豪,莫说对你,对同列甚至更在上者,都有突兀之举,大家见怪不怪了。长素,你已跻身顶端,对于有些人事,要慢慢体味揣摩。其实说白了,大人物跟小百姓一样,不可思议的偏癖一点不会少。"他的话很含蓄。康有为可不打哑谜:"中堂的意思,要我原谅刚毅?"说"原谅",不合恩怨双方的身份。

廖寿恒不跟他计较这个:"谋其大者,不计小嫌,与其立异,何如求同? 刚毅尚

非冥顽不灵者,况其权力与气力,成事或不足,败事实有余。新政乃新事,对其不信,不足为奇。当初商鞅变法,还立木示信呢,时过两千年,度量应该更大了。"

廖寿恒颇有循循善诱的样范儿,康有为不能不感动。他将折稿一撕两半:"中堂教诲,有为心领。我和弟子们经常说,若无中堂从中调和,新政这株破土的嫩芽,早被千万双脚踩死了。"廖寿恒很是欣慰:"破土嫩芽,这比喻好。行新政难,在老大中国尤其难。长素,你的性子有些浮躁,大事急不得,你听得进去吗?我今天交浅言深,还请长素原谅。变政考我取走,别的书,要赶紧。"

赶得再紧,也得有点喘息工夫。康有为过于劳累,下笔艰涩,这天早饭后坐在书案前,又一次想起了家,想起新纳的小妾梁随觉。"吾未见好德如好色者也",这是孔子说的一句话,也是康有为纳妾时作解的一句话。但他纳妾不全为色,而是由于正室尚未生子。梁氏能不能为他生子?这他暂时管不着,梁氏之色却是不可不管的。他说过,书与山水性气相通,须知女色更相通,女色本身便是风景,引得观光客蜂拥而来。

康有为摇摇头,重新拈笔,有客上门来了,这是于式枚。康有为欢迎有人来岔一岔,便跟他啜茶闲话。于式枚提起络绎不绝的访客,康有为苦恼说,馆方已经不胜其扰,看来他得搬家。于式枚笑道:"所以,臣门若市也有苦衷。我今日本想拉一个客来,他说怕赶热闹。'赶热闹'三字,切中众人心理。"康有为随意问:"这人是谁?"于式枚道:"蔡元培,现任翰林院庶吉士。"康有为想起来了:"蔡元培,就是写怪八股的那一位?"于式枚捋须笑:"你也知道?能在八股文中玩出花样,这人才分也就不低。"康有为突发奇想:"反正文思枯竭,咱们访一访他。他不赶热闹,我想赶冷清。"

二人相伴来到翰林院,见着蔡元培。圣人忽然现身,蔡元培倒也没有受宠若惊。谈到怪八股,蔡元培感叹说,八股误人却利国。这话怎么讲?蔡元培说,八股定下衡文标准,让主考官一眼看透深浅,给他们省下多少工夫。要不然,整个朝廷的官都得去看考卷,什么事都不用办了。于式枚说,明朝发明八股,明世文明昌盛,得其一股力气。可是,有人说明亡于八股,又把八股抬高了。八股是一种工具,文

章则是一番事业,一种境界。

康有为击节赞赏,二兄快论,实获我心。八股只在考官时用,考上的官掌管国家大事,怎么得了? 明不亡于八股,中国却弱于八股,其罪可胜言哉! 他说着说着便激昂起来,这又是性情之异了。那两人相视微笑,怕他不悦,蔡元培将话扯开说,康熙时有文人嘲笑八股,写下一段曲子,开头几句是"读书人,最不济,背时文,烂如泥"。蔡元培一时无聊,套用曲子原韵,刚刚写好这样一篇:

> 读书人,得时济,牛倒沫,鸭嗛泥。八股文章称绝技,光棍汉都中了美人计。金屋娇啼,金榜名题,龟首鳌头,书中有状元及第。莫管他白发双亲是谁家爹娘,关上门便道我做皇帝。细麻秆堪作栋梁,破齾碗冒充大器。累得来跪地抽筋,仰屋唏嘘,鸡肋巴弃之可惜,食之无味。半饱转饥,乍醒还迷,怎教他忘光了书,免得跟这世界淘气。

康有为叫道:"绝妙好辞! 这份才情不做状元,真真亏了。"蔡元培笑道:"还怪八股没做好。"于式枚也笑:"不然。翁同龢是文廷式的座师,他当会试主考,欲拔文廷式为状元。文卷援引一句古文:'留元气于闾阎,而后邦本可以固'。匆忙间少写一个阎字,翁同龢阅卷发现,替他添写三横,将'而'改成'面'字。闾面怎么讲得通? 他老人家硬说古典中找得到,因一位满尚书抵死不依,文的状元才改成榜眼。"康有为连连叹息:"是啊是啊,张謇高中状元,其文成色几何? 我的弟子梁启超,那文章才叫风行海内,可是我,惭愧呀。"于式枚瞅他一眼:"长素牢骚太盛,恐是水火不济。寻一股水润润如何?"

蔡元培拈髭笑:"古人诗云,雪满山中高士卧,月明林下美人来。美人正可对高士。"于式枚道:"古人比不上你的典,光棍汉都中了美人计。长素正打光棍,中状元不如中美人。"

于式枚笑道,近日京城来一名妓,艺名赛金花。此女经历不凡,少时做妓,被状元洪钧纳为妾室,曾随洪钧出使西欧。洪钧前几年病故,她跟正室不和,出来重操

旧业。只因吃了一场官司,才从上海避往北京。我等韵士不食色,可嗅香,领略一刻应非罪过。吃花酒乃是当世习惯,康有为不好此道,但也逢场做过戏。于式枚愿做东,那便顺水推舟好了。

车马曲折前行,来到一条幽深的胡同,看到一座四合院落,沿着一径花草掩映的甬道,见到一位出迎的美人。但见她粉黛薄施,装束淡雅,约略透出一丝书卷气,真是状元府走过来的。室中摆设也甚雅致,最惹眼的一件器物,是一架德国的钢琴。赛金花说,这是贝多芬弹过的。康有为精通西学,却不知贝多芬何许人也。

赛金花告诉他,那是德国的音乐天才,他做的曲子,我弹一段给老爷们听。遂起立致意,妙曼的身躯端坐琴前,雪臂轻舒,玉指劲叩,琴键即铮铮嗡嗡,而非叮叮咚咚,西洋之乐不同凡响。康有为耐着性子也听不惯,不禁胡思乱想,看来西器不可照搬,再上奏时,要把这层意思渗进去。由自己的上奏,想到洪钧的上奏;又想起这小娘子,由云端跌落风尘,跟各色人等睡过,此中奇趣或曰恶趣,想是难以描画。谁说得清,她打鼾时的情状是怎样的? 她在德国,跟西洋男人交际吗?

正自心猿意马,听得旁边鼓掌,原来那女子曲终作谢,于、蔡都在例行礼貌。于式枚叫着那女子的化名:“曹小姐琴艺佳妙,连康先生都乍醒还迷了。”康有为不好意思:“西乐听不懂,没撑住打瞌睡。”于式枚道:“谁又真懂,瞎赶热闹罢了。不如换上正宗苏味,让大老爷适意开怀。”康有为这才发现,茶几上摆的多是西式糕点。此女挂牌于此,走的就是西洋路子,只是不知偌大京师,可有一个知味的?

如此一想,意兴阑珊,便想早些散局,回去写书。做东的哪肯作罢,帮衬着卖俏的张罗酒儿,烹煮茶儿,挑拣果儿,调弄琴儿,这琴便是苏州琴弦了。赛金花明眸皓齿,吴侬软语,先给大老爷们儿唱了一支小曲儿:“害相思,害得我腰儿就,半夜里爬起来打丫头。丫头,没羞,为何我瘦你也瘦? 我瘦想情人,你瘦何来由? 莫不是我的情人也,你也和他有?”这曲子有情趣,把客人都唱笑了。康有为道:“这妇人好刻薄,先把丫头饿瘦了,又将自己瘦因强加于她。做此地父母官者若不主持公道,丫头要冤沉海底了。”

于式枚止不住笑："还有这样评曲子的？道学家出来断案，小姐要苦上加冤了。"蔡元培淡淡地笑："这是一曲江南道情。字面上却也巧合，道学家要循道，情人们只重情。"康有为不屑道："一支俚曲何言道？分明是丫头片子胡乱诌的。"于式枚竖起一只手指："老夫子，这你就孤陋寡闻了。要知道，苏州是出状元的地方，历代状元常占全国五分之一。近年的翁氏叔侄与师徒——"

康有为不服气地抢话："这谁不知道，还有洪钧——"忽知失口，无措地看过去，见那女子笑吟吟地说："当然有洪钧，洪钧是状元。我作三百六十场罗天大醮，报他的恩赦我的罪，请老爷莫介意。"她如此拿得起放得下，倒叫康有为佩服："女中丈夫，此之谓也。但状元与俚曲有何关系？"蔡元培道："这些曲子经一位无冕状元评点，就是冯梦龙。"康有为皱起眉："冯梦龙？他是谁？"蔡元培诧异地看他，于式枚可不客气："你看你看，丢丑了吧。'三言'的作者，竟然不知？"康有为不以为意："三言？噢，《警世通言》，翻过几页，不怎么喜欢。小说尚可微言大义，浪词淫曲，他也上手？"

赛金花笑着起身，给三位续上一轮茶，然后从架上取下一册唱本，捧给康有为。

赛金花笑道："小女子不懂书，只听说扬州有画家八怪，苏州有文人二怪。一是冯梦龙，一是金圣叹。二人没有正经功名，却都名压状元，至于才不才，小女子讲不出。"这女子的那双秀目，水汪汪地浸润着他。康有为有一种溺水的惶恐，竭力挣出一句话："好，不虚此行，我们应该告辞了。"于式枚有些诧异："老兄何太匆匆？哦，快到掌灯时分了。我们这位老爷，难得有此闲情，看主人的意思？"赛金花端详着康有为："这位爷正气凛然，一定名压状元，小女子不敢留行。"

于式枚笑着起身，奉陪二友出门，且先步行聊天。于式枚问康有为："你说不虚，有何心得？"康有为老实道："心里糟乱，一塌糊涂。"于式枚取笑他："你若留宿，那才一塌糊涂。眼下一清如水，用什么来涂你那阿物啊。"康有为责怪他："吾兄一味胡搅，差一点入你陷阱。唉，细数状元行迹，便知功名底蕴，不过'顺逆'二字。以晦若之才，完全可做礼部尚书。此位偏便宜了许应骙辈，岂不令人叫屈！"于式枚道："还有比你更屈的吗？如果先生高中状元，由此顺利地擢尚书、封三公，你今天

还会变法吗?"康有为不由止步,凝神思忖:"此问犀利,直透我心。老实讲,不好说。境遇造就人啊,譬如赛金花,若洪钧不死,扶她为正,她会沦落于此吗?"

于式枚推起他往前走:"以妓女比状元,恶谑极矣。先生莫非想回头?"康有为道:"百折不回,康之性也。我忽然生疑,晦若此惠,是不是许尚书授意的?"于式枚坦白相告:"他有授,我有辞。尚书想与先生讲和,但他不变其道,我知道你不会低头。今日一试越发清楚,造端宏大者,小河沟里绝不翻船。"康有为慨叹:"知我者,其惟于晦若乎!请上复尚书,康有为愿作南海圣人,不作南海罪人。与其不当归而归独活,何如万箭穿心而死?"这副诀别于易水的气概,从那条胡同直贯会馆。

第二天,康有为往访杨深秀、宋伯鲁。康有为说,许应骙死保八股,应当搬掉这块拦路石了。

三人斟酌好康拟的底稿,杨、宋抄缮《礼臣阻挠新政请予罢斥折》,于次日联名上奏。参折指名道姓:"礼部为文学之官,关系极为重大,国家学校贡举之制,多由核议。皇上特开经济特科,岁举两途,以广登进。而许应骙庸妄狂悖,腹诽朝旨,在礼部堂上倡言经济科之无益,务欲裁减其额,然后其心始快。见有诏书关乎开新下礼部议者,其多方阻挠,亦大率类是。伏请皇上天威特振,可否将礼部尚书许应骙,以三四品京堂降调,退出总理衙门?"

光绪早等着这一奏了。礼部漠视新政诏书,虽非全怪姓许的,他却是主要作梗者。光绪召见军机,五位大臣全都反对此奏,刚毅反应尤烈;莫说许应骙罪证未明,即使已有定谳,处置也由皇上做主,杨、宋擅言降调,不是蔑礼臣,而是欺皇帝!刚毅振振有词,光绪轻轻一句:"既然关系重大,折子不能不理吧?"怕刚毅继续顶牛,世铎忙接上话:"当然不能不理。"光绪紧追不放:"怎么理?"世铎支吾一下:"这个,先要理清事实。"光绪道:"事实是,交片谕旨下发二十一天,诏定国是十一天,礼部仍无片言奏复,不咸不淡的折子却接二连三,这不是阻挠是什么?"

见皇上不依不饶,世铎求救地瞅瞅王文韶。对于军机处,王文韶是二进宫。光绪初年他在军机,为南派重臣首领,因卷入云南报销案而被劾去职。近年东山再

起，人已磨尽棱角，决心要做官场琉璃蛋了。

念及兔死狐悲，许应骙不该因一纸弹章而跌倒，他便朗朗上奏："皇上锐意兴革，部院为耳目之官，亟应闻风而动，礼臣循守旧章，自有应得之咎。只不过，御史虽可风闻奏事，却不可向壁虚构。据臣所知，许应骙还算尽职，经济特科的章程就是他手订的。"刚毅忍耐不住："还有，折子说许应骙参与对德谈判，德使瞋目一视，以手拍案，尚未开口，许已失色，拔腿便走。这些话纯属子虚乌有，信口雌黄。久闻杨、宋结交康有为，康有为因许应骙禁其开会而怀恨，此折为他复仇，应是显而易见。"光绪面色紧绷："谈判情形或许是耳闻，你所言复仇却是揣测。这两条暂且不论，礼臣疏于职守，怎能参而不纠？"

皇帝一言九鼎，臣子就得俯首。世铎便奏请，因军机诸臣意见不一，可将此案交由总理衙门查复。光绪仍不许可："康有为的一份条陈，发给总理衙门四十三天，迄无回音。总署比礼部更拖沓，下一步，该查这个衙门了。"

皇帝和军机大臣争执逾时，最终双方各退一步，决定将参折发付许应骙，令其明白回奏。并非原折照发，删去了在总署见德使的那一段，这是采纳刚毅之言，想叫他平一平意气。看来皇帝铁了心，要力推康有为的各项建策。敲打许应骙，就是杀鸡给猴看！大臣们的苦衷是，皇帝的意图需要领会，太后的意思尤须参详。太后并未传下只言片语，他老人家喜安不喜变，却是不言自明的。除了上意，还有下情，无论官态和民心，都以安常处顺为依归。想要哪个挪一下椅子，他还拧着脖子跟你吵呢；变动宪章，谈何容易！牢骚当不了药吃，眼下朝廷之病是，都把说话当办事。康有为更是说话之王，他信口开河一句话，某尚书就得赶紧回。

许应骙捧着那份发烫的折子，从心里往外凉。康的诬蔑上头照发，显失公平还算小事，小人得志所关非轻。

许应骙正在公事房中打转，怀塔布大咧咧进来便说："好哇，康有为给你上药了？我看看这小子手艺如何。"他掳起参折扫了几眼，哗地一丢："还有这样胡说的？'接见门生后辈，辄痛诋西学；遇有通达时务之士，则疾之如仇。'他听见了？他看见了？"许应骙叫苦道："老兄啊，硬要听见和看见，你就老实过头了。此辈善于造谣

中伤,罗织罪名,早被人称为学界讼棍。可他们自诩为通达时务,四字久被其党霸据,上头不察,竟被骗过,时务可忧啊。"怀塔布哼一声:"你还忧时?你这个礼官被判无理,老子气不过,要替你打官司。"

许应骙一喜又一忧:"你?老兄仁义,领受多多,只是这回不同以往,御前判定的,你敢翻到天上?"怀塔布将手一指:"不错,西天!老天不许浮云下雨,他敢不收回唾沫星?"许应骙悉心揣摩着:"上天之惠,苍生之福啊。仰看乌云密布,雷电突发,有时云散日出,有时又大雨如注——"

怀塔布啐他道:"你不放心,何不直说!给你撂一句话,前日下晌,我那老婆子去园陪老佛爷打麻将。老佛爷赢是没说的,并非全因下头凑趣,人家手气好,连牌张儿都脱不出佛祖的手掌心。这一局她做清一色,单吊二五八。真是说来就来,连一手都不空,一张红筒八鱼一样上了钩。老佛爷将骨牌一推,却没有笑,沉沉地叹口气:'八呀八,八股都把人闹烦了。'"许应骙冲口而出:"真的?"怀塔布眼一瞪:"我不是康有为,哪敢胡乱编?筠庵老弟,不管打不打雷,那云都得散。"

四、求恩准皇帝吟诗

许应骙放下一大半心,忧虑仍在。怀塔布看不惯,说:"你们识字多的,就是事多,腰杆叫书虫蛀空了。说不得,还需给你摸摸底,我找刚大杠子去。"一见怀塔布上门,刚毅直抽鼻子:"看把你们急的,官做到这份儿上,参折积攒上百,怎就沉不住气?"怀塔布道:"不是我,他们汉员底气不足。"刚毅道:"康有为不是汉人?他的话能作数?"怀塔布拿手往上指:"我们那位爷,总还是作数的。"刚毅不以为然:"他,作七还是八?"怀塔布翻眼瞪他:"你这口气不对。不管足不足色,皇位是不能动的。"刚毅唉了一声:"我忧虑的就是这个。皇家的根子动了,才是祸害的根源。我无奈的时候想,要是恭王爷登位就好了,他至少还有谋略。可是再往下看,他那宝贝儿

子,比眼前的这位差远了。气数,这是气数啊!"怀塔布攒眉努眼:"罢罢罢,你说得我毛骨悚然。扯回来吧,这事如何?"刚毅手一挥:"叫他驴心放到马肚里,一字不认,反戈相向。"怀塔布一击掌:"着!中枢一言,快马一鞭,标下杀奔前去了。"

对于下头的动向,光绪预料到了。他们倚仗什么,他也心知肚明。知道了又能怎的?当前的办事臣子,都是太后一手提拔起来的,他们看谁的眼色,已是铁定无疑。他这做皇帝的,也想讨得一个明白眼色。老人家不哼不哈,天天游园看戏,仿佛无所用心。光绪熬耐不过,侍游时问过一次,回答是:"你看着办吧。"她越这样说,越叫人不好办。

光绪仔细回想,慈禧对科举不怎么上心,她曾说喜欢看奏折,不喜看时文。以此推详,也许这回她真要放手?恐怕还不能这样想。诚然,一中进士便是官,但这官距离要员很遥远,她不值得予以关注。要改制度就不同了,这关乎国家要政,不经老人家确认,哪会有正经名分?

光绪百思不得其解,辗转反侧,在寝宫难以安宁。珍妃在身边伺候,她的解语秀目,诵读妙音,也失去灵验的消愁效应了。珍妃和光绪,可算一对"患难夫妻"。珍妃是户部侍郎长叙之女,幼年住在任广州将军的伯父家,曾由文廷式教导读书。她与姐姐一起被选入宫,被称珍、瑾二妃。珍妃性格活泼,在死气沉沉的宫廷中尤其惹眼,深得光绪宠爱。她在广州濡染洋习,对西方事务较少隔膜,光绪有时让她读折子,她也能提出见解。这可触犯了大忌,慈禧正是为咸丰读折才有今天的,怎会让另一个女人跟着来?她还有别的罪过:皇后是慈禧的亲侄女,偏偏贵而不美,脸上生有痘斑,加上性子执拗,使光绪见而生厌。帝后不和,岂不是那妖艳妃子挑拨的?

甲午战争吃紧时,因为谏阻庆寿,慈禧跟臣下大闹别扭,为此撤掉皇帝书房。珍妃怂恿皇帝节费助战,也是梗阻者之一。可她自不检点,在募捐军费的营生中,竟通过太监出卖官缺,被言官逮住了。数罪并罚,慈禧亲手执杖,责打珍妃。这打可是真打,宫廷医案记其症状:牙关紧闭,人事不省,吐痰带有黑血,鼻涕带红。杖责后由懿旨宣布罪状,降二妃为贵人,并在二妃住处悬挂禁牌:"俟后妃嫔等如有不

遵家法,在皇帝前干预国政,颠倒是非,着皇后严加访查,据实陈奏,从重惩办,决不宽贷。"

一年前珍妃方才复位,惊弓之鸟,不敢多翅,越发显得楚楚可怜。皇帝不开心,她变着法儿替他舒解,念唐诗,读宋词,又磨好了墨,抻开了纸,劝请光绪写"张"字。做皇帝的,写字也是必备功夫。光绪的字写得好,有一次光绪写"龙"字,笔意游走幻化为"张",那字写得神气张扬,光绪和珍妃都很喜欢。此后光绪心神不宁时,写"张"成了一剂灵药。张有舒张、伸张之意,它的药效大概在此?

这剂药今晚也不灵,光绪依然闷闷不乐。珍妃瞧瞧殿角的钢琴,这是从西欧购进的名品。珍妃想拉光绪走近钢琴,转念又觉不妥,慈禧爱听胡琴,对同名为琴的西方怪器,嗤之以鼻。她虽远居园廷,耳朵却在紫禁城,珍妃敢不谨言慎行?循着这条思路,她想起老人家的侄女。皇后沾不到皇帝的雨露,脾性变得更古怪,前些天一言不合,竟跟皇帝拌起嘴来。光绪一怒之下,颁下圣旨严责:"宫内则例规矩,皇后一概不懂,近来时常失仪。如果示恩之处,俱不谢恩,及宫内外府大小事件,并不启奏,无故告假,不成事体,实属胆大。自此之后,极力改之。如不改过,自有家法办理。特谕。"

皇后怎么肯改?她奔往颐和园跟太后同住,就此尽起了孝。慈禧先前干涉同治帝的床帏,种下挽不回的苦果,这回有点学乖了,对小两口怄气并不过问。但她对特谕是何观感,不用问也清楚。珍妃服侍光绪啜饮奶茶,顺便进言说,明日皇帝进园,可否请皇后凤驾回宫?光绪脸上泛起苦笑:"你想用这个打动慈意?公是公私是私,老人家分得比谁都清。"

珍妃委婉道:"如此圣明照临,自是无所不包,皇上和皇后的幽微心思,哪能瞒过老佛爷去?连民间都有'天上下雨地上流,小两口儿斗嘴不记仇'的谚语,万岁跟娘娘赌的那口气,早被一天风雨刮散了。皇上是男子,自然该大度,这时候不去请,莫不成还劳太后发话吗?"她说得好生冠冕,劝驾时都替太后上着光,其心着实可悯。这法儿可以一试,即使换不来一个首肯,讨老人家高兴总不是坏事。

次日光绪未明即起,乘御轿出神武门,由西安门出西直门,在倚虹堂小憩片刻,沿石路至颐和园东宫门。这条三十里的路径,光绪往返无数遭,连路旁的每一棵树木都熟稔了。中国历代以孝治天下,慈禧和光绪这对非亲生母子,尤需以孝道来标榜。仅以本年为例,正月皇帝和太后同住三十天,二月、三月、闰三月以至四月,每月都同住二十天上下。车驾出动,军机处和有关大臣当然要护行,所以,紧要公事大多是在慈禧鼻子底下议办的。这已超越孝道,进入忠顺之门了。

赶到玉澜堂,天才蒙蒙亮,光绪召见军机,比在宫中时晚了一些。议过日常政事,接着议改变科举制度事。光绪志在必得,他认为与其他大政相比,这事总要虚一些。军机大臣们多是由八股路上爬上来的,哪愿一刀割除掉?他们都说兹事体大,请求从长计议。

等几个人都讲了一遍,光绪才说话:"朕问你们,多长才算长?从英国侵略沿海,到英法联军犯京,历经二十年;从北京订立和约,到日本肇衅侵袭,煎熬三十四年;从对日战争惨败,到今春诏定国是,又是四年过去了。国家有多少个五十八年,你们算过没有?日本变政图强,不过三十年;俄国也只十数年。反观我国,推行洋务,求强求富,考求西学,派员派徒,上下求索而不得寸进,其因何在,你们想过没有?五千年文明,九万里江山,非不为长非不为广啊,要等多长才有办法,你们议过没有?"

大臣们俯伏在地,连呼吸都清晰可闻。有呜咽声从中发出,那是刚毅,他断断续续说道:"皇上天问,拷责良心,奴才们实实该死。多少天翻肠搅肚,嚼不清万千苦痛,皇清二百六十年,待下有恩,对外有义,从不恃强凌弱。为何到了今世,狼虫虎豹都来欺凌?"刚毅此哭出乎意料,使光绪的心受烫变软,唏嘘言道:"自助者立,自胜者强。国家积贫积弱,乃因积弊积愚。弊之大端在科举,八股时文初时有益,数百年后烂熟腐败,已成吊颈绳索,不速革除,国家将永无强盛之日。"

刚毅齉着鼻子道:"奴才不是八股名手,时文好不好,一直没闹懂。只就耳目所见,抵抗英国的林则徐,平灭长毛的曾国藩,还有建功不少的李鸿章,走的都是这条路子,这就不能说八股害人了。"

光绪开始不耐烦："刚毅的长处在于办事，文事利弊你确实不懂。曾国藩学识渊深，八股之于他，不过像儿童发蒙的识字读本。李鸿章办洋务，最苦恼的恰恰是，通洋学识洋图的人才紧缺。刚刚吃过的亏，你怎么就忘了？"世铎做领班，不好叫刚毅一人顶缸，出来帮他说几句："皇上深知刚毅，他对八股没心得，只对皇朝有忠心。我朝自从世祖入关，即认定马上得天下，不能马上治天下。科举取士，网罗天下英雄以为我用，这才奠定大清根基。当此风雨飘摇，一动不如一静，还请皇上三思。"

以科举笼络汉族士人之心，世铎说到根儿上了。这是不可明说的话，也是对于保存八股，满人比汉人更热心的原因所在。值此存亡关头，仍存满汉之界，那就愚不可及了！

光绪沉思良久，倏然盯着三位汉臣："你们有何话说？"

王文韶顺着领班的意思讲："时文利弊，圣鉴明晰，臣等钦服。其能行之数百年，当非一无可取。它不光是取士的器具，更成为千百万人的饭碗。一下子取消，童生怎么办，以此为生的人怎么办？来京的读书人仍很多，请皇上俯察其情，不使其有向隅之叹。"此人赋性柔顺，他抬出士论抵圣谕，表明阻力非常大。

光绪要使性子了："鸦片瘾积久销骨，至死而不知悔。朕不能以国家兴亡做赌注，将即刻下旨，改变科举。"见皇上铁了心，刚毅只好退至靠山脚下："此事重大，愿皇上请懿旨。"光绪笑了笑："当然要请懿旨。"

五大臣退下去，互相递眼色。有太后罩在头上，这件事怎么做得成？

此时在乐寿堂寝宫，慈禧坐在书案前，案上摆满各种奏折，她正手捧一份阅读。她的侄女皇后侍立在侧，看见姑姑双眉微蹙，眼光在纸页上一行行犁过，似在寻觅一宗宝物。姑姑有时会伸出指尖，用指甲在页面画一个印迹。这是她当政时养成的习惯，相当于皇帝用朱笔做记。侄女揣摩出，与观看戏本相比，姑姑更喜欢阅折，面对一道道奏章，老人家正心诚意，就像坐朝一样严肃。这时听见轻微的声音，李莲英趋进门来，朝座钟使个眼色。这是示意皇后进言，皇后心里发怵，正犹豫间，座钟"当"地一响。慈禧抬起头来，李莲英不失时机："老佛爷，超过进膳时辰了。"慈禧望望钟："哦，皇帝——"李莲英趁机上烂药："太监报说，皇帝刚刚往这儿赶。"慈禧

瞅他一眼："刚刚？早朝有扯不完的皮，你们这些人哪懂得。"她慢慢归置奏折，然后做出起身的姿势，皇后赶紧上前扶。

光绪也知道，今日退朝的时间迟了，他匆忙赶往乐寿堂，一进殿便跪倒问安。慈禧靠在座上笑道："今日事情多？"光绪忙告罪："议科举颇费话，耽搁额娘进膳了。"慈禧叫他起来："进膳什么要紧，我正想着，能不能把晚膳改为晚点？"清朝皇帝重视早朝，散朝一般在上午八点，每天只进早晚二膳。光绪表白孝心："圣母颐养牵动天下臣民之心，若仅日进一餐，儿子不孝之罪，真正百身莫赎。"慈禧抿抿嘴儿："你还怕饿了我？口蘑肥鸡，三鲜鸭子，五绺鸡丝，炖肉，炖肺肚，肉片烧白菜，黄焖羊肉，羊肉炖菠菜豆腐，樱桃肉山药，驴肉炖白菜，羊肉片汆小萝卜，鸭条熘海参，鸭丁熘葛仙米，烧慈姑，肉片焖玉兰片，羊肉焖达丝，祭神肉片汤，白煮塞勒，烹白肉……哎呀呀，这还只说一半呢，我的早膳，饱也不饱？"

她对膳名如数家珍，有何深意？光绪赔着笑："御膳玩不出新花样，儿子督责他们——"慈禧摆摆手："一点不相干，你别瞎忙乎。"

见慈禧满面慈祥，光绪放下心来，陪着说了几句话。待要传膳了，他往殿角溜了两眼。慈禧明白其意，只作不知。光绪轻声唤道："额娘。"慈禧随口应："嗯，什么事？"光绪嗫嚅着："这个，儿子——"慈禧打趣："这个儿子？你打算给我生孙子？"光绪顺地跪下："皇额娘，儿请罪，儿不该跟皇后斗气。皇后在哪里？儿负荆都找不到地儿负。"慈禧笑眯眯地说："皇后在哪里？在坤宁宫里，养心殿里，侍寝所居的体顺堂里。她现在不在那里？不顺皇帝的意，她没有地方去。没处走的闺女都要回娘家，可她是宫里的人，她娘哪敢接？"

话是笑着说的，可比打还难受，光绪浑身发麻，没个存放处。慈禧的脸上依然喜相："先前皇帝那阵儿，皇后脾气不好，跟皇帝合不来。皇帝病情危重时，她仍不知体恤，我要传杖吓唬吓唬她，你猜她怎么说？'我是大清门抬进来的，额娘打不得我！'天爷爷呀，皇后大婚由大清门入宫，我们这些人，都走偏门小门，我怎么打得了人家？轮到我家这位，可由大清门抬入了，正位中宫可也坐不稳，三天两头跑出来哭。莫非邪神作祟，做皇后的都不和顺？我就奇怪了。"她把假话当成真理讲，光

绪只有听着。慈禧絮絮数落："无论为国为家,你这做皇帝的,都要宽宏大量。小人家家可怜巴巴的,不敢出来见你,我替她讨一个饶,你的那一道旨——"

光绪磕头不迭："额娘这话,折煞儿子了!那几句白话,儿子跟皇后玩儿的。"慈禧撩他一眼："玩儿的?好吧。哎,你出来,皇帝找你玩了。"随着这声唤,皇后从东暖阁姗姗行至正堂上,跟皇帝远远打个照面,兀自俯首不语。慈禧一下子翻脸:"大胆,跪下!"皇后哆嗦一下,跪倒在姑姑面前。

慈禧喝道:"对皇帝跪!"皇后膝地转弯,对着光绪叩头。慈禧严厉训斥:"少失家教,长失规矩,我都替你羞死!你以为你是谁?你是桂祥女儿,慈禧侄女,当今皇上的奴婢!无论贵贱尊卑,身份都是自己做出来的,拿别人装幌子,撑得起一时,立不起一世。你给我记住没有?"皇后颤着音儿应:"奴婢记下了。"

慈禧对光绪和颜悦色:"我这当额娘的,只能做和事佬儿,究竟和不和,我哪管得着。你两个起来吧。"那两个身子站起,心里仍在跪着。慈禧吩咐传膳,帝后一边一个侍奉,娘儿仨温情绵绵,这顿膳进得很香。

膳后,慈禧赶皇帝和皇后走,她自己要午息。两口儿依着太后的意思,来到皇后居住的宜芸馆,不管里头唱什么戏,外边看去是和好的。盼到午后三点,光绪偕皇后来到乐寿堂,要奉太后游园。慈禧慵懒着不想去,见光绪孝意殷殷,老人家便起驾了。

经过历年修葺,颐和园溢美流丽,如同世外桃源。游走于昆明湖畔,顾盼间移步换景,恍恍然疑似登仙。行至玉带桥头,慈禧驻足凝目,但见碧水涟漪,被南风荡起。遥想十年以前,就是在这里,观阅醇王奕譞演练水操,红绿两支船队,俨然嬉水蛟龙,由盘龙阵演成八卦阵,四合阵幻为周天阵,神龙见首不见尾,雷鼓响震水天中。时过境迁,物是人非,今日伺候在侧的,是奕譞的儿子载湉了。

慈禧心头涌上一阵感慨,向光绪望过去,目光似被绊了一下。定睛看去,确切无疑,光绪的额角生出两茎白发。怎么回事?前些天还没有,她记得很清楚。见太后眼神有异,光绪以为有不妥的地方,忙自检点,却无发现。怕他生疑,慈禧便明说:"皇帝竟然生出了白发,你才二十八岁呀!"

光绪已听珍妃说过，便释然一笑："禀额娘，七天前生出一根，今早又生一根。不知白发是不是按星期添生的。"慈禧嗔道："你还笑！我不在宫中照看，珍妃是怎么伺候的？皇帝龙体关乎国运，她懂得不懂得？"光绪赔小心："皇额娘，儿衣食诸事尚无疏虞，身体安泰。只是近来国事棘手，劳心费神，睡眠不足。"慈禧关心道："睡不好最伤人，你可不能大意。记得日本犯台时，我也曾昼夜焦虑，御医都没办法，还是自己调息过来了。拿得起放得下，才可担当大事。"光绪道："是。我想学额娘的定力，可惜学不来，昨晚又没睡着。"慈禧皱起眉头："睡不着，干什么？"光绪老实交代："什么都想，又不知想什么。索性作了两首诗，倒像洗清浊气，五更时打了个盹。"

慈禧仔细听他念诗，低声说道："忧国忧民是国君的本分，楚怀王做不到，死了活该。屈原的故事，我曾想叫人编成戏，他们说这事悲凄，不好制作。还不是怕我不开心？我是喜好乐呵，可不是没心没肺啊，国家的坎坷苦难都不顾，我成什么人了？不管怎么说，天下在我手上托着，年光好了，是我的功；日子差了，是我的过。如今交付你手，你少睡几天也该当，只是不可过于自苦，叫我不放心。"

光绪心酸眼热，泪水不由自主："皇额娘劳苦半生，天下臣民皆仰福荫。儿子唯恐有负托付，不敢稍懈，可惜迄无改观，自恨筋力薄弱。"慈禧轻轻摇头："我想过多少次，历朝历代都有盛世，也有衰世。衰世之君有力弱的，也有心强的。大势不由人，那也怪不着他。这不是替你开脱，坐到这位上就得担这责，只要尽到心，上天不会责怪你。"

光绪连忙起立应是："儿子谨遵教训。是儿子不好，好好地观景致，却念什么诗，扰了额娘的兴。"慈禧笑一笑："皇家哪有清净日子，你忧愁，我也替你分些。这几天什么事闹心？"光绪回道："议改科举制度，朝中争执不休。"慈禧道："我知道了。自你诏定国是至今，军机处转呈折片共计四十七件，其中请改科举的有五件。我都仔细看过，现在我要问你，科举乃历朝定制，为何一定要改？"

这一刻是多少天盼来的，光绪打叠起精神："儿回额娘，不是要科举全改，只是将八股改考策论。八股取士之法，并非一开科就有的，它是王安石变法时出现的。

为了纠正对儒家经典死记硬背之弊，王安石将唐朝明经科的帖经改为试义，即对经义进行阐释、论说。经过两宋的推进完善，八股文至明朝中期定型，成为科举的主要形式。"

慈禧听得有趣："原来是王安石变法变来的，怎么到了光绪变法，不改就不行了？"

"光绪变法"，激得光绪浑身发烫："皇额娘，世上没有一成不变之物，中国最古老的经典《易经》，说的就是这个道理。易就是变更，八股从无到有，再从有到无，这是合乎天道的。八股文程式固定，分起承转合四部分，运用排偶句子，千篇一律，万人一面。读书人以此博高位，可越是做大事成大名者，越是鄙视它的浅薄。八股病入膏肓，若不痛加革除，势必连累大局。"

沉默少顷，慈禧的声音尖亢起来："大局？几句破八股，它有这么大道行吗？"

眼看要前功尽弃，光绪有点发急："古有因小失大之说，何况此事并不小。朝廷所用之官，多为八股之士，除了文章几无所能——"

慈禧打断他的话："这话说左了。我怎么看那些八股官儿，大多有才又有范儿？"光绪的悲愤溢于言表："有才，有范儿，有雍容气度，有周全礼仪，有玲珑头脑，有严格规矩，有渊博学识，有优雅文辞。就是没有应变的能耐，没有报国的本事，给他一支有船有炮的大军，他能被打得稀里哗啦，让人家割走大片土地。"

慈禧若无其事地问："怎么我听着像说李鸿章？"

光绪道："说的有他，也有别人。他们的学识都太老，难以派上用场了。"

慈禧坐正了身子："给你说件往事吧。早在同治初年，就有一位大臣提出，应专设一科取士，这科就是西洋的学问。到了同治末年，朝廷筹议海防，他又重提旧议，要求改变考试功令，另开洋务进取一格，与正途出身无异。他还在私下对人说，若及时变通，可延宗社数百年，否则后有王者必来取法。"

老人家为什么说这些？光绪思虑着问："这人是谁？"

慈禧道："李鸿章。他说洋学实有超过华学者，他的说法招人憎恶，由于争得厉害，恭亲王不得不圆场说，洋学特科，尚非仓猝所能举行。"

光绪悟出了话中苗头,小心翼翼地探问:"额娘当时的意思?"慈禧嗐一声道:"当时只顾筹海防倭,哪能顾及文字闲章?我后悔的是,没有早些把这事议通办妥,拖到今日还得吵。要是那时就改,二十年后的甲午,可能是另一番景象了。"光绪大为振奋:"皇额娘,今日办并不晚,二十年后报仇雪耻,儿子给娘上寿庆功!"慈禧正视着光绪的眼:"功是你的,责也要你来担。我多余叮嘱一句,老臣并非全无用,你所信用的小臣,恐怕不像屈原那样好。楚王爱细腰,宫人尽饿死。你若爱听奇言异说,必有山鬼进献甜食蜜酒,让你酕醄大醉。你要警惕啊!"

光绪唯唯从命,两宫皆大欢喜。

次日早朝,在乐寿堂召见军机,慈禧、光绪端颜并座。光绪明发谕旨:"我朝沿宋明旧制,以四书文取士。康熙年间曾经停止八股,改试策论,未久旋复旧制。乃近来文体日敝,试场献艺,大都循题敷衍,于经义罕有发明。若不因时通变,何以励实学而拔真才。着自下科为始,乡、会试及生童岁科各试,一律改试策论。至士子为学,总期体用兼备,毋得复蹈空言,致负朝廷破格求才之意。"光绪又命军机传知礼部,如何分场命题,一切考试章程,立即妥议具奏。

大臣们磕头退出,闷着头遵旨办事,刚毅尤其丧气。太后讨厌康党,应是不言自明,今竟亲出捧场,令人匪夷所思。四大臣都要留园侍驾,只有廖寿恒回城,一来向礼部传旨,二来向康有为催书。见他催唤车马,刚毅忍不住讽刺:"仲山兄明是催书,暗中是欲把谕旨透给工部主事康有为,叫他美得屁颠屁颠的。"廖寿恒呵呵笑:"吾兄气得鼓鼓的。"刚毅气不过:"你不鼓,你为两下传书,都被称作康狗了。"这话过于刻薄,廖寿恒不跟他计较:"吾乃皇家之狗,莫说姓康,姓刚也使唤不动,这个你信不信?"刚毅马虎一揖:"姓刚的服气你了,你快四蹄奔忙吧。"

廖寿恒径自回城,先到礼部传旨。满汉两尚书俱在堂上,怀塔布听罢一龇牙:"奴才领教了。这一局我们输得惨,你知道玄机何在?"满员对皇帝如此不敬,廖寿恒可不敢:"兄弟只知谕旨,不知玄机。筠庵兄,皇上命你迅速复奏。"这是催促受劲的回言,许应骙满面恭顺:"臣领旨。臣此次得罪,在于未明上意,臣糊涂。"还是要

搪塞,廖寿恒不跟他废话:"我的差使完成,二位好自为之就是了。"送出这位军机天使,怀塔布狠狠一唾:"呸,廖狗,小心屠夫逮住你!"

廖寿恒驱车驰往南海会馆。对于这份差使,他也厌烦至极。把军机当苏拉使,皇帝也有苦衷。他想抬举康有为,却无权力重用;若按老规程传询,那得通过层层关卡。如此看来,所谓变法,前景堪忧。

马车驶近宣武门,迎面驶来一辆车,看出是李鸿章的座车,廖寿恒吆喝住车子,下车立候。看见这位重臣礼节周到,李鸿章也忙下车,相见施礼寒暄。李鸿章大声说道:"康有为,我不如啊!嚷嚷多年的事,我没做到,他做到了。"他怎么早知道了?廖寿恒含着笑:"看来傅相是真高兴。"李鸿章白须飘飘:"在总署问话时,听那康圣人满口大话,我心鄙夷,这不是关老爷面前耍大刀吗? 他主张的其他事,仍是那么一套;就这废八股,竟然成了真。对于这个人,我得刮目相看了。"廖寿恒道:"此一时彼一时。傅相对将来的'时',不知怎么看?"李鸿章脸笑眼不笑:"今日非我所知,明日何敢妄揣? 见到康有为,叫他好自为之。"又是这一句。大家都说好自,就是没有共同的心意。

康有为听说了这道旨,真正喜出望外。弟子们比老师更兴奋,竟不顾上下礼法,围着大臣问这问那。廖寿恒打量着想,这纯是一帮书生,靠他们举大事,怕是缘木求鱼。康有为将《波兰分灭记》交给廖寿恒,附带祝一句:"圣明在上,圣朝可免分灭了。"吉语却以咒语出之,廖寿恒哭笑不得。他告辞而出后,听见里边欢声雷动,心知康门弟子闹翻了天,又有一些感动。"位卑未敢忘忧国",这些未第举子,数年来舍生忘死,所求所得的,除了位尊者的耻笑还有什么?

康门弟子受抑太久,这一下乐不可支,康有为也不好扫他们的兴。他只是说,谕旨令从下科开改,今年恰值各省院试岁考,他们一定推至下一科,所以此非庆贺时。康有为打算自拟一折,另一折嘛,你们看由谁来拟? 弟子们笑推梁启超,都替他说:"舍我其谁?"大家早就替他抱屈了。在上海和香港、澳门,他的文名之大,超乎乃师。以至人们提起康党,都以康梁并称。然而北上以后,他却渐失光芒,沦为庸常的跟班弟子,可见外埠重名气,京师重名分。梁启超毫不介意。他的经历跟老

师有所不同,老师侧重于讲学,梁启超侧重于办报。讲学直接面对听众,办报则通过千万纸页,与无数双眼无声交流,其玄妙之音辽远之思,总让他久久陶醉,乐而忘归。

报纸癖冲淡了功名欲,此外还有一件小事,使他受到不小的触动。一个朋友告诉他,他亲戚家的儿子名叫吴稚晖,有一天随人去见康先生。听过一番说教后,吴稚晖大受感动,表示再也不赴八股考试了。康先生对其大加赞赏,许之为中国新希望。可是一转脸,梁启超、麦孟华等康门弟子齐赴会试,吴稚晖觉得受了骗。梁启超从而领悟到,老师和他这个弟子,都有言过其实、责人恕己之病,这会有害于维新大业的。这番自省解脱了束缚,梁启超决心埋头做事,不再受功名利禄的诱惑。

康折由军机代递,梁折请宋伯鲁代上。这回反响极速,上谕允行,自本年始,各省岁、科两试均废八股改策论。这是由童生开始的巨变,连不识字的人都知道有个康有为。他在街上行走,不断有人指点议论。有人嘱他小心,他笑笑说,大人行事,小什么心?他亲耳听到的,全是称许声。只有文悌没登门,那天在路上碰到了,他也连连夸赞,康先生为人所不能为,史书要大书一笔了。这句话说到点上了,康有为当然要青史留名的,那名还将非常大,大得无人超过他。

不过眼下顾不上史,废八股造成了大变动,读书士子迷茫无依,纷纷跑来求教。馆寓容不下许多人,弟子们被分头拉出去,演讲上课,指点迷津。康有为有时也被请出,到保浙、保滇等会,与京城和直隶的读书人会面,向他们传授新学。如此身体力行,必能使康学成为当世显学,由民间进入庙堂。

第四章　反戈攻劾

一、庸众围攻　重臣反击

　　这天康门弟子分头四出,连弟弟都被顺天府的生童请走,为他们讲解康子之学。古话说长兄如父,弟兄俩手足情深,弟弟性子孤僻,当哥的操碎了心。康广仁做不来八股,康有为先为他捐一监生,到了去年,康有为已帮他捐至正六品的候选通判,又改捐候选主事。康广仁的长处是办理具体事务,在上海做大同书局经理,康有为的著作,全部由他刊印销行。此次八股之废,哥哥分身乏术,弟弟也成了香饽饽,连日奔波不息。今天他被一个文姓监生拉走,那人自印一本诗集,曾来向康先生请教。康有为不看重诗词,只因诲人不倦,所以来者不拒。康有为一边编书,一边想着近来的事,心里很是愉快。

　　这时传来了脚步声,听上去很急促,他不由皱起眉头。未及细想,文监生一脚门里一脚门外,便嚷:"康先生,二先生不好了!"什么不好?还没问出,那人又道:"怪我没讲清,二先生跟生童们讲得好,也许说话急些,一头栽倒,不省人事。主人

请了郎中,我赶来请先生去看。"康广仁有爱冲动的毛病,曾经在集会中昏厥。康有为起身便往外走,隔壁的康有仪闻声而出,盘问了文监生两句。文监生不高兴了:"这是怎么说,怀疑我害他?"康有为无暇分辩,他将康有仪劝进屋,拉起文监生出门。

集会地点在一位官绅家,那地方距宣武门不远,驶过一座石桥,望见那家门庭了,同车的文监生伸手指了指,吩咐车夫赶快些。康有为忽然看见,门楼中拥出一伙人,推推搡搡、吵吵嚷嚷的,被围拢着的那一个,正是康广仁。康有为看看文监生,文监生诧异道:"出了什么事?"他率先跳下车,康有为也下车,相跟着向前跑。康广仁扭头看见二人,大声喊:"哥哥别过来,他们要闹事!"康有为愣了一下,脚步仍没停。康广仁要来迎哥哥,几双手拽住他,双方便撕打起来。文监生上前喝道:"各位不要闹,有话好好说!"一个红脸汉应声松手,指着康广仁:"本人也想讲理,他不好好说。"

康有为面朝众人:"家弟性子躁急,或有得罪之处,各位有话对我说。"人群后边有人嚷:"你是谁?"有人接:"康有为。"又有人接:"坑人贼!"康广仁愤愤道:"哥哥你听,他们就是这样讲理。"康有为笑了笑:"不管如何讲,各位请了客来,不以礼貌对待,不合做人之理。"红脸汉向他作揖:"康先生责得有理。"康有为还揖:"不敢动问尊姓?"红脸汉答:"敝姓张,名广玉,顺天府生员,向康先生领教。晚生早听说,康先生自称康子,自命康学。愚以为,圣人之徒理当谦逊,如此行径,何以为人?"情势明摆着,兄弟俩今日落入陷阱,需要尽快脱身。所以,康有为简洁回答:"我没有自称康子,也没说过康学。别人怎么称,那是别人的事。"

人群中又发怪声:"一推真干净,不是东西。"有人应和:"不是东西是南北。他是南边来的,南人都奸猾。"康有为目视文监生:"把臣民分为汉人、南人,这是元朝的恶政。本朝待下宽仁,从不区分三六九等。有人恶言挑拨,这是污蔑圣朝,形同叛逆!"文监生道:"先生说得是。你们要跟人理论,先得立正脚跟,若是乱了法度,那叫自己讨打。"

红脸汉对众人一扬手:"各位,对付大文人,还得来文的。众人同拟的一纸檄

文,谁来念?"一个油头光脸的中年书生应声向前:"我来念。"他手中擎着大张白纸,清一清嗓子:"讨康檄文,大家听好!"

　　　　圣人圣人,姓康名豚,
　　　　豚尾驴脊,鹰目鳖唇。
　　　　虎狼其性,蛇蝎其心,
　　　　嗾使其党,啸聚其群。
　　　　侮孔乱圣,左道旁门,
　　　　僭为教主,妄自称尊。
　　　　学少正卯,效楚狂人,
　　　　修野狐禅,诋八股文。
　　　　念西洋经,掘祖宗坟,
　　　　卖我国土,欺我士民。
　　　　人神共愤,罪重恶深,
　　　　同此申讨,诛伐其身,
　　　　蓟除谬种,去伪归真。

　　檄文念完,康有为大声回应:"各位讨我,不如讨己。你们说我侮孔乱圣,你们对圣学懂得几何?孔子生当乱世,立志济民,这才有《春秋》之作,《论语》之述。鲁国不行孔子之教,以致国除君灭,书种断绝。康有为幸为孔门后学,生当列强来侵之世,誓愿为士民开一生路。只要能够救国救教,野狐禅也修得,西洋经也念得,八股文为什么就去不得?诸位撰文诋我,除了表明八股士人不识时务,还能得到什么?"

　　他的气度镇住不少人,可转瞬嘈嚷声又起:"你不是救教,你是叛教!"

　　"两男三女,断子绝嗣。"这是骂兄弟二人生有三个女儿!

　　一片嚣乱声中,红脸汉双手往下按压:"君子动口不动手,东家犬吠西家狗,风

流罪过人人有,唱支小曲儿遮遮丑。在下有一曲挂枝儿,献给康大圣人。"他拿腔捏调哼唱:"害相思,害得我腰儿就,半夜里爬起来打丫头。丫头,没羞,为何我瘦你也瘦? 我瘦想情人,你瘦何来由? 莫不是我的情人也,你也和他有?"

哄然叫好声中,康有为变了脸色。红脸汉瞅着他笑:"鄙人不才,依样儿奉和一曲,给康兄狎妓助兴:害相思,害得我夜壶儿漏,半夜里爬起来捉丫头。丫头,没羞,为何我凑你也凑? 我凑想那个,你凑何来由? 莫不是我的那个也,你那也不够?"

听的人呼叫拍手,康有为拉拉弟弟,回身便走,被文监生拦住。康有为狠盯他:"文兄为何害我?"文监生呵呵笑:"分明是相思害你。康先生,跟他们掰扯掰扯赛金花,他们就不往这儿凑了。"红脸汉不买账:"为什么不凑? 三个嫖客,一是礼部员外郎于式枚,一是翰林院编修蔡元培,一是工部主事康有为,一齐凑到赛金花身上——"

康广仁气急败坏,一把揪住他的辫子,将那人扯个趔趄。那人反手扭打,同伙齐动手,将康氏弟兄围在垓心,康有为衣衫被扯破,头脸被抓伤,恼上加羞,狼狈不堪。

正在危急时刻,传来急骤的马蹄声,一支马队旋风般驰到,将打闹的人群冲开。可他们并不服气,红脸汉叫着带兵官的名号:"刘四哥,我们读书人清理门户,你何必插一杠子?"带兵官在马上抱拳:"张家老弟,府尹大人闻报,此地有人捣乱,兄弟奉命弹压。"吩咐兵丁清出道路,保护着那辆马车,将康氏兄弟拉出人堆。

奔至一个十字街口,一名官员立在道旁,是"同案"于式枚。于式枚向带兵官作揖:"劳刘兄驾,没事就好。"那人笑道:"秀才遇上兵,有话没说清,你跟这位嫖友慢慢儿说。"说罢一行车马呼啸而去。于式枚告诉康有为:"令兄康有仪,察觉出姓文的有诈,骑马悄悄尾随你的车。到那里见势不妙,他赶紧折返求救,正巧碰上我,我去顺天府求胡燏棻。老胡参与过强学会的,哪会叫你吃亏? 见马队救了贤伯仲,你的那位令兄,又悄悄回去算账了。"

康有为心中十分感激康有仪,缓过神又埋怨于式枚:"救了眼前救不了背后,晦若兄,东窗事发了。"于式枚会意道:"你是说赛二爷?"康有为莫名其妙:"什么赛二

爷?"于式枚也感意外:"你不知赛金花的绰号？这虽是个烟花女子,却是拳头上立得住人,肩膀上跑得起马,人们便用二爷称呼她。"康有为大不耐烦:"你倒是明了典故,只不知咱栽她肩膀下了！于晦若,你把我搅进这盆糨糊里,真正误我大事!"见他懊恼得很,于式枚不再开玩笑:"好了老兄,你就是跟赛二爷打得火热,也没人弹你一指头,因为咱有护嫖符。"康有为没听明白:"什么?"于式枚道:"护嫖符,这是我要写的一本书。"康有为不相信:"书就叫护嫖符?"于式枚道:"不,书叫《京官狎妓小史》。我有感于官箴败坏,广泛搜罗青楼逸事,要写一本风流野史。天下老鸦一般黑,京中官员一样骚,大家都有这么一腿,谁不怕被写了去？咱是采风的,谁敢惹咱仨?"

这话怎么听都像玩笑,不过京僚之脏,却是可以想象的。于式枚换上庄重神色,告诫他道:"八股士人骤然失业,皆恨先生登高一呼。跟着八股吃饭的塾师、书贾,包括刻字印售的匠手,也恨你打破他们的饭碗。这与杀父之仇差不了多少,为先生计,应当养壮士,住密室,简出游,以免被人暗算了去。"康有为微微笑:"多感老兄提醒。岂不闻死生由命？十几年前我在广州讲学,即招人憎恶。有一天,我由归德门进城,走到华德里一小巷,忽听呜的一声,一股冷风掠过左鬓,一块飞砖砸在身旁墙壁上。如果此砖击中脑门,今日无缘跟老兄说话了。"见他置生死于度外,于式枚心中赞叹——此种铁性,在读书人中实为罕见。

康氏兄弟被殴的消息传开,诸多好友上门慰问。这天文悌来到康寓,奉送火腿二只、鲥鱼一尾。康有为笑谢道:"贤兄厚赐,好像我真受了重创似的。"文悌上下打量着:"没有伤着筋骨？有些暗伤当时无感觉,还是请郎中仔细诊诊。"康有为道:"无妨,无妨。多日未见兄面,忙些什么,还在写诗?"文悌闻言失笑:"我写诗骂人的名头,赶上于晦若撰史骇人的手段了。不管怎样,这总比一无所长好。"

听他点到那事,康有为便不讳言:"一个妓女竟有二爷的名号,我也感到好奇。不合受人怂恿,贸然前去一坐,竟被当众揭挑,真真斯文扫地。"文悌一言撂开:"这有什么,食色性也,莫说你我,皇帝佬儿也不能割弃此性。要紧的是为人做事之性,

有没有受其扰乱。"康有为赞道:"好个至理名言! 我当前所办之事,仲恭兄有何见教?"文悌答言坦白:"我非八股之士,说不出其中深浅。只是觉得,数百年取士法则,因三五道奏折立即更改,似乎轻率了些。"

康有为忽起疑心:"那位文监生,老兄是否认识?"文悌伸手指点:"你看你看,一个文字,就闹出勾连来了。须知本朝有文祥相国,南宋有文天祥状元,这还不是一族呐。不过,文监生乃我本家侄儿,因其诞妄,不相往来,今天之闹,正是小子不成器之明证。"没想到真有这层关系! 这个文仲恭,有多少深藏不露的鬼心思?

就这样你来我往,不咸不淡地扯了半晌。以文悌的馈赠,康有为本该留饭的,却因话不投机,担心应酬得不周到,便任由那人辞了去。

文悌走后,康有为失神地枯坐许久。他真被文悌缠烦了,往大了说,是被这个国家闹怕了。大清以异族入主中原,应当说是成功的。然而往深细处考究,满人防范汉人,汉人戒备满人,都糟成一锅酱了! 直到杨深秀来访,康有为才打起精神。

杨深秀籍隶山西,官至刑部郎中,去年冬改授山东道监察御史。他年届五十,于儒学甚有修养,有关西夫子之称,康有为视其为忠厚长者。他跟宋伯鲁发起关学会,是保国会的根基之一。诏废八股引起的震动,使萧条的学会局面改观,杨深秀说,关学会红火起来了。最奇的是,一件拱璧失而复得。听到这里,康有为也觉好奇:"拱璧? 这是什么?"

杨深秀不是爱卖关子的人,这时忍不住得意:"先生想不到吧? 十年前强学会遭封禁,步军统领衙门抄走书籍物品,其中有一幅世界地图。这图得来不易,令徒梁卓如、麦孺博等,在北京搜求两个月无结果,只好派人赴沪购得。会中人视之如拱璧,天天出去请人来观。我就是看过这图,始知世界之大,不再坐井观天。此图被抄没后,我时时牵挂在心,求一位在统领衙门做事的亲戚打听。迄无下落,本已灰心,不料前天他来我家,一见面满脸笑,要我请他喝酒。我明知有故,设宴款待,宴罢他才揭出底牌。你猜如何? 这幅地图,是他乘乱挟回家,深藏不露。今见诏书废除旧学,他才取出献给学会。完璧归赵,诚为佳话啊。"

康有为也很兴奋。一高兴便调侃:"夫子说完璧归赵,应该归还强学会吧?"杨

深秀很认真："先生，敝亲言明献给关学会，如果中途易手，怕会再起波澜。深秀还有别一层考虑，北方民风闭塞，亟须多方开导。以此图为缘起，关学会新开世界地理课，报名者特别踊跃。我和宋伯鲁有一野心，将关学会办成北方学会，再扩大为中国学会，到了那时，它比强学会更正统，别人休想打倒它！"

康有为赞扬加揶揄："夫子宏图，岂是一幅图包得下的？不过，北方人尊崇正统，倒也暴露无遗。哎对了，这件喜事，宋芝栋为何没对我讲？他刚才来过。"杨深秀隐着笑意："他也怕你抢图。此亦可见我国现状，拓荒不易，先生开创之功尤可钦佩。"康有为真心道："我从南海来，自幼濡染海国风习，具有先天之便。以夫子之出身学养，有此眼界胸襟，这才难能可贵。"杨深秀拱手逊谢："先生之言，我视之为鼓励，铭之为鞭策。所谓积重难返，旧学去除艰难，我体会较他人更深。然而目睹国危，不能不毅然决然，与旧我一刀两断，此中痛楚，先生幸无感受啊！"

如此推心置腹，康有为为之感动："有夫子这等人物推毂，新政之轮已上高坡，此后顺势而下，将是万里坦途。"杨深秀瞅了康有为一眼："不然。车轮刚刚推至山脚，此后步步维艰，向上一尺都非易事。"康有为有些诧异："有为以为，说动朝廷是最难之事。如今皇上下诏，天下雷动风响，即使有人鼓噪，终归难逆大势。"

杨深秀忧虑深深："如果一纸诏书便能令行禁止，国家早不是这种光景了。昨日又发一道谕旨：'交礼部。本日军机大臣面奉谕旨：前经降旨，交议各项考试改试策论、分场命题详细章程，着礼部五日内迅速具奏。'皇帝等急了，下旨限时日，这事很少见。可是你看着，五日后礼部定会使出拖延新法。"

康有为沉思片刻，声音变得低沉："我经历还是太浅，遇事爱往好处想。不说别的，连一个文悌都估摸不透，与宦途老手们斗心眼，确有海水不可斗量之惧啊。"杨深秀道："文悌有七十二变的绰号，此人不可不防。他跟许应骙走得很近——"康有为又感意外："他？罢了，想不到之处太多，我都懒得再提。走得近又如何，许应骙自顾不暇。"杨深秀道："我只见他好整以暇。他回奏必然反戈一击，先生要有所准备。"

不出所料，许应骙上递《遵旨明白回奏折》，以驳宋、杨为名，攻康有为为实，词

锋十分锐利。参折指其非议经济特科,本有些捕风捉影,许折显得理直气壮;严修请设特科折,系交总署核议。许应骙与李鸿章等皆认为,此科可以延揽人才,转移风气,因而议准奏行。参折反言许应骙"腹诽",诽谤存之于腹,该御史从何知之?这不是欲加之罪,何患无辞吗?退一步讲,许应骙如要反对,集议时便可提出,何必等到上奏后再来腹诽?

许应骙洋洋奏言:"该御史谓臣仇视通达时务之士,似指工部主事康有为而言。盖康有为与臣同乡,稔知其少即无行,迨通籍旋里,屡次构讼,为众论所不容。始行晋京,意图侥幸,终日联络台谏,夤缘要津,托词西学,以耸观听。即臣寓所,已干谒再三,臣鄙其为人,概予谢绝。嗣又在臣省会馆私立行会,聚众至二百余人,臣恐其滋事,复为禁止,此臣修怨于康有为之由来也。比者饬令入对,即以大用自负,向乡人扬言。及奉旨充总理衙门章京,不无缺望。因臣在总署,有堂属之分,亟思中伤,捏造浮词,讽言官弹劾。今康有为广通声气,袭西报之陈说,轻中朝之典章,其建言既不可行,其居心尤不可问。若非罢斥驱逐回籍,将久居总署,必刺探机密,漏言生事;长住京邸,必勾结朋党,混淆国事,关系匪浅。"

这篇回奏事实清楚,言语结实,光绪捧起来也觉得沉重。"少即无行",只有同乡才能说出。"联络台谏",确有许多新政奏件可作佐证。在杨、宋等人的折片中,经常能读出康有为的语气,光绪对此早有疑惑。至于许应骙禁止强学会,康有为不肯做总署章京,均为不争的事实。即便康有为未去许府"干谒",二人结怨的缘由,也已找到合理解释了。如此说来,康有为之通达时务,多是他本人标榜出来的,或是其同党吹嘘起来的。

光绪不敢往深处考究,因为朝廷的维新,全由此人一手推动,康有为靠不住,一场春梦还没做就破了!所以,对康有为只能使用,不能闲置。反过来,对攻击他的人就要恨铁不成钢了。

如何处置许应骙?这天早朝,光绪令军机拿出意见。世铎上奏说,军机处已经议过,许应骙的回奏明明白白,他一未梗阻经济特科,二未阻挠新政施行,至于仇视通达时务之士,事出有因,可将其因查证落实;宋伯鲁、杨深秀奏劾不实,请旨申斥,

以为诋诬大臣者戒。这完全是偏于一端,要帮许应骙打赢官司。

　　光绪力图寻找插针的缝隙:"军机集议,五个人都持同一看法?"世铎回答:"对于许折看法一致,处置办法,稍有不同。"光绪追问:"不同? 谁?"世铎朝廖寿恒瞥了瞥,廖寿恒仿佛畏缩了一下,只得硬起头皮:"臣以为,正值广开言路之时,不宜轻易申斥言官。"光绪不肯放过:"还有呢?"廖寿恒又往外挤:"关于查证,少年时的行为如何查,入京后的干谒如何证,联络时的情形如何究? 深追细考,徒滋纷扰,仅此一案足使内外横生枝节,于大局有害无益。"没等领班的眼光瞟过来,刚毅就按捺不住了:"这叫和稀泥,不像议朝政。一是一,二是二,怎能糊涂了事? 康有为可以不查,那得宋、杨不参。参了回了议了,就得按规程来。康有为少即无行,到了老大可能有行呢,查实问明,还他一个清白,让他堂堂正正做事,有什么不好?"

　　这番话比刀笔吏还老辣,委实不好驳,光绪只有避其锋芒:"廖寿恒如何看?"这是硬抬他出来顶牛,廖寿恒心中叫苦:"查实了固然好,落不实怎么办? 康、许之争由新政引起,而今经济特科刚举办,科举制度刚变更,维新伊始,百废待兴,朝廷先被一桩参案缠绕住,所得者小,所失者大,非圣人所宜为,即智者亦不取。"刚毅紧紧顶上:"朝廷有群僚百官,还办不下一桩案子? 奴才刚毅不怕缠扰,可以承担这项差事,反正蠢材不通时务,腾出高手去办新政,这叫磨刀不误砍柴工。"

　　光绪看看王文韶,明知问也白问,只好抬出靠不上的那座山:"此案关乎新政存废,朕当启明太后,做出万全处置。"这也是刚毅希望的结果。本来呢,许应骙是从一品的大员,受到宋、杨之参,即令明白回奏。他回奏驳斥参劾,仅仅对等处置,也须令宋、杨、康回答参问。光绪明显偏向,太后不会袒护新党,应是确定无疑。这样的前景,光绪也能预料到。朝堂上说出那句话,只是下台的一级台阶。过后犹豫不定,只好把这事放一放,且看能不能出现转机。

　　机会竟然等到了。浙江学政陈学棻上奏,正折陈奏宁波、绍兴等府岁考情形,附片题为《嗣后出题仍请参用四书经史等由》。他明确反对废除八股,因为近日民情浮动,若再变改学制,失业士人与愚民合流,势必酿成不测之祸。陈学棻是由户

部侍郎转任学差的,这是大员,动他需要太后点头。然若不动,则科举改制必受抵制。这个天赐良机,康有为也捕捉到了。康有为去找杨深秀商议,二人同拟上奏折稿。这回不点姓名,正折为《请御门誓众更新庶政折》,所附《请惩阻挠新政片》,伏愿皇上持以毅力,明降谕旨,如有奏请复用八股试士者,必系自私误国之流,重则斥革降调,轻亦严旨申斥;并饬刑部定律,凡有复言更易国是者,科以莠言乱政之罪。奏折和附片,以杨深秀的名义递上。康有为担心孤掌难鸣,又请宋伯鲁拟写一篇,隔日附奏。光绪将一应折片分类归整,批交军机处转呈太后。

两日后光绪赴园,早朝后立即出发去乐寿堂问安,只见慈禧懒洋洋的,一副没睡醒的模样。这是心情不佳的表征,光绪不敢怠慢,小心敬问慈圣起居。慈禧抬抬手,像要挥去光绪的担心:"什么事也没有,五更天做一怪梦,梦见肃顺了。"光绪一时没想起来:"肃顺?"

慈禧冷笑道:"前朝权臣,英、法之役驾幸热河,一路上兵荒马乱的,我和皇后姐妹俩,饭食他都不让吃饱。回京后他被砍了头。"几句话以砍头作结,委实让光绪接不上话。她仍沉浸在回忆中:"其实这人甚有本事,做户部尚书,整肃贪污,提振朝纲。唯才是举,重用汉人,曾国藩的湘军得其维护,这才立下平叛大功。可他有不臣之心,欺负我们孤儿寡母,这就不可饶恕。"抬起两眼,看出光绪讪讪的,她才真正醒过来:"说这些旧事干什么? 哦,昨晚看戏拖了场,戏和梦混成一锅粥了。"

光绪奉慈禧移驾景福阁,侍进早膳,同到乐寿堂。这是娘儿俩说话的时辰,大多时候是在谈戏。跟着慈禧,光绪也看过上百出戏,能说出不少生旦净末丑。他喜欢敲打锣鼓等响器,慈禧对此表示赞许,说这是男孩子的喜好。她自己是戏曲的行家里手,有兴致时穿上戏装,在戏台上哼唱昆曲,这戏不能给外人看,只有升平署的角儿在场观摩。她还能编戏,写的戏词儿比传演的戏文雅致,内廷供奉都夸老佛爷才情高。所谓内廷供奉,是宫外各行当的顶尖高手,被皇家恩准入宫献艺,由此获得的一种职衔。谭鑫培、杨月楼、王瑶卿等内廷供奉,都是各戏班的台柱子。今日便从谭鑫培说起,他唱的《失街亭》《空城计》《斩马谡》,堪称当代一绝。昨天晚上,在诸葛亮发令杀马前,他唱的那段唱,生生勾出了老佛爷的泪,这可真叫史上戏中

两诸葛呀!

听着慈禧的絮叨,光绪口中应和,心里却有些纳闷。慈禧知道他勉强凑趣,把话头一转道:"闲人不知忙人急,我的时光没地儿打发,你可不要干陪着。"光绪赶忙告罪:"侍奉额娘是儿的福分,额娘不要赶儿走。"慈禧笑了:"世上还有赶皇帝的?那一定是她老糊涂了。人老了颠三倒四,做小辈的得由着她的性儿,不逆她的意。这话扯远了,还说戏,我近日爱看三国戏。这是军国大戏,金戈铁马,运筹帷幄,钩心斗角,惊魂动魄。曹操得天时,孙权得地利,刘备得人和。刘皇叔一无所有,只因三访诸葛,终能三分天下,足见人才有回天之力。你要行新政,也得重人才。"

忽一下拨云见日,光绪忙不迭迎合:"皇额娘借喻训诲,儿子当悉心领会。国家变更科举,便是育才之计。"慈禧若有所思:"这些天我总在想,国家下一道令是容易的。读书人从发蒙到入学,读了十年几十年,呼啦一下子,他学的一切都不管用了,你说他蒙不蒙? 所以说,陈学棻的奏请不为无理,许应骙的软磨不为大过,你说呢?"

二、贵妇进谗　宗室交心

听她口风不对,光绪心往下沉,竭力寻词儿辩说:"国家在危难时变法,如同人在病危时求生,虎狼药也得吃,利刀子也得使。诸葛亮挥泪斩马谡,他为何不法外施仁? 因为不斩就是误国,对国对民就是不仁。"慈禧眉头一蹙:"斩字太吓人了,当然你是比喻。我不想干涉政事,上年纪了贪图安逸,听听戏赏赏花,心都变软了。这才梦见了肃顺,我就想,不杀行不行,叫他在朝办事,也许比好多人都得力。"为了今日之政,光绪只能再杀一回肃顺:"不除肃顺,额娘恐不能听政治国,那就没有同治中兴,连今日的改制都无从谈起。"

慈禧有些惘然:"也许是,也许不是。治国没有定规,一事当前,正反左右都想

到,日后也可少些追悔。好了,多说无益,你打算怎样处置陈学棻?"光绪不能放过机会:"他说八股有一定程式,改制后名为实学,实则仍是纸上谈兵,反而增加了阅卷难度。这是托词诋毁新政,儿认为可将他撤回京,不再叫他做此难事。"慈禧思虑着问:"许应骙呢?"光绪踌躇回话:"这是要员,要听额娘的意思。"慈禧似乎松了一口气:"陈学棻按你的意思办。许应骙当差多年,没有功劳有苦劳,敲一下就罢了,何必赶尽杀绝。"光绪唯唯听命。

总算没有空手而归,光绪暗自想,太后是用陈学棻的撤差,换取许应骙的保全。光绪揣摸得不错,自打维新诏下,就像一场大戏开唱,连慈禧都不能鸣金收兵。光绪每一次来求,她都得给他一些东西,换取或保留一些东西。这是一种交易。母子与帝后之间,通过交易才能理顺关系,才能维持朝廷运转,国家平安,虽属无奈,却也正常。

光绪明发谕旨:"陈学棻着来京供旨,浙江学政唐景崇去。"撤差不撤职,也是秉承太后之意。对许应骙也有明发御旨:"该尚书被参各节,既据逐一陈明,并无阻挠等情,即着毋庸置疑。该尚书嗣后遇事,务当益加勉励,与各堂官和衷商榷,委以重任。"

参案平顺结束,朋僚都来道喜,许应骙口中说皇恩浩荡,心里满怀怨意。他受到参劾就得明白回奏,而他反参康有为,上头却无一字追究,这不是偏袒到明处了?他的这场窝囊气,也让礼部同僚感同身受。

怀塔布发狠说:"姓康的不要犯在我手!"许应骙苦笑道:"你虽是满尚书,与我这汉尚书同是从一品,你我合力也撼不动姓康的。"怀塔布瞪大了眼:"咱是从一品,他是正六品!老子没他大?"许应骙给他批讲:"正因为品级上差得远,他才不去总署当差。他觊觎的是极品。"怀塔布满面不屑:"极品?他休想,老子的老婆才是极品!"这句话脱口而出,把许应骙也逗笑了。怀塔布夫人是太后的"玩伴",恃宠生骄,怀塔布有点怕老婆,朋友们戏称之为"极品夫人"。

笑过回府,怀塔布仍未消气,到夫人房中诉苦。夫人白他一眼:"你们那么大

官,连个未到部的白丁都治不了? 难怪使着那么多船炮,连个小日本都打不过。"怀塔布还她一眼:"这是哪里跟哪里? 若论打,一百个康有为也报销了。他有仗庇,你懂不懂?"夫人的大眼睛似灯笼一般放光:"你没仗庇? 你前面是荣禄,他跟你换帖;背后是夫人,她给你撑腰。要不然,经历那么多参案,你哪会屹立不倒?"夫妻说过笑罢,当晚无话。

　　次日夫人坐轿子赴园,给老佛爷带去一套新玩意儿,那是三副麻将牌。一为金镶玉,二为玉裹金,还有金银玉合一的"三极品"。慈禧玩遍天下奇珍,对这不算出奇的玩物却甚喜爱,尤其是三极品,明明都是重物,却感觉比象牙牌还轻巧,足见做工之精。慈禧笑着说道:"有人骂我好货,其实呢,我除了在满十寿辰受点礼,平常时日一文不取。不过你们亲手做的,像那奶酿克什啦,油炸馃子啦,我还是不好拒的。小五儿的一点孝心,你们说该怎么办?"小五儿是怀塔布夫人的小名,"你们"是围拢凑乐的公主、福晋和夫人。一位亲王福晋替太后开口:"老佛爷不肯点头,奴婢们还想沾手呢,我急着试试手气,跟佛祖斗一斗法。"

　　公主命妇们怂恿着"佛祖",将牌桌铺排停当。这牌桌跟三极品配套,也是金银玉材质,比三副牌还要贵重。大家伺候太后玩牌,小五儿坐在太后上手,她善于给下手喂牌,很得老人家欢心。打了好几圈儿,慈禧和了三次,因为不能总让她大赢,常胜将军做得太假,心情也会不舒畅的。

　　坐久了身子骨僵硬,需要散坐小憩。这是谈笑的时间,命妇们伶牙俐齿,都是得理不让人的主儿,这个理就是让太后开怀。慈禧喜欢听家长里短,谁家夫妻打架啦,谁家兄弟争财啦,甚至公公爬灰,闺女偷汉,都有人隐晦地嘀咕出来。弥勒佛爷大肚能容,她说这就是人,孔夫子说人就是仁,这仁也有瓜子仁的意思,谁能保证嗑出来的都是好仁儿?

　　慈禧忽然想起一个人:"侗老五,你们谁知道他忙什么? 好些天没有进园。"怀塔布夫人恰恰知道:"回太后话,前儿怀塔布去请他唱堂会,才知侗五摔着了,得月儿四十才会好。"慈禧问:"唱戏摔的?"夫人抿嘴儿笑:"被人追赶,不巧踩上半截砖。"慈禧刨根问底:"为什么追?"小五儿偷觑了太后一眼:"争风吃醋。其实要怪那

人误会，以为他跟一个女戏子好。"慈禧睁大了眼："女戏子？哪个班子有了女角儿？"小五儿告罪道："五儿没说清白，是一个戏子的女儿。侗五风流倜傥，是个人儿都想得他的好，那女儿出幺蛾子，寻窟窿觅缝往他这儿凑，就叫那人醋了心。"

小五儿连说带比画，讲了几个小故事，命妇们也像天桥书场捧哏的，一惊一乍地煽着情，慈禧比听戏还过瘾。小五儿将剧情推向高潮："那人跟侗五结怨，还为一个戏本儿闹的纠葛，戏本儿名叫《状元花魁》"。慈禧双眼一亮："名字好泼俏！本子在哪里？"小五儿做出懊悔的样子："奴婢本要带的，又怕老佛爷不待见，先来探探口风。"

慈禧指点着她："你瞅这个人，又不是上阵打仗，她还要探口风。着三不着两！"

挨训也是宠幸，夫人兴奋得两颊飞红："奴婢缺心眼儿，只好且表表戏。说的这个书生是苏州人士，自幼丧父，生计艰难，读书刻苦。父亲在世时，曾为他与一小姐订婚，他十八岁时便想完婚，岳父嫌弃女婿贫寒，绝情悔婚。小姐一来不愿失约，二一来喜书生有才，打算私奔寻婿，不幸被父拦截。过了几年，女家遭遇剧变，父亲亡故，家道中落，小姐被恶毒的舅父骗卖，坠入烟花。书生进京赶考，得中头名状元，并被尚书选为佳婿。状元不忘旧情，前往上海寻访，小姐此时已成花界魁首。二人破镜重圆，状元花魁合璧，当然只能娶为侧室。正室悍妒过人，常作河东狮吼，状元积郁成疾，感冒风寒病故。正室视侧室为祸害星，为了报仇，又将她卖入烟花院中。这花魁从良不成，二进火坑，决意报复。可是落花有意，流水无情，买春汉谁也不是仗义人。花魁绝望之余，要寻短见，正巧被上门的客人撞见，救下她一条性命。这客人不是凡人，他乃轰动一时的大名士，听她诉说罢衷肠，便要帮花魁打抱不平。"

慈禧津津有味地听着，见她住了口，才拍了一下掌："好！这本子真有戏。小五儿口才也好，我不知你还能出口成章。"小五儿笑叽叽地说："这是本子的梗概，我一句句背下来的。本子再磋磨几处，要交班子开排了。"

慈禧赞意颇浓："这是侗五编的？没承想他还能写！"小五儿卖个关子："有他写的成分。"慈禧被吊起了胃口："成分？你还会这新词儿？"小五儿道："这就说到那人了。那人说，本来是他编的故事，拿给侗五看，侗五改了几处，还要把大名士写成正

角。那人跟名士也有仇，为争这个本子，加上戏子女儿，那人火起持刀追杀，侗五落荒而逃。"

她说得有声有色，听的人一惊一乍，慈禧十分开心。老人家直了直腰，两位公主趋近前，轻轻给她捶背。过了一刻，她摆摆手道："戏场小天地，天地大戏场，人们天天都在演戏，只是自家不明白罢了。明白的人都去写戏，这话对不对？"命妇们一窝蜂地应和。慈禧抬手一指："戏不能说破，事不可做绝。侗五不管沾没沾那家女儿，既跟人结了梁子，就不该沾手戏本儿。他不会另编一个？"小五儿嘟嘟嘴："回太后话，他舍不得这一出，因为这是真事。"

慈禧大为惊讶："真事？"

小五儿说得高兴，没看见侧边的福晋递眼色："真事。状元就是洪钧，他是同治九年的状元。花魁名叫赵彩云，现在京城挂牌，艺名赛金花。那位大名士——"忽然感觉不对，小五儿停住口。发觉堂中静如冰井，地上掉根针都能听见响。慈禧依然笑得慈祥："大名士是谁？"小五儿心口发噤，又不敢不说："就是康有为。"

慈禧脸色陡变，将正在把玩的玉如意狠狠一摔，怒声呵斥："好个糊涂油蒙了心的！皇朝状元，是你随意糟践的吗？皇朝是谁的？是太后皇帝的，也是你们这些命妇的！就说那女人无耻，你也没羞吗？就说这是真事，一床锦被遮尽丑，你做女人的应该懂得吧？真真恨得我肝儿疼！"

见那妇人吓得半死，萎在地上叩头，慈禧将声气放缓些，听起来更阴沉："皇朝多难，正被虎狼围着撕咬，若咱窝里也动嘴，被啃成白骨架子还要多少天？我最恼火的是，你不光是嚼舌头。怀塔布跟康有为正掰腕子，你这一出戏，不要唱臭康有为吗？康有为不是好东西，你的男人呢？男人没有一个好东西！女人好不好？那得你自个儿摸摸心口，问问苍天。要我饶恕你，你从今儿起学聪明点儿，不再搅和男人们的事。要不然呢，哼！"拳头高高扬起，轻轻放下，在场人均感慈恩深厚，小五儿更是感激涕零。

这一回算后账，赔了金银又折面儿，夫妻二人懊恼不已。怀塔布叨咕说，康有为成了扳不倒，我是不是得掉掉头了？终是不甘心，他跑到刚毅府上求教。听罢那

出宫中戏,刚毅冷吞儿地一笑:"搬起石头砸自己的脚,好笨的极品夫人!状元是谁的?那是同治的,也就是慈禧的。戏码稍微改一改,这一本就奏准了,可惜你们没叫我参与编。"怀塔布先把自己择清:"她连我都瞒着,本想办成再请功。我只闹不懂,慈圣真要护着康有为?"刚毅冷笑着说:"今天护一护,明天推出斩首,什么做不出来?不过,你们若总是弄巧成拙,康有为的根基可就牢固了。"

一场风险擦身而过,康有为却无所察觉,正关在屋里运笔如飞。科举需要详订新章,礼部是靠不住的,康有为愿意代拟方案。他主张采用朱子的《科场贡举议》,将经史各分五科。以史为例,《史记》、两汉书一科,三国魏晋南北朝一科,唐宋一科,辽金元明一科,本朝掌故一科。稿子写出后通读一遍,自以为得意,又替徐致靖代拟一稿。这一稿着眼于官员考试:"除考御史向用策问外,其考时政、军机总署章京、中书、学正、满汉荫生、教习、誊录、优拔贡朝考,请一律用时务策一道,经义论一艺。其试帖诗赋,请各项考试一律停止。"章程制定得如此完备,应该能得到上头赏识。

出乎他的意料,两折未被顺利采纳,阻力也非来自礼部。礼部近来灰头土脸,其他各部看在眼里,冷在心头,光绪皇帝也感觉到了。敲山震到了虎,这很好;拔草伤及了禾,这不妥。部院大臣虽不得力,眼下还得靠他们办事,如果臣子们相继怠工,局面将更加不可收拾。

这天召对,光绪就此咨询孙家鼐。这位仅存的帝师,说话比翁同龢更含蓄:"执中用权,古之明训。"权就是秤砣,中是中庸之道,正是光绪不喜欢的说教,然放在此处却发人深省。在康、许互劾这一案上,皇帝的偏向太明显,恐是难以服众的。光绪将康、徐二折批为"暂存",同时转呈慈禧,仅采纳优、拔朝考的建策。同时催促礼部议奏详章,礼部没敢再拖,即时上奏乡、会试及岁科考试章程。章程规定,乡、会试为两场,首场试经论,次场试策论。考试内容与康有为的设计出入甚大。

光绪慎重考虑后,仅对礼部章程提出一处修改:"嗣后一切考试均着毋庸用五言八韵诗,余依议。"新章颁布后的第一场考试,是在贡院举行的拔贡初试。光绪钦定论题:《天下得人难论》,策问:《通筹互市情形策》。二日后在保和殿复试,礼部上

呈阅卷大臣十二人候选名单，光绪朱笔圈定四名：昆冈、许应骙、廖寿恒、溥良。这虽不能与会试阅卷相比，却比新制要差，显示圣眷尚优，使得许应骙十分感激。

礼部拟订的章程，并不适合光绪的需要，他在寻找修正时机。杨锐捕捉到这个时机，便将急电发到武昌。张之洞早就与湘抚陈宝箴函商，要抢在康有为的前头，奏请科举改制。陈宝箴明确提出废八股，比康有为还要早一些。为了说服张之洞同意废八股，他还要梁鼎芬伺机进言。张之洞亲自拟定奏稿，准备用湖广总督、湖北和湖南巡抚名义会奏，不料湖北巡抚谭继洵，对张之洞的折稿不表赞同，宁愿单独上奏，张之洞只好仅与陈宝箴联衔，二人合奏《妥议科举新章折》。光绪览奏大加称赏，当即下达谕旨："朕详加披阅，所奏各节剀切周详，着照所议，乡会试仍定为三场。第一场试中国史事、国朝政治，论五道；第二场试时务，策五道，专问各国之政、专门之艺；第三场试四书义两篇、五经义两篇。礼部即通行各省，一体遵照。"

光绪推翻八天前的谕旨，全盘搬用张、陈奏议，不惜违背"金口玉言"的传统，这使张之洞长舒一口气。在这份奏折中，他朝康有为放了几支暗箭，例如："四书五经，道大义精，圣教之所以为圣，中华之所以为中，实在于此。""心术不端之士，杂然并进，其始则为惑世欺民之谈，其终必有犯上作乱之事，流弊尤多，为祸尤烈。"学术驳杂，心术不端，是时人指斥康党的常用语，皇帝若非有所感触，谕旨何肯照单全收？礼部也持类似看法，因此，他们的方案虽被取代，却也显得心悦诚服。连康有为都没发出怨言。在他看来，不管细章如何更动，都从属于废八股的大前提，张之洞的成功，不过是给他锦上添花。几方对头难得地一致，衬托出"用中"的高明，光绪暗暗佩服孙家鼐。由此可见，旧学如果运用得当，可以纠正偏颇之弊，对新政之行不无裨益。

这一天，康有为正在书房忙碌，门上引来一名差人，自称受侗五爷委派，请康先生拨冗前往一晤。康有为想起几天前就听人说侗五爷出了点事故，本想前去探望，又怕交情没到那个份儿上，冒昧出面反讨没趣。当下跟着差人坐车上街，进宣武门直向北行，在北海西北角的一处柳林边沿，差人吆住车马，口说到了。

康有为下车张望，但见柳绿花红，并无华屋高第。跟着差人进入林子，绕过一座小山包，眼前豁然开朗，绿茸茸的草地上，一带粉墙圈出一个空阔院落，茅檐低小，池水清澈，好一幅山居野兴图。康有为正纳闷，听见一声爽朗的笑语："康先生辱临草堂，山人这厢有礼了。"但闻其声不见其人，康有为只好对空应答："拜望来迟，请五爷恕罪。"

一名家仆从池畔竹丛后赶过来，带康有为登上一座土冈，走进一座凉亭，侗五爷由一名家人扶持着，立在竹榻旁含笑致意。康有为上前施礼，捧上亲自携带的家常礼物，叙说慰问之意。侗五爷领情道："不慎摔伤，已将痊愈，感承各方友好惦记。今日贸然拉你出来，是知道先生昼夜劳苦，想让你走走散散心。这是我的下处，就是练戏的地方。到此可以避免结交亲贵之嫌，帮闲不添乱，算是我们梨园玩友的戏德。"

这位爷如此诚恳，颇令康有为感动："戏可怡情养性，又能益智增识，确乎不可等闲视之。史上不乏巧谏君非的伶官，作用并不小于大臣。"侗五爷亲手斟了一杯茶，令人送到康有为手边："巧，一字道破谏君的真髓。翻遍前史，真能纳谏的皇帝仅有一位，就是唐太宗。可连他都气呼呼地对皇后说，终有一天要杀了魏徵这老儿！皇帝有生杀予夺之权，进言均须迂回婉转，直来直去只会坏事。"

这话似有深意。莫非他秉承太后懿旨，要康有为服软识趣？康有为心里敲着小鼓，却听侗五爷将话扯开："闲人言不及义，我只能说戏上的君，无关国事痛痒。我倒关心先生的苦乐，先生孤身在外，没得家人照应，做朋友的再不虑着点，那不成苦行僧了？"康有为揣测对方的心思："多年走南闯北，确与游方僧差不多，在下倒不觉其苦。"侗五爷笑意悠悠："我明白，我曾随戏班西行关陕，自比游侠，乐在其中。然而人非草木，岂无七情六欲？反正我这肉体凡胎，打熬不了多少日。也许圣人生有异禀？"

话越说越蹊跷，康有为索性不绕弯："有为也是凡人，近日曾有不谨之行，幸未失足。莫非五爷听到了风声？"侗五爷对以直言："于礼部拉你冶游，也是怕先生过于自苦。岂不闻之乎：唯大英雄能本色，是真名士自风流？"康有为道："真名士，我不愿；大英雄，吾岂敢。人生苦短，有为不能以有限心力，涉无益之地，只有感激五

爷眷顾了。"侗五爷肃然起敬道："大英雄,大英雄! 我常在戏中追寻,竟在眼前见到,我今请到了你,便当以野戏相飨,也算擂鼓助阵。"

随着一声招呼,一阵莺声燕语,从林中走出一群女孩子,大都十五六岁的样子,天然丽质,炫人眼目。与亭子相对的一处平台,原来就是戏台,瞬间铺排好幕布桌椅,锣鼓家什一应俱全,乐师登场校音定弦。

侗五爷与康有为并排端坐,指点道,这是他的本家班,尚未调理成样,今天只是排练,要请康先生指教的。康有为有点眼花缭乱,口中只说："没听说戏班有女角啊。"侗五爷笑道："先生没看过《红楼梦》吗? 里头的这官那官,都是少女。大户人家女伶多,只是不许平头百姓饱眼福。其实,妓就是伶,伶就是妓。"

侗五爷卖弄得很有趣味,女伶们唱做得更有风情。侗五爷向康有为介绍京戏的来历:乾隆年间四大徽班进京,与湖北来的汉调艺人结合,融合了昆曲、秦腔等腔调,经过咸丰、同治两代的演变,京戏至今基本定型。你的志向是推行新政,我的志趣是编排新戏。这出《状元花魁》,可谓风情万种,内里的人世沧桑,蕴含有圣门教化。听他吹得天花乱坠,康有为哪肯装傻："五爷的戏葫芦里装什么药,能不能给咱透露一下?"侗五爷叫他放心："不是迷药,而是解药。昔有卖油郎独占花魁,今有状元郎撒手人寰。花魁娘子再堕风尘,阅人无数,积金万斛,直到遇上一位情种,一颗芳心方才有了着落,欲托终身,与之订约。不料那人一别之后再未露面,你道这娘子愁也不愁? 请听她望穿秋水的这段唱:

> 妾身袅袅随风柳,郎情荡荡顺水流,原本是人约黄昏后,却为何等到月上柳梢头,却为何耳畔不闻马蹄骤,却为何眼际不见木兰舟,却为何暇时不遣人行走,却为何天上不来雁书投? 只盼得人比黄花瘦,只盼得将恩翻作仇,仇天高,仇地厚,仇西厢,仇红楼,千年万载仇不够,直仇到你来将俺就,我跟你恩爱到白头。

康有为由衷惊叹道："哎呀五爷,这女子咿咿呀呀,我不懂她唱的什么,竟是这

般哀感顽艳！元曲大家关汉卿不过如此，这是谁撰的？"侗五爷一捋颔下美髯："关汉卿算什么，咱是侗五卿！你不懂倒是可惜，遇上个不知音的，岂不辜负她花容月貌？"康有为上了心："五爷，你的哑谜到底要打多久？"侗五爷微微笑："千年万载，久不久？你若懂情趣，便去将她就，她跟你恩爱到白头。"康有为倏然站起，迈了两步，又走回来，瞅着那女孩子翩若惊鸿，轻声一叹："关关雎鸠，在河之洲；窈窕淑女，君子好逑。我非君子，淑女亦非我有，我的糟糠之妻在南海。"

侗五爷手一挥，霎时间一台好戏弦歌人去。侗五爷认真地看着康有为："我不是叫你做陈世美。先生为国宣力，有心人皆受感动。挑灯夜读之时，宜有红袖添香，此女不求名分，做一个风尘知己，想来还不致惹厌。"康有为极为感动："五爷，康有为何德何能，劳您这金枝玉叶垂念！只是非我所愿，只好却之不恭。"侗五爷沉吟道："莫非疑我别有所图？"

"不不不不！"康有为一时无所措辞，心中忽然闪过那女子的倩影，极想开口应承，却又咬紧牙关，将那股热气硬生生压下，"五爷请听下情：有为考场不利，四十岁才中一个进士，自知功名无望，本想以教读了此残生。只为一腔热血，愿意进献愚忠，没想到皇上纳言若渴，毅然下诏，以定国是，国家局面焕然一新。士为知己者死，何况吾皇高天厚地之恩？有为誓死报国，孤身羁旅，念兹在兹，殚精竭虑。家妻放心不下，屡次要求北上，都被我拒绝。今天我若改变初衷，接受五爷好意，何词以对寒室拙荆？即使容留此女在旁，我却无暇应对，那也会让她难以为情。思来想去，只有得罪侠义的五爷了。"

侗五爷双眉飞动，右手往康有为肩上一拍："说得好！我这个马泊六没做成，却比封侯晋爵还高兴。我这些年冷眼看去，功名中人，竟比江湖中人下作得多。终于见到一个真男子，将相戏我要另眼瞧了。不过既然起了意，我就得不时敲敲边鼓，不叫打冷槌的闹了场。"康有为听出了弦外之音："五爷此举必有原因，是不是仍为我那次不谨？"侗五爷哈哈笑："看破不说破，你我都没错，美色你不愿消受，美酒我总得喝。竹林七贤缺其五，何苦独酌无相亲？"

此人才分之高，康有为不敢轻视，便倾心尽情，推杯换盏，在皇城山居消磨了大半

日。席间康有为提起李盛铎。佝五爷是李盛铎引见的，令康有为不解的是，这位系铃人隐身远去，似乎有时还想掩耳盗铃。佝五爷口德极好，不愿谈论人非。他说李盛铎才学是好的，有些戏词经其润色，香味四溢。一个角要放在一台戏中，他吐出的每一个字，都是剧情规定的。这叫不由自主。就说康先生你，难道能想什么就是什么？一个人得到何种结果，取决于他的说和做。这就是业报。业报体现世界公理。说大了，扯回来，试问官场公理何在？官场公理在一圆字，圆滑不如圆通，圆通不如圆方。翁同龢圆而不通，李鸿章通而不方，曾国藩方而不圆，因此，二者兼具者尚无其人。恕我直言，康先生目前尚不足以语此，只可把这番道理放在心中想想。听了这一番话，康有为简直要把佝五爷视为天人。转念又想，只有姑妄听之，依然故我了。

康有为回到馆寓，定下心来整理思路。这段时间的所行所得，比预想的好多了，假以时日，必可大成。可是，难题恰恰在时日上，列强会不会让你喘息？即使允许，病症是否真能缓解？即以废八股为例，科考改变后，千万士子的知识仍来自经书，所举之官心肠依旧，新政又能新到哪里？康有为跟弟子们商讨，梁启超提醒老师，要想广开民智，办报是最快捷的方法。由此说到上海《时务报》，时至今日，它仍是国人自办报纸中影响最大者，现由张之洞操纵，汪康年把持。梁启超今春来京前，曾作最后通牒，致函汪康年称：如兄愿辞，弟即接办；如兄不愿辞，弟即告辞。他说的告辞，是不再为《时务报》撰稿的意思，因为该报名声是由他一支笔烘起的，无梁文便无报纸之生命。

汪康年不为要挟所动，亲自操笔上阵，撰发了《论胶州被占事》《论华民宜速筹自相保护之法》等文，对时事、洋务阐述论说，博得张之洞、梁鼎芬的称赞。长成的桃子被别人摘，梁启超早想夺回来。他说出筹思多时的策略，设法将《时务报》改为官报，由老师出面控制，若时机合适，可将分报办在北京。这确实是一良策，康有为思虑，自己不好上奏，最好能说动孙家鼐出奏，他是管学大臣，对维新至少没有恶感。次日康有为即去吏部，试探孙家鼐的口风。名刺递进去，堂上没有拒见。

康有为被引入尚书办事房，却与一位熟客不期而遇，正是李盛铎。向孙家鼐施

礼后,康、李含笑互揖,心中虽有芥蒂,面子上是看不出来的。康有为简述编书情形,这也算孙家鼐该管的。孙家鼐随和地笑着,仿佛一切都很如意。尚书公案一角,放有一份报纸,康有为溜了两眼,看出那是一份《时务报》,不由心头一跳:怎么这么巧,它是引我说话的由头,还是为我摆设的圈套?

三、挚友发难　两宫相争

　　孙家鼐看出了康有为的疑问,主动挑明道:"木斋兄带来这张报,我还没翻阅。"康有为顺着话题说:"请问李兄,这张报纸有何奇处,要请中堂过目?"李盛铎不慌不忙道:"倒也没甚出奇,汪穰卿刊文称,须警惕摇唇鼓舌之徒,不知先生是否寓目?"

　　暗箭变成明枪,康有为岂肯逆来顺受:"何为摇唇鼓舌? 我以为,宣扬腐说者是,诋毁新政者是。我记得,先前的李木斋不属这种人,尊兄与我同开保国会,应被视作保国会之领袖。可是杨崇伊参折一上,兄便慌了神,上折疾呼党会日盛,附片还捅了严复一刀。物有变色龙之名,戏有变脸谱之术,兄为君子,似不应该学此下作。我为老兄羞,亦为斯文耻,至于报纸是何言论,也就无足轻重了。"

　　言辞犀利,那李木斋却木然不觉,向孙家鼐笑道:"说客本色,中堂见否?"孙家鼐只是笑。李盛铎转脸不笑了:"你说我先前不属于那种人,不知我是什么人? 见贤思齐者,疾恶如仇者。先前见你忧国忧民,便愿竭诚相助,共济时艰。后来知你名不副实,心怀叵测,不得不敬而远之,并思有所补救。你说我变脸,我说你变心。"

　　康有为好气又好笑:"我既心怀叵测,怎又成了变心? 尊兄出尔反尔,能不能自圆其说?"李盛铎咬定不松口:"变心就是改变初衷。你将我辈的保国义举,变作你党的谋官之资,这不是叵测是什么?"康有为被刺痛了:"我党? 这是你编派的名目?"李盛铎道:"你党就是康党,坊间人尽皆知。贤师弟应该扪心自问,若非同恶相济,怎能博此令名?"康有为正要激辩,孙家鼐慢悠悠道:"二位是在玩笑,还是逞舌斗嘴,我怎么

听不明白？大家都是同僚，无论见仁见智，均为君国着想，我就不来强作解人了。"

他这和事佬发了话，两个下僚识趣地回嗔作喜。李盛铎说，中堂职掌馆学，报务在所关心，我就拣一些要紧的呈献。康有为本想问，要紧的标准是什么，这又像在挑字眼，便转向孙家鼐说话。《中外纪闻》刊行时，随宫门钞分送官宅，曾得到孙尚书称赞。康有为提起往事，孙家鼐含笑应和："是，我至今还记得《地球奇妙论》，'大地行动，寂静无声，人故不觉。现有识者考知此事，使人得知地球之奇妙，正宜深思静察，以悉天地之奥妙也'。我非大惊小怪之人，可是初读此文，竟有凿开天窍，把晤鬼神之感，足足两夜没有睡着。干什么？我在感觉大地行动呢。"

他难得地显出童心，让康有为很开心："此时大地仍在行动，我们浑然不觉，可见人若不汲新识，便是个不开窍的皮混沌。西人知识超卓，并非人种特异，而因不为古圣先贤所拘，敢于逞才使智，这才探察出天地奥秘。我们不能老是拾人牙慧，总得有所发现才是。"他又摆出登坛说法的架势，李盛铎感到好笑："若说老是，恐怕不确，中华学问岂肯后人？《易经》即言变动之理，那是最早的窥秘之论。"

康有为不愿随他狡辩："此说固然有理，地动由西人说破，却是毋庸置疑。《中外纪闻》昙花一现，常有为之惋惜者，以为它不该掐灭。我想请教中堂，现有的《官书局报》，能否摘登洋报文萃，以为读者开一天窗？"孙家鼐笑了笑："长素这话说晚了，前已奏请皇上批准，局报不办了。"这倒是新闻，康有为问为什么。孙家鼐引述张元济的评论："观其行事，终难扫除朝贵习气，所刊局报，多系芜词，阁抄格言，最为可笑。"这是难以避免的，因其是查抄后的孑遗，只得专说没用的话。拖到今天，寿终正寝也算幸事。

听他的口气，康有为觉得有了希望："京师首善，不能没有一份报纸。可否将《中外纪闻》改头换面，或者干脆新开？"孙家鼐没答话，又是李盛铎抢先："两份报先后圆寂，表明此非成佛之地，逆势行事，将降灾异。"康有为道："老兄要吓自己，可别妨了众人。行新法应倡新说，报馆是少不得的。"孙家鼐把话说明白："二位各有道理，京师不同于外埠，却为不易之理。莫说一家报馆，两家三家也不是不可能，但要假以时日。"

康有为只好住口。临分手时，李盛铎透露了一个消息：黄桂鋆昨日上了封事。封事是密封奏事，多为飞章弹劾。这是不是吓唬他一下？

康有为在回程中揣摸，黄某可能图谋恢复八股，好在自己先期防范，已有杨、宋二折挡在前头。不过他这回猜错了，黄桂鋆在奏折中说，上海《时务报》，其言多不雅训，往往学用外国人口吻，对官场横加指责。他请朝廷核定章程，对报纸加以限制，以免造谣生事。报馆言论模仿洋人，守旧巨公深为厌恶，若能一网打尽，当然拍手称快。然其发展至今，自成一大势力，背后多有外国人撑腰，要它低头绝非易事。况且光绪皇帝喜欢看报，为了一宗文字纠纷，军机大臣不愿显持异议。

果然，光绪看了黄折大为不悦，特意询问军机意见。世铎回奏请皇上圣断。他们不附和弹章，倒使光绪意外，也让他敞开了心扉："报纸无论大小，都代民间说话。黄桂鋆说报纸讥刺官场，官场果无可议者，试问报纸何由讥刺？如果坦白，何怕人言？倘若抚心有愧，报馆攻之，使其警改，岂不大善。报馆职在忠告劝导，黄桂鋆竟要设法钳制，还记得防民之口，甚于防川的古训否？"几位大臣默默听训，听任黄折湮没无闻。

康有为探知了黄折的底细，庆幸又逃过一次追击。在侗五爷那里引发的疑问，也有人曲折地透露了原委。与明目张胆的参劾相比，那是更凶险的时刻，对他宽容或者严酷，系于慈圣一念之间。他不明白转机是什么，皇上的信赖和保护，是他唯一看得见的靠山。背倚这座山，他可以高枕无忧了。可是康有为这回又想错了。

与黄折仅隔三天，又一份参折上呈御览。这一回连军机处都为之震动，刚毅大略看过折子，便对世铎说："不是不报，时候未到。王爷，康有为的报应临头了！"世铎点点头："姓康的栽定了。"

文悌所上的《严劾康有为折》，长达四千余言，对康有为及其党人进行全面清算。他从与康结交谈起："奴才服官京外已数十年，康有为向不相识。去年奴才改官御史，忽于今年二月间，由原任大学士阎敬铭之子、道员阎迺竹致奴才一信，言有杰士康某欲访奴才相见。奴才当即复函云：方今士大夫存诚践实之时，非标榜声气

之日，康某何须必相见也。而康有为仍复踵门来见，奴才因与晤言接谈之顷，闻其议论颇多偏宕，然见其激昂慷慨，以为是志士忧时而出此。虽即以言规正之，而心亦喜其负气敢任，或可救今时萎靡积习，不为无用。"

叙过初识缘由，再述交往渐密，二三月中康有为访文悌十余次，文悌回访两次。文悌认为康有为深通洋务，不妨弃短取长，以作侦探参访之用。后来阅读其所赠著作，才知他托词孔子改制，明似推崇孔教，实则张扬其变法主张。谈治术则专主西学，欲将中国数千年相承大经大法一扫刮绝，时时以师法日本为长策。如近来《时务报》《知新》等报所论尊侠力、伸民权、兴党会、改制度，甚至欲去跪拜礼仪，废除满汉文字，平君臣之尊卑，改男女之界限，仿佛中国一变而为外洋政教，即可立致富强。对于此种"康学"，文悌始而惊诧，继而愤慨，渐渐省悟其包藏祸心。

康有为果然显露异志，在辇毂之下开会聚众，逢人便说"中国必亡"。其会规设议员，立总办，收捐款，与会匪同一行径。可见其会名为保国，势必乱国而后已。文悌曾面劝康有为，令其将忠君爱国合为一事，幸勿以保中国四万万人为号召，而置我大清国于度外。康有为似亦悔悟，闭门数日。等到许应骙阻其在会馆聚众，并有人参奏，康有为忽到处辞行，称将回里养母，文悌当即作诗送行，讽以归隐。不料他假作归养，而暗求保荐，乃于辞行之日，忽有召见之事。文悌更看清他诈伪多端，断非忠诚之士。

康之阴险不忠，尤其表现在结交台谏上。他三月间拟有折底二件，一件欲参广东督抚，一件请求变更科举。他拿底稿求文悌具奏，文悌义正词严地告诫他，科道系朝廷耳目之官，岂可以请托之言入奏？文悌拒之，有人揽之，变科之折由杨深秀上递，康广仁所说罢制艺不必待下科，宋伯鲁已为代言。康有为又手书御史名单，鼓动文悌按名联络，伏阙痛哭力请变法。

文悌声称："奴才在其开单之时，即告言官结党为国朝大禁，此事万不可为。乃杨深秀旋即便服至奴才处，仍申康有为之议。且奴才与杨深秀初次一晤，即告奴才以万不敢出口之言。至宋伯鲁，闻其曾上设立公司之奏，亦系康有为先寻黄桂鋆陈奏，黄桂鋆不为所使，竟由宋伯鲁奏之。"

文悌所奏言之凿凿，不容置疑。参折结尾尤为惊人："康有为至奴才处路隔重城，或在上灯时亦至，往往见其车中携有衾枕，奴才家丁问其随仆，皆言其行踪诡秘，常于深夜至锡拉胡同张大人处住宿。盖户部侍郎张荫桓与康有为同县同乡，交深情密。康有为见奴才与其赐对后绝无闻问，使其弟至奴才处留一信，云康有为在寓卧病，现奉旨令其进书。奴才欲知其进书之意何在，且欲劝其勿再生事，遂于初八日至康寓所。其家人引奴才至其卧室，案有洋字信件多件，不暇收拾。康有为神色张皇，忽坐忽立，欲延奴才出坐别室。奴才随仆又闻其弟怨其家人，不应将奴才引至内室。奴才乃告以万万不可分门别户，置国事于不问。而康有为兄弟同言，今在朝诸人又何尝以国事为问乎？奴才仍勉以既蒙恩命为总署章京，当谨慎趋公以图报效。康有为言实不能为此奔走之差，书进仍然回籍。"场景如绘，声口如闻，这在奏折中实属仅见，足见真实可信，绝非编派之词。

光绪手捧奏折，像捧着冰冷的石头，极想一把抛开，却又不敢松手。以往每遇参康之折，他都有个先入之见，认为准是诬参。这回截然不同，文悌阅历广泛，见识切实，加之又是满员，所言自可服人。归纳起来，文悌参劾康有为五大罪：一为侮孔篡教，托词改制；二为私开党会，蛊惑人心；三为结交台谏，变乱朝政；四为夤缘要津，暗营保荐；五为勾结外洋，图利卖国。五大罪的要害其实只有一条：康有为居心叵测。这话翁同龢说过，许应骙说过，其他人也说过，并未引起光绪的注意。因为那些大臣高高在上，没有跟康有为正常来往过。文、康二人则平等论交，知面识心，彼此有所隐曲，总难遮瞒过去。这便勾起光绪深藏的怀疑，他不能不反思，对康有为其人其学，他究竟知道多少，理解多深？

光绪陷入深深的苦恼中。为了排解郁闷，他随手翻检康有为所上奏折，看到《日本变政考成书折》："日本变法，日异月殊，经百十之阻挠，过千万之丛弊，刮垢除旧，改良进步，乃得成今日之宪法。吾但假以日本为向导，以日本为图样，皇上乾纲独揽，但开制度、民政之局，取日本更新之法，斟酌草定，从容行之，一举而规模成，数年而治功著，其治效之速，非徒远过日本，真有令人不可测度者。"这一段激扬文字，今日阅之仍令人振奋，然而细思却缥缈虚无。乾纲独揽，他能独揽吗？如果这

点做不到,康有为所开的日本药方,能使中国药到病除吗?

光绪心中翻江倒海,脸上却是波澜不惊。这位皇帝自幼文静如处子,资深大臣司空见惯,朝堂也便平静如常。军机处却明白,皇帝的"乾纲"受到了动摇,无论采用何法处置,康有为都过不了这一关。在照例召见军机时,依次议过数起事件,下一件就是文悌的奏折。五位大臣竖起耳朵,听到皇帝的御音:"文折存,候酌核,呈慈览。"议罢事退回军机处,大臣们立刻拟出奏片:"本日御史文悌奏言官党庇诬罔折,面奉谕旨:'文折存,候酌核。'谨将原折恭呈慈鉴。"看着"候酌核"三字,刚毅给世铎递个眼色,将内心的喜悦传过去。文悌奏折有这样一句:"康有为历次致奴才信函,所拟折底,如有应行考核之处,奴才当呈交都察院堂官,咨送军机处备查。"这是最厉害的一手,光绪只要下令酌核,他手中的折底字字见血,将使康有为无所遁形。而圣旨已下,光绪也将无可回圜,刚毅可以预想来日朝局了。没有康有为的鼓煽,耳根清净是必然的,朝堂安宁是一定的,百官和谐是长远的。长远有多长? 突然冒出的这个问题,叫刚毅心里咯噔了一下。

刚毅绝不痴聋,国家局势之险,他看得也很清楚。如何抵御外敌侵夺? 他有自己的办法,就是从裁汰冗员入手。进而编练部伍,鼓舞军民,严阵以待。在他看来,李鸿章之所以失败,只怪用人不当,失却了健锐之气。退一步说,即使非变法不可,刚毅宁愿要李鸿章或张之洞的变法。而康有为这类小人,洋人糖果没吃几颗,却想取得外国真经,这个国还是日本国,真他妈没出息到家了! 康有为之败乃君国之幸,为此他自作主张,派一名军机章京前往都察院,向文悌询问有关康有为的文稿。文悌不知此奏吉凶,见到章京喜出望外,连忙一一报出数目。他收存康有为所拟折稿五件,信函十一件,文稿七件,另有康有为代他人拟折三件。章京说,刚中堂特别关注洋字信件,不知可有存底? 文悌做出为难的神色,那是当主人面看到的,哪能取到手? 不过,文悌偷瞧过康党的账簿,记得一些户头数字,也可作为证据。说罢这些,文悌探问上头的意思。章京笑着说,编织天网捉彩凤,安排金钩钓蛟龙,刚公传语文侍御,万事俱备待东风。东风就是你备好的证据,瞧好吧您呢。

刚毅在下边忙活,光绪在上头焦灼。光绪又把文折看了一遍,文悌底气十足,

看来只要一核对，康有为便要卷铺盖走人。那么，接下来该如何收拾？没有康有为的光绪变法，还变得下去吗？光绪环视朝野，历数当世豪杰，能够拿来说一说的几乎没有。李鸿章已是明日黄花；奕劻只配坐堂画押，跟公使们见面打打哈哈；王文韶连画押都提不起劲儿，光绪几次看见，他在朝会时偷打哈欠；刚毅等人，不提也罢。张之洞呢，光绪对他所知不多，只听说此人善于见风使舵，不知皇帝的风，能否推动这条船？对了还有张荫桓。在不少人心目中，他被视为皇帝的宠臣，其实，光绪对他只有使用，没有信赖，他之当红是一种悲哀。文悌的参折把他也捎带上，去康势必去张，皇帝的对外交往断翼折翅，势必成为真正的孤家寡人。思来想去，怎能酌核？要核就核一核文悌的居心。文悌自诩忠贞无瑕，可他与康过从甚密，"上灯后亦至""引至卧室"，岂是一般朋友做得到的？康对其若不知心，哪会把折底交给他？他上递的折子中，有没有康有为代拟的？如果有，这是欺君。如没有，康有为早和他断交了，何至于留下这么多把柄？抛开人，只说事，光绪所要做成的一件事，便是他诏定的宏大国是。与之相比，一切人和事均不足虑，或者说都要从属于此。康有为的人品心术如何，皇帝可以忽略不究，只要能襄助做成此事，他于江山社稷便不可或缺。有鉴于此，皇帝应当自纠其非。光绪看看殿侧的西洋钟，正是军机处散值的时刻，立即令内侍出去传旨。五位大臣已出宫两个，章京赶紧将他们追回。散后再召并不罕见，只是今日情势非常，大臣们不由暗自思忖。跪见之后举目觑去，清癯的皇帝似更憔悴，在御座上像一个小小儿郎。他的神态倒很镇定，一一打量着五大臣的面孔，然后开口："朕前旨作废，另有新旨。"世铎惊讶出声："皇上玉言，哪能作废！"光绪淡然一笑："玉也有重新磋磨的。朕经慎思，需另处置。"

看出刚毅想发言，光绪一字一句道："御史文悌奏言官党庇诬罔荧听请旨饬查一折。据称，宋伯鲁、杨深秀前参许应骙，显有党庇荧听情事，恐起台谏攻击之风等语。该御史所奏难保非受人所使。向来台谏结党攻讦，各立门户，最为恶习。该御史自称为整顿台规起见，何以躬自蹈此？文悌不胜御史之任，着回原衙门行走。"

养心殿中一时间鸦雀无声，君和臣都在等，看是哪个打破僵局。礼亲王世铎嗫嚅一声，没听见他说的什么。刚毅一梗脖子道："皇上，奴才不奉诏。"光绪兀自把持

得住："皇清二百六十年,不奉诏的臣子还没有。"刚毅口气铁硬："作废的谕旨也没有。奉旨酌核,奴才已经着手了。"光绪似吃一惊："喔?你倒雷厉风行。然要酌核须待明旨,你怎擅自行动?"刚毅梗起脖颈："既已奉旨,似非擅自。这里边有私结外洋情事,若不闻风而动,恐其远走高飞。"光绪跟他批讲:"就按文悌的说法,也不过见到洋字股信,怎么就算私结? 这种物件,总署曾经上呈样品,不少官员家中都有,李鸿章就有,你刚毅有没有?"这一句说多了,刚毅响亮地说无。

光绪怒道:"无有也好,有了也罢,洋信洋物俯拾皆是,你家有洋油灯具,这又能说明什么?"刚毅似乎被皇帝气伤了,悲愤道:"皇上啊皇上,曲意回护,施之大臣尚不可,用于小臣何至于? 臣愿将洋油灯具上呈请验,请皇上令康有为上呈洋字股信,还他清白,岂不更好?"

光绪将目光从刚毅头上收回,投向窗外遥远的虚空:"毫毛细故,干系几何? 若照你言,令康有为将折底信函件件呈验,文悌也得依样核查,这得耗费多少时光? 朝廷不是县衙,国是岂同讼事? 朕作宽大之想,对文悌何尝不是一种回护。非要吹毛索瘢,你刚毅就一身干净吗?"刚毅赌上气了:"奴才不怕,愿请吹索,只求与康有为同案酌核。"

光绪叹了一声,好像没了办法,眼光抛向他人:"刚毅与朕顶牛,你们应有所见?"王文韶不好再往后躲:"臣愚以为,应就前旨稍加斟酌,似不宜另行下旨。"这倒另辟蹊径,光绪当即追问:"比如说?"王文韶不得不说:"似可依许应骙的例子,命康有为明白回奏。这样可以辩诬,也可弄清是非,对康有为有利无害。"这琉璃蛋确有高招,令刚毅很是佩服。光绪却失了兴趣:"那不仍需缠讼? 廖寿恒有何新见?"廖寿恒语调冷静:"臣再请旨,前后两旨如何处置? 前旨既废,是否抽出?"

按照皇家定制,一切谕旨皆需存档。前旨白纸黑字,任何人不得毁弃,连皇帝也无权摆布。廖寿恒抛出此问,迂回地为皇帝解围,却也为他加载,他得独自担当山一般的责任。光绪沉思片刻,觉得浑身轻松:"前后两旨,字字不改,原封转呈慈览。"刚毅仍不甘心:"奴才以为措置不当,恐惹慈圣动怒。"光绪目视刚毅:"朕为祖宗社稷,慈圣当能垂鉴。若有不妥,可以撤掉我这个皇帝,不劳做臣子的多虑。"

　　这话无比沉重,刚毅哪敢再顶。军机处将两次谕旨,连同文悌奏折,一起送往颐和园。

　　次日光绪起早起驾,坐在灯火簇拥的御辇中,他的心像风中残烛摇曳不定。朦胧的意念告诉他,此时西去拜佛,是要还一个永久的心愿。心愿为何? 他说不清,他只记得,从进宫的那一刻起,这心愿就种下了。那也是昏苍的无边夜色,灯光比眼前的更加凄苦。他从妈妈温暖的怀抱里,被生硬的大手硬生生抱起,塞进冰冷的明黄大轿里。穿过走不到头的街道,进入望不见底的皇城,在一座灯火辉煌的宫殿中,几双手将他捧上高高的龙椅。右边的大椅子上,端坐着一位板着脸的妇人,他认得出,这是他的大姨妈。有人告诉他,她现在的称呼是圣母。他在惊恐中望下去,乌鸦鸦的一片大脑壳,这是满朝王公大臣,向新登基的万岁爷三跪九叩首。他不懂得,他想哭,但他忍住没有哭。后来圣母告诉他,他有当皇帝的胆量和气度。再后来,圣母就变成皇爸爸了。而他的真爸爸,在那一刻到来时就蔫了,有人说掉了魂,再没真正醒过来。有时候圣母很慈祥,让他想起了妈妈的模样。有时候皇爸爸很严厉,为了叫他长记性,有好多回不让他吃饭,把他饿得哇哇叫。有个小太监可怜他,偷拿了饼让他吃,不幸被皇爸爸发现了,将那太监打个半死。光绪自小就消瘦,有人说是饿下的根儿。这没有什么,"天将降大任于斯人也,必先苦其心志,劳其筋骨,饿其体肤,空乏其身",圣人早就说过。圣人没说的是,他想妈妈时怎么办。直到过了一年,他的亲妈妈才被开了恩,巴巴地进宫来看他。但她现在是他的姨妈,这位姨妈眼含热泪,叫皇爸爸见了很不高兴。她顿时变成了木偶,举手投足呆板僵硬,牵扯得光绪心头发痛。是见了比不见好,还是不见比见了好? 过了多少年,他都没想明白。等想明白也晚了,妈妈去世了,父亲跟着去了,在这个世界上,再也没有牵挂他的人了。这叫他孤似弱草,又使他坚如磐石。如果这回真的"撤"了他,他该回到哪里去? 不会是他出生的醇亲王府,只会赴父母安卧的那座陵园,去做千年一睡。

　　到园后照例早朝,再照例侍早膳,再照例侍游园。在回乐寿堂的路上,慈禧主动提起文悌一事。光绪感到意外的解脱,本应明言正论的国事,却总得绕弯子,打

哑谜，对太后和皇帝都是折磨。他还有些感动，昨日呈上的奏件，这么快就看了，额娘的颐养怎能安心？慈禧淡淡地说："你以为我不看这些会安心吗？多少年多少月，我把国事捧在手上，松一些怕撒掉，紧一些怕捏死，那是侍弄婴儿的心地啊。"

她又把话扯开："自然，现时操心太多，不必也不该。亲政后这是你的活计，我只在想起来时瞭一瞭哨，掠一掠边。"光绪诚恳说道："儿子心力薄弱，若无额娘照拂，国事如何维持，真是不敢想象。"慈禧仍旧淡然："我看这是真心话。莫说我和你，就是圣祖和高宗，此时也得费尽心力，才勉强理出眉目。手上这宗讼案，仍由许应骙引起。你没给许应骙个公平，便有人打抱不平，是不是这个道理？"

太后开诚布公，光绪更要直言无隐："是，也不是。宋、杨劾许之折，有过甚其词之处，然而略迹原心，许应骙早有阻挠。他在工部拒康上书，在粤馆禁康开会，在礼部更是多方推托。新政非康有为之政，早在甲午战后，慈圣懿旨便有求才自强之谕，凡为臣工，皆当凛遵。责重臣当严，令其明白回奏，已属格外宽容。可他回奏并不明白，替他不平的人能够明白吗？"

慈禧有些惊讶，这个闷葫芦，仿佛一夜之间精明起来，这是好事，还是坏事？她要稍作反驳："你这诛心之论，许应骙未必服气。对于许、康之争，你就是各打五十大板，那康有为还欠着半百呢。对他不闻不问，你这个圣主心里不愧吗？"光绪于惶恐中见固执："儿子不敢称圣主，可也不愿当庸主。儿子对康有为无所偏倚，唯念其对新政一以贯之。除却此人，前人龚自珍的那句'万马齐喑究可哀'，恐将哀于无望之地。""哀莫大于心死"，这句话已到口边，他总算咽了回去。但这已让她生气："新政是你的挡箭牌，你也不能天天使！新政让你偏袒康有为，让你把谕旨当成手纸用，让你把法度丢进泥坑里？'存候酌核'，本来说得四平八稳，为何一下子翻脸，'不胜御史之任'，你从何处看出？"

立在佛音阁旁，老佛爷佛音嘹亮，使得众生屏息，连亭台也愈益肃穆。光绪沉默有顷，突然说道："儿想另拟一旨，令许应骙、文悌为一方，康有为及其弟子为一方，备齐论据物证，朝堂召见对质。"慈禧不相信地瞅着他："你是在赌气？"光绪低声垂首："儿不敢。儿甚至想，也可把翁同龢召京质对。"慈禧倒吸一口凉气，似要发

怒："你？这是你想的？"光绪深深颔首："是。儿非异想天开，这儿方的对立非止一日，在奏对和文章中，他们经常争论攻讦。究其实际，他们都有变制除弊之心，本该一起走，为何却是死对头？孰是孰非，谁真谁假，儿想分个清楚，择个干净，大家无事一身轻，可以做该做的事情去。"

慈禧心中骇然，仿佛不认识这个儿子了。她竭力按捺火气："那么翁同龢呢，他难道也是一方？"光绪十分认真："尤其是翁同龢，他对日主战最力，战败后求变最切。他因此赞成康有为，却又出尔反尔，对康有为之学不表认同，这与许应骙论调相近。康有为无足轻重，翁同龢是老臣——"

慈禧截过话去："翁同龢是逐臣！你下旨撵了他，又想另拟新旨？旨旨旨，你被旨魅住了！"说罢扭头便走，一班噤若寒蝉的侍女，赶紧趋前侍应。

这是给台阶下，光绪就此打住，此事便不了了之。不知为何，他今日有些欲罢不能。他紧走几步赶上去，做出服侍的姿势，口中叫着额娘。慈禧倏然回首："你想气死我吗！"

光绪顺势跪下，叩头在地："儿请额娘消气，儿死也不敢气额娘。儿这些天头疼欲裂，因为诏定国是，并未让众臣之心定于一是，反倒使门户之争愈演愈烈。如何弭谤，怎样息争？儿以为只有两法，要么召集众议，叫大家敞开争个明白；要么快刀斩乱麻，施以强力一律按下。至于是非曲直，将来不辨自明。聚讼纷纭，莫衷一是，那是前明倾覆之原因，也是我国积弱之病根，儿实在不想重蹈覆辙啊！"

四、刚毅暗劾 光绪生疑

慈禧的身子晃了一下，侍从紧张地置放座椅，光绪服侍着太后坐下。慈禧瞑目不语，犹如老僧入定。过了许久，她徐徐舒一口气："你头疼欲裂，我心痛欲碎。不是为你，也是为你。诏定国是，是我许了的。废除八股，是我应了的。我阻挠你了

吗？我认为我没有，别人认为一定有，因为我是老人儿，凡是错事都是我办的，我认了，懒得辩了。快刀斩乱麻，把我斩了，岂不更好？不不，你莫插嘴，咱不要聚讼纷纭，这是遵你的旨。你所说两法，我愿意认同你的第二法，因为只有两条，我拣对我有利的那一条。底下的门户之争，最终都演变成宫苑之争，儿子啊，你说是不是？"

这番话将光绪说出了泪水，他声气呜咽："额娘之痛，乃儿之罪，儿无可辞。儿记得娘的沉痛之言：要是那时就改，二十年后的甲午，可能是另一番景象了。甲午之疮已结，还有西方诸贼虎视眈眈，儿祈愿祖宗保佑我们。"

慈禧举起右手："我害怕提年份，自打我接手，年头就没有吉利的。我愿意说日子，这是不是得过且过？告诉你，我这次还让你过去，我不愿下一道懿旨，去纠正你的第二道旨。旨跟旨打架，那比门户之争可怕得多。心跟心斗狠呢？这一问不好答，放在那里想想吧。"光绪的心猛跳一下，却没有显出战栗。他的胆子，像年龄一样长大了。

文悌翘首企盼，却盼得了当头一棒，几乎闭过气去。这是必胜的一局棋，竟被他下输了，若无鬼神捉弄，岂能如此悖谬？他遵旨回原衙门行走，其实，户部郎中比御史境遇优越得多。但他绝不甘于退却，只过一天，又忍不住去寻刚毅。沿户部大街向北行，东出宗人府胡同，便瞧见兵部的南山墙。到了大门上一问，才知刚毅不在部堂。文悌扫兴得很，不想回部闷坐，便随意向东走去。穿过街巷，沉思默想，突然有一句诗生出心田："发昏将到十三章。"回过神来，自觉好笑，为什么是十三章？原来，古人写文论章，曾有文人戏拟标题为"发昏十二章"。此曰十三章，可见发昏之严重。他习惯骂别人，而今嘲自己，也算现世现报了。由此想到时局混沌不清，康党势力弱小，却有不少人维护，连太后都有些投鼠忌器，长此以往，如何收拾？平心而论，文悌对康某曾很赏识，所以甘愿代其上折。交往渐深，发现此君心地不纯，论著更是暗藏玄机，怀有不可告人的奥秘。文悌这才有意跟踪，一探究竟。马脚藏不住，狐狸终现形，康有为以一江湖经师，竟欲扮演窃国大盗，其方法便是将皇帝迷糊住。皇帝生长深宫，何曾经过世面？他之上当受骗，应是无可幸免。不知不觉间，文悌来到金顶庙附近。这是一座关帝庙，位于东城烧酒胡同。康有为初进北

京,便在庙宇居住,此后常在金顶庙和南海馆间迁徙。

　　街上行人渐多,对一个不长眼的走路人,便有人抛以白眼。文悌暗觉好笑,故意做出莽撞的样子。拐入一个胡同,对面匆匆走来一人,竟比他还要冒失,两个人撞个满怀。文悌说声"好走",正要抽身走开,眼角瞥见那张抬起的面孔,他心中"啊"了一声。那是康广仁,一脸惊愕的神色,越显得形貌鄙陋。文悌故作谦恭:"哎呀,不小心撞了二先生,得罪得罪。"康广仁嗫嚅着:"文大人。"文悌举手一挡:"不敢大人,乃是小人。二先生撞飞我一句诗。"怎么又是诗!想起哥哥对此人的评说,康广仁怯意顿消:"文大人取笑了。"文悌笑道:"取笑强于取哭,吾今自哭:发昏将到十三章。我从发昏第一写到发昏第十二,都未写清道明。不知这部发昏之书,是否得写千章万卷?"

　　康广仁知他借书刺兄,哪肯退让:"我是一个书贾,大人若写出书来,交付敝局发售,那就照顾小店生意了。"文悌连连拱手:"写书乃尊兄长技,鄙人怎么作得?我只写诗:发昏将到十三章,市隐经年小径荒。二先生伟才天成,仅做小小书贾,是不是也要市隐?"康广仁才学甚浅,嚼不动这等文字,便想走开:"小生意只为糊口,我不好耽搁大人大事,还得奔忙去。"文悌谈兴正浓:"记得贵号叫大同书局,大在何处,同在何方?"康广仁随口答:"大乃大众,同为同仁。"文悌啊呀道:"此乃大营生,怎说小买卖。听说所卖之书多为尊兄大著?"康广仁小心起来:"除了家兄所著,也有冯桂芬、严复、王韬等家著作。书局为开通知识,并非全为牟利。"文悌点着头:"这就好。好像也卖日本书?"康广仁不耐烦了:"日本书也不犯禁,家兄开的日本书目,皇上很喜欢,还指名索书呢。"文悌歪着头打量:"真的?那你们是否带上日本国书,求皇上跟日本合邦?"

　　见他胡搅蛮缠,康广仁不屑地笑笑,绕开文悌要走。文悌瞥眼瞧见胡同那头,七八个短工模样的人走过来,蓦地心生一计,等待那些人走近,文悌做出怒色,手指康广仁大叫:"抓奸细!他是日本奸细!"短工们瞅着康广仁,又瞧了瞧这边的文悌。文悌握拳朝下方一杵,有两个短工恍然大悟,劈胸揪住康广仁,便拳脚交加。康广仁先还争辩,接着就被打倒,呻唤声渐渐低弱。

文悌转身出了胡同，另寻路往回走。没走多远，前方过来一支马队，认出是兵部的旗号，接着看见一个高大身影，心说真巧，该遇上的全遇上了。眨眼间队伍已近，文悌迎上去作揖，在队中骑行的刚毅一声令下，兵丁闪开，刚毅驰至文悌跟前下马。刚毅马马虎虎地一举手："冤家路窄，我正想躲着你。"文悌笑道："没脸见我？"刚毅道："是。阴沟翻船，愧见故人。"文悌道："皇上叫你翻，那是光明正大的。"这话哪可在街上说，刚毅扭头看见一座街边茶馆，他派人进去，撵出闲人。

刚毅和文悌坐进茶间里，话还没打断，便道出胡同之戏，把刚毅也笑坏了。笑罢又愁："总这样东一榔头西一棒槌，叫臣子们怎样伺候？"文悌跟着叹气："琢磨老人家的意思，怕也进退两难。变法以强国为号，富强哪个不想？要知道，拒敌分割乃众心所向。"

刚毅瞪起眼来："拒敌是老子的行当，他一个穷酸文人，凭三寸不烂之舌杀敌？"文悌认真起来："刀笔可以杀人，现在反思，我的刀笔未能刺中要害。康某声称保国，所保泛指中国，并非特指大清。我的折子没把这点说清楚，如何能打动圣心？"刚毅问："可不可以再说？"文悌懊恼不已："一击不中，再下手越描越黑。诸公倒可由此入手，必能打蛇七寸。"

刚毅不怎么信服："空口说白话，还不如挥拳打贼人，就像刚才。哎，对了，能不能从康老二身上找到茬？"文悌鄙夷不屑："把他打死，他哥无心在京捣乱，他可能只有这点用处。唔，他卖的书中也许有茬？不对，最关紧的是所进之书，书中是不是有破绽？"刚毅不耐烦了："你这半文人也会犯酸！"文悌笑嘻嘻地说："骚人还得酸人治，此乃风骚之骚也。刚公，你知不知道康有为进书的详情？"刚毅一挥手："那是廖苏拉办的，我哪屑于问。他会在书中写反诗？"文悌耐心地教刚毅："他会隐瞒犯忌的文字。也许，他会删改后再进。刚公，若能抓到破绽，这一案还可翻回来！"

两人都高兴起来，虽然不知有没有破绽，总算找到一点希望。

康有为此时正在恼怒。弟弟外出未归，他派人分头去找，其中一拨人，抬回奄奄一息的康广仁。慌忙寻医救治，挨到第二天，弟弟才能开口说话。听他说明原

委,康有为大骂文悌,这分明是疯狗咬人!康有为在京中并无势要之交,胡燏棻帮他解过围,但是两人交情不深,好不好再去叨扰?别无他法,权且一试。

康有为择日来到顺天府。公人将他引入西花厅,过了一阵,府尹才从堂上下来,与康有为晤面。康有为简要说明来意。胡燏棻很爽快,给他指点迷津。此事有三处该管,一为顺天府,一为五城兵马司,一为巡城御史。顺天府掌管地面,责任攸关,然因事涉京官,京与府之间深隔鸿沟,仅向户部要一回音,非经月余难以办到。再说兵马司,此处职司弹压,如果当场拿获,自可审清问明。事后追索侦缉,他们得跟府县及九门提督联络,事还没办先把水搅浑了。巡城御史与此同理,不在现场不好施为。

康有为越听越烦闷:"按老兄的说法,我弟弟这场打,只有白挨了?"胡燏棻笑着给康有为续茶:"听着像是搪塞,细思却为实情。我为令弟痛,也为先生惜,不希望先生陷进脱不了身的泥淖里。"康有为更加躁郁:"我与文悌争大义,文悌跟我斗狭邪,老兄你说,我能不能咽下这口气?"

胡燏棻笑眯了眼:"实在咽不下,我可以把文悌请来,你两个当面鼓对面锣,敲个清白。我能摁着他的头,叫他向你赔罪。"康有为睁大眼:"闹半天,你跟文悌是朋友!"胡燏棻摇一下头:"不,我跟大家是朋友,与先生情谊还深一些。文悌是有邪气,其人也有硬正处——"

康有为连连叹息:"罢了,罢了,文悌硬正,反倒显得康某偏狭。康有为固然讨人厌恶,我弟何故受此荼毒?京城枉有这么多官,办不了一件斗殴案子,岂不可悲!"胡燏棻静静听他发作,微一抬手:"'斗殴'二字,便会被问官咬住不放,判你一个无理。先生,官司不是好打的,真要争这个理,我劝你精心盘算诉由,把一切漏洞都堵上。"

康有为忽然立起身来:"府尹老兄指清道明,有为本该识趣,可我这口气咽不下,不得不来讨嫌了。"胡燏棻感到麻烦:"先生想怎样?"康有为道:"我想寻遍该管衙门,看看他们如何搪塞,如何把简单事由,办成一桩糊涂案子。"胡燏棻问:"先生想达何目的?"康有为道:"我想弄清官员如何作恶,如何把为民做主的衙门,作践成造孽的鬼窝。"胡燏棻叹口气:"先生言重了。"康有为道:"这是你说的,听你的描述,

大清没有一个清官了。"胡燏棻猛摇头:"不,有一个,至少目前还有一个。"康有为精神一振:"谁?你把我的案子转给他。"他急急摸出诉状,显然有备而来。胡燏棻道:"可他现在不管讼事。"

康有为将状子一扬:"凡属清官,皆不避事。闲话少说,你批吧,他是谁?"胡燏棻声音不高:"他是刚毅。"康有为吃惊不小:"刚毅!你是消遣我吧?"胡燏棻语气平静:"不,刚毅之清,曾是朝野公认的。杨乃武与小白菜那桩冤案,你听说过吧?当时闹得沸沸扬扬,刚毅正任刑部司员,他力排众议,主持公道,后又亲赴江南,主持开棺验尸,终于昭雪沉冤。刑部尚书翁同龢上奏请功,刚毅由此起家,终于演变成新党的对头。"康有为满腔冤愤,不知该朝谁发泄:"刚毅是清官,康有为是昏人,这就是你想说的?"胡燏棻道:"清与昏,好与坏,并不像乍一看去那般分明。我不来强辨是非,讲的是一番事理,至于利害成败,那要当事者自己掂量。"

康有为掂量出来了,他打不赢这场官司。康有为回到金顶庙,再也不提这件事。为今之计,唯有全力革除旧制,方算大丈夫报仇雪耻!这时廖寿恒又来催书,使他从愤懑中解脱出来。

康有为更加发奋,他弟弟却情绪消沉,办事说话都无精打采。康有为看出他想家,便叫他回粤省视母亲,与妻女团聚。康广仁答应了,二人连日商购土物,筹措行程。

看到弟弟行色匆匆,康有为的心率先南飞,思母思妻思妾思女,思及故里的人文风物。其实,长女康同薇正在上海,奔忙学堂的一应事务。去年底,经元善创办女学会,第一期招收女生二十人,康同薇是学生兼校工。康有为编《日本变政考》,这个女儿出力最多。因她深通日文,康有为打算让她做学堂的日语教师。远思与近事糅合在一起,康有为在卷三的一段按语中,着重提出"教男女"的主张:"又泰西各国,男女皆教。凡男女八岁不入学者,即罪其父母。计国中男女读书识字、通图算者,百之九十人。日本变法,亦重女学,女生徒至二百余万,女教习至千余员,女学校至千余所。中国以二百兆之女子,曾无一学校以教之,则不学者居其半,是吾有民而弃之也。"

这边忙着进书,那边也在进书上打主意。经文悌提醒,刚毅后悔在这上面用心

太少,对上呈诸书一无所知,又无法向皇上求证。有一天在园侍应,刚毅借回事之机,对太后提及转呈的康书。慈禧不在意地说,这类怪书她没心看。她忽然起疑问道:"你问这干什么?"老人家疑心大,刚毅忙用别的话掩饰。

下来后,刚毅去问廖寿恒,那家伙口风紧,声称只负责转呈,从未寓目。刚毅讽刺他道:"此人若写反书,你也照样呈览?"廖寿恒不为所动:"书责自负,要杀要剐都归康,与廖何干?"刚毅跟他杠上了:"不看文句,总看过本子吧?总知道卷数吧?"廖寿恒道:"本子,一本。卷数,九卷。这指《孔子改制考》,其他的卷章我记不住,子良兄问这干吗,莫非也想进书?"

刚毅一拍脑门:"咦,这倒是好主意。我新近得一奇书,内有六十条计策,能使皇上未卜先知,比康氏邪说高明百倍。"廖寿恒打趣刚毅:"此等妙书,是不是诸葛亮的《马前课》?"刚毅笑呵呵道:"差不多。此书专言军国大事,每一计先有谶语,后有颂词,煞费猜详。请看第三十五计,其谶语为:西方有人,足踏神京;帝出不还,三台扶倾。颂词为:黑云黯黯自西来,帝子临河筑金台;南有兵戎北有火,中兴曾见有奇才。仲山知道它说的什么?"廖寿恒装糊涂:"不知道,向子良兄请教。"刚毅举举手:"我也不懂,有高人指点说,此乃隐喻本朝痛史。西方有人,英法联军是也。颂词讲得更明白,帝子临河,临幸热河也。南方兵戎指洪杨之乱,北国兵火有圆明园之难,中兴奇才点出一个曾字。仲山你说,有这样神奇的预卜吗?"廖寿恒嗯嗯应付着,肚里咚咚敲着鼓点。

在诏定国是的那一天,送宫门钞的人送来一个纸包,晚上廖寿恒拆开看,发现包着一本《推背图》。这书他曾闻名,从未见过。他特意问送报人,那人说是有人出钱托送的。不仅送廖中堂,还送其他王公大臣。那人是何来头?送报人说不清。搭送官宅的书物并不罕见,所以送的和收的都不在意。这本书在民间很有名,据说在唐朝初年,钦天监袁天罡和数术大师李淳风,奉唐太宗之命,推研后世千百年之变局。两位奇人高瞻远瞩,最终绘出六十幅图像,每图配有一谶一颂,恰合六十甲子之数。此书料事奇准,唐朝的武则天称帝、杨贵妃乱国、朱温篡唐,皆被不幸而言中。它隐隐揭示出,历代都难逃覆亡之运,以致当国者均感威胁,下令禁绝。但这

无法遏制它的流传，《宋史·艺文志》将其列入子部五行类，显示了它的存在。李闯王造反、清兵入关、太平军起义等近代史事，都能在《推背图》中找到依据。不过，正统士人对这种江湖邪说表示不屑，即使间或阅读，也不好拿到正经场合评说。那人送书是何居心？此时刚毅说这又有何意图？

刚毅给他解谜了："古人说穷极无聊，办法使尽了，只有在无聊中寻开心。三十五计讲罢，再看三十六计。三十六计走为上，此图谶语为：纤纤女子，赤手御敌；不分祸福，灯光蔽日。颂词为：双拳旋转乾坤，海内无端不靖；母子不分先后，西望长安入关。仲山你说，何人能够御敌？"廖寿恒依旧装糊涂："你说呢？"刚毅振振有词："慈圣！唯有老佛爷有赤手法力。近有多人建策，为了避敌，应当迁都。我不赞成，但推详此谶语，恐难免有入关之事。若此说可信，搅得海内无端不靖的双拳，就是康有为、康广仁了。"

廖寿恒终于没忍住笑："兜了这么大圈子，你总算发现贼人了。不过要说拳，现今只有义和拳。康某无拳无勇，连磨盘都旋转不动。"刚毅瞪着牛眼："一支笔可抵百万军！眼前的事实是，康有为正在转动乾坤，你廖仲山也帮他一把。"廖寿恒忙分辩："这我不敢认账。替他代递书折，乃是上命差遣。譬如皇上命老兄传旨，你能推辞不干？"

刚毅脖颈铁硬："我能！不就一个掼纱帽嘛，难道割舍不掉？你若肯听劝，以后长点心，将康某所进药方择要记下，给兄弟们透一透。我可听说，他的不少进言，都被皇上直接采作谕旨，这不等于康有为在下旨吗？"廖寿恒吓了一跳："里巷谣言，子良兄也来当真？我可知道，康有为之条陈，绝无一句直接入旨。"刚毅捉住了马脚："你刚才还说你只代递，露馅了吧？"廖寿恒唯有叹息："夹缝之中，寸草难生，我当设法脱此苦境。我辞差的时候，子良兄得替我美言几句。"二人和气地分手。

刚毅回到兵部，文悌正坐在办事房中等待。文悌在户部请了长假，他借着刚毅的话说，本人真正走为上了。刚毅瞅他一眼问："走了这么多圈儿，你摸出道道了吗？"文悌迎着他的目光盯回去："所上的书，一本；卷数，九卷。我听着觉得不对。当初康有为赠我《孔子改制考》，记得有十几卷之多，据他说还不是全本。"刚毅一听

来了劲:"瞒报？欺君？好极了！且不管全本多少卷,你把那十几卷交给我。"

文悌的脸皱得像苦瓜:"上禀中堂,一卷也没了。这书我看了两卷,比吞吃苍蝇还腻歪。一个亲戚要借走一观,我说好,快拿走。前几天问他,这人说糟了,他家不慎失火,那书跟着焚毁。"刚毅一拍桌子:"成心气我还是怎的,送上手的鱼,还叫溜走?"文悌懊恼道:"为寻罪证,想起此书,谁能料到这般倒霉！我试着去问几个朋友,你猜怎么样？他们都没见过此书。连李盛铎都说,他跟我的情况差不多,书他没怎么看,也不知什么时候失落了。"

看他越说越玄乎,刚毅直想把这家伙赶走。文悌却稳坐钓鱼台:"孔子改制是康学的根本,康有为曾经秘不示人。他最初在两广传播,后来推至上海,在京师稍露头角,一般人难窥全豹。"刚毅哼了哼:"这正说明他心中有鬼。把他的鬼祟揭出来,你才报得一箭之仇。"文悌笑了笑:"不光报仇,我还要报君。也算事有凑巧,就在计惩康广仁的那天,我去总署看朋友,在那里见到一份《时务报》。上面有大同书局的售书广告,打头的是《南海先生五上书记》,接着是《上古茫昧无稽考》《周末诸子并起创教考》《诸子创教改制考》——"刚毅听不下去:"考什么考？烤红薯?"

文悌依然从容不迫:"尊驾没有耐性,就听不到最精彩的故事。我记得清楚,康书第一卷为《上古茫昧无稽考》,二卷为《儒教为孔子所创考》。报纸广告有这两卷的名目,中间却多出五卷书目。据此推断,广告是在分卷售书,而全书卷数多达二十一卷。他赠我的书是十几卷,上呈御览的仅有九卷。刚公,明白其中玄机吗？"刚毅一拍大腿,夸奖道:"好,你总算办了一件正事！报纸何在?"文悌道:"皇上令总署按期进报,此时应在皇帝案头。"刚毅道:"如此说事情该我办了。这一本奏准奏不准,还真不好说。皇上中蛊甚深,几乎无药可解。"接连数天,刚毅都在寻机。这机会并不好找,他一个管兵的莽夫,突然说起书来,连自己都觉得别扭。

仿佛心有感应,康有为提防有人暗算,在《日本变政考》卷一按语中,光绪看到这段文字时,《日本变政考》全书完成,另附《日本新政表》一卷。光绪并未逐卷细读,他开始阅看时的兴致,已变成寡淡和浮躁。因为他发现,日本当初跟中国差不

多,然其变法一开端,便似跨山越水的飞马,瞬息千里,无往不利。而中国与此相反,开跑即遭阻拦,至今寸步难行。

再难也得前行,光绪告诫自己,还得比照《日本变政考》上的葫芦,一笔一画描画出瓢来。看看康有为近日所上的《请停弓刀石武试改设兵校折》,请求诏停舞刀举石的武试科目,先在京津设立武备学校。早在三十年前,李鸿章、沈葆桢就上过类似的奏折,此后每一科的武状元,仍是举石碌考出来的!也算"英雄所见略同",直隶总督荣禄恰也上了一道奏折,请求开设武备特科,成立武备学堂,精练陆军改习洋操,并要各省一律延用洋教习。这可甚是新鲜,荣禄也来赶时新,可见国是诏没白下。兵部奉旨议复时,刚毅着实下了一番功夫,连他那本剽窃的兵书都搬用上了。

军机奏对此事那天,由世铎和刚毅联袂进见。两位满洲老臣,对荣禄的折子全盘赞同。刚毅说,他是接受过教训的。火器营的西洋炮总是放不好,还有神机营的阵法,当初连老佛爷都看不入眼。刚毅向荣禄求助,荣禄请聂士成选派几名洋教习,来京教演,立竿见影,在阅兵时荣获上赏。以此为例,要各省一律习练洋操,并不过分。正因为此,刚毅也赞成康有为的奏折,尤其赏识那一条:请停旗兵学习弓箭。现今各军都大用枪炮,旗兵却仍以刀矛弓马为主,这不等于自坏长城吗?他滥用成语让光绪好笑,对于他的开明之议,光绪还是高兴的。刚毅上奏兵部议复的办法,选将,练兵,办学,筹饷,条条均甚切实,既贯彻荣禄所提的剔积弊,明赏罚,也照应康有为主张的整武备,养人才。

刚毅的奏对,光绪很少听得这样入耳,他不禁赞道:"兵部所议可行,尤其是京营的整顿,可以立即实行。京营骑兵花拳绣腿,不仅可笑,而且危险。若能剔除此弊,你这一任兵部尚书居功至伟。"刚毅对道:"奴才不敢言功,切身之危,不能无感。京师各营本为皇家带刀侍卫,可那年英、法进犯,京营率先作鸟兽散,真正恨杀人也!外国打仗不只依靠枪炮,更讲究战法。奴才平日用心搜求,收得中外兵书多种。近又在《时务报》上看到介绍,有德国元帅所著兵书,被西洋兵家奉为经典,已由上海学人翻译刊行。奴才托人购书,皇上若赐垂顾,奴才即当上呈。"

刚毅也要进书?光绪隐含笑意:"你也读《时务报》?"刚毅做恭谨状:"奴才愚

顽,时或违背上意,深自愧惧。因此发愤向学,啃读冯桂芬、严复、陈炽等人著作,还有康有为的书篇,虽不全懂,却也不无心得。"光绪颔首赞许。刚毅又奏道:"康有为的种种论说,奴才仍有存疑处,只是不那么抵触了。在同一册《时务报》上,奴才看到《孔子改制考》的广告,总共二十一种。奴才发电要全买,经手人回电说,这书不是二十一种,而是二十一卷。"

光绪没听明白:"你说什么,二十一卷?"刚毅道:"《孔子改制考》,二十一卷。"光绪想了想道:"我前天刚看毕,共有九卷。"刚毅慢吞吞道:"经手人说,广告分卷,实为一书,价银二元。广告语为:此书为南海康长素先生所著,判中国四千年之教案,明孔子为生民未有之教王,创儒为国号,托古为前驱,称王为制法。——考其实迹,得其真源,中国二千年第一部教书也。"

光绪恍然大悟,刚毅拐弯抹角,仍然暗攻康有为。光绪懒得生气,保持着先前的融洽气氛,淡淡地说道:"这册报纸朕尚未阅,难得你用心。康有为学说未必全对,然其为国之心,应该予以体会。你们下去吧。"

早朝召见完毕,光绪下令取来第五十一册《时务报》,果然看见大篇广告。跟报上书目对照一下,可知第一种就是康有为上呈的第一卷,接连五种均未见过,而第六种才是第二卷。刚毅确非捏造,康有为少呈了十五卷,用意何在? 可以理解为精简篇幅,以利御览。然而整卷整卷地撤下,一本书哪里还是全璧,皇帝哪能晓其原意? 若说时间紧迫,他何不将刊印的成书进献? 也许限于礼制,呈观需要誊黄,就是用黄纸亲手恭缮。但上谕早就明确,臣民所进书报皆为原本,连这都不变通,有何变法可言!

光绪心里翻腾着这些疑问,心情沉重,早膳也未进。康有为的居心,曾被无数人质疑,光绪都大度包容,不惜曲意维护。这一回连皇帝都彷徨起来,他的那些说辞,还可采信吗?

第五章　张督劝学

一、张总督曲折献书

犹豫了几天，光绪下旨总署，饬令上海道采办书籍。按照广告所列，康著二十一种与孔子改制有关，另一种为《南海先生五上书记》；其余六种是康门弟子徐勤、麦仲华的著作。二十八种全部购进，约略可窥改制全貌，从而可识康某用心。然识透以后怎么办？如其居心叵测，便可屏除不用？不用此人又能用谁？举目四望，满堂碌碌，回心细思，举朝空空。杜甫诗云："诸公衮衮登台省，广文先生官独冷。"康有为确似广文先生，其官卑不足道，显名于世者唯有文章。"康学"固然有牵强之失，却可用作维新之呼号，变法之鼙鼓，若疑而弃之，将以何人学说取而代之？

由此想到两位儒师，翁同龢与孙家鼐，学术融雨水，心思化春风，随风潜入夜，润物细无声，却无论著篇章行之于世。孙家鼐遇事谦抑，讲书很少脱离经典。光绪嫌他过于拘束，因此独尊翁同龢，可现今只有倚重孙家鼐了。《孔子改制考》的虚实尚未摸清，康有为正在力推的《日本变政考》，倒可交孙家鼐看一看。

　　这天孙家鼐来回学堂事务，光绪首先泛泛地问他，对康有为的学说有何看法。孙家鼐安详地回答："康有为早期所著《新学伪经考》，奉旨毁版，臣没看过。《春秋董氏学》和《桂学答问》，议论较为持平，间有独到见地，却也不乏武断。新近印行的《孔子改制考》，臣尚未见。臣以为康有为之所谓学说，学术少而辩说多，研思浅而气脉足。通盘考量，与其说他是学人，不如说他是才人。"帝师的眼界自然高，能够被孙家鼐认真剖析，康有为已经显示了分量。

　　光绪愿往如意处想："师傅判他为才人，如能干成大事，应比学人更有用。"孙家鼐道："才有虚实之分。综观康有为履历，除讲学、办报、开会外，尚无其他历练。蹈虚者往往拙于实做，这是儒臣通病，臣等也不例外，此言并非专咎康有为。"

　　孙家鼐一改常态，变含蓄为明快，令光绪深受触动。他没有全盘否定康有为，跟翁同龢的态度差不多。光绪便问孙家鼐，近日翁同龢可有音讯。孙、翁之间其实书信不断，此时孙家鼐却只能告诉光绪，一位常熟籍的京官，曾跟他讲过翁某近况。翁同龢身体尚可，虽说宦囊不丰，在侄儿和门生的接济下，日子还算安适。乡居屏绝交游，仅与虞山清凉禅寺的药龛和尚往来。比如他赠药龛和尚题画诗："逐客偏蒙诏语温，论兵筹饷已无门。萧寥数笔云林画，中有忧时血泪痕。"

　　孙家鼐的奏对大有学问：宦囊不丰，批驳了翁同龢贪赃的参劾；仅与方外交往，表明翁同龢心地清白，对于放逐毫无怨言；梦中诏语，感念君恩，论兵筹饷，忧国忧民。相对于康有为的慷慨陈词，光绪当然欣赏不动声色，可是，雍容应付得了危机吗？

　　光绪把嗟叹压在心底，提起财政支绌，已难以为继。甲午至戊戌，五年间，我国所借甲午战费和对日赔款，共借洋债三万万五千余万两，是战前借款的七倍。海关税作为借款抵押，朝廷无法支用，为了筹款救急，不得不自食"永不加赋"的祖宗誓言，对钱粮地丁银一两加征七分，漕米一石加银一钱，耗羡每两加一增收。户部在推出核扣中外俸廉、裁汰各营兵勇、加抽土药厘税、提扣放款减平四项措施后，又相继实施各地土产加厘加税，当铺税银由每年五两增至五十两，添设通商口岸以增商税，广开捐官例等办法，各法若能顺利贯彻，每年可加收三千万两以上。然而上有

举措，下必推托，各省对应缴款项解缴不力，有的省丝毫未缴。光绪言语中透出深深的失望，孙家鼐悉心体会，皇帝叹的这番苦经，是希望诸臣捐弃歧见，维持时局。

奏对结束前，光绪发下《日本变政考》，要孙家鼐下次见起时再交上。这是让他对"康学"加深理解，和衷办事，以免龃龉。孙家鼐不会辜负少帝的苦心，但他又能助上多少力？在他看来，法是要变的，康有为偏偏得罪了官场，新法却要官来推行，这本身便是一个死结，欲求成功，岂可得乎？

孙家鼐愿意为皇帝分忧，然而，皇帝交给的"日本功课"，却不容易交卷。这一份从日本抄来的课程，跟中国的学堂格格不入，康有为在上面所加的按语，读之更让人心生恐惧。他在卷一开宗明义："日本所以能骤强之故，或以为由于练兵也，由于开矿也，由于讲商务也，由于广学校也，由于联外交也，固也，然皆非其本也。其本为何？曰：开制度局，重修会典，大改律例而已。盖执旧例以行新政，任旧人以行新法，此必不可得者也。故唯此一事，为存亡强弱第一关键矣。"在历次上书中，园廷召对中，他反复强调此为关键，恰恰触痛了关键人物，这个第一便成为大忌，无人敢附和他的倡议。翁同龢判康有为是说为经家一野狐，孙家鼐看康有为像讲外国一灰狼。皇帝想叫帝师出面为之推毂，师傅们只好敬谢不敏了。

正在为难的时候，门上又报康有为来访，陪同的是侍读学士徐致靖。此人官位虽不算高，却比孙家鼐年长一岁，所以不能不予以礼敬。康有为是来送书的，书名分别是《日本书目志》《日本地产一览图》《文学兴国策》《西国学校》。康有为表白道，为了请孙中堂统一指教，他特意赶送这几本书。他说得还较隐晦，徐致靖代他明言："听说皇上将书转付师傅，长素十分感奋，因为此书得入孙公法眼，必将身价百倍，为天下人所知晓。"

孙家鼐微微一笑："子静兄，皇上知道老臣囿于识见，发下长素的大作，要我开阔眼界。今日二位莅临，长素当有以教我，待皇上垂询此书时，使我免于出丑。"

康有为赔笑道："中堂取笑，有为不敢当，这次奉旨修订，将十卷充实为十二卷，使内容更详备，文字更晓畅，以便于御览为宗旨，以条理完善为大纲。有为生怕疏

失误君,力求事事有来历,桩桩见出处,反倒显得拘泥了些,有胶柱鼓瑟之嫌。"

孙家鼐道:"这个恐是过虑,旁征博引,见远识深,这是我读起来的感觉。长素未到过日本,文字却贯注真情实感,尤其令人叹服。"

听他寓贬于褒,康有为略作解释:"有为写各国变政书,均采自外人著作,洋报文章,实乃不得已而为之。在我之前,黄君遵宪写有《日本国志》,他有多年驻日经验,远比我见真识切。此书也经御览,只可惜不是专讲维新的,所以需出新书补充,以备时用。"

一主二宾坐在办事房中,谈话中间,已有两起书吏进见,抱文书请批,孙家鼐执笔匆匆一画,挥手令出。如此繁忙令客人不安,徐致靖提出告辞。孙家鼐笑着说,都是例行公事,看也不用看的。想了想又说道:"这正是长素要改的冗政,吾虽拘谨,却也赞同。然积重难返,譬如这一个圈,有司官等着,部例管着,朝廷制度在上罩着,哪是一道令便可废的? 中国不是日本,将他国经文搬来念,恐需增删改易,以求服于水土。"康有为道:"中堂指明途径,有为必当凛遵。服水土,是取经要过的第一道坎,有为写书时已在着力,只因时间仓促,未能面面俱到。"

孙家鼐仔细听着,终未等到具体例证,便知他在搪塞,也就不再客气:"我朝变法,当以皇帝诏书为依归,历次上谕为准绳。可是长素的这本大著,卷卷尊日,段段崇洋,按语更是通篇溢美,多方诱导,甚至恐吓说:若弃而不采,更无自强之法矣。向来臣子建策,未有如此逞强者! 我知长素急于救时,不暇择言,但若失却忠爱之心,则报国从何谈起?"孙家鼐的温文尔雅,一变而为疾言厉色,使徐致靖那张老脸挂不住了。

康有为依然镇定:"尊日崇洋,有为背此骂名久矣,今从中堂口中听到,却仍感到意外。日本海东小国,一向被中国人蔑视,即使败于其手,还是不肯放低架子。我们可以闭上眼睛自尊,却不可以关起门来逞强,因为盗已入室,操刀分割,危亡无日了。"徐致靖担心地看中堂,却见中堂朗笑起来:"人说康长素胆识过人,果然不错。可见做人须超脱,子靖兄,你我在官场陷溺日久,说不出畅心快意的话了。"

徐致靖赔着笑道:"长素超则超矣,脱还未脱,他想跻身进来,只求不被排除于

外。真人面前不说假话，长素纂述的日本办法，我听来似懂非懂，然其报国真心，致靖可做担保。"孙家鼐暗叹此老太呆："长素至诚，我不否认，惟难认同某些断语。比如跋语所谓改朔易服以定人心，改朔易服，这在我朝岂可轻言！"这四个字也叫徐致靖心惊，他勉强作解："那是日本史事，长素秉承史家直笔，并非要我亦步亦趋。"孙家鼐笑了笑："这我就放心了，不过还是删除更好。长素上策万端并举，少说也得有数万万金，钱从何来，真要卖地？"徐致靖不由皱起眉："卖地？"

孙家鼐瞅着他："长素在书中说过日、俄卖地事。"

康有为点头道："是，我在卷七写到，日本割桦太及其地营房于俄，以千岛为边邑。俄国也曾卖数千里地于美国，得钱数万万筑铁路、兴学校、购铁舰、增海军。因其边地若有警情，不救则不可，救之则恐道远莫及，兵败势必为强敌所割，何如换资财以修内政？与此同理，我国广有边远荒野，今英窥西藏，俄涎蒙古，势难守卫。若彼国愿出数十万万金，我国立刻由富变强，还怕外人欺负吗？"

徐致靖听得目瞪口呆。孙家鼐瞥着他："怎么样？周郎妙计安天下，赔了夫人又折兵，卖地便可立致富强，连法也不用变了。"徐致靖决然道："此论我也不能苟同，普天之下，莫非王土，岂可言弃？不过，日本勃兴却是事实，此书便也不可偏废。可否请中堂提奏，将长素所著颁行天下，令士人辨析议论，何者可采，何者可抛？"孙家鼐也明明白白地告诉他："我对此著疑虑颇多，岂敢违心冒渎圣听？长素须知，法可变，道不可变。圣人之道惟中正，此中国所以为中国。"

徐致靖失望地辞出，康有为劝他耐住性子："帝师的门路，你想一次就走通？"徐致靖诧异道："莫非还来第二次？"康有为道："三次四次也说不定。他没把事做绝，我没把话说透，彼此都有余地。"可康有为这回判断错了。

二人走后，孙家鼐马上唤来文案，授意草拟奏稿。奏稿用治病比喻变法，力戒病急乱投医。并称"臣昔侍从书斋，曾以原任詹事府中允冯桂芬《校邠庐抗议》一书进呈，其书主变法，臣欲求皇上留心阅看，采择施行。其书版在天津广仁堂，请饬令北洋刷印一二千部，发交各部院"。

孙家鼐递上折子，同时交回《日本变政考》。他的意思很明白，冯桂芬是审慎周

详的医病者,康有为则是药饵杂投的江湖庸医。康有为在帝师那里落了榜,皇帝也帮不上他的忙,光绪只好采纳孙议,下旨给直隶总督荣禄,将《校邠庐抗议》刷印一千部送京,发交部院签注。可冯著早已时过境迁,怎能希求药到病除?皇帝的迫切需求,好多近侍大臣都木然无觉,却有一个微员觉察到了。这人名叫张检,是张之洞的侄儿,现任吏部主事。他把孙尚书的动向报给杨锐,请他考虑如何利用此一情势。

对于当前的情势,杨锐正感到困惑。请张之洞入京辅政的举措失败后,他曾消沉了一阵子。等到宣谕废除八股,皇上采纳张、陈合奏的考试新章,他又得到很大安慰。他也属于科场失意者,在废除八股取士这桩大事上,康促成于前,张弥补于后,是杨锐最希望看到的。可惜张、康仇隙已深,他夹在中间左右两难。

杨锐时常想起正月底,张之洞发给他的急电:"康长素与仆有隙,意甚险恶。凡敝处议论举动,务望秘之,不可告康。"这样的警告很少见,给他划出明确的界限,他若逾越,便要与张之洞义分两途了。从内心深处讲,他对康还是佩服的。高燮曾保奏康有为参与弭兵会,就是杨锐推动的。前不久,杨锐还向张之洞函禀:"近日变法,都下大哗,人人欲得康有为而甘心之。然康固多谬妄,而诋之者比之洪水猛兽,必杀之而后快,岂去一康而中国即足自存乎?公条陈科举一奏,立奉谕旨,一切允行,天下仰望。上方锐意新政,凡关涉改革之事,但有论建,无不采纳,转较胜于身在政府也。"在祝贺张奏获允时,还不忘为康有为说句公道话。

杨锐与刘光第议论过,当今求变乃大势所趋,康有为一派欲急变,孙家鼐、廖寿恒等欲缓变,张之洞、陈宝箴亦主缓,附属其后的门生故吏,大多依违两可。双方所争的,只是由谁来主导。张之洞位高权重,却因远离京师,总感使不上力。这次由于孙家鼐力阻,致使康书受挫,而张之洞的著作恰好杀青,正所谓机不可失。杨锐急电武昌,请张之洞发书来京,由他和几位同仁广泛传布,待机上呈。张之洞即派折差带书进京。折差是专递奏折的差人,此次送书三百部,以一百部交黄绍箕,一百部交杨锐,一百部交张权。黄父名体芳,与张之洞为清流挚友,黄绍箕早年师从张之洞,现任翰林院侍讲。张之洞交代一句话:"亲友愿看者送之。"指的是当权诸

"友"，不管愿不愿看，都要敲一敲门。

杨锐和张权、张检等人，连日走街串巷，不由想起一句京谚："胸中半部缙绅，脚下千条胡同。"这是描写京官拜年的，用到送书上，倒也恰如其分。缙绅们要附庸风雅，送书哪有不受的？不料偏有例外的，这就是刚毅。张权在户部任职，刚毅分管户部，所以由张权向他送书。这位"刚相"确实刚，接书在手看看封面，又看看背面，把书还了回来："劝学劝学，想俺老大年纪，学也晚了，要它何用？"

张之洞看到儿子的报告，哈哈大笑："这个刚柴棒子，又发拐孤脾气。他说的也是实话，本人这部《劝学篇》，是为学人写的，他还真看不懂。"

张之洞极端自负，立在武昌看天下，个把学问比他大的，没有他官位高；少许官位比他高的，没有他学问大。因此他是天下第一，他的书应当普及全国。康有为使上吃奶力气，能把书送进皇宫，却难塞入官衙、学堂，因其学说乃是邪说，无法让端人正士接受。《劝学篇》不仅非康、破康，而且对顽固守旧者照样批判，这就超然于两者之上，显示出张学的特异卓越。根据京中传回的消息，可知此书颇受欢迎。

唯一让他不安的是，尚未打通上呈之路。孙家鼐刚做过荐书之举，不宜用新书冲淡旧书。别的人要么分量不够，要么不愿为此出头。张之洞和在京的几位门生，都把目光盯在徐桐身上，可也感到心中没底。这位资格最老的帝师，进书应是最合适的，但他的保守天下闻名，这本书能顺他的眼吗？杨锐早把书送入徐府，也托刘光第从侧面探听，迄今未得到丝毫讯息。杨锐发觉此路不通，考虑另辟蹊径。

张之洞则认为，从调张进京那件事上看，徐桐愿与他结成同盟。他令弟子们分写短文，对《劝学篇》的要点加以阐说，可使上年纪的人一目了然，这也是一种体贴的方式。杨、黄等人如法炮制，果然博得徐桐的欢心，示意可以晤面一谈。刘光第和杨锐结伴前往，在徐府书房拜会元老。年近八十的相国兴致很高，不待二人坐稳便说："好书，好书！年初以来，举目所见，乌七八糟，气闷至极。读到此书，为之一快。"

他伸手想摸案上的书，不料将书撞到地上，刘光第赶紧俯身拾起，拍抚以后捧放在他面前。徐桐接着埋怨："明知老人眼力差，何不早些签注说明？误我拜读，罪

过罪过。"杨锐忙认错："南皮师来函指拨,弟子们才知粗心大意,确实罪过。"南皮是张之洞的籍贯,对于大人先生,这是通用的敬称。徐桐呵呵笑："南皮张氏,出过张之万状元,然而要我说,张之洞榜眼强过乃兄。可见功名之高下,并不能分辨出学识优劣,亦可见科举并非不易之尺度。我被骂作老顽固,我也出来骂一骂科举,二君不要骂我才好。"杨锐一时辨不出话中真意,只得含糊恭维："不管状元还是榜眼,都难企及当朝国公。现今惟徐公堪当国公,晚生得以面聆教诲,可谓三生有幸。"

不料徐桐不肯买账："不然!诸君在我这里讨不到教,倒是我得换换眼光。张香帅自言著书宗旨,乃有感于乱名改作之流,杂出其说,摇荡众心,'吾恐中国之祸,不在四海之外,而在九州之内矣'。他要辟邪说,正人心,这我当然赞成。但他说的九州之祸,除康有为外另有所指。"

杨锐暗吃一惊："相国博学多识,所见与众不同。南皮师说,论学若执于一偏,容易被指责为偏见,其效果将大打折扣。有鉴于此,他在书中兼批多家,矛头所向只有一家。"徐桐嘿嘿一笑："他在《广译篇》中说:西学书日本皆已译之,我取经于东洋,力省效速。请问这是哪一家?《阅报篇》说:报纸虽论说不一,大概可以扩见闻,长志气。又是哪一家?《变科举篇》说:救时自变法始,变法必自变科举始。这又是哪一家?"徐桐咄咄逼人,杨锐无以答对,刘光第叫了一声"老师"。徐桐举手止住:"你是我的门生,我叫张香涛的门生回话。"

杨锐沉住气应道："不错,这些言论,乍听起来,与康有为之说毫无二致,前提却有根本分歧。南皮师主旨是中学为体,西学为用。相国引述的便是用,它是用来辅助中学之体的。而在康有为口中,西方的学术成了主体。用西学抵西学,正是此书最大的功用,也是分为内外篇的原因。内篇纲举,外篇目张,上下左右,四面攻康,必将使康学无所遁形。"

徐桐哂笑道："如此说来,南皮文章真如魏文帝所说,为经国之大业,不朽之盛事了。可惜在我看来,张学与康学,只有皮毛上的区别,并无骨子里的差异。你说纲举目张,且看他在序言中列举的几个知:一为知耻,耻中国不如日本强大;二为知惧,惧中国再不改革,可能重蹈印度、越南、朝鲜等亡国灭种的覆辙;三为知变,中国人若不改变世传习俗,就难真正实行变革,弄不懂西方的为政之道、富强之途。他的大纲抑中扬西,比康有为有过之无不及,怎能说成攻康呢?"

看来徐桐阅读此书,的确下了一番功夫,且从内心产生了抵触。杨锐为难地看一眼刘光第,刘光第接过话去:"老师读书力透纸背,张香帅的幽微心思,难逃电光烛照。香帅半生事功,乃是致力于洋务。而康学其实就是洋学,还是半瓶子洋学,他的那套说辞,只能唬一窍不通者,到香帅那里就吃瘪了。香帅以子之矛攻子之盾,不能不从洋学入手。"

徐桐似有所动:"唔?唔!我知道香帅说过,平生治学,最厌恶《公羊》。康有为正是援引《公羊》变制说,宣扬改制的。若要针锋相对,何不在此处着墨?外篇十五篇多讲游学、阅报、铁路之类,都混同成康学了!二位回去上复香帅,请他大力改作。刊正之后,我一定奏请皇上,将香帅大著颁行天下,匡圣道而救人心。"

杨、刘二人失望而归。张之洞得知此路不通,笑了一笑,他本来不该寄望于徐桐的,碰壁活该。求人不如求己,他又想到黄绍箕,此人的清贵身份,可以担当斯文重任。康党为了挤到皇帝身边,千方百计求人保举。而保举是督抚之责,他为何不替黄绍箕搭梯子?自说自话不大合适,陈宝箴在湖广的地盘内,出面荐举也易招嫌。张之洞想到浙江巡抚廖寿丰,与自己有过这方面的交易,倒可再演一出双簧。经过互相透气,张之洞保举了浙江方面想保的官员,廖寿丰投桃报李,上折保奏出使人才:江宁布政使袁昶,翰林院侍讲黄绍箕,翰林院编修张亨嘉,翰林院庶吉士寿富。对于保举人才,以前的处理方法是:一为"交军机处存记",以备将来使用时参考;一为"送部引见",在积有一定数量后,由吏部带领集体进见。

自从召见康有为、张元济后,光绪帝求才若渴,大多下旨召见。此次的四名大才,袁昶实职不宜离境,光绪对其余三名预定日期,等候召见。督抚们挥舞的项庄之剑,"沛公"康有为心领神会。上谕推出冯氏之书,已让他遭受意外一击。张督劝学接踵而至,更使他感到重大威胁。梁启超在致友人书中说:"新政可谓全出我辈。"事情全是我们做的,可是酬劳在哪里呢?书没有颁行一本,官没有委任一个,岂不等于说,在康有为开辟的道路上,康有为没有前行一步?尽管备受压抑,康有

为也没乱了方寸，他要顺势而为。这势就是梁启超，这位弟子的如椽妙笔，在京城也有用武之地。管学大臣管辖的学堂章程，总理衙门交涉的对外公文，他都出了不少力。可是徐致靖举荐后，皇帝令总理衙门察看，迄无察看结果。这就太不公了。

康有为去找张荫桓，直截了当地提了出来。张荫桓有些吃惊："你找错人了吧？文悌参我是你的谋主，你会不懂投鼠忌器？"康有为气呼呼地道："我就是要用玉盘去砸恶鼠！梁卓如的才分且不说，他的苦劳大员们不否认吧？该办的不敢办，是自认理亏，坐实了罪名！"

张荫桓应承下来，可还不想出头。上回险遭不测，花钱买得平安，也买回一个明白。前些年他仗着皇上看重，不懂得越是红员，越惹人眼红，以至于人们造谣也与红字有关。其中一个谣言说，张荫桓每次从海外回来，都向皇上进红丸。红丸源自古代的炼丹术，常有术士向皇帝进献，据说可以延年益寿，实为一种壮阳药物。前明曾有红丸案，因皇帝暴崩而兴大狱。这谣言暗指光绪阳痿，不仅居心险恶，且似含有阴谋。他替光绪担忧，更为自己害怕，哪肯伸出脖子让人去宰？在总署各大臣中，他只跟李鸿章交情最久，也只有李鸿章敢于说话。

他便寻个合适机会，对李鸿章表明此意。李鸿章面上应和，心里鄙夷。张荫桓随李鸿章学办外交，由此起家后，恰值李失势，他便翻脸无情，对李倾轧排挤。胶澳事变后，李、翁、张奉派对德交涉，张荫桓为了防止李鸿章"搅局"，竟要正式照会德方，一切与翁、张不一致的意见，中国官方皆不予承认。此人的得罪和脱罪，更像一出滑稽戏。

人皆知他是皇帝宠臣，却不知他一心巴结太后，经常以海外珍玩进奉。他偏偏忽略了守门狗，引起了太监们的嫉恨。更招恨的是张家厨子，在宫廷宴请洋人时，他们包做西餐，断了太监的一条财路。要知道御膳房善报花账，每做一桌菜，都能多报几十上百两银子。内务府大臣立山不光替他说情，还把这条内情透露给他，原因是二人臭味相投，全都多金并且爱玩。吃亏后张荫桓终于知道锅是铁打的了，对李莲英以下的太监尽意维持，对同乡的康、梁渐渐疏远。

李鸿章犯不着替张荫桓顶缸，他只办他愿意办的事。康有为力除八股，完成了

他多年未了的心愿,欣慰之余,他写信给长子李经方,吩咐儿孙辈按考试新章研习功课。数月来注意审视,发现变法声势日益高涨,而维新政令未见实行。康有为博得了皇帝的信任,招致了太后和重臣们的疑虑,得与失不能相抵,成和败似可预料。但康有为的劲头,是李鸿章欣赏的;梁启超的才华,也是他承认的。在不妨碍自身利益的情况下,行一个顺水人情,何乐而不为?

李鸿章见到庆王奕劻,提说梁启超察看之事。由于多数大臣对康党无好感,所以总署能推就推,把此事延搁下来。李鸿章推了一把,奕劻不好驳面子,便于次日上奏:"该举人梁启超,志向远大,学问渊通,尚属究心时务。平昔所著述,贯通中西之学,体用兼备,洵为有用之才,拟恳恩施酌予京秩,以资观感。并可否特赐召对之处,出自圣裁。"

光绪当日即发交片谕旨,予以召见。两天后,在召见康有为的同一殿廷,梁启超觐见光绪帝。通过《时务报》,皇帝与主笔,可谓"神交"许久了。今日见到的梁启超,确有勃勃英气,显得分外年轻,京话没有康有为说得好,尚可遣词达意。光绪便想对他有所考验,首先垂询的,是办报和办学。梁启超发挥耳目喉舌之说,宣称报馆是国家的耳目,报纸是朝廷的喉舌,可以博采舆论,宣传教化,转移风气,鼓动民心。从上海《时务报》,说到湖南时务学堂,光绪问道,湖南作为内部省份,为何独能推行新政,比沿海诸省还要开通?想起湖南属于湖广辖境,梁启超不禁猜想,皇上可能意在表扬张之洞。他特意绕开那个名字,回答说,湖南巡抚陈宝箴关心时务;前后两任学政江标、徐仁铸,都热情扶持维新人士;署理按察使黄遵宪,有长期驻外的切身经历,推行时政不遗余力。

光绪沉吟一下,突然点明了:"湖督张之洞怎么样?湖北新政行之多年,应比湖南实绩多。"

梁启超没有被问住:"回皇上话,洋务尚不能称新政,洋务专注于开矿筑路制炮造船,固然有利于国计民生,但这属于器,没有触及道。治国之道,首先在人,开人之智,育人之才,启人之心。湖北的报馆、学堂、学会,远远不及湖南发达,其政乃实

政,由实到新,尚需进力。"

光绪用力绷住笑意:"此说固然有理,但新政是什么? 新政若不能落到实处,新又有何用? 这你不需回话。听说张之洞起先对你等甚为看重,后来为何疏离?"

二、豪侠士隐姓救难

梁启超竭力抑制胸中波澜:"这正是臣所言的,为政首在于人,人若未能达道,器虽多无补于新政。张之洞是洋务佼佼者,所办铁厂不亚于日本,胆识却难与日本大臣相比。臣乃草茅下士,曾蒙张督破格优礼。到了湖南宣讲新学,稍有逾越常规处,张督便即函电示禁,并对报馆学会多所限制。这不是对臣等本人有何不满,是对新学不能衷心信奉。制器易,制法难,张督之例可见一斑。"

光绪借题发挥:"制法不及制名难。朕听人奏,张之洞与康有为交恶,乃因孔子纪年引起。可是真的?"梁启超头顶嗡地一响,过一阵才答出:"此事是真。不过——"光绪追问:"不过什么?"

梁启超迅速想好答词:"此事可见道器之争。康有为秉持者,孔子圣道也,张之洞力行者,利国重器也。二者益于君国,可以并行不悖,惜乎张之洞拘守成见,予以禁止。臣在《孔子纪年说》中阐明,我国古来义理规范,皆由孔子定其制,弟子传其教,世代传承,永续不衰。近被异教逼迫,亟须申明统绪,不得不以纪年正其名号。同期报纸敬载光绪二十一年上谕:'因时制宜,力行实政',赞颂为三百年之特诏。吾皇上谕与孔子纪年同时刊发,树立中国自强之基,可以对抗外人侵袭。"他用推崇上谕来抵消忌讳,虽能自圆其说,总嫌牵强附会。

光绪再发一问:"用纪年来对抗?"

梁启超硬起头皮顶住:"是。欧洲以及美洲国家上百,皆以耶稣纪年,即使人种有异,却能文明统一,易于产生富强大国。我国家文明最久,其间朝代更替,却为万

世一系，这一系就是孔子。两大纪年东西对峙，孔子的二三七三年，超过了耶稣的一八九五年。臣启皇上，这是三年前的数目。"这样难做的题目，被他演绎得头头是道，光绪忍不住赞叹："说得甚好！可这是一面理，难以说服所有人。要知道，守旧之害在于缓，开新之祸在于激。当前局势够乱了，为何还要挑起争端？"这是说不该添乱，并未指责纪年的谬误，梁启超十分感激："是。自那以后，臣师康有为经常教训臣等，要善体上意，周全行事，以求有补于时势。"

说到康有为，存之于心的疑问忽然冒出，光绪犹豫一下，还是没有发问。为了保持皇帝的尊严，他宁愿自己查个清楚。光绪声音低沉道："善体不要变成揣摩，周全需要用心平正。康有为勤奋著书，倡导维新，朕心嘉许。只惜持论偏颇，容易授人以柄。数次遭人参劾，言者或许有误，康有为难道没有可检点处？责于人者先责己，他是学人，难道不懂？"

皇帝的任何责难，臣子都得领受，梁启超便要叩头称是。转念一想，忠言谠论，直士宜为；奴颜婢膝，君子不齿，何况自己以新人自许。只是不知冒犯龙威，是否会给老师惹祸。踌躇间话已出口："皇上垂训，微臣等必当凛遵。康有为曾对臣言，以小臣言大事，历来为时论不容，若欲明哲保身，唯有安分守己。然而既为圣朝臣子，岂可缩颈敛尾，坐视鱼烂瓦裂？出来振臂一呼，无异冲冒矢石，虽然身中万箭，依然裹创不退。臣私下感叹，老师这一顶儒巾，并不亚于前敌将帅的铁盔。然将士所伤在身，儒士所伤在心，如欲诛心，康有为固有失，攻之者岂无罪？微臣冒死上言，并非顾惜师恩，所惜者乃在是非。臣愿皇上以国是为大是，以藐视国诏、阳奉阴违为大非，则新政幸甚，中国幸甚。"

这番奏对甚有风骨，结语落脚于新政和中国，使得光绪为之一震。光绪盯视着这个小臣，想起翎顶辉煌的满朝大员，心中酸楚地闪出二字：可惜！他想结束这场召见了："康有为所上条陈多获俞允，他在大是上立住了足，在小非上亦当警醒。须知小事不谨，将碍大是，朕于康有为有厚望焉。"

时机转瞬即逝，梁启超哪肯放过："皇上特达之知，康有为唯有竭其心智，图报于万一。康有为擅长的是撰述，所著《孔子改制考》，发表考辨经史的独得之秘。近

日,湖南学臣徐仁铸致臣函称,此书为新政阐明出处,宜援《校邠庐抗议》例,颁行于各省书院学堂,以使学生知所遵循。此议为转移风气着想,应属公论,臣不敢隐。"

弟子为老师出头,于朝规士俗不合,梁启超不惜触犯忌讳,这又是一种"小非"。光绪令梁启超退下,兀自为之惋惜。康已成众矢之的,如将其书颁行,必将引起轩然大波,康有为可以不惧,当政者岂无忌惮?

又一次力推未果,康有为大失所望。随后发下的谕旨,使他更不满足:"举人梁启超着赏给六品衔,办理译书局事务。"在一般人看来,对一举人特旨赏衔,当属无上荣光。而康有为志不在此,师编书、徒译书,直将他等视作书蠹鱼,尚有何事可为! 在闷闷不乐中,他密切关注着黄绍箕的召见。这是保国会的同路人,又是张之洞的心腹,黄若得宠意味着康失势。黄绍箕并未受到特别宠遇,他的奏对也乏善可陈,但他推荐的一本书,引起了光绪的重视。书是张之洞写的,著者的分量非同寻常。

张跟康有学术之争,光绪也想读读他的议论。光绪命令进呈,军机上呈后,光绪当即披阅,将五六万字一口气读完。

《劝学篇》分为内外两篇,内篇九篇,其宗旨为正人心;外篇十五篇,其目的是开风气。内篇专讲纲常名教、世道伦理,以儒家学说为立国之本。因为儒学行于中土,数千年而无改,是古今之常经,中西之通义。今欲强中国,存中学,则不得不讲西学;但讲西学必先通中学,以中学固其根底,明其功用,否则即使学得西艺,亦恐不能利于君国。所以为学须通经考史,明我中国先圣先师立教之旨,然后择西学之可以补吾缺者用之,方能有其益而无其害。外篇则讲应时变法、农工商学,以西方技艺为救时之术。鉴于守旧之徒,食古不化,以尊孔崇经来抵制西学,张之洞也像康有为一样"托古",从《周礼》《论语》等古代经典中,为化学、农学、工场、商业、报馆寻找根据,宣称实学古已有之,应当认真讲求。与旧学相对,西政、西艺、西史为新学。自开通洋务以来,时人多对西艺略知一二,但西艺非要,西政为要,学校、地理、财政、赋税、律例、武备、工商等等,便是西政的大端。以学为例,中国旧有的学

馆学塾,远远不能满足时需。他主张在京师、省会设大学堂,道府设中学堂,州县设小学堂;中小学可以备选升入大学堂。

总之,既明纲、教忠,又广讲、会通,通篇贯串一个大旨:中学为体,西学为用。张之洞站在中间,既反对顽固守旧,又反对完全学洋,理论透彻而点到为止,态度平和又不乏坚定。掩卷沉思,张之洞有铁厂铁路等实绩支撑,使薄薄的小册子显得厚实,几乎有经典的分量了。

光绪意识到,这正是他寻找的那本书。读康有为的书,他总是忐忑、游疑;读张之洞的书,他感到保险、踏实。这不是说康有为不如张之洞,从开新上讲,当世无过于康有为者。可他引发的争议之多,已经影响到新政推行,为此理当予以限制,以免"成也萧何,败也萧何"。

光绪便于当日下旨:"内外各篇,朕详加披览,持论平正通达,于学术人心大有裨益。着将所备四十部由军机处颁发各省督、抚、学政各一部,俾得广为刊布,实力劝导,以重名教而杜卮言。"

这是第一次颁行时人著作,康有为挖空心思没做到的,张之洞不动不摇得到了。黄绍箕、杨锐等飞章告捷,张之洞并不像他们那样兴奋,他把这称作实至名归。他不能满足于督抚学政人手一册,为因应首善之区的急需,他又送书五百部进京。果然,《劝学篇》已是洛阳纸贵,人人都想先睹为快,黄绍箕手中的二百部,杨锐、张权、张检手中各一百部,很快被人讨要一空。

根据张之洞的安排,杨锐托总署总办何兆熊,在总理衙门印书一千部。同时请直隶霸昌道端方,在天津石印,在撷华书局排印。张之洞的同乡好友也没闲着,掌江南道监察御史李念兹,发动直隶同乡会,议提会款刻行一版,李念兹自出版金六十两。约略算下来,在印的已达五千之多。劝学一时成为京城风气,京官见面寒暄,总要交流几句心得,不如此便不通时务。毕竟变政是朝廷意旨,张之洞功名足以服人,顺口烧烧他的热灶,既不妨君又不害臣。

其实,对于部院司官们的反应,张之洞不怎么在意,他最挂虑的是当朝重臣。弟子们陆续向他报告:礼王世铎、庆王奕劻及军机兼总署大臣王文韶、廖寿恒等,都

对此书说了好话。管学大臣孙家鼐，亲口告诉黄绍箕，尽管某些细部尚可商榷，但总体而言，张著比冯著更切时用。让人感到意外之喜的，是"刚柴棒子"大变脸。他直接跑到翰林院，向黄绍箕索取《劝学篇》。这位硬汉，道歉也像怪罪："仲韬你这大翰林，当初为什么不送书，打发张公子来找我，那像办私事，叫我怎么受？还是那句话，刚某学也晚了，叫下辈长点见识，改改门风也好。"

《劝学篇》大行其道，最不是滋味的应是康门弟子了。康有为名满京华，以书打天下，而今败走麦城，麦城恰恰位于湖广辖境，这真是天捉弄啊！弟子们愤愤不平，康广仁蔫得像霜打的茄子。按照原计划，他此时本应远在故乡，可他临行前被康有仪劝阻住。康有仪说，打虎亲兄弟，上阵父子兵，长素的事业处在关节点，你怎么好离他而去？这话不错，还有一句没说出的话，叫康广仁更是脱身不得。从在上海办强学会起，康有仪就被康有为说动，追随他开会办报，打理财务。除了向亲友挪借外，他本人也投入大量金钱，至今已达二三万两。他期盼的是康有为辅政，权和钱成倍归还。康有为是甩手掌柜，这些交易，都是他跟康广仁做的，康广仁哪能撒手不管？康广仁对哥哥也不放心，因此决定留下，等待合适时机，说服哥哥一起走。为了帮助哥哥成功，康广仁要把生意做到北京。上次他为接书出门遭到暗算。他本人挨了一场打，那批书也不翼而飞。书是马家堡火车站打发人送的，不知是遭抢还是拐逃，这人就此杳无音讯。

从那时起，每有一批书到，康广仁都亲自押运，今天便为此去了车站。康有为不关心细节，只知这回到京的是《日本变政考》和《列国兴盛记》。他的书未蒙颁行，依靠弟弟的发售，能否在京城书界落脚，他感到心中没底。由此想到昨晚，梁启超跟他作一夕长谈，其中有不少话语，仍使他心灵震颤。这位大弟子的召对，充满惊涛骇浪，虽然涉险过滩，却未修成正果，失望之至，唯余愤懑。而梁启超对于清室，原本就不像老师那样虔诚，由此引发的话题，便从讲学之初讲起。康有为开万木草堂，非为舌耕谋食，而是志存高远。康有为纵观大势，望在上者而一无所望，奋起奔走南北，到处聚众开会，专以救中国为主。这中国含义若何？

在康有为中进士那年,由京返乡前夕,弟子何树龄致康函称:"注意于大同国,勿注意大浊国。大浊国必将大乱,为人瓜分,独夫之家产何足惜?"大浊是大清的反语,而大同国,则因康有为有大同学说。康未必有建国的野心,对大清早已绝望,却是千真万确。其后令梁启超由沪入湘,劝谭嗣同弃官返湘,也是准备在清朝削亡时,为湖南自立保有余地。凡此种种均表明,潘庆澜、文悌相继攻康,保中国不保大清,并非空穴来风。

听梁启超从头道来,康有为心中骇然:"卓如,提这陈年旧事干什么?"梁启超沉静地说:"我在追寻老师的心迹。求功名旋进旋退,对朝廷不即不离,不就工部,不官总署,宁肯自居客卿地位,老师可谓超然矣。究其本心,仍不相信清室可以自保。"

康有为断然截住:"这话只能在召见前说。军机章京陈炽曾告诉我,皇上英明过于群臣,我讥笑说此乃军机颂圣。及至召见,才知我是坐井观天,即此自誓,忠心辅弼,一以贯之。卓如,你是真正的卓尔不群者,但愿卓而能拙,不要陷师于不义。"

这话很重,梁启超有些生气,又知老师是拿话镇他,以免说出更多不逊之语。他不甘心就此打住:"今上固然英明,可惜失之软弱。张之洞巨猾,弄出一本骑墙的书,便令海内风行。以此而推新政,岂非缘木求鱼?'望在上者而一无所望',岂非重见于今日?"

梁启超之问,康有为从夜晚想到今天白天,仍没想出眉目。有一点十分清楚,他不能半途而废。无论如何,皇上是信服他的,张之洞夺不了他的"宠"。康有为坐在书房中,书案上册页纵横,笔墨淋漓,像他的思绪一样凌乱。面前的一页白纸上,有他刚写下的一个题目:请改直省书院为中学堂乡邑淫祠为小学堂折。题下写着几行字,接着写下一个"皆"字后,他便再也没有想出文句。这叫文思枯竭,也叫心猿意马。既然枯坐无聊,何不出去走走?

康有为站起身来,走到室外,火辣辣的太阳直射下来,把他烫得一缩,转身回屋脱掉长袍,戴一顶草帽,又往外走。康有仪从账房内探出身,问了一声,看出康有为没听见,忙叫李唐跟上去伺候。康有为闷头走了一阵,却不知该往哪里去。拜朋

友？没心情。观景致？没兴趣。到天桥那儿听相声？去前门外逛胡同？这都不是他干得了的事。一宗一宗数下来，才知这五光十色的京城地面，与他隔膜而又遥远，十年京兆，一场春梦而已。惆怅之中，漫步走向一条小街。小街很冷清，多数门面都关着，能看见蛛网在楹柱间攀结。天子脚下，萧条至此！

康有为暗自叹息，突然瞥见左侧一家店铺里，出来一个中年人，手中捧着一本书。这种情景不常见，康有为停住脚，等着那人过来，见他翻着书页浏览，便笑着打招呼："老兄好用功。"那人抬起头，康有为感觉出，这张脸仿佛在哪里见过。问是什么书，那人含笑请他看封面，原来是魏源著的《海国图志》。他心中霍然一亮，想起此人是谁，与此同时，那人笑说："不期而遇，只不知是良缘还是恶果？"康有为也笑："幸会幸会。看老兄手中的书，可知此遇不是鸿门宴，而是将相和。"

那人就是上次街上朗读讨康檄文的中年书生。他现在却出人意料地讨好康："先生是良相，在下却当不得一个将字。随时序之转移，觉今是而昨非。先生奏废八股，打破俺们的饭碗，虽然不愿，也得认命，改换门庭尚不算晚。"

康有为颇感欣慰："这么说老兄应是塾师。为人师表，所关者大，应时而变方不误人子弟。"那人心悦诚服："是。说到底人就是一个习惯，打破时总想跟人拼命，逼到万不得已，调换一下脚步，发觉比先前更加合适。"康有为由衷赞道："虽俗白而有至理，说得好！这是一家书店？"

那人抬手指指小店招牌："一个不起眼的书店，一览而无余。老板乃前辈翰林，不屑与琉璃厂书肆为伍，隐于荒僻角落。店中多时贤之书，魏源、龚自珍、王韬、郑观应、严复诸高才，咸集于此。"康有为问："有没有我的书？"那人攒起眉头："奇怪得很，竟然没有。我问老板，他也遗憾说，康子大名如雷贯耳，只不知到哪里购进他的书。"

康有为不由暗怪弟弟，只知独自摸索，不善借力助推，连近在身边的门道都错过了。正纳闷着，听见书店那边有人召唤，中年书生应声道："陈老前辈，紫气东来，仙人降临，恭喜贺喜。"

从书店中走出一位老者，朝书生问："吴兄念何咒语？"吴兄笑答："降妖伏魔金

刚咒。今世孔子，康先生在此。"陈翰林啊了一声，赶紧往前走，却被一块石头绊得一歪。康有为疾步过去扶住，作礼道："晚生康有为，拜会老前辈。"陈翰林喜出望外："昨晚梦见先圣，今日果见先生！吴兄，我要感谢你。"吴兄打趣："你先道歉，为何店中不存康书？"陈翰林笑呵呵："谁说不存，《长兴学记》《新学伪经考》《桂学答问》，我这里都有。全是单行本，怎舍得摆到外头卖？"说罢便请康先生进店。

难得邂逅知己，康有为乘兴而入，被引领着遍观成排书架，但见琳琅满目。感受书香洋溢。陈翰林搬出他的大著，当面请教，切磋学问，表达仰慕之情。不知不觉日已向午。李唐暗中示意，康有为便要告辞，陈翰林不失时机："今日正应了那句俗话，哪阵风吹了先生来！既是天照应，我便请先生赏光，吃几杯村醪再走。"李唐在旁边看着康有为使劲摇头。陈翰林瞅着他笑："贵价担心什么，怕遇上水浒豪客？"贵价是仆人的尊称，近世很少有人这样说了。对这样文雅的书主人，康有为确有相见恨晚之感，又不好贸然叨扰。正迟疑间，听见脚步声，一个力伕挑着书担进店来。陈翰林欠起身来，又做出意外的样子："你是为我送书？哪位老板打发你来的？"那人三十岁上下，却是满面菜色，嗫嚅应答："不是，我找康先生。"

又是一个意外！康有为愣愣地看着力伕。力伕把书捆放在地上，康有为看着厚厚的草纸，认出那是大同书局的包装。心里咚地一跳，追问怎么回事。力伕吞吐着说，二十多天前，他受车站指派，给康广仁先生送书。不料行至半途，在跨越一个水沟时，脚脖崴了一下，由于有病在先，他便昏死过去。好心人把他救下，养了这么多天病，保住一条性命。今天他赶来送书，听说康先生在这里，不料却找错了。他的话句句对茬，总觉得有什么错榫处，可是又想，谁肯把他人的书送给你？康有为在椅上坐正身子："你送的什么书？"力伕傻乎乎地说："这我哪知道，只知送大同书局康广仁经理。"说着便要挑担子走路。

康有为放下心道："我是康广仁的哥哥，你把包打开我看。"力伕迟疑地打量他，吴兄催那人从命，力伕将一捆书搬到康有为面前，几下撕开包装。他举起一本书，书面上三个大字，使康有为大惊失色。《劝学篇》上张之洞之鼎鼎大名赫然醒目。康有为强自镇定，将那书接过辨认，然后朝下一扔："果然送错了，你把这书挑走。"

力伏翻着白眼:"撕开就得认账,这书只能送你。"李唐一直立在屋角,这时大步向前,伸手抓住那人的手腕,那人用力一翻,反拧住李唐的手肘。

发现又一次落入圈套,康有为叫李唐松手,扭脸盯着吴兄:"我问过文监生:为何害我?"吴兄笑嘻嘻地说:"记得他回答,是相思害你。这回不一样,是张大帅想跟你比比高下。"康有为道:"不用比,他比我高,大帅嘛,值得你们五体投地。"吴兄仍在笑:"康先生不服气,因为你自比帝师、教主,说不定还有皇帝。"

康有为斜睨着他:"废话少说,诸君把我骗来,打算怎么处置?还有这位前辈,你是假翰林还是真蛀虫?"陈翰林摇着脑袋:"我这店是真的,读你的书也是真的。至于你们有何过节,我不知道,也不愿牵扯进去,你们可到外面去讲。吴兄,可好?"吴兄向他拱手:"不敢搅了前辈场子,借贵店门旁一方宝地,我们跟康先生论论是非。"说罢一努嘴,几个人由外入里,将康有为由里到外,推拉出门,李唐想去护,哪里护得住?

康有为茫然举目,但见街上行人陡然增多,成群结伙地向这边拥来。在走近的人中间,他认出了姓张的红脸汉,只没看到文监生。稠密的闲人堵塞了街道,从北边驶来的一辆马车,在书店不远处被人群阻挡。马车夫大声吆喝,没人给他让路。他恼得下车推搡,反被辱骂围攻,他只得灰溜溜地爬上车辕,收起马鞭,也成了一名看客。

一片扰攘中,康有为忽觉肩上沉重,回眸打量,原来是那两捆书,被一条绳子系着,不知被何人搭在他的身上,双手却被人扭着,纸包中除了一两本书,大概全是砖头。他得主动出击:"各位朋友,上回你们羞辱本人,我看作一场玩笑,没有报官追究。再一不可再二,希望各位顾惜体面,不要再干可笑之事。"红脸汉嘀了一声:"你没报官,官倒派来了马队。这回大伙没留踪迹,老胡没法赶来护你了。"

康有为怒道:"把砖头给我拿掉。"红脸汉讪笑着:"那是书,不是砖。"康有为正气凛然:"士可杀不可辱,再不拿掉,我立即嚼舌而死,你难逃当街杀人之罪!"红脸汉挠挠脖颈:"怎么,讹上了?看在读书人的分儿上,帮康老爷卸载。"

身边有人将书捆取下,并松了手。康有为掸掸汗湿的衣衫,用轻蔑的目光环视

庸众:"各位跑来起哄,不害臊吗?这是什么时光?列强入室,妻儿濒危,凡有气血男儿,皆当拔刀而起,不来欺亲人,要去杀强盗。不知此义者,不足以称作人,应当在尿盆中淹死!"他骂得众人木糊着脸。

一片寂静中,传来哈哈笑声:"说得好,说得好!"人们扭头看,只见车辕上的马车夫,挓挲着胡茬子笑。有人抛出一块石头,砰地砸在车篷上,吓得车夫一缩脖,蜷伏下去不作声了。红脸汉跟吴兄对对眼色,吴兄跨前几步,跟康有为面对面:"康先生,我今天本不是找你的,不巧碰上了,就得请你听一篇颂文,给咱指点一二。"他摸出一张纸,举起来让康有为看:"与讨康檄文不同,这一篇叫颂张诗文。"

> 贤人贤人,对阵康豚,
> 劝学救世,鸿篇雄文。
> 反对改制,诋斥乱伦,
> 惊散徒党,踏破康门。
> 康氏作法,地暗天昏,
> 毒蛇猛兽,牛鬼蛇神。
> 东海夜叉,口似血盆,
> 倭国日本,发来援军。
> 张公保国,奉诏亲临,
> 堂堂正正,旗旆如云。
> 天兵怒气,雷发火喷,
> 贼人大败,豕突狼奔,
> 大张天威,大地回春。

一字字念罢,一声声叫好,看那康有为,却似无动于衷。吴兄面朝人群说:"看见了吧?这人的脸皮,只怕是日本铁炉打造的。"立即有人应和:"日本爹娘做的!""日本野种!"

等到喧嚷声歇的缝隙，康有为缓缓说道："这种污蔑，不值一驳。你们真有义愤，何不在日军打上门时，赶到前方拼死？京城多闲人，闲心生闲言，今天就是如此。"他抬起眼睛打量，有人跟他对视，有人将眼光避开，似尚有羞耻之心。他稍稍提高嗓音："诸位多是旗人，旗人有铁杆庄稼，代代衣食无忧。可英法联军犯京时，你们的庄稼地受到践踏，真正天昏地暗。好了疮疤忘了疼，你们不怕还有联军进城吗？"红光大日头下，似掠过一阵寒风，人场一片蹩躁。接着便是叫喊："联军是你招来的！""你进《日本变政考》，骗皇上改穿日本服！""你是倭奸！"

康有为想转身走开，却碰到硬邦邦的人墙上，他发泄着满腔无奈："诸位不论理，说什么都白搭。康有为布衣进京，至今虽中一名进士，未食皇家半点俸禄，所为何来？愚忠一片，救国二字。要救的有你也有他，你不让救也罢，不要拉他人陪死。学日本变政，学日本强大，有什么不好？你们用《劝学篇》，贬我《日本变政考》，须知张公也是主张学日的，他亲口对我讲，可学日本的变法自强。不信打开张公书看，他也是反对食古不化的。你们不服康学，可以听张公劝学，不要像顽童一般闹学，最终被人剿了巢穴！"

话说得正大冷酷，吴兄等人也是读过书的，实在不好装文盲，只能昧心当良盲。在他的冷眼暗示下，那个挑书来的力伕，从人堆中蹿进场子，一把揪住康有为的衣领，嘶着声叫："康家哥俩昧我的工钱，还用砖头冒充书本，给我栽赃！""打！""打死日本狗！"吴兄和红脸汉抽身后退，让粗汉们上前拳打脚踢。康有为真正斯文扫地，霎时间被踩践成一团破布，混沌痛楚中，心里还有一点清醒：我要完了。

人群一时间喧嚣如狂。忽听半空一声响亮霹雳，人们以为是头顶打雷。原来是马车被人惊动，车夫撩手甩一个响鞭，鞭梢游蛇般凌空抽掠，惊得众人缩头不迭。紧接着一个人影燕子般飞剪而过，伸手如电，将昏迷的康有为薅葱一般拔出人堆，掼上马车。辕马咴咴扬鬣长鸣，那人大喝："闪开！闪开！"长鞭撩开一条生路，马跻四蹄，沿街狂奔，顷刻将小街远远抛开。穿过几条街巷，马车在一座四合院前停住。

那人将康有为托抱下车，来到前院东厢房门外。一位长胡须郎中迎到门口，叫声"五爷"。五爷点点头，健步进屋，将病人平放在一张竹榻上，郎中上前试试病人

鼻息,看过头上脸上的瘀伤,又解开衣襟看。五爷静静立在榻旁,瞧着他诊视一遍,用目光询问:怎么样?郎中轻声细语:"都是皮肉伤,昏迷乃气郁所致,五爷请宽心。"五爷低声交代一句,拱拱手走出屋去。

康有为昏昏沉沉,悠悠忽忽,浮游在云里雾里,飞越千山万水,来到小城曲阜,走进圣宅阙里。但见杏林中间有一教坛,一尊巨人傲岸挺立。康有为倒身下拜,口称圣师。孔子呵呵笑道:"康有为,我问你:我称素王,你号长素,意欲凌驾于圣人之上,是何道理?"康有为连忙逊谢:"弟子无知。"孔子为他讲解:"圣者,通也,通达万物谓之圣;精也,专精一理亦为圣。你未通达,亦不专精,有一优长,他人不及。我又被尊为圣之时,时者新也,不新何以时,不时何以圣?你之得为长素,乃因后于孔子,而敢新于孔子,使圣人之道日长月增,卫教之功,不亦伟乎!"康有为欣然领受,霍然警醒,只觉浑身疼痛,不禁呻吟出声。

耳畔有人欣慰言道:"好了好了,醒过来了。"睁眼看见一张陌生的脸,痛切情景涌上心头,他"哎呀"一声叫出,便要翻身爬起。郎中用手安抚,让他平稳躺卧,灌下几匙药去,令他伤痛减轻。康有为急切地问:"请问是谁救我?"郎中淡然一笑:"五爷送你前来。"康有为睁大眼睛:"五爷!可是侗五爷?"郎中笑而不答。康有为尽力回忆,依稀记起那声清脆的响鞭,还有那轻捷的燕儿飞,越发认定那是侗五爷。听说他唱过武生,戏台上的身手,竟有飞侠的功夫!

康有为感激涕零,忽听屋外传来脚步声,以为是五爷到来,赶紧支起身子。却见是康广仁急急进屋,一脑门的汗水,胸前衣襟也汗湿大片。见哥哥尚无大碍,可也遍体鳞伤,他又是放心又是痛心,扑上来抱头痛哭。康有为推他起来,看那郎中已避出,便低声道:"老二你不要哭,这是别人的房子。五爷通知你来的?"康广仁拭着泪水:"我不知什么五爷,有一个少年报讯,引我来这里见你。"康有为问:"少年?人呢?"康广仁忙出去看,少年没了踪影,郎中也没留意这样一个人。

康有为更加感激,要打发康广仁去向五爷道谢。康广仁哪肯离开,康有为拗不过弟弟,耐着性儿熬过一夜,执笔写一短笺,详细指明路径,要他快去快回。

康有为伏枕休养,等到红日过午,盼得弟弟回来。望望康广仁的脸色,见他木

木的,康有为忙不迭问:"怎么,没有找对地方?"康广仁伸手掏摸:"见着了,侗五爷写了几句话。"康有为接过来看:"长素先生:获知警讯,愕甚愤甚,为之痛惜。惟所遇豪侠,实非侗某,此恰可为先生庆者,以粉墨可登场不可救难也。请善自珍摄,容后拜慰。侗五匆草。"

三、谭公子慷慨陈词

侗五矢口否认,康有为不能不信,可从哪儿又跑出个五爷来?幸有郎中妙手,他很快康复。乘车离开前,康广仁去付药资,郎中告诉他,五爷支付过了。兄弟俩连连央告,郎中也没有说清五爷的身份。神龙见首不见尾,这位救命恩人,竟成无底之谜!冤有头,债有主,即使世无清官,仇却非报不可。康有为写就一份状子,叫康广仁挨个去跑。先到宛平县,县令说,衙门小,管不了。再到顺天府,这回见不到府尹了,刑房师爷板着脸道,京官的案子,本府不敢承揽。康有为气不过,正考虑去刑部呈控,刑部主事刘光第与杨锐结伴前来看望。这是《劝学篇》颁行以来,杨锐第一次露面。他的身份不好拿捏,但他显得开诚布公。

他此行带来了《劝学篇》,很诚恳地对康有为说,张香帅的这本书,是他和黄仲弢等在京推介的。张香帅与康先生看法虽有歧异,在大体上并无差别,都要实行变法,促使中国富强。他希望张著和康著,如鸟之两翼,车之双轮,相辅相成,飞驰远翔。杨锐的通融,使连遭多方挤压的康有为感到莫大安慰。他历年办会办报,都得到张香帅支持,一直心存感激。全国十八行省,唯有两湖新政卓著,张香帅功莫大焉。至于《劝学篇》,他却绝口不提。在学术这块地盘上,康有为傲视当世,怎会瞧得起张之洞?他毕生致力于今文经学,因此学讲究微言大义,通经致用。四川今文经学大家廖平,著有《今古学考》,曾游广东,与康有为相见。康有为受其启发,始作《新学伪经考》《孔子改制考》。此中因果,梁启超在一篇文章中说过,其师"后见廖

平所著书,乃尽弃其旧说"。尽弃旧说,受廖平影响不可谓不大,康有为对此却讳莫如深。究其内心,他要创立康学,标榜一无依傍,便须将他人学说排除在外,此亦不得已也。

话题转到那场乱子,康有为三言两语讲完经过,咨询如何向刑部陈诉。刘光第不绕弯子,直说此事不好办。各衙门之所以推诿,因为这是无头案子,谁缠上谁头疼。见康有为听了不高兴,他详细解说,红脸汉不知姓名,吴兄有姓无名,况且谁知道这姓是不是真姓?即使能找到文监生,他跟这一案无关,牵出他来,水会搅得更浑。近世对于聚众闹事,除了夺城杀官,不得不办外,一般都不了了之。前几年,李鸿章在街上受围攻,军机大臣徐用仪遭枪击,最终都没有破案。原因在于吏治败坏,百姓没了敬畏之心,官府失去掌控之力。康有为负气说,那我只有吃哑巴亏了?刘光第劝慰说,他可以向有关司官提议,派出得力眼线,暗中探查侦缉,待机拿办案首。这也是缓一步再说,康有为只得作罢。

送走二人后,康广仁不肯罢休。京中这般糟乱,哥哥何必在此苦守?他劝哥哥宜归粤沪,梁启超宜去湖南,专心著述教学。康有为反过来劝他,此时如果离京,等于落荒而逃,岂不贻笑于人?他已盘算清楚,那帮人狗急跳墙,乃是被触到痛处,仅为报仇计,也当更加卖力做事,使此鼠辈痛不欲生。康广仁劝不动大哥,只能在给康门弟子何树龄的信中诉苦:"伯兄规模太大,包揽太多,同志太孤。当此排者、忌者、挤者、谤者,盈衢塞巷,而上又无权,安能有成?弟私窃深忧之,力劝伯兄宜速拂衣。伯兄感激知遇,不忍言去。伯兄思高而性执,拘文牵义,不能破绝藩篱。不独伯兄身任其难不能行,即弟亦明知其危,不忍舍去,乃知古人所谓鞠躬尽瘁,死而后已,固有无可如何者。"伯兄就是大兄。

规劝这位伯兄的,除了他的亲弟弟,还有先前的同志沈曾植。从康氏觐见直到今天,沈曾植默默注视着康有为。此时短期来京,办罢事出京前,派人送一短简给康,信中只有一行字:"试读《唐顺宗实录》一过。"一过就是一遍。处于衰落期的唐顺宗,为了挽救唐朝,曾信用小臣王叔文等,推行"永贞革新"。革新持续一百八十二天,顺宗病死,王叔文等被杀。这一行字带给他的震动,比参劾和攻击来得更强

烈。康有为看过,长叹一声,只能默默承受,义无反顾,孤独前行。

　　沈曾植与黄绍箕同乡,同为京中名士,他跟康有为的交往比别的名士深切。康有为第一次上书请求变法,引起朝野大哗,当权者将予逮治,沈曾植时任刑部郎中,为其讲情,得免于祸。其后同办强学会、保国会,皆被参劾解散,沈曾植渐渐消沉,康有为执拗如故。沈曾植正在守制丁忧,受聘于两湖书院。由北京回到武昌,见到张之洞,自然要说到康有为的近况。得知他受的这场侮辱,竟跟自己的著作有一点瓜葛,张之洞沉吟着说,康有为轻躁浮夸,然其坚执自信,亦有人所不及处。我与康争不为别个,只为他的民权学说。康学若能得逞,国也许得救,君却被抛至九霄云外。此中真意,他人不知,慈圣难道无所觉察?

　　沈曾植告诉他,慈圣现时是在隐忍。张之洞脸上浮出笑意:"'隐忍'二字传神,比长卷写真高明多了。大家都在隐忍,忍于康党,忍于外敌。我只怕忍无可忍时,天灾人祸一齐袭来,国何以存,人何以生?我出来劝学,自知缓不济急,不过尽人臣本分罢了。"

　　沈曾植道:"病乃百年沉积,断难一时消除,缓药以救世道人心,自是根本之图。我担心的是,有人讳疾忌医,有人误读药方,反倒坏了症候。《劝学篇》已成显学,可惜好多人没读懂,只认此书为讨康利器。还有人另走极端,听说徐桐相国告诫门生:《劝学篇》明里反康,内里尽是康家学说。"

　　张之洞听了一愣,又拊掌笑出来:"徐荫轩眼好毒啊!他应该说,康家学说,多从张之洞处偷来。本人变法比康有为早得多,我由学西洋走到学东洋,是康有为竭力模仿的。在求新求变上,张学和康学本是一家。妄想一成不变的,是该朝我放箭哪。"想想又道:"所谓显学,恐怕多是看在显宦面上。康有为以一布衣,而使其学裹挟人众,可见其可怕处。远的不说,我治下的湖南,被康学搅得沸反盈天,学会报馆遍地开花。我的同城同僚谭抚台,他的贤公子谭嗣同,不知何时中了康毒,气得做父亲的心如汤煮。唉,灯下黑,灯下黑呀!"

　　在湖北巡抚的官宅中,谭氏父子确在怄气。巡抚谭继洵,与张之洞同城共事九

年之久。这位抚台拘谨守旧,对湖广总督的做派不大欣赏,二人时有龃龉。偏偏他的儿子桀骜不驯,对康学中毒甚深。谭嗣同幼年丧母,饱受父妾虐待,这也要怪当父亲的不能齐家。谭嗣同孤愤自立,年纪轻轻便远赴新疆,入巡抚刘锦棠幕府。后又遍游陕西、河南、江苏、台湾等省,十年间足履半个中国,访察风土,结交豪杰,身挟游侠之风,胸藏报国之志。他在南方联结会党,到了北方又探究社团。曾在天津深入在理教,发现教众多是愚民,以因果轮回之说迷惑人心,秘密势力遍及直隶,显出大乱将起之兆。为了研究实学,他在故乡浏阳组织算学社,成为湖南新学的起点。他先在北京见到梁启超,又在上海会晤康有为,旦夕过从,深相结纳,自许为康氏私淑弟子。

他其实比康有为激进得多,在金陵闭户读书期间,写成《仁学》二卷,托名为"台湾人所著书",抒发台湾被割的冤仇。《仁学》主旨为抨击专制,冲决网罗,直揭"二千年来之政,秦政也,大盗也""夫彼君主犹是耳目手足,非有两鼻四目,而智力出于人也,亦果何所恃以虐四万万之众哉? 则赖乎早有三纲五常字样,能制人之心。如《庄子》所谓'窃钩者诛,窃国者侯',奈何使素不知中国,素不识孔教之奇渥温、爱新觉罗诸贱类异种,亦得凭陵乎蛮野凶杀之气以窃中国!"奇渥温是元帝姓氏,爱新觉罗乃清朝"国姓"。此等骇人议论,为康、梁所不能达,并且不敢言。

谭嗣同自知不容于当世,特录一副本托付梁启超,希望能够幸免焚灭。陈宝箴在湖南行新政,除了得到同僚黄遵宪、徐仁铸协助外,主要依靠谭嗣同、熊希龄、唐才常等湘籍才俊。时务学堂、南学会、《湘学报》和《湘报》,课吏馆和保卫局,是湖南新政的大端。梁启超把康学带到湖南,也使新旧势力再起争端。梁被排出湘后,谭嗣同便成为康学的代表。朝廷召黄、谭进京,使他们的反对者松了一口气,可是谭嗣同因病滞留,让这口气愈憋愈浓,又到了爆燃的当口。

谭嗣同借病拖延,不愿轻易离湘。北京城乌云压顶,康、梁势单力薄,维新能撑多久,尚在未定之天。湖南虽有重重阻力,毕竟有陈宝箴、黄遵宪、徐致靖,得天时地利人和,新政应有可为。万一大势决裂,为炎黄子孙留一线命脉,实乃湘人之重任也,因此逗留观望。得知父亲患病,他赶到武昌探望。父亲的病因,半是体弱,半

是担忧。他的这个儿子，自小没有定性，长大更加任性，叫他操碎了心。开学办报，这是时下风气，儿子参与无可厚非，然其作文演讲，总是锋芒毕露，像要竖起靶子招人射箭。朝廷召他进京，这本来是好事，可有康、梁等在那里，要他不去入伙，无异于痴人说梦。

张之洞懂得谭继洵的心思，也想为湖广消除隐患，便跟陈宝箴商定，拟派谭嗣同代表湖南，鄂省洋务委员姚锡光代表湖北，去日本考察教育、军事。谭嗣同乐意前往，一来眼见为实，二来跟日本的实力人物建立联系，可作维新的臂助。这是去年的动议。谭嗣同却不知道，父亲和张之洞又变卦了，原因仍是对他不放心。两位长辈甚至认为，若放谭嗣同赴日，说不定他会受日本人诱骗，做出无法无天的事情。

此时在书斋中，谭继洵埋怨儿子，在南学会演讲中国危急时，所用言辞太过分。儿子分辩说，中国的危急何用讲？只要睁开眼看，便知危在旦夕，我们所能做的，可能只有大声疾呼了！谭继洵瞪起眼道："呼有何用？如果唤起愚众，你会鼓动暴乱。如果惊动朝廷，你会遭到责罚。要想于国有利，先得护好自己，否则一切免谈。"看出儿子想开口，谭继洵抢先截住："多说无益。你已成人，当谋自立。可走的有两条路，你现为候补知府，分司浙江。我跟廖抚台有所通融，他也想叫你尽快赴省，先委差使，待出缺后便补实职。无论宦况如何，知府还是值得做的，干上两任升为道台，离监司大员就不远了。"

瞧瞧儿子的神情，他叹出一口气："知你志不在此，叫你如愿做些实事。湖北的实政优于湖南，我请张香帅照应，委你主管洋务局，这么大场面，你有多少才无处使？我老了，有你在身边，我今生愿足了。"

看着日渐衰迈的父亲，有一团热乎乎的东西，哽在谭嗣同心头。少小时，他对父亲有怨；长大后，他跟父亲疏远；近年来，与父亲争执不断，但父亲的那份舐犊之爱，他还是有所感受的。可他知道父望无法满足，恐难免于抱恨终天。想到这里，他不禁苦涩道："国难家仇，父恩母惠，迄无寸报，儿子愧死。"

这孩子，宁肯愧死不愿回头。谭继洵无奈，只得请张之洞代他训子。谭嗣同此次来鄂还有公事，他受陈宝箴指派，要跟张之洞谈湖南铁路一事。德占胶澳后，列

强在华划分势力范围,争夺经济权益,并由沿海向内地进逼。为了预防外人强占粤汉铁路筑路权,张之洞、陈宝箴决定打着民意的旗号,先把承办权拿到手。由直隶总督王文韶、湖广总督张之洞、督办铁路总公司盛宣怀联衔上奏,以湘、鄂、粤三省绅商联名呈请为由,要求兴建粤汉铁路。光绪下旨批准,针对湖南用中国工程师勘路的请求,特旨调用詹天佑、邝景阳往勘湖南铁路。然而,督办关内外铁路的胡燏棻不肯放人,张之洞提出请洋工程师代办,陈宝箴回电称,湘人对洋人深怀疑惧,勘路之始必须慎重,应请铁路总公司派员主办。盛宣怀派罗国瑞为湘路委员,罗国瑞未出发即生病,多次请假。从去年冬拖至今年四月底,有四名法国人由粤入湘,在湖南境内一路勘察,似为修建铁路做准备。这引起了当地绅民的愤怒,在郴州城南发生了冲突,法国人的随从二死三伤。陈宝箴接连电告张之洞,要求加速勘路,并催问盛宣怀的借款情况。盛宣怀回电称,由于借款较难,最近才同美国公司谈妥,借款合同包含支线条款,而且要由美国人勘路。

陈宝箴大为生气,谭嗣同此来便有兴师问罪的意思。谭嗣同代陈宝箴声明,湖南民情闭塞,当初倡修铁路,本以抵制入侵为由,不料屡经拖延,已使谣言大起。铁路总公司是在张之洞的支持下成立的,他要替盛宣怀说话。修路不得不借钱,但盛宣怀借钱有一原则,将借贷与该国的势力范围分开。比如湖南在英国势力范围内,盛宣怀拒英款而借美款。他叫谭嗣同报知陈帅,如今钱已谈妥,七月准定派员勘路。张之洞看出谭嗣同如释重负,又说,铁路和矿务互相依托,盛宣怀提出,可否将湘矿划归于总公司,一并借贷美款办理? 这叫得陇望蜀。谭嗣同说,湖南设立矿务总局,为何把矿权转付他人? 张之洞告诉他道:"不只有英商,法商和德商也多次找我,要办湖南路矿。他们合纵连横,我也可借美敌英,并且预先谈定,将来矿利湖南得若干,用以编练新兵;总公司得若干,帮还湘路债款。如此谋定后动,可保利权不失。"

这类如意算盘,洋务大员打过多少次,可每一次都全盘皆输!谭嗣同慨然道:"世伯莫怪小侄无礼,不管借英或者借美,都是将朝三换作暮四。陈帅自知,发动湘绅募款集股,于修路不过九牛一毛。但总须自己坚定心意,抱准权不外借之志,方

能步步为营与外人周旋。议勘数月没有动静，陈帅与我等纸上谈兵，大致划定，干路由长沙改向湘潭、衡州、耒阳、兴宁，至郴州抵达广东界；再由衡州经祁阳至永州，修一支路通广西。这叫过屠门而大嚼，嚼了多少天，干路和支路还在唇齿间啊！"

张之洞淡然一笑："空想容易办事难，你们知道了？我早年也爱空想大言，此后经历繁难，始知世道之艰，这才改虚从实。无论成与不成，你把盛杏荪的意思转达陈帅。还有一件事，要告诉徐学使。"学使是学政的别称。张之洞又说道："《湘学报》和《湘报》议论出格，若不改正，鄂省恐难订阅。"

谭嗣同来鄂前，张之洞的电报已摆在徐仁铸的案头。现在重提此言，是要当面敲打。谭嗣同暗暗告诫自己勿动意气，仍道："《湘学报》创办之初，筹款艰难，未用铅版，刻工校对都很粗劣。承蒙世伯在鄂推广，利用订款补充经费，才使两报面貌一新。小侄参与办报，与同人深怀感激。世伯不喜'素王改制'学说，报纸已经遵命改正。"

张之洞没有放过："当时改了，此后又有三处见到类似说法。此论乃公羊家新说，创始于廖平，大盛于康有为。其说过奇，骇人视听。报纸发行流传，与私家著述不同，需要过细检点。"张之洞揭出渊源，谭嗣同无可讳言："《湘学报》本旨力求平实，而学者意在标新，这是办报人明白宣示的。治学以不拘为贵，以不惧为高，拘者拘守旧义，惧者惧遭时忌。廖平、康有为学说且不论对错，单这不拘不惧，就有可以效法之处。"张之洞哂笑道："康有为是学者吗？此人是学痞、学匪！"谭嗣同吃了一惊，怔怔地看着这位世伯。

张之洞平静如常："一大帮弟子前呼后拥，南北追随，奉之如父，尊之若神，近世学者有这种做派吗？弟子有'超赐''轶回'之号，超过了孔门弟子，他这老师岂不超越孔子？"谭嗣同不能不驳："世伯，这是流传的说法。即使是真，表象也无关学说宏旨，怎好据此否认一个学者？"张之洞又要笑："你认他是学者？那么你应是哪位，超路，超过子路？"

如此戏言嘲讽，不合尊长的身份，谭嗣同很是生气。

张之洞的脸色变得严肃："复生，令尊为你担忧甚深。你致力实学，奔走救国，

这是好的。可你不意间陷入康学泥淖,令人惋惜。你学术上本来自有面目,且不说近著,你自辑的《三十以前所著旧学四种》即甚可观。《记洪山形势》论武昌:'古之重武昌者,以其挈长江之要领也,今中外互市,轮舟上下,长江尽失其险。长江尽失其险,则武昌者,主固无以御客,即客得之,亦不能一日守。故武昌譬则斗也,而其柄不在此。将欲操其柄以斟酌海内,挹注八荒,必先以河南、陕西、四川、云贵、湖南为根本,而以武昌为门户,合势并力,以临驭长江之下流,然后东北诸行省恃以益重。'我坐镇武昌,环顾江山,每每吟诵此语,为之咏叹。"

听他激赏自家文字,谭嗣同不无感动:"量小侄牙牙学语,怎入世伯宗师法眼!览德军入侵以来事,知三十岁以前非,旧学种种一火焚之,而以江水荡涤心肠。江山易改,今日之势,已难安固昨日之形,世伯手握天下重镇,当以斟酌海内之量,提挈两湖,拯救中国。"张之洞举起一只手:"这话言重,疆吏仅负方面之责。因有此责,就不能对《湘学报》之失视而不见。比如唐才常所撰《交涉学》篇章,反复阐说民权公权。唐才常毕业于两湖书院,也算是我的学生。他的才气自不消说,但其立论如此偏激,怎能让我放手不管?"

看出张之洞露出追究之意,谭嗣同尽力替好友开脱:"为使报纸一新耳目,唐才常殚精竭虑,广搜博采,有时难免千虑一失,小侄回去提醒他注意。"张之洞启齿一笑:"你?你曾上书于陈帅称:方今急务,在兴民权,欲开民权,在开民智。《湘学报》立论处处注射民权,尤觉难能而可贵。你在南学会演讲,设有答问环节。毕永年和陈光孚反复追问,你言辞闪烁,却总离不开'民权'二字。结尾时毕永年问:复生先生讲义声情激越,实足兴顽起懦。但今日之局,若不将此层揭破,大声疾呼,终属隔膜。请问高明有何良法?你答言:王船山云,抱孤心,临万端。纵二千年,横十八省,可与深谈,唯见君耳,然因君又引出我无穷之悲矣。欲歌无声,欲哭无泪,此层叫我如何揭破?会须与君以热血相见耳。悲愤如此,你们要破的是哪一层?"

张之洞的词锋破肤见血。谭嗣同俯首默思,他深吸一口气道:"见仁见智,言者无罪,实不相瞒,小侄是有民权之想。我国数千年来君权至重,积重至今,已有累卵成山之危。我以为救亡只有二策:一为国会,一为公司。国会可以群集财力,抵抗

压制。假如有外国来侵时,便可由国会派遣代表,前往彼国陈说民意,论说相合可与订约。无论如何天翻地覆,只要力保国会,民权终不丧失。世伯治鄂由公司做起,公司维系民生,民生拱卫民权,虽不明言,暗合要义。湘省请立南学会,世伯慨然批准。对于国会植根于学会,议院隐寓于辩论,几次宪谕也未予指摘。可知学会报馆诸新政,皆为督宪乐见其成。世伯功德昭昭如日月,为何对'民权'二字讳莫如深?小侄曾论反民权者,不仅大不仁,而且大不智。值此存亡绝续之交,责任沉重如山,民不忍使二三人独任,欲出群力与之分担。在上者见而大怒曰:小子竟敢争分我权! 赶散众人,悍然独奔,不至倒毙不肯休止。这不是反民权,这叫蚊负山,螂挡车,大愚至顽而不可救。唉,当今之世,能兴民权者唯有明公,能除民权者何止千百! 民权是拿官权没办法,小侄更对督宪没办法,只是激于义愤,仗庇垂爱,不觉言辞汹汹如潮,怜我罪我,惟听明断。”

这番话似长江奔涌,荡涤得张之洞腹内空空,不知该怒还是该悲。呆坐良久,他哑声感叹:“伯里玺,伯里玺啊!”这几个字听不太清,却使谭嗣同心中一震。伯里玺是英语音译,在英美等国,会长、社长、校长、议长均可称之,而在中国专译为共和国之元首。梁启超曾给康有为写信,力赞谭嗣同:“才识明达,魄力绝伦,所见未有其比,伯里玺之选也。”如此推崇,用意极深,康、梁是要利用谭嗣同的人脉,经营湖南,在大难到来时据以自立。在他们的谋划中,湖南新政别有用心:南学会可以改为下议院,课吏馆可以改为上议院,新政局可以改为总政府。这都是不为外人道的机密,张之洞怎会说出“伯里玺”三字?

谭嗣同紧张地思索着,却见张之洞面色如常,拉长声说道:“罢了,人各有志,难求一律。复生,识见卓异,是你之长;性情偏执,是你之短。我这里别无所嘱,只要你体念令尊之心,循守为子之道,多行忠义,毋堕家声。”随后吁一口气,转说公事:“我跟陈帅商量过,在长沙开湖南制茶公司,所招股份,湖北和湖南六四开。由我下札委派你为总办,望你努力从事。”说罢从案上取起一道札文,递了过来。谭嗣同赶紧立起,下意识地接过,心中却在踟蹰。他虽心雄万夫,名下却无产业进项,若无父亲的接济,妻小生计将很艰难。制茶公司是洋务局的差事,总办薪水相当可观。张

之洞这是照应他,还是借以取消他的日本之行?

回到巡抚衙门,谭嗣同把委札交给父亲看。父亲好像松了一口气,吩咐他不可辜负宪意,尽快回湘操办此事。两位都不提东洋旅差,看来已成泡影。隔了一天,谭嗣同果然听到消息,张之洞改派枪炮厂委员徐均溥,与姚锡光一同去日本。

谭嗣同只好回到长沙,向巡抚陈宝箴面禀。陈宝箴听罢微笑道:"盛杏荪想包打天下,可他人才、钱财都很紧缺。我已去电拒绝承揽湘矿,同时催促派员勘路。湖南矿产外运增多,鉴于沿途雁过拔毛,额外勒索名目繁多,我已奏准免抽税厘。湖北是湘矿北运的主要通道,税厘是其收入大宗,免收等于夺鄂省之利。我咨会张香帅后,香帅据此制定新章,将新矿旧矿区别对待,新矿免收,旧矿照征。对官煤、焦炭、五金免收,商煤则不可免。虽然打了折扣,这却是最先咨行的省份,可做东运和南运的示范。"

陈宝箴为人谨饬,这回说得这样详细,谭嗣同断定必有后话,果然等来了:"张香帅《劝学篇》,奉旨颁行后大行其道,然而书籍数目有限,难应需求。香帅与我商定,可在《湘学报》上分期刊载,以飨学子。"

张之洞得寸进尺,劝学劝到湖南来了!谭嗣同十分抵触,却也深知,这是顶不得的。陈宝箴长期作为下属,宦途多得张之洞帮助。二人施政宗旨相近,湘鄂配合默契,颇似铁板一块。陈宝箴其实极有主心骨,不经深思熟虑,不出决断之语。谭嗣同与陈宝箴定下连载篇幅,辞退出堂,来见长公子陈三立。现在长沙的这二位,加上丁日昌之子丁惠康,吴长庆之子吴保初,被时人称作四大公子。丁、吴二人有纨绔习气,谭、陈志气与才华兼备,只是陈较含蓄,谭易冲动。

从谭嗣同口中品出了怨气,陈三立笑笑说,两省之间,即使亲兄弟主政,也得公允交换才能摆平。去年春秋连旱,多地绝收,抚衙出示禁米出省。张香帅驰电家父告急,请开米禁一个月。这是龙口夺食啊,布政使和各州县极力反对,家父通盘考虑,还是饬令安乡、龙阳、华容、沅江四县,拨米四十万石,由湖北招商发照前来购运。这不是胳膊肘朝外拐,而是放眼长远,互通有无。近世为政大弊,在于各扫门

前,北洋孤军抗日致败,教训不能说不惨痛。

谭嗣同连连感叹:"是啊是啊,老兄善解人意,这给了香帅多大的方便啊。"陈三立微微笑:"贤弟找我撒气,我又给你添愁了。我消愁有一新法,就是把玩章句。"谭嗣同睐他一眼:"新法?旧得不能再旧了,你向来以诗应万事。又有什么新诗可观?"陈三立道:"近来孔学被反复咬嚼,康子张公聚讼不休,在下睹之兴感,写下咏孔之诗,愿就教于复生先生。"他从桌斗中抽出几页纸,谭嗣同接过来看:

孔子七章

谒孔归来欲问诗,

向隅独坐积年思。

分行有序天伦在,

落子无声世局移。

文织经书经织纬,

儒传祖学祖传衣。

乘槎何日浮于海,

未去麟公又凤儿。

四、陈中丞坚忍护才

谭嗣同吟味再三,脱口赞叹:"好诗,好诗!感触之音易发,思辨之诗难做。以七诗涵盖孔子生平,儒学流变,俯瞰王霸,纵贯今古,怎一个好字了得?欲写此诗,确需向隅独坐,且须焚香端坐。"陈三立用指尖轻叩书案:"说对了!那天读书困倦,伏案睡去,在梦中前往曲阜阙里拜谒,恍然亲聆孔圣教言。醒来后心烦意乱,仿佛病狂。为了安顿下自己,这才净手焚香,瞑目凝神,于宁静中觅得七字,不料竟一发

不可收。"谭嗣同目光闪烁:"叫我猜猜是哪一句。第四行,'落子无声世局移',是不是?"陈三立颇感惊奇:"咦,你还真能猜着!"谭嗣同笑道:"我是蒙的,我对这一句心有戚戚焉。沧桑之感,无常之慨,大喜大悲,大彻大悟,全都交集于梦醒时分。孔子是移动世局的那只手,帝王将相、硕师生童,皆为棋子,你我也摆不脱这股神力。"陈三立若有所思:"你所解之意,已经逸出我所造之境。我没有想到,你对孔学如此服膺。"谭嗣同道:"不是服膺,而是认知。孔学是中国第一学,有时还是唯一学,不知此何以知中国?开明如康子,高明如张公,都从此中讨生活。我要冲决网罗,冲破一层又一层,终有一层在头上罩着。我能冲得破吗?"陈三立下了断语:"冲不破,'汉祖欺儒只自欺',你要冲破,也是自欺。"二人大笑。

谭嗣同解除了郁闷,起身告辞回家。陈三立少年老成,在很多方面比其父更持重,谭嗣同却和他谈得来,大约是身世和学识相近的缘故。在家中盘桓数日,谭嗣同着手租赁房舍,筹建制茶公司。湖南茶与湖北茶品味近似,适宜做砖茶。湖北砖茶驰名国外,是出口俄罗斯的大宗货物。

正忙得不可开交,有莫逆之交夜访谭嗣同。这名夜行客就是毕永年,在学会犀利发问的那一位。此人拔贡出身,少年时随从叔父出入军营,有知兵之名,不羁之才,在密室交谈中,毕永年报告说,浏阳煤矿矿洞增加,为此添招上百工人。师襄从中发现多名好手,暗中联络,有十七人愿意入会。加上先前的,共有三十八人,需要尽快学习洋枪用法。师襄通过毕永年,跟身在兵营的弟兄联系,营中似有顾虑,至今尚无确讯。谭嗣同心中有数,他回湘后很快见到兵营来人,向他通报长官黄忠浩的疑问。兵营帮助训练过几批人,都是以吃粮的名义进营的。这些人受训后多数离营,算是当了逃兵。少数人留下吃皇粮,却形色可疑。黄忠浩是威字营新军统领,喜欢研习西学,与谭嗣同等关系密切。倘若他为此惹上麻烦,那将危及长远计划。谭嗣同设计对策,决定在煤矿设立护矿队,可由浏阳县出面向省方申请,求兵营代训护矿队员。同时在浏阳开办团练,由师襄充任哨官,招募百余人,可在护矿队中抽调干员。

毕永年思虑着问:"这又是一股人马,新人旧部如何摆布?"谭嗣同道:"新人新

办法,老人老规程。会党中人义气深,脑筋旧,宜以亲情关联,不可晓以机密。新训人员名为团练,实则培植新军根基,一旦有变,堪当主力。此外另有一股,知名学人,得力士绅,聚而讲学,散而研武。三股劲拧成一股绳,提纲挈领者,要靠最后这一股。"

毕永年道:"这就是自立会。虽极隐秘,听说陈三立已有耳闻?"谭嗣同道:"他曾旁敲侧击,要我谨言慎行。你放心,陈伯严不会坏事,连他父亲也假作不知。这是为亡国做准备,若幸而不亡,我等所办种种,都会造福桑梓,只有旧党才会丧心抨击。"

谭嗣同回到湖南活动自立,需要利用会党势力。师襄是哥老会的管堂,谭嗣同通过毕永年与他结交,师襄引毕入会,毕永年成为哥老会的副龙头。浏阳和醴陵煤矿,是谭嗣同、唐才常等办起来的,哥老会在矿工中发展,这是一种隐忧。哥老会有反清的名声,容易被人抓住把柄。所以他让师襄出来办团练,从哥老会中抽出力量,使新编团练辅助自立,推进新政。

第二天,毕永年告辞去浏阳,谭嗣同处理罢茶局事务,出城前往金盆岭,那是黄忠浩的大营驻地。迤逦趱行十几里路,距离营地不远时,传来急骤的马蹄声。谭嗣同勒缰张望,岔道上驰来一骑马,马上的身影不正是毕永年吗?毕永年此时应在回浏阳途中,为何突然飞马返城?谭嗣同下马等候,毕永年匆匆赶到跟前。

原来,毕永年沿浏阳河岸南行,听到芦苇丛中有人呼救,他派从人救起那个人,得到一个惊人的消息。此人是留在兵营的浏阳矿工,他们这一伙共有八人,由于是新兵,常常遭受官弁欺凌。哥老会在营伍中也有势力,为了谋求庇护,矿工们用隐语跟会友们联系。老会友向上告发,这就闯下大祸,致使七人被抓,只有一人逃走。据说被抓者将被斩首。

谭嗣同难以置信。毕永年劝谭嗣同回城,由他去见副统领,从侧面通融此事。谭嗣同想了想道:"我见黄泽生,就是为以后练兵铺路。过营门而不入,将使泽生生疑。朋友之义,坦诚为上,我们为他添了麻烦,要打要骂皆应领受。"毕永年不放心:"他会疑心你是来求情的。"谭嗣同双眉竖起:"求什么情?依我的脾气,七个变节者

都该斩,只怕黄泽生无此辣手!"

谭嗣同叫毕永年在营外等待,又派一人去营中通报。谭嗣同跨马奔驰,赶到大营辕门,一名哨官迎出门来,引领客人进营。新营落成不久,操场仿照西式,操场西侧建有两排校舍,那是军中学堂。但见操场空旷,位于北端的将台前,火红军旗在旗杆上飘扬。台子右侧竖立一排木柱,这叫耻辱柱,名字也是舶来品。此时柱上捆绑着士兵,数了数,不多不少正好七个,看来是给他的下马威!

谭嗣同一边思量着,一边来到议事厅门口,黄忠浩满面含笑出迎。此人在德国学过军事,身上穿的是德式军装,只那条大辫子无处藏掖,显得滑稽。进入厅中分宾主坐下,谭嗣同直话直说:"泽生兄,我前来负荆请罪。"黄忠浩也不拐弯:"我奇怪的是,你的消息太快。这七个人刚刚绑出。"

谭嗣同道:"那是碰得巧。我今天找你谈论别事,将到营时,毕松琥飞马赶到。他在河滩截获一个逃兵,我才知道给你惹下乱子。"黄忠浩哦了一声:"如此说无人漏网,乱事可控。复生,你的用意我清楚,恕我直言。会党由来已久,网罗的全是愚众,组织周密,层级森严,规矩大似王法,俨然国中之国。由于起源不同,所以名目繁多,小者局限于数乡,大者蔓延至全国,然不管势力大小,以此成事者古来无有。"

黄忠浩打开天窗,谭嗣同也说亮话:"泽生兄说得不错,我当初也对此辈不屑一顾。后来略作研究,顿感触目惊心。哥老会可溯源于明末,原为反清而起,至同治初年尚无起色。洪杨之乱铲平后,哥老会突然大盛,局外人摸不清根源,当局者心中有数,但是讳莫如深。"

黄忠浩不动声色地接过话头:"怎能不讳呢?朝廷裁减湘军,征战多年的武夫瞬间失业,无地可种,无主可投,难道等死?有一个堂口敞开收留,这就叫安身立命。哥老会的江湖义气比别的会堂更重,原因即在于此。"

谭嗣同语调低沉:"但杀气也重。杀气凝成阴云,两江总督马新贻被刺,阴云又搅和出疑云。无人能摸清此中因果,然哥老会与湘军的渊源,却有脉络可循。湖南与此会有莫大关系,是让它败坏湖南,还是对这股祸水设法疏导,使其变害为利?"黄忠浩面容严肃:"军中有会,会中有党,是江南诸军的痼疾,我要练成新军,须从此

下手切除。虽然很难根治，却已形成震慑，这七人一张口就被举报，也算初见成效。复生，新军是新政的防波堤，望你协力维护，使之坚如磐石。"

谭嗣同听出责难之意，遂坦诚相告："我已与毕松琥商定，将新人和旧人分开，不使其相互濡染。在浏阳兴办团练，全用新招人员。还望新军帮助训练，以免徒劳无功。"黄忠浩慨然允诺："你不愿将白布染黑，让我来帮你漂洗。这几个犯事者如何处理？"谭嗣同道："我正想动问呢。那个逃兵说，你要杀他们的头。"黄忠浩不禁失笑："杀了倒好，可惜不能。如果交你带回，无异于放鼠入穴，你也很难封住风声。我拟将其示众三日，然后责打五十军棍，罚做苦工以观后效。以军法约束，方能缚住他们的手脚，对其本身也是救赎。"谭嗣同感动道："古语云慈不掌兵。吾兄之慈，可以载入新式兵法了。营中事繁，弟即告辞，那个逃兵，我马上派人送他回营。"这场意外，处置结果令人满意。

谭嗣同回城后告诉唐才常，这给了我们一个教训。谭、唐自幼相交，结下手足之情；共同师从欧阳中鹄，又有同窗之谊。在谭嗣同面前，唐才常总像一个小弟弟。这时他笑着反问，什么教训？掌握官印的，总是能拿住手中无权的，这是不是一个教训？谭嗣同当然明白，《劝学篇》奉命刊载，唐才常心中不痛快，借机发发牢骚。

想到在武昌的那场争论，谭嗣同告诫这位同仁："平心而论，《劝学篇》并非旧学，劝行的也是新政。张香帅不过是反康罢了。"唐才常笑嘻嘻道："贤兄封他为新政，我封他为新政八股。子曰诗云，等因奉此，官样文章莫不如此。君不见此书奉旨颁行，有哪些人趋之若鹜？"

新政八股！康有为费尽九牛二虎之力，攻灭八股；曾几何时，新政竟也有八股了！不过，新股总比旧股好，唐才常对官有怨气，却不能对当政者一概抹杀。谭嗣同不由想起陈宝箴。陈宝箴是江西人，却与湖南甚有渊源。他早年入湘军幕府，以军功保举，历任河南省河北道。他曾参与审理镇平县王树汶抢劫案，后来这一冤案被刑部昭雪，他受到降职的处分。自此宦途几经挫折，由于得到张之洞援手，终于升任湘抚。由出湘到治湘，他将这层缘分，视为莫大责任。湘军盛极而衰，刘坤一

统军北援,又在山海关溃败。所以甲午之役,对于湘人的震撼,可谓既大且深。国亡在即,亟求自保,此虽不能明言,却为智者共识。那年谭嗣同由苏返湘,与熊希龄一起求见陈宝箴,从当日午时谈至深夜四更。陈宝箴一吐胸中块垒,说起他所上的条陈,大多被人阻遏,少数到达御前,也被肆意删改,几乎文不成句。现在旅顺、大连,已竖俄国旗帜,英将占长江,法将占两广,连从未听说过的西欧小国,也欲在这场围猎中分一杯羹。朝廷的应急方略,乃是电陕询问:

> 长安古宫殿,尚存若干? 陕抚复电称:惟府城隍庙犹有规模。汉唐故宫历经劫火,安能居住。况既弃宗社,当效越王勾践之灸心苦志,今不问苍生,先问宫殿,呜呼休矣!

陈宝箴说到动情处,不由掩面痛哭,熊、谭两人也相对唏嘘。一夕慷慨悲歌,定下开新之基。在很多事情上,陈宝箴对谭嗣同等言听计从,使守旧人士大为不满。然而,陈宝箴毕竟不会偏执于一党,即使他愿押上自己的前程,却不能不顾一省的安定。想到这里,谭嗣同嘱咐唐才常,在湖广这块地盘上,陈中丞也得顾全上下左右,尤其是上头的这一位,正睁大眼吹毛求疵,咱们可得注意,切勿予人以口实。

这话说过不久,上头就来人了。这就是梁鼎芬,湖广总督的幕中红人。他此来专谈铁路:盛宣怀已经派工程师,定于本月入湘,张香帅请陈右帅做好准备。这与谭嗣同带回的消息差不多,哪值得劳他大驾? 陈宝箴由此判断,梁髯是善者不来。果然,在做过表面文章以后,二人的谈话步步深入,使陈宝箴心情沉重。

梁鼎芬声称,香帅对时局十分担忧,此忧乃是内忧,康学不仅猖獗于京师,而且肆虐于外省。湖广乃其着意经营之地,受害尤其严重。他所言湖广实指湖南,陈宝箴岂能不辩:"所谓康学,不过是梁启超教过一段书,哪有那么大法力?"梁鼎芬道:"只一启超倒还罢了,湘省有谭嗣同、唐才常、毕永年,更有大群毛猴追随,这都是自产的康、梁啊。"

陈宝箴越发显出不快:"这是香帅的看法? 不管怎么说,复生是谭敬帅的公子,

他对湖南新政不可或缺。"梁鼎芬在湖北有髯帅之称,可见威风之大。张之洞不便明言的事由,往往由他代为出头。梁鼎芬确实不含糊:"这是我旁观所见。谭敬帅对于其子,那种恨不得爱不起的痛楚,大家都替他揪心。谭复生是要救国,可惜中了康毒。前些天,《湘报》刊发康有为《上皇帝第五书》,复生撰文颂扬,自居于弟子地位,连他的业师欧阳中鹄都坐不住了,写信质询这位负心弟子。"

陈宝箴清楚这桩公案,他只好淡然作解:"报纸载文,有时故作惊人之语,以耸视听。欧阳先生已与谭、唐讲通了。"梁鼎芬咬住不放:"康党正是懂得报纸的魔力,所以大力耕耘,不放过尺地寸土。右帅治湘劳苦,不可能广阅报章,他们就钻了这个空子,几乎要把《湘报》纳入康学范围了。"

这是很严重的断语。陈宝箴沉下了脸,审视着对面的大胡子。梁鼎芬神色不变:"右帅,《湘报》第十册上樊锥的一篇文章,您还没有过目吧?"陈宝箴眉头蹙起:"第十册? 那是上月末出刊。"他吩咐一声,便有一份报纸送入客厅。梁鼎芬帮他找到樊锥的《开诚篇》,特意指点一段文字:"不穷则不变,不变则不通,则不久,不久则中国几乎绝。自马关条约,胶州结案,举中国之人,有死人之心,无生人之气。稍有新政新学,必万端阻挠,使已行者撤,将行者歇,而其志方快。是故非毅然破私天下之猥见,起四海之豪杰,行平等权利之义,出万死以图一生,则不足斡转星球,反旃日月,更革耳目,耸动万国矣。"

樊锥系拔贡出身,与谭、唐等意气相投,然其激切时有过之。这等文字,令陈宝箴也睹之惊心,面对隔省前来挑刺者,他只能做出肉疼的样子:"文人猎奇,才人使气,一至于是! 报纸有开通民智之功,却也有淆乱舆论之失,不可掉以轻心。我已商嘱研甫学使,要对报刊勒紧缰绳。"研甫是湖南学政徐仁铸的号,报馆和学会属于他管辖。梁鼎芬报以欣慰之语:"校正其偏,增益其力,于湖南新政善莫大焉。"二人都似松了一口气,停下呷茶,闲话片刻。

梁鼎芬侧过身,从茶几上的夹袋中掏出几张纸,郑重地递交陈宝箴。"正学报"三字映入眼帘,陈宝箴觑了对方一眼。梁鼎芬从头道来:香帅出身清流,为了自补其短,主政以来务实不务虚,所以武昌报业不盛。近来有感于世局濒危,言论纷纭,

便想创办一报,以救世道人心。香帅延揽王仁俊、陈衍、朱克柔,这三位都在上海办过报;还有古文经学大家章炳麟,他曾在《时务报》任撰述,但与梁启超政见不合。《正学报》拟由梁鼎芬为首,由章任主笔,章已写出《正学报缘起》,正在同人间传阅。

陈宝箴低头去看,看到的却是《正学报序例》,在篇首题名的,有梁鼎芬、沈曾植、王仁俊等十二人,并无"章炳麟"三个字。陈宝箴提出疑问,梁鼎芬笑笑说,章太炎论经过于执拗,强调夷夏之防,这在我朝岂可轻言?由我和王、陈草拟的序例,他也显持异议。

陈宝箴听罢心想,你们连新搭的班子都摆不平,还想弭平学界分歧?他跳读这篇序例:"揽江山之信美,感王室之多艰,思惟昌明正学,庶有以救之……痛迁谬者之误我国家,恶狂恣者之叛我圣道,废弃五经,主张民权,谓君臣父子为平等,谓人人有自主之权,谓孔子为教王,不用国家建元之号纪年;创为化贫富界之说以诲盗,创为化男女界之说以诲淫,创为化中外界之说以诲叛乱,创为弭兵之说以诲分裂;逞韩非、李斯焚书坑儒之凶,袭张角、徐鸿儒诸妖贼之实,而妄冀穆罕默德、罗马教皇之非分,三光不临,四海不受,吾将以此义正之。"

这一段痛诋康家学说,并不比樊锥之说温柔敦厚,所谓道义,站得住否?陈宝箴读毕沉吟,轻声问:"报纸何时可出?"梁鼎芬道:"尚在筹备,视时机而定。香帅的意思,慎重出处,为此派我来向右帅讨教。"

张、陈互视为君子之交,陈宝箴便不作客套语:"以古文之根基,纠今文之偏颇,仅从学术上说,这也是应时之举。不过,上海和湖南的报纸,阐发变革学说,难免时时走偏。武昌新出一报,若专以对敌康学为本,恐怕也难守其正。我以为,如能广采博取,不去强求一律,《正学报》便可帮辅《劝学篇》了。"梁鼎芬连连称善,仿佛受到莫大教益。两个人都清楚,《正学报》对《湘报》是一记棒喝,从这一天起,不管它出不出声,湖南的办报人都得小心了。

恰恰在这一天,《湘报》登出又一篇奇文:易鼐的《中国宜以弱为强说》。易鼐的议论更出格,他主张每省设一民权司,君主须屈一时之尊,以通上下之情;并要黄人

与白人通婚,帝室也可联姻外国,以改良中国种族。湖北的反应特别快,张之洞致电陈宝箴、黄遵宪:"近见刊有易鼐议论一篇,十分荒谬,见者人人骇怒。公主持全湘,励精图治,忠国安民,海内仰望。事关学术人心,不敢不以奉闻。尤祈切嘱公度,随时留心救正。"发给徐仁铸的电文便很干脆,从即日起,湖北不再订阅《湘报》。不争气的《湘报》屡次闯祸,"守正"的湘人摩拳擦掌。

邵阳人率先行动,一干人等抓住樊锥,押至文庙,发布《邵阳士民公逐乱民樊锥告白》:"今因丁酉科拔贡樊锥,首创邪说,背叛圣教,直欲邑中人士尽变禽兽而后快。我邑公同会议,齐集学宫大成殿祷告至圣孔子先师,立将乱民樊锥驱逐出境,永不容其在籍再行倡乱。倘该乱民仍敢在外府州县倡布邪说,任是如何处治,并无异议。特此告白。"声讨之后,派人押送,直将樊锥驱出省界。

全省各地群情如沸,黄遵宪和徐仁铸心如汤煮,两次相见商议对策。梁鼎芬与巡抚连日盘桓,对按察使和学政不闻不问,故意将冷脸摆在明处。两人只得自嘲说,事已至此,咱就把热屁股贴上去吧。

这天中午,由黄遵宪做东,徐仁铸作陪,公请梁大胡子。髯帅移师按察使署,带来一张温和的笑脸。黄、梁是广东同乡,且有相知相骂的交情,眉高眼低都受得。徐仁铸算是晚辈,只有赔笑的份儿。黄遵宪的寒暄别有洞天:"湖北'钦差'莅湘,怎么只跟帅热乎,不跟卒过招?"梁鼎芬马上变脸:"你是谁的过河卒,姓康还是姓梁?"黄遵宪答言干脆:"梁,梁鼎芬的梁。"梁鼎芬不肯领受:"我有这种荣幸吗?兄欲挟湘人以行康教,我知道你的隐情。国难如此,请兄上念国恩,下顾人言,如若不改,弟不复言。"

戏言包含重责,黄遵宪毫不在乎:"对于康某,谁最知心?且不说你给他的颂诗,那年你免官归里,康有为拜会赠诗:'一别三年京国秋,冬残相见慰离忧',两情何等密切!我认识康有为,还是你介绍的,这你认不认?"梁鼎芬笑嘻嘻:"认,我认你是康党压阵官。"黄遵宪针锋相对:"你是张督看门狗。狗若咬官,便该狠打,按察使署是打板子的地方,星海你要小心些。"梁鼎芬转对徐仁铸笑:"那我咬咬学台如何?读书人是咬字眼的,你没咬出樊、易文中的虫子吗?"

徐仁铸苦笑着说:"百密难免一疏,何况我这破屋四面漏风。屋破只因缺钱,湖北不寄报款,我们只有关张了。"梁鼎芬一龇牙:"咱们作个交易吧,你发表我的一副对联,我给你通融一笔款项。这副对联是:五体投地,樊嗜伪学锥刺股;三魂归天,康乱真传梁悬头。"徐仁铸没答上话,黄遵宪便抢上来:"对联得有对手,我给你对一副:今日请酒,黄出银钱徐入股;当年赠诗,康比卧龙梁昏头。"梁鼎芬忍俊不禁,三个人笑成一团。自始至终,梁鼎芬使酒骂座,黄遵宪见招拆招,徐仁铸在一旁捡笑。

直到酒阑人散,梁鼎芬才转说正经话。他拿出两卷文稿,称这是香帅幕友陈庆年所著,一名《卫经答问》,一名《卫教刍言》,分别驳康著《新学伪经考》《孔子改制考》。妙文自当公之于众,他要求在《湘报》择要刊布。徐仁铸为难地看看黄遵宪,黄遵宪大咧咧道:"你把这物照转编报的,他们擦屁股还是贴门神,送稿人哪管得着?"

一场应酬未落下风,但这只是嘴上过瘾。湖广总督的压力实实在在,湖南的卫道之士,当然要紧紧抓住这股风向。长沙进士叶德辉,率先向皮锡瑞发难。皮乃今文经学大师,湖南善化人,主讲江西南昌经训书院,陈宝箴聘其为南学会学长,让他成为南学会的主要演讲人。他的儿子皮嘉祐,在《湘报》发表《醒世歌》,其中四句:"若把地球来参详,中国并不在中央,地球本是浑圆物,谁在中央谁四旁?"叶德辉看了大发脾气,借机致函皮锡瑞,斥皮氏经学为康学的变种。一叶知秋,皮锡瑞发觉此地不留爷,便要重回留爷处。

叶德辉乘胜追击,很快又获取了新的罪证。叶德辉一位亲戚的儿子,是时务学堂第一期的学生。在儿子带回家的札记上,有教习写下的批语。亲戚带着札记去见叶德辉,叶德辉看了如获至宝。他兴冲冲地跑到岳麓书院,找到山长王先谦。王先谦看看那张喜怒皆形于色的麻脸,呵呵笑道:"看这样子,叶进士又有新发现。"

叶德辉故作高深:"请山长辨认几张条子。"他从所带的书袋中抽出一张巴掌宽的纸条,王先谦接过来看:"屠城屠邑,皆后世民贼之所为。读《扬州十日记》,令人发指眦裂。故知此杀戮世界,非急以公法维之,人类或几乎息矣。"当年清兵入关南下,曾在扬州屠城十日,此书记载杀烧惨状。这在清朝当然是禁书,王先谦以目示

问,叶德辉默不作声,又抽出条子呈观。"臣也者,与君同办民事者也。如开一铺子,君则其铺之总管,臣则其铺之掌柜等也。有何不可以去国之义?"

看罢这两条,见叶德辉还要抽,王先谦伸手止住,轻声道:"大致领略,不劳过繁。这是哪儿来的?"叶德辉道:"时务学堂学生札记,教习课后随做批语。这几条是梁启超批的,还有其他教习批语,皆为无父无君之语。虽然有污尊目,还是要请一阅贼子真迹。"他抽出几本札记,请山长过目。王先谦认出了梁启超的笔迹,还有韩文举、叶觉迈的笔迹。他摘下老花镜,揉揉酸困的眼:"你想怎么办?"叶德辉沉住气了:"这要看山长的意思。"

王先谦沉吟片刻,叹息道:"都骂王先谦守旧,王先谦自认为不旧。当初梁启超名满沪上,黄公度荐其入湘,我也曾竭诚出迎。谁知狼子野心,竟至海淫海盗!然而,我等须知,陈中丞要行新政,需借此辈鼓煽之力。在湖南这块地盘上,康学为顺势,你我之学则为逆。"叶德辉不买账:"此论晚生不敢苟同。邵阳驱樊彰显民意,张公斥报大张官威,远在京师,王公大臣秉承太后圣意,将那伙蟊贼死死摁住,不放他出头。这才是大势,陈宝箴逆势而行,他的顶子先保不住,还说什么新政!"王先谦睖视着叶德辉:"后生可畏,亦可喜。愿移此气吊民伐罪,为长沙士民挽一分清白。"

长沙的"士"闻声而动,岳麓书院斋长宾凤阳,联合九名同窗上书王先谦,请求夫子大人为士代言。公禀大意为:湖南民风素朴,原为安静世界。自黄公度观察来,而有主张民权之说;徐研甫学使到,而多推崇康学之人;自熊秉三庶常邀梁主讲,而使康党大行其道。中丞设学本意,非为别开一君民共治之规模,梁启超等陷中丞于不义,导学生于歧途。夫子为名流领袖,若再缄默不言,上负君国,下误苍生,问心何以自解? 企求夫子呈请中丞,对时务学堂切实整顿,屏除诸奸,维护圣学。王先谦应邀出山,约同刘凤苞、蔡枚功、叶德辉等九名士绅,具呈巡抚陈宝箴,并附宾凤阳等原禀。

湘绅公呈大意为:为政先定民志,立学首正人心。广东举人梁启超,承其师康有为之学,倡平等平权之说,分教习韩、叶等皆为康门谬种,谭、唐等人为之乘风扬波。今皮锡瑞不为士林所容,樊锥亦为邵阳所逐,足见人心不死,忠义犹存。伏乞

大公祖俯采公议,屏退主张异学之人,学校幸甚,大局幸甚。

皮锡瑞怀忿离湘,这在陈宝箴看来,是树倒猢狲散的前兆。公呈剑指黄、徐、熊,影射的是哪一位,他心里比谁都清楚。为了未雨绸缪,便要先自检点,陈宝箴下令调阅学生札记。在私下里,他把这事告诉幕宾欧阳中鹄。公文尚未下达学堂提调熊希龄,欧阳中鹄已把消息传给学生唐才常。唐才常知道此次调阅非同小可,也知道几位教习的批语,难以经受各方的挑剔。

不巧谭嗣同去了浏阳,几位教习回乡探亲,唐才常跑到学堂,也没找到熊希龄。眼看红日西坠,他像热锅蚂蚁一样在提调房外打转。协管学堂事务的老方,跟这位编报才子很有交情,同情地问他有何难处。唐才常跟他咬咬耳朵,老方吓得一跳,两手比画着喊:"那还不快,快快快快?"老方自己都不知道要说什么,唐才常一下子灵醒了,把手一挥:"开门! 快快打开!"他催着老方打开教习公房,从书橱上搬取大摞札记,伏在案上,一页一页,一本一本,执笔涂改。老方在一旁胆战心惊,搓着手问:"不合适吧?"唐才常抬眼瞅瞅窗外,指派他道:"你快去找熊提调。"

看着老方鼠窜而去,唐才常又看看成堆的札记,自知无法独立完成,叹口气掷下笔。他拉过一个本子,看到梁启超苍劲的笔迹:"二十四朝其足当孔子至号者无人焉,间有数霸者生于其间,其余皆民贼也。"他提笔划掉最后一句,忽听脚步声在门外响起,慌得啪嗒合上本子,便听见一个嘲讽的声音:"祓丞在搞什么勾当?"

第六章 京师大学堂

一、大纲康定 章程梁拟

来人正是熊希龄。他是湖南凤凰人,官翰林院庶吉士。近世由于官多缺少,常有京官还乡返省,有的为办实事,有的为谋前程。熊希龄与黄、徐、谭、唐志同道合,愿做陈宝箴治湘之助。眼观案上一片狼藉,他用玩笑掩饰焦虑:"乡里有猫盖屎一说,老弟照猫画虎,不知能否唬人?"

唐才常手不停地挥洒,口中只说:"快来帮忙,你看这一条:'今日欲求变法,必自天子降尊始。不先废去拜跪之礼,上下仍习虚文,所以动为外国讪笑也。'怎么改好?"熊希龄认真起来:"怎么改都不好。凡是明眼人,都能看出此乃临时涂抹。心不虚你抹什么?"唐才常振振有词:"教习写批时也会涂改,谁敢说这不是当时的原迹?况且中丞调阅,也是要寻保全之法,咱不替他搭梯子,难道还去扒豁子?"熊希龄问:"怎见得是为保全?"

唐才常不再理他,埋头修改批语。熊希龄觉得没趣,拉过椅子坐下,开始执笔

涂改。改了几本就烦了,推开本子伏在案上,不一会儿便打起呼噜。老方悄悄告诉唐才常,熊希龄在学会报馆间奔忙,还得监管实务,好几夜都没合眼。唐才常怜悯心起,想搀他去休息,又怕惊醒了他,只好径自改下去。就这样忙了一宿,还有几十本没改。

早上,熊希龄的精神已经恢复,他说已经想清楚,不抠文字细节,应从大处更动。双方恶斗终非长策,还是得把对方笼络住。当初毕永年请王先谦到会演讲,王先谦回信拒绝,信中有言:"今国之急务在海军,民之要图在商务。仆掷万金于制造,实见中土工艺不兴,终无自立之日。"可见他对新政并非一概反对,我等何不投其所好?熊希龄拟推王先谦办制造,张祖同办轮船,其他实务分请大绅主办,熊希龄专心办学堂。唐才常对他的说法不以为然:"你双手递上降表,只怕挠不到痒处。我看他们想夺学堂,你想专心?糟心去吧!"

二人争论不休,学政派人已到,将学生札记调送抚衙。巡抚无暇亲自过目,先叫欧阳中鹄阅看。陈宝箴亲阅的,是梁鼎芬发来的一份电报:"有为、启超聚众敛钱,形同光棍,心同叛逆,辇下哗然,败露在即。请告遵宪,可以回心。嗣同、希龄、才常、易鼐诸奸贼,公已饬人监禁否?仁铸小子,可恶已极,吾必斥之。"髯帅刚回湖北,便来指手画脚,令人啼笑皆非。陈宝箴反复思虑,当前症结在于时务学堂,虽尚不知批语详情,仅看公呈指摘的这句话:"今日教学诸人,即是兴朝佐命。""兴朝"是兴起新朝,"佐命"是佐命元勋。教学诸人名为办学育人,实要改朝换代,罪名可就大了。如此说来,教习批语不可追究,调阅札记岂非多余?陈宝箴犹豫不决。

这时候,谭嗣同回到长沙,急忙去见熊希龄。熊希龄惶惶不安,他告诉谭嗣同,传说上头要封报馆。谭嗣同听了一愣:"上头?哪个上头?"熊希龄手指北方:"今上和太上。王祭酒京中有人。"谭嗣同不相信:"熊庶常京中无人?谣言满天飞时,宁可充耳不闻。"熊希龄用力摇头:"梁鼎芬要监禁你我,这可不是谣言。"见他认了真,谭嗣同便问他,打算怎么办。熊希龄正在考虑,把《湘学报》撤到南学会院内,附属于学会之下。

谭嗣同大为生气:"秉三,鬼还没来,你先吓得没魂了!若照你的办法,封了报

馆,不顺带把学会也封了?先贤曾文正有一本《挺经》,我愿取来赠你。若还挺不住,请君想当初,当初我等决办此事,便知有如推石上山,若不咬牙加力,必致巨石压身。平日互相勉励,全在'杀身灭族'四字,岂可因小小利害而改变初心?我等讲求西学,西学根在耶稣。耶稣以一匹夫冲撞当世罗网,弟子十二人皆遭诛杀,至今传教者犹以殉教为荣。佛经中也有一句:今日但观谁勇猛耳。今日中国能闹到新旧两党流血遍地,方有复兴之望。不然真要亡国灭种,让西方前来殖民了!"

熊希龄被激起了意气,联络黄膺、戴展诚等士绅,也向抚院递上公呈,要求整顿全省书院。书院积弊太深,近来山长多不住院,另选斋长代师管理,致使书院风气败坏。呈文意有所指:王先谦由于年事已高,并不住在岳麓书院;叶德辉觊觎时务学堂总教习的位子,并且把皮锡瑞排挤出湘。熊、黄等人恳求罢聘各院山长,另请博通时务人士主讲。这当然办不到,可这提供了一个借口,王先谦攻熊,熊希龄攻王,叫我偏向哪个好?不偏就得站在中间。陈宝箴依此立论,对王先谦等人公呈写下批语,各打五十大板,王先谦哪肯承受?便以自己名义上书陈宝箴,重申追查之请。陈宝箴没有回讯,王先谦就要告御状了。

长沙人徐树铭,时任都察院左都御史,可谓位高权重。长沙众绅联名致函,请他为湘人主持公道。徐树铭当即上奏,弹劾陈宝箴、徐仁铸,称其在湘紊乱旧章,倡行邪说,力请撤换时务学堂教习,选聘硕儒入学宣教。对湘省独有的保卫局,徐折更多指责:所谓巡警,身穿短衣,手持木棍,如同打手,亟须取缔。以御史台长参劾巡抚,即使不将其掀倒,也会叫他改弦易辙,熊、谭之流"饬人监禁",应是指日可待。

湖南风雨飘摇,康、梁在京感同身受。梁启超从湘友来信中,得知批语成为箭靶,殃及学会报馆。老师帮弟子检讨,此乃言语不谨,难免授人以柄。梁启超笑着指出:"若放在大势中看,这是张公劝学,对抗老师的讲学,弟子歪批仅是小小注脚,供其润笔而已。"

康有为赞同此说。既然是对抗,那就应该帮湖南一把,康有为与梁启超一起,找杨深秀共商此事。三人拟定一份奏折,以杨深秀名义上奏。而在此时,光绪已对

徐树铭参折批一"存"字。"存"是置之不理,但对湖南的这场争执,总得有个处置。统观全国十八省,二十余名总督、巡抚,唯有陈宝箴实力维新,尤为难得。

对陈宝箴所上奏折,光绪多予批准,陈宝箴保举的人才,也给予特别关注。杨深秀的《请申谕诸臣力除积习折》,适时上呈御览。

光绪阅后沉思,写下一道沉重的谕旨:

> 目今时局艰难,欲求自强之策,不得不舍旧图新。前因中外臣工,半多墨守旧章,曾经剀切晓谕,勖以讲求时务,不啻三令五申。惟是朝廷用意之所在,大小臣工尚恐未尽深悉。现在应办一切要务,造端宏大,条目繁多,不得不采集众长,折衷一是。遇有交议之件,内外诸臣务当周咨博访,详细讨论,毋缘饰经术,附会古义,毋胶执成见,隐便身图。倘面从心违,希冀敷衍塞责,致令朝廷实事求是之义失其本旨,甚非朕所望于诸臣也,诸臣所宜力戒。即如陈宝箴自简任湖南巡抚以来,锐意整顿,即不免指摘纷呈。此等悠悠之口,属在缙绅,倘亦随声附和,则是有意阻挠,不顾大局,必当予以严惩,断难宽贷。当兹时事孔棘,朕惩后毖前,深维穷变通久之义,创办一切,实具万不得已之苦衷。用再明白申谕,尔诸臣各精白乃心,力除壅蔽,上下以一诚相感,庶国是以定,而治理蒸蒸日上。朕实有厚望焉。

上谕两用"不得不",一用"万不得已",揭之以"苦衷",结之以"厚望",用苦口婆心的训诫,来掩盖深深的失望。百官只会敷衍塞责。而他的所谓严惩,仍如戏台上的铡刀,远不能杀鸡儆猴,那他的申谕还有什么意思?

由湖南时务学堂,想到京师大学堂,光绪的心情略有好转。还在正月二十五日,御史王鹏运附片要求开设京师大学堂,光绪当日明发上谕,令总理衙门妥筹具奏。到四月二十三日诏定国是,光绪以大段篇幅专讲大学堂,总署才被催动,电令驻日公使裕庚搬译东京大学堂章程,报送总署。

总署以翁同龢为主,草拟大学堂章程。翁同龢的大致设计,曾向光绪描绘过:

学堂拟分内外院,内院由已仕官员入学,外院由未仕士人应召;宜有植物苑、动物苑、博物苑,并分类设堂。学堂经费,拟于盛宣怀允筹十万外,多方筹措。拟就南苑设地,即用南苑工费。计划得头头是道,不料谈话两天后,翁同龢突遭罢黜,设想竟成泡影。

直到五月初八,光绪发下一道严旨,强调大学堂为当今急务,令军机大臣、总署大臣会同筹议,迅速复奏。旨下不久,杨深秀上折奏请,从日文转译西方书籍,并请将梁启超所办的大同译书局改为官译书局。光绪下旨批准,同时谕称,大学堂也应设立译书局。

在光绪看来,梁启超办过学堂,也善译书,是大学堂的适用人选。当然还有梁的老师,康有为一直没有合适的官职,成了光绪的一块心病。若令其主办大学堂,职务足够重要,而又构不成威胁,应该容易通过。康有为也有这样的想法。自从催办大学堂旨下,康有为便动了心思。大学堂这条路,仿佛专为他开通,因为细数当今学人,真正学贯中西的,舍他之外并无第二个。他不出掌大学堂,还有哪个够资格?他第一次感到有把握,便对梁启超说,要预先做些准备。梁启超在上海搜集过日本大学章程,并且译出了一些。他拿来给老师看,师生探讨了一晚,大致有了眉目。康有为又归纳出几条,等待有人登门来请。

左等右等,迟迟没有音讯,康有为心里纳闷,便在廖寿恒上门取书时,问起大学堂一事。廖寿恒说还在商议,此外并不多言。大官口风都紧,这也无足深怪。果然没过多久,张元济来访康有为。他现为总署章京,奉诸位堂官之命,向康先生请益办学之法。办法是现成的,康有为向他和盘托出:"一为预筹巨款,二为即拨官舍,三为精选教习,四为选刻学书。前两条自不必说,第三条是办学根本,总教习尤其重要,不仅德才兼备,还要博通时务;各科分教习皆由总教习选聘、管理,防止各行其是。第四条显办学宗旨,将中国应读之书,从经史子集中萃选出来,与西学精要合为一刻,以免散漫无序。这又是总教习的责任。"

见他反复提起总教习,张元济心知其意,却又无以应对。

见张元济流露出要走的意思,康有为开口问,办学的人和事,大臣们是否胸有成竹?张元济老实回答,堂官们议论过一次,大多心中茫然。总署虽曾管过学堂,那都是水师或船厂操办的。认真考究起来,大学堂应归礼部管,可是你看,礼部诸堂管得了吗?康有为听得顺耳:"菊生此言,实获我心。不止学堂,不止礼部,六部九卿,大小衙门,什么是他们担得起的?所以我统筹大局,欲分设各局以取代之,以使事权有归,不相推托。"说学堂说出统筹大局来,张元济始料未及。康有为敢说他可不敢听,张元济把话扯开:"先生所言四条,元济回去上复诸堂,必于学堂有济。"康有为意犹未尽:"菊生再坐坐。对于学堂总办,大臣们想已意中有人?"张元济只好回答:"这个尚不清楚。元济仅是章京,听大臣吩咐办事——"本要说"余外非我所知",想了想,又把话说得婉转些:"大臣们的意思,先把章程拿出来,人选恐怕要等旨意了。"说了半天,没个准话,康有为不大满足。可他没有泄气,要弟子们注意打听。

不久,的确有消息传来,李盛铎上折子,专议大学堂,要紧的是这样一段:

> 吁请特派位尊望重大臣,素为士论所归者,专心经理。上年设立官书局,谕派协办大学士孙家鼐管理,识虑深远,条理秩然。初议并建学堂,以费绌而止。现在可否即令管理学堂之处,出自圣裁,非臣下所敢擅拟。出使大臣许景澄,现将回华,拟请饬令经过各国亲往学堂,详细考察,并觅取现行章程,携归翻译,以备采择。

由孙家鼐做管学大臣,康有为不感意外。可是推出许景澄来,而且让他觅取章程,不给康有为留下一点空子,这老兄用心何其毒也!

李盛铎画的这个饼,解不了总署的饥,上头催得十万火急,哪能等到许景澄携归?学堂的章程不好拟,同僚们把这件细活儿推给张荫桓:"不管怎么说,你在外国喝过洋墨水。"张荫桓笑眯了眼:"各位,说错一个字,在下喝过洋酒水。要说墨水,我举一位敝同乡,新会举人梁启超。"他近来为了避嫌,刻意跟康党拉开距离。听他

说出这个名字，几位大臣诧异之余，目光瞟向许应骙。

许应骙明知故问："看我干吗，打量我是康党死敌？那也是我的敝同乡嘛，他的墨水没说的。只不过——"张荫桓接过话："只不过叫他代笔而已，就像使唤文案师爷。如果不用他，恐怕得借重合肥傅相，您麾下的严复、郑观应墨水更深。"

李鸿章正在假寐，听见张荫桓假恭维，他懒洋洋地打呵欠："我麾下？严复现居荣禄麾下；郑观应爱办公司，他一向是财神爷的麾下；樵野以前曾在我麾下，可你今非昔比；我想当你的麾下，还得掂掂分量呢。"李鸿章时发怪论，言辞这般犀利却不多见。见张荫桓表情尴尬，大家只好陪着讪笑，庆王奕劻出来解嘲："少荃麾下半官场，那是叫响了口号的。只这梁启超尚未入伙，只能怪他太嫩了。"

许应骙见缝插针："他倒入了李端棻的伙。李端棻做广东乡试主考官，激赏梁氏文字，把堂妹嫁给他，从此推毂无所不至。"李鸿章习惯护犊子，对皖人极力维护，见不得许应骙爱咬群。他叫着礼部尚书的尊称："许大宗伯，赏文识字是贵部本分，他一个仓场侍郎，应该躲一边蒸馒头。今天我倒要推推毂，康有为那小子，适合到大学堂去教书。"又一次语惊四座，奕劻不敢再让他口无遮拦："好了各位，教书的事以后说。章程交给梁启超去办，反正咱要审定，不妥可以修改。"

庆王一锤定音，张荫桓便把梁启超找来，交办这桩差事。秉承王爷的意思，他在总署为梁启超安排食宿，以免受康有为的影响。师生间的心有灵犀，却不是外人隔得断的。梁启超本想去到金顶庙，又想无此必要，只托人送一短笺，说明在此所办之事。转了一圈，此事仍未脱出他的范围，康有为很得意。这份章程让他来拟，也不见得有梁启超拟得好。唯一要担心的，是总署那班刀斧手，会砍掉梁文的一切棱角。最好是慢慢地磋磨，不给他们留下时间。梁启超确实如此，张荫桓催问几次，他都不紧不慢。直到光绪下旨催要，梁启超才将章程草稿拟定，交付大臣审查。大臣们没有工夫考究，便令书手照稿抄写。

大臣们的见识，跟身为小臣的康有为自然不同。他们知道，事情的要害不在章程，而在上奏时的口径。军机大臣和总署大臣认真商酌，拟定折稿，联衔上奏。章奏内称，臣等仰体圣意，广集良法，草定章程，规模略具。要端有四：宽筹经费，宏建

校舍,慎选管学大臣,简派总教习。开办经费需银三十五万两,常年经费十八万两。先拨给公中房室一处,暂充校舍,另拨公地,另行构建。管学大臣人选尤为重要,原因在于,大学堂设于京师,非有明体达用之大臣以管摄之,不足以宏此远谟。伏乞皇上简派大臣中之博通中外学术者一员,管理京师大学堂事务,即以节制各省所设之学堂。同时,总教习人选也很关键。今士人学无本原,徒袭西学皮毛,岂能供国家之用?欲转移此风,非得慎选总教习不可。"明体达用,博通学术",能够当此八字的大臣,看来只有孙家鼐。而"学无本原,徒袭西学皮毛",能够对得上号的学人,大概只有康有为。奏稿没有点名,却推举了管学大臣,阻遏了康党觊觎,这才是大学问!

更大的学问还在后面。总理衙门另上一折,议复大学堂设译书局一事:学堂书局宜与上海书局归并一手办理,举人梁启超堪当此任。京师编译局为学堂而设,当以多译西国功课书为主,中国经史等书,亦当撮其菁华,编成中国功课书,颁之行省。梁启超在湖南时务学堂编有各种课程之书,若使之办理此事,必能愉快胜任。对康有为严防死堵,对梁启超网开一面,这是分化敌手的好办法。即使无法分开,将其精力引向编译琐务,也可减轻对政局的干扰。

大臣们心中的小九九,光绪皇帝没有看出,他看到的是堂皇的奏议,以及宏大的章程,这让他感到满意。在请示过慈禧以后,光绪明发谕旨,派孙家鼐管理大学堂事务,办事各员由该大臣慎选奏派;总教习综司功课,尤须选择学赅中外之士,奏请简派。原设官书局及新设译书局,均并入大学堂,由管学大臣督率办理。新设译书局,便指梁启超所管的那码事。两天后又下旨,派庆亲王奕劻、礼部尚书许应骙,办理建设大学堂工程事务。

康有为却仍无着落。在他看来,总教习一职非他莫属。为何皇上未下明诏,反而让孙家鼐奏请选派?一定有人反对他出任,皇上这才迂回行事,授意孙家鼐奏荐康有为。翻一翻谕旨颁定的《大学堂章程》,便知他的想法自有根据。章程第五章有一段话,专议总教习的选择标准:"学堂功课中西并重,华人容有兼通西学者,西人必无兼通中学者。前此各学堂于中学不免偏枯,皆由西人为总教习故也。即专

就西文而论,英、法、俄、德诸文并用,无论聘任何国之人,皆不能节制他种文字之教习。故必择中国通人,学贯中西,能见其大者,为总教习,然后可以崇体制而收实效。"

不用西人,而用"学贯中西、能见其大"的中国通人,这就是梁启超依照老师的样范,为总教习画下的一副相貌。孙家鼐只要照章办事,就能把康有为选出来。康有为只需定下心来,等待孙家鼐上奏招请,他就可以走马上任,名正言顺地推行康学。

对于这种情势,局外人漠不关心,局中人忧心如焚。张之洞就担心康有为乘机大行其道,使自己的劝学成果毁于一旦。有幕僚提出建议,请张之洞联合江南数省督抚,上奏陈请,大学堂及各省学堂章程,不应由康、梁一家之学主持,求朝廷收回成命;改由各省查取日本学章,因地制宜,再由张之洞斟酌取舍,奏上请旨颁行。译书局亦由各省督抚自主办理,不可纯任梁启超一人。张之洞采纳此议,一边与陈宝箴、刘坤一等通气,一边致电孙家鼐,探听内情。过了几天,张之洞收到复电:"鼐德薄能鲜,谬充管学。章程新定,未能详备。我公才望,幸祈指教。"听这语气,章程还有改动的余地,张之洞稍微放心。

孙家鼐知道张之洞担心什么,他自己也在担心。但他沉着应对,决定先易后难,先把总办、提调等人选好。京中新派人物不多,能入他法眼者更少,他首先想到的是张元济。张元济与康有为同日召见,却与康党不即不离,这就难得。孙家鼐派人召请张元济前来,请他就任总办一职。此举令张元济意外——总办也是不易得的职务,张元济不能不动心。可他自有主见,认为中国的积弊之一,便是以一人而兼任多事,以致事事无专人,人人不办事。他眼下即身兼刑部主事、总署章京,再兼总办,安能成事?孙家鼐劝他且先就职,再逐步设法辞去兼职。盛情难却,张元济应承下来。

别人可不像他——大学堂开办经费三十五万两,常年经费十八万两,这是热腾腾的大肥肉,哪个人不想染指尝鲜!孙家鼐口袋中塞满条子,耳朵中灌足人情,应接不暇,叫苦不迭。他不是贪官庸官,可他是正人好人,既要讲情也得讲义。用几

个合格的,总得用一个充数的,此中分寸很难拿捏。最难办的还是总教习一职。综合各方议论,有三个人最受瞩目:前两位都做过国子监祭酒——盛昱还是清流名士。他还保留着名士脾气,瞧不起大学堂这类洋玩意儿,曾经扬言:"若有人来请,朝来朝死,夕来夕亡!"另一位王先谦,却是以保守闻名的,孙家鼐没想过去请他。第三位严复,这倒是开风气的西学通人,可惜于中学所知甚少,在旧派眼中,他甚至比康有为还要差。

数过来数过去,确实没有强于康有为的,那么为何不用康有为? 第一,他的学术值得质疑;第二,他的心术令人怀疑。有此二疑,孙家鼐宁肯买椟还珠,也不愿引狼入室。当然,为康有为说话的大有人在,正在丁忧的陈炽,就从家乡来信荐康。早在两年前,孙家鼐奏请在官书局名下设立大学堂,奏折就是陈炽起草的。孙家鼐和陈炽,堪称大学堂的最早发起人,但是对于康有为,不在其位的陈炽,代谋其政就不适宜。

荐康的还有梁启超。梁启超算是孙家鼐的属员了,而且是红员。梁启超为译书局申请开办费一万两,每月经费一千两,没料到皇上分外大方,拨给开办费二万两,月经费三千两。有钱便是美差,趋附这位新贵的人挤破头。可惜此人不懂得做官,没有把排场摆成景。孙家鼐对他这种做派倒很喜欢,因为跟他交谈不用使心机,有一种打开天窗的豁亮感。梁启超直话直说,宣称章程上的总教习位子,就是为康有为设计的。孙家鼐笑颜笑语,你要举贤不避亲,也得看贤的成色如何。梁启超便历数康有为之贤能,孙家鼐只是静静听着,笑意一直浮在脸上,像一片风吹不散的祥云。

大学堂为当前要政,光绪多次召见孙家鼐,询问进展情况。这一天说起人事,孙家鼐奏言张元济做总办,黄绍箕等人做各科提调。光绪注意到,孙家鼐未提总教习人选,到谈话临近结束,他便主动问起。孙家鼐答称还在物色,由于总教习关系办学成败,所以必须慎择。"康有为"的名字已到嘴边,光绪用力咽下,因为出口便为不慎,与帝师训诲正相违背。孙家鼐下去后,廖寿恒接踵进见,带来康有为新编

的《光绪二十三年列国政要比较表》《波兰分灭记》。

书摆上御案后，光绪看到"光绪二十三年"字样，拿起那书仔细端详："去年的各国政情，今天就能看到，书报之用大矣哉！不管人们如何看，朕认为康有为有用处。"这不是问话，廖寿恒垂头不语。光绪瞅了瞅他："康有为近日怎样？"光绪问得笼统，廖寿恒答得简洁："仍在忙于编书。"光绪又问："他编的是——？"廖寿恒答："《大地兴亡法戒》。"光绪沉吟片刻，轻声叹道："'兴亡'二字，对当国者，既是咒语，也为诚言。其兴也勃，其亡也忽。我朝勃兴二百载，趋衰濒危也算不得忽。朕欲把握重振之机，却须擒住忽焉一瞬，不使机会稍纵即逝。康有为所上条陈书籍，于皇朝振兴颇有助益。"廖寿恒字斟句酌道："皇朝振兴，天下期盼，凡为臣子，皆当尽忠，康有为自亦尽其所能。"

光绪出题了："人才各有所长，康有为的长处在哪里？"廖寿恒只能照题答："在文事，编书译书教书皆可。"光绪接上了："大学堂的总教习，可否由康有为担任？"廖寿恒不能不绕弯："臣上来时，碰见管学大臣退下。臣以为，孙家鼐对此有深思熟虑。"光绪派差了："刚才未议此事。这个意思，你下去对孙家鼐说。"廖寿恒不禁退缩："这个——"想了想，他还是替自己撑起筋骨："臣还记得明发谕旨，'办事各员由该大臣慎选奏派'。臣请示下，臣是要他遵前旨奏派，还是要他遵今旨派奏？"稍稍逼得紧了些，竟把个老诚人逼出尖刻来！

光绪想要转圜，却又不肯退却："前旨今旨都不讲，你以同僚的身份，揣摩上头的意思，与之洽谈通融。朕知道委屈了你，朕这样说，难道不委屈？委屈也认了，朕既称朕，便不敢蒙起耳目混日月，像秦二世、蜀后主那类不肖子，衔璧舆榇奉送江山。你为大臣，若不愿认此委屈，朕不强求——"廖寿恒咚咚叩头："臣去！臣去！臣死罪，臣让皇上失望了。"听他语带哭音，光绪的眼眶有些酸热："朕不失望，朕知道，惦念国家的人并不少，可惜总是想不到一块。好了，你下去，办或不办，都由你。"

廖寿恒退出养心殿，匆匆向军机处方向走，忽然看见一个身影，像是孙家鼐，他忙喊道："燮臣，燮臣！"那个身影却已不见。走近内右门时，一个人从门洞里跨出

来，正是他不想遇上的刚毅。刚毅却是一副喜兴样子："你喊燮臣？他刚从军机处出去，此时应该出了宫门。怎么，有旨要传？"廖寿恒支吾一声。刚毅摸着明光光的脑门："叫我猜猜，跟康有为有关吧？你现在是康苑御马。"廖寿恒挽起眉头："子良兄，别消遣我好不好？我正在推敲辞官句子，被你一棒子敲散了！"

二、孙相峻拒　陈公严参

刚毅吃了一惊："什么，要辞官？"廖寿恒吃力地挤出笑："开个玩笑行不行？你喊我马，我叫你驴，反正都是皇家骑。"刚毅从上到下打量廖寿恒："不对，仲山，你不痛极不叫屈。上头给你苦头了？"廖寿恒怪自己一时不谨慎，丢个话把儿给刚毅，若就此再生嫌隙，那他真正有负君心。一言既出驷马难追，只有以诚感人："我气苦的是自己太笨，无力为君分忧。君忧臣死，早成套话，可总不该臣嬉、臣惰、臣不管吧？你我既为大臣，确该诛心一问。"刚毅严肃起来："君忧的地方太广，一言以蔽之，要变法，有梗阻。法不变不行，所争的只是如何变，谁来变。我认为康有为的办法不行，是不是我就该死？"

话一下子捅到这里，廖寿恒始料不及，可也乐得认真一谈："或许不行，或许可行，若不一试，怎么知道？"刚毅手一挥："已经在试了，八股不是废了？学堂不要开了？奖励专利的条条不早颁布了？都是拿着笔画道道，还不如李少荃们造船练兵，那至少还能打一场！"廖寿恒道："可惜打败了，说明这不行，为何不换一手？不要小看文事，笔墨加上李少荃们的炮火，那才有赢的希望。"刚毅嗤之以鼻："希望什么，骂阵？报密？写降表？仲山你不是喊燮臣，你是喊子良吧，皇上叫你开导我了？"廖寿恒暗骂自己对牛弹琴，双手一拱："得罪，取笑，再加糊涂。老兄忙吧，我也忙我的去。"大步奔向内右门，到军机处知会一声，即时出宫。

孙家鼐刚回到吏部，闻报军机大臣廖大人来见，颇为纳罕。廖寿恒是与他前后

脚进殿的,看来此来必有旨意。他迎到办事房门口,依礼相见,揖让入座。两位都是明白人,打个照面,便能看出对方的心情。孙家鼐主动为客人解难:"仲山兄此来,是对大学堂有所垂顾吧?"廖寿恒面露苦笑:"真人面前不说假话,我被自身差事所窘,没少受夹板气。刚才还跟子良淘气,他讥我为康苑御马。为皇上当牛做马乃臣子本分,为一个落寞儒生,我至于吗?偏偏朝局就是这样奇怪,当朝大臣厌恨一介寒儒。反常便为妖,此类妖气不除,局面难得变好。"

廖寿恒从不饶舌,绕着弯说了这一段,可见用心良苦。孙家鼐便不绕弯:"康某并不落寞,以其当下声光,似非一般大臣所能想望。这是时势所造,也靠本人所作,不能不令人钦佩。然声光与实事毕竟不同,例如晋人殷浩,以清谈博大名,以领军误国事,便为前车之鉴。"廖寿恒顺接逆转:"对。殷浩是清谈,康有为是浑谈。清谈赏心快意,浑谈振聋发聩。他若不鼓噪摇舌,编书教学还是可以的。"孙家鼐不禁微笑:"教学十余年,弟子数十人,足迹半天下,波澜满京城,康学之力可谓大矣。这正是吾兄所谓浑谈,言论混入各种杂说,可以醒愚众,不宜训新生。京师大学堂要办成新式学府,需要真正留过洋的人来调理,康某说到底仍是土鳖,交给他,他为难,是不是?"

话说到这份儿上,还有什么可说的?廖寿恒有了一丝解脱之感,却又替皇上犯起难来。孙家鼐同时想到了这点:"仲山兄与我苦衷相同,唯愿同舟共济,小心曲意,共维皇纲。古来不乏妖人乱政之例,康有为不是妖人,他的气力比妖人大得多,引起满朝反对,根本原因在此。满朝皆异议,我为皇上忧啊!"两人在唏嘘中分手。

孙家鼐唤来文案,吩咐草拟奏折。同日上奏三折两片一单,奏言大学堂各事。其《筹办大学堂事务折》称:"大学堂事务,首在总教习得人。而京官之中人品端正、学问优长者,原不乏人;求其学赅中外、通达政体、居心立品为众所詟服者,实难其选。伏见工部左侍郎许景澄,学问渊通,出使外洋多年,情形熟悉。若以充总教习之任,必能众望允符。许景澄未到京以前,总教习之任,即由臣暂为兼办。"

光绪看到这份奏折前,已经明了孙家鼐的态度,所以能够平静对待。许景澄历任法、俄、意等国公使,主持验收"定远"等舰,主理对俄谈判,著有《外国师船表》

《帕米尔图说》《西北边界图地名译汉考证》等书，是大员中的知洋之人。由他充任，尚属称职，光绪因此批下"依议"二字。接着是《拟保大学堂总办、提调、教习各员单》，总办张元济以下，由骆成襄、黄绍箕、寿富等二十余人，分任功课提调、杂务提调、分教习及文案差使。光绪一概依议，同时予以明发。名单在京传开，翰林院一片欢腾，一位编修函告外地亲友："大学堂派出提调十人，翰林院居其六，又得教习八人，虽不尽公允，尚可为词馆吐气，但恐康、梁有后言耳。"

张之洞也得到京中密报："孙燮臣冢宰管大学堂，康所拟管学诸人，全未用。奏派许竹筼为大教习，张菊生总办，黄仲弢等提调，寿伯福等分教习，均极惬当。然其中亦有以请托得者，如涂国盛、杨士燮、佘诚格诸人，颇招物议。"

又一次企求落空，康有为并不十分气恼，他仿佛预料到了。他对孙家鼐判断错了，原以为身为帝师，孙家鼐定会善体上意，让皇帝少受些阻挠。而今才知道他其实善体官心，许景澄是正二品的大员，摆出来能镇住台面，这就是他看重的。提调和分教习那班人，除去几个强学会同事，大多是懵懂时务的翰林和司官。其入选多因条子和路子，文案处的刘体乾，是孙家鼐女婿之兄。这种做法，连旧派人物都看不过去。然而帝师是撼不动的，康有为还不愿撕破脸。

这一天，康有为上街回寓，忽然迎面碰上张元济。这算是新贵了。康有为含笑拱手："恭喜，恭喜。"张元济却很冷静："康先生，这恭喜我要还回去。"康有为有些意外："菊生的意思？"张元济道："我当初勉强应承，看在局面新创，事有可为。谁料击鼓升堂，竟是老戏新唱，少见同志，多聚禄蠹，教书竟为稻粱谋。而且仍是兼差，以三心二意之人，育开天辟地之学，欲求成就，岂非笑谈！"康有为点头道："兼差是本朝大弊，我已多次论及，惜乎无补于事。菊生兄看，局面还可挽回吗？"张元济看了看康有为："先生未得总教习位，现在看来毫不足惜。莫说先生，我也要抽身。"说罢一揖，匆匆离去。

康有为回味着这番对话，回寓后立即拟写奏折，宋伯鲁将其作为附片上奏：

大学堂所派各员，应当但论才识之高下，不论官阶之尊卑，将一切官场恶

习,痛除净尽。由此建议,对总办、提调、分教习各员,已有差使者,一律开除;记名御史及枢、译两署者,一律注销;京察试差,一律停止。办理大学堂勤劳卓著者,优以升阶,而仍不得兼差。如此方可专职专任,一心办学。

奏片最后提到管学大臣,称其以高年而兼大任,令人敬中有忧:"变法之始,自当早作夜思,异常奋勉,断非请托营求之辈所能胜任。该大臣自当格外振刷精神,虚心延揽,方冀有济。此何时也? 此何事也? 若仍以官常旧法,瞻徇情面行之,鲜不贻笑外人矣。"

按照惯例,此片发交管学大臣议复。孙家鼐一看便知,这是康有为的手笔,不由捋须微笑。"官常旧法",算是说到了点子上,他这三十八年老宦人,不守官常守什么? 当然这是弊端所在,他也听到了别人议论,孙燮臣把大学堂办成官架子。然而,京官清苦,如无兼差无以过活,若撤掉在部院的差使,大学堂用多少薪水才能留住人? 不当家不知柴米贵,康有为是没有当上家,抓起米粒往外撒。孙家鼐复奏说,大学堂总办、提调各员,毋庸停止各项差使。光绪也知只能如此,仍批依议。

想不到那位"总办"不肯依议,张元济来见孙家鼐,请求撤销他的提名。竟有这样不识抬举的人! 孙家鼐正视着张元济:"菊生,为何?"张元济还以直视:"卑职禀告过相国,兼差分散精力,对于办学不利。"孙家鼐毫不松口:"记得我劝你,且先就职,渐辞兼差。"张元济道:"如今看来人人兼差,总办自外于人,岂非害群之马? 为求学堂安定,预先避开为上。"孙家鼐道:"明旨已颁,怎么预先? 这叫出尔反尔,君子岂可如此?"他一向和颜悦色,今日一反常态,是想把张元济镇住。

岂知张元济却是个不识相的:"中堂容禀,卑职除了刑部、总署差使,自办通艺学堂,还须每星期与教习例会一次,亲讲两次。虽然是小事业,却已开办数年,皇上召对时殷殷垂询,勉令办好。这是大学堂的预备生,卑职若弃此多年心血,去揽未必胜任之事,无异于追荣逐利,应为中堂所不齿。"孙家鼐叹道:"你不齿的,是应聘于大学堂的诸位京僚。此辈不避讥嘲,难道都是奔着禄利而来? 我不解的是维新诸君子,平日高唱救国,一到新事开办,得之者请辞鸣高,不得者劾奏逞才,总之都

不肯屈己从公。宋芝栋与张菊生，看来是一个鼻孔出气。"

矜贵之人说出负气之语，表明他不打算坚持，张元济不作分辩。果然听到孙家鼐开恩："菊生既然为难，我就据此上陈，奏请另择贤能。"过了一天，孙家鼐上一奏片："臣前奏请以刑部主事张元济为大学堂总办。该主事因有总理衙门差使，近又派有铁路差事，且自行创立一小学堂，要时常前往照料，力难兼顾，辞请另行派员。臣查有江南道监察御史李盛铎才具开展，讲求中外情势，拟改派该御史充大学堂总办。"

李盛铎！联想到李盛铎所上的"办法大纲"，推荐孙家鼐管学，许景澄顺道考察外国学堂，早已一一落实。张元济的高风亮节，促成了孙家鼐投桃报李。别人不识其中味，唯有康有为苦不堪言。对李盛铎其人，他不愿用"反复小人"一词。但这位老兄两面投机，行事立品不敢恭维。大学堂的要害位置，至此全由反康人士占据，康、梁借以施加影响的，只有一纸章程了。其实，恰恰是这一纸章程，使孙家鼐对康有为更加警惕。章程有选编功课书一节，授编译局以编书大权，而编译局现由梁启超主持，他所编的会是什么书？从他在湖南时务学堂所讲课程中，便可看出端倪。

除了《礼记》《论语》《孟子》等书，以《春秋公羊传》《公理学》贯串始终。公理学取自康著《实法公理全书》，公羊传是孔子改制的依据。梁启超传授的实为康学，现由其专选书之权，必将删削六经，以就康教，用孔子改制学说一统天下。去毒须从根本做起。

孙家鼐上《译书编纂各书宜由管学大臣进呈并禁止悖谬之书折》，提到康有为著述，先泛泛地夸奖一句，称其"幼学通议"一条，言小学教法，深合古人《学记》中立教之意，最为美善。接着话题一转，义正词严："其第四种、第五种《春秋界说》《孟子界说》，言公羊之学，及《孔子改制考》第八卷中孔子制法称王一篇，杂引谶纬之书，影响附会，必证孔子改制称王而后已。言《春秋》既作，周统遂亡，此时王者即是孔子。无论孔子至圣断无此僭乱之心，即使后人有人推尊，亦何必以此事反复征引教化天下乎？方今圣人在上，奋发有为。康有为必欲以衰周之事，行之今时，窃恐以此为教，人人存改制之心，人人谓素王可作。是学堂之设，本以教育人才，而转以蛊

惑民志,是导天下于乱也。履霜坚冰,臣窃惧之。皇上命臣节制学堂,一旦犯上作乱之人,即起于学堂之中,臣何以当此重咎？臣以为康有为书中凡有关孔子改制称王字样,宜明降谕旨,亟令删除,实于风俗人心大有关系。"

这是第一次有人正面弹劾《孔子改制考》,且以帝师之尊参一微员,简直是杀鸡用牛刀。光绪览奏,对此书和此人的种种疑虑,被一下子勾了出来。光绪仔细回想,初次看到改制称王字样,他心里跳了一下,生出一种异样的感觉。诚然,改制说并非康有为独创,从《公羊传》以来的今文经学家多有言者,然而深入阐发,自成体系,康有为却是独一无二。光绪愿意相信,他是为变法制造理由,也愿相信康有为的忠心。但是同龢翁、许应骙、孙家鼐等大臣不相信,潘庆澜、文悌、李盛铎等小臣也不相信,真正信服康有为的,只剩下李端棻、徐致靖、杨深秀等寥寥数人。一个以学著称的人,偏偏在学术上备受指摘,其立身便彻底动摇,失去了可以利用的价值。

光绪执笔在手,在一张纸上用力写下:"管学大臣孙家鼐奏,康有为所著《孔子改制考》……"写到这里,他停下笔,凝思良久,没凑成一句囫囵话。他不想用"杂引谶纬,影响附会",更不想用"僭乱之心,蛊惑民志"。若就此事明发上谕,便坐实了康有为的罪名,反证了刚毅们的正确,归根结底,这将是新政的终结,皇帝的失败。无论如何,他要曲予包容,给皇朝留下转圜之机。

次日早朝,光绪面谕军机大臣:"孙家鼐奏请删改《孔子改制考》一事,着孙家鼐传知康有为遵旨照办。"军机处无人愿揽这桩倒霉的皇差,便推给廖寿恒。廖寿恒倒乐意前往——此前只有他传旨给康,这回可以说"吾道不孤"了。廖寿恒来到吏部,把这道旨意传给孙家鼐。

听罢简短的传谕,孙家鼐如受棒喝,张着嘴愣在当地:"臣遵旨"三字卡在喉咙口,老半天吐不出。廖寿恒替他难过,拉着他的手,将他牵坐在主位上,自己也在宾位落座。孙家鼐终于苦笑出声:"对不住天使,老朽失态了。"廖寿恒咕噜一声:"皇帝太年轻。"这话如果较真,应有大逆不道之罪,它却让两人同时放松,从窘迫中解脱出来。

孙家鼐开始尽地主之谊，陪着客人啜一阵茶，说到廖寿恒近日常见康有为，孙家鼐顺口问："不知在仲山眼中，康长素是什么人？"廖寿恒道："他是个可怜人。"孙家鼐颇感意外："可怜人？怎么讲？"廖寿恒道："他自视甚高，抱负极大，不把一切人放在眼里。可他一无权力，二无财力，在京城的势利场中无法立足，只好拼命装排场，摆架子，反倒透出内里之虚。这就是不诚之病，其实若以素面示人，此人确有可佩处。"孙家鼐大为赞赏："吾兄知人！康长素有才，这个不能抹杀，然其虚伪使人品有玷，我也为他可惜。"

孙家鼐令人唤康有为来吏部，将皇帝旨意传谕给他。这是个肃冷的场面，孙家鼐先讲自己的参奏内容，再念那句谕旨。康有为跪地俯首，静默聆听，口称遵旨。两人都在思忖下一刻：是冷淡地分手，还是较量一番？

顷刻间已办完公事，孙家鼐点点头，康有为起身便走，走到门口又转回身道："有为有下情上禀中堂。"孙家鼐伸手示意，一团和气地请康有为在客位坐下。康有为道："前日在街上偶遇菊生，听他说起兼差之弊。又在邸抄上读到宋芝栋奏折，议论十分透彻。大学堂不同于同文馆，更不同于国子监，对此草创之局，尤须全力以赴。今见所用之人，多为兼差，且其知识也属旧式，我不能不为中堂忧。"他绝口不提所受训诫，反又使出说教口气，孙家鼐有几分反感，也有几分佩服："怎么旧式？梁卓如不是新式？但我不能全用康门弟子，那会受到别人指责。"康有为竟不领情："卓如差使乃皇上所派。他不只能胜任编译，认真比起来，总教习一职，似乎没有优于他的人选。"这人是脑子有毛病，还是自大过了头？

仔细想一想，如果纯从教书考量，梁启超确比许景澄强得多。面对不好对付的康有为，孙家鼐不愿扯下去："总教习的职责不在教书，这你应该很清楚。梁卓如奉派皇差，长素也有编书之责，贵师弟只要善尽本职，便是不负朝廷重托。"说罢端茶送客。目送着康有为，孙家鼐还在掂量这个人。无论面对何人，无论遭遇何事，他都挺直腰板说话，这种硬气世所罕有。他的底气从何而来？这还得说到年轻的皇帝。为了祖护康有为，皇帝连帝师的话都听不进，那么还有谁敢说话？

孙家鼐感叹了好几天，另有一位大臣与他遥相呼应，上奏再参"孔子改制"。湖

南巡抚陈宝箴上《请厘正学术造就人才折》，大意为：臣闻工部主事康有为之为人，博学多才，盛名几遍天下，誉之者有人，毁之者更多。推测其所以召毁之由，或因其才性之纵横，志气之激烈，直到深入考究，始知其所著《孔子改制考》一书，旁搜佐证，穿凿附会，据异端之说，成一家之言。徒众附和，嚣然自命，号为康学，而民权平等之说愈煽愈炽。

但臣观近日康有为呈请代进《彼得变政记》，独取君权最重之国作为例证，以此窥其往日主张民权，或非定论。即如现办译书局事务举人梁启超，臣于上年聘为湖南学堂教习，初曾引用师说，经其乡人黄遵宪规诫，梁乃渐知去取。康有为可用之才，敢言之气，已邀圣明洞鉴。当此百度维新之际，千人之诺诺，不如一士之谔谔，诚宜造就而裁成之。可否特降谕旨，饬下康有为即将所著《孔子改制考》一书版本，自行销毁，既可正误息争，且可使其从游之徒，不致误于歧途。

他要厘正学术，为何厘到康学头上？因为湖南的新旧党争愈演愈烈，都是围绕康学展开的。湘绅搬出徐树铭，希望能把陈宝箴参倒。光绪上谕褒奖陈宝箴，斥责湘绅，这让湘绅冤抑难伸，深感光绪被康党蒙蔽。为了反击，岳麓、城南、求忠三书院的山长，齐集长沙学宫，议定湘省学约，用以端正学术。

学约共有五条：

一、尊圣教；二、辟异端；三、务实学；四、辨文体；五、端士习。所辟异端便是新党，其罪行是推尊摩西、主张民权、效耶稣纪年、言素王改制。

学约认为，不应将康学与西学混为一谈，湘绅反对康学，并不反对西学的工艺制造之理，所以并非阻挠新政。

学约堂皇刊布，明显与上谕叫板，引起了徐仁铸的愤怒。他令洪教谕给王先谦写信，查询学约系何人主笔。王先谦强硬回函：学约经多人撰改，主笔无从查起。何况学术伦理之正，纲常名教之大，岂是官威可以压服的？宗师必欲查究倡议主笔之人，即坐罪王先谦可也。熊希龄气不过，在《湘报》上发表《上陈宝箴书》，明攻王

先谦、张祖同、叶德辉三人。熊文称，王先谦之所以反对时务学堂，原因是梁启超患病离湘时，未向王先谦辞行。并称叶德辉曾劝某学生入时务学堂："梁先生讲公羊，你不妨从梁学。"

这封上书专从人事入手，没能击中要害，而且公开发表，置陈宝箴于要冲，使他难以迂回。他要坐稳位子，就得示之以公，陈宝箴解聘时务学堂所有中文教习，札委黄遵宪为总理官，汪诒书为总理绅，令熊希龄伴送学生出洋留学。同时改组湘报馆，改组期间暂停发行，此后重要文章须经巡抚审定。这是对湘绅公呈的让步，然而王先谦并未满足，他的追随者推波助澜，宣称上头要撤学堂、罢学会、停办保卫局和课吏馆等新政。

来而不往非礼也，新党岂能坐以待毙？时务学堂学生张伯良等，向巡抚衙门投递公禀，呈诉宾凤阳等岳麓书院学生，将其先前的公禀原文，添加极其下流语句，广为张贴，败坏风气，动摇人心。陈宝箴看到这些语句，确实不堪入目，不禁大为震怒。他下令布政司，整饬长沙府，传宾凤阳等到官彻底追究。学政徐仁铸也做批示，严斥宾凤阳等狂吠不休，亟须传讯。

陈、徐两大宪如山压下，王先谦哪肯服输？他首先致书徐仁铸，指斥其主持康教，压制士林，颇似西方强盗，挟其兵力迫人信奉天主。他希望用重话把对方镇住，过了两天，上头的口风仍未松动，王先谦便要强硬出头。

这天上午，王先谦出现在巡抚衙门照壁前，后跟大批士绅，还有看热闹的老百姓，受指控的学生却未露面。门官从未见过这种阵仗，上前问询，有人声言，犯人王先谦前来投案。陈宝箴得到报告，不由深感棘手。王先谦可不是凡品，他由进士、翰林直至国子监祭酒，满身清贵之气，享有理学盛名。而陈宝箴只是个举人，在出身上矮人一大截。王若出死力相抗，陈能把他怎的？考虑再三，陈宝箴请幕友欧阳中鹄来，让他出去，如此这般。欧阳中鹄赶到门外，向王先谦施礼道恼，声称抚宪请祭酒进去，其他各位也请散去。王先谦面无表情："我来投到，怎么不派狱卒来？"欧阳中鹄献着笑："我这个卒，配不上你这最大的士？陈帅快迎出中门了，难道你要逼

他阿宫吗?"

这样一盘棋,王先谦并不想走成死局,他便随形就势,劝说众人离开。王先谦跟欧阳进院,陈宝箴果然迎出中门。他携着王先谦的手,相偕进入客厅,让座献茶,嘘寒问暖。王先谦主动转言正话:"抚院牌示,岳麓学生张贴公禀,语言龌龊。先谦以为,这是受了时务学生的诬告。宾凤阳等从师最久,品学俱端,先谦敢保其决无狭邪之行。"

陈宝箴笑道:"说到担保,我可吃过大亏。光绪五年,河南镇平县发生一桩抢案,县令派人缉获盗首胡体安。二年后在省城开封处斩,死囚临刑呼冤,自称是胡的伙计王树汶。呼冤就得重审,河南巡抚、东河总督一一审过,又派我这个道员再审。我细读各级官员的判词,都把此犯定为铁案,我便自问,怎么可能,全省官场都错了! 在上报再审案卷后,我还当众宣称,我敢保此人是为了逃死。"王先谦去抓对方的破绽:"我知道那桩冤案。刑部郎中赵舒翘重审,确定此人就是王树汶。翻案以后,巡抚总督均遭处罚,您也经受入官第一跌。这两件事倒有一比:学生们没有杀人放火,却被栽赃诬陷了。"陈宝箴摇着头笑:"我掉进自己话兜里了。不过夫子,连杀人沉冤都能昭雪,何况纸墨文字。抚院既已下令,您何不叫学生们去长沙府走一趟,为他们洗雪冤枉?"王先谦从座位上立起:"中丞,我去长沙府。"陈宝箴忙请他坐下:"老夫子,宝箴不敢有辱斯文,先生也应作士林表率。以斗气相要挟,莫非牌示不顶用了?"王先谦被刺痛了:"我斗什么气? 公允之气,良知之气,堂堂正正的忠信之气! 上头端不平一碗水,应当扪心自问了!"

陈宝箴依然笑着。王先谦又补一刀:"中丞,我可以叫岳麓学生前往投案,时务学生也得到案。"陈宝箴道:"这个自然,这要双方对质。"王先谦道:"中丞还须传梁启超、叶觉迈、韩文举到案。"陈宝箴皱起眉:"这是为何?"王先谦道:"时务学堂教习,是引发此案的祸首,首恶不除,何来公道?"东窗事发! 陈宝箴想起学堂批语那码事,心知王先谦可能拿到了证据。陈宝箴笑容不改:"梁、叶等现在京城,一时间哪能传到? 看来又得从长计议,老夫子,还要请您约束学生,不误大局才好。"

批语为肇事之端,而批语又从康家学说中来。为了弭患于无形,便须正本清

源,这才有攻康之奏。陈宝箴要求将《孔子改制考》毁版,出乎光绪意料之外。他开的学堂,办的报纸,都有梁启超等人的助力。他是康有为学说的受益者,现今反要拿康开刀,是他本人扛不住,还是康书真荒谬? 光绪发下交片谕旨,令孙家鼐赴军机处阅看陈折,然后提出处理意见。孙家鼐的《议复陈宝箴折说帖》,提到张之洞的《劝学篇》,认为张书所论皆与康书相反,欲对康书谬误有所补救。皇上下诏褒扬,士大夫无不称颂圣明。说帖节录康有为书中最为悖谬之语,请皇上留心阅看:异哉王义之不明也。天下归往谓之王,天下不归往,民皆散去,谓之匹夫。以势力把持其民,谓之霸,残贼民者,谓之民贼。夫王不王,专视民之聚散向背,非谓其黄屋左纛,威权无上也……

这些语句,光绪在康书中读到过,当时并没感到异样。如今在说帖中集中呈现,便化成一根又一根钢针,使人读来如芒刺在背。民贼,独夫,是"孤家"和"寡人"们最忌讳的字眼,不知康有为在写出的时候,心里究竟想的什么。他真要指向民权吗? 还是免使寡人成为独夫,群集民力以救危亡? 光绪翻来覆去,疑思不定,焦躁难耐时,令召孙家鼐来见,旨意发出后又觉不妥。孙家鼐所言的,肯定仍是那一套,又何必老调重温?

孙家鼐来后依礼叩见,觑觑光绪脸色,便知皇帝又在淘气。这是在光绪五六岁时,孙家鼐和翁同龢私下使用的一个词。光绪亲政后,偶尔也会窝火使气,不过比较起来,光绪的定力,远远大于先前的同治。这些天来,光绪已将对翁同龢的依靠,转移到孙家鼐身上。一见到孙家鼐,光绪便想起在书房时的情景,声音温和起来:"师傅见过康有为了?"孙家鼐回答:"臣见康有为,传皇上谕旨,康有为回称遵旨改正。"光绪道:"原拟令军机传谕,朕想师傅亲见,可以条分缕析,不致产生歧义,才劳师傅谕知。"这是对失礼之旨做一番解释,含有道歉的意思。孙家鼐很是感动:"臣知皇上苦心。皇上筹思长远,宵旰忧劳,臣下尤须善体上意,为君分忧。"

光绪问:"康有为还有何言?"巴巴地询问一个小臣的意见,又让孙家鼐感到不适:"康有为陈说兼差之弊,还说梁启超可做总教习。"光绪有些意外:"梁启超? 总教习?"孙家鼐垂头不语,让皇帝感受康有为的无礼。沉默有顷,光绪嘘出一口气:

"单看学识，梁启超是不错的，然其明显难以服众。他的老师也难服众。各有各的道理，各有各的算盘，众口难调，众志不一呀！"

这话的分量打动了孙家鼐，他不安地舔舔口唇，刚要说话，光绪先道："书籍也是如此。春秋时有诸子百家，今世有没有百家？康有为算不算一家？他的书可不可以聊备一格？"孙家鼐急忙奏谏："皇上，康有为的有些书，比如《日本变政考》《文学兴国策》，不无可取之处，可供皇上览采。至于《孔子改制考》，则与《新学伪经考》同样谬误。前书已禁，此书亦应依例处置。"光绪若有所思："《新学伪经考》并未经朕过目。其时倭战正紧，安维峻奏请毁版，恭亲王等力请禁毁。记得你也没有看过。"

见皇帝流露出对《新学伪经考》的兴趣，孙家鼐深悔不该节外生枝："是，臣听安维峻说过，其书立论诡辩偏邪。《孔子改制考》与《新学伪经考》如出一辙，开篇即说，孔子以前的史事茫昧无稽，以致诸子纷起，托名古人，自立制度。例如墨子假托夏禹，老子假托黄帝。孔子创立儒教，托名尧、舜、禹、汤、文、武等古帝圣王，制造礼法，编撰六经，托古改制。人人皆知孔子述而不作，而他笔下的孔子，不仅作今，还要作古，真是厚诬孔子，非圣无法！"

光绪轻声道："非圣无法，这是少正卯的罪名，而康有为，真有那样言伪而辩吗？陈宝箴说'千人之诺诺，不如一士之谔谔'，你说'君子不以言举人，不以人废言，愿皇上采择其言，而徐察其人品、心术'，这都合乎用人之道。而今风气，可以说是满朝诺诺，康有为敢言人所公认，为何还要钳他之口？诏定国是将满两月，我们仍是说多做少，骂多赞少，国是国是，如何才是！"

皇帝的语气沉重无比，压得孙家鼐叩头在地，满腹委屈说不出来。

光绪忙道："师傅不要误解，这些话不是怪你。你和翁师傅多次规诫，朕总改不掉这份轻躁。只是时势不等人，我们的老成持重，抵不住外敌的轻出躁进，与其稳坐挨杀，何如跃起一试。朕认为，康有为的托古改制，托的是孔子之古，改的是今朝之制，他是要为变法编撰新经。你要朕徐察其人品心术，朕察其心术便是如此，师傅以为怎样？"

三、君主赏银　洋人设骗

孙家鼐赋性柔和，从不与人相忤，今日面对皇帝，显出少有的坚执："皇上，臣以为康有为变法之计或可采，改制之说不可听。此说穿凿附会，将万世师表的孔子，栽诬成素衣称王的妄人，此中用心，殆不可问。张之洞著书救正，陈宝箴奏请毁版，皆存不忍之心，尽显大臣之体。康有为若有良知，即当自焚其书，以赎惑世之过，亦可稍报皇上知遇之恩。舍此不图，臣不知其人尚有何才可取，皇上又何所惜于此等佞人！"

逼帝师说出如此重话，光绪颇有悔意，勉强说道："诸臣既说此书悖谬，暂且置之，待朕细审后决定去取。至于康有为，诚如师傅所言，虽学术不端，而才华尚富，当此用人之际，尤须舍短用长。望师傅善体朕意，寓提携于教正之中，使其长才能为国所用，对于时局必有裨益。"皇帝亲自为康有为说情，令孙家鼐又是别扭，又是感动。应承着下来，在内右门旁碰见廖寿恒。廖寿恒问了两个字："如何?"孙家鼐回了两个字："而已。"两位大臣心照不宣，各含苦笑，匆匆揖别。廖寿恒进了养心殿东暖阁，将康有为的折子上呈光绪。这是《请改直省书院为中学堂乡邑淫祠为小学堂折》。

廖寿恒退出后，光绪细阅此折。这是以大学堂为龙头，中小学堂为龙身的设计，最吸引人的是经费有着落：上海电报局、招商局及广东闱姓捐款，皆有余款百数十万;各省善后局，向来为贪员猾吏盘踞巢穴，挪用无数，若将此款拨充经费，并鼓动绅民捐创学堂，将庙产公地移作学资，必能节靡费而隆教育。光绪将康折发交军机处，依据此折草拟上谕。拟稿交上来后，光绪用朱笔修改多处，立予明发。操办这一切时，他似乎赌着一口气，那是一口泄不出的气。他看到，康有为仍然一门心思，编书、拟折，为兴利除弊想办法。这种人才不可信，何样臣子才可用！隔着重重

关锁，他没有途径表达此意。踱步沉思之时，他的目光落在御案一角，那里有一本新进的书，《波兰分灭记》。光绪顿时想出了办法，命令侍臣传军机大臣进见。

通向御前的重重关锁，康有为的感受更为真切。皇帝格外施恩，择军机大臣专为代递，这却引起格外敌视，以致谣言四起，有说康有为代拟谕旨的，有说康有为潜入宫掖的。以前的"进红丸"之谣，现也转嫁到他的名下，传言皇帝被康有为所害，已在预备大行棺椁。民间之谣，折射的是官界之恨，《孔子改制考》成为众矢之的，康有为天天提心吊胆，等着接奉毁版谕旨。

这天上午，他正在书房翻检书报，康广仁进来告诉他，总署章京宋春来见。不祥之感陡然升起，抬头瞧瞧弟弟，弟弟木糊着脸，看不出是何苗头。康有为强打精神立起身，迎到门口。那位章京进了门，是一副不认识的面孔，表情看上去倒还和善。双方对上眼神，见康有为露出招呼的意思，宋春跨前一步，面南立定，吐出三字："有旨意。"唬得康有为扑通跪倒，伏下头去，只听上面一字一板说道："军机大臣面奉谕旨：康有为进《波兰分灭记》，可资借鉴，赏银两千两，着总理衙门发给。"

一股热流涌出胸腑，康有为双泪长流，泣不成声。宋春喜笑颜开，俯下身去双手搀扶："请起请起，恭喜恭喜。我扮了一回天使，还得谢你。叨在同寅，我要扰先生一餐饭吃。"难得这人这般随和，康有为当真留饭，并请康有仪出面，康氏三兄弟做东，给足了天使面子。席间宋春大谈总署趣闻，比如在宴请各国公使时，庆王爷念错致辞，李鸿章当众打鼾，敬信大耍酒疯。李鸿章年事已高，而且爱搭架子，偏偏那些洋人喜欢听他摆谱。

这也难怪，他办外交的资格比庆王爷老得多，他吹牛说，第一代英、法公使都跟他拜过把子。这叫张荫桓不服气了，他是当前的大拿，他讥讽说，他的厨子都比李鸿章懂外交。他也真靠厨子起家，在洋人中间，赫德的嘴最刁钻，连赫德都夸张家的厨艺，像伦敦大厨一样正宗。康有为这时才插上嘴，他知道赫德特爱掺和中国事务，而开春以来大事频出，为何不见赫德露面？宋春卖关子地笑笑："总税务司后院起火，他哪有工夫来揽前门脸儿的事情？"

康有为急忙追问，宋春从头道来。原来赫德在仕途方面，堪称功德圆满：光绪

亲政那年,朝廷赐予赫德三代正一品封典;三年前,英国王室封他为从男爵,赫德正式跻身贵族行列。孰知他的无上荣光,被儿子的婚姻闹褪了色。按照中国习惯,他给儿子取名赫承先。赫承先考入牛津大学,使做父亲的为之骄傲。可他早早地恋爱,十九岁时,爱上了比他大三岁的吉尔森小姐。吉尔森是牙科医生的女儿,与从男爵门不当户不对。年轻人恋一恋是可以的,赫德想起自己当年,在宁波时的恋人足有一打。偏这赫承先走火入魔,为爱情荒废学业,年级考试不及格,更可怕的是,他要跟吉尔森结婚。他的老爸,跟阿姚生下三个儿女,都没有想到一个婚字!这可不能听之任之,赫德当机立断,动用法律手段,快刀斩乱麻。英国法律规定,不满二十一岁的未成年人,其婚姻必须征得监护人同意。中国总税务司驻伦敦办事处负责人金登干,接到赫德的电报,立即通过赫德的律师,向法庭提出申请。大法官很快发出禁令,禁止这对年轻人直接或间接进行任何接触。赫承先受此打击,生了一场大病,挺过来后,再也不肯入学。赫德无奈,安排他到金登干手下当秘书。秘书干得不像样,赫德叫他来北京,希望亲自调教一番。这家伙六岁以前是个北京孩子,故地重游,童心未泯,确实快活了好多天。可他在回英前夕吐露真言,他在熬,熬到成年的那一天,赫承先和吉尔森,要双双步入婚姻殿堂。儿子终于打败了父亲,这桩婚姻现已成真。投降了的父亲,安排儿子在自己身边工作。儿子不会好好干,他只得把儿子送回伦敦。

就这样来回折腾,几乎把父亲拖累垮了。赫德硬撑着,还要为儿子谋出路。去年万国邮政代表大会在美国华盛顿举办,中国要派代表团,赫德打算叫儿子做首席代表,让他自立于官场之中。这遭到了许多人的反对。赫德在信中向金登干诉苦:"赫承先自然是我的一个心事。他已经同他的心上人结了婚,我承认她是般配的,但是从其他各方面讲他已经毁掉了他的事业。我不愿意采取限制他的办法影响他的舒适生活,也不愿意提醒他应该自食其力,不要指望我为他当牛做马,从而伤害他的自尊心。然而事实就是事实,他除了能做我给他找的海关一般秘书工作外,任何别的工作都不能适应。他一切都向我伸手要,而我又不是百万富翁。如果我身体垮下来,他将到哪里去存身?"诉罢了苦,赫德仍然决定让赫承先做副代表,偕夫

人一同去华盛顿。这种操劳使他心力交瘁，戊戌年一开春，赫德便去北戴河度假，直到今天还未回京。

赫德的逸闻，比大臣们的趣闻更有意思，令康有为陷入深长的思考。康有为凭借西学出名，要寻找真正的西学老师，有谁比赫德更合适？这是个中国化的英国人，他不仅领导着中国海关，而且创建了大清邮政局。康有为想打通向上之路，为何不借助这把洋梯子？

看出康有为心思活动，送走客人后，康有仪便跟他交心一谈。这位大哥是个忠心的影子，一向只会默默干活，现在他劝堂弟，宋春这样的无名之辈，都在总署顺风顺水，可见此路不该放弃。贤弟一有皇上钦点，二有响亮名声，到总署后不出几年，定能升上大臣之位。康有为担心的是，做此官行此礼，他转眼就得给许应骙一流人跑腿，这让他怎么抬起头？康有仪说许应骙怎么了，人家是从一品的大员，给他提鞋辱没了咱吗？不是我说你，你但凡活泛一点，早是四品五品了，哪会这般紧巴巴！话语不入耳，康有为没好气："大哥，你是怕我还不上你的债吧？"康有仪慢吞吞道："亲兄弟明算账，我替你借债三万八千七，年年驴打滚儿，都翻到五万多了。老这样拖下去，不是你先倒就是我先亡。"康有为尖起声道："好了好了，我今天去当官，明天就还你的账！"

康有仪斜他一眼，那一眼刺到他骨头缝里，康有为浑身一凛。兄弟间快要反目，是众叛亲离的前兆。

他提起笔，给赫德写了一封信。他首先描绘与李提摩太的友谊，然后叙述自己的改革，这个改革以英国为榜样，需要来自英国的支持。明知希望渺茫，回过头来，还得给皇帝写奏章。由头是现成的，赏银两千两，他要上表谢恩。而他着力的，当然是有关毁版的申辩："即如《孔子改制考》一书，臣别有苦心，诸臣多有未能达此意者。前据协办大学士孙家鼐传旨，臣遵复，于下次再版时改正。然臣岂敢与众违异，妄招攻击？则特著此书之苦衷微意，不敢不陈于君父之前。汉以前儒者皆称孔子为改制，纯儒董仲舒尤累言之。改者，变也；制者，法也。盖谓孔子为变法之圣人也。自后世大义不明，视孔子为拘守古法之人，视六经为先王陈迹所作，于是，守旧

之习深入人心,至今为梗。臣博征往籍,发明孔子变法大义,使守旧者无所借口,庶于变法自强,能正其本,区区之意窃在于是。至于原奏所指孔子称王一节,臣盖引历代帝王儒生尊孔子为王耳,非谓孔子称王也。合当仰恳天恩,将臣所著《孔子改制考》易名为《孔子变法考》,伏候圣裁。"

如果皇上恩准改名,此书便成为变法圣经,攻他的人均将无地自容。然而御准岂易得到,折子递上后寂寂无声,倒是英国人办事利索,这天上午,康寓来了一位英国绅士。此人金发碧眼,西服笔挺,一副鹤立鸡群的派头。他自我介绍名叫杰弗逊,是赫德爵士的随身秘书,从北戴河带来爵士的亲笔信。赫德的短函热情洋溢:"工部主事、总署章京康长素阁下:顷接来函,不胜荣幸。阁下得风气之先,应转折之机,使古老中国别开生面,焕发青春,中外仰望,颂为伟人。本人心仪已久,本该在京为阁下后应,不巧贱体违和,康复需时,特派秘书杰弗逊先生专程奉复。本人久欲中国改革,因将阁下引为同志,今有一事,可与杰弗逊先行商办。本人将于秋初回京,届时便可全盘筹计。"

康有为不认识赫德的字迹,但那信纸是总税务司的函笺,下端印有从男爵的家族徽章,杰弗逊还持有赫德的名片,这都是耀眼的印记。杰弗逊汉话流利,是赫德亲授的语言学生。康有为探问道,总税务司说今有一事,指的是什么?杰弗逊笑眯眯道,总税务司研究贵国改革史,曾、左、李等之所以失败,是因为缺乏明确的指导思想。这恰恰是康先生的长处,作为敏锐的思想家,先生的著作博大精深,可惜传播无力,未能深入人心。总税务司对症下药,准备与先生合股开办康书专营公司,在京城打开销路,首期目标是打入京师大学堂,成为学堂功课书。这挠中了康有为的痒处,为让康学占领大学堂,康、梁费尽了心机。书籍由总税务司经营,可以借西方人的推力,毕竟,在京城达官心目中,赫德比康有为高明得多。

康有为把康广仁唤来,二人一起盘问杰弗逊。杰弗逊说得头头是道,康广仁这位书局经理,也佩服这人生意经念得好。谈了一阵子,杰弗逊掏出怀表看看,哎呀一声说,我还有事,明天上午请二位挪足,与我一起面见总税务司。见二人有些疑惑,他又解释,这是指副总税务司裴式楷,他在京代行赫德的职务,我们的事情,当

然要跟他共同商办。

裴式楷是赫德的内弟。赫德曾想培养弟弟赫政接他的班，但是弟弟不争气，酗酒无度搞垮了身体，只得退而求其次。这位洋人做官，其实跟中国人差不多，十分注重裙带关系。康有为感慨中夹着牢骚，康广仁一团高兴，自从出了书籍失踪案，谣传和霉运便挥之不去，他巴不得联营成真。

兄弟二人正在议论，康有仪从隔壁走过来，询问洋人是何来头。听罢来龙去脉，他阴阳怪气地丢了句："投其所好，骗子惯技。"那二人互相看了看，康广仁反问大哥："你怎么专往坏处想？"康有仪道："那怪你专往好处想。"康广仁不耐烦："好了大哥，各管各事，我管卖书，我头疼吃不到你的药。"康有仪甩手走开："好吧，不要让头疼变成心疼。"书房里的二人相对摇头。这位堂兄露出真相，他是奔着发财而来，长期失望，已想出走。

过了一宿，两兄弟坐车赶往总税务司署。由于杰弗逊打过招呼，门口卫兵顺利放行，进门没走多远，杰弗逊笑哈哈地出来迎接。这地方康有为没来过，他好奇地看着那些英式建筑，仿佛到了外国。经过员工俱乐部前，听见里边传出簧管之音，浑厚奔放，荡人心魄。杰弗逊介绍说，这是赫德先生的私人乐队，乐手换了多少茬，他自己都数不清。每到周末，赫德都要举办化装舞会，他搂着一位或多位美女，跳到午夜两点半。赫政好酒，赫德好色，兄弟占尽世间乐事，令人嫉妒。康有为笑着指摘，这是出卖上司。杰弗逊说，在西方文化中，好色是男子气概的表现，赫德常对助手们宣扬，哪一天他搂不动了，便要去见上帝。杰弗逊顺手一指："现在我们去见上帝。"

康有为扭头看去，五级台阶上方，有一座宽敞的厅堂，门左悬挂一匾：总税务司办公室。杰弗逊带领二人进厅，见有七八个人，围拢一张宽大的办公桌。当中坐着一位秃顶男人，听着众人的喧嚷，泰然自若地笑着。看见新来的客人，他立起身对那些人说："各位静一静，我们看谁来了？"杰弗逊对康有为说，这是副总税务司裴式楷先生，然后介绍客人的名字。裴式楷哦了一声，走过来跟康有为握手："失敬失

敬,幸会幸会。不巧得很,事务缠身,请杰弗逊先生跟二位交谈。"

三人退出办公室,来到花园西侧的一所空屋。杰弗逊指点说,这是总税务司拨给的公司场所。屋子开间很大,比上海的大同书局宽绰多了,这让康广仁很开心。让康有为动心的,是屋子一角的一排书架,有一格放着几十本书,竟然全是康有为的著作!杰弗逊真诚地说,他是大师的崇拜者,京城所能搜罗的,全部集中于此了。跟这样的人合作,即使不赚钱,也是值得的。康有为当场交代康广仁,要他跟杰弗逊商谈细节。以后的几天,康广仁便留在总税务司署,商订章程和细则。

事情进展得很迅速,这一天双方签订合同,大节是:名字定为中英书局,总税务司占股百分之五十一,康家占股四十九,杰弗逊任董事长,康广仁任总经理。事定之后便要拨款,康广仁搜尽大同书局资产,不足一万八千两之数,欠三千两没有到账,杰弗逊大方地代为垫交。一切办妥,康广仁累散了架,康有为要他歇息些时日。康广仁要安排上海方面发货,又忙了两个通宵,这才安心等待书到京师。

在此期间,康有为关注着大学堂的交葛。前些日子康有为上折子,要求孙家鼐"振刷精神"。孙家鼐的精神确在"振刷",他要刷去的,是康、梁在章程中拓下的印迹。孙家鼐上奏称,经书在我朝,久经列圣钦定,未可妄加改纂。所编教材,总宜由管学大臣阅定,进呈御览,钦定发下,然后颁行。孙家鼐向皇上要编定教材大权,可这份奏折另有一节,指控《孔子改制考》。光绪下旨专说这一节,而对教材未予注意,孙家鼐未能达到目的。康有为明知孙家鼐不会罢休,他催梁启超赶快动手,仿照湖南时务学堂的编排体例,火速拟定一套教材,待机上奏,先入为主。梁启超是快手,只需一天便拿出方案。跟康有为磋商后,梁启超去见孙家鼐。

他进言说,根据御颁章程,大学堂的普通学,全用编译局的功课书。其内容涵盖经学、理学、中外掌故学及诸子学,荟萃经、子、史之精要,取其与时务相关者,编为一书。学生入学堂,六个月以前皆习普通学,六个月后各认专门。因此需要先将普通学理出眉目,呈请中堂审定,不妥即当重订。孙家鼐接过细看,题为"京师大学堂第一年读书分月课程表",第一月是:《读书法》《礼记·学记篇·少仪篇》《管子·弟子职篇》《孟子》《春秋公羊传》;第二月是:《春秋公羊传》《公理学》;逐月观至

第十二月:《左氏春秋》《商君书》《韩非子》《公理学》。

孙家鼐看罢沉吟。梁启超从旁说道:"这是专精之书,自入学后贯串始终,按日分课,必须终卷,十二个月不间断地学习。每日读专精之书的时间,要占十分之六,其余可读涉猎之书,如此方能育出完人。"孙家鼐缓缓道:"完人求之学堂,恐怕期望过高。普通学共有几种?"梁启超道:"十种。经学第一,理学第二,中外掌故学第三,诸子学第四,初级算学第五,初级格致学第六,初级政治学第七,初级地理学第八,文学第九,体操学第十。三年之内,必须通过本局所设课程,全部结业,始得领取学成文凭。"孙家鼐问:"西学如何?"

他这样认真,表明他对这种安排基本认可,梁启超答得更认真:"西学分为初级、高级两类。初级学习英、法、俄、德、日等五国语言。高级学习算学、格致、政治(含法律)、地理(含测绘)、农学、矿学、工程、商学、兵学、卫生(含医学)。初级由学生自认一门,高级则各占一门或两门。"孙家鼐点点头:"如何考验学生功课?"梁启超答:"可依西方学例,援用积分之法。每日读普通学功课,能通过一课者,即为及格。除了考功课,学生应将读书心得记为札记,交教习评阅,给予分数,区分高下。"孙家鼐拿起桌上的方案看看,然后放下道:"卓如设想,很是周全,且放在此,待后再议。"

此次见面效果良好,梁启超去金顶庙告知老师。康有为有点不敢相信:"劾奏康书之人,难道会照单全收?也许,他见皇上未准修改章程,不得不委曲求全。不管如何,若能通过大学堂,向全国推广改制之学,则我等不得总教习,也算不缺席。卓如,我打算给孙燮臣写去一信,发誓不占学堂一席之地,请他老人家放心。"梁启超笑道:"我还在那个圈内,管学大臣是否放心?先生可否一并声明:孔子改制,大道也,岂为一大学堂供养易之哉!"

孙家鼐当然不会照康、梁画好的路径走。没过几天,机会来了,御史张承缨奏请在京师设立小学堂、中学堂,孙家鼐奉旨议复,顺笔提到大学堂章程,当初仓猝定议,应当推敲完善。这回光绪注意到了,在上谕中批道:"其大学堂章程,仍着孙家鼐条分缕析,妥议具奏。"谕旨准其重议,孙家鼐如愿以偿。孙家鼐召集属员会议,

开宗明义讲道:"设立京师大学堂,皇上视此为兴国之举,经常召见,有时一日数召,垂询进度。我与诸君奉旨筹办,必当黾勉从事,以求不负使命。章程为办学遵循,关系学堂成败,务须反复推敲,使其至美至善。今日专议此事,愿听诸君高见。"

在座的除了御派各官,还有陆续奉调差遣员吏,五十多人中,没一个属于康党。唯有总办李盛铎,早先曾被划入康党,他自己又奋力逃离,眼下更要表明心迹:"中堂至理名言,盛铎感切铭佩。学堂草创之局,何止千头万绪,定好章程便抓住了根本。但这并非易事,即以日本为例,创建学堂二三十年,章程几经变更,何尝视为定论?况我国政令更新之始,岂可自我设限,以急就之章,应久远之事?盛铎以为,章程项目虽多,紧要者首推功课,若不把功课议出个道道来,章程终究难落实处。"

管学定调,总办开唱,大家就该随声附和了。黄绍箕当然知道,张之洞等湖南省督抚,正在鼓动修改章程,以期堵塞康学的出路。此时他便替地方代言:"章程颁行之后,不少督抚一则以喜,一则以忧。喜的是京师首创,必将推动各地继起;忧的是以一局或一人办理编、译事务,所编各书,恐将扭曲书经,以遂私愿。将来科举循此途径,人人将讲王氏之新学矣。"王氏指王安石,他在变法时,以自己编定的《周官新义》《诗经新义》《书经新义》颁行学宫,一统学术。在座的都知他影射何人。李盛铎索性把话点明:"不仅督抚忧心,学者忧虑更甚。敝乡南昌书院山长皮锡瑞夫子,是屈指可数的今文经学大家,与梁启超在湖南颇多交往,深知底细。他在来信中称:近闻康工部得志,不知何人主持?卓如定章程虽佳,必欲人人读其编定之书,似有王荆公三经新义之弊。"

忽听旁边有人道:"学堂开办,康公首倡大义,不为无功。"这人明唱反调,众人忙看是谁,却见是朱延熙眯着眼笑。他是翰林院编修,名列分教习之首,是张之洞的侄女婿,应该不会维护康党。朱延熙吊起大家的胃口,又把话拉了回来:"以上几句,是莲池书院山长吴汝纶致友人书中语。山长是学界的得道高僧,问道得问他们,而不是三脚猫康有为。在下仍要引述吴语:康有为等虽有启沃之功,究仍新进书生之见。中国旧学深邃,康梁师徒,所得中学甚浅,岂能胜删定纂修之任,斯亦太不自量矣!"孙家鼐发话道:"山长说得不错,康、梁鼓吹变法,堪称功不可没。尤其

是梁卓如，这份章程由他草拟，无人能够一笔抹杀。只是智者千虑，必有一失，何况做此开创之事？"

孙家鼐上奏《筹办大学堂大概情形折》，只字不提修改章程，只说分条开列，恭呈钦定。他提出了八项办法：一是为进士、举人身份的京官专设"仕学院"；二是大学堂学生作为进士，分科送部录用；三是兵学另设学堂；四是大、中、小学堂毕业生，分为进士、举人、生员；五是编译学书宜慎；六是西学设立总教习，拟聘丁韪良；七是西学教习待遇从优；八是学生不给膏火，但给奖赏。

奏上之后，上谕批准。孙家鼐四两拨千斤，用八项办法替换掉一纸章程，令康、梁二人瞠目结舌。

强攻不行，尚可智取，幸亏预备下另一手，与总税务司合办的那个书局，应该能悄悄渗入学书。上海发来的第一批书籍，今天能运送到站，康广仁亲自赶往接货。在火车站点交无误，眼瞅着将书装上骡车，康广仁押着进城。到了总税务司署门外，通报进去，过了一会儿传出回音，不是杰弗逊来接，而是哨兵拒绝骡车驶入。康广仁过去交涉，哨兵不懂汉话，一双猫眼睛对着他，瞪得人心里发凉。好在哨兵没挡驾，放他进去探听，康广仁发现，今天司署冷清清的，碰不见几个管事的。总算找到一张熟脸儿，康广仁询问杰弗逊在哪里，那人答得干脆："回国了。"回国了？康广仁还在发愣，那人转身就走，康广仁伸手扯住："怎么回国了？"那人翻牛眼："怎么不回国？他的根在那里，照你们说的叶落归根，是不是？"

这叶怎么就落了？康广仁头脑空空，晃晃荡荡转了一阵，来到署长办公室前，但见大门紧闭，一副高挂免战牌的样子。赶到花园旁的空屋前，隔着窗子张望，那排书架还在，那些书却已不见，莫非跟杰弗逊一样落了叶？至此已经绝望，强打精神，拉着几个人打听，仍是茫无头绪。无奈驱车离开，那座沉沉的书山，碾过寂寂的街道，一种丢魂失魄的感觉，堆积在康广仁心头。这一刻他异常想家，对了，归根。不管是骗子，或者是苦主，到末了都得归根。可惜他撅断了根，他那决绝的哥哥，不肯撒手南去，甘愿折戟沉沙。康广仁心中充满怨恨，踟蹰街头，直到日落西山，只得怏怏而归。

康有为听罢诉说，哪肯相信受骗，看到弟弟悲愤万分，转而安慰他说，跑了和尚跑不了寺，明日我去寻他。

第二天，兄弟二人来到司署，康有为这回要摆排场，扛出工部主事、总署章京的牌子，还有奉旨编书的名头。总税务司郑重其事，先有秘书问明事由，后由副总税务司裴式楷接见。裴式楷仿佛进入司法程序，说话简明严谨；关于人物，杰弗逊以出版商人的身份，由一名税务职员介绍，晋见总税务司；关于业务，总税务司对其一无所知，无从谈起；关于房屋，那地方一直闲置，杰弗逊暂借与人见面，见过之后恢复原状，二位可以过去查看。

裴式楷一推推得干净，康有为不管三七二十一，愤慨地指责道："杰弗逊借的是司署招牌，司署岂能摆脱干系！不说别的，你把杰弗逊交出来，由我跟他算账。"裴式楷平静地问："杰弗逊在哪里？我也有话要问他。"这样耍赖，叫康有为坐不住了。他要弹身跳起，却又竭力忍住："英国绅士，如果包庇英国歹徒，则英国人所谓文明，岂非一钱不值？我请总税务司交人，是在挽回贵司的信誉。"裴式楷无动于衷："首先，这跟绅士无关；其次，是否歹徒待定；最后，文明加上信誉，与证据相比一钱不值。康主事来此要人，这是找错了地方。"他扭头询问秘书："各地税务司是否到齐？"秘书回答："全部到齐，正在会议室等待先生。"裴式楷拔起高大的身子，俯视着对面的康有为："我要出席半年例会，二位还有什么话，可由秘书当场笔录。"说着离开座位。康有为赶紧上前堵住："先生不能走。"洋人双眼冰光凛冽："走开。"康有为寸步不让："把话说明，我放你走。"裴式楷长臂一伸，抽陀螺儿一般拨拉开二人，大步朝外走。

康有为趔趄着站稳，怒火使他抛开禁忌，破口大骂："你这英国强盗，从强卖鸦片开始，用大炮轰开天朝国门，沿海攻杀，肆意掠夺。后又伙同法国狼子，北犯京师，逼签新约。列强乘衅，纷至沓来，磨牙吮血，生吞活剥——"裴式楷静静听着，不解地问："先生要作诗？我让秘书把乐队唤来，请他们为你配乐。"康有为手指着那只大鼻子，正要开骂，几条大汉拥进门，不是乐手，而是全副武装的打手。再不抽身，将受窘辱。康有为拉起弟弟往外走，给这里抛下一句话："裴式楷，我到总理衙

门去告你。"

四、道士隐语　赫德现身

　　冷静下来想一想,觉得这状不能告。第一,自己在京缺少人缘,多少人巴不得让康有为遭殃,受骗消息一旦传出,看笑话的人将蜂拥而至;第二,总税务司有权有势,总理衙门是他的顶头上司,英国公使馆是他的娘家,认真争斗起来,总署大臣也不敢向他瞪眼。干吃哑巴亏,当然也不行,康有为写了一份状子,叫弟弟送往英国公使馆。英国人以最讲公法自居,总不好自打嘴巴吧? 大臣的力量也得借用,不是去总署,而是去张荫桓家。

　　康有为在张宅门口下了车,找到门房招呼一声,径自进院。他是这里的熟客,向来不需要通报。来到客厅门外,里边传出谈笑声,显然正在会客。康有为清了清嗓子,张荫桓从门内探出头来,对康有为笑了笑:"大先生来了? 请进——,噢噢且慢,请等一等。"他把头缩了回去,这是捣什么鬼? 莫非有人上门行贿,他要把赃物收起来? 康有为隐着笑立在外头。厅中来客不是别人,正是一米道人。自从那日被他解了梦,张荫桓便跌入一场迷梦,再也不得醒,一米道人成了梦中之灯,常来指点迷津。这时他请仙人显灵:"客人到访,尚未谋面,我请道长断一断是谁?"一米道人薄唇开启:"你明说是大先生。"张荫桓道:"京城大人先生多了去,比如李鸿章。"一米道人不认账:"他是二先生,况且他不会来访你,来了你也不敢请他留步。"张荫桓笑道:"仙人也通世俗人情?"一米道人道:"不通世俗,何来神仙? 要知是谁,请听一诗:攻玉将回不夜光,大才岭表借康梁——"张荫桓忙截住:"诗与本人无缘,得请会家来听,大先生,请进来。"

　　康有为跨进门,与张荫桓互相作揖,那个道人却大模大样地稳坐不动。康有为在客位坐下,张荫桓对他赞叹:"我吐出一个'大'字,就被道长判出大才,断明康梁,

真正了得。"康有为不客气:"北京民谣:夜猫上宅,无事不来。家宅无老鼠,何必招夜猫?"张荫桓笑对道人:"他贬道长为夜猫。"一米道人轻轻摇头:"非也,此其自称,无事不来,则其自况。"此人谈吐不俗,倒也不可小看。张荫桓瞅一眼康有为:"道长说他有事,请问何事?"一米道人口吐二字:"讼事。"张荫桓忖量道:"讼事?大先生从来不跟人争讼。噢不,口舌之争无日不有,大先生,又跟何人打嘴仗?"康有为还没答言,一米道人接上话:"不犯口舌,而犯老鼠,大先生处发生鼠窃狗偷之事。"

康有为吃了一惊,不由仔细打量那个道人,左看右看,总不入眼。一米道人向他微笑:"道不同不相与谋。先生之道,孔子之道;道人之道,老子之道。老子曾为孔子之师,道人愿收先生为徒。"这妖道竟要辱没宗师!若动意气,有失身份,康有为只是语含不屑:"道人还是读过几页书的。可惜出了世,这书有何用?"一米道人点头念诵:"可惜,可惜。"张、康二人静静等着,那张嘴却没有下句,张荫桓只好问:"大先生好不容易开口,仙长怎不对答?"一米道人道:"好不容易一句话,'可惜'二字是话把。可怜世事只可惜,才无用处何来大?"张荫桓道:"这打油诗倒好懂,刚才那诗——"一米道人又念:"可惜,可惜。"张荫桓问:"怎么又可惜?"一米道人道:"刚才那诗念出颈联,竟被大人突然打断。断颈之殃,其可免乎?是以可惜。"

这话阴森森的,令人直起鸡皮疙瘩。康有为偏沉得住气:"本人无所畏惧,谁想摇乱我的心志,我要笑他打错算盘。那两句诗倒不错,他山之石,可以攻玉,我引西学增辉中学,将使明珠朗照不夜。岭表大人,康梁横空,变法自强,雄峙亚东,鼠窃狗偷之辈可以休矣!"一米道人不动声色:"雄心壮志,先生所长。只因被'可惜'二字尾随,自强要变成心强命不强。"康有为疑心顿起:"道人为何党所使,造放妖言?"一米道人道:"旧党。不是当朝旧派,乃为前世旧人。"

康有为道:"不管哪一朝,外兵杀进来,你总逃不掉。"一米道人满面悲悯:"先生高明,这一卦卜得好。我已看到外兵杀进的那一日,我总逃不掉。这也断得准。"康有为哼一声:"算命卜卦,满口胡话,何谈高明?"一米道人摇头:"非也,命不是算出,而是生成。世象已生:不光不兴,不西不中,不明不清,高照红灯。"

这几句似乎听到过。康有为想起来了,曾听陈炽引述过。他顺口问:"前几句

还好懂,红灯是什么意思?"一米道人道:"天不清明,暗夜无光,须有红灯为人照路。只是颜色太红,恐是血光。正所谓:甲乙丙丁,水火刀兵。"康有为大声喝止:"别念咒了!"道人应声道:"那就念诗,我把那诗凑为完尸。

> 攻玉将回不夜光,
>
> 大才岭表借康梁。
>
> 清风欲洗千年业,
>
> 明月犹怜百日皇。
>
> 国士心肠岂鬼蜮,
>
> 湘灵骨血即雄殇。
>
> 时贤但惜昧时势,
>
> 掌上何堪作道场。"

这诗格调严肃,意蕴深沉,颇能动人。"清风"句暗指清室罪孽,"明月"句追悼前朝苦难,又与"不明不清"牵连起来。不过也许此解不确,千年业,千秋罪;百日皇,何所指?明亡后几个藩王称帝,记得并无仅撑百日的。"国士"乃康梁之誉,算是推许;"湘灵"用屈原之典,隐喻国危。最有骨头的是尾联,时贤昧于时势,道场作于掌上,既驱不得妖,又唬不住人,结句结局,全诗全失!康有为不敢恋战,转对张荫桓道:"我有事跟老兄讲。"张荫桓瞟瞟道人:"世外之人,应不妨碍世内之事。"他明显不想掺和太深。康有为便不绕弯,简单叙述事情经过。

张荫桓通达洋情,对规章惯例了如指掌,一听便知此事难办。从开初到结束,裴式楷只跟当事人打个照面,而且是三个人找上门,并非他主动出面介绍。他的那句话,"请杰弗逊先生跟二位交谈",跟他后来作的声明完全吻合。他没有说,这是总税务司的杰弗逊,杰弗逊也未出示总税务司证明,怎么跟裴式楷扯得上干系?康有为听得头大如斗:"这么说我裁定了?"张荫桓叹息一声:"长素啊,你志向可敬,学问可佩,遭遇可悲。自己人说说无妨,更可悲的是这个朝廷。满朝没几个能办事

的，我张荫桓小有才干，即招无穷嫉恨。你康长素如此大才，庸众岂能容你？"

他有些文不对题。康有为刚要开口，张荫桓把话挑明："此事起因，只为你着眼于大学堂，痴迷于功课书，冒打冒撞着了道儿。无论干什么，入痴都不好。我这人无长处，唯有一条，不跟人顶牛。你但凡活泛一点，比方说，把孔子改制改一改，还怕没人请你进学堂？"康有为感到好笑："记得我跟你讲过张之洞——"张荫桓手一摆："你不顺张之洞，上海强学会就得封；不从孙家鼐，京师大学堂就得躲。这不是明摆着的理？当局者迷，旁观者清，你眼前被皇上的宠幸之光罩着，看不透周围的重重黑幕。我也邀有此宠，我遇险尚可破财消灾，老弟你呢，唉，不说也罢。"虽然听不进去，也知道他是好心，康有为无可如何，打算就此离去。却听张荫桓问道："请教仙长，长素这事可有解法？"一米道人悠悠言说："解铃还须系铃人。"张荫桓依然懵懂："系铃人是裴式楷，他怎么愿意解？"

康有为却被指点了迷津，辞出回寓，又给赫德发去一信，兴师问罪。这叫有枣无枣打一竿子，不一定有用，让自己心境平和，就算有用。麻烦的是弟弟，他在连日的懊丧与自责中生了一场大病，累得康有为蜕了一层皮。糟心的是哥哥，康有仪得知此事，认为两兄弟合伙欺骗他，跟康有为翻了脸，直闹得鸡飞狗跳。康有为想跟他了断，可是快要揭不开锅，哪里有钱还债。如此山穷水尽，也许真该出京。这只是想想而已，想过叹罢，继续前行，决不回头。

让他意外的是，这天上午，有两位英国人登门拜访，一是赫德，一是李提摩太！赫德可不是凡人，从1863年出任总税务司起，在任已达三十五年，西方人评价说，赫德一手建成的中国海关，是清朝政府中最具现代制度的机构。李提摩太这位传教士，多年来广结中国官场，用西学吸引新派士人，他那夸夸其谈的著作，曾被康有为奉为范本。康有为罕有沉不住气的时候，今日面对二客，飘飘然中夹着惶惶然，好一阵心神不定。

赫德善解人意首先道歉："长素先生，我要向你道歉。杰弗逊打着我的旗号，给你造成不可弥补的损失，我不能说不知者不为罪，只能怪一只老鼠坏锅汤。"这位讲

话也提到鼠,康有为不由想起道人的言语,莫非此中真有因缘?正要措辞作答,李提摩太说话了:"赫德先生正在休假,你的消息打破了宁静。恰好我去访他,搬请他回京救苦救难。你的一切难题,在总税务司面前都将迎刃而解。"

这人喜欢夸张,赫德忙往回拉:"本人尚在假中,行政和法律方面的责任,均由副总税务司承担。我尽的是道义和情分,感兴趣的是中国改革,在这方面,你是可以帮助我的。"见他把自己择清,康有为有些失望:"我在难中,怎么帮助先生?"赫德和眉善目:"把进展情况,如果可能,把内幕消息告诉我。我这不是刺探情报,如你所知,我呼吁改革达三十年,我与你是同路人。若有助力之处,我不会袖手旁观。"康有为有所感动:"可惜我这里没有内幕,因为我一直处于幕外。先生所要的进展,全在一纸诏书,纸面之外一无所有。"赫德仔细打量康有为:"先生是否过于悲观?乐观是改革者的天性,请记住这句忠告。"

李提摩太是最乐观的:"中国的一切问题,都被我归纳为一个'老'字。与老相对的就是新——"他一开始吹便无法打断,赫德想要截住:"我的老朋友,康先生没时间听长篇大论。"李提摩太刹不住车:"他不听也得听,就像当年,几大总督争着请我去传经。我挑个名气最小的讲吧,张之洞,他当时代理两江总督。日本军队乘胜进攻,企图拿下整个中国。张之洞请我去南京——"赫德插嘴:"我记得是你发电要去。"

李提摩太语不停顿:"也许吧。我去后立即展开会谈,张之洞情绪激动,力求我拿出救亡之法。我当天晚上辗转无眠,反复思考拯救可怜的中国人的方案。你猜怎么样?五条方案应运而生:一、在一定年限以内,给予某一外国处理中国对外关系的绝对权力;二、这个外国政府必须在中国实施各种形式的改革;三、由该国的代表控制中国的铁路、矿山、工业等各个部门;四、中国皇帝应同过去一样,授予外国代表各种官职爵位;五、期限结束以前,外国政府把属于中国的一切资产与负债转交中国政府。亲爱的赫鹭宾,这就是我的宏大规划,我称之为新政策。"

赫德忍不住笑:"你这个帝国主义分子,制订了一个托管计划。可你没想想,这个世界上有哪个外国,有这样强大的臂力,能托起如此大的国家?"李提摩太两手一

摊:"这正是张之洞的疑问。听罢我的陈述,他只关心一个问题:谁能帮助中国打日本? 如果能,他就让中国跟谁结盟。我的问题是,并没跟英国或他国政府预先交流,我的个人规划,没能成为国家意志。战争结束后,我将它发展完善为万字长文,发表在《万国公报》上。主要内容包括几个方面,核心有二。一为延聘西人二位,速与天下大国立约联交,保十年太平之局;二为设立新政部,任命总管八人,半用西人,半用华人。"

康有为突然插话:"先生,这篇文章我读过。"李提摩太兴趣盎然:"怎么样?"康有为道:"先生所言教民、养民、安民、新民四法,层层递进,最是得法。但这只能行之太平无事时,中国目前无此环境。"李提摩太对不同意见似乎听不见:"这种新政策,我跟翁同龢、张荫桓等大臣交谈过,他们都很赞赏。"赫德又笑了:"我听过翁同龢的赞赏,他称你为英国说客,他还不知道,你一点也不能代表英国。"李提摩太不服气:"他赠我食物八匣,绸缎四匹,可是真的?"赫德拱拱手:"真的,真的,送佛送到西天,他们做人最讲礼貌,你莫把礼貌当成赞许。"

跟二位洋客搅了半天,只听得李提摩太大说特说,康有为有些厌倦。赫德何等精明,说了几句面子话,提出要请康有为吃饭。这有赔情的意味,康有为不想接受,李提摩太哪允许他拒绝? 他被二人拉到使馆区外,进入一家中西合璧的饭馆,点了一桌土洋搭配的菜肴。席间赫德谈起往事,回忆他的中国妻子,对他如何恩深义长。不知从什么时候起,他把阿姚称作妻子,当然那是前妻,是他青春期的见证。女儿安娜是爱情的结晶,她给赫德生了两个外孙,一个比一个健康活泼。赫德绝口不提现在的妻子,这位正宗英国夫人,回到英国十多年了,再也没有来过中国。中国有牛郎织女的传说,两口子被绝情的天河分隔,只能相对望眼欲穿。隔开赫德和夫人的,不是河,而是海,是夫人那颗冷酷的心! 他是一个有妻的鳏夫,除去满身荣光,就是满脸松垮的皮肉,还有时不时冒出的牢骚。

面对忧郁的赫德,李提摩太又还原为传教士了,他说,人生的一切烦恼,都是违背上帝造成的。上帝是太阳,基督的教义是阳光,一个人立得越正,留下的阴影便越小。赫德反讽说,贵教士难道没有阴影? 李提摩太提醒他,我说的不是无,而是

小。你得到过我的夫妇合照,我和我的妻子,安详地面对审视的眼睛。李提摩太说着,从衣兜中摸出两张照片,分放在赫德和康有为面前。赫德没好气地推开,康有为好奇地拿起端详,只见夫妻二人身穿清朝服饰,显得天真而又亲切。

李提摩太很骄傲:"这样的照片,我在中国送出二百九十八张,今天正好凑个整数。赫德先生不愿让我满足,我转眼就会送给别人,比如说,饭馆的老板。"赫德无奈地收起照片:"你一定已经送给他了,就像我,这是你赠予的第三张。你和夫人的恩爱令我羡慕,这不是你要我说的吗?"李提摩太道:"是,这是由于阴影小。"赫德比了个大大的弧线:"我的阴影大,我生活荒唐,贪图享乐。可是,教士,人生幸福包含声色犬马,上帝并未要求人类禁欲。传教士们宣传的教义,并非上帝真正的意思。这一点,我想还是我领悟得正确。"轮到李提摩太无奈了:"你正确,是因为你的成就大,单论这一点,太阳也奈何不了你。我只好与你妥协,妥协是更高的生存法则,就像我这一夫一妻主义者,面对中国的多妻制,只能睁一只眼闭一只眼。"赫德逮住机会讥笑他:"你最好闭上两只眼,我和康先生,都没有遵守一夫一妻。另外我得说,如果遇上合适的机会,你也乐得出轨的,难道不是吗?"

两位洋人斗嘴,给这场应酬增添了趣味。在一般中国人眼中,赫德简直如同神人,孰知他的内心,竟比流浪汉还要寂寞。康有为梦寐以求的,是用西学改造中国,让中国人像西方人那样生活。面对这两个西方大活人,他的心里却感到困惑,一时有点无所适从。赫德明白对方的心思,他对康有为说,西方并非一切都好,至少在他看来,中国人的生活理念,更合乎自然法则。那不是丛林的法则,而是平畴千里、坦荡无边的黄土地样态。如今他们遭遇苦难,但在数千年的历史上,类似苦难轮番出现,每一次他们都浴火重生,进而登上更高的高度。所以,相信中国人,就像相信上帝一样,是这个星球上又一条法则。

这话令康有为泪湿眉睫,这位英国人,的确有他人难以企及的地方,即使是中国人,也得对他有所仰望,还有仰仗。在分手时赫德说,他要见见孙家鼐,看能不能调和一下孙、康关系。总税务司的漂亮马车专程将康有为送回寓所,返程中又在一座教堂前停下,让李提摩太去和上帝团聚。

赫德刚要登上马车,忽然看见一乘绿呢大轿,在十几步开外落在地上。他知道这是一位大员,正猜着是谁呢,却见孙家鼐从轿内钻出,对他打招呼。碰得这么巧!赫德赶过去施礼,孙家鼐满面笑:"真的是总税务司大人,我还以为看错了。"赫德跟他比笑:"是我的错,我此时应在北戴河观海。"孙家鼐道:"一去便无音讯,你们度假,也像做事一样认真。"赫德道:"不像你们,度假跟做事一样掺假。"

二人一起哈哈大笑。孙家鼐做出要走的样子:"宣召进宫,不敢耽搁,回头我请你到舍下小叙。"稍做犹豫,赫德把康有为的名字咽了回去:"定当拜谒。"坐在车上,赫德忖量这位帝师,比翁同龢更有城府,比李鸿章更有人缘,也更有手段。如此高明的人物,扳指算一算,竟没有做成什么事情,不能不说是中国人的悲哀。正因如此,赫德愿对康有为有所帮助,那也是对他自己的帮助。

不过赫德不做傻事,他要去访一个人。在静谧的贤良寺,在熟悉的房间里,两位老朋友相对而坐,依稀看到过往的岁月,在彼此的容颜上刻下了痕迹。他们都是处变不惊的人,无论局势多么动荡,都会稳坐在钓鱼船上。李鸿章语调舒缓:"我记得你离京的时日,夏历四月二十三,西历6月11日。"赫德不动声色:"记得这样清,有什么讲究吗?"李鸿章道:"有。那是诏定国是的日子,你像是有意避开的。"赫德想了想:"这道诏书,整整过了一个星期,我才在英国报纸上看到。中堂当然清楚,到北戴河去的人,都有远避尘嚣的愿望。"李鸿章笑了笑:"否认,又不否认,你的调门从不改变。你在诏书中看到了什么?"

赫德老实回答:"什么都有,什么都没有。这让我想起日本的诏书,变什么,如何变,一二三四,斩钉截铁。中国的皇皇大诏,由五帝三王讲起,一直说到八旗世职、武职后裔。担忧风气尚未大开,论说莫衷一是;警惕门户纷争、互相水火,徒蹈宋、明积习;鼓励王公士庶努力向上,发奋为雄。总而言之,这是变法的辩护词,维新的宣言书,恰恰不是推行新政的规划图。"李鸿章慨乎言之:"将理由说了又说,讲办法空上加空,我国历来如是。所以我办洋务,尽量避免论说,干成一件是一件,干不成的也就认命。谁让我们是中国呢?"

赫德目视李鸿章:"中堂恕我直言,不在制度上动刀子,这是洋务的致命弱点。你搞洋务绕开的争论,到了维新仍须进行,这就好比一笔欠账,后来的人得加倍偿还。"李鸿章若有所思:"这么说我欠康有为的债?唔,我其实早有所悟,也想有所补偿。可是你看,我是一个过气人物,明天能不能坐在这里,得看天意如何安排。"赫德做了个坚决的手势:"朝廷永远离不开你,我对这一点确信无疑。诏书指明的唯一实事,便是京师大学堂。这一实事偏偏没有康有为的参与,这是非常奇怪的。"

李鸿章不禁失笑:"有他那才奇怪了!他是谁?小小的主事,大大的野心,热得烫手的皇帝宠信。莫说谨慎的孙燮臣,就是我这土匪胆子,也不敢毫无顾忌地用他。"赫德问:"这样顾忌下去,大学堂能办成什么样?"李鸿章捋着白胡须:"我曾给嗣子经方写信说:学堂事,上意甚为注重。燮臣管学,徇清流众议,以中学为主,恐将来不能窥西学堂奥。此事关系中国兴衰,如办不好,从此休矣。"

听他絮絮叨叨地泼冷水,赫德再次为中国可惜,他的话中含上骨头:"这是观战的风凉话,不是负责的贴心语。连我这事不关己的客卿,都从避暑胜地舍身来此,中堂怎可置身事外?"李鸿章注意地看着他:"舍身?我记得赫德先生最善保身。你三十年前上《局外旁观论》,大声疾呼改革。今又跃跃欲试,是看事有可为,要从局外走入局内?"赫德没有否认:"中堂以为如何?"

李鸿章仰着脸看屋顶:"不知多少次,我在百无聊赖之中,将老花眼光磋磨成锥尖,希望在天花板上钻出一个洞眼。结果怎样?罩在头上的越来越皮实,闷在这里边,休想钻出去。"李鸿章绕着说,赫德直着来:"中堂不是裱糊匠吗?这层天花板,中堂提供了大部分糨糊。你有动手拆除的义务,仅仅用眼,你想唬谁?"李鸿章似乎被他触疼,呆滞的目光变得毒辣:"你以为我还像先前,坐镇天津,目注上海,手拱京师?现在坐在那里的,是荣禄!要是还不懂,请你想想翁同龢,此人开缺回籍,与荣禄调津同时宣旨!"

待了一阵,赫德手朝上指:"这位佛爷不喜欢变革?"李鸿章轻轻一哼:"这么老到的人,怎么问这样的傻话?老佛爷喜欢变,在她手心内变。凡是明眼人,都懂得界限在哪里。康有为不懂得,这没什么,要命的是皇上也不懂。"赫德质问:"皇上?

我欣赏皇上的勇气,难道你们不欣赏?就说你甘居幕后,那么孙家鼐呢?如此漠视皇上,对得起帝师的身份吗?"李鸿章面无表情:"这里不论对不对,只看行不行。要是不行,你跑到老天爷面前哭死,也求不来一个画饼。"赫德不禁呻吟:"中堂你太冷酷,不给人留下一丝余地!"李鸿章悲悯地注视他:"不,我想给朝廷留下你我。在危急时刻,我们这种人价值连城,因此不能无谓地浪掷。北戴河边白浪滔天,我也想去吹吹海风,可惜老朽不耐劳苦。"赫德仍不死心:"中堂是要赶我出京?"李鸿章呵呵地笑:"哪舍得赶,我要为你设宴饯行,请于晦若来作陪。他跟康有为交往甚密,可以讲讲康圣人逸事,一定让你大快朵颐。"

缠不过李鸿章,总税务司扰了大学士一餐酒馔,听了不少内幕秘闻。看得出,于式枚对康有为很是佩服,然而康有为是个书生,却是无法否认的事实。现实主义的赫德,对书生有一种本能的排斥。赫德带着遗憾,悄然离京,以实施保全自身的计划。但他也没把事做绝,他发电报到上海海关,安排一名职员出面,以个人名义出银七千两,入股于大同译书局。

这七千两银子雪中送炭,使书局得以支持下去。康有为不知道,这有没有赫德的授意。他宁愿相信,是大同译书局的吸引力,把那位职员招了来。与海关的合作在上海开了头,就能一步步推到北京,那桩受挫的计划,转一圈子仍能实现。他用这种愿景宽慰弟弟,安抚堂兄。这位堂兄还有用处,他是一块稳重的压舱石,能冲淡两兄弟的浮躁与偏执。经过康有为的劝导,康广仁又振作起来,竭尽全力推销那车上海来书。

朋友们也都伸出援手,其中有一位新朋友,就是礼部主事王照。王照创办的八旗奉直小学堂,请康广仁供应过书籍。这回他包销了不少书,有感于康有为备受压抑,王照突发奇想,邀请康有为拨冗分身,到小学堂开一次讲。大师为小孩讲学,让康有为感到滑稽,却也答应了。小学堂在宣武门外南横街,招有学生四班,聘汉文、洋文教习各二人。堂内附设汉文西学馆,招收岁数较大的学生,学成后可参加经济科乡试。学堂经费岁需五千金,将近一半由直隶籍巨宦张之洞捐助,他少不了插手

学堂事务。他提出由寿富管理学堂，王照表示同意。学堂所聘教习有一名广东人，他就大为紧张，来信询问是否康门弟子。他将康学视为毒药，引起了王照的反感，这回便要自作主张。

在西学馆门前小广场上，集合起全校师生。康有为长身长髯，笑颜笑语，讲说孔子的故事。孔子之父力大无穷，是一往无前的勇将，在一次攻城之战中，他徒手托举下落的城门，终于力竭身死。孤儿孔子由母亲抚养成人，兼有父亲的勇决，母亲的宽和。孔子教育学生，如父子兄弟相处，不重言传，以身教为主，不定学书，而随机施教。不将学生拘束于学堂之中，而将课业扩展于天地之间，《论语》中有"浴乎沂，咏而归"的句子，就是老师和学生快乐相处、亲密无间的写照。据此可知，万世师表的孔子，不是师道尊严的祖师，那是后人强加于他的。我们要认识孔子，就要剥开一层又一层的涂饰，还原儒学的本真，跟孔子亲近起来。他讲得深入浅出，教习学生都听得入迷，王照更是佩服。

这一堂课，也使康有为深有感触。他一向把目光投注于成人，如今看来有失偏颇。少年才是教学的根底，康学若能在孩童中普及，任何人都无法限制。他考虑专为小学编一本书，宣扬孔子改制之学，只不知能否抽出工夫。

还没等他思谋清楚，孙家鼐遣人请他去见，这可大大出乎意料。但在孙家鼐那里，这样做一点也不稀奇。孙家鼐向来与人为善，这次被形势逼到了墙角，让他没有回旋余地，他其实比康有为还要难受。他给大学堂组建的班子，各方反应不见得如意，这也叫他有所反思。康有为是人才，连反对他的人也不否认。皇上想重用康有为，这更是不能忽视的。

这次见面在尚书的小书房。孙家鼐身穿家常夏衫，一见面就请客人宽衣，接着令人端来冰镇酸梅汤，舒解了三伏天的燥热。坐在书香之中，话题离不开书，孙家鼐说起皇上近日所阅，全是康有为新编之书。皇上不时就书中遇到的问题，向以前的师傅垂询。可怜孙家鼐常被问倒，回家后想要补课，却是无从着手。这是拐着弯儿奉承，康有为顾不上得意，他在琢磨中堂大人的心思。只听孙家鼐连连感叹，岁数大了，精力不济，一页书读几遍，再去看还是新的，可见读书要趁早。康有为所上

在各省广开学堂奏折,皇上特别看重。皇上令军机处据此拟旨,军机处所拟稿子,皇上亲用朱笔修改多处。如将"限三个月内详查具奏",改为"限两个月",将"不妨由地方官酌量改为学堂",改为"即着由地方官晓谕居民,一律改为学堂"。并用朱笔发令:"着照此改谕旨,今日发抄。此件明日见面时交回。"

皇上的心情比臣子急切,他是在催逼臣子振作啊!说到这里,康有为得接话:"皇上圣明,深知中小学堂为大学堂之本,生怕诏令被拖成虚文。"孙家鼐道:"又连下两道谕旨追问:各省会及各府州县书院共若干?每年用束脩膏火共若干?可是,至今尚无一省上报,拖延性成,何其顽固啊。"康有为按理安慰中堂:"府县统计,上报需时,恐不能一蹴而就。据在下所知,好多地方都在改。沂州知府丁叔衡来信,府属已改八处学堂,还有七处即将成型。"孙家鼐颇为欣慰:"叔衡乃是强学同仁,其心气骨力自可借重。佛家说万事皆有因,种此因结此果,力气不会消于无形。"

孙家鼐重提强学,令康有为心中一热,却也涌出更多疑问,没有出言附和。

孙家鼐为他释疑了:"强学会改为官书局,等于学会名亡实存,我和翁同龢同感欣幸。官书局办得不如意,固然怪我缺乏骨力,然其所受挤压,也不是局外人领会得了的。因此之故,我以同仁称之,并非谬托知己。因此之故,我对你这封信的某些措辞,感到不好接受。"说着,他从书夹中取出一封信,端端正正地摆放在康有为的面前。

第七章　制度局之争

一、光绪怒斥庆亲王

　　一层又一层地铺垫，原来是为了推出这一封信！康有为仔细回想自己有哪些言辞伤犯了中堂。他思忖再三，终于想出几句搪塞："有为一介书生，冒昧自白其志，誓不占大学堂一差，亦不篡功课书一语。所以不避讥弹、进献刍荛者，唯念育才乃国之大计，不敢因洁身而三缄其口。"果然，孙家鼐语含嗔怪："誓不占一差，不是明言我拒你于门外吗？长素须知，我管局已管得众怨丛集，哪愿再来管学。然而上命岂可推卸，唯有鞠躬尽瘁而已。因此与你实为同心，我这样说，不冒昧吧？同心不一定同意，我与你的不同，仍在孔子改制。此事早就奏陈于上，传旨于你，怎么没听到你的动静？"

　　这一剑刺得厉害！康有为不好躲闪，只有支吾："中堂，我已奏陈皇上，此书由石印而非刻版，遵旨于下次再印时改正。"孙家鼐紧追不放："为何不即时改正上呈，而要拖到再印时？你看，这里又得用一'拖'字。"康有为被刺得心头火起，但与这么

大的人物顶撞，那是连莽夫也不愿干的。康有为要想在朝廷立足，就得将一把蒺藜囫囵吞下："我在等候明旨。今日中堂传见，我以为有新旨发下。"他软软地顶了一句，孙家鼐根本不受触动："皇上下旨，岂可一而再，再而三？臣子遵办，哪能明一套，暗一套？旨是我传的，你办到哪一步，或是不能办到哪一步，都该有个明确交代。我以为，孔子改制是讲不通的教义，与其胶柱鼓瑟，何如改弦更张？士大夫对你的种种误解，皆由此说引起，长素何苦敝帚自珍，而自外于硕儒通人？我这'硕儒'不是僭称的，李鸿藻、翁同龢、孙家鼐三朝帝师，讲了一辈子孔子之学，何曾耳闻改制之说！"

三位帝师一死一贬，一位当面苦口辣言，康有为心中无奈。他轻声喟叹："知其不可为而为者，当世其惟康有为乎！中堂莫怪小子癫狂，若论深研孔子，康某不遑多让。不是说我才分独高，只因自幼习书，师从南粤大儒朱九江先生，悉心苦读，四库要义，略知其概。日日埋头于故纸堆中，忽生厌弃，想那考据家著书满纸，于世道人心究有何用？这便绝学弃书，闭户谢友。以西樵山水可以习静，遂入山中白云洞，徘徊散发，枕卧木石，席芳草，临清流，养神明，通幽古。常夜坐弥月不眠，恣意游思，天上人间，身放神往。蓦见天地万物皆我一体，自以为圣人，则欣然而笑，思众生悲苦，则失声痛哭。见者皆以为心有狂疾，我便佯狂默察己心，俯视万物，而有六经皆我注脚，群山皆我仆从之慨。不经一番死去活来，何能在经中脱胎换骨？有人说我万事纯任主观，强扭事理以屈从于学理。然而有谁知道，我以舍身求道之心，辛苦追求独得之秘，若自据奇宝秘不示人，欺世之罪岂可恕乎！"

孙家鼐说他是敝帚，康有为自夸为奇宝，两双脚踏不上一股道，孙家鼐也还要仁至义尽："长素学力，无人置疑，只是秘宝最好藏之名山，岂可张扬于大庭广众？我不愿落拒贤之名，长素若能遵旨删书，大学堂事将随时领教。为了维护当前大局，有志者皆应委曲求全，先生具有圣人之志，不会拒此浅显道理吧。"

他投出这么大一个诱饵，康有为心里猛然一跳，却又感到莫大侮辱。删书的旨意在上方摆着，他不好断然回绝，仍然含糊对答："我回去后小心掂量，必使此书论说得当。学堂事有卓如听候使唤，有为若有献议，定向中堂禀告。"两人就此分手。

　　听着远去的足音,孙家鼐摇头笑笑,从桌上找出一份呈文。这是梁启超所拟的大学堂译书局章程,章程共有十条,孙家鼐已修改多处。最要紧的第二条,他改了几回都不满意,现在有了明确想法,他提笔全条重写:"查原章程普通学第一门为经学,原奏亦有将经史等书撮其精华之语。惟六经如日中天,字字皆宝,凡在学生,皆当全读。既无糟粕可言,则全体精华,何劳撮录?可否将经学一门提出,不在编译之列,伏乞圣裁。"在此以前,他已奏定八项新章,禁止删削六经。今日通过梁启超的呈文,以六经之宝抵消康学之"宝",何其快哉!

　　经营至今,康有为对大学堂的企盼全部落空。细数起来,似乎无事不落空,他像在做一场春梦,每一次风吹草动,都能看到落叶飘零。然而他决不灰心,学堂尚非大局,大局的核心在制度,这才是他魂牵梦萦之事。早在正月间,康有为即上条陈《请大誓臣工开制度局呈》,就是所谓"上皇帝第六书"。蒙光绪召见后,又上《请御门誓众开制度局以统筹大局折》。统筹大局,提纲挈领,一子占先,满盘皆活,他当然要倾注心力。

　　当朝权要也知他真意所在,哪会让他如愿以偿?他历次上奏的其他建策,尽管备受阻挠,大多获得允准。只有这个制度局,那是碰也碰不得的。他的第六书,总署拖了四十天,才为代递。光绪发旨交议,总署迟不作复。统筹大局折照样交议,仍不作复。拖是官场惯技,这种拖法打破了惯例,仿佛无视圣旨,显得有恃无恐。光绪也知事关重大,显出少有的耐心,不去催促下面。康有为等不及,发动同志出来推动。他的手段仍是上奏,他代拟《请设议政处折》,由宋伯鲁递上。交议后仍如石沉大海,宋伯鲁再次代上康折,这回的名目变成了立法院。折子连篇奏上,光绪多予明发,这是要有关衙门给个说法。总理衙门按兵不动,光绪便要开口。

　　这天召见张荫桓,询办对日外交事宜。杨深秀上奏《请议游学日本章程片》,总署与日本驻华公使矢野文雄取得谅解,日本愿意接受中国留学生,人数以二百名为限。总署咨行南、北洋大臣及有关督抚,要求遴选留日学生。浙江、安徽、江西陆续电复,报告尚无合适人选。唯有湖南巡抚陈宝箴电称,湘省拟派送五十名学生,全省竟有上千人报考,足见风气渐开。张荫桓将此喜讯上报,觑见皇帝脸上没有喜

色，不由暗自掂量，上头要问的，恐怕不限于日本事宜。

光绪的问话并未离开日本："驻日公使裕庚，多次电请替换，究竟情形怎样？"张荫桓道："裕庚任期已超过三个月，况且他腿疼复发，二十几天不能起坐，的确有误外交，请替在情理之中。"光绪沉吟着道："取法日本厉行变革，举朝对此已有共识，所以要派的不是一介公使，应是有新识有担当者，试问我国有这样的人否？"当然有这样的人，可那人在任上招旧党攻击，直接说出他的名字，张荫桓生怕惹火烧身。他做出费尽心思的样子："我国使才缺乏，历来派人出使，都得大费周章。有人身兼数国公使，有人在任滥竽充数。目前的外交困局，在很大程度上，要归咎于驻外人员不称职。"

说话直率是张荫桓的长处，现在他也来绕弯子，光绪老大不耐烦："对于要紧的差使，应预先搜罗合适人选。你要更加尽心，怎么光会叫苦？"张荫桓叩一个头道："臣领圣训。臣知日本人十分挑剔，对历任公使都看不上眼。矢野文雄私下对臣说，日本人对于中国，可谓深钻细研；而中国人对于日本，却是漠然无知。"光绪不以为然："漠然那是先前，深钻已不乏人。前驻日参赞黄遵宪，写出一本《日本国志》。日本的驻华公使，谁能写一本《大清国志》？"

皇帝亲口说出这个名字，张荫桓浑身轻松："这部书在日本口碑甚佳，矢野文雄也很佩服。"光绪徐徐道："朕早想派他替换裕庚，却又觉得此人勇于任事，做公使是否才非所用？"稍停又道："即便召他入京，是否就能顺心使用？人才不是没有，而是不得进用之路，屈抑下僚，隐处岩穴，与草木同腐。'肉食者鄙，未能远谋'，两千年前的这句感叹，还要再叹两千年吗！"倏然盯视张荫桓："不说两千年，且说一百天，康有为的那个条陈，交议一百天，迄无一字复，你们会议过吗？"

张荫桓道："议了两次，均未议成。第一次李鸿章突然犯病，庆王爷张罗着送他。第二回敬信、李鸿章请假未到，另有两人中途有事。"光绪直皱眉："怎么老是李鸿章？"张荫桓道："回皇上，李鸿章年纪大了，有时该到不到，不该到的场合偏要掺和，德国和英国公使曾为此提出抗议。满衙大臣都没他资格老，都拿他没办法。"一句话要冲口而出，光绪用力咽回，断然吩咐："你下去传谕奕劻，迅速议复。"

除了担任总署领班、御前大臣，奕劻还兼任办理颐和园工程事务大臣。颐和园工程开修多年，仿佛永远修不完，奕劻便经常围着太后转。这天从园中赶回城，听罢传谕，奕劻笑着连声说，开议开议。第二天他又去园了。第三天回城，派人分头通知大臣。大臣各有各的情况，直到次日才聚齐。文火炖煮的这锅粥，终于到了揭盖子的时候，大家越发慢条斯理。

奕劻也不着急，眼看同僚们抱着葫芦不开瓢，他令几名章京轮换着，把那份条陈又宣读一遍。这又熬去不少时间，一位大臣取看怀表，其他人也学他的样子，只有李鸿章歪在椅上打盹。奕劻一副笑弥勒模样："各位别忙看表，还不到吃饭时辰。"李鸿章迷迷瞪瞪睁开眼："吃饭？王爷要请客？"惹起一片笑声。

张荫桓凑趣道："王爷真该请客。"奕劻反问："为什么？听说昨晚你开宝大赢，按理应该你请客。"张荫桓一缩脖子："臣倒想请众仙降临，怕的是蓬荜生不得辉，只生晦气。"敬信不客气："怪你家洋厨子爱灌洋马尿，没那副肚肠的，哪里敢问津？我吃王爷吃定了。"奕劻瞪眼发威，却更引人发笑："你户部尚书管钱的，反找我这穷和尚化缘？"敬信不依不饶："你穷？你敢叫我揭揭老底儿？话说——"奕劻伸手乱挡："好好歇着吧，你要吃我的，就得先开口，对这份条陈拿出意见。"敬信快人快语："这个容易。本人认为，这份条陈一派胡言，不值一驳。他要模仿小鬼子，叫他去东洋舔日本沟子，别他妈在北京满口喷粪！"

奕劻竖起手指吓唬他："皇上要咱复议，你在这里骂大街，小心本王参你。"敬信大咧咧道："参吧参吧，奴才年老，早想上表请辞。议复你该朝他们要，项庄舞剑，心头发凉的是他们，不是我。""他们"指廖寿恒、王文韶，二人均为军机大臣。奕劻笑问："二位，如何？"廖寿恒推王文韶，王文韶推廖寿恒，最终却是笑而不答。

奕劻不由叹气："这样好的条陈，不给几句赞扬，我都深感歉然。要不筠庵兄来几句？"许应骙做惶恐状："王爷饶了老臣吧，臣是康党参劾过的，况且又是同乡，无论说好说坏，都有避不开的忌讳。"奕劻转向张荫桓："你这位同乡有没有忌讳？"

张荫桓心里清楚，别看大家一味捣鬼，其实意见早已定下。他这个遭忌之人，

应当自证清白："回王爷话,臣有忌讳。从公车上书,到开立学会,呼吁变法,臣都或深或浅地有所牵连,其中苦辛,一言难尽。这份条陈的主旨我听康有为说过,当时便劝他不要上,他怎么会听我的? 他的书生性子,筠庵尚书也有领教。唉,我们这些做同乡的,说不得要常常吃瓜落儿了。"

这番苦经叹得到家,同僚们跟着附和叹息。这时听见一阵咳嗽,那是李鸿章发出的,他一边咳一边撑起两肘,颤巍巍地站起。他做出要离开的架势,奕劻忙道："少荃相国身体不适?"李鸿章眯觑着两眼："身体不适,肚子饿。王爷既要赏饭——"奕劻大为惊奇："我哪说过赏饭?"

李鸿章眼睛大睁："咦,你要当面赖账?"奕劻无奈地点头："好好好,我赏饭。不过吃人的嘴软,你李少荃得议几条扎实的。"李鸿章环视众人："我早说过,康有为奏废八股,乃其一功;鼓吹变法,更可在史上大书一笔。然其缺少从政经历,因此常作凿空之论,有胆无识,令人可惜。"他没有将康有为一棍子打死,并不合大部分人的心意,好在他给出"凿空"评判,这是能够抹杀康有为的。

大臣们簇拥着赏饭的王爷,来到街上的一家饭馆,吃了一餐可口的酒馔。奕劻贪贿的名声,比张荫桓大得多,但他贵为亲王,很少有人敢出来指责。而且此人广结善缘,常被大家摁着头吃一顿,破了财也就消了灾。饭后众人纷纷告退,奕劻嚷着要各位留步确议,只得到众人心照不宣的"代劳"二字。

奕劻费神代劳,第二天进宫去,奏上《遵旨议复康有为条陈折》。针对康有为条陈的三条主旨,"大誓群臣""开制度局""设待诏所",总理衙门的驳议是:

> 我朝列祖列宗御门听政,本即大誓群僚之意。其他建制,如设大学士于内阁,设军机处于内廷,设置登闻院、通政司,准士民赴都察院呈书言事,皆有成宪,法制大备,似不必另开制度局、待诏所,徒滋纷扰,而无实济。

勾销了制度局这个要害,还要对付康有为提议设立的十二局,并在各道设新政局、各县设民政局。总署奏折一概否定:

法律隶刑部，税计、农商、矿政、造币等隶户部，学校事隶礼部，武备事隶兵部，外交、通商、邮政、游历、社会等项，均由臣衙门随时筹办。道府有表率之责，牧令为亲民之官，若竟改官为差，准其奏事，假如任非其人，其弊尤甚。

该主事所请别开生面，全紊定章，亦未必有实效，应请毋庸置议。

过了一百零五天，康有为所上第六书，得到"毋庸置议"四个字的裁定。这结果是可以预料的，所以光绪沉得住气，下旨暂存，并将折子呈报慈禧。慈禧不置可否，光绪便可按自己的意思往前走。两天后，军机大臣面奉谕旨：着该衙门另行妥议具奏。另行妥议，当然表明此议不妥，这是一道罕见的严旨。奕劻倒也沉得住气，接旨以后没顾上"另行"，就赶到颐和园办理工程了。

光绪也到了颐和园，带上他的军机班子，一边尽孝，一边理政。两套班子各办各差，过了三天，军机要随皇帝回城前，军机领班与总署领班抽暇碰头。世铎悄声问："怎么议才叫妥？"奕劻小声答："这事无法妥。"世铎又问："那你怎么办？"奕劻又答："那得你接手。"世铎说着"别别"，眼往西天瞟："老佛爷什么意思？"他在慈禧那里没有奕劻得宠，这才赶着打探。奕劻笑了笑："我给你念两句唐诗吧。山围故国周遭在，潮打空城寂寞回。故国有主，空城有佛。不管风潮如何翻卷，大国坚城岿然不动，因为群山层层叠叠，卫护主子千秋万年。"世铎哼了一声："说正经的，念什么鸟诗！你把黄花菜给我拖凉，我在背后给你念佛。"世铎辈分高，所以使出教训口气。奕劻诺诺连声，光绪起驾时，他特意赶去叩送，奏报一应工程事宜。光绪轻轻颔首，算是嘉许他尽忠职守。

几天后光绪再次来园，特令奕劻陪同，踏勘了几处工地。这是为太后颐养建造的，君和臣都很上心，不厌其烦地奔波考究。除了顾内还要对外，眼下最棘手的一桩外事，是美国驻华公使的变动。使华十三年之久的查尔斯，突然被召回国，替代他的是康格少校。这原本无关紧要，只因查尔斯推荐的一名画家，牵动了领班王

爷。这是一名美国女画家，擅画人物肖像画。她的画册经奕劻上呈后，引起了慈禧太后的兴趣，点名要她来华画像。女画家卡尔来到颐和园，老佛爷特赐恩典，让她在园中畅游数日，熟悉中华水土，安下心来画像。画室设于听鹂馆，这是慈禧写字作画之所，她在此写下无数"福"字，颁赏王公大臣。如今，庆王奕劻专程请来的洋画家，要在仙鹂鸣啭中描画佛光。

这次作画没有预想的顺利。听鹂馆原有几名女画师，其中一位叫缪素筠，出身于云南一个书香门第，她画的《慈禧皇太后行乐图》，颇得慈禧青睐。慈禧将这幅画发给卡尔看，想让她受到一些熏陶。卡尔淡淡地说声"不错"，似乎出于礼貌，却是最大的不礼貌。女画师们在内廷供奉，按规矩都得跪着。看在洋人的面子上，慈禧赏给卡尔一只杌子。卡尔开始画像了，她坐在这只杌子上，请慈禧坐在对面的靠椅上，摆好姿势让她画。

哪有这种道理！慈禧脸色一寒，卡尔感觉到太后的不悦，停下笔迷惑地瞅着她。这是更大的失礼，却让慈禧明白，外国人不可理喻，何必跟她计较。得摆出喜相，示意卡尔快些动笔。卡尔竟然快不起来，抬眼瞄一阵，低头画一笔，像是一个生手，尽在那里磨蹭。慈禧的喜相保持不了多久，因她只能接受膜拜，岂可让人端详？这双直勾勾的洋人眼睛，勾起了她的不安，一时间，有多少挑衅、威胁、磨难、屈辱，潮水一般涌上心头。

上午的绘画草草收场，慈禧把奕劻叫来，劈头盖脸地骂了一通，把奕劻吓了个半死。慈禧执意要驱逐卡尔，这更叫奕劻为难。女画家牵涉中美关系，哪能呼之即来，挥之即去？光绪懂得他的苦恼，令他把姓缪的女画师唤来询问。女画师说，洋画家作画太呆板，非得老佛爷坐好才能画，在奴婢看来是大逆不道。女画师画行乐图，凭的是观察和想象，观察留形，想象出神，形神兼备，快意赏心。

奕劻责怪她说得玄乎，光绪却听明白了，并且想出一套办法。他选出几幅老佛爷的照片，由奕劻交给卡尔，叫她加入女官的行列，跟老佛爷真正熟悉起来。如此一变通，卡尔的心思活泛起来，笔头也由生涩变为温润。

与此同时，姓缪的女画师在奕劻的授意下，告诉她一个不传之秘：老佛爷要的

是年轻和漂亮。卡尔不禁失笑,笑过之后陷入沉思,她要不要违背自己的艺术良心? 奕劻连劝导带吓唬,这跟良心无关,对中美友好有无法取代的作用。卡尔为了尽快脱身,调动艺术想象,画了一幅美得惊人的慈禧画像。慈禧看得喜笑颜开,赏给卡尔一大笔银子。卡尔心力交瘁,悄悄地把财物赠给姓缪的,迅速离京回国。

光绪来园的头等大事,便是奉养尽孝,为此挖空心思,才合为子之道。经办这类事体,奕劻颇显得力,鞍前马后地忙乎。看着一帝一王围着她转,慈禧也很开心。这天上午,仍然在听鹂馆,慈禧乘兴作画,画了一只蟠桃,又写一幅"福"字,当场赏给庆王。奕劻跪地叩头。慈禧笑着道:"先别谢,叫皇帝也给你赏一幅。"

光绪含笑挥毫,写了一个大大的"赏"字。帝后赏写吉祥字画,从无写这个字的,慈禧有些惊奇:"皇帝怎么写一'赏'字?"光绪回道:"皇额娘吩咐给赏,况且叔王这阵子劳苦,确也值得一赏。"奕劻忙又叩头:"奴才当得效劳,哪敢领受上赏。"慈禧笑吟吟道:"皇帝说得好,奕劻办事不错。这叫我想起洋女子的'不错',嘻,这也是她说得的? 她为什么离开,当一个女供奉,还怕委屈了她?"

奕劻为洋女子圆谎:"卡尔母亲年老,急于回去尽孝。她说此来中国,最大的收获是学到了孝道。"慈禧缓缓点头:"这是人的本性,西方人懂得不多。奕劻,你可不可给驻外使臣发电,令他们想方设法,把孝道传授给外国? 只许咱们学它的,不许他们学咱的,哪有这种道理。皇帝你说呢?"

慈禧的突发奇想,使得光绪颇难措辞:"额娘教训得是,孝为人之本,也为儒家圣学之本。西方人也尊敬孔圣人——"慈禧嘴一撇:"尊敬? 德国兵怎么在即墨损毁圣像? 山东奏报并未损坏,这不过是州县蒙总署,总署蒙朝廷,是不是啊奕劻?"

奕劻明里叫苦,暗里表功:"总署与狼虫虎豹打交道,不仅受蒙,还得受惊,确乎惶惶不可终日。奴才乃是绵善之人,曾经跪在佛前许愿,只想在园中伺候太后,不想去署中受那个洋罪。"慈禧嗔道:"你这不是偷懒吗? 你敢来我可不敢收,没的让人家指摘,颐和园要占用国家栋梁。"一君一臣,话赶着话,把一个豁口露出来了。这是一个难得的机会,光绪不假思索,断然抓住:"做得家之忠仆,方能胜任国之栋梁。儿子亲眼看到,叔王在园督工勤谨,虑事周全,实实难得。而这一向园工繁多,

若无熟手驻守监理,恐有功亏一篑之虞。儿子有一应急设想,欲请叔王驻园专管,免除分身乏术的忧虑,可使诸事圆满完成。”

馆中气氛突然一紧,母后和叔王都心生疑云,又很快做出轻松的样子。慈禧笑问:“怎么,你要开革奕劻的差事了?”光绪沉稳回答:“额娘身边事,重于儿子手上事。总署这一向事务也紧,叔王在这边忙几天,得跑回城中顶一阵,往返奔苦情状,儿子看了都很心疼。两边又都是离不开的,因此只有舍弃一头,把要事先办好。”慈禧压低声问:“这么说你竟是认真的?”光绪声气不变:“这是大事,儿子不敢乱说。”慈禧问:“总署那边,你要谁管?”光绪忙道:“儿子并非要换总管,总署议办事件,仍由叔王领衔。况且不是长久如此,待紧急事情忙过,便可恢复正常。”慈禧想了想,又把目光移向奕劻:“奕劻你说呢?”

奕劻心如沸汤,竭力抑制慌乱,不使自己带出哭腔:“奴才当差不力,两头都没有办好,理当受到处罚。”慈禧盯着光绪:“他当差怎么不力?”光绪回道:“儿子没说他不力,他是心有余而力不足。二月间的一份条陈,耽搁一百〇五天,总署总算议复。我朱批另议具奏,这又过去八天,后边还有九十七天等着呢,不是儿子等不及,怕的是国家拖不起。”奕劻扑通跪下,慈禧脸色阴沉,殿宇一时岑寂。过了好久,慈禧徐徐舒一口气:“拖不起,我和皇帝都拖不起。奕劻你这个掂不清轻重的,你顾不过来,你完全可以辞去我这一头——”

光绪嗅出了气味,忙也跪倒,尚未开口,慈禧出语凌厉:“皇帝起来!我没责怪你的意思,你有追究他的权力。奕劻若不是在园当差,你干好干坏都与我不相干。为了园工误了总署,就等于我贻误国事,我不能不管。皇帝你说,是要罚俸,还是革爵?”光绪辩解:“叔王劳苦,儿子没想责备他。”

慈禧借话打话:“那么你想责备谁,责备我?算了你别辩,越搅越不清,话拣明白的说。总理衙门和军机处一样,是我朝最关紧的官缺。没把这一职理好,你就是做出天大成绩,那你也是失职。我说清白没有?”奕劻叩头出声:“奴才领圣训,一定勤谨当差,以求补过。”慈禧拉长声道:“好了,皇帝,我把奕劻还给你,不让闲差扰

乱要公①。"

事机演进至此,明知太后不悦,光绪也顾不得了。他有摆不脱的忧愤:"为额娘当差就是要公。儿子以为,拖延之错不在叔王,而在兼差旧制。宋伯鲁奏请专职专任,张元济议请革除兼差——"慈禧接过话去:"还有康有为呢,你操心的条陈,不是他上的吗?"光绪只能说是。

慈禧面无表情:"他说的可不是兼差,那是制度局!奕劻认为如何?"奕劻小心翼翼:"臣衙门初议的奏折,皇上转呈太后御览。遵旨再议,尚未召集。"慈禧哼了一声:"你有话不敢明说,皇帝你呢,嫌他议得不妥,妥的又是什么?"

光绪心中一激,直想明言托出,又怕一出口便无法转圜,只好吞吞吐吐:"国之大计要集思广益,并非由君主独断。"慈禧抢过话头:"你不独断,你却批斥总署不妥,这说得通吗?"光绪申明道:"儿子不满的是,总署一概驳议,却连一条可行之策都提不出。这样子的议复还拖那么久,这样的衙门还有什么用?"

慈禧冷笑出声:"听见没有,奕劻?再不好好议,皇帝要封总理衙门了。你不要在这儿混了,马上回城,疾速议奏。皇帝你也回城,这是老年人住的地方,你在这里待久了,会沾染晦气的。"

这话沉重如山,压得光绪就地一跪,噤若寒蝉。他出声也无人听了,慈禧已快步出馆,宫女依次趋奉,奕劻也爬起身来跟了出去。光绪挣扎起来,跟到乐寿堂来,只见一名女官当阶而立,宣称慈圣刚刚休息。这是给他的下马威,他应当做出顺从的行为,默不作声地跪在阶下。

这是下午三点半钟。烈日炎威,盛极一时,蝉鸣蛙吟,振荡身心。光绪有手足冰凉的毛病,较耐暑热,此时跪在毒日头下,很快被蒸得汗透衣衫。心静自然凉,他念着这句口诀,数着一跳一蹦的脉搏,吩咐自己屏息,宁神,假寐,入定。这样一套功课,他入宫以后经常做,亲政以来荒废了。今日慈圣重施旧教,光绪油然回归自我,享受到那种安心的感觉。安心来自安分,安分就有安全,就可得到骨肉亲情,母

---

① 旧指紧要的公事。

子和谐。这是值得珍惜的东西,他为何要放弃安逸,自讨苦吃?沉浸在自怨自艾中,光绪的神志渐渐模糊,恍然间看到浓云积聚,遮天蔽日,霹雳一声,大雨如注,干透的土地伸展脉络,贪婪地吸纳甘甜的琼浆。

在无与伦比的舒爽中,光绪步出乾清宫,临御乾清门,面对分列肃迎的文武百官,朗声宣谕:"国是既定,新政当行。而顽固守旧之徒,不思奋起进取,执其迂谬之见,更有甚者聚谋诽谤,变乱明旨,其心其迹与叛国无异。朕今御门誓众,再次明白宣示,尔等大小臣工,皆当掬诚具表,实力奉行,救危图强,克成大功!"

光绪正做白日梦,忽听耳旁有人呼唤,想要睁眼,却睁不开,绵软的身体被托抬着,似一片羽毛飘飘升空。依稀觉出四周的忙乱,他知道自己将要远行,这叫大行。皇帝大行的谣言传了许久,谣传成真时,连皇帝自己也要松口气了。但他没有大行,他躺在堂中病榻上,看见慈禧立在榻旁,现出关切的表情。光绪忙要起身,慈禧止住他道:"皇帝身子不好,你要好好休憩。"光绪赶开御医,抬脚站立在地,便要叩拜太后。慈禧仍然劝止,见他已经复原,便令御医退下。

经过这场周折,母子和好如初,都对刚才的争执绝口不提。光绪一如既往地侍膳,侍游,侍奉看戏,其乐融融。然而事情终须有个交代,直到奕劻再次来园,奏上皇帝索要的复议,又办完几件园中事务。慈禧向庆王追加颁赏,赐过自己写的"福"字,要赐皇帝写的"赏"字,她仿佛想起了什么,又令奕劻交回"赏"字。光绪有些纳闷,等奕劻退出后,他向慈禧请教其中讲究。慈禧淡淡地笑了笑:"你知道不知道,你触了我的忌讳?"

光绪闻言一惊,正待询问,慈禧徐徐道:"咸丰爷宾天前,颁予一后一妃两方御宝,赐给皇后的是'同道堂'印,赐给懿贵妃的是'御赏'之印。你对奕劻御书'赏'字,恰恰触及我的痛处。"吓得光绪慌忙跪倒,慈禧和颜悦色地叫他起来:"不知者不为罪,你没有做错什么。无识者也不为罪,奕劻为人,顶着天也只算中人之资,跟班当差,还能应付;为国建功,趁早别想。我之所以用他,只念他是皇叔。他们奕字辈的,你数数还有几个?这样说有些婆婆妈妈,可是称王称霸,归根还得归到家上,家都管不好,国怎么顾得全?我不替奕劻说情,是为自己操心。须知做皇帝的,既能

赏福,也能赐死,若无一些约束,那可怎么得了!"

二、公卿羁绊康圣人

这话有情有理,更是有恩有威,光绪唯唯称是。而他恩威并用催来的奏议,奕劻是这样设词的:唯查主事康有为条陈所称,请皇上大誓百司庶僚于太庙,置制度局于内廷,设待诏所于午门,分设十二局于京师,又在外省设局派差,均系变易内政,非仅条陈外交,事关重要,相应请旨,特派王、大臣会同臣衙门议奏,以期妥慎而求称旨。他的意思是,管外交的衙门议不了内政,要求派人分挑担子。说的倒也不错,光绪当日朱批:"着军机大臣会同总理各国事务衙门王、大臣,切实筹议具奏,毋得空言搪塞。"

朱批发交军机之手,大臣们捧回军机处,几位旧臣面对一位新臣,笑而不语。新臣是裕禄,满洲正白旗人,监生出身,历任安徽巡抚、湖广总督、盛京将军。恭亲王奕䜣临终前,向皇太后和皇帝举荐可托大事之人,一为张之洞,一为裕禄。裕禄一直在外任职,忽然奉召入军机,自己都觉得莫名其妙。他的性子和世铎差不多,见大家的笑中似有寓意,便也报以微笑:"兄弟新到,不懂规例,各位可要随时指教啊。"

裕禄回想起张之洞的一番言论。裕禄是在赴任四川总督途中折返的,他在武昌与张之洞相会,谈起张之洞召京的周折。张之洞连称侥幸,若不是沙市之火挽留了他,他此时正在京中受苦。裕禄大感惊奇,香帅竟将京师视为畏途?张之洞叹息道,畏途那还说轻了。古时有人愤慨朝局,曾说"虎狼当道,安问狐狸"。现今则是狐狸当道,安问虎狼。望寿帅在狐虎之间巧作周旋,谨防马失前蹄呀。

狐狸暗指康有为,虎狼便是刚毅之流。裕禄感到有趣,嘻嘻哈哈地周旋着,见礼王世铎吩咐一名章京,将誊录过的谕旨送往总署。世铎像办完一件大事,笑对同

僚："要不,咱们议议?"刚毅大咧咧地一撸袖头:"议什么,制度局?本人议他一个反乱朝纲之罪,可不可以?"世铎道:"言者无罪,当然可以,只怕难入圣听,总署之议便是先例。"刚毅嗤之以鼻:"总署?那是一锅杂烩菜,没有炖烂别个,先叫别人把它吃了。我只奇怪两位军机同寅,在那里当聋子耳朵,也没报回一点讯来。"王文韶睃着廖寿恒笑:"看看,子良大人追究你我,怕要押送刑部打板子。"廖寿恒也笑:"刑部由我管着,这顿板子先记着,待我下台再兑现。"

刚毅敲着桌子:"嘻,二位办点正事好不好?不把那东西打下去,你以为你能坐稳六部?军机总署、六部九卿,都要被制度局一包袱收走,到那时你去哪里找食儿吃?"廖寿恒不紧不慢道:"我去你那里找食儿吃。"刚毅手指着自己的鼻子:"我?我首先自身难保——"廖寿恒道:"你是满员呐,再怎么着,还能没你一口饭吃?"刚毅笑得有些无奈:"康有为这把刀,要割满人的铁杆庄稼,你是真不懂还是假无知?罢了,常在局中坐,终有三分迷,我要请教局外人。寿山兄由南向北,可谓耳听八方;对于康党举动,民间有何议论?"

裕禄转动胖乎乎的脖颈,似想摆脱睽睽众目,可又只能照路数走:"子良兄是从外任回京的,也知民间喜欢传谣,能把唾沫说成血。需要当心的是官界,他们的说法更邪乎,比方说:康有为早就是布衣宰相,《南海先生四上书记》,相当于诸葛亮的隆中对策;召对后已成事实宰辅,皇帝的大部分谕旨,原封不动地搬用康氏折片,这等于康有为在下旨;皇帝的贴身太监,按日前往康寓,或传旨或取折;宫中辟有密室,康有为常常黄夜入宫,与皇帝商磋国政。说法荒诞不经,却又言之凿凿,此中含义令人揪心。"

人们一时沉默,显然心情沉重。仍是刚毅先开口:"谣传或属虚诬,境况确实存在。我还要说廖仲山,你替康有为跑腿,什么该传什么不该传,总得有个权衡。比如他要进红丸,你难道也替他送?"廖寿恒不由苦笑:"刚子良良药苦口,廖仲山罪责如山。我将设法逃脱,逃不掉一定告老还乡。"

总署把事情推到军机处,不料仍须与军机同议,这使署中怨声载道。敬信是户部满尚书,对户部汉尚书王文韶发泄不满:"总把难啃的骨头朝外扔,你们军机处干

什么吃的！"王文韶忙赔小心："我胆小，不敢跟着老兄骂大街。况且军机与总署，就好比满尚书与汉尚书，何分彼此？我再说句打嘴话，两相比较，庆王比礼王更有骨力，让他挑头更保险。"敬信满脸不屑："骨力？屁力！急得没法时，你猜王爷生出什么念头？他竟想把康某请来，希望两下各退一步，还是我把他劝止了。"王文韶叹一声道："老兄为什么拦王爷？康有为是总署章京嘛。"敬信若有所悟："总署章京？你是说——"王文韶摆着手："我什么也没有说。"敬信笑着捣捣他。

等着庆王来到，敬信便去王爷办事房，献上一计。奕劻不以为然："工部怀塔布使过此法，可那康有为一口回绝。"敬信叫道："我的王爷，你是王爷呀！朝廷有几个铁帽子王？"奕劻用眼瞪他："何来铁帽子，你别吓死我！"敬信躬腰点头："奴才是请王爷显点铁性。皇上派给一名章京，王爷都不敢使唤，叫俺们执鞭坠镫的怎么想？"奕劻轰苍蝇一样往外撵："去去去去，少出这些馊主意。喂，去把康有为给我叫来！"

敬信领命，派人召唤那人来署，事由是集议康氏建策。集议？这是不是一个圈套？弟子们发出疑问，康有为想了想道："明人不做暗事。这话也可反过来讲，明人不怕暗人坏事。"他跟着那人来到总署。路过议事厅时，瞄见厅中坐着几位大臣，传令人却没引他入厅，而是走向后一进院子。在上房的位置上，坐落着三开间的庭堂，早先是恭王坐镇，现今由庆王继用。康有为暗自思忖，上次在总署问话，恭王未曾露面，这回庆王接见，不知是吉是凶。

庆王一团和气，令康有为坐于客位，应是一个吉兆。陪坐的是敬信和崇礼，两位旗员两脸阴沉，叫人脊背发凉。奕劻从编书问起，拉拉杂杂地扯谈着，让人不得要领。康有为不愿做无谓的闲聊，主动提起自己所上的"统筹大局折"。奕劻说话仍很客气："皇上交议的是条陈，还不是这份折子。"

康有为在椅子上欠身："回王爷，条陈上于正月，折子上于五月，后者比前者更重要。以中日斗法为例，我国学习西法早于日本，由于半心半意，终至半途而废。现在再学四十年前的日本，哪还有时间供我们消磨！所以臣学日本的五条誓文，特意增加一条：严治阻挠新政、拒不奉行、造谣惑众、攻击变法之罪。"他一开口，便祭起惩处守旧的法宝，倒使得三位亲贵心中一悚。奕劻慢悠悠道："有人不是阻挠，而

是闹不懂。毕竟生在中国,谁知道日本鬼子怎么活的?康主事也没去过日本,真把他们那一套当经念?"

康有为诚恳道:"臣学日本变法诸书,至少用功三年,自问所获甚多,否则哪敢请皇上取法?与我国最近的日、俄,就数日本最像中国,其经验容易套用,其功效可以速成。"奕劻叹息道:"日本吃剩下的,谁愿接过来嚼?你说速成,若是不成,套用你加的那一条,应当治以何罪?"康有为没有被吓住:"请治臣以荛言乱政之罪。世界有通则,行新法者皆强盛,中国何能例外?"

奕劻对那二位道:"听清了吧,只要照着日本描,必能变成小日本。只不知能不能把台湾要回来?"敬信道:"对了,叫康主事立字据,变法后一定拿回台湾,办不到,请杀头。"

康有为双眼正视六目,说得杀气腾腾:"可以。但有一条前提,叫丢失台湾的那群人,依次在字据上签名字。康有为尾随其后,甘愿在杀头时立于其前。"奕劻掂出了此人分量,将话题拉回来:"不管条陈还是奏折,都是求设制度局的。此局仿习西方事务,跟先前的洋务局宗旨相同。既有现成家什,何必另起炉灶?你的条陈如果依此立论,必能消除疑虑,易受采纳。"亲王的语气如此亲和,康有为却无法迁就:"王爷,洋务局操弄技术,制度局议办制度,二者根本不同,断难以此代彼。以日本为例,他们也办洋务,与我们的门类差不多。不同的恰恰在此三点:开制度局,重修会典,大改律例。由此可见,制度局为存亡强弱第一关键,不可或缺。"

敬信早已听不下去:"你为什么三句话不离日本?"康有为当即答道:"因为日本打败了我们。"那三位倒吸一口凉气。沉默片刻,敬信面向奕劻:"这样熟悉倭情的人物,放在外面是不是可惜?"奕劻道:"是。康主事,自即日起,你来署中值班,先在日本股,噢不,日本股还没建起来。你去俄国股,专办日本事务。"康有为猝不及防,直着眼不知说什么好。敬信龇牙笑笑:"你不要嫌屈才,张元济入署两年,还在译电处当差。你要知道,章京传到后,译电三年才入司务厅,再过数年分至各股办事。你一竿子插到俄国股,这是特殊恩典,还不谢谢王爷?"

康有为忽地站起,带着一身忿气:"谢王爷提拔之恩,只是碍难来署。康有为领

有圣命,紧急编书进呈,试问我怎敢抗命?"敬信对奕劻摊开手:"这人抬出皇上,王爷可有解法?"

觑出这种局面,奕劻只能将错就错。他唤过一名当差的:"把康主事领到俄国股。"

康有为还要争辩,却已被连劝带推地请出后院,拉到俄国股房间里。

俄国股共有十一人,今日到班九人,听说来了这么个人物,都放下手中事务围拢来。"押送者"是一位总办,他吆喝大家不要看热闹,康老爷跟你们做同事,他不懂的地方,各位都要照应到。这是明显的挖苦,倒使康有为放松下来,问了一句,我该干什么?

在总办的示意下,一名属吏搬来一大抱公文,摆放在指给康有为使用的桌子上,先让他熟悉一下情况。康有为当真坐下,做出老实办事的样子。这些文件五花八门,上到两国照会,下及商户批文,侨民申诉,还有有关章京宴请日本客人的酒肉账目。康有为初次看到很有兴趣,翻了一阵就腻了。康有为把这些推开,思索脱身之策。身旁传来窃窃私语,扭过脸瞥一眼,几颗凑在一起的脑袋迅速分开,像几只被石子击散的屎壳郎。

庸俗!康有为心里"哧"一声,伸手抽出一件公文,目光被一段文字吸引住:"是日皇上御文华殿,升宝座。恭亲王、庆亲王先在东旁侍立。臣衙门堂官二人带领日本国使臣一员,参、随、翻译五员,由甬路进入文华殿中门,使臣一鞠躬,向前数步,一鞠躬,到龙柱间正立,一鞠躬。使臣致辞,翻译译文,各毕,使臣向前至纳陛中阶,捧书敬候。亲王一人由左阶下,接受国书,由中阶上至案前,将国书陈于案上。使臣一鞠躬,皇上答以首肯,示收到国书之意。使臣退回龙柱间原立处,亲王一人在案左跪听,皇上以国语传谕慰问,亲王一人由左阶下至使臣站立处,用汉语传宣。使臣听毕一鞠躬,皇上答以首肯。"

这是总理衙门为皇上接见日本公使开具的礼节单,这个公使就是矢野文雄,他于去年来华履新。如果不是亲眼所见,康有为确实不知国书是如何递交的。这就

叫开卷有益,这也叫他心虚,他这"日本通",竟有一窍不通的时候!康有为不急于离开了,但他想试试,自己能否自由行动。

中午散值时,他跟着人们朝外走,有两位同事凑过来,扯着他拐进一所偏院,就嗅到一股扑鼻的香气。原来这是衙中厨房,时间掰不开的大小官员,都可在此就餐。菜肴有肉有鱼,还有雪白的大米饭,令人乐而忘返。那桩骗案发生后,康门钱财吃紧,康有为快要勒紧裤腰带了。

吃顿饱饭再说。康有为叨咕着,赌气一般努力加餐。厅中食客三五成群,欢声笑语,唯有康有为独踞长凳,一副形单影只的样子。康有为默默转着心思,感觉凳子那头一沉,扭头一瞅,张元济!只见他手托一盘一碗,外加一个硕大的馒头,脸上挂着诡秘的笑意。张元济笑道:"吃客来也。不吃白不吃,白吃谁不吃,吃了也白吃。"康有为道:"我很惭愧,总有无功受禄之感。"张元济道:"那怪你有洁癖。我佛有云:我不入地狱谁入地狱?开眼均成饿死鬼,扪心羞做苦行僧。"康有为笑道:"这么一说,我该心安理得了。菊生兄近日忙什么?"张元济道:"奔办有关铁路的公文。我们在此紧吃,各国也在忙着吞吃,一大猎物就是铁路。铁路督办盛宣怀,提出'中权干路'的设想与列强对抗。这条路北起卢沟,南达九龙。他首先取得卢汉铁路督办权,正为粤汉与英国角力。"

康有为眼光瞟向南方,似要穿透屋宇墙垣:"如果有一天,我能从卢沟坐火车直回家乡,将会把盛杏荪供作佛菩萨。有时想一想,这些人办的才是实事,我们整天舌敝唇焦,济得甚事?"张元济目不转睛打量他:"先生怎把自己看扁了?这就是你在此唉饭的原因?"康有为道:"我说是,也说否。这里的油腥太浓了,冲不散,躲不开。唉,且不提这些烦心事。盛杏荪能抗扛英国?"

张元济道:"谈何容易。前不久,英国与总署谈成《展拓香港界址专条》,已将港界扩至九龙。盛杏荪说,广九铁路我不先造,英必自造。那时英路北趋,俄路南引,直贯心腹,内外夹攻,恐中华从此无以自立!此说并非危言耸听。德国取得胶济、胶沂筑路权,向津镇路延伸;俄国取得中东路修筑权,向旅大和关内延伸;法国也在云贵两广范围内扩张,所谓中权已岌岌难保。"

康有为将竹筷向空盘上一搁，毅然道："如此说来，你我的口舌之力尚非无用。我愿借用盛杏荪的说法，我的中权，乃在中枢。制度局不立，则中国真无立足之处，此议可公之于大庭广众之中。"张元济朝周围望望，又指指康有为的盘碗："先生，你这是？"康有为笑了笑："我大概被软禁了。"

看来确有这种意思。几名章京同僚紧跟着他，傍晚也没让他离开，而是留宿于衙内宿舍。他当然可以强硬抗议，闹他一个鱼死网破，但似不必出此下策。已经习惯于居无定所，身在总署看外国，与面对书本识洋情，所得的认知大不相同。

这样一想，他对承办的差事重燃兴趣，第二天埋首于公文堆中，如饥似渴地吸纳知识。他这安分模样，让奉命监视的人很高兴，跑去报告敬信。

敬信亲自来到俄国股，站在窗外瞧了一阵，兴冲冲地去见王爷。这个硬头疖子被挤破了？奕劻半信半疑，敬信劝他放心，人心都是肉长的，有肉吃有官做，还怕姓康的不动心？奕劻说了声"好"，他要真这样，一年后我把他升提调。

好像为了回报上恩，康有为竟然查出了纰漏。他在公文堆中发现一份电报，是上海道蔡钧发给总署的。电文为："地图事遵蒸电饬委照办。现出之图，按纵线分十束，如裱册页，仍按纵线，连缀成折式，背托耿绢，分束绫套，翻阅便且免散佚。惟裱整幅，连天地头，长丈五六尺，阔丈二三尺，幅面较大，难于裱糊……"电文冗长而又详细，乍看不知所云，读完才知这是在讲一幅地图。莫非它是日本地图？看文字又不像。

康有为拿电文给总办看，总办"啊呀"一声，连说找到了找到了，又连声感谢康有为。原来，光绪皇帝关心外事，却无合用的世界地图，下旨总理衙门办理。总署电令上海道采办，蔡钧几次来电请示，这是最近的一份电报，专门商讨尺寸和装潢。哪一个人不小心，把它混放到这里了？总办要为康主事请功，康有为笑言不必，这算是吃你的饭的报答吧。他又在这里住了一宿，住处距同文馆很近。康有为特意拜访了丁韪良。丁韪良受聘大学堂西文总教习，尚未搬离此地。丁韪良专注于教育，比起李提摩太倾心于政治，他显然更受欢迎。他称李提摩太为梦想家，似乎也在讥讽康有为。康有为承认自己不切实际，然而他若太实际，不是逃亡便是自杀，

丁韪良也将失去教育的依据,只有换人来殖民了。

不管如何,康有为接受总署的"招安",看来已成事实。俄国股一时炙手可热,常有人借故往那儿跑,要么远远地瞭一眼,要么跟他扯几句。若能放低架子,康有为自有吸引人的魔力,人们愿意听他讲经论史,谈天说地。不过说着说着,他总要扯到国家大事,引得总办或帮办前来干涉。康有为的应对办法,就是引述皇帝谕旨,让这些主管无处下口。

看来这人习性难改,要收服他还得加一把力。先得把他跟众人隔开,总办让康有为搬入单间办公,并且暗示,管股章京才有此种待遇。同时重申纪律,禁止相互串门,谈论与本职无关之事。多少年没有这样严格了,人们抱怨说,自从来了一个康有为,官儿们都像学童那样上了规矩。康有为倒显得随遇而安,在"管股章京房"中待了一天,便写出一份《请广译日本书派游学折》,为了通世界之识,养有用之才,请选译日本政治佳书,转译日、英、美著作;选派学生公费留日,奖导私费赴日学习。这算是"日本股"的分内事,康有为堂而皇之上呈条陈,条陈在大臣手中转了一圈,最后滞留于庆王之手。

这天吃晚饭时,总办特意来到饭厅,传王爷的口谕,对康有为予以嘉奖勉励。康有为吃下不少敬酒,醉醺醺地回到宿舍,一个熟人坐在屋中,笑嘻嘻地看着他。这是关以镛,他的同乡同署章京。康有为入署几天来,此人一直隐身不见,今晚出现必有目的。

康有为吟哦一句:"真人不露相。"关以镛对了一句:"露相不真人。"康有为问:"夫子何为者?"关以镛回答道:"来此欲救君。"康有为眉梢上扬:"救我?我遇上过不去的危难了?"关以镛意态平静:"说是遇上荣辱关头,也许更合适。长素入署当然是不得已,可你对付得让人真佩服。樵野便说,长素平日头角峥嵘,似乎拒人于千里之外。不料竟能宠辱不惊,与各色人等和洽相处,足见大才常人难及。"

康有为哼了一声:"樵野有这话?那天在甬道上瞧见他,我想跟他说句话,他加快脚步走开去。我是逃犯,还是罪徒?"关以镛道:"这就要说到根儿上了。你以为

樵野是什么人?"康有为道:"怎么问这个,他是户部侍郎、总署大臣啊。"关以镛淡淡一笑:"不,他才是罪徒,说逃犯也可以。上次懿旨拿问,他花了大钱才摆平,所谓平也是'暂寄这颗头在颈上',这是古小说中经常说的。你记着,他是懿旨要拿的。皇上对他看得再重,也抵不住太后一个冷眼。"

康有为听不进去了:"樵野罪不罪,你跟我说有何用?"关以镛道:"不说他,还说你。俗话说,来早了不如来巧了,你这回就是来巧了。"康有为问:"此话怎讲?"关以镛道:"与日本的交涉日益频繁,现有设置不足应付。总署打算成立日本股,这管股章京,上头有意请你来做。"康有为不相信:"我?凭什么?"关以镛道:"凭你查出了上海电报,凭你译书游学的条陈,凭你进呈皇上的《日本变政考》。单凭最后一条,你就该坐在大臣房中,但那还隔着管股、提调、帮办、总办,一步登天那不可能。"

康有为紧紧盯着他:"谁授意你来谈这些?"

关以镛莞尔一笑:"只可意会,不可言传。"康有为道:"我若没兴趣呢?"轮到关以镛反问了:"为什么?别以为管股章京容易得,我在英国股当差五年,调到司务厅仍当章京。你是皇上钦点的,一级一级升上去,做大臣也许要不了五年。长素啊,这是拜佛也拜不来的呀!"康有为问:"我得做什么?"关以镛道:"两条路。一条是不做什么,就这样不动声色值日坐班,功到自然成。一条是做点什么,比如说,对你所上条陈做点改动,叫它不那么大而无当,你要知道,变法无人反对,变不得法,伤人害己。一旦改弦易辙,便有大路朝天,这也是你变法变来的功果,我们这等人是无法想望的。"

康有为心里翻江倒海,直想把耳光扇到他脸上。张荫桓和关以镛等人,是他依靠的同乡和同道,多年来给了他不少帮助。真正到了节骨眼上,摆出的竟是这副嘴脸,令人齿冷又心寒。再气再恼都无用,康有为应付一句:"这事很重大,叫我想一想。"关以镛直着眼,没有从康有为脸上看出什么,谆谆嘱咐道:"这事确很重要,先生不要造次。"说罢点头告辞。在这间不再安静的宿舍里,康有为辗转反侧,长夜无眠。第二天人们来坐衙,见到议事厅的前墙上,白纸黑字贴着几首诗:

诗言志，歌咏愁

一

发昏将到十三章，
市隐忍教京径荒。
惧见峨冠魇梦眼，
敢辞博带系枯肠。
书生策论苍生苦，
衰世经纶盛世殇。
逐日吁天惊绝唱，
远追夸父死雄狂。

二

后庭花事乐年年，
贼去官人幸瓦全。
理学谈空儒学理，
天家坐满道家天。
杯中海蜃长生友，
宅内山芝不死仙。
为问尊衔谁攘外？
揣知临战尽逃禅。

三

日薄西山乞再兴，
宦途奔竞待飞腾。
公卿衮衮孰长策？

毛羽纷纷几大鹏？

必欲狂澜挽既倒，

焉能彩石补将崩。

圣朝除弊诚难事，

苟狗盈廷媸蛹蝇。

悲壮言志也还罢了，他的咏愁诗，将衮衮诸公一笔抹倒，骂了一个狗血喷头，这还得了！不用细究，大家皆知这诗是谁写的，其余无人有此大胆。总办和帮办聚在诗墙前，把看热闹的章京们赶走，商量如何处置这劳什子。撕下生怕没了罪证，不撕又怕不好看，几位感到"诚难事"也。

说话间来了一位白胡子，原来是李鸿章，他戴上老花眼镜看了一遭，呵呵笑道："请神容易送神难，这下知道厉害了？"总办上赶着问："中堂看怎么办？"李鸿章大手一挥："办什么？天大的事和细小的事，从不见人拿出办法。就说眼前，你若一见就撕了它，必不会闹得满城风雨，哪还有这进退两难？等到大难临头，大家束手就擒，蛹蝇就媸不出来了。他要夸父追日，确会中途渴死，但那也比繁蛆幸运。嘿嘿，哈哈！"他笑着转身走开。

总办看见几位大臣走过来，不敢犹豫，伸手扯下三首诗，去找顶头上司。等到庆王进衙，这诗便呈于他手。这位爷度量大，看后不急不恼，一旁的敬信压不住火气："给脸不要脸，还不撕了它！"

突然，有人通报礼王来了，庆王迎到公事房门口。二王入座交谈。世铎说，这些日总署挡在前面，给军机处留下回旋余地，否则恐将节节败退。他是开玩笑，却与逃禅之意相契合，奕劻便拿诗给他看。世铎也说诗写得不错，其实，康有为的主张也不错，富国强兵，谁会反对？可他的办法不对头，以制度局篡夺中枢之权，必将导致各衙离散，官不聊生，不用外兵来侵，窝里先已乱起。老子说，治大国若烹小鲜，哪敢叫他来回翻炒。

一阵子谈笑风生，两处大臣均已到齐，二位爷移驾大厅，军机、总署合署议事，

可谓济济一堂。提起洋教,有人想起康有为提倡设立孔教会,他试图用孔教抵御洋教。大家认为此议不通,却有一位大臣出了个主意,不管通不通,先让康有为试一试。日本股不设了,可以设个教案股。哪里出了教案,就派康有为去哪里处理。如果教案股干得好,再来设立孔教会,提拔康有为做会长,也算按功行赏了。

这叫以毒攻毒之法,大家哄然叫好,好像找到了救国良策。厅堂中的笑声传出老远,引得院中人侧耳倾听。今日大员密集,不大不小的各色属员多得不得了,总理衙门快要盛不下了。这是难得一见的景致,与这次会议相干不相干的,都想借故来看看,其中就有于式枚,他是来接李鸿章的。虽然在礼部做官,他仍跟李鸿章同住贤良寺,为中堂兼办文案差事。

于式枚在总署广有人缘,进院以后见门就进,嘻嘻哈哈一番,再到别处去"打点"。就这么着进到"日本股",看见康有为埋在公文堆中,于式枚大惊小怪:"哎呀呀康管股,你这用功劲儿,明天就该升提调了!"康有为眨着发昏的眼睛:"谁?于晦若?我怎就管股了?"于式枚笑眯了眼:"不管股,你管腿,只管住腿向哪迈就行了。人家正议怎么治你,你还能够静心治学?"康有为摇着头道:"无论治什么,最终治住的是自己。"于式枚拍手笑:"对对对,恶人还得恶人磨。"康有为瞅着他:"说的什么话,我是恶人吗?"胡搅了一会儿,于式枚笑呵呵往外走:"走了走了,再耽搁,有人要怀疑串通作案了。"他出去又串几个门,议事厅里散了场,就像打开了一个蜂箱,蜂群滚动,嗡声一片,院里院外沸反盈天。

李鸿章一行人,夹在人流中,出了总署大门,走向不远处的马车。李鸿章被扶携着上车,在车厢中坐定,看见车辕上马夫的背影,似乎显得有些异样。他瞅瞅身旁的于式枚,于式枚朝外吩咐一声:"走车。"那个马夫腾开位置,身子一扭进了车厢,却跟李鸿章打个照面。李鸿章认出这马夫是康有为,面上却是波澜不惊。等到马车启动,李鸿章笑对于式枚道:"晦若劫走钦犯,把我扭作你的同伙,怎不打个招呼?"康有为竟要咬字眼:"中堂,钦犯之名我不认同。"李鸿章又好气又好笑:"你呀你呀,太任性了。今日不犯,明日也会犯,钦或不钦,到那时候都无用。"

三、两署合淹制度局

康有为走得出院子,却走不出他们的手心。又磨蹭好些天,皇帝快要发脾气了,两署才又合议一次。军机先要拿出主见,刚毅的主见是:"宁忤旨,不奉旨。"这个忤字叫世铎不安:"大清从无不奉旨的臣子,子良怎能这样说?"

刚毅龇龇牙:"臣遵旨,臣把位子让给康有为。这样说王爷看行不行?"世铎被他怄笑了:"别以为你牛,放到哪里都不怕。要知道,皇上对这事看得很重,否则不会一再下旨,咱不议出过得去的说法,这回肯定下不来台。"说罢扭头看王文韶:"你这智多星,对他这六个字怎么看?"王文韶笑了笑:"臣替他改几个字:不违旨,不称旨。"世铎忙问:"怎么讲?"

王文韶道:"诚如王爷所言,皇上严旨督责,做臣子的只有诚惶诚恐,切实议奏,这叫不违旨。皇上所要的我们交不出;拿得出手的,皇上不满意,这叫不称旨。此乃不得已而为之,因为揣摩上意,必须采纳康言。我若全驳康奏,皇上一怒径直下旨,将使局势不可收拾。此次议复之言,应该迂回隐晦,似无一语批驳,似无一条不行,实际上却是虚应故事,将康折束之高阁。"世铎连连点头:"你这话叫我想起一个词:曲尽其妙。这么妙的文章,哪个做得出?说不得一客不烦二主,要请你先弄出一个节略,交军机处和总署推敲。"

王文韶应承下来,散值后与廖寿恒同行回府。廖寿恒闷闷不乐,只因他的处境越来越尴尬。替康有为传书递折,虽然备受奚落,却也理直气壮。等到制度局议起,同僚们对他的责难,也从半假变成全真。认真反思以往,他算是咎由自取,而这个咎,有一半是他甘心犯下的。朝局像一潭死水,康有为是掀起波澜的一股旋风,仅此一点便值得赞扬。制度局风涛骤起,廖寿恒难免彷徨,倒不是担心下台,他今年虚岁六十,还不算老朽无用。他是权衡大势,判断康有为难以成功,自己步趋其

后,必将进退失据,不能不设法抽身。

王文韶大廖九岁,且是江浙同乡,自有意气相投处。他对廖寿恒说,康有为不如着眼于细部,比如说,立学堂,编报纸,办成一件是一件,必能干出一番事业。如此不分轻重,四面树敌,我也替他捏一把汗。自古变法之所以成功者少,固然由于顽固派势力大,也要怪创新者手法嫩,自以为靠牢一个皇帝,便能包打天下。廖寿恒点着头想,这说到根儿上了。

廖寿恒叹息着回到家中,在书房中小憩一阵,有一位门生前来拜望。这个门生比他还大三岁,在他手里中了进士,现在理藩院做司官。老门生人老实,面对座师嗫嚅许久,廖寿恒才弄明白,他听说朝廷要废理藩院。廖寿恒不禁失笑:"如此奇闻,你是不是听说书人说白话?"门生仍很紧张:"老师,学生亲耳听人说的。"廖寿恒哦了一声:"那人是谁?"门生道:"那人姓张,是康有为的再传弟子。"康有为多大年纪,竟有了再传弟子?

廖寿恒摇着头,听那门生诉说:"理藩院虽是一品衙门,职事跟六部不大搭界,司员们戏称为闲院坐禅。对于新党的喧嚣,大多以为事不关己。不料近日风传,官制即将变更,理藩院首当其冲。人心惶惶之际,我被一位同乡拉着,去关学会听人讲演。主讲者就是张姓少年,他大肆抨击官制之弊,一口气报出十三个可裁衙门,第一个就是理藩院。他还特别申明,此非康党新识,早在甲午战前,陈炽即在《庸书》中提出此一主张。"

廖寿恒似被提醒,立起身来,从书架上找到一本小书,正是《庸书》。他翻到"乡官"一章,默念一阵道:"你看,在这里,'会同四译馆可并于理藩院',说得一清二楚,理藩院不仅不裁,还要加强,你怎么就惶惶起来?"门生接过那书,细细阅读,长长舒了一口气,转眼又提心吊胆:"姓张的言之凿凿,康君所上折片,已经得旨允行,无论两署议驳议准,皆难阻遏大势。他还说,为了杀一儆百,要拿一个一品衙门开刀。"

门生考较得很琐碎,让廖寿恒厌烦又怜悯。他只好说,朝廷不会叫大家没饭吃,把那位门生打发走。廖寿恒暗自思量,这是无根之言,却非空穴来风。康有为

的改制真意,激动了众官的自保真情,若不拼个你死我活,恐怕不会罢休。果不其然,一夜之间,谣言如旱天飞蝗遮天蔽日,都是有关撤衙裁官的。

这天下午,廖寿恒正在刑部办事,来了一位不速之客,江苏同乡盛宣怀。他的正式官衔是大理寺少卿,真正职权是一大堆督办。见面寒暄后,廖寿恒动问他的来意,盛宣怀含笑道:"卑职是向顶头上司报到的。"廖寿恒惊奇道:"我和你八竿子打不着,怎么成了顶头?"盛宣怀道:"大理寺要并入刑部,连衙门口卖烧饼的都知道。他向我的马夫打听,大理寺何时关门,他要预先挪摊儿。"廖寿恒不禁咋舌:"传得这么邪乎?杏荪,你对此事有何高见?"盛宣怀道:"我们这溜边儿当差的,连低见都说不好。我倒想请康先生去南洋公学,专管办学育才。可我那小庙门,哪盛下大菩萨?"他的意思是让康有为离京,这也是诸多大员的想法,然而,可惜!

盛宣怀已然会意,扯开话头道:"卑职是为铁路事回京。仲翁知道,英、俄在中国争斗不休,竭力扩大各自势力。经过连番角逐,俄、法、比在卢汉铁路贷款上占得先机,英国本已气馁。不料新任驻华公使一到,便又挑起争端。"廖寿恒道:"是。窦纳乐到总署两次,索要津镇等五条铁路承租权。你怕总署顶不住他?"盛宣怀没讲客气:"总署顶住过什么?幸亏不止总署一家,还有军机这把大伞,能把底下人罩住。"你看他多么精明,得知军机和总署将要议事,抢先跑来烧香。

廖寿恒故意打趣:"杏荪听风就是雨,可惜风马牛不相及。议条陈与你何干?"盛宣怀狡黠地眨着眼:"条陈十二局,至少有铁路、造币,跟卑职小有瓜葛。"廖寿恒也眨眼:"六分天下有其一,你胃口倒不小。"盛宣怀手朝上指:"哪里,上头还有制度局,那才是大人们的天下。"二人相对而笑。

王文韶拟出节略,军机大臣们又来总署会商。一进大门便觉有些异样,院中人三五成群,或交头接耳,或大声争论。这里发生了什么?刚毅瞅瞅廖寿恒,廖寿恒明白其意,便呼唤总办的名字。总办急忙跑来,一边引路,一边报告,议事厅前有人张贴反诗。廖寿恒追问,什么反诗?总办纠正说,是告发反叛的打油诗。这倒新鲜,礼王和大臣们加快脚步,来到厅前,果见墙上贴着大幅白纸,草草写着:

鬼子坐衙

奸贼变法乱乾坤,要招鬼子坐衙门,

日本小鬼离得近,康梁投靠做鬼孙。

鬼头鬼脑鬼学问,鬼姓伊藤号博文,

篡我军机夺我本,制度开局可存身。

李提摩太也召进,东洋西洋二瘟神,

从此摆开迷魂阵,妖魔附体鬼毒心。

六部九卿全除尽,吾皇真成孤寡人,

梁贼如意佩相印,康豚九五可称尊。

此诗指名道姓,恶言辣语,尽管有些话像诬蔑,但它摆出的大部分事实,能跟康、梁的行为对上号。它明显冲着制度局而来,这不像是里巷小民做得出的。大臣们转着心思,跟着总办进入后院,与总署王、大臣们会合。庆王奕劻苦笑说,议事厅有一面招风墙,为了避风,今日在我的陋室集议。他说着拿出一个信封,亲手递给礼王世铎。看出世铎有点惊讶,他解释说,各位进门只看到诗,还没见到告状的人。

那是一群京城生员,得知军机和总署齐集,特来告发卖国行径。据其诉称,某月某日,某街某巷有一群力工,痛殴一名卖书商人。这引起生员们的注意,悄悄找到力工查询。力工们愤愤地说,有好多次,他们亲眼看到,这名书商出入一家日本商行,从日本人那里拿钱,跟日本女人睡觉。生员们追踪调查,发现这家商行跟购买《国闻报》的天津日商有联系,也跟上海大同译书局有瓜葛。原来,这是拴在一条线上的蚂蚱,蚂蚱头就是康有为!好一个荒诞不经的故事,王公大臣们却听得有味。"鬼子坐衙"开列的罪状,是一条留存备用的话把儿。二王决定,暂且按下不表,今日主办皇差。

酝酿了这么久,大臣们很快描画出底稿,《遵旨会议康有为条陈具奏折》,由军机会同总理衙门上奏。针对三要旨,分别有解法:康要求"大誓群臣",而四月二十三日诏定国是,即已下诏申警,应请随时饬谕;康要求"开制度局",皇上延见廷臣,

宜于随时召对,翰林院、詹事府、都察院值日之日,应轮派讲、读、编、检八人,中、赞二人,科、道四人,听候召见,考究政治,以备任使;康要求"设待诏所",我朝广开言路,各部院司员条陈事件,准由各堂官代奏,士民上书言事,准赴都察院呈递,应请饬令各衙门堂官,遇有属吏具疏呈请,应即随时代奏,毋得拘牵阻格。至于十二局,学校、邮政、武备已经办理,法律、税计、农商、造币、游历正在办理,铁路、矿务、工务准备办理,只剩下社会一局,待斟酌合宜后再办。

在等待两署议复时,光绪心里清楚,他等不来满意的结果。那为什么还要催议?一来这是必走的途径;二来呢,也许存有侥幸心理,希望在铜墙铁壁中寻到缝隙。览奏以后他不禁失笑,臣子们跟他有相同的想法,他们在制度上钻了空子。康有为的一切设计,不是古已有之,便是稍作变通,即可唾手而得。例如关于法律:"本年闰三月总理各国事务衙门议复伍廷芳奏教案迭起,应变通成法,请饬该出使大臣,博考各国律例及日本现在改订新例,酌拟条款,咨送该衙门会同刑部商办"。这就算法律局了。

关于税计:"本年五月总理各国事务衙门议复伍廷芳奏请仿行印花税,又议复陈其璋奏请饬总税务司详察华人之在关办公者,派充副税务司。"这又算税计局了。此外,造币局划归督率官银行大臣盛宣怀办理,游历局分由宗人府保奏闲散宗室出洋。最紧要的制度局,变成了轮流选召词臣言官,以清谈代实做,用旧员充新局。

总之,"此十二局者,亦并非向来所无,大抵分隶于各部及总理各国事务衙门,或散见于各项局所。果使各勤职业,办理自可裕如,正不必更立名目,转滋纷扰。宋创制置条例司,而天下骚然,明设二十四衙门,而大权旁落,其前鉴也。"如此移花接木,偷天换日,令人叹为观止。

光绪面对奏折,直看得头大如斗,一时怒火中烧,一时心灰意冷。离开御座,绕室彷徨,看着熟悉的殿宇器物,忽然想起两位先帝,他们在此的时光,究竟是如何度过的?光绪对他们所知甚少,还是在珍妃未受责罚时,听她说过一些传言。尽管没

有根据,他相信那是事实。死于忧患,不可怕;死于安乐,堪称耻辱。对于帝王,"醇酒妇人"自是邪僻,易致败亡。有鉴于此,他发誓不效咸、同二帝,宁死不当亡国之君。而上有不白之天,下有不贤之臣,前无可行之路,后无可靠之人,呜呼痛哉,万箭穿心!唏嘘良久,光绪重新审视奏章,在字里行间寻觅空子。光绪操笔在手,接连写下几道谕旨:

> 着于京师专设矿务铁路总局,特派王文韶、张荫桓专理其事,并派铁路督办盛宣怀在上海设立铁路总公司;方今力图富强,急需振兴农政,开通商务,奖励工艺,着各直省督抚认真劝导绅民,兼采中西各法,悉心开办实务。

他一口气写下七道御旨,仔细掂量,唯有铁路矿务总局看得见摸得着,其余不是重申,就是空说。可他只能走一步看一步,等到走无可走,那时又该如何?不是群臣遭黜,便是皇帝被废。光绪自问自疑,一边强打精神,尝试这不称心的办法。按照清朝制度,吏、户、礼、兵、刑、工等六部及内务府、理藩院,皆为一品衙门,每日轮流值班。翰林院早朝随吏部,詹事府早朝随户部,都察院早朝随刑部。遵照新发旨意,翰林院首日派出八名官员,听候皇上召见。

翻看着这张名单,回想着一张张面孔,光绪的心里满是厌倦。踌躇一阵,他随便点了一个名字,翰林院侍读伊克坦。这是一个蒙古人,做到侍读,难能可贵。从他口中,光绪读到一篇老生常谈。第二天由詹事府荐员,看到"中允黄思永"五个字,光绪毫不犹豫地予以召见。此人是昭信股票的倡议者,股票发行举步维艰,光绪要听听他的看法。黄思永奏称,当初急筹对日赔款,变借外债为借内债,发行公开,认购自愿,设计不为不善。可惜在推行中走了样,不少地方把认购变成捐输。例如四川总督恭寿,下令各州县按粮摊派,山东也曾计顷按亩,派分股票;更有州县私设馆所,纵容吏役横加勒索。而在领受的一方,也没把股票当作财产,有蒙古王公及喇嘛报效二十万两,再三恳求不领股票。股票成了变相派捐,结果与初衷大相违背,至今销行不足一千万两。

光绪打断他的苦经问道："你没想想为何如此?"黄思永奏道："臣原奏有言:'中国集股之举,惯于失信,人皆望而畏之。即铁路、银行、开矿诸大端,获利亦无把握,收效未卜何时,故信从者少。若因国计自强派股,皇上昭示大信,一年见利,既速且准,自非寻常股票可比。'所谓失信,最近的例子是甲午筹措军费,户部奏准各省息借商款,江苏、浙江等省办理不善,曾引发商民骚乱。在发行股票时,官和商仍照老皇历,恰恰忘了'昭示大信'四个字。究其实际,章程规定按年计息,现仅过去半年,人们认为它会失信,那要怪人心中失了'信'字。"

光绪深受触动:"人心失信,所失者除了信用,还有信义。你认为昭信股票撑得住否?"黄思永艰难回话:"奏停之折连篇累牍,有说得在理的,也有见风使舵落井下石的。臣以为不是这事不能办,而是经手之官操办不力,甚至有意走偏。即使办不下去,此次尝试也非无益,它至少叫人明白,所谓新政是一种实政,不下实力,断难做好。"

面对跪伏在地的黄思永,光绪两眼失神,心思不知飘向何方。他突然问:"如果开立——"他把"制度局"咽回去,仓促改口:"专议新政的处所,你愿不愿去当差?"黄思永心里一激,一时语塞。他明白那处所指的什么,那是一处要害,更是一大旋涡。他用力咽下一口唾沫:"微臣自认为菲才,不足以言大,却愿意吃重。臣打算办一工艺局,或者纸烟厂,力求对国对乡有点实用。"

这就叫人各有志,这位头名状元,不愿像末位进士康有为那样呼风唤雨。光绪的感慨尚未停息,康有为又向宫中吹风了。他选中农商局这一项,写出《请开农学堂地质局以兴农殖民折》。康折仍以日本为样本,列述农商部、劝农局、各级农会等设置,并附呈《日本地产一览图》。这还算泛泛而谈,康有为描述日本和西方的耕种情景,引起了光绪的极大兴趣:"田样各等,机器车各式,农夫人人可以讲求。鸟粪可以培肥,电气可以速成,沸汤可以暖地脉,玻罩可以御寒气。播种一日可及数百亩,刈禾则一人可兼数百工。播种一粒,可收一万八千粒,千粒可食人一岁,二亩可食人一家。用灰石磷酸骨粉,能以瘠壤为腴壤,化小种为大种,化淡质为浓质,易少熟以多熟。"

做皇帝的，虽未目睹过农夫力田，"锄禾日当午，汗滴禾下土"是常念的，"大饥荒，人相食"的记载是常见的。若真能"千粒可食人一岁"，王朝的诸多难题将迎刃而解，皇家可就轻松多了！康有为请令各省府州县皆立农学堂，每省开一地质局，译农书，绘地图，延请化学师研究土质地况。最后重提设立农商局之请，等于再将两署一军。光绪由此想到，兴农殖民为富国之本，地利日辟则物产日丰，商务亦可日渐扩充，是训农通商惠工之本。

"农工商总局"，五个字突然闪出，使得光绪心头一跳。他想，慢着，此乃大事，需请懿旨。按计划三天后再去园，他要不要等待三天？一边犹豫，一边开始动手拟旨："着即于京师设立农工商总局，派直隶霸昌道端方，直隶候补道徐建寅、吴懋鼎为督理。各省府州县皆立农务学堂，开农会，刊农报，购农器，工学、商学各事，亦着认真举办。各直省即由该督抚设立分局，遴派通达时务公正廉明之绅士二三员，总司其事。"谕旨明发后，光绪还在踌躇，这是独自所做的决断，是否不妥？可他看重那个"即"字，即决即行，岂不快哉！

端方由刚毅保荐，吴懋鼎由王文韶保荐，徐建寅由裕禄保荐，三人均直接或间接与直隶有关，而直隶总督现为荣禄。这也是光绪敢于任用的隐性原因，显性原因则是，他们都与康党无关。康有为的建策，为他人作嫁衣裳，情势如此，无可奈何。端、吴很快到京，徐建寅现任福州船政局提调，接旨后尚待交卸。端方是满洲正白旗人，由举人捐员外郎，是正宗的京油子。吴懋鼎是天津的大买办，曾在李鸿章幕中做事，办有天津自来水公司等企业。

两人联手办事顺利，旨下半个月后，便在椿树胡同选址开局。农工商总局超在铁路局的前面，是康有为促成的新鲜事，有人怂恿康有为去看看。康有为还没打定主意，吴懋鼎倒先来拜访。他是由于式枚引来的，同行的还有张振勋。张振勋是广东大埔人，侨居南洋，经商致富，曾任清朝驻槟榔屿领事。盛宣怀任登莱青道时，张振勋应邀赴烟台，创办张裕葡萄酒公司。而今张裕已办出了名堂，其酒品在京津颇有销路。张振勋馈赠一批葡萄酒，请同乡大贤品尝赏鉴。来客委婉地请他题词，康

有为信手拈来："葡萄美酒夜杯光,买醉他乡作故乡。倾倒八仙张果老,烟台蓦见紫霞裳。"八仙典故用得妙,张振勋很高兴。吴懋鼎也很高兴,他此来负有一项使命:最近由王文韶上殿面奏,北洋出口以驼绒羊毛为大宗,请于天津就地购机,仿造呢绒羽毯等物,亦可开拓利源。

光绪即着寄谕荣禄,饬令吴懋鼎、张振勋合力筹办。恰巧盛宣怀为了督修卢汉北段工程,来到天津,对这桩新业重新规划。葡萄酒与自来水交汇,羊毛线与骆驼绒共舞,时下天津百业兴旺,急需康先生这样的大才,去指点八仙如何过海,不知先生愿赐教否? 含意很明显,是想把他纳入洋务的范围。

康有为笑问于式枚:"请问这是谁的盛情?"于式枚笑答:"请不要以为只有一个姓盛的,还有姓于的,甚至姓李的。"康有为上了心:"姓李的? 他老人家肯操这份心?"于式枚明言道:"这是我私下揣摩的。直隶是他的老窝,盛杏荪创办的北洋大学堂,可让大才小试牛刀。先生与其困坐,何如出行?"康有为发出深长叹息:"有为当初进京,原为求取功名,历次上书投呈,不过略尽本分。而上邀圣主之知,中得同仁之助,下有士林之期。此非为德能所致,归根在于人心不死。奔走至今,处处受挫,也得追究到某些人心,不是人心不古,而是太古太老,以致无可救药。雷霆都劈不开的困境,牛刀又有何用? 看来康有为要有负天下人了!"

吴懋鼎将话扯开,要请康有为上街便宴,届时端方也将奉陪。这是什么意思,酬谢他奏请开局? 康有为婉言谢绝,于、吴告辞而去,张振勋留了下来,因为他就借住在粤馆。二人闲谈一阵,康广仁从街上回来了,康有为把他唤来,想让弟弟学一点生意经。这哪是一时半刻学得到的? 张振勋讪讪地,把话从北京扯到家乡,扯到南洋。张振勋感叹说,闯南洋的乡亲大都发财了,并非因其善于经营,而是由于风土适宜。

康有为明白,张振勋是绕着弯劝他,叫他明白"树挪死,人挪活"的道理。可他往哪儿挪? 天津有荣禄,广东有谭钟麟,上海有刘坤一,湖广有老奸巨猾的张之洞。北京有什么? 北京有针插不进的铁板铮铮,有滴水不漏的天网恢恢! 走投无路的康有为,只能在南海馆和金顶庙之间踽踽独行,像釜底游鱼一般苟延残喘。

胸中的那团忿火，促使康有为抛开禁忌，竟对张振勋吐露心事。他说的是："不瞒张兄，瞻望前途，本人自料凶多吉少，只因心志已决，生死付之度外。然而舍弟乃是布衣，并未沾被皇家雨露，不宜居此同归于尽。舍弟为人忠厚，有时失于倔直，虽可执业自立，终难叫我放心。今日不揣冒昧，烦请代为一决，是让他回到上海，在盛杏荪处求一差使，还是径去天津或烟台，跟着张兄学生意好？"

此言出乎意料，张振勋还在思量，却听康广仁带着哭音道："大哥，你怎么赶我走？"康有为伸手拍拍他的肩："老二，这话在心里存久了，我还没想对你说。而今风声渐紧，不是说我们闯了祸，是有人要把祸安到咱头上。兄弟同根连枝，总得留下一个，做母亲晚年之靠。事情是我做的——"康广仁忽地站起："我也做了，我不怕！我跟他们拼了！"康有为直皱眉："拼？跟谁拼？拼都找不到冤家对头，这就是眼前的情势。老二我跟你说——"康广仁大声叫："哥你别说了，我只跟着你！"

这一对难兄难弟，令张振勋颇为感动。说话间过了三天，吴、张再次登门，却是端方专诚请客。为了不劳康先生跑腿，端方特意假座"陈李满"饭庄。见康有为有些蒙，吴懋鼎解释说，这是新开的一家饭庄，就在南海馆的对面，跨过街就到了。端方跑到近边设宴，是要打消康有为的顾虑。如此殷勤无法推辞，何况端方并非泛泛之辈，且不说他历任工部郎中，此人还是金石名家，潘祖荫、翁同龢等高人雅士，都赞赏其眼光和识力。

康有为跟随二位，走出馆门跨过街，果然见端方与于式枚一起，立在那家饭庄门首。大家作揖寒暄，正要转身进店，一辆骡车驶近，端方说声："仲虎赶来了。康先生，你跟他是否熟识？"仲虎就是徐建寅，自幼随其父徐寿学制造，是中国少有的技术专家。

康有为一边回话，一边跟徐建寅互致问候。一行人进店门，五十多岁的店老板迎上来，哈着腰咧嘴傻笑。几名伙计也是一副傻相，到订好的雅间落座闲话。康有为有些纳闷，端方怎会看上这家食馆？端方笑着给他释疑："这老头子装傻。你道为何叫陈李满？这包含三种京城名吃。第一'小肠陈'，本店开在南横东街，专营卤煮小肠；第二'褡裢李'，擅做褡裢火烧，店址大栅栏门框胡同；第三'爆肚满'，那是

油爆猪肚，老店在南横西街。这老家伙把三家长处剽学来，生怕人家找麻烦，便装出没心没肺的样子，其实谁也没他精。"于式枚把赞扬糅进疑问里："他这店没开几天，你怎么就发现了？"端方得意道："我是胡同串子，处处留心皆学问，吃又是天下第一学问。哈哈，长素先生要怪我没出息了。"康有为承情地应答："店开在鼻子底下，我竟熟视无睹，若非午桥兄指点，我还在迷津里打盹呢。"于式枚用欣慰的语气道："好在不是沉睡，醒来可以尝鲜——哎哎，怎么说来就来了？"

进来的是个伙计，从托盘上搬下一只径尺大盘，盘中满是金黄翠绿，阵阵鲜香扑鼻而来。端方竟也愕然："这是什么？"伙计忙着摆设碟匙，大着舌头道："炒，炒——"端方欢叫："炒疙瘩！"他面朝康有为卖弄："这又是京城一绝。将面团揪成黄豆大小的疙瘩，煮熟晾晒，加入煸炒的牛羊肉丝，入锅煎炒，配上蒜苗、豆芽、黄瓜丁即成。此店开于前门外大纱帽李胡同，是回民马氏兄弟创制的，又叫这老憨精学来了。"

满场欢笑，一阵礼敬，大家先举杯，再动箸，享用这热热乎乎的京中风味。褡裢火烧上来了，这不是以面为主的吃食，它是用面片包裹虾肉、海参、肥瘦猪肉、各色佐料，在平底锅中煎得酥焦，与酸辣汤搭配端上的。由于形如人们腰间的褡裢，被亲切地叫成这个名字。爆猪肚和卤小肠，也都是不起眼的民间小吃，然其滋味耐于品嚼，绝不输于同时上桌的一品官燕、通天鱼翅之类。在应接不暇中，康有为已有醺醺醉意，他在感谢中发牢骚："享君一席饭，始知十年失。我若在京师地面开一小馆，也应当干出名堂了。"端方道："啊呀，大贤与小馆，这是哪跟哪？农工商总局乃先生奏开，我想求教都没敢开口，你怎么去做炒疙瘩？"康有为道："疙瘩要炒好也不容易——"

话语被院中争吵打断，只见两个人走出穿堂，其中一人披散着头发，衣衫褴褛，像个乞丐。他纠缠着向另一人讨钱，那人大声呵斥，摆脱追踪，快步走来。看出这人竟是文悌，康有为暗暗吃惊，见他只身一人，在座的不至于让他胡闹，便又放下心来。

文悌笑眯眯跨进屋："闯宴的来了，还不迎接？"端方等几位立起身，端方显然不

太情愿:"仲恭兄,哪阵风把你吹了来?"文悌道:"满面春风,两袖清风。是这样,上谕令拨的贵局经费,堂官们派我通知。到椿树胡同未见着三位,循踪闻香到了这里,蹭吃蹭喝来也。"端方语带警告:"蹭吃可以,蹭痒不行。我把丑话说在前头——"

文悌接话:"我把丑事掖在兜里。"他瞅瞅稳坐不动的康有为,便又对端方笑:"康工部和午桥同出工部,前世有缘——"端方拉过一把椅子,叫他坐得远离康有为:"莫说前世,你别现世就行了。我不管你们有何过节,闹我场子我可不依。"文悌告饶:"是是是,我正黄旗干不过你正白旗。闹什么闹,我对长素先生满怀敬意。"

康有为这才接腔:"此言不虚,你入台第一疏,就是我代拟的。可惜你此后变卦了。"文悌答道:"那叫君子爱人以德——"端方打断他的话:"莫如君子爱人以色。食色,性也,我给二位劝和。"起身斟了两杯酒,分奉二人,二人各怀心思一饮而尽。

康有为只觉火入热肠,浑身灼烫,欲罢不能:"我与文仲恭的恩怨情仇,像褡裢火烧一样牵连不清。"于式枚连忙打岔:"来来来,甜浆粥,喝下去肠胃就清了。"康有为不听劝:"口蜜腹剑,甜不甜? 明面与人称兄道弟,暗中却去鼠窃狗偷,人而无信,不知其可。"文悌满面笑:"我知其可,可买折,可勾人,可装鬼,可欺神。"康有为哂笑:"欺神也可,可别叫人当了枪使。"文悌傲然:"堂堂国族,谁敢使我? 有诗为证:不支箭靶不当枪,梦破康梁煮秕糠。孔子称王蓄异志,上师宣教肆雌黄。"

四、多方争夺《时务报》

康有为不由长叹:"蛇咬一口,入骨三分。文仲恭真是毒虫啊! 说不得我也还你一诗:发昏将到十三章,蛇毒蚊精枉断肠。检点伥人无一是,奔丧陪葬补棺忙。"这也挖苦得厉害,文悌哪里咽得下:"奇书骇世诩明堂,神道魔宗作教皇。余唾党人争染指,潜移柱础蛀宫墙。"康有为冷冷一哼:"藩篱本性欲高墙,一统孤楼自不王。

白眼朝天青眼我,敢劳文悌上弹章。"他只顾作诗反驳,文悌在鸡蛋里挑出了骨头:"高墙?一统?皇家宫城才有高墙,你虽自称不王,却要一统城楼。白眼朝天,心蓄异志,青眼向己,固结党羽。诸位,这是反诗,出自康口,入于众耳——"

见他要拉众人做证,端方将一碟小菜猪耳朵,搁在文悌的座位前:"耳什么耳?耳鼻手眼口,猪羊鸡鸭狗。劝你好好吃,莫叫人拿走。"于式枚跟着和稀泥:"打油诗,不打油,一把勺子搅稀稠。兄弟饿了,还不上饭?"端方忙叫:"上饭上饭,店主东,上爆肚!再来份儿卤煮火烧、白水羊头,叫咱文大人尝尝鲜。"大厨间里闷声答应,这边文悌仍不消停:"打油诗写不好,咱们对对子。我在街上听到一句上联:大材生南海,小草死北京,占此善恶。哪位续对?"这确是街巷流传,诅咒康有为的。端方假作没听见,起身招呼端菜的店伙计。

文悌自问自答:"无人接对,我来续貂:伯兄潜东城,季弟戮西市,主何吉凶?"

听他如此恶毒,康有为怒从心头起,便要跃起扑过去。

不料从门外跨进一人,蓬乱的头发遮掩了面目,伸出的两手就像铁钳,紧紧揪住文悌的辫子,牵羊一般扯出了屋子。乱发中吐出咒骂声:"文悌,你这猪狗不如的奸贼!"文悌惊叫:"疯子,疯子!"那人大吼:"我是疯子,你是伪君子,老子打死你!"将文悌踹倒,拳脚交加,打得文悌吱哇叫唤。端盘的店伙计目瞪口呆,屋内的食客蜂拥而出,好一阵才醒过神,上前拦住行凶的疯子。于式枚最先认出那人:"陈次亮!"那个乞丐龇了龇牙:"是我,我想杀了这东西。"端方不知该怨哪个,扶起文悌,见他鼻青脸肿,狼狈不堪。

酒席无法敷衍了,大家草草散场,端方等人送文悌回家,康有为同陈炽回南海馆。

此时暮色已深,康有为亲自打了水来,要陈炽净面束发。陈炽仍然气哼哼地说:"当众拳打镇关西,恨不真作鲁智深!这等世道,这等人物,谁能消受?"康有为竭力劝慰,询问陈炽近况。陈炽言之慨然,老母亡故,遵制丁忧,他此时本应远在江西。然他环顾形势,如卧针毡,只有离家出走,再做孤旅游魂。京师本是危地,不是失心疯,怎会来赴死?京中乱象,千奇百怪,正人君子所言所行,似乎比疯子还要

疯。听到这里，康有为提出久存的疑问："吾兄是真狂还是装疯？"陈炽反问："似此世界，如果不疯，试问活得下去否？"

他没有正面回答，却使人豁然开朗。康有为由此想到，杨深秀、宋伯鲁、徐致靖等得力同仁，都是陈炽介绍给他的。真人不露相，这位军机章京，胸藏军机，深不可测。面对陋室昏灯，二人一吐为快。康有为的不少建策，都能从陈炽的《上皇帝万言书》中找到影子。万言书的结束语，他至今还能朗朗背诵："微臣备员枢直，既已确有所知，诚不忍缄默不言，坐视倾覆危亡之惨。明知越职言事，触犯忌讳，国有常刑。然朝廷养士二百余年，当此大利大害，间不容发之际，若竟无一人能知之，能言之，亦古今之深耻也。既已披肝沥胆，将积年所病，痛陈于君父之前，虽退就斧锧，更无所恨。"

自己三年前写下的文字，今从康有为口中念出，陈炽别有一番滋味在心头："长素真是有心人哪！你的历次上书，我捧读时失声痛哭，以为必能撼动天庭，别开生面，而今如何？说来好笑，我在上书中说：西人言曰，天下万国，最贪者，中国之官；最坏者，日本之民；而各国俸钱，亦无如中国之少者。我的主张是减冗员，增官俸，想学西方的高薪养廉。可是你看，这些俸银最少的官员，哪一个不是脑满肠肥？可我还要给他们增薪，我，就是我！"

陈炽握着拳，把自己的胸脯捶得山响，令康有为有些诧异。陈炽感觉到了，苦苦一笑："这就是疯象，不由自主。现在看来，冗官是变法最大的障碍，文悌之流就是明证。要想釜底抽薪，须先撤衙裁官。打烂盆盆罐罐，吓跑吃白饭的，才好着手做事。"

康有为道："我何尝不想这么干，可这是要砍命根子，官儿们哪能不拼命。不得已才绕开，设新局，留旧衙，把清闲菩萨供起来。"陈炽道："清闲？他们张忙着呢！忙什么？忙钻营，忙揽财，忙作恶。不把他们一扫而空，你的局怎么开得成？"轮到康有为苦笑了："次亮啊，怎么扫空？皇上大振乾纲，也只将文悌发回原衙，并未使他夹起尾巴。说到底——"陈炽接话："你想旧瓶装新酒，他要换汤不换药，两下永远说不通。你在勉为其难，我不该给你添堵。这灭衙裁官的'恶行'，我找别人来

办。开制度局的壮举,还得靠仁兄设法推动,以免胎死腹中。"

听这口气,是他在幕后策划全局,康有为颇感别扭。康先生哪会听人指挥,制度局行不通,他可以另立名目;小臣叩不开门,他可以搬出大臣。这回他想请李端棻上奏,当然要由梁启超去运动。过了几天,仓场侍郎李端棻上奏《敬陈管见折》,请皇上特开懋勤殿,选博通时务人才以备顾问,议制度。光绪将此折分交孙家鼐、奕劻议复。梁启超借机向老师进言,我们不能吊死在一棵树上——讲学和办报,是可以栖身的大树,如果枝繁叶茂,就有本钱可使。《时务报》就是另一棵树,现在由汪康年把持,跟康党分道扬镳,为何不夺回自办?

康有为认为此言有理,便让梁启超草拟一折,交宋伯鲁代上。宋折称言:梁启超在上海设一《时务报》局,议论明达,翻译详博,为开通风气致力最多。惟自梁离沪后,局中人员办理不善,以致经费不继,即将闭馆,实可惋惜。臣以为译书译报可以并重,梁启超一人似可兼任。请明降谕旨,将上海《时务报》改为《时务官报》,责成该举人实力办理。其官报局则移设京都,以上海为分局,梁启超仍饬往来京沪,总持其事。至各省民间所立之报馆言论,皆令先送官报局,责令梁启超悉心稽核。

对于这一奏折,光绪又批交孙家鼐议复。孙家鼐阅后暗暗吃惊,康、梁的胃口着实不小,不仅要拿回《时务报》,还要统管全国各报,身在北京坐,遥控天下舌!孙家鼐坐在议事厅挠头,人报庆王亲临吏部。孙家鼐赶紧出迎,将王爷接入厅中。

关于懋勤殿事,上谕分交二人,二人都想探探对方的口风。寒暄之后,奕劻说道:"我发现一可笑之事,所以急急赶来,不过,也许燮臣早知道了。"这像卖关子,孙家鼐越发注意:"请王爷示下,臣还蒙在鼓里呢。"奕劻道:"李端棻上《敬陈管见折》,共讲四条,着重讲懋勤殿。三个月前,有一个人上《敬陈管见折》,也有四条,也讲懋勤殿。"孙家鼐喔了一声:"有这等事? 那人是谁?"奕劻很是得意:"你再也想不到,是文悌!"孙家鼐不禁吃惊:"文仲恭!"奕劻鄙夷道:"什么仲恭,不恭不敬! 当初他与康有为走得很近,谁知安的什么心?"

孙家鼐只好陪着叹息。二人说起懋勤殿的典故,那是在国初盛世,康熙皇帝在

南书房、懋勤殿等处，经常召见文学之臣，讲说文史，品评诗画，当然也会议论时政。康有为借古讽今，图谋由此跻身内廷，变动朝纲。把这一条说透以后，懋勤殿的奏议便有了结论，话头转到《时务报》上。奕劻没把报纸放在眼里，他想要就给他吧，叫几张纸吸引住他，免得到处惹麻烦。孙家鼐笑对奕劻："王爷事繁，恐怕不知全国共有多少报馆。据臣大略统计，有三四十家，遍及天津、上海、长沙、澳门等通都大邑，其中《国闻报》《湘学报》《知新报》等，影响与《时务报》不相上下。这些如果统揽于一人之手，这个人的神通必将不可限量。"奕劻愣愣道："统揽？怎会让他统揽？"孙家鼐道："官报局移设京都，以上海为分局，由官局稽核各报言论，这是宋折要求的。"奕劻不以为意："他要求，你不给，事情不就结了？"孙家鼐笑了笑："是啊，可这就吸引不住他，王爷的耳根难得清净。"

奕劻若有所悟："唔，你是说？"孙家鼐道："臣还没有想妥。宋折最厉害的一着，是由康、梁拟定报律，经手将报册恭呈御览，从而获得钦定权威。康有为的种种设计，皆萦绕于'钦定'二字。诸臣对其层层设防，亦皆着眼于此。然须讲究分寸，不宜一概排斥，如果过于拂逆上意，也不合臣子之分。"话中深意，是请庆王顾念皇上，对刚毅等人的固执有所约束，以免僵局更僵。

奕劻轻轻点头，这便起身告别。孙家鼐便着手处理《时务报》事不提。梁启超与汪康年的此番争执，引发了各方紧张的活动。这天汪大燮求见孙家鼐，为其堂弟汪康年叫屈。汪大燮是进士出身，现做张荫桓的幕僚，常与上海互通讯息。康、梁求改官报的理由，指称"汪康年尽亏巨款"，汪大燮说此乃污蔑。今年正月至六月，盈余二千三百八十七两半。报册订数更是逐月加增，营业兴旺，何亏之有？

汪康年也是以进士身份出京的，孙家鼐对他并不陌生。此人眼光开阔，文笔亦佳，同为维新人士，却不像康有为那般牛性。康几乎成为各方"公敌"，汪康年与之对抗，似可巧作利用。孙家鼐告诉汪大燮，驻日公使裕庚致函总署称："孙文久未离日本，在日本开中西大同学校，专与时务报馆诸人通。"这是很严重的指控，而汪康年恰于年初有日本之行，使其难于自解。为汪康年计，离沪另作他图，或者径赴京师，想能消除嫌疑。

　　孙家鼐点到为止，汪大燮回去后揣摩，这是要汪康年离开《时务报》，似有将其收入幕中之意。他将此情函告汪康年，汪康年不愿舍弃报馆，也不愿开罪孙家鼐，函请堂兄摸清底细，再做决定。孙家鼐做好了铺垫，首先上奏《议复李端棻所奏说片》，称其请皇上选择人才在懋勤殿行走，应为亲近贤人之意。然朝夕侍从之臣，不专选取才华，尤须确知心术。方今讲求西法，臣以为若参用公取之法，先采乡评，博考众论，则贤否易于分辨。这里仍从心术立论，辅之以公取，决之于众论，使康有为断难脱颖而出。

　　庆王奕劻同时上奏说片，驳斥李端棻的奏议。打消了懋勤殿的妄想后，孙家鼐才上《遵议上海〈时务报〉改为官报折》，奏请准许改为官报。对于《时务官报》设于京师的建议，孙家鼐未置一词；对于由梁启超综合各报的建议，孙家鼐的意见正相反，请饬各省督抚分别送交；报纸到京后，由孙家鼐督令官书局人员选择，上呈御览；对新设的《时务官报》提出严格要求，明令主笔者审慎议论，如有颠倒是非，混淆黑白，渎乱宸聪者，将予咎责。

　　这篇奏议最出人意料之处，是这样几句话："该御史请以梁启超督同向来主笔人等实力办理，查梁启超奉旨办理译书事务，现在学堂既开，急待译书，以供士子讲习，若兼办官报，恐分译书功课。可否以康有为督办官报之处，恭请圣裁。"真是神来之笔！康、梁要夺回《时务报》，孙家鼐乘机送康出京，四两拨千斤，一箭获双雕。两折递上，孙家鼐稳坐钓鱼台，等着鱼儿来吞钩。果然，汪大燮与黄绍箕一同来谒，探问对汪康年的将来有何安排。孙家鼐打算让汪康年进入官书局，专办选录进呈报务。他嘱咐汪大燮致函上海，敦促汪康年先来办差，然后再行奏派，那样可以不着痕迹。

　　孙家鼐的谋划老练周密，使光绪皇帝大失所望，却也有一种如释重负的感觉。制度局、懋勤殿一一落空，康有为留京又有何用？此人是一切争斗的根由，让他离开，裂痕得以弥缝，新政或可推行。况且由他办报，将能振聋发聩，引领舆论趋向维新。光绪当即明发谕旨，将《时务报》改为官报，派康有为督办其事，所出之报，随时呈进；至各报体例，自应以胪陈利弊、开广见闻为主，中外时事均许据实昌言，不必

意存忌讳。

康有为聆闻此旨，如受当头一棒，康广仁却逮住了脱身的机会，央求梁启超忠告哥哥。梁启超颇感为难，孙家鼐以梁无法分身为理由，将康排挤出京，他怎好出面劝康？康有为看透了弟子的心理，主动找他商量。身处荆棘丛中，遭遇重重围困，其实用不着犹豫。

梁启超直话直说，当权人物最警惕的是，老师热衷于进入中枢，以取代他们的地位。不如以退为进，消除各方敌意，待机卷土重来。况且谕旨已下，至少也得摆出退的姿态，跟他们讲讲价钱。康有为具折谢恩，请饬两江总督每月拨款一千两，并将订阅范围扩大为全省文武衙门、差局、书院、学堂。最后提出"既为官报，似应分设京师"，重申京师设局之请。该折附片，针对孙家鼐关于"颠倒是非，混淆黑白"的警告，声称："当开新守旧并立倾轧之时，是非黑白未有定论，他日或有深文罗织，诬以颠倒混淆之罪，臣岂能当此重咎？"因此要求模仿西方报律，由臣酌定中国报律，呈请钦定颁行。

这份折片仍请廖寿恒代递，廖寿恒不得不捏着鼻子照办，暗中打点脱身的腹稿。光绪阅看后，一概准奏，面见军机时，交代廖寿恒传谕康、孙双方。廖寿恒慌忙上奏："臣启奏皇上，此后办理官报事宜，请令康有为径向孙家鼐商办。"光绪有些不解："为什么？"廖寿恒道："报纸事务细致广博，有时一字之差，或有千里之谬，臣恐传语出错，贻误大局。"听上去他说得有理，光绪即时允准。几位军机憋着笑，议罢事退出后，刚毅哈哈出声："恭喜贺喜，脱离苦海，你得请客。"廖寿恒苦着脸："可惜只脱一半，你若替我传知康有为，我办罗天大醮谢你。"刚毅龇着牙："把我当妖敬呀？我先吃了你，再吃康有为。"

康有为对这一差使倒很开心，得知孙家鼐离部回家，他兴冲冲地赶往孙府。通报进去，孙家鼐很是惊讶，不知这位为何而来。他先到客厅等候，康有为被引进屋，孙家鼐才做出起身的架势。康有为心中踌躇，面对这位重臣，他难免有点惶恐，不想造次讨嫌。可他没管住舌头，三个字冲口而出："有旨意。"孙家鼐大吃一惊，身子半立半屈，接着扑地跪倒。康有为只好硬着头皮说下去："本日军机大臣面奉谕旨：

令将筹办官报事宜,与孙家鼐说。"

孙家鼐伏地无声,身子却在抖战,分明怒不可遏。康有为僵在那里,不知如何下台,客厅中一时冷场,连庭院间的鸟雀都噤不作声。孙家鼐挣扎着爬起,盯了康有为一眼,声调平静如常:"与孙家鼐说,要说何事?"康有为依次说了拨款、订阅、报律等事项。

孙家鼐哼了一声:"叫你办报,经费不会叫你作难,我在奏议中即说明,开办费需数千两。并请将官报寄送各省,统计十八省一千数百州县,每月得价一二千两,常年均收二万四千两,这还算少?至于报律,谕旨明确:'该大臣所拟章程三条均属周妥。'你还要什么报律?"

康有为忙道:"中堂的章程是大纲,有为拟订实施细则,将与大纲相辅而行。西方各国皆有报律,我国仿行后,可由总署照会各国公使领事,凡洋人在租界开设报馆者,皆当遵守此律,这是各国通例,他们无法反对。"巧舌如簧!孙家鼐心里鄙夷,口上公事公办:"皇上准订你就订,订后交我审核。你什么时候去上海?"康有为倒吸一口凉气:"我想想——"心乱如麻中,康有为吐出"很快"二字。想想又觉不妥,改口道:"皇上要的书,有两本尚未编成,进呈后即时离京。"

孙家鼐又哼一声,大步走开,回到座上,抓起茶碗朝上一举。这叫端茶送客,放在眼下则是逐客。在仆从监视下,康有为仓皇辞出,到大门外方才舒出一口气。坐在回程车中,康有为昏沉如睡,将下车时如梦方醒。他并不悔作此行,比起张牙舞爪的刚毅,孙家鼐是不露齿的老虎,对他的伤害更重。今日小作回敬,皆拜皇恩所赐,谁也怪他不得。一不做,二不休,对那一直顶牛的汪康年,也要借旨敲打。

康有为回到寓所,便给汪康年写信:"昨日忽奉上谕,命弟督办报事,实出意外。殆由大臣相爱,虑其喜事太甚,故使居外,以敛其气。报事本足下与公度、卓如承强学而起。闻卓如与足下曾小有意见,然我辈同舟共济,想足下必不因此而芥蒂也。顷因进呈书籍尚未告成,须十日外乃可成行,或先奏派一二人去沪商办。"

尽管两人各怀忿气,官报事务还得遵旨商办。为了落实拨款,康有为又往吏部跑了一趟,而且代拟了一份折稿。孙家鼐修改后上奏此折,第一句话由他亲拟:"本

月十六日工部主事康有为转传军机大臣面奉谕旨：今将筹办官报事宜，与孙家鼐说。"光绪阅折时，抬眼便碰到这一句，心里咯噔一下。他仿佛看到孙师傅的面容，因满腹委屈而折皱如干枣。以师傅的崇高身份，每次传旨都由军机大臣转达，让一个区区主事登门，岂非莫大屈辱！

　　光绪忽然想起翁同龢，明知他不愿承担向康有为索书的差使，自己却执意强人所难，置帝师于窘迫境地。自己的本意是和洽双方，使帝师提携后起之秀，这次何尝不是这样。无意的失礼，是更深的伤犯。身为皇帝，光绪只能在拟旨时含蓄措辞："前据孙家鼐奏遵议上海《时务报》改为官报、请派康有为督办其事，并据廖寿恒面奏，嗣后办理官报事宜，应令康有为向孙家鼐商办，当经谕令由总理衙门传知康有为遵照。"强调此事起因于廖寿恒面奏，而廖兼总署大臣，由其传知总署章京，为顺理成章之举。皇帝为一臣子用心良苦，也可视为殊恩。其实，即使不作曲意安抚，以孙家鼐之宽厚，也是不会斤斤计较的。他为开办经费请款六千两，已由总署电令上海道①拨付。这叫兵马未动，粮草先行，康有为没有理由推三阻四了。

　　康南海被放出京的消息，在津、沪不胫而走，在湖广也引起震动。对于康有为的失势，张督幕僚都很高兴，然康鸠要占汪鹊之巢，却使他们惴惴不安。张之洞亲自电询儿子张权："宋伯鲁请将《时务报》改官报折及孙燮相请派康办折，大意如何？馆中款项须归康否？言明汪康年办理不善否？速摘要电告。"隔天又问："康肯出京否？"这就是京师与外地的不同，张之洞贵为总督，并有黄绍箕、杨锐等为其坐京侦探，对内幕机密也有隔岸观火般的感受。

　　作为被取代的一个，汪康年比任何人更焦灼。尽管孙家鼐为他安排得不错，他却担心入京的出路。在官书局选报，说起来挺漂亮，其实却是顶没味的差事，有他不多没他不少。京城谋事之难，只看康有为的下场便知。离开《时务报》，他什么都不是，汪康年就此打定主意，急电武昌求援。张之洞很快回一急电："闻派康管上海

---

　　①　上海道，为清朝略高于上海县、松江府，低于江苏省的行政区。

官报局,大局坏矣。此事甚难维持,唯有速请节庵为总理,即日刊布,则康虽来,必有以敌之。此是急着要策,先办此节,然后可徐思补救,此外更无他法,万勿游疑。"节庵是梁鼎芬的号。

当初梁启超跟汪康年争夺报权,汪康年曾想请梁鼎芬做总理,可是又怕前门拒虎,后门迎狼,终于放弃了这一计划,使武昌方面大为失望。现在张之洞反复申明,汪康年也有剜肉补疮的准备,当即复电同意,并且提出应对之策:将"时务报"三字空名归康,而另行出版,改名《时务杂志》,与从前《时务报》一气贯注,将总理梁鼎芬的名字冠于报首。由于官报乃皇帝御批,要抬出新报与之相抗,恐怕也得奏明请旨,汪康年请求张之洞出奏。张之洞令幕友回电称,为避违旨之嫌,可将新报改名《时事新报》;而报馆在上海,与两湖无牵涉,张帅出奏似不相宜。又要插手,又怕烫着,这就是张大帅的德行。过了几天,张之洞又有了新想法,要求将报名改为《昌言报》,因为改官报的上谕中有"据实昌言"四字,用此名能跟圣旨挂上钩。

这边还在下文字功夫,康有为那边,已把接手的"钦差"派到上海。这人名叫狄葆贤,江苏溧阳人,李端棻保举其入经济特科。他由此成为康党一员,奉派到沪后,立即到时务报馆拜访汪康年。汪康年却不露面,连去几次,报馆中人都用白眼应对。狄葆贤这才知道来得孟浪了,他在上海两眼一抹黑,拿什么跟坐地虎较量?他苦思破解之法,忽然回忆起来,梁启超曾谈到一个姓曾的,二人颇有交情。那人在《字林西报》做事,狄葆贤通过一个亲戚,探听到此人名叫曾磐,是这家英文报馆的汉文访员。更巧的是,曾磐的家乡也是江苏溧阳!这是天然的桥梁,狄葆贤托人接洽,果然一搭就通,两位同乡很快见面,在推杯换盏中开颜交心。曾磐对梁启超极端推崇,称其为不世出的新闻天才,为帮康梁夺回报馆,曾磐愿助一臂之力。然而汪康年并不好惹,要想撬动他,须请得力人。赵凤昌就是这样的人,此人有候补知州的官衔,兼着好几省的洋务差事,在官商两界都吃得开。狄葆贤赶紧询问:"这位肯帮忙吗?"曾磐闪亮着满面酒红,竖起两根手指:"第一,他是江苏武进同乡;第二,他是我的儿女亲家。他敢不替咱出头!"

这句酒话没有落空。二人登门求助,赵凤昌起初不大情愿,后来还是答应试

试。他也说了两条理由:第一佩服康梁维新;第二生怕局面闹僵,让汪康年落下抗旨的罪名。三个人共同拟好一封信函,以赵凤昌的名义送出。汪康年买了这个面子,约定日期,在报馆晤谈。

四个人的会面,是两个人的交锋,汪康年开言即不友善:"康先生奉圣命,狄老兄奉康命。我不知该奉谁的命,只知尽快腾地方。我这里正忙呢,你也逼得太紧了吧?"狄葆贤和解加辩解:"到沪十多日,在下才得会汪进士,相见恨晚哪!大家都是朋友,我怕两下产生误会——"汪康年哼哼鼻子:"他误不了我,我也误不了他,狄兄请看。"他取出一份崭新的报纸。

看到"昌言报"三个字,狄葆贤吃惊地抬起眼。赵凤昌明知他在求助,便问汪康年:"这报是何来头?"

汪康年手指报纸讲解:"请看我写的跋语:康年于丙申年春,倡设《时务报》于沪滨。不意言官奏请,遂蒙优诏改为官报,复派康有为督办报务,实为草野之至荣。惟官报体制为国家所设,自断非草莽小臣所敢擅拟。谨已暂时停止,俟康工部到申,再由其筹办。本报特改名《昌言报》,仍与从前《时务报》蝉联一线,既上承圣主旁罗之至意,复仰体同志扶掖之盛心。"他念得细心,狄葆贤听得糟心:"穰卿进士,恕我直言,你有些莽撞。上头优诏改为官报,怎能擅自改为私报?康工部南下在即,你先来个窝里反,叫他如何做事?所以我劝老兄——"

汪康年不慌不忙:"老兄不要所以,我这里只有因为。因为该报并非官办,创刊以来全用私款。当初由南皮张制军捐银一千两,黄君遵宪亦捐一千,盛君宣怀五百两,邹凌瀚、吴德潇、朱竹石等各五百两,总计得银一万七千余两。"听他报账,狄葆贤觉得事情不妙,瞅了赵、曾一眼。赵凤昌替他发问:"汪兄的意思,想叫狄兄补上这款?"汪康年道:"不仅这一笔。上奏的人说我尽亏巨款,这款有多巨?报纸创办两年中,共用银七万二千六百两,这钱都变成了报章、房舍、机器等物。狄兄代康君全盘接收,便须如数交付,我也好对各位董事交代。"赵凤昌笑着看狄葆贤:"怎么样?"他怎用这种口气问我?狄葆贤疑惑地转看曾磐,曾磐这便出马:"穰卿仁兄,狄兄来沪未带银钱——"汪康年毫不留情:"不带钱来干什么?回京向康要,要到再来

讨！"

赵、曾二位扯了几句淡，陪着狄葆贤退出报馆。这一仗败得惨，狄葆贤独自回味，他大概受了捉弄。这时候，他的另一位亲友郑观应，外出公干回来了，狄葆贤方才探知赵凤昌的底细。此人早年投入张之洞的幕中，充任文巡捕，深受宠信，有"一品夫人"的奇称。几年前，大理寺卿徐致祥弹劾张之洞，涉及赵凤昌，他受到革职处分。张之洞派其驻上海，充当湖广耳目，曾磐是他罗致的"干员"。狄葆贤一头撞到网上，自认晦气，只得致电告急。

康有为接到电报，又是恼火又是吃惊。康有为去见孙家鼐，孙家鼐听说后也很生气，可他除了数落汪康年的荒唐，并未讲出处置办法。这一回康有为理直气壮，他同时向刘坤一和张之洞致电："奉旨改《时务报》为官报。汪康年私改为《昌言报》，抗旨不交。望禁发报。康有为叩。"

张之洞接阅电报后，对旁坐的梁鼎芬呵呵笑道："康有为终于给我下电令了。为了这一天，他在京中钻窟窿打洞，快把皇城掏空了。"梁鼎芬也笑："若能掏出门路，他也不会卷旗南下，抢汪穰卿的剩饭吃。我常说，康长素的结局是一只丧家犬，帅座总不信，这回见到了。"张之洞道："赵凤昌只能抵挡一阵，下一步是不是该请刘大帅打狗？"梁鼎芬道："《时务报》的根儿在湖广，刘帅不会替咱搪灾。康有为拿着鸡毛当令箭，看来还得咱出手。"张之洞道："不光湖广，还有京师呢。孙燮臣那只老狐狸，想把灾星往外推，这我也赞成。可他不能享轻闲，得替下头挡风雨。"

梁鼎芬得其授意，撰一长电发给孙家鼐："查《时务报》乃汪康年募捐集资所创开，未领官款，乃同商办。康主事辄电致两江、湖广各省，请禁发《昌言报》，殊堪诧异。康自办官报，汪自办商报，自应另立名目，为何诬为抗旨？官报有开办经费，有常年经费，皆系巨款，岂有夺商报之款以办官报之理？且近日谕旨令天津、上海、湖北、广东各报俱送钧处进呈，是朝廷正欲士民多设报馆，岂有转行禁止之理？康主事所请禁发《昌言报》一节，碍难照办。"

两江总督刘坤一，也收到了张之洞的电报。刘坤一致电总理衙门，简述争执原委，请示如何处理。总署据此上奏，这件事兜了一圈，又转到光绪的手头。光绪没

有想到,他的那道谕旨,催生出一份《昌言报》。他觉得这是好事,官报可开,私报也可开。也许是意气之争。康有为挤占位子,办报者不会高兴。康有为做事不顺,出京去也无坦途。他原本不该出京,只是想不出,他不走能干什么。

光绪心绪烦乱,近日经常这样,做不到心静如水。做皇帝的,静是内功——静不下一颗心,安不定九只鼎!光绪竭力镇定心神,想到一个人。这人是黄遵宪,微不足道的一名道员,可他牵扯到一个国,就是日本国。日本国君的诞辰在九月,为了应对这一盛典,光绪特派黄遵宪出使日本,以取代病重的裕庚。黄遵宪尚在赴京途中,他也是《时务报》的创办者,让他顺道查办此事,应是适当的安排。光绪即令总署发电湖广和两江,向黄遵宪转达此旨。这是三天前的事,现在不知此人是否到了上海。当然,这不算什么要差,奉命赴日才是要差。对于中国君臣,日本已经成为艳羡的对象,成功的楷模。虚骄不值钱,虚心才有用,只有放下天朝上国的架子,才有可能得到日本的帮助。想到这里,光绪的眼光落到御案一角,看到亲笔书写的几行文字,心里不由悸动了一下。

第八章　六堂同罢

一、强拒帝师　巧递密折

"大清国大皇帝、敬问我同洲至亲至近友邦、诞膺天佑践万世一系帝祚之大日本国大皇帝好。"

这一句话是一个抬头,冠在一封国书的前面,国书是特为黄遵宪准备的,将由黄遵宪捧交日本天皇。按照惯例,清朝的国书均由总理衙门代拟,再交皇帝审定,但是这次遣使,光绪不愿套用老路,他要亲拟国书,还要在格式、用语上打破程式,显出全新的格调。此前裕庚所赍的国书,开头是"大清国大皇帝敬问大日本国大皇帝好"。光绪挖空心思,想出一串敬语,将日本人经常自诩的"万世一系"包含在内,算是投其所好。其实更大的改动,还在国书之外。对黄遵宪的头衔,光绪打算赐予"头等钦差大臣",也就是大使之职。当时各国交往,大多派驻公使,中国从未向外派驻大使。派出特命全权驻日大使,将开外交先河,表达结好意愿,改善恶劣的周边环境。这是在外交上变政,重臣们会不会同意?

礼制是中国王朝的命根子,但到了连命都保不住的时候,仍然死要面子,那就愚不可及了。话是这样说,每每看到这行字,光绪还要犯踌躇。如此纡尊降贵,究竟值也不值?从心底说,他对日本的所谓帝系是不屑的。他们的皇权断断续续,若有若无,如此而言万世,实为诞妄浮夸。正因犹豫不决,这封国书才写了又改,停了又续,拖了几天还没完篇。好在黄遵宪尚未到京,有的是时间来推敲。光绪殷切希望,能够打磨出一封特别的国书,以改变邻邦的视听。

光绪还不知道,在他咬文嚼字的时候,邻邦有一些人士,正在中国各地活动,努力改变中国人的视听。近日有一位日本要人来华,他是新任日本首相兼外相大隈重信的秘书青柳笃桓。他的身份虽很显赫,露面时却不经过官方渠道,林权助常把他当作朋友介绍给中国人。

这天上午,这位"朋友"由王照陪同,来南海馆会见康有为。王照之所以跟他接近,是因为他为奉直小学堂捐了一批日文书。他给康有为也送来了礼物:日本和英、美等国的报刊条令,这正是康有为急需的。报律只是见面的由头,青柳笃桓跟康有为商讨的,是日中修好的大计划。青柳声称,日本先前的脱亚入欧战略,已经转变成固亚联欧规划。固亚的基石是日清同盟,同盟的前提是日中修好。修好应以文化先行,因为中日同文同种,两国国民有天然的好感。正因如此,日本接受清朝学生留日,待时机成熟后,日本还可派教师来华,甚至开设日文学校。文化交流不能局限于学生,士人、官员都应赴日考察。监察御史杨深秀,不是奏准派宗室游历了吗?听他说得兴致勃勃,康有为止不住叹息:"漪川所奏,应当批准。可是,皇上又下新旨:昨经降旨,令宗人府保荐王公贝勒等选派游历。因思近支王、贝勒等职分较尊,朕当亲行察看,毋庸保荐。其公以下闲散宗室内,如有志趣远大、才具优长者,着宗人府随时保奏。"青柳笃桓品不出奥妙,用眼光问讯。康有为含蓄解释:"皇上去了一趟颐和园,就又加强限制了。王公贝勒,参与国政的人并不多,可是仍然不敢放手。闲散宗室斗鸡走狗,玩物丧志,有谁愿出游历,游历又有何用?言念及此,令人扼腕!"

室内静默片刻，王照抬起头道："我倒有个想法，请慈圣出国一走。"康有为很是惊诧："这真叫突发奇想！慈圣出国，这可能吗？"王照惘然一笑："是不可能，然唯有如此，方可解开当前死结。世事如棋，时不我待呀。"

青柳笃恒语气诚恳："二君之言，可谓与我不谋而合。鄙人此来不是正式出使，然正因如此，倒可摆脱外交姿态，进行深入切磋。大隈政权是日本的首届政党内阁，是真正的民主体制，大隈首相的外交理念是：东方主体，支那保全，使日本成为东方领袖，以日本经验推动朝鲜与中国的变革。这样说有点妄自尊大，然而诚如王君所言，世事如棋，中国的沉沦，使领袖地位向东偏移，正所谓此一时也彼一时也。这榜样是真是假，底蕴如何？唯有实地考察，方能心中有数。所以我赞成王君的奇想，慈圣年高，驾出不易；大皇帝精力如杲杲日出，何不驾临扶桑，一探究竟？"

这下连王照也受惊了："皇帝游历？那是连贵国天皇也没做过的！"青柳笃恒笑眯眯地说："天皇没做过，彼得做过。彼得化装遍历欧陆，而后有俄国之强，大帝之称。日本的旧势力没有那么顽固，其变法如悬河飞瀑一泻无余。中华之局与帝俄初局如出一辙，采纳此法，使清朝皇帝一变而为光绪大帝，有何不可？"康有为与王照对视一眼，再发长叹："光绪大帝，何等痛快。先生此行即使别无所成，有此一祝，我等也当掬诚感谢。可惜困局如天造地设，欲求打破，似是妄想，这又使人涕泗滂沱了。"青柳笃恒使出激将法："涕泗是怯懦的表现，先生执变革牛耳，当有舍生取义之勇，岂可一味哀叹？据我所知，皇帝对先生言听计从，先生不言，便是失职。"

康有为满腹辛酸，不知从何说起："旁观者清，可难免有隔膜处，康有为只有自责无能了。不管如何，请帝出游之勇我是没有——"青柳笃恒将他截住："那你脱身出走呢，是勇还是怯？变法正激烈时，变法的设计者远离政治中心，是忠还是叛？"这个日本人如此犀利，使他一时无词以对，康有为求救似的转向王照："小航兄，你看呢？"王照目光直视："且说陈次亮的看法。昨晚我去看他，他正头痛欲裂，一边呻吟一边说：没想到康先生也有顶不住的时候。我回京来，我是逃孝；他出京去，他是逃忠。"逃忠！这种奇异的词汇，真正刺痛了康有为。呆愣半晌，他惨然笑道："众人皆叛，我为何不逃！但愿中国能逃过一死，到了那时，吾身遗臭也无所谓了。"

康有为做东,梁启超、康广仁等作陪,与东洋贵宾欢宴一晌。正如宋词咏叹的,"梦里不知身是客,一晌贪欢",贪欢之后,慵倦随之。康有为倦倚卧榻,梦眼惺忪之时,恍见榻边有一人侍立。定睛看去,见林旭立在床边,玉树临风,康有为一笑而起:"古有程门立雪,今有康榻立夏。暾谷在此,我不惧卧榻之旁,有人要来打破梦境了。"暾谷是林旭的字。林旭是沈葆桢的孙女婿,现为内阁中书。林旭有贵为康有为斟了一杯茶,笑吟吟道:"先生酒醒了?日本人的迷药吃不得的,先生不惧我惧。"康有为唔了一声:"联日联英之策,乃大人先生共识,我不记得你有异言。"林旭道:"至少一人有异言,李鸿章要联俄,这就达不成共识。福建被日本割走一大块,现又被强纳入日本范围。福建人的痛,先生在广东感受不到。"

康有为咕咚咕咚灌下茶水:"好啊,我还记得左、李挽沈诗'长戈逐日千千马,小令歌功万万章'。令岳祖台湾的威风,化作李鸿章马关的凄惨,谁任其咎?是全体中国人,广东、福建各有一份!吾非狡辩,吾乃大梦方觉之一人,吾有大任在焉。"林旭慨然道:"好啊,老师解我之惑,请消天下之疑。一纸呈上,老师一决。"他取出随带的几张纸,平摊在书桌上面。康有为问:"这是什么?"林旭答道:"这是劝进表。"康有为大惊失色,将几张纸拂于地上,压低声斥责:"小子荒唐,还不退下!"

林旭笑了笑,俯身拾起纸张,举起来念道:"一言九鼎,惟公堪当;功亏一篑,智者不取。公乃倡义之人,今诸会在京,一人南去,何忍而出此?愿公三思!"念到这里,他将那纸呈上。康有为仔细看,后面列有三条理由,都是劝他不要离京的。在闽学会、蜀学会、关学会、保浙会、保滇会、知耻学会的后面,密密麻麻地填满了人名。

一股热流溢满胸腑,康有为找不到话来说,只好还问:"这个,怎么说劝进?"林旭回答:"是劝进取,不是进位。弟子担心,老师为碰壁而灰心,遍访各会,人同此心,嘱弟子勉力挽留。"康有为唏嘘言之:"有为何德何能,劳众人如此牵挂!要知道这回不同以往,皇上明旨令我出京,我怎能抗旨?暾谷不要多说了,我会有所权衡。"

康有为早有权衡,在他的内心,从来没有打算离京。他去见孙家鼐,以送交报律为由头,催问如何查办《昌言报》。孙家鼐说,黄遵宪很快就会到上海,在此之前,总署已令两江办理。他问康有为何时起身,早走比晚走好,康督办此时若在上海,汪康年怎会节外生枝?康有为说,汪康年有人撑腰,自己若与他劈面撞上,连回旋的余地都没有,还是观望一下为好。听出了他的弦外之音,孙家鼐睁开半眯的眼:"怎么,康督办不急于赴任了?"

康有为迎着他的目光:"变生意外,恐怕不能不另作考虑。《时务报》的馆舍、人员、财产等项,一股脑儿挪作他用,所谓官报全被掏空,我此时去将无所措手。"孙家鼐的眼神显出讥诮:"长素雄心大才,岂可轻易乱了方寸。你肩上扛着圣旨,怀里揣着官银,真正有名有实。所谓的掏空,其实是腾开位置,扫清场子。你此时不去,更待何时?"康有为不眨眼:"待到《昌言报》被禁之时。"

孙家鼐有些生气:"为什么?谕旨令黄遵宪查,并未要任何人禁。"

康有为毫不退让:"皇上未令禁,下头的办事臣子应该想到禁。为什么?因为皇上日理万机,不能包揽臣子未尽之职。中堂莫怪我言重,上海道、两江总督、湖广总督,都没担起责任。中堂身为管报大臣,恐也难逃春秋贤者之责。"

孙家鼐倒被气笑了:"嗬嗬,一把子抢倒一片人,康长素你这逃席不赴的,反倒大义凛然了。孙某请教,我有何责?"康有为快嘴利舌:"我无法顺利去上海,你这管报的就难辞其咎。报馆改官是奉了旨的,汪康年违旨私改,中堂便当雷厉风行,电饬上海立予查封,连旨也不用请。劳烦皇上再次下旨,你这位帝师尽到心了吗?"

如此诛心,令孙家鼐脊梁沟发凉。仔细想想,他借机挤康出京,的确迎合了不少人的心愿,这做法是摆不到桌面上的。孙家鼐终究是正人,不好恼羞成怒,只得再和稀泥:"长素责言,令我汗颜。黄钦差和上海道已经着手,我亦电催两江、湖广,你也要及早启行,以不负皇上厚望。"

康有为竟然不肯顺从:"中堂容禀,有为仍然认为,既然要开官报,不应绕开京师。官书局已有先例,官报局与之并列,将上海设为分局,这是居高临下的顺势,而非由远及近的逆行。"孙家鼐终于耐不住性子:"好了好了,你爱拿旨意说事,旨意要

你去上海,怎么又成逆行了? 望你记取'敬心诚意'四字,谨言慎行。"

康有为虽说口气铁硬,回去后却有绝望之感。两个人都把底牌摊开,康有为敌不过孙家鼐,这是不言自明的。现在看来,对他伤害最深的,不是刚毅、荣禄之类权奸,而是翁同龢、孙家鼐两位帝师。他们并非嫉妒,而是出于歧视,担心康有为的"野狐禅"淆惑帝心,败坏朝纲。

面对冷酷的隔绝,康有为已经技穷,是否应当就此撒手? 犹豫不决之间,他已执笔在手,一个正大题目落墨于笺页上:"为大臣蒙蔽变法停滞国势日危密陈大计折"。康有为停笔端详,不由悲从中来,泪水濡湿眼眶。这样一份奏折,廖寿恒不会代递,总署不会代递,它将循何途径到达御前? 笔下早已喷涌而出,一发不可收。大臣蒙蔽,在反对康有为这一点上,他们不论新旧,总是出奇的一致。在重重包围之中,被蒙蔽的那位可就惨了。他看不见底层实况,推不动改制新法,发布的一纸纸诏书,大多沦为空文,所谓天下至尊者,其威权究何在哉! 康有为期望于他的,是一转念间而风云变色,江山顿改,臣民仰望如日月,新政迅开似雷霆。

康有为当然明白,皇帝头上罩着一层天,他不明白的是,那层天为何捅不破? 守旧臣子们总讲祖制,总讲朝纲,而制和纲都是戳破这层天的利器,皇帝为何不抡起这大刀和阔斧? 说到底,仍是那一念没有转过来,而使乾纲屈服于"坤纲"。康有为密陈的大计,便是请皇上放大胆量,坚定心志,开制度局,纳新顾问,以统筹规模,设计纲领,考订章程,制定宪法。宪法是先前的条陈中未提过的,顾问则是未明言的,这次他用"臣有为愿充其选"七个字,把那层窗户纸捅破了。这份密折他写了又改,改了又写,由于没打算上呈,所以措辞无所顾忌。等到写定之后,捧起通读一遍,康有为立刻认定,这是一剂灵丹,有药到病除之效。若不设法递上,他将有误国之罪!

可他怎么递上? 无专折上奏权的官员,请人代递必经其审阅。他这直抒胸臆的上书,通不过那些人的眼睛。他思索着可能的人选,又一个一个否定,最后将心思落在侗五爷身上。这有点匪夷所思,可是除了他,谁有那种门径,这种担当? 不管成与不成,总可试上一试。康有为派一个人去,探问侗五爷是否有暇。报回来的

原话是,"五爷天天有暇"。康有为便在约定的时刻,在约定的地点拜会。这是五爷的又一个下处,僻静的院落似一处民居,是吟诗作曲的好所在。

侗五爷见客先谈风月,他说康先生憔悴得很,此乃阴阳不调之症。他为先生备下美姬,现仍旷废而待问津,先生其有意乎? 看见康有为露齿憨笑,侗五爷大发感慨,读书君子就是刻苦,哪像我们这些混混,吃人无餍的,下流事干得比谁都多。

康有为奉承他两句诗:清狂唯见五陵少,竟将高雅比下流。五陵地在古长安,是贵族豪家的聚居区。侗五爷叹道,五陵少年,为膏粱而生,为酒色而死,不高雅还能做什么? 比如五爷我,封号辅国将军,辅不了国,将不得军,只索在戏台上拜相封侯,喂呀,苦哇! 五爷总是这样风趣,或者应称为豪侠之气,他未将贵贱亲疏放在眼里,这透出了内心的高贵。

侗五爷将话题扯回正经,他告诉康有为,他差一点去了日本。这倒是个奇闻,康有为忙问端的。原来,侗五爷去颐和园伺候,为太后唱了一出《薛仁贵征东》。康有为说,五爷差了,薛仁贵征的是高丽。侗五爷说,高丽的东边是日本,薛大将军杀得兴起,挺枪跃马征了日本。不瞒你说,我见老佛爷看得高兴,还借这个话头多说一句:奴才愿意带上一班闲散宗室,去东洋日本游历一番,给老佛爷采回一篮东洋桑葚。老佛爷不解地问,怎么不采蟠桃,偏采桑葚? 我说日本古称扶桑,他们根本没有结桃的福分。老佛爷笑着笑着脸色一寒:侗五哇,你是想唱《四郎探母》吧? 杨四郎投了番邦招为驸马,你娶个日本娘儿们还会想亲娘吗? 把我吓出一身冷汗,一个虎跳跪倒大叫:奴才带宗室兵做内应,待余老太君亲自征东,里应外合灭了东洋小子! 这才唬过那一阵,没被老佛爷压到五行山下。

揣摩其意,这位风流宗室,竟是不甘闲散,被一个白眼将野心吓成灰心。康有为连连感叹:"顾曲周郎才调,来做俳优人生,屈煞五爷了。"东吴名将周瑜熟谙音律,有顾曲周郎之称。康有为用此典故,侗五爷不敢领情:"周大都督我扮过,可我这面子上的弄臣,演不活骨子里的英杰。欲求神似,须请先生,不论诸葛还是康梁,皆可与周郎一决伯仲。"

这下换成康有为过谦了:"康门师弟皆为书生,将相之才何敢想望。明告五爷,

有为此来专为辞行,这三五日就要去上海。"佣五爷细眉挑起:"竟是真的? 风言风语康工部外放,我没往心里放。先生怎么能走?"康有为道:"奉旨督办官报,怎能不走?"佣五爷双目一立,满脸是戏台上的不屑:"官报是纸糊的冠儿,督办几品几级? 当年曹军南征,号称八十三万,诸葛亮无兵无将,却也没有逃走。先生今日,一不草船借箭,二不去祭东风,试问羞也不羞?"

康有为倏地立起,又扑通一跪,口中只叫:"不求五爷救我,求五爷救救国家。"

佣五爷搭手扶起,肃容正色说道:"康先生认错人了吧?"康有为与他正眼对视:"五爷与国同休戚,应该不作壁上观。鄙人受尽挫磨,唯有救国一念,至今执着如初,然而形单影只,终被排挤出京。康有为死不足惜,惜的是变法之局前功尽弃,将堕于万劫不复之地。"佣五爷的脸色依然冷峻:"祖宗法纪,宗室不干政治。佣五能做什么?"康有为道:"臣子有愚衷上奏宸听,可我碰上铜墙铁壁,连一封折子也递不进了。不知敢不敢请五爷设法——"

佣五爷伸手一挡,将康有为的话扼了回去。佣五爷转身踱到窗边,背对着康有为,默思有顷,缓缓回头道:"也算碰巧,有这么一个人,可以试一试。"见康有为要说话,他又先发话:"先生先回去,等我问一问。"康有为摸不着头脑,只好听命离开。回寓后独坐斗室,一颗心没个着落处。

挨到下午四点半钟,一个弟子来报,五爷要他出去。康有为赶到馆门外,见树荫里停着一辆马车,他趋步近前,五爷叫他上车。在车厢中与佣五爷相见,等到马车驶向大街,佣五爷低声说明原委。南书房有一名王姓太监,近日领命出宫公干。这份公干说来稀奇:皇宫有升平署的设置,也就是皇家戏班子,角色全由太监担任。升平署设在西华门外南池子,道光以前称作南府。王太监幼年入署学戏,十三岁时"倒仓",吃不成这门饭了。幸亏念过几页书,倒被遴选入宫,成了皇帝的贴身太监。慈禧太后戏瘾很大,皇帝为了孝敬,有时会派王太监出宫,物色戏苑妙角儿。机会就这样出现了。

听起来像一出戏。康有为感激之余,掏出那份奏折,要请佣五爷过目。佣五爷摆手止住,康有为说的是什么,他根本不敢知晓。到那里见了小王,你也不要多说,

把封奏交给他即可。两人不作声行驶了一段，恫五爷悠悠地说，昨晚还有人告诉我，康有为深得帝宠，经常潜入宫掖，皇上为他辟有密室，还拨有美姬侍寝。康有为懒得辩诬，只苦笑笑："五爷知道我想什么？我已悔作此行，因为这是无用功。"恫五爷直愣愣瞅着他："那咱折回去？"康有为说了声好，恫五爷欠起身来，似乎要发令，却又坐稳当了："先生先于众生，自当多吃些苦，我岂不知敝宗族不可救药？然而生有此身，不好无动于心。愿与先生立约，到了国亡时，请先生到我的戏班子，用写疏之笔写戏，不愁没一口饭吃。"康有为坐直身子，与恫五爷击掌，二人相视一笑。

过不多时，马车驶进一条窄巷，在不起眼的小院前停住。二人先后下车，木门无声地打开，恫五爷领头进院，走到上房门首，闪身立于门左。康有为跨步进屋，在大太阳光下落入黑暗中，眼睛花得看不清。定一定神，见不远处立着一个瘦子，头脸像干石灰一样惨白，面无表情地耷拉着眼皮。康有为犹豫了一下，赶紧将封奏捧过去，那人双手接住。康有为作了一揖，那人点一点头。康有为转身出屋，跟恫五爷回到车上，一路上不交一语，二人在沉默中分手。

光绪此时攒着眉头，正在阅那阅不尽的奏章。面前摊开的一份，就是康有为的密折。密折之来出人意料，那个出宫选角儿的太监，还寻来几出戏剧脚本。慈圣嫌宫中的戏本太俗套，光绪便给太监添加了差使，先前选回的几个本子，曾经得到慈圣的欢心。本子由王吉祥带回养心殿，由贴身太监苑长春接过放上御案。这本是平平常常的事情，光绪的心里似有感应，不经意地瞟了王吉祥一眼，从那张脸上看出了异样。他想了想，伸手拿开最上面的本子，马上看到一个封套，上有"臣工部主事康有为跪奏"字样。他将眼光向下一瞥，王吉祥当即趋前跪下。

光绪压低声音："嗯？"王吉祥叩首奏："奴才该死。奴才见到这个人，是由恫五爷引来，五爷说事关国家兴亡，奴才卑微之身，不敢梗阻言路，随事交进，请皇爷发落。"原来是恫五！皇族中总算有一个人，愿意跟他站在一起。光绪鼻端发酸，一挥手，将王吉祥挥出殿去。

等到平复了心情，他才取出奏章，看到开头的一段："臣康言：臣本经生，舌耕于草堂，不求闻达于诸侯，惟献忠荩于圣明。皇上不以臣卑鄙，识拔臣于众士之中，委

以编译之任,赐予建言之途,使臣得进刍荛,得倾所知,此诚近世未有之殊遇也。"这完全套用诸葛亮《前出师表》的词句,别扭却也别致,他为何这样干? 下面历述公车上书、办强学会、总署问话、园廷召对、开保国会诸事项,直至奉旨编书、建言献策,屡蒙采纳并见于诏旨,确有主圣臣贤之概。然其进境仅限于此,先是举步维艰,继而趑趄不前,现有倒退之虞。在代递大员的审视下,他只能吞吞吐吐,把紧要的话语压在心底。皇上特许之奏尚且如此,那么西法倡导的博采众议,如何能够想望! 变法最基本的路子,便是开放言路,荡涤旧说,集合群力以期大举。他请皇上大振乾纲,敢思,敢言,敢决,敢怒,以圣天子之一怒,展大丈夫之雄图。他以丈夫对天子,其中似有特殊含义。密折所上策略,仍以制度局为要,康有为明确表示愿充其选。这是急不择言,还是报国心切? 统观全篇,他使用诸葛亮的口吻,其实是要求相当于丞相的权力,以使他的设想落到实处。将奏折与现实对照,不能不说其态可笑,其情可悯,其志可佩,其人可哀。这个哀字,是光绪从自身经验中挖出来的,皇帝尚且如此,小臣想要如愿,其可得乎?

康有为的密折毫无秘密可言,它的曲折上达,显示变法的困境,已至破局边缘。光绪离座踱步,像在寻找出路。他的心中,盘旋着"丈夫"二字。这令人心仪的称谓,含有不可告人的秘密,由宫闱联想到床帏,他周身都是无力之感,几乎举不动步子。他无有声色之娱,唯有经史之欢,他愿在国政中成就丈夫,中兴皇朝。康有为的这番举动,激得他要下决断,可他能断什么,仍然没有着落。思来想去,只能先做可行之事,康有为所请设待诏所一条,上谕正可借题发挥。

光绪即时拟旨明发:"朝廷振兴庶务,不厌讲求,所赖大小臣工,各抒谠论,以备采择。其部院司员有条陈事件者,着由各堂官代奏。士民有上书言事者,着赴都察院呈递。毋得拘牵忌讳,稍有阻格。"以上规定早已有之,但部院堂官很少遵行,光绪希望打开口子,让频敲的堂鼓震醒各衙。过了数日,寂无回声,莫非此旨之发,又要虚应故事了?

光绪有些气闷。这天孙家鼐上朝,光绪跟他说起此事。孙家鼐分析说,司员有观望之心,士民存顾忌之情。这话听来入耳,光绪不由纳闷,师傅和康有为都有理,

为何两下不合辙？想着便问："有人奏，大臣蒙蔽以致新法搁浅，师傅怎么看？"凡是重要的奏折，即使不明发，大臣们总能听到风声，此奏为何一无所知？孙家鼐琢磨着回答："奏折如果指有其人，这好办，叫此臣回话就是了。若无确指，则此奏不是隔膜，就是妄言。司员观望就是隔膜，由于堂属之分尊卑悬隔，主事和笔帖式见了堂官，大多连话都不敢说，自然难有上条陈的勇气。"光绪问："如何使其有所起色？"孙家鼐道："待有司员上条陈时，皇上予以破格鼓励，必能打破这种局面。"光绪差一点要问，你能否破一破格，对康有为予以重用？压下这一句，光绪转问黄遵宪的行程。得知他一路生病，此时尚在武昌就医，光绪直皱眉头，怎么应召的臣子纷纷告病，这些人身子这么弱吗？他指的是谭嗣同，此人也在武昌养病。孙家鼐心里说，京中情形乱成这样，但凡在外省混得下去的，哪个愿来蹚浑水？不痛不痒地对答几句，孙家鼐出宫回到吏部，梁启超前来禀说编译局事务。由弟子想到他的老师，孙家鼐发了句感慨："并非人人不愿居京，令师就反其道而行之啊。"这话没头没脑，梁启超却一听就心知肚明："敝老师又叫中堂伤脑筋了？"孙家鼐少有的干脆："是。官报局设于上海，这是明旨规定的。"梁启超道："我也劝过老师，既然在京遭各方掣肘，何不赴沪另开新天？然而老师徘徊多日，总以皇上垂顾为念。学生以为，我老师对皇上的忠心，在有些方面超过中堂。"

二、荒野厮杀　京城聚义

梁启超常以晚辈的身份，说一些童言无忌的话语，孙家鼐并不见怪。这个后生开朗爽快，不少大官厌烦康有为，对梁启超却不乏欣赏。孙家鼐议论说，我不否认康长素谋国之忠，然而忠君也要讲究分寸，过分逾格坏了规矩，还有何事可行？梁启超笑着对答，从孔夫子开始，就在讲究君臣、夫妻、长幼、尊卑之分，讲来讲去，把我们讲成分寸之国。忽然有一天，跑来个不讲理的东洋鬼子，打乱了摆布两千年的

分寸,到今天还没修补上窟窿。规矩只能约束自己,如何拿它对付敌人？这话确难辩驳,孙家鼐便说好了好了,梁卓如的刀笔横扫千军,老夫何敢抵挡。请你回去劝告令师,旨还是要遵的,他若嫌钱少,我另外给他请款,官报局还怕敌不过《昌言报》？

打发了梁启超,孙家鼐致电武昌,催促黄遵宪。黄遵宪却在日坐愁城。他离湘北上时,张之洞派军舰"楚材号"请他乘坐。到鄂拜见后,张之洞亲赴宾馆回拜,礼遇备至。接下来便由髯帅出征了。梁鼎芬这回不骂座,利用友情来笼络。黄遵宪在新加坡总领事任上,由张之洞奏调回国,任他的洋务幕僚,历保至二品衔补用道,以至实任道台署理臬司。梁鼎芬便拿这种因缘说事,要他跟康、梁拉开距离,放汪康年一码。汪康年曾做张之洞孙子的塾师,大家都在一条船上,不可做出咬群的勾当。这是视他为自家人,话才说得直白。

黄遵宪一来承情,二来别扭,应付了几句敷衍之词,梁鼎芬一把就扯破了:"公度不要打官腔,我是为你好。时务学堂那桩公案,你以为风平浪息了？否!湘籍京官尚未罢休,岳麓学生也未低头,更厉害的是,王祭酒握有撒手锏,看看哪个不识趣,他老人家就要出手。"黄遵宪笑道:"不识趣的就是我嘛,何用他出手,你早指斥我主持康教。"梁鼎芬掀髯狞笑:"一点没亏说,你一手把梁启超拉到湖南——"黄遵宪不吃这一套:"胡子老兄,梁启超应邀来见,张大帅要大开中门,放炮出迎。他和我,到底哪个出格？"

梁鼎芬拍腿大笑:"痛快痛快,咱兄弟们说话,那叫一碰两响。告诉你,能跟我抵挡几下的不多,除非你。你日本没白去,在湖南问案的板子没白敲。咱不兜圈子,来场明交易吧。汪康年的《昌言报》,是张大帅起的名,在两江和湖广地盘上,'张旨'比谕旨差不了多少。这也是好意,把《时务报》名号归康——"

黄遵宪不买账:"这叫空名归康,也叫釜底抽薪。髯兄,《时务报》是我办起的,底细我比你门儿清,别跟我花言巧语。"梁鼎芬撸起袖管:"没有大帅撑腰,你啥也办不起来。说到底咱是一窝子,内讧伤的是自己,你算清这账没有？"黄遵宪道:"康、梁要维新,张、梁也维新,新党跟新党什么账没算清,闹得鸡飞狗跳？"梁鼎芬嗨了一

声："公度老兄刨到根儿上了！我等皆非守旧之徒，所争夺者功也名也利也禄也，定论正统归何人也。不论算哪一节，张公都远远高于康子，他凭什么在京师得大名，还要跑上海占小利？气杀我也！"黄遵宪举起两手做告饶状："老兄如此义愤填膺，遵宪只有退避三舍。不过你得教我，怎么应付那道皇旨。"梁鼎芬手一推："那是你的事，本人只管兵来将挡，水来土屯。我给汪康年致电说：兄出死力为弟，弟勿怯。无论如何，有我在，康某如要硬干，飞电告我。"黄遵宪连连叹息："这么硬的后台，我也不敢硬干。"梁鼎芬又加一码："我再念一份电文：公所言者公理，康所电者私心，弟所见正与公同，并无禁发《昌言报》之意，皆康自为之。公能主持公道，极钦佩。知不知道？这是孙燮相发给张香帅的。"

黄遵宪摆正了坐姿："知不知道，这有点过分了。更过分的还有，我听说《昌言报》要挂日本牌子。"梁鼎芬瞅过来一眼："好啊，耳朵这么长。"黄遵宪道："还听说是张公授意的。"梁鼎芬道："别说没这事，就有又如何？《国闻报》在天子脚下，不也卖给日本人了？"黄遵宪收起笑脸："这么说是真的了？为了跟康有为争斗，你竟出此下策。我知道亲日已成风气，但是髯兄，对于日本，我懂的比你、也比香帅多。你要卖身投靠，也寻一个排场点儿的，何苦去打膏药旗！"

二人不欢而散。张、梁当然不会罢手，督府幕僚走马灯一般出入宾馆，使黄遵宪不胜其扰。黄遵宪还有另一层忧虑，那是从汉口传过来的。湖北巡抚谭继洵，将其子谭嗣同羁留于官署，一边养病，一边思过。黄遵宪前往拜会，跟这对父子见面，说了几句场面上的话。次日谭继洵亲自回拜，谈话深入多了，谭继洵埋怨湖南乌烟瘴气，不管新党还是旧党，都不按照规程办事。至于他的儿子，更是天生的不成器，怪不得他人教唆。做父亲的处于两难，放嗣同入京，怕儿子惹事；不放手吧，又不能永远囚禁在家，何况也怕误儿前程。这位抚台迂腐顽固，连张之洞都拿他没办法，黄遵宪只好尽力劝慰。

在黄遵宪启程前，谭嗣同终于得到父亲同意，来为朋友送行。谭嗣同气色不错，得益于这段静养，他自觉筋骨强健，可以振翅壮飞。壮飞是他的号，在读书士子

中,如此羡慕游侠的,实属罕见。随着黄、谭相继离境,熊希龄也将应荐赴京,湖南的自立之业恐将零落。黄遵宪安慰他说,以一省或数省自立,本来就难成功。老弟此去京师,能补康、梁文事有余、武功不足之憾,或能别开生面。

谭嗣同倾诉心情,他既想进京杀开一条血路,更想远走高飞,隐姓埋名,迎候国亡种灭的那一劫。几天后赴京,他要沿途察访,看民间有没有可保的雄主,也许他会留下入伙。这种惨痛的玩笑,只能叫人更加悲哀。

又过几天,谭嗣同辞别老父,上路北行。他有一个隐秘的旅伴,这就是毕永年。在湖北境内,他们按照官员上京的规矩,由官驿迎送。到了河南省信阳州,二人加上三个仆人,扮作参加顺天乡试的士人,或沿官道,或行乡路,走马观花。

时值盛夏,野花烂漫,荒草丰茂,在山回路转之间,很少见到人烟,田中的稻秧也长得瘦弱。信阳的风土还近似湖北,再往前走,景色变异,视野中的土黄远多于青绿,大片土地被炎阳烤干,路边田地干裂开口,似在发出求救的呻吟。北方旱讯,年年听闻,在青黄不接时,长沙官绅还为此捐过粮米,却只是杯水车薪。而今亲眼所见的,多是枯黄的禾苗,破败的村庄,流离的饥民。这样的惨境中是难觅豪客的,所以到了许州后,一行人又乘上驿马,匆忙赶路。到了河南省会开封府,谭嗣同意兴阑珊,想往东改行水路,直趋津京。毕永年劝他说,老兄疲惫了,在汴梁小作逗留,再定行止。

憩息两日,谭嗣同决定仍走旱道。过黄河后趱行三日,他们来到滑县地界。这块地方,是直鲁豫三省交界之地,民风强悍,素来难治。谭嗣同特意经行此地,乃是因为一个传说。他在天津探索在理教时,听一位教中长老说过,北方民间教派五花八门,却只有一个老根儿,远可追到白莲教,近可溯及八卦教。八卦教创于清朝初年,创教人姓李名廷玉,将其教传给八个徒弟,以卦名为号,历经教门变迁和官府镇压,教众败散,辗转传播,演化出形形色色的名目。去冬今春,直、鲁一带拳会蜂起,教案频发,露出大乱将起的苗头。谭嗣同记起,李廷玉乃滑县人氏,就想便道一探究竟。然而一路寻访,竟然无所闻见,乡村野老一问三不知。

赶到县城,住进官驿。谭嗣同是奉旨召见的知府,驿丞对他很是奉承,谭嗣同

乘机向驿丞打听。驿丞连连摇头,大人从哪里听到的谣传? 此地向来富庶,道口烧鸡就是个小小证物。富而好礼,从不作奸犯科,邪魔外教、刀枪棍棒,都跟道口镇无缘。离此不远的山东菏泽,河北大名,倒是有大刀会、梅花拳这类名头,是不是外地人闹混了? 他有意无意地冒出"外地人"三字,似乎是一种警告,请谭大人不要惹事。

毕永年善于结交三教九流,在谭嗣同跟驿丞磨牙时,他已凭着一壶湖南烧酒,跟几名驿卒套上了近乎。驿卒们争着向毕大哥报告,习枪弄棒的本地也有,大哥想看,上街就是。谭嗣同听了毕永年的转述,便对驿丞说,不在驿馆用餐了,请驿丞拨出一名驿卒,引他们领略滑县风情。这等于奉送给他一顿饭钱,驿丞眨眨眼答应了。驿卒领路进了南门,来到一座关帝庙前,看到随便摆设的小摊,叫卖烧饼、凉粉,还有蒸熟的红薯、芋头。来来往往的闲人不少,偏偏没见到耍把式的。驿卒摸摸脑门说,咦,老周怎么挪摊了? 他拉着熟人问,有人不知道,有人胡乱指。驿卒改变主意说,别处多的是,各位跟我来。

沿着东墙转到庙后,插进一个窄巷,向西走上一条大街,驿卒便说找着他了。谭嗣同看见街边有个空场,稀稀拉拉地立着一些人,正在观看两个少年打拳。少年十一二岁,一招一式蛮像样子。

谭嗣同转眼看立在后首的一位老者。那人五十开外年纪,身高体壮,肚腩微凸,就这一点破了行藏,不像正经武林人物。等到一套拳耍完,驿卒上前大声招呼:"周老英雄另霸地盘,怎不跟咱知会一声? 外地客人慕名来拜,竟然摸错庙门了。"老者抱一抱拳,算是给个回应。毕永年含笑拱手道:"兄弟姓马,初来贵地,得闻大名,特来请教。"老者倔声倔气道:"俺们粗人不讲礼数,只说实话。带你来的这个人,经常拿药不给钱,我躲都躲不及。"驿卒哈哈地笑:"算你倒霉,我本来还你钱的,你这一挪错过了。不过,这位马爷远道来买,你卖不卖?"

当然要卖。那人满脸堆下笑来,指指地面上的一方白布。布上散放着十几颗药丸,脏不拉叽的。见毕永年看不上这些药,那人打开旁边的纸盒,里边的药丸又大又圆,颜色也浅黄鲜亮。毕永年跟他讨价还价,很快达成交易。在付钱之前,毕

永年将话题扯向武艺，那人对答如流，所言尽是江湖套话，不入行家之耳。毕永年提到几位前人的名字，将李廷玉夹在其中，那人半张着嘴，鸭子听雷一般茫然。

看来此行毫无所获，谭嗣同打算离开，忽听南边传来喧嚷声，一群闲人奔跑过来，像是受到惊吓。

果见一支马队沿街奔驰，前头骑兵斥逐行人，给后面的马车清除道路。马车有十好几辆，都用篷布蒙盖，看来是运送货物。谭嗣同眼尖，他看见马车上插着一面镖旗，这镖旗是他认识的。这表明运送的不是官物，而是商货，为什么开道的却是官兵？谭嗣同还在琢磨，人群已到身边，马队受到阻塞，一名把总大声叫嚷，指挥手下驱赶。人们四散逃开，谭、毕等人紧紧聚拢，以免被人流冲散。他们成了惹眼的一伙，被把总瞄上了。把总催马过来，马鞭一指谭嗣同的鼻子："嗨，干什么的？"谭嗣同还没答话，几名兵勇跳下马，便要下手擒拿。毕永年伸手挡开，朗声说道："我们谭大人，住在官驿，由驿卒领来逛街，你们要干什么？"把总喝问："驿卒在哪儿？"毕永年这才发现，驿卒已不知去向，不由心里一顿。把总脸色一黑："冒充大人，给我拿下！"

毕永年等遮护住谭嗣同，与一彪兵马对峙，显然处境不利。谭嗣同发话道："本人冒不冒充，去驿馆一问便知。倒是这队人马有点奇怪，官不官商不商的，运的何等物件？"把总嗬了一声："要你多管闲事？小的们，押上走。"谭嗣同两眼一横，那股霸气将兵勇镇住。他把眼光移向几个身穿箭衣的汉子，那是镖行人物。谭嗣同放出风去："本人姓谭，有没有认识的弟兄？"没有一个人搭话，莫非镖旗也是假冒的？

把总做了一个手势，兵勇蜂拥上前，两个人扭住一个，将他生擒活捉。好在没有捆绑，只是把人推上空车，随队押送前行。这是往哪里送？要不要亮明身份？这当然无甚妨碍，然堂堂巡抚之子，当世四大公子，在一县城被一小卒戏弄，传出去岂不可笑。谭嗣同掠看着街景，不久便看到一座城门。

马队出了城门，谭嗣同有些急了，盘算着开口交涉，马队却已停下。谭、毕等被推下车，把总两眼盯着谭嗣同的两眼，恶狠狠道："老实走路，莫惹乱子！"说罢催马前行。目送着远去的马队，谭嗣同和同伴转身折返，掂量此行所见。在这座小城

中,未发现英雄踪迹,但是这场奇遇,分明包藏着什么,值得悉心回味。

一行人回到驿馆,老实地歇息一晚。次日进食已毕,坐上官驿车马,向着浚县进发。这两座县城相距四十里,日头偏西时就赶到了。下一座县城内黄,距浚县却有上百里。谭嗣同与毕永年商量,不愿在此耽搁,饭后便又扮作士人,自雇车马登程,准备赶到两县交界的井店住宿。

一路上有说有笑,马车夫是个爱唠叨的老头,毕永年跟他攀谈,套问本地民情。老头大咧咧说道,凡是三不管地界,民情没有老实的。早年间这里是功夫窝,别说老爷儿们,妇道人家都会比画两下。由于官府看得紧,加上土薄守不住,行家都去北地谋生了。比如说这个黑三儿,他哥就是一位教头,现在天津包打天下。黑三儿是牵骡前行的汉子,他扭回头来骂那老头:"闭上鸟嘴吧!"老头回骂:"揭破你的疮啦?老爷们要看比武,不必跑到天津,井店东南教师庄天天摆擂台,我领你们去看。"黑三儿嘟哝着:"不要听他胡扯,老家伙顺嘴跑马。"两人来回斗嘴,平添不少乐趣,几十里路打发在唾沫星中了。

眼看红日西坠,暮色四合,老车夫伸手向前一指,很快就要到井店了。路上行人渐多,像投林的鸟儿一样匆促。谭嗣同看见,在携带农具的庄户人中间,有五六个精壮汉子,带的是棍棒和长矛,离开大道抄着小路,大步流星往东走。谭嗣同问车夫,车夫告诉他,这是去教师庄打擂的。在本地土语中,教师就是武术教头,老爷要不要去看看?谭嗣同顺口说,看一看吧,也许能碰上一个林教头。

虽然谭嗣同是应诏进京,有一个念头却若隐若现,说不定哪一天,他得被逼上梁山。田间道路崎岖不平,谭、毕二人索性下车,舒散一下僵直的筋骨。高一脚低一脚地走了一阵,毕永年忽然站住了:"大黑天哪有打擂的?我们回去吧。"像是给他回应,东边隐隐传来鼓声,先是试探性的几下,又是咚咚两响,活泼泼打个招呼,接着一槌一槌,声音扎实沉着,似捶打在人的胸膛。车夫在一旁指点:"这叫点将鼓。"好名字!谭嗣同精神一振,凝神倾听,鼓声似前军催召后军。车夫又道:"这叫韩信点兵。"

两阵对圆,单骑骂战,捉对厮杀,旗开得胜,枪挑中军,奏凯还朝,一个一个名目

锵锵，听来令人热血沸腾。车夫请老爷们上车，一行人埋头赶路，爬上一个土坡，面前出现一条小河，车夫手指对岸说，那里就是教师庄。在朦朦胧胧的月光下，村庄的轮廓卧牛般懒散，似能听到它发出的呼噜声。这哪像摆擂场所？鼓声也已停歇，莫非聚众已满，拳师登台开打？正疑惑间，毕永年突然叫道："快看，那里！"

河坡下偏北的地方，凸起一片滩涂，滩边生起一堆篝火，火光照耀中，五六个人正在持械打斗。这是兵器对练，比拳脚好看得多，谭嗣同便想下车，抄近路过去观看。毕永年止住了他，这时他也看出，那伙人不是比武，而是五个人一起，合力围攻一个抢刀的汉子。那人拼命招架，哪里支持得住，眼看百密难免一疏，要被一枪搠翻。谭嗣同想要发声，老车夫抢话在先："嗨，干什么的！"一伙人受惊愣住，汉子冷不丁冲出包围，朝着这边奔逃。那伙人紧追不舍，双方距离越来越近。

谭嗣同与毕永年对对眼神，同时说声不好，转身去抽行囊中的刀剑。车轮忽然启动，向左前方滑行一段，辕马身子一矮，从松开的套扣中蹿出。车辕随即落地，车厢像一个倒扣的笆篓，把两位座客磕倒在地。谭嗣同的那把剑，恰好落在车夫脚下。只见他脚尖一挑，宝剑已到他手，剑尖顺势刺向谭嗣同。便听当啷一声，一把刀横劈过来，刀锋与剑刃对接，使谭嗣同逃过一劫。毕永年左臂支地，伸右臂挡住这一剑，身子就地一滚，直取车夫胯下。车夫弹跳避开，与纵身跃起的毕永年奋力格杀。

谭嗣同遭了暗算，却甚兴奋，因为他困顿得太久，巴不得冒一次险。这时他又摸到一把剑，名叫凤矩剑，乃文天祥遗留的珍物。当年谭嗣同遨游天下，意外取得，今日用来防身，冥冥中似有因缘。场地上刀来剑往，车夫和黑三儿夹击毕永年，迫使他脚步后移，三名仆人也节节败退，情势变得十分危急。应该出手了！

谭嗣同腕力一拧，只听哗的一声，车篷被豁开一个口子，谭嗣同厉声高叫："都住手，听我说！"众人全被噤住。谭嗣同盯牢那个车夫："本人是湖南官员，奉诏晋见皇上。你这假车把式是何来历？若是顺道打劫，也只怪你有眼无珠，咱们可以各行各路。若是抗上戕官，那是反叛朝廷，将死无葬身之地！"车夫怪笑："手头不强，舌头硬邦，不见阎王，要见皇上。我即使饶你，我的弟兄也不饶你，你来看！"他朝坡下

一指，但见一片柳树林中，又冲出十几个人来。南边芦苇摇曳，传出簌簌声响，看来也有埋伏。

这可不敢恋战，谭嗣同探手入怀，抽出一把短枪，"叭"地打出一枪。老车夫应声而倒，众强人惊慌失措。谭、毕等人趁机抽身，向上飞奔。那伙人呼啸追赶，车夫的叫骂分外响亮，原来他没有受伤。谭、毕等急不择路，眼看到了芦苇荡边，苇丛中跳出多人，恶狠狠杀奔前来。这下没活路了！

谭嗣同暗暗叫苦。这群人已到身边，却绕开他们，与追敌迎头相撞。这出其不意的援兵，使追杀者方寸大乱，很快落了下风。老车夫受伤被擒，可他并不服气，提着名字大骂："丁六你这个混蛋，平日称兄道弟，到了节骨眼上，就要吃里爬外！"一个瘦高汉子，冲着车夫笑道："到这节骨眼上，我还称你一声二哥。告诉你，这是朝廷命官——"车夫骂道："狗屁命官，他没披那身官皮，我就认他是百姓，你为何坏我好事？"瘦高汉子警告他道："你不要假装劫财。我不能视而不见，要是放你做成大案，三县官府都无法交代！"

这人吩咐手下，押走擒获的强人，然后过来安抚受惊的人。谭嗣同已经认出，这就是昨日遇见的那位把总，连忙拱手致谢。把总并不多言，请谭大人诸位上车，他带领人马一路护送，来到井店，安置住宿。

在客店中盥洗进餐后，把总这才讲明缘由。那真叫层层剥茧：第一层，一位进京官员来到一地，一不寻花，二不问柳，反倒探究一个神秘尘封的古人，这引起了一些人的警觉。第二层，这位古人李廷玉，将伏羲的先天易理和民间的"无生老母"传说结合起来，创立教派。第三层，他收有八个徒弟，以八卦的卦名作区分，分别为乾卦姬姓，坎卦郭姓，艮卦张姓，震卦王姓，巽卦陈姓，离卦郜姓，坤卦刘姓，兑卦邱姓。第四层，当时清朝建立不久，基础不稳，李廷玉帮助官方平定地方，换得传教的默许。然而好景不长，有人告发他要反清复明，官方翻脸镇压，李廷玉瘐死狱中。第五层，八卦教濒临绝境，徒众分崩离析，唯有离卦郜姓持续扩大，分立支派，从滑县、浚县向周边省份延伸传承。第六层，雍正六年上谕指出："闻卦子匪隶籍于江南之庐、凤及河南、山东、直隶、山陕地方，其男妇皆习拳棒技艺，携带马骡，邀游各省，

自号教师,召诱徒众,蛊惑愚民,甚至有以行教为名,勾引劫盗窃贼,扰累地方者。"此后便有乾隆年间的山东王伦造反,嘉庆年间的林清、李文成作乱,天理教徒竟然攻入紫禁城。第七层,朝廷震惊之余,下令全国查禁教门,发源地滑县首当其冲,每一任县官均视此为首要职责。这就使本县地面平靖,而随风流散的蒲公英种子,却在北方遍地开花。第八层,推原祸始,乱事的根源还在这里,所谓的平靖,不过是官、民双方心照不宣,共同保守着一个秘密。你一个外地人想要戳破,他不追杀你,还会去追杀谁?

这一番话条分缕析,听来真如醍醐灌顶,却勾起谭嗣同更大的疑问:"共同保守?难道县官与教众同流合污,或竟加入教门?"把总道:"县官不会入教,衙门吏役、营伍兵卒,有不少拜师学拳的。这表明官势薄弱,民力添增。县官希望不出乱子,就得睁一只眼闭一只眼。如此这般,地方安静了,祸根也就埋下。"谭嗣同不由叹息:"风起于青蘋之末,变动于毫发之端啊!请教老兄,如何才是弭乱之法?"

把总摇头道:"我一个小小把总,只求不跌跟头。"谭嗣同道:"我欲对朝廷有所建议,这才想到实地踏看。遇到老兄乃是幸运,比暗中摸索强多了。"把总摇头叹道:"山高皇帝远,庙小神通低。除了带小兵吃粮,为小民护青,把总什么也干不了。"谭嗣同道:"除了护青,还会护镖。"

把总的眼中泄出笑意:"那是蒙古王公的货物,虽由镖行护送,沿途官军也担着干系,所以是我分内差事。"谭嗣同问:"这是哪一家镖行?"把总道:"京城半壁街上的那一家。"

谭嗣同轻轻点头:"那一家,我认识。我称呼他五哥。"把总依然沉稳:"大家都称五哥。五哥吩咐下来,不许让大人稍有闪失。"谭嗣同拱手作谢:"称大人,就远了。看老兄年纪,我应称你为哥。"

把总打量他的手指形状,没有见到熟悉的暗号,便道:"愚兄有僭了。请问贤弟大人,是老老实实乘坐驿马,还是便装野道,走走停停?"谭嗣同道:"你当然劝我老实为好。"把总道:"是。不管怎么观看,总是垂危迹象,贤弟何必冒险?"

谭嗣同听了他的劝,次日赶到内黄,便与把总分手,一路驰驿入京。在浏阳会

馆安置后,谭嗣同出门拜客,首先赶往半壁街。虽未预作通知,谭嗣同来到镖行时,那位义兄已在门首迎候。此人年过五旬,身长六尺有余,丹凤眼,吊梢眉,腰身挺拔,神气十足,颇像戏台上的武行人物。他就是京城镖行一杰,大名鼎鼎的大刀王五。他的大名不只来自大刀,而且出于大义。那年御史安维峻弹劾李鸿章,隐约讥刺慈禧,慈禧恨不得杀了安维峻。安维峻受黜还乡,王五亲身随扈,送其千里回归。

谭嗣同与王五结交于五年前,那天王五路过椿树街,碰见前边围着一堆人。王五个子大,将一场纠纷尽收眼底:几个流里流气的街混混,围着一个皮肤黝黑的南方汉子,正在吵闹不休。

汉子旁边蹲着一个乡下老汉,守护着一个瓜车,地上碎裂着几个西瓜。看来是痞棍们要抢瓜,而这外乡人没有躲开,反倒孤身打抱不平,倒是难得一见。

更难得的是这人他刚刚见过,那是在麒麟岗,王五在这条路上转了一个弯,便看见前边卧倒一匹马,有一个人蹲在马前察看。他近前问讯,得知这马被礓石绊倒,蹄铁脱落。王五指点他去一家路边小店修补马掌。王五因事耽搁了一阵,上路经过小店时,发现店主没在店内,那个汉子在亲自为马钉掌。见他的手艺甚是熟练,王五顺口赞了一句,那人憨厚地对他笑笑。转眼再次相逢,钉马掌的变身为打群狼的,王五对他陡生敬意,便拨开众人,挺身向前,劝那些混混各行方便。

二人因义气而相识。深谈之后,王五才知这位是当世四大公子之一,他的经历更是奇特,足迹竟然远达西域,这连王五都难企及!于是义结金兰,真正情逾骨肉。今日京中相会,说起沿途所见,谭嗣同忧心忡忡。王五回应道,你们读书人说"厝火于积薪之上",你看到的都是柴啊,北京城就在柴山顶上。京人一无所知,依然蚁聚蜂屯,天天醉生梦死。老弟,我虽想念你,可你不该来啊。

听到这一句,谭嗣同心中一沉,想想才道:"我不是什么忠臣,只认自己是义士。我的义朝向国人,国人若有大难,我即无处奔逃。所以来与不来,其实无甚差别。"王五慨然道:"这就是文士与武士的差别。我以为,亡得了国,亡不了民,人们还要生活,还有需要帮一把的时候,我们这些人就有用场。这是不是替自己开脱?"谭嗣同道:"开不开脱,到了时候,都走不脱。我不尚空谈,只求实做,从这上面说,你做

得比一切文士强。包括康南海,我有时都怀疑,他有什么用?"王五道:"大声疾呼唤醒迷魂,正是你们的用处啊。若无这种人,这个国就必亡。"谭嗣同精神一振,立起身来作揖:"说出这层意思,五哥就是吾师!"王五端详着他的拳头,别有意味地笑着:"好,好,贤弟还是素人。这话你不解其意?你对把总拱手时,他也打量过你吧?"

谭嗣同诧异地"啊"了一声,听王五给他破谜:"拳会中人相见,从手指形状识别身份。例如离卦教拱手作礼,左拇指压在右拇指上。把总就在离卦教。"谭嗣同吃了一惊:"他?他是正七品军官啊!"王五道:"正五品也有入会的。再往上,有没有?不入也会信,到了什么都抓不住的地步,心里总得有个想头。这光景,可怜哪。"停了停,他看着谭嗣同道:"只有你们另有所信。你们那会是大会,那是佛菩萨才开得起的道场!可是贤弟,佛法也有破的时候,佛爷也非总住西天,比如颐和园中,就有这么一位。跟她斗法,决无胜算,因此应该预留退路。这等大事,本来不容粗人插嘴,牵挂贤弟,不得不说。"

谭嗣同心中感动,口中却道:"斗法,京人竟有这种观感?据我所知,康南海献书和献策,无一例外全都转呈太后,老人家若不点头,一个字也发不出来。"王五道:"当然,九天之上的手法,底下人看不懂。康先生吊的是一棵树,这棵树不结果,明眼人都知道。"尽管面对的是刎颈之交,这话还是让谭嗣同不悦:"五哥,若非知心知肺,我会怀疑这不是你说的。"王五宽厚地笑笑:"不说这些了,我们喝酒吧。你喜欢二锅头,这回我不劝你限量。"

谭嗣同苦苦一笑:"看的和听的,叫我没心喝酒。我知道你放心不下,我就给你一句话:但凡有退缓余地,我一定及早抽身,这行了吧五哥?"王五怔怔地看他,眼圈儿有些泛红。

三、敲打疆吏　耸动慈闱

闻知谭嗣同到京,梁启超立即前往浏阳会馆,拜会这位知心朋友。回想去年离沪入楚地,与湘中诸杰志同道合,相交愉快,他甚至想迎请父亲入湘,把湖南当成第二故乡。谁知转眼之间,连遭白眼恶言,他可以说是被驱出湘的。这桩公案仍未了结,谭嗣同告诉他,叶德辉放风说,他们握有康党教习谋反的罪证,只要一出手,康、梁一锅端。湖南新政推不下去了,韩文举等被迫离开时务学堂,学堂功课,重回经学老套,学生多有失望退学的;南学会自皮锡瑞赴赣后,再也没有开过会,各地所办学会跟着停止;《湘报》遭到张之洞封杀,谭嗣同的文章已难见于报端;实业更难举办,筹谋许久的铁路,连一条路线都没划定。

梁启超总对文章之道感兴趣,谈着这些实事,他突然想起一段文字,便念给谭嗣同听:"西人于矿物铁路及诸制造,不问官民,只要我有山有地有钱,即可由我任意开办。而其弊也,惟富有财者始能创事,贫者终倚富室聊为生活,终无自致于大富之一术。其富而奸者又复投机居奇,把持行市,百货能令顿空,金镑能令顿涨,其力量能令地球所有之国并受其损,而小民隐受其害,于事理最为失平。于是工与商积为深仇,而均贫富之党起矣。"

听他朗朗念罢,谭嗣同冥思片刻方才记起,不由笑问:"你从哪里挖来这些胡话?"梁启超笑答:"这你不必问,话也并不胡。初读时我没在意,不知为何竟记住了。你在文后还说:然无论百年千年,地球教化极盛之时,均须到均贫富地步,始足为地球之一法。也许是这打动了我。"

谭嗣同沉吟着道:"那是前年秋天,同窗刘善涵协助欧阳老师在浏阳办矿,为官办商办发生争执,我写信发了一通议论。德国有个姓马的老头,发起均贫富党,也可叫作共产党,正在欧洲倡乱,令各国政府寝食不安。这话扯得太远,我的意思是

不论官商,专主散利于民,以一县之公利办一县之公事,放之一国亦同此理。是一篇疯话吧?"梁启超拍着掌:"疯,疯得真过瘾!你称之为地球上第一件大政事,合五洲万万人聚辩不能决。我就想掀起这样一场聚辩,正如开大法会,讲大教义,天花乱坠,快何如之?"

谭嗣同手指着他道:"疯,这才叫疯呢,无一点产,便要共产,惟梁卓如始敢发此癫。咱们要到那个时候,不知得历多少劫,反正你我看不到了。唉,生不逢时,周瑜和诸葛亮相互安慰吧。"梁启超道:"还有刘皇叔呢,他遭的卢之灾,尚未跃马过檀溪。要论新旧争斗之酷,湖南比之京师,那叫小巫见大巫。南海先生饱经磋磨,我奇怪的是,他没被磨成鹅卵石,依然做张牙舞爪状。"谭嗣同忍不住笑:"弟子说老师怪话,亏你还是高足!我还没有敬问起居,先生可好?"梁启超笑吟吟地说:"好便是了,了便是好。要得先生不好,除非海枯山倒。这么说吧,在老师眼中,黑夜也有红日高悬,谁能遮住他的光亮?"

谭嗣同颇感欣慰,可是想到王五的话语,心情又变得沉重。谭嗣同说起报馆事,黄遵宪要他转告,张、梁压不垮黄遵宪,汪康年蛀不空《时务报》。黄遵宪请康先生尽快去上海,在那里另开一片天。梁启超问,这是什么样的天?谭嗣同答报馆之天,学会之天,头上不戴金箍的自由之天。黄遵宪不愿自投罗网,这才屡次推延行期。他想与康先生在上海相会,为受阻的新政寻求出路。梁启超敛起脸上的笑意:"康先生也在推延行期。他认为近有江督刘坤一,远有湖督张之洞,上海对他更不利。"

谭嗣同道:"据我所知,眼下张之洞最想做的,是把康先生排挤出京。康先生奉旨赴沪,黄公度秉公查办,张之洞当会知难而退,毕竟,上海的余地大得多。"梁启超有些苦恼:"我何尝不是这样想,可先生的性子你知道,说句难听话,那叫不见棺材不落泪。他总想着,他现在是皇上第一得意人——"

谭嗣同瞅一眼梁启超:"你是先生第一得意弟子!你不劝他,谁劝得动?"梁启超退缩一下:"我?我最难开口,我在京办译书局,却劝老师离开京师,老师会多心不高兴的。"

　　一对闻名天下的贤师徒,竟有这样的隐曲计较。谭嗣同压下叹息,平静地说道:"卓如,当断不断,反受其乱,你劝先生好好想一想。"

　　康有为根本不需要想。林旭的"劝进表"最对他的脾味,他要做的是百折不挠,在铁石板上钻出洞来。你们不是要挤康出京吗? 康有为以退为进,他叫梁启超出面奏请,在上海开办编译学堂。湖南时务学堂和京师大学堂,都将康学拒之门外,康党何不另辟蹊径,在编译局名下设立学堂,培养康门子弟兵? 办得好是嫡系,办差些是偏师,总比赤手空拳好得多! 此事一奏一个准,连重臣们都不来阻挠,他们巴不得叫康、梁去别处闹腾。

　　康有为随即另拟一折,请徐致靖上奏。折名《请开编书局由》,即在京专门设一编书局,由康有为编译外国各书,恭呈御览。此折若准,康有为便奉旨留京,而且有了自己的"衙门",与孙家鼐的官书局分庭抗礼。光绪览奏,踌躇良久,只好依例,将此折发交孙家鼐议复。师傅会如何议,他不用看也知道。

　　果然,孙家鼐的奏议很快上呈,内称皇上聪明圣智,有先前进呈各书,于列国兴衰之故,岂不洞若观火? 中国现有官书局、译书局兼办,编书局非今日急务,所请应毋庸议。光绪无可无不可地,将"依议"批到孙折上。他确已"洞若观火",他的这位师傅,在转不过弯的时候,跟翁师傅一样顽固。师傅尚如此,何论其他! 康有为可不可为师? 这样想有玩笑的意味,也有不平的忿意。二师都拿心术说事,他们的心术如何? 固然,师傅不喜康某的学术,然在何处编译无关学术,为何必欲驱之出京? 如此说来,发旨令康赴沪,似乎轻率了些。

　　光绪摇了摇头,为了摆脱孤独,他又一次掀开《波兰分灭记》。序言中的这一段话:"波王决意变法,贵族欣然改从,具草既定,布告将行,可谓非常之机会,自强之至理矣。而俄人乃兵围议院,流变法贤才于西伯利亚,勒令守旧法而勿变,于是不七年而波兰亡。我辽东之归地,实借俄力,而我以铁路输之,旅大与之,动辄阻挠,我之不为波兰者几希。今吾贵族大臣未肯开制度局以变法也,迁延岁月,俄路既成,长驱南下,吾其为波兰乎? 臣所以每考波事而流涕叹息也。"

康有为的言辞如泣如诉，每念至此，光绪的眼泪都不由得流下来。吾贵族大臣未肯，固然可恨；我乃当今圣上不敢，才更是耻辱。为何不敢？他不厌其烦地追问自己，总能找到开脱的理由，又总被自己一一推翻。想不明白，那就不想，权且走一步看一步。满朝臣子皆无用，却都是打也打不改的样子，光绪只好把目光投向外省。他想起督促各省办学的电旨，便给荣禄下了一道旨："直隶为畿辅重地，亟应赶紧筹办。着荣禄迅饬各属，将中学堂、小学堂一律开办，毋稍延缓，并将筹办情形即行电奏。"

过了一天，他又向各省督抚发出严旨："近来朝廷整顿庶务，如学堂、商务、铁路、矿务一切新政，迭经谕令各将军督抚切实筹办。乃各省积习相沿，因循玩堕，虽经严旨敦迫，犹复意存观望。即如刘坤一、谭钟麟总督两江两广地方，于本年五六月间谕令筹办之事，迄无一字复奏。迨经电旨催问，刘坤一借口部文未到，一电塞责；谭钟麟且并电旨未复，置若罔闻。该督等皆受恩深重，久膺疆寄之人，泄沓如此，朕复何望？直隶距京咫尺，荣禄于奉旨交办各件尤当上紧赶办，陆续奏陈。其余各省督抚，亦当振刷精神，毋得迟玩，致干咎戾。"先后两次点到荣禄，这叫擒"贼"擒王。

荣禄却不慌不忙，于三天后电奏学堂名单，开列中学堂七所、小学堂十五所。这是第一个切实上报的，光绪本应高兴的，阅罢却心生狐疑——这未免过于顺当了，莫非荣禄在耍花招？

次日早朝议事，光绪令军机传谕，着总理衙门会同礼部，查证直隶办学情况。同时又令电催江、粤二督。刘坤一的电奏于当日到京，报告学堂及矿、铁诸政。谭钟麟的电奏又拖了几天，在报告广东办理措施后，又为自己诉委屈："伏念钟麟自咸丰中通籍以来，受三朝知遇，已四十余年。天良俱在，何敢漠视公事，惟赋性愚拙，但求核实，不善铺张。近日目疾昏蒙，衰病百出，办事竭蹶，唯有仰恳天恩，曲赐宥全，俾得开缺回籍，免致贻误地方，则有生之日，皆戴德之年。"称自己"核实"，斥别人"铺张"，这员三朝老臣昏了头了！

光绪尚未考虑好如何动他，宋伯鲁的参折适时递上。折子是康有为代拟的，对

家乡的这位耄耋大吏，康有为早就看不惯了。参劾之言不留情面：“谭钟麟两目昏盲，不能辨字，文书皆须人口诵，拜跪皆须人扶持。藩、臬晋谒，不及数语，举茶即送。即使坐镇承平，走肉行尸，已属无用。该督到任以后，首以裁水师学堂、撤鱼雷学堂为新政，致学徒星散，鱼雷锈蚀。甚至谕旨停废八股，该督考试应元书院举人，故出八股题。粤省通洋文者，合城人以数千，而学堂至今寂然。商人禀请开矿、筑铁路马路、开自来水者，则必阻之。该督既恶时务，全省有谈时务者则不委差使，吏士以此相戒不敢言。粤东地最富腴，外论可当天下之半；以最易变法最有为之粤东，而一谭钟麟败坏之。臣以为粤东富庶，宜有忠诚通达，讲求时务，内之若仓场侍郎李端棻、外之若湖南巡抚陈宝箴者，始足以镇觊觎而保海疆。”此折要求斥革昏官，乃题中应有之意，提名新督人选，则属不合体例。光绪心里嘀咕着，在谭钟麟请求开缺的折子上朱批：“着赏假两个月。”

无论如何，这一番敲山震虎，颇有振励人心之效。京官纷纷传说，皇上大张杀伐，要拿冗员祭刀了。礼部衙门吵吵得最厉害，这是因为诏定国是以来，礼部的权力被掏得最空虚。废除八股取士，废了他们的“武功”，各省的书院、祠寺改办学堂，彻底拆除了礼教的根基。礼部各官一到班，不是回忆往日光景，就是打探明天前途，大有惶惶不可终日之概。

礼部第一堂官当然不怕。为了替下属撑腰，怀搭布天天到部坐镇，用那张黑脸去辟邪。这天他跟许应骙同坐议事堂，见一名总署章京送来公文，两位尚书一同接阅。谕旨令两署合查直隶学堂，总署请礼部先查一查。凭什么？你总署还敢使唤部署？当着那章京的面，怀塔布便发起雷霆，等许应骙打发走外人，这才说起体己话。皇上性子急躁，臣子得小心顺着，也要互相包容。怀塔布眨了眨眼：“包容？你是说荣禄在哄皇上？”

许应骙一本正经：“我没说，我的意思是照应着点儿。”怀塔布正要说话，闪眼看见两名下属，在窗外边走边争论。怀塔布唤了一声，堂主事文谦和候补主事王照应召进见。怀塔布问二人争什么，文谦道：“回堂翁话，争的是日本鬼子。”怀塔布很纳闷：“皇朝六部，惟礼部跟鬼子无有瓜葛，二位闲来无事，为吃不到的驴草拌嘴？”王

照道:"怪我多嘴,说伊藤侯相要来华游历——"怀塔布截住话题问:"伊藤猴?正说着驴,怎又跑来一只猴?"许应骙知道王照性子直,怕他犯倔给堂尊添堵,便笑着道:"日本伊藤下野,要来我国游历。王小航说若在先前,接待的礼数应由礼部定。这话你前日对我说过,是不是?"王照忙点头。

文谦接过话:"我说,若在先前,礼部一定上奏驱逐此倭。他是侵华元凶,不杀他便是洪恩,还要跟他点头哈腰?"王照道:"彼一时也,此一时也,现时我国学日本变法,哪能把送上门的机会往外推?"文谦两眼翻白:"你说是机会,我说黄鼠狼给鸡拜年。亏得你是直隶人,你若是南海人,我都要怀疑你是日本奸细。"王照不客气了:"若要通倭,坐在京城都能通,还用挑地方?正人君子容易扮,救国志士不好当,不要把嘴硬当成心硬!"

怀塔布对许应骙怪笑:"把两位堂尊晾在这里,这两位司员算得脸硬。王小航兄,我且问一件正事。你是宁河人,一直在办学,直隶新开多少学堂,你有数没有数?"王照回话:"这是卑职膺心之事。直隶开有新式学堂五所,近日荣中堂督促办学,另有三所初见眉目。"怀塔布笑出声:"啊呀,荣仲华果然在搞怪——"看见许应骙使眼色,怀塔布改口道:"怪不得都说直隶搞得好。小航你也搞得好,下去接着搞,就不要搞日本鬼子了。"

把二人撵下堂,二位尚书笑了一会儿。怀塔布说,这事挑起我的兴趣,借机去天津玩玩。老兄愿不愿去?许应骙摸着脑袋说,这个吃饭家伙,我还想留给妻儿呢,老兄去了给我带个好。

次日怀塔布乘火车赴津,到督署拜晤荣禄。荣禄高兴得眯起细眯眼:"哎呀呀,哪阵风把绍先兄吹来了?"怀塔布哈哈笑:"天风,本人贵为钦差,特来查办要案。"荣禄做拜跪状:"失敬失敬,罪臣荣禄不知天使驾到,有失远迎,罪不容诛。"怀塔布伸手搀扶:"好了莫怕,只要把天使伺候好,咱们就可诛别人了。"

彼此嘻哈一番,荣禄便用佳肴美色伺候,把钦差大人奉承得心花怒放。二人都是慈禧的心腹,荣禄比怀塔布更知心,但他是含而不露之人,反让怀塔布大讲慈圣之苦。从表面上看,皇上经常住园尽孝,侍膳侍游侍听戏,可他的心不在那里,而在

浮薄之人的股掌之上。皇上已经中了邪，不管康有为说什么，他都当成大忠言。康有为原先想管学堂，管不成学堂要管报，报到了手又要管书，他真正的目的是管制度，叫皇上顺着他划的道路走。明知事情不对头，慈圣也不好开口拦，毕竟儿大不由娘，何况这又不是真娘。荣禄摆出洗耳恭听的样子，心中暗笑这个粗货，总是把不该讲的冒出来。

怀塔布好像有所觉察，瞅一眼荣禄："仲华，慈圣是俺娘家人，你可不能撒手不管。"荣禄一愣，随即笑道："好好，你们叶赫那拉氏，我这瓜尔佳氏不敢不保。不过慈圣稳如泰山，哪用得我多管闲事。"怀塔布抬手指点："你耍滑头，谁不知道？前日明发上谕，本年九月初五至二十五，皇上亲奉慈圣赴津校阅三军，难道不要你保？"荣禄语气平和："是啊，两宫同临，我都要保，还用你单挑嘱告？老兄多管闲事了。"怀塔布用手扇自己的脸："该打该打，把中堂兼大帅的忠心想偏，真正糊涂油蒙了心。只是京中谣言甚盛，传说秋间将行废立，外国人嚷得最凶。"

荣禄一惊："废立？外国人说外行话，真想废帝，一纸懿旨足矣，一服毒药也罢，值得兴师动众？二驾并出，那是两宫和洽之象，乃天下臣民之福。"怀塔布没被说服："老百姓都不内行，你叫他们怎安心？荣仲华位兼将相，你得给大家想办法，不要老躲清闲。"荣禄似被感动："荣禄一饮一啄，皆拜二圣所赐，敢不粉身以报？直隶力推新政，学堂我办了，报馆我开了，天津的农工商分局牌子，我昨日亲观悬挂。要安皇上的心，下边臣子就得尽心，不能老拗着来。"

怀塔布若有所悟："唔，你这老奸巨猾的，要给皇上喂糖啊。"荣禄笑笑："不喂糖还喂辣椒？哪有谭瞎子那般蠢的，官做那么大，连话都不会说。皇上气顺了，慈圣也舒心，是不是这个理？"怀塔布连连点头："是是是，连我这心都不再悬着。可是，别以为康党容易唬，谁耍花招，就会被一笔杆子戳个窟窿。"荣禄气定神闲："我不耍花招，我要真刀真枪。"怀塔布顺梯爬杆："是了，我倒想见识见识刀枪。"荣禄道："好啊，图穷匕首见，暴露出来津目的了。津门三军，你看哪一军？"怀塔布掰着手指："聂士成老淮军暮气沉沉，我看还是初生牛犊袁世凯吧。"荣禄笑了："不会领兵，倒会点将，绍先兄不愧是将门之后啊。"

怀塔布之父瑞麟,在英法联军犯京时曾经率军抵御,虽然打了败仗,将门还是称得起的。当下两人分手歇息,第二天怀塔布和荣禄早早起身,乘马赶往小站。过了咸水沽,离小站还有四五里路,袁世凯派来一队骑兵接护。距离兵营一里远时,袁世凯亲率一班僚佐,恭敬迎候。怀塔布对荣禄嘀咕:"我听说过西汉名将周亚夫的故事。他在细柳驻军,皇帝骑马进营,他都拦住不让进。这个袁侉子,怎么是这副巴结相?"荣禄嘻嘻笑:"你没听说,周亚夫晚年被皇帝逼死了? 名将皆无好下场。"

说话间到了跟前,袁世凯拜倒在地,荣禄亲自下马搀扶。怀塔布也下了马,他被荣禄吹嘘为阅兵天使,先期巡视各营,袁世凯因此分外恭谨。袁世凯亲作先导,引领二公入营,径直来到操场。操场辽阔空旷,坦平如砥,除了鸣号迎宾的军乐队,擎枪致敬的仪仗队,偌大地面寂无一人。二公登上将台,并排端坐,看到操场中央矗起大片篷屋,像是临时搭建的营帐。荣禄不知这是做什么用的,正想询问,袁世凯在台下恭立请命:"请大帅示下,是否开始?"荣禄便道:"开始。"

袁世凯扬手发令,只听号炮一声,仪仗撤走,军乐息音,中央的大篷忽然活动,莲花瓣一般向外裂开,露出隐藏其中的坚固人山。那是密匝匝的大兵坨子,飞速移动,神奇变幻,转瞬之间,按照兵种分排队列,组织阵形,将操场分割为一条一块,又囊括统合成一个整体。这一无中生有之法,使怀塔布叹为奇观,荣禄更是得意,向这位天使卖弄:原驻小站的定武军,仅有三千余名。为了整军经武,朝廷将其更名为新建陆军,增兵至七千人,分步、骑、炮、工四大兵种,聘德将十余人作教习,演练德式战法。

怀塔布眼耳并用,发现袁世凯已改换戎装,一身德国将领服饰,盔缨猩红,佩剑光辉,满月般的面庞神采飞扬。在他的指挥下,德国教习分领各军,发布口令,将校列兵齐声呼应,那是听不懂的德国话,如同虎群暴发怒吼。步兵大面积铺开,赶筑铜墙铁壁;骑兵游蛇般穿插,酝酿忽雷闪电。演过列队行军后,开始排练战争,场上分为白黄两军,时而捉对厮杀,时而攻守易形,枪炮齐鸣,地动山摇,阅兵变成观战,

悦目转为慌神。看到一发发炮弹从眼前飞出,落在营外黄土坡上的白灰圈中。那叫百发百中,怀塔布连声喝彩。

荣禄突然瞥见,怀塔布欠身离开座位,伸手去荷包中掏摸,忙伸手把他止住。原来这老兄入了迷,以为是在看大戏,要掏银子赏角儿。怀塔布差一点丢了丑,不好意思地笑笑,赶紧坐正身子。演兵结束,在荣禄的敦请下,怀塔布煞有介事地致训词,把袁世凯大夸一番。

军中排设午宴,徐世昌、段祺瑞、杨士骧等文武幕僚悉数出席,轮番敬酒。怀塔布喝醉了,荣禄却越喝越清醒,在宴后单独晤面时,他拨给新建陆军三万两饷银,比怀塔布的红包重得多。总督公务繁忙,小憩后启程返津。

怀塔布酒醒后,又来找荣禄攀谈。荣禄嘲弄他说,我拨给你两个日本娘儿们,竟然打发不住你,还要到处招惹。怀塔布一本正经:"我正跟她们开操,忽然想起军国要事,便不要美人要江山了。是这样,我看袁侉子不地道。"荣禄不以为意:"又怎么了?"怀塔布道:"别看他只有七千人,恐怕能打七万人,他要造反,谁挡得住? 他可是入过强学会,跟康、梁眉来眼去。"

荣禄仍然笑着:"这有什么,康有为还曾派人来营,设法跟他套近乎。"怀塔布竖起眉:"有这等事? 脚踩两只船,你不怕他反水?"荣禄道:"怕什么。有奶便是娘,老子眼下乳汁饱满,他能反到哪里去,至于将来——"

怀塔布追问:"将来怎么说?"荣禄唉了一声:"你知道我信相术。我手下术士给此人相过,他有天子之运。"怀塔布大吃一惊:"天子?"荣禄淡淡一笑:"不是真命。假命也不得了,是不是?"怀塔布拍一下桌子:"那你还不杀了他!"荣禄使劲瞪眼:"我哪敢? 这是命中注定的! 我要杀他,就是干涉运兆,要遭殃的。"

怀塔布拍掌道:"仲华呀仲华,慈圣特别倚重,放你在此镇妖,胯下生出一支狗尿苔,你怎能眼睁睁看它长?"

见他认了真,荣禄便不认真:"算命瞎子的话,你就当成正经? 看见我如何驯他了吧,绍先老兄?"怀塔布半信半疑:"你的本事,我领教了。这人的本事,但愿到他施展的时候,你我都在地下打呼噜。"荣禄随声附和:"但愿。我不会叫他坐大成精,

你放心。你们在京也加把劲，快把姓康的挤出京。"怀塔布没劲了："那人有皇上护着，还有人没心没肺地供着，哪能挤出脓。"荣禄在了意："话中有话，是谁供着？"怀塔布道："侗五大名，如雷贯耳吧？我听说，他给康有为传密折。"

荣禄一惊："侗五？红豆馆主？'红豆生南国，春来发几枝；愿君多采撷，此物最相思。'唱唱相思也还罢了，他还干这个？"怀塔布咂着嘴："国之将亡，必生妖孽，说得是啊。宗室大多反康，也有格色的，或想投机的，不惜烧冷灶。烧香的多了，山药根也能成人参。所以我说，得请老佛爷发句话。"荣禄盯着对方："内大臣为何不请？"怀塔布反盯回去："我这内大臣，不抵你外大臣一根手指头！你不能光叫别人供——"怕他说出犯忌的话，荣禄伸手止住："好了老兄，我知道我是干什么吃的，不劳你给我夹菜。不是不报，时候不到，你乖乖回京应卯去吧。"

话虽没说透，怀塔布却放了心，回京去给自己交差。坐上火车才想起，根本没问学堂之事，不由笑骂一声混账，荣禄那滑头也没仔细讲。

回家住了一宿，先赴园中当差，在排云殿佛香阁监了两天工。晚霞满天时分，太监前来传唤，叫他去听鹂馆回话。怀塔布趋进馆阁，但见太监、宫女跪倒一片，每人手捧一只颜料碟子，正在伺候老佛爷作画。

怀塔布悄悄跪在一位女官身后，这女官就是缪素筠，她今天侍奉慈禧画仙鹤。这是一桩精细活儿，她把仙鹤分解成头、颈、翅、尾、腿、爪六大块，每一块画出好几种样子，让她的佛爷学生比着描。慈禧个头矮，立在杌子上才能运笔得法。她现在画的是翅膀，一笔一笔地描着羽毛，歪着脖子看看，觉得满意了，接着往下画。馆内鸦雀无声，厅外鹂莺鸣啭，怀塔布跪得腿麻，不由羡慕太监们练就的铁膝盖，跪一天也跪不出毛病。

他正胡思乱想，忽听一声："怀塔布，你来了？"怀塔布慌忙应声，却见慈禧尚未回身，一副脑后有眼的圣明。慈禧由宫监服侍着下了杌子，松活松活手臂，在一张靠榻上坐下，轻声发话："我忽然想到，谭钟麟请了假，他有桩差事没交代。园工采购的南洋红木，说是月底就到货，此时应该运到广东了。"

怀塔布忙磕头："回太后，没在广东停留，红木搭船北上，现在已到福建海面。

谭钟麟给内务府发了电函,奴才没有及时奏知,奴才罪过。"慈禧现出释然的神色:
"是这样啊。你去了天津,立山怎不上报一声? 罢了,这些小事原不必说的,我只是
一时想起。"她的耳报神好灵通! 怀塔布思谋着措辞,却听慈禧说道:"谭钟麟七十
八了,可怜见的,干不动了。可他两任巡抚三任总督,没有功劳有苦劳,不好一棍子
打死。说他不行新政,广东的学堂、海防优于他省,那不是谭钟麟干的? 怎么老人
儿就该死?"怀塔布正听着,慈禧一摆手:"你站起来说话。礼部还过得去?"这话没
头没脑,怀塔布蒙着回话:"科考都改了,礼部闲得很,大家找着事儿干。"

慈禧扑哧一笑:"那不叫找事儿吗? 我记得,皇帝大婚那阵你们最威风,真正天
官威仪,阿弥陀佛。可大婚能碰上几回? 这样闲逛,还不撤了你? 我也是闲啊,闲
得光胡扯。你家小五子陪我很尽心,有时着三不着两,我也马虎过去。待下要宽,
将心比心,这就是仁,仁者人也,孔夫子说的。近日见到侗五没有?"

怀塔布一惊,急速盘算着,要不要上烂药。又想,哪有她不知道的? 边说边掂
量:"前些天在关帝庙看他的《反西凉》,功夫见长,戏份十足。"慈禧道:"《反西凉》?
这种架子戏他不拿手,我倒要看看。他说要给我编新的,也许这就是?"怀塔布赔着
小心:"这是老本儿,他有改动。奴才看来有点强扭,侗五近来心思犹疑,把握不住
火候。老佛爷观戏时点他一点,要不然,孙猴子过不去火焰山。"

慈禧抬眼望着西天,霞光映红了碧窗紫帷,似有人在天幕上放起焰火,召唤人
们来看一场罗天大戏。她失神地喃喃:"犹疑个什么劲儿,不当弄臣,要当干臣? 满
朝廷看去,没一个能干的,还差他这一个角儿? 听说,礼部侍郎唐学崇去了浙江?"
怀塔布忙道:"是,替换陈学棻做学政。"慈禧道:"陈学棻反对废八股? 哪有那般不
识相的,他不过实话实说。走马换将,来去匆匆啊。荣禄怎么样?"

怀塔布正等着这一问:"回太后,荣禄整饬三军,赶练阵形,准备迎接太后阅兵。
奴才碰得巧,赶上看荣禄亲督陆军,真是开了眼。"慈禧精神一振:"袁世凯的小站
兵? 全部使用德国兵器,该当有些长进。这个且放一边,待我秋后亲阅。天津新政
如何?"怀塔布道:"荣禄雷厉风行,各政皆有实绩。以办学为例,全省新开中学堂七
所、小学堂十五所。奴才考察了两所学堂,跟外国教习谈过话,他们都夸中国学生

聪明。"

慈禧很是欣慰:"不是咱们不能干,全看咱愿干不愿干。你们记着,皇上要行新政,他有他的道理,这也是我同意做的。不管新人还是老人,都要真正振刷精神,这一个词,并非只在谕旨上说说。臣子不要想着分党,不要投上所好。上头不论谁当家,他只能有一好,就是国富兵强!"

四、力抗上命　大振乾纲

怀塔布唯唯诺诺,等到上头再无话讲,他便磕头退下。他在路上斟酌,前头的牢骚是真心话,后边的嘱咐是冠冕话,总之没什么可担心的。第二天回到城里,他去礼部视事。在公事房中坐定,刚刚饮下一杯茶,许应骙进来了。见他手捏一沓公文,怀塔布一边让座一边问:"有要公?"许应骙入座说道:"例行而已,天津的要公怎么样?"怀塔布大咧咧道:"还不错,荣仲华竟没太离谱,不说二十所,打个七折还是有的。"

许应骙笑了笑,从公文中抽出几页纸,交给怀塔布。一行题目打入眼帘:直隶学堂一览表。怀塔布皱起眉头看,开头是"保定第一中学堂",下面有详细注解:原为莲池书院外舍,因房屋失修闲置二年,本月九日总督部院颁布札文,更名为保定第一中学堂,委文案、翰林柳雨为总办,拟拨开办经费八千两;接着是"保定第二中学堂",原为董氏宗族义学,近因废除八股,学生流散,族长听说新学堂可以请官款,呈请改为中学堂,此呈尚无批复。天津的几所中学堂以此类推,都是虚应名号的东西。

怀塔布看得头大如斗,抖着那纸问:"这是谁弄的?"许应骙咧咧嘴:"王照,八旗奉直学堂掌门人。"怀塔布生了气:"谁叫他弄的?"许应骙道:"要说还怨老兄,那天你把他唤进屋问,他就记住了。"怀塔布一拍桌:"老子再把他唤来,问他生的什么心!"许应骙两手往下按:"别别,能少一事便是福,何必惹人说短长。君不见谭钟麟,眨眨眼便被撸掉了。"怀塔布嗨了一声:"我还真不信邪,叫他撸给我看! 哎

你——"这个突然走进门来的"你"是文谦,只见他走进屋禀报说:"王照请问许大人,他可不可以上条陈,由直隶推及他省,请彻查办学情形?"

两位尚书大眼瞪小眼,一时不知说什么好。怀塔布脸上浮出狞笑:"真有这样的人,我以前怎么没发现?"他派人去把王照叫来。许应骙问,叫来以后怎么办? 怀塔布说没想好,也许把他小子撸了。正说着,王照进来了,怀塔布假装客气,询问王照所办学堂情形。王照以为得到上司重视,连忙详述校舍、经费、教习、学生以及功课门类。怀塔布问有没有日本教习。王照回答,上个月请进一位,是日本鹿儿岛人。怀塔布哼了一声:"我听说鹿儿岛出奸细,你查没查过此人的底细?"

王照没有答出话,怀塔布转向许、文二人:"有人记吃不记打,把甲午之痛忘掉了。况且那吃是别人吃咱,眼下又巴巴地请人来吃,真不知那心肝如何长的!"王照吃不下这一套:"大人这话,卑职不懂。请教习和恨甲午,根本不是一码事。或可这样说,为雪甲午之耻,所以发奋办学。不从这里做起,即使鹿儿岛不出奸细,我们也会被自己掏空,难以支撑门面。"

怀塔布龇龇牙:"王主事好利口! 我忽然醒悟,你字小航,号水东,都是朝向日本去的。可见志趣所在,与生俱来,不可转移。"王照很是气恼:"大人,我的名字是先父起的。先辈寄望于子孙的,无非'忠孝'二字。大人之言辱及先人,王照却不敢有辱家声,今生今世,此志不移。"许应骙出来解和了:"好,堂翁夸你的学办得好。日本功课开得晚了些,可以抓紧时间弥补。堂翁你看,奉直学堂事情忙,可否给王小航几个月假,不用天天到部坐班?"他想用闲置锉磨其性,不料怀塔布另有安排:"部里人手紧,能者得多劳。清档房的文档积压太久了,请小航先去顶一阵子,待清出眉目再给假。"

王照还想争辩,文谦一把扯住他,半推半拉地驱出门。许应骙笑着说声"高招",怀塔布得意地一挥手:"几十年的存件,有的水霉了有的虫蛀了,叫他一字字给我抄,看他还有空儿尥蹶子!"

堂官派差本是荣幸,这样的差使却是发落。王照埋头于故纸堆中,抄写一天,头晕眼花,折腾数日,额皱腰酸。他的弟弟王焯也是礼部候补主事,请大哥王燮劝

劝二哥。王燮却是武员，官至京营游击，他把二弟唤到自己家，叫他学会识眼色。王照在哥哥面前更放肆，历数怀塔布的颟顸蛮横，许应骙的圆滑投机。王燮教训他，有你这样捣蛋的下属，再贤明的上司也要使蛮。摆在你面前两条路，一是低头伏小，安分守己等候补缺；二是借机请假，改换门庭另谋出路。

王照知道这出路指什么。他的祖父王锡朋，在鸦片战争中抗英捐躯，是著名的"定海三总兵"之一，王燮由此袭封一等云骑尉。聂士成驻军宁河芦台，芦台是王照的家乡，聂士成崇敬忠烈，跟王照结成拜把兄弟。王照办学得到他的资助，聂士成并对王燮表示过，让王照去军中做文案。近世以来，京官从军得保举，是谋求升迁的一条捷径。与王照一同办学的徐世昌，就去袁世凯那里当幕僚，可谓如鱼得水。王照并非没有动过心，可他对丘八不感兴趣。兄弟二人没能谈拢，王照郁郁走出，顺路走进张元济的寓所。由于坚辞大学堂总办之职，并且在新旧之争中态度超然，张元济颇得京僚推崇。不过他这回口气有变，从王照的遭遇，联想到康有为的遭际，他不能不感到同病相怜。为了缓和紧张局势，他也曾劝康出京，如今看来，他是做了孔子斥责的"乡愿"，徒有谨善之貌，惜无坚毅之行。王照问起查学的由头，张元济说，总署钻了谕旨的空子，将这事推给礼部，实行拖延之术。两署和直隶通同作弊，不是不能捅破，捅破以后又能如何？皇上对于荣禄，连"赏假两个月"也办不到，结果只能增其气焰。大吏们的惯技是，将一切争端都推导成两宫之争，用奉戴太后作为护身符，实则太后并不守旧，因为如果牢守旧制，太后何来钳制之权？要打破这种困局，就得找到一种办法，调和两宫，理顺政情。

张元济的话打开了一扇窗，叫王照舒出一口气。他过去是太拘泥了，将办学看得似天大，没把劲使到关节上。次日到部当差，王照一反常态，摆出和气的面孔。他去见堂主事文谦，说了几句后悔的话，请求撤回那张学堂一览表。听了文谦的禀告，许应骙不由笑了："这么快就服输？"文谦道："请大人不要被他骗了。这些天来，他跟康党来往密切，突然变脸，恐有阴谋。"许应骙道："阴谋能谋到什么，难道还想造反？我倒怕他们不反，秀才只要一反，死期也就到了。"

上官不理不睬，王照这个"秀才"也就没了辙，一连几天，人们都看见他端着肩

胯进院,垂着脑袋出屋,仿佛被霉气打湿了魂灵。这天将近中午,许应骙归置着公文,打算离部回家,忽听门外传来吵吵声,他不禁暗叹:又来了。"又来"的是文谦和王照,王照手捏着几张纸,要往尚书的桌前送,文谦伸手遮挡着。许应骙鄙夷地瞅着王照:"不是又一份一览表吧,旧的没撤回,新的又列出?"王照的口气很郑重:"禀大人,卑职草拟条陈,仰恳代为上递。"许应骙顿了一下:"条陈?让堂官一览不解渴,要请皇上一览?"文谦从旁插言:"不再讲说学堂,人家要条陈国事,条条都很惊人。我请他斟酌斟酌再递,他反怪我多事。"

王照辩解道:"我要求见大人,文兄问过条陈要点,他便推三阻四。条陈如有谬误,由我自己承担,文兄何必过虑?"许应骙道:"这么说我该过虑,因为要我代递。既然有惊人之语,你是不是拿回去斟酌?"王照毫不犹豫:"卑职反复推敲,自以为无可更改。恳请大人阅后代——"许应骙将嘴一努:"喏,搁桌上吧。"王照遵命上前,将条陈呈放于桌面。许应骙投过来的眼光,刀刃一般锋利,令王照一噤,弯弯腰退了出去。

王照等了三天,又等三天,寂无回音。虽说上下悬隔,一个部院进出,抬头不见低头见的,许应骙却视而不见。王照去公事房求见,不是正在会客,便是刚刚外出。到了第七天上午,王照守在大门口,一看见许应骙下轿,他便近前拜见。许应骙鼻子里一哼,迈步走进大门。王照在后面跟着,许应骙进了大堂,这是堂官议事的地方,司员不得擅入。

王照守候了大半晌,几位堂官进进出出,总不见许应骙出来。听着里边的说话声,也没有他的声音。王照心里纳闷,见到右侍郎曾广汉从堂中走出,他便上前问讯。曾广汉说,许大人早从后门出去了。这是故意躲他!王照心头火起,打听到许应骙回了公事房,他便快步赶去。在门口又受仆役阻拦,王照不由分说,大声叫道:"候补主事王照求见许大人!"里边倒也应得爽快:"放他进来。"

王照进了屋,只见许应骙坐在桌前,执着笔在写字。王照不好开口,垂手伫立,候了一阵,许应骙慢慢将笔放下,悠悠说道:"写字是累。你抄写得怎样了?"王照回道:"卑职不怕累,只怕所上条陈受到耽搁。"

许应骙阴阳怪气道:"搁是搁这儿了,可没有耽误。你条陈的是大事啊,我难道

不要掂量？比如你建议设立教部，我乍看以为是教育之部，细审才知是宗教之教。可你绕来绕去仍未讲清，设教部究竟要干什么？"

王照连忙解释："既管学堂，也管宗教。英国设有教部，国王亲兼教部总监督。我国若仿此法，便可尊儒教为国教，使新旧儒臣皆有所归，不致互斗伤了和气。"许应骙微晒道："让皇帝去当总监督，此等居心我不敢苟同，何况儒教之教，岂同耶教之教，样样说不通，怎好往上通？"王照不能不顶一下："卑职愚者之虑，即使一无可采，可是应诏上言，所以还请大人代递。"

许应骙道："你要应诏，我也应诏，我应的是不准蒙奏取巧之诏。"王照问："请问大人，哪里有这一道诏？"许应骙道："连这都不知，你还要上言？回去查到再来啰唆。"王照不肯退缩："即有此诏，我非蒙奏，请予代递。"许应骙道："蒙不蒙不是凭你说的。若识上下，你就退下。"王照道："正因为识上下，我才来求大人代递，否则我就去宫门喊冤了。"许应骙眉棱凸起："你？好拗的主事！你说了三件事，事事要不得。最荒谬的第二条，你把它删掉，我就替你递。"王照问："请问怎么荒谬？"许应骙道："不是荒谬，就是大逆不道，你把它删掉。"王照不为所动："言者无罪，若说有罪，该杀该剐都是我的。请求——"许应骙截住他："我给你三天时间，请你思量利害，三天以后再来说话。"

他挥苍蝇一般赶走了王照。这事闹得沸沸扬扬，怀塔布特意从颐和园赶回，在许应骙处看过折子，连说卡得好。他要把王照招来训诫，许应骙说，老兄不要出面了，由我跟他周旋到底。许应骙如此仗义令怀塔布感动："筠庵兄，你可是一朝经蛇咬啊。"许应骙叫他放心："我不会十年怕井绳。王照的牙口，还能利过康有为？"怀塔布叹道："已经有人替王照叫屈，说礼部二堂压制新进，派司员去淘茅厕。恶人是我做的，还由我来收拾残局。我就赖他捅坏了茅缸，参得他丢掉饭碗，你看可好？"许应骙笑不可抑："老兄的辣手且放一放，我若抵挡不住，再来搬你这后台。"

部员们都知道，王照跟尚书杠上了，大家都伸长脖子看，这场争斗是何结局。到了讲定的那一天，王照早早来到部里，偏偏许应骙迟迟未到，他便在大门以内踅来踅去。人们各怀鬼胎，胆小些的赶紧避开，爱瞧热闹的却凑上去，围着王照问这

问那。曾广汉从门外进院，看见这幅乱糟糟的情景，不由皱了皱眉。他是中兴功臣曾国荃的长孙，袭封一等威毅伯，原任宗人府府丞、左副都御史，调任礼部尚不满月。曾广汉示意大家不要聚集，又让王照离开这里，他会劝说许大人，跟王照坦诚交谈的。王照接受了这番好意，在门房和签押房中消磨时间，直到看见许应骙进来，又亲眼看着他进了议事堂，他又赶到堂外等候。

许应骙当然瞄见了他，这人像狗皮膏药一样黏着自己，许应骙满心眼都是腻歪。进到堂中，跟各位同寅见过礼，许应骙便说，怀绍先因事未到，我们照常议事。今天议的是经济特科章程，特科内容分为内政、外交、理财、经武、格物、考工六种，详细章程以此为准，也订了六条。五位堂官考究大半日，基本上定了稿。许应骙请各位稍歇，曾广汉趁这机会，跟他附耳低言两句。许应骙"噢"一声道："我几乎忘了。那位王照，纯一请我慎重对待，各位的意思是？"

右侍郎溥廷是宗室，说话声势甚壮："一颗老鼠屎坏锅汤，我看不如派个外差，连茅厕也不用他淘。"另两位侍郎随声附和，许应骙说声晓得了，离开座位走出堂门。正在附近仰望的王照赶紧过来，许应骙立在台阶上问："我说的，你办了？"王照舔舔干裂的口唇："回大人，卑职认为，那一条不能删。"许应骙居高临下："本部堂认为，这条陈不能上。"王照铁了心："文责自负，请大人代上。"许应骙盯准了他："你负不了，我也负不了。"王照急了："大人，大人！"许应骙摆一摆手："你再好好想想。"转身回了大堂。

王照心血一激，向上追了一步，又火烫一般退下。回头看看围观的人们，王照展开手握的大张白纸，奋力一举顶在头上，扑通跪倒在阶前，大声呼叫："光绪二十四年六月十五日，内阁明发谕旨：部院司员有条陈事件者，着由各堂官代奏，毋得稍有忌讳，拘牵阻格，用副迩言必察之至意。今我应诏条陈事件，而堂官违旨加以阻格，推托十一天之久，片言不得上达。朝廷大臣如此行事，如何能副迩言必察之至意！"

那张白纸上大书"冤"字，这是告地状的架势，引得众人议论纷纷。几位堂官要出来喝阻，看看许应骙的脸色，又把这个念头压下。只见许应骙面红耳赤，怒不可

遏,猛地一击公案:"小子咆哮公堂,老子要参他!"他颤着手去摸毛笔,碰倒了桌面的茶杯,算是找到了出气筒,顺手抓起朝下一摔,"啪"地一响,四分五裂。他趁势喝令:"把那东西给我赶走!"

几名差人应声上前,如狼似虎地横拉竖曳,将王照塞进一间空屋。许应骙喘息定,奋笔疾书。许应骙顷刻一挥而就,仍然泻不尽怒气,向侍郎们倾诉:"你们知道他说的什么?他要皇上奉皇太后巡幸中外,游历日本!荒唐不荒唐,恶毒不恶毒?我要他删去此条,是为他好,也是为礼部好,不叫人家笑话堂堂部院有此劣员。可你看他的嘴脸,像是得住了天理,像我要欺朝廷,他不惜碰破脑袋冒充义士。国家不幸,先败于外侮,又伤于内讧,有这等借维新之名以博功名的小人,扰乱大局,可恨可悲啊!"

见他泪流满面,同僚们出言安慰,曾广汉欲言又止。许应骙宽慰道:"纯一勋伯,你出功臣之家,不识文士伎俩,他们惯会沽名钓誉,指鹿为马。就说这联英联日吧,他们自以为是日本肚里的蛔虫,通晓倭人心思,竟然异想天开,要将二圣推入日本虎口。是可忍,孰不可忍!"曾广汉掂掇着词句:"是,大宗伯之言自有至理,不过此人——"

外面的吵嚷打断他的话,原来王照又闯过来,要求上交他刚写的呈文。在七嘴八舌的斥骂中,王照的声音含血带泪:"我呈诉条陈受阻经过,请求各堂原封上递,孰是孰非,交付圣裁!"许应骙这回宽宏大量:"好,他告御状,我替他开道!呈文拿来,与条陈一同递交军机,恭呈御览。"

礼部的奏折,王照的一折一呈,一起由军机大臣上呈御前。礼部的标题有些奇怪:《为司员呈递条陈致起争端请旨办理由》。光绪仔细披阅,隐约认出这是许应骙的手笔。司员则是王照,礼部堂官参劾此人:"折请皇上游历日本,日本多刺客,昔俄太子、李鸿章曾蒙大祸,王照置皇上于险地,故不敢代递。然王照心怀叵测,咆哮署堂,借端挟制,请加惩治。"再看王照的折子,他提出三条建策,一为请旨宣示削亡之祸,使人人知警思奋;一为设立教部管理学堂,并崇儒教。引起许应骙等反对的

是第三条:请皇上奉皇太后圣驾巡幸中外,可自日本开始。此论确实惊人,堪称异想天开! 王照为何出此奇策?

光绪把那一段又读了一遍:皇上奉皇太后游日本,以知日本崛起之由。然后奉太后之意,以晓谕臣民,改变风气。以孝治天下,而臣民莫复有异议。所有变革之事,皆太后开其意,皇上继其志。这番议论有一个中心,那就是孝字,他想用孝消弭异议,平息争端,其志虽难达成,其心却可理解。怀、许身为大臣,为何不解其意?王照在呈文中诉说,他备受堂官的刁难,条陈被压了十余天,直到他声称要赴都察院呈诉,礼部这才代他上递。在上递的同时上折参王照,请旨处治王照。上下两折对照,是非曲直分明,礼部诸堂的嘴脸,竟是这般可鄙! 许应骙已有前科,当初他受弹之劾,令其回话后轻轻放过,给他留下自新之路。可他重蹈覆辙,视上谕为空文,置纲纪于何地?

光绪下了一道严旨,将怀塔布、许应骙等交部议处。交部就是交给吏部,吏部汉尚书是孙家鼐,满尚书则由大学士徐桐兼署。对于这桩差使,孙家鼐感到头疼,恰那徐桐不怕麻烦,主动向他表示,爕臣事繁,这桩公案由我专办吧。

怀塔布跟徐桐过从甚密,当天晚上便去徐府,探听消息。徐桐笑他沉不住气,怀塔布说是替许应骙操心,他们汉员没有担负。徐桐说,我敬他是条汉子,压康大奸贼于先,抑王小毛猴于后,善莫大焉。如今善恶颠倒,凡是有天良的,都被磋磨得不成样子。我趁着还没被拿开,在能搭手时扶一把,也算报效祖宗了。

怀塔布附和着说,上有所好,下必甚焉。皇上喜欢外洋,康党便要通洋,据说倭相伊藤来华,就是康有为通过孙文鼓动的。徐桐深深叹息道:"所以我曾发狠说:宁可亡国,不可变法。亡国是咱打不过人家,变法则要变乱家法,奴颜婢膝地招请敌人,可耻殊甚! 你们礼部为宗法之本,即使千难万险,也要为礼教留一线命脉,不可稍涉犹疑。"怀塔布连忙点头:"是。此次阻遏王照,即为维护圣道。可是,难和险都不怕,怕的是皇上——"

徐桐狠狠摇头:"哼哼,皇上! 说起来是翁同龢作孽,他辜负慈圣重托,未将幼君琢磨成器,到底受了报应。"怀塔布跟着落井下石:"翁某两朝帝师,真正名满天

下,可他受逐之后,坊间却传出四句口号,讥笑这位师傅:满面忧国忧民,满口假仁假义,满腹多忌多疑,满身无才无识。"

徐桐被提起了兴致:"这么溜的话,我怎么没听说?哦,我也做过帝师,人家投鼠忌器。论起帝师,惟倭老相国当之无愧,此后便一窝不胜一窝。慈圣罢停书房,乃是圣明之举,只可惜晚了些,未能阻止翁某引荐康贼。今日蛊毒入心,如何免除祸根?思前想后,恨杀我也!"怀塔布垫了一句:"好在有慈圣在。"

徐桐的脸上泛起笑意:"有慈圣在,你和许筠庵还担心什么?关于此次处分,我拟定为私罪。"怀塔布咂了咂嘴:"私罪?难道不能无罪?"徐桐慢吞吞道:"对明旨交办者定为无罪,岂不是说皇上错了?按照惯例,私罪应降三级调用,无对应官职则革职留用,过些时日加恩开复,不跟无罪差不多吗?总之这都是老套程式,走个过场罢了。"

仍走老过场,我何必巴巴地来求你?说大话使小钱,是这位理学大师的习性,倒怪自己烧错了香。怀塔布只好道谢告辞。徐桐便照此拟罪,以吏部名义奏复:查律载,事应奏而不奏者,杖八十,系私罪。此案礼部尚书怀塔布等狃于积习,钦奉谕旨交部议处,应请将怀塔布等均照事应奏而不奏者、私罪、降三级调用例,议以降三级调用。按律公罪重于私罪,因条陈时务引起的争端,怎么能够强扭为私罪?光绪接阅吏部的议复,目光被"私罪"绊住三次,心头也被刺痛三次。他想起吏部的徐、孙两帝师。在满朝大臣中间,做过帝师的凤毛麟角,他们是皇帝疲劳时的拐杖,艰难中的靠山。这一回,无论是谁拟定的奏稿,都是将拐杖拦腰砍断,把皇帝闪得马失前蹄。

光绪像要挣开什么,立起身来,想在殿阁中彳亍,却未跨出一步。他摆不脱刻骨的孤独,普天下都在与他作对,他无力以一人而治天下,倒想以一人而抗天下。这个"抗"字让他兴奋,他重新坐定,拿笔书写,词句是数日来盘旋于胸的:

　　吏部奏遵议礼部尚书怀塔布等处分一折。朕近来屡次降旨,戒谕群臣,令其破除积习,共矢公忠,并以部院司员及士民有上书言事者,均不得稍有阻格。原期明目达聪,不妨刍荛兼采,并借此可觇中国人之才识。各部院大臣均宜共

体朕心,遵照办理。乃不料礼部尚书怀塔布等竟敢首先抗违,借口于献可替否,将该部主事王照条陈一再驳斥。经该主事面斥其显违诏旨,始不得已勉强代奏。似此故为抑格,岂以朕之谕为不足遵耶?若不予以严惩,无以警诫将来。礼部尚书怀塔布、许应骙,左侍郎堃岫,署左侍郎徐会沣,右侍郎溥廷,署右侍郎曾广汉,均着即行革职。至该主事王照不畏强御,勇猛可嘉,着赏给三品顶戴,以四品京堂候补,用昭激劝。

在写着这一切的时候,似有一双天眼,从上面照射着他,使他脊梁发凉。然他手不停挥,笔未倾斜,将一篇朱谕写完,反复看了三遍,当即用宝发出。

朱谕由礼王世铎捧回军机处,大臣们传阅一遍,个个大惊失色。连刚毅都噤声无言,搔了一会儿脑壳,他又要过重读,嗫嚅着问了声:"这是真的?"世铎像霜打的衰草,萎坐着不哼不哈。刚毅到底挣扎着说道:"国家数百载,从无如此不测之赏罚,臣下不可奉诏!"皇帝用朱笔写谕,一字不得更改,怎么能不奉诏?大家都不吱声。刚毅围绕那诏,困兽一般踱着。

世铎长叹一声:"瞌睡当不得死,无可挽回,发下去吧。"刚毅恶狠狠地说:"决不能发!"世铎嘟嚷着:"决不,谁敢决不?"刚毅瞪大了眼:"我敢!众位敢不敢?不是要革职吗,把大家都革了,看他怎么办!"

没人接他的话,刚毅点名了:"王兄,你干不干?"王文韶笑笑没答言。刚毅转向廖寿恒,廖寿恒先开了口:"子良兄别闹了。"刚毅梗起脖颈:"怎么叫闹,我是尽忠!闹到这步田地,那是谁的罪过?"廖寿恒深为追悔:"犯过的有你,也有我。我等备位军机,未能拾遗补阙,迫得皇上激愤至此,不可不有自责之心。所谓尽忠,遮羞罢了。"刚毅越发愤怒:"你廖仲山给康有为做狗腿,怂恿皇上迷失本性,罪恶有你,没有我。眷恋军机职位你就明说,不要假仁假义!"

军机处闹了一场。朱谕发下后,礼部又闹一场。这一场是无声之闹,六堂同被革职,除了目瞪口呆,便是乖乖遵旨,能闹出什么动静?其他部院所受的震动,一点

也不比礼部小——杀鸡儆猴，谁不吃惊？

除了革职还有赏，王照所受升赏，给司官们立下了榜样，连不是官的笔帖式都受到鼓舞，心思开始活动。吏部就有这么一位，他是满人奎彰，为了谋求出路，他跟堂主事冯元磨了多天嘴皮子，今日听到风声，他马上抓住机会，前去催促冯元。冯元还想刁难，奎彰威胁要伏阙诉冤，冯元才扒出奎彰的条陈，以及刚刚添写的呈文，去见尚书大人。两位尚书正在烦恼，徐桐惊骇之余，对孙家鼐大发牢骚，他认为皇上的雷霆之怒，大多是冲他而来。

孙家鼐深深自责，他躲的这一次懒，对君上实为不忠，对同僚则为不义。为了回奏大学堂事务，他现在便要进宫，他准备当面谏诤。徐桐没好气道，对于咱这位主子，什么都是白说，我劝爕臣省点唾沫，为家人留口热气儿吧。孙家鼐劝慰几句，起身出了堂门，在前院碰见等候的冯元。听他说明原委，孙家鼐接过奎彰的折片，坐轿赶往宫门。

到了军机处，他跟几位大臣见过礼，将条陈交付值班章京。刚毅冷着脸不说话，裕禄对孙家鼐和气地笑笑："今日大发利市，这是第三份条陈。"刚毅啐了一口："明日才多呢，发大水一般淹死了人，冲倒了殿，令高高在上者自顾不暇，那时才知厉害呢。"世铎装模作样地吓唬他："子良莫胡说！"刚毅索性装疯："我是胡人，何不胡说？我听到一句诗，不知谁写的：诗文酷好子非胡。那是骂咱祖宗呢，今上偏偏喜人骂，真真阿弥陀佛。"

孙家鼐不敢听下去，一揖辞出，经由内右门，进入养心殿。光绪端坐在前殿宝座上，孙家鼐叩拜后，先奏大学堂进度：

一、建设大学堂工程大臣奕劻、许应骙，奉旨修葺地安门内马家庙空闲府第，已于日前理清基址。二、驻日公使裕庚，遵孙家鼐电嘱，雇人描摹日本东京帝国大学图样，共计七十四页，先期寄回北京。另缺植物园、天文台图待后绘寄。孙家鼐将图样转交奕、许参考。三、孙家鼐往访日本代理公使林权助，咨询办学事宜。获悉聘用上等西国教习甚难，每月薪金至少六百两。另外，兵学

与文学不同,不应纳入大学堂,可另开武备学堂。四、泰西各国皆重医学,医科列于大学。拟请设立医学堂,由大学堂兼辖。五、日本办学,曾派多人赴欧美考察。为了兼有欧美之长,孙家鼐提议,派遣江南道监察御史李盛铎、翰林院编修李家驹、庶吉士宗室寿富、记名御史工部员外郎杨士燮前往日本考察学务,将大学、中学、小学一切规制、课程并考试之法,缮写成书,由臣进呈御览。

变法以来推行各政,唯大学堂办理稳当,步步切实,让人对其前景感到放心。光绪不由重新审视这位老臣,他说话做事都不动声色,慧于中而秀于外,循于名而责于实,非寻常才人可比。也许这就是帝师风范,这才合贤良标准。

光绪当即决定,在大学堂下设立医学堂,批准李盛铎等赴日,要求尽快成行。孙家鼐上奏中两提许应骙,光绪知他有话要说,便主动讲起这桩公案。孙家鼐告罪说,他借口事忙卸责于先,不能以缄默辞咎于后。吏部议事不当,须予公开申斥。君上赏罚不公,应请反躬自省。

孙家鼐说皇上有失公允,光绪也便明言相告:处罚礼部的上谕发出后,自己确也有所反思。思维的结论是,虽有过当之处,却为势在必行,这个势便是大势,大势不趋向于兴,则趋向于灭。

为了保这个势头,朝廷推动不遗余力,仅以六月以来交各省议复事件为例:六月初一日,明发经济特科,限三个月保送。初三日,电寄各直省,查书院数目,报坐落、经费,限两个月复奏。初五日,电寄各省变通武场议复,已复各省列于下:荆州将军、奉天府尹、陕甘、湖广、陕西、江苏学政、山东、山西、河南、云贵。初十日,寄各省添设海军军费,着先行电奏。十一日,明发各省一律设立学堂。十二日,明发各省举行保甲。十五日,明发各省农政、工艺并设商务局,随时具奏。十七日,寄刘坤一、张之洞,拟定商务办法迅速奏明。十八日,寄刘坤一、陈宝箴,湘省建枪弹厂斟酌筹办。二十三日,寄沿江沿海沿边各省推广口岸;二十三日,明发南、北洋及沿江、沿海各省增设水师学堂,又,铁路、矿务学堂着王文韶、张荫桓议奏。京中传旨,急如星火,各地回奏,拖拖拉拉。维新维新,新在何处? 变法变法,变了什么?

图书在版编目（CIP）数据

戊戌变法/李克定著. —郑州：河南文艺出版社，
2019.1（2021.2重印）

（晚清风云录）

ISBN 978-7-5559-0722-0

Ⅰ.①戊… Ⅱ.①李… Ⅲ.①长篇历史小说-中
国-当代 Ⅳ.①I247.5

中国版本图书馆 CIP 数据核字（2018）第 227501 号

策　　划　王淑贵
责任编辑　王淑贵
责任校对　殷现堂
书籍设计　刘运来

出版发行　河南文艺出版社
本社地址　郑州市郑东新区祥盛街 27 号 C 座 5 楼
邮政编码　450018
承印单位　河南瑞之光印刷股份有限公司
经销单位　新华书店
纸张规格　735 毫米×1040 毫米　1/16
印　　张　23.25
字　　数　325 000
版　　次　2019 年 1 月第 1 版
印　　次　2021 年 2 月第 2 次印刷
定　　价　38.00 元
